U0894215

怯喜 著

橙花

·全二册·

上

江苏凤凰文艺出版社
JIANGSU PHOENIX LITERATURE AND ART PUBLISHING

图书在版编目（CIP）数据

橙花：全二册 / 怯喜著 . -- 南京：江苏凤凰文艺出版社，2023.4
ISBN 978-7-5594-7344-8

Ⅰ . ①橙… Ⅱ . ①怯… Ⅲ . ①言情小说－中国－当代
Ⅳ . ① I247.5

中国版本图书馆 CIP 数据核字（2022）第 225304 号

橙花：全二册

怯喜 著

责任编辑 白 涵
特约编辑 唐沐白 段 丽
封面绘制 鹿夕子
封面设计 殷 舍
责任印制 刘 巍
出版发行 江苏凤凰文艺出版社
南京市中央路 165 号，邮编：210009
网 址 http://www.jswenyi.com
印 刷 北京盛通印刷股份有限公司
开 本 880 毫米 ×1230 毫米 1/32
字 数 510 千字
印 张 16.5
版 次 2023 年 4 月第 1 版
印 次 2023 年 4 月第 1 次印刷
标准书号 ISBN 978-7-5594-7344-8
定 价 65.00 元（全二册）

contents
目录

第一章 初见

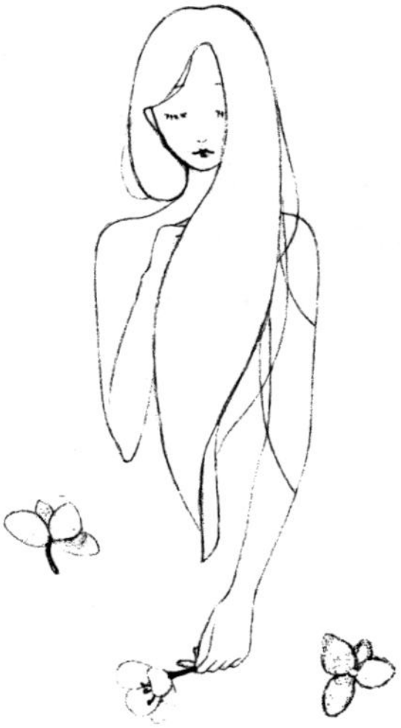

危险和美丽是并存的，就像陆嘉钰。

宝贝，你一定想不到我找到了什么。

下午三点，你单位楼下的咖啡馆见。

尤堇薇选完染料颜色，看到消息，是陶映冉一小时前发来的。

她们四年同窗，彼此再了解不过，每当陶映冉用这个语气说话，一定是有足够吸引人的消息。

现在已经两点五十。

她垂下眼，泛红的指尖触上冰冷的屏幕，回复：好。

隔桌的两人正小声交谈着——

“陈姐，你真要去郧陵出差啊？这马上过年了。”

“唉，老板让去，能有什么办法？”

“你别说，还真有办法。”

陈姐竖耳听着，下意识地看向对面的尤堇薇——黑发雪肤，气度光华，一双杏眼清澈干净，美得毫无攻击性。

听同事说完，陈姐为难道：“不太好吧？”

“放心吧，她和林老师关系近着呢。”

“那我找机会问问？”

尤堇薇和这两个人都是“花儿作”工作室的员工，工作室的主要业务是制作人造仿真花，如绢花、通草花、绒花一类，算是小众手工艺行业。她们口中的林老师是工作室的老板，也是尤堇薇大学时期的老师，两人关系十分亲密。

尤堇薇不觉有异，温声道：“陈姐，我出去一趟。”

温温柔柔的语调，软得能掐出水来。

任谁听了都说不出拒绝的话，更何况工作室时间自由，只要在规定时间完成作品，没人管他们。

说完，尤堇薇拿着大衣和包离开了工作室。

工作室位于洛京城南地区，属繁华地带。

咖啡馆三三两两坐满了人。

尤堇薇推开门，暖意遮盖深冬的寒意，香醇的咖啡味隐隐浮动，她取下围巾，径直朝角落走去。

陶映冉眼尖，在人群中一眼就看到了她：“尤尤，这里！”

尤堇薇杏眼微弯，加快了步伐。

她不是洛京本地人，性子又比较内向，这些年朋友少得可怜，唯一走得近的就是陶映冉。陶映冉性格开朗热情，见谁都能说上两句，认识的朋友数不胜数，唯一的缺点就是做事风风火火，想一出是一出。

尤堇薇勾起唇，笑起来眉眼清灵："又有什么惊天大消息？"

陶映冉故作神秘，不紧不慢地喝了口咖啡，慢悠悠道："本小姐出马，就没有什么事是办不成的。"

话落，她停顿片刻，故意吊人胃口，斜眼看着尤堇薇，一副你求我我就说的模样。

尤堇薇讨好地笑着，水润的眼眸对着她，小声道："求求你啦。"

她说话声音轻细，得竖起耳朵听才能听到，但这么个大美人眨巴着眼撒娇，谁能拒绝呢，声音小点就小点吧。

陶映冉自我满足了一阵，兴冲冲道："前两年你不是在找玉镯吗？我一直托人在问，可惜一直没消息。但你猜怎么着，昨天我刷短视频居然看见了！我保证那绝对就是你在找的镯子。"

她拿出保存的视频递给尤堇薇："这个人在胡同里开了家文身店，因为人长得帅，店里生意很火爆。"

尤堇薇低头看着播放的视频。

视频里的男人只露了两只手，戴着手套，左小臂上圈着一只镯子，镯子温润细腻，翠绿浓艳，一侧有一块特殊的斑纹。

确确实实就是尤堇薇要找的玉镯。

尤堇薇问："他的镯子是哪儿来的？"

陶映冉撇撇嘴："我打听了两句，说是祖传的，只送女朋友。尤尤，你有没有证据能证明这个镯子是你们家的？"

尤堇薇紧抿着唇瓣，微微地摇了摇头，这都几十年前的事了，现下她什么证据都没有。

陶映冉苦恼道："这可怎么办？又不能明着抢。要想拿到镯子，难不成还得当他女朋友？"

尤堇薇连忙拒绝："别，这我可不干。"

陶映冉叹了口气："也是，要换了我，我也不干。我最近看见男人就烦，我妈还想让我回家相亲，让她做梦去吧！"

尤堇薇也叹气："文身店的地址在哪里？"

陶映冉盯着她，狐疑道："你想一个人去找他？那可不行，你找得到路吗？等周末我和你一起去，那里热闹得很，周末都……"

她忽然瞪圆眼睛，直直地看向门口。

尤堇薇转身看去，怔了一瞬。

静谧的咖啡厅内，六个戴着墨镜的强壮男子合围而来，从不同方向朝她们进攻，显然是要抓人。

陶映冉咽了咽口水，神情慌乱，磕磕巴巴道："不、不会是我妈找人来抓我吧，这女人怎么这么狠心！不行，我要跑了，啊——"

话没说完，一个身手敏捷的保镖箭步冲了上来。

陶映冉拔腿就溜，保镖们立即围捕。

东奔西窜的几个人在咖啡馆引起骚动，保安和服务员也围了上来，一时间场面鸡飞狗跳。

隔着人群，陶映冉大声喊："在铃……胡同……"

场面混乱，她的话被嘈杂的人群吞噬。

刚喊完，还没推开门，弱小无助的陶映冉就被保镖们揪住，一把塞进了门口停着的车里。

尤堇薇追到门口，却见车窗降下，保养得当的中年女人笑眯眯地对她眨了眨眼睛，示意她放心。

是陶映冉的母亲，她暂时松了口气。

车队缓慢驶入车流。

独留尤堇薇站在清冷的街道中望着他们远去的背影，指间的围巾顺着寒风扬起，早已失了暖意。

周六一早，洛京飘了小雪。

尤堇薇陷在柔软的枕头里，闭着眼摸到手机给陶映冉打了个电话，照旧无人接听。她叹了口气，总算知道她的性子像谁了，原来他们一家做事都是这个风格。

"啊，下雪了。"

尤堇薇窥见窗外点点雪花，喃喃自语了一句，立即起床去院子里拯救她的盆栽。

她是南方人，很少见到北方这样厚而深的雪。

即便在洛京近五年，尤堇薇每次见到大雪还是会雀跃，但今日她没有闲情逸致玩雪，收拾完院子里的花，便穿了件厚厚的羽绒服出门了。

洛京是座特殊的城，沿海而建，被群山包围，北侧是高耸的昆羔山，挡住西侧季风吹来的水汽，加上北侧植被荒凉，久而久之，以北形成一片沙漠。

尤堇薇住在城北的胡同里。

这里靠近沙漠，离市中心远，租金便宜。一层的住房，两间房，再加一个小院子，她租了一年。

走出门，尤堇薇和早起的邻里问过好，在路边摊买了早饭，吃完后坐地铁去城南， 去那边胡同里的文身店。

咖啡厅里，陶映冉只说了模糊不清的几个字。

尤堇薇回家后仔细搜索了“ling”开头的胡同，除了城南的铃铛胡同，便只有城西的灵犀胡同。

她打算先去城南，再去城西。

城南的铃铛胡同边上有两条旅游街，一大早便人满为患。

尤堇薇向胡同里的住户打听了两句，说这条胡同里没有文身店，边上的旅游街倒是有两家。

她摸索半小时，找到第一家。

老板是个膀大腰粗的中年男人，不是视频里的男人；另一家没开门，门口挂了张提示牌：**今日闭店**。

到城西时已是中午，碎雪洋洋洒洒，越下越大。

尤堇薇抖落帽子上的雪花，加快脚步往胡同里走，这一次不用问、不用找她就看见了那家文身店，像陶映冉说的那样，热闹得很。

放眼望去，灰白的胡同里，年轻漂亮的姑娘不畏严寒等在门口，人群三三两两，似乎都是结伴而来的。

她放缓脚步，悄无声息地走近，打量了一眼这家文身店。

快十二点了，大门紧闭。

大门上方挂着块牌子，写着“花间”两个字。

尤堇薇打量店门的时候，边上的一个女孩也在打量她。

女孩嗓音微哑：“你也是来文身店的？”

尤堇薇一呆，后知后觉这女孩是在和她说话，轻声应：“嗯，听说这家文身店很有名，先来了解一下。我是第一次来，你呢？”

女孩扫了眼尤堇薇素面朝天的脸，再看她身上的羽绒服，笑说：“别是听了点儿风声就过来凑热闹。这么和你说吧，这儿的人都是为陆老板来的，十天有九天等不到，真是好奇想尝试文身，劝你换个地方。不过，你不适合文身。”

尤堇薇好奇地问：“为什么？”

女孩揶揄道：“你想文哪儿？穿成这样一点儿不露，文了也看不到。”

正说着话，紧闭的大门有了动静。

窸窸窣窣一阵响动，门内探出个头发乱糟糟的脑袋来，男人睡眼惺忪，打了个哈欠道：“陆老板今天不上工，各位散了吧。”

他摆摆手，又把门关上了。

“又不上工，倒霉。”

“一个月能上两回都是好的，算了，回吧。”

“吃锅子去，冻死了。”

几声抱怨，人群渐渐散了。

原本的热闹像阵烟，被风一吹就散了，眨眼间，门口就只剩下尤堇薇一人。

尤堇薇对着门口拍了张照，去胡同口的面馆吃了午饭，重新返回胡同。这家文身店应该就是陶映冉说的那家，他们口中的“陆老板”大概率就是她要找的人。

雪下了一早上，地上积了薄薄的一层雪。

再踩上去已经能显出脚印来，她在门口来回踱着步，思绪跟着步子变得极其缓慢。

尤堇薇是外婆带大的，这些年外婆的身体愈发地差了，平时念叨起往事，说这些年唯一的遗憾就是弄丢了当年外公给她的玉镯。

玉镯是他们的定情信物。

这几十年不知经历几番辗转，没想到真有下落。

思绪浮沉间，吱呀一声响，门又一次打开。

男人嘟嘟囔囔的，语气哀怨：“一天天的，每天都来这么多人。哥，你要真不想接活儿，干脆挂了牌子，让他们别来了，反正你要去郸陵，你不在这几个月还得我来收场，我……”

话语戛然而止。

男人和门外的尤堇薇大眼瞪小眼。

倏地，门内传来一道倦懒的嗓音，低低哑哑，语气带着极大的不耐烦："让你开门了？"

男人磕磕巴巴地应了，飞快地关上门。

许是因为慌乱，门没关紧，留了一道缝隙。

透过门缝，尤堇薇瞥见一道身影。

男人躺在躺椅上，身躯自由舒展，两条长腿交叠，随意地放置在脚蹬上，毯子从头盖到尾，只露出一截冷白的脚踝和冰川灰的发色。

许是注意到异样的视线，男人忽然转头看过来。

尤堇薇心里一慌，下意识往右侧闪躲，心脏几乎要跳到嗓子眼。

周一上午，尤堇薇提前半小时到工作室，天气冷，这个点的工作室没什么人。

她和前台的同事打了声招呼，去了茶水间。纤白的双手从毛茸茸的袖口钻出，捧着热茶，刚抿了一口，门口传来响动，回头看去，是陈姐。

"早上好，陈姐。"尤堇薇对她笑了笑。

陈姐本就不好意思，见她这样乖巧有礼的模样更是为难，但一想到要去南方过冷冬，有两个月见不到孙子，她心一横，柔声道："小尤啊，你年纪轻轻，手艺好，点子又多，林老师总是夸你……"

她拐了几个弯，一来一回总算寻着机会把事说了。

尤堇薇怔了半晌："去邺陵？"

陈姐唉声叹气："大过年的，我儿子、媳妇能不能回来还不知道。要不是担心孙子没人带，我肯定不能向你开这个口。小尤，你看你方不方便，不方便也不碍事，我再想想办法。"

尤堇薇指尖蜷缩，轻声道："我考虑一下。"

陈姐一看她这态度，顿时喜上眉梢。

她们同事半年，谁都知道尤堇薇温柔好说话，她应了声立马准备去向老板报备，只要尤堇薇愿意，别的都好说。

陈姐走后，茶水间只剩下尤堇薇。

杯子里的茶水渐渐没了热意，微凉的温度提醒着尤堇薇她已近四年没回邺陵了。自从父亲去世，外婆被接到洛京疗养，她便停留在这座陌生的城市。

再也没回去过邺陵。

这一日到了傍晚，尤堇薇接了个电话。

疗养院打来的，看护外婆的护工说外婆这阵子精神不太好，总是提起她，让她注意保暖。

护工说了这么多，话里话外只有一个信息：外婆的身体越来越差了。

尤堇薇紧捏着手机，脑子里一时是玉镯，一时是胡同里的男人说“反正你要去邺陵”。

陆老板要去邺陵，且要在那边待一段时间。

那玉镯……

年二十五早上八点，尤堇薇到了机场，许是因为愧疚，陈姐把机票升到了头等舱。

空姐帮她放好行李，见她只穿着大衣，又贴心地拿来一条小毯子。

尤堇薇温声道谢，而后拿出速写本。

她的座位靠窗，晴光洒落，尤堇薇纤细的手指握着支铅笔，在纸上落下光影。做她们这行的，就是要善于观察。老师曾说过，要仔细、耐心地观察大自然，才能做出浑然一体，让人真假难辨的仿真花来。

不多时，飞机上便坐满了人，只有头等舱还空着两个位子。

临近起飞时间，空姐们低声交谈了几句，忽然安静了下来。尤堇薇注意到她们的神色变化，朝通道口看去。

脚步声响起，不重，步伐间隔不同，随意自然，金属碰撞叮当作响。

深蓝色的呢子大衣晃过一角。

下一秒，身形颀长的男人带着一身凛寒破空而来。

冷白的手指微弯，捏着一部纯黑色手机，瘦削的腕骨凸起，包裹着白金色的腕表，颜值优越，价格也相当漂亮。

视线往上，颈间挂着一条小众奢侈品牌的羽毛项链，夸张却不突兀。

锋利的下颌弧度自然，薄唇间叼着一根棒棒糖，耳垂上嵌着一颗黑玛瑙耳钉，墨镜遮住大半张脸，依稀可见眉骨上锐利的伤痕。

更亮眼的是他的发色：常人难以驾驭的冰川灰。

尤堇薇瞥见那熟悉的颜色，下意识抬起速写本挡住自己的脸，耳朵听着动静，等那人坐下，她悄悄探眼看去。

他身边跟了个十三四岁的少年，肤色苍白。

会有那么巧吗？

这念头刚浮现一瞬，男人的电话响了。

系统自带的铃声，响了一阵，没动静。

那边又打来第二个，这一次只响了几秒。

同样的语气，不耐又狂妄——

“ZG567，8493。”

“我的保单编号，受益人不是你，挂了。”

翻译过来，就两个字：别烦。

头等舱内一片寂静，起飞前提到保险难免让人心情不悦，空姐看乘客神色不对，忙轻声安抚。而罪魁祸首跷起腿，锃亮的皮靴泛着光泽，如同主人一般嚣张放肆。

尤堇薇默默地移开速写本，看向窗外。

原来真有那么巧。

到邺陵的两天，尤堇薇一直躲在酒店里。

不出门，除了画画和睡觉什么都不做，直到项目合作人联系她，说过年有个急单，问她方不方便见一面。

工作室和邺陵的对接项目是技术交流。

尤堇薇不仅是为了学习绒花技术过来的，更是为了弥补对接单位在绢花方面的空缺，虽是急单，但其实正是她的专长。

合作人给的地址在邺陵郊区。

尤堇薇直接打车到了地方，下车时依稀可见路边景象萧索。冬日，什么颜色都不剩了。只剩枝干如刀，将天空分割。

合作人是个四十岁左右的中年女人，两人简单问了好。

对方说话的语速很快：“早上好，我们前两天见过，希望你这两天休息得不错，有任何需求和我说。”

尤堇薇的话还卡在喉咙里，合作人又快速道：“这是私家园林，刚建成没多久，园子主人想在亭台楼阁内布置一些仿真花，他偏爱绢花，我们做了几个样式他都不满意。听你们林总说你在制作绢花上时有新意，这个单子恐怕需要你费点心思。”

说了这么多，简而言之就是两个字：麻烦。

不是制花麻烦，而是要和人打交道麻烦。

尤堇薇在心里叹了口气，问："工期是多久？他提出的要求是什么？你们之前的款式还留着吗？"

合作人："工期两个月，要求就是他看着顺眼。款式留着，都带来了。"

简简单单两个字：顺眼。尤堇薇立即明白了，这笔"简单"的单子的酬金一定令人难以拒绝。

她神情平和，温声回应："我明白了，我能先逛逛园子吗？"

合作人见尤堇薇年纪轻轻却做事稳妥，放下心来，她放慢脚步，露出见面以来的第一个笑容："当然可以，我带你先了解一下大致的路线。"

中午十二点，轰鸣的跑车声带着震撼的机械感响彻街道，引擎震耳的声音打破属于园林的幽静。

寂寥的冬日霎时有了光彩，吵闹的光彩。

黑色跑车霸道地往门口一停。

车上的男人戴着一副墨镜，顶着一头克莱因蓝的碎发，冷白的侧脸凌厉而冷淡，纯白色的大衣衬得他的气色近乎病态。

陆嘉钰剥了颗泡泡糖往嘴里一丢，下颌微动，懒散道："走吧，去看看我那个好父亲给我准备了什么礼物。今天随你闹，怎么开心怎么来。"

副驾驶坐着个十三四岁的少年，一副孱弱苍白的面容，闻言看了他一眼，打开车门。

车门刚关上，站在门口等候的男人立即露出笑来："陆总您可算来了，这两天在邺陵玩得怎么样？若是不满意，我立即让人安排，保证您玩得舒舒服服。午宴都准备好了，请您入席。"

程卫习惯性地伸出手，等着握手寒暄。

陆嘉钰瞥了他一眼，又是这样的笑，虚伪做作，只一眼，他就移开视线，从鼻腔里挤出个气音来，态度敷衍。

程卫笑容不变，实则憋了一肚子气。

约好九点见面，这位洛京来的祖宗硬生生拖到十二点，偏偏他还得舰着脸迎上来。

"难得陆总赏脸，来品品我这园子。"

程卫说起他的园子，语气可又不一样了。

都说南方的冬天寒冷刺骨，但邺陵的冬天并不太冷，至少这园中流水一点也没有结冰的迹象。潺潺流过，一如春池。满园四季常青的树木绿得深浅不一，映衬着湖石残雪，虽无鲜花点缀，竟也不显萧瑟。

陆嘉钰逛了一圈，没什么兴致，正觉得无聊，长廊顶上忽然有了动静，瓦片丁零当啷一阵响，似有人快速从顶上跑过。

他勾起唇，双手插兜，心情好点儿了。

程卫本兴致勃勃地介绍着他的园子，听到动静大惊失色，慌忙趴在廊边探头朝上看去——灵活的少年身手敏捷，急速奔跑在瓦片上，偶尔翻身往下，翻越几块太湖石，绕过假山，再跳回廊上。

好家伙，这是来他这宝贝园子跑酷了。

捣乱的不是别人，正是刚才跟着陆嘉钰下车的少年。

“兔崽子！给我下来！”

程卫的心在滴血，这可是他花了大价钱造的园子！

他这么一喊，上面的人跑得更快了，直把这一路的瓦片都踩得噼里啪啦响，热闹得像是放鞭炮。

程卫的脏话涌到了嗓子眼，一想陆嘉钰还在这里，硬生生忍了，脸色僵硬，露不出笑来：“陆总，您看这……”

“嘘。”

修长的指节抬起，轻抵在唇边。

陆嘉钰比了个噤声的姿势，走至长廊另一侧，遥遥望去。

窗棂边站着个女人，身材窈窕纤细。

粉墙黛瓦下，那截纤长的颈低低垂落，乌发散落，肌肤胜雪，十根尖尖的指上捻着绢花，像一场泛青的梅子雨。

干净、酸涩。

有点意思了，还真有人每一处都合他的心意来长。

陆嘉钰微眯了眯眼，勾起个轻佻的笑来，饶有兴味地问：“这就是你准备的午宴？可以，我跟她单独聊聊。”

程卫一脸纳闷，凑过来一瞧。

他见着那女人手里拿着绢花就知道她的身份了，和一个地产项目比起来，当然是他这园子更宝贝，园子从规划到完工，他可谓呕心沥血。

程卫讪笑道：“陆总，你误会了。这是我请来的花艺人，来装点园子的，不瞒您说，我也是头一回见。”

陆嘉钰瞧了一阵儿，那身影没有过多停留，很快消失了。

他微仰起头，颈间锋利的喉结滚动，吹了声响亮的口哨。哨声落下，廊顶上丁零当啷的动静顿时停了。

片刻后，少年从顶上探出个脑袋来，黑眸直愣愣地看着陆嘉钰，窥见他指的方向，少年抬头看一眼，又噼里啪啦地跑了。

“走吧，再逛逛。”

懒懒散散的男声，带着点愉悦之意。

程卫擦了擦额间的汗，一边心疼园子，一边带着人往用餐的楼宇走去，他只希望这祖宗早点回去，别再折磨他了。

尤堇薇捧着几朵绢花，缓步走在临水长廊里。

合作人先行离开，回去给她安排工作间。她留在这里走走停停，用相机记录下园林大致的风貌。

正走着，顶上忽然传来窸窸窣窣的动静，急促、清脆。

这声响让她想起小猫迈着肉垫噌噌爬过屋顶，经过天窗时探着红红的鼻尖往下一看，圆滚滚的眼睛打量着底下的客堂。

她不由抬眼看去，不承想，真对上一双圆滚滚的眼睛。

但不是小猫，是个少年。他从廊上探出头，倒着身子看她。

尤堇薇一怔，下意识上前伸出手，她不敢大声，轻声细语地问：“你怎么了？是爬上去下不来了吗？别怕，我找人来帮你。”

少年盯着她看了片刻，眼珠子里写着新奇。

下一秒，他当着尤堇薇的面从廊上跳了下来，借着假山的地势缓冲，敏捷地跨过人工湖，翻越栏杆到了她的面前，整个过程行云流水。

尤堇薇睁大眼，惊呼卡在喉咙里，心跳几乎要停拍，见他乖乖地站在面前还没缓过来。

待看清他的模样，她微微发怔，这是跟在陆老板身边的那个少年。

他在这里，那陆老板呢？

苍白的少年拿出手机打字：我想加你微信。

他没开口说话，反而打字和她交流。

不能说话吗？

尤堇薇抿着唇想了想，也打字问他：你习惯别人说话还是打字？

少年看着这行字，忽然笑了，他露出两颗尖尖的虎牙，打字：我喜欢听你说话。

尤堇薇闻言，重新捧起绢花往前走，问他：“你住在这里？”

静了一阵，少年递过手机：我跟着陆嘉钰来捣乱，马上就走。我们还没想好吃什么，你和我们一起去吃吧，他很有钱。

尤堇薇垂眸看着屏幕上的字。

原来他叫陆嘉钰，这是他的名字。

尤堇薇温声道：“谢谢你的邀请，但我不认识你们，而且我还有工作要完成。”

少年闷着脸思索片刻，打字：那我可以加你微信吗？我叫Mint（明特），他们叫我小迷。

Mint，是薄荷的意思。

尤堇薇想到他和陆嘉钰的关系，轻点了点头。

两人交换了姓名和联系方式。

她正想说话，前方传来一道慵懒的嗓音——

“过来。”

言简意赅的两个字，带着他一贯的专横跋扈。

不过他的声音倒很好听，像坠入井底的一块石头，清朗幽远。

尤堇薇攥紧手中的花，抬眸朝前看去。

两日不见，他换了发色，明净空旷的克莱因蓝。

这一次，他摘了墨镜，肤色冷白，眸形狭长，浅而薄的双眼皮，黑眸像极圈的长夜，冷冽、极寒，眉骨间的伤痕褪去点红色，盘踞在额间。

他正在看她，轻轻淡淡的视线。

尤堇薇有些紧张，视线下移，落在他的手腕上。

瘦削的手腕上空空如也，没有手表，没有玉镯。

陆嘉钰重新戴上墨镜，借着遮挡肆无忌惮地打量眼前的女人。

她化了淡妆，干净清爽，杏眼微睁，上挑的眼尾减弱了眉眼间的乖巧娇憨，唇轻抿着，看了他两眼便移开视线。

从他的角度看过去，她就像一只孤傲的白鹤。

纤细的身材被大衣包裹，隐隐可窥见姣好勾人的曲线。

他眯着眼打量片刻，舌尖勾过上颚，懒声道：“走了。”

陆嘉钰转身离开，纯白衣角划过冷干的空气。

小迷跟在他身后，时不时回头看她，用力晃着手里的手机。

尤堇薇对着小少年笑了笑，微僵的身体放松下来。

这个男人的气势太过冷硬，眼神侵略性太强，浑身上下只传递着一个信号：危险。

她曾听人说，危险和美丽是并存的，就像陆嘉钰。

尤堇薇低眸给陶映冉发消息：**我好像找到他了。**

依然没有回复。

她回忆着和陆嘉钰仅有的两次见面。

两次他都没戴玉镯，镯子会在哪里？

与此同时，洛京。

铃铛胡同闭店一周的文身店开门营业，相貌普通的男人翻过营业牌，手腕上戴着引人注目的绿色玉镯。

他拍了个小视频，更新朋友圈：**旅行结束，过年不歇业！**

接下来两天，尤堇薇专心忙于工作。

小迷一天到晚给她发消息，多数内容是今天去了哪里吃饭，他不想去但是又迫于某人的威压，不得不去。

直到年三十，新旧之交。

尤堇薇放了假。

这日傍晚，她收到了小迷的消息——

尤尤，我好像迷路了，联系不到陆嘉钰。

你来接我吧，我好可怜。

尤堇薇是土生土长的郎陵人。

即便离开郎陵五年之久，在城区找个人对她来说应该不是难事。至少，小迷在发信息之前是这么想的。

但偏偏，尤堇薇自小方向感不好。

让她找人的后果通常就是——

小迷蹲在屋顶，托着腮看着尤堇薇第三次从巷子口经过而不入，仿佛现代版大禹。

他陷入沉思，这该怎么继续往下演？

Mint：**她迷路了。**

陆：什么？

Mint：路过我三次。

巷子外，尤堇薇看着小迷发来的定位，神色迷茫。这片区域的小巷错综复杂，数条相似的弯道让她绕着这个地方转了至少二十分钟。

正焦急着，小迷发来信息。

Mint：尤尤，我看见你了。

兜兜转转，尤堇薇终于在小巷内找到了小迷。

他正蹲在人家大门顶上，见到她便露出小虎牙来，而后跳到墙沿，扶着树干灵活落地。

尤堇薇抬手摘去他脑袋上的树叶，温声道："过年怎么一个人跑这里来，你住在附近吗？"

小迷：出来找吃的，饿了。

尤堇薇一怔："你哥哥呢？"

小迷：他不是我哥哥，是陆嘉钰。他不会做饭，睡了一整天不理我。

尤堇薇艰难地理解了一下他话里的意思，没多问，只道："我带你去找吃的，再送你回家。"

小迷心想：那恐怕出不了这个巷子。

心里这么想，他当然不会说出来。

小迷乖乖点头，老实地跟在尤堇薇的身边，但他没想到走出巷子的过程会变得如此艰难。

当尤堇薇第三次拐过相同的弯，他神色复杂，欲言又止。

尤堇薇再一次拐过弯，看着角落熟悉的青苔，微微叹了口气，她小声道："小迷，我们好像迷路了。"

小迷想：你终于发现了。

他说：我们在这里等，联系到陆嘉钰了。

正逢夕阳落幕，橙黄色的光影散落石砖，家家户户贴着崭新的对联，红色灯笼浮出光亮。

巷子一角，蹲着两个人，瞧着可怜巴巴的。

小迷想起陆嘉钰交代的任务，和尤堇薇聊起天来。

尤尤，你和谁一起过年？

"我来邺陵出差，自己过年。"

我也是一个人，我们一起过吧。

“陆、陆嘉钰呢？”

这是尤堇薇第一次念出他的名字，咬字生涩，三个字滚过舌尖带出不一样的意味。这种感觉很陌生，让她有些不自在。

忽然，石砖上投下一道黑影，挡住橙光。

懒散的声音落下来，带着困倦：“找我？”

尤堇薇一僵，下意识抬头看去。

他立在拐角处，黑眸垂落，最后一抹夕阳映在他漆黑的瞳孔里，像火焰沸腾。

陆嘉钰扫过地上蹲着的两个人，随口道：“走了。天一黑，三个人都得交待在这儿。”

尤堇薇微微涨红了脸，她有点不好意思。

明明是来找人的，自己还迷路了。

小迷瞥了眼陆嘉钰，再看尤堇薇又是乖巧的模样：尤尤，我想和你一起过年。和陆嘉钰在一起好无聊。

尤堇薇偷偷看了眼前面的男人，悄声道：“我住酒店里，也很无聊。”

小迷仰头冲她一笑：去我住的地方玩吧，我在邺陵一个朋友都没有，只认识你。

尤堇薇有些迟疑，事情进展到这里可以说很顺利，甚至比她想得更快，她离玉镯的下落越来越近了。

可是，这个男人……

陆嘉钰给她的感觉太危险了。

他像深冬里的一口井，乍一看黑洞洞的，下了雪也不会结冰，可若是摔下去，或许淹死，或许冻死，最终的结局都是沉在井底。

尤堇薇的犹豫小迷看在眼里。

他这一路没再出声，直到走出巷子。

年三十，附近的店面都关门了。

明明是热闹的年夜，他们三个人却在巷口站出了一种荒凉的感觉。

尤堇薇踟蹰片刻，看向倚在一侧的陆嘉钰，捏紧了包带，轻声道：“陆先生，你们先回去吧，我自己打车回去。”

她喊他陆先生。

轻轻柔柔的嗓音，像独坐春夜的少女。

夕阳余晖落在陆嘉钰身上，他的蓝发显得有些柔和。

他垂着眼，旁若无人地倒出根烟，骨节分明的手指微动，拢住一侧风，金属碰撞声轻响，火舌舔舐尼古丁，浓烈的烟味散开。

狭长的眸微微眯起，而后舒展开。

他看过来，眼底情绪很淡，嗓音有些沙哑，似乎含着睡意："在这儿打得到车？"

这里地偏，路过的出租车几乎没有，加上日子特殊，打到车的概率为零。

尤堇薇晃了晃手机，尽量自然道："我用打车软件。"

陆嘉钰的视线滑过小迷，懒声应："随你。"

他保持着同一个姿势，薄唇衔着烟，不再开口。

小迷接收到那暗示的眼神，扯住尤堇薇的衣角轻晃了晃，仰着脸用澄澈的大眼睛看着她。

尤尤，我好孤单。

陪我过年吧。

打车软件不安全，我和陆嘉钰送你回去。

尤堇薇和他湿漉漉的眼对视片刻，霎时心软了，温声道："我陪你看'春晚'好吗？看完就回去。"

小迷立即露出笑来，自然地牵住她的手。

他面上装得自然天真，实际上，他忍不住屏住呼吸，轻轻地攥着她的掌心，是软的，好温暖。

陆嘉钰低眸，在两人交握的手上停留一瞬。

这是一栋两层楼的小院子，典型的郧陵建筑。

白墙黑瓦，陈旧的白色和院子里粗壮的树木都彰显着这是有些年头的老房子了。

尤堇薇轻手轻脚地走进去，打量着这栋小院。

最后，她的视线落在客堂，那里放着张躺椅，陆嘉钰睡着了。

他一进门便脱了大衣，随手丢在沙发上，把自己往躺椅上一摔，盖上毯子，只露出揉乱的头发。

两次他都睡在躺椅上。

不睡床，不需要暖气。

小迷见她看陆嘉钰，打字解释：他睡眠不好。今天早上八点才回来，断断续续睡了一天，被吵醒还砸坏了一部手机。

尤堇薇低头，小声道："他脾气不好。"

小迷眨眨眼。

她勾唇一笑，揉了揉他的发，进了厨房。

打开厨房冰箱，尤堇薇呆了一下，满满当当，哪像是没吃食的模样。

小迷无辜地敲出一行字：我们不会做饭，不是吃外卖就是出去吃，都吃厌了。尤尤，我们点外卖吧？

尤堇薇放轻声音："不用，自己做吧。"

至少在年三十这一天，他们不用吃外卖。

尤堇薇脱下大衣，找了一圈没找到围裙，只能庆幸自己今天没穿白色毛衣。

小迷对此很新奇，见她要做饭，忽然变得跃跃欲试的，抢着干活。

尤堇薇问："你们爱吃什么？"

小迷在手机上写：我什么都爱吃，他不爱吃饭。

尤堇薇只好循着旧时的记忆做年夜饭。

用砂锅炖的大杂烩用小火煨着，凉菜先端上了桌，甜糯糯的红烧肉泛着晶莹的光泽，冬瓜排骨汤清口解腻，再炒了盘青菜，最后她陷入纠结。

活鱼在砧板上弹跳挣扎着，水滴四溅，尾巴重重地甩在板上。

尤堇薇拿着刀不敢靠近，她在洛京买的鱼都是让人现杀的，自己从来没杀过鱼。刚刚小迷将鱼从鱼缸里捞出来，她便吓了一跳，这会儿更是白了脸。

忽然，一只微凉的手扣住她的手腕。

清冽的气息带着浅淡的烟草味自后贴近。

冰凉的指节轻轻扣着手心这截细腻纤细的手腕，指腹无意识地刮擦过，带起一片细小的电流。

"今天不宜见血。"

男人轻笑了声，喉咙里滚出低懒的笑意。

另一只手拿走了她掌中的刀。

尤堇薇愣在原地，反应过来后热意涌上脖子，倏地和他拉开距离，磕磕巴巴地喊："陆、陆先生。"

陆嘉钰垂眸看她泛起红晕的脸颊，心情好了不少。

他放下刀，关了火，语气算得上平和："叫我陆嘉钰就行，我知道你的名字。"

尤堇薇轻抿了下唇，只点了点头。

没如他所愿喊他的名字。

这大年夜过得简单，却不清冷。

尤堇薇眼看着小迷去盛第三碗饭，欲言又止，只好看向陆嘉钰，陆嘉钰原本在打电话，见她求助地看过来，微挑了挑眉。

能看到这种眼神，倒是稀奇。

柔软的，带着小心翼翼的试探。

"行了。"他长腿一展，挡住了小迷的去路。

小迷莫名其妙地看他，抬脚往他小腿一踹。

陆嘉钰不躲不避，深黑色的眸掠过来，带着冷漠的戾气。

小迷闷着脸，回去坐下了。

尤堇薇没注意两人的眼神交流，见小迷老实回来，轻声道："你身体不太好，不能一次性吃太多。"

这两天尤堇薇了解到他身体很差，正在恢复中，跑酷就是他想出来的运动方式。

小迷见她开口，便放下碗，打字和她交流。

尤尤，我们看电视吧。别理他。

这顿饭只有他们两个人吃得认真。

陆嘉钰从一上桌电话就没停过，有的接，有的不接，偶尔还会发脾气和人呛起来。

尤堇薇坐在里间，隐约能听到他的笑声，笑得被烟呛到，压着声咳了两声，断断续续地说着话。

她捏着软沙发上的靠枕，问小迷："你们一直都这么过年吗？"

小迷：差不多。我是被陆嘉钰捡回家的，无父无母，他有和没有一样，也算无父无母，以前都在店里过年。过年放假，店里没有别人，只有我们。

尤堇薇好奇地问："是什么店？"

小迷：**文身店，没生意。**

没生意？

尤堇薇想起那日在胡同里看到的人群，听人说他第一个月最多只出现两次，心说这也算没生意。

小迷：**其实不算是店，他住在那里，心情好了就开门接单，但他没有心情好的时候。平时就是资本家，无聊死了。**

简而言之，陆嘉钰是个商人。

文身店只是副业。

尤堇薇旁敲侧击，始终没找到机会问镯子的事，便认真地看起节目来。

小迷坐在她的身边，脑袋枕在她的肩上，偶尔偷偷蹭两下。

近十点，烟花的爆裂声掩盖了电视机的声响。

尤堇薇侧头看向窗外，郦陵开始放烟花了。

每年的这一天，郦陵都会放烟花，她从小看到大，可今夜的烟花，却阔别了那么多年。

流离潋滟的画面里，她的手机开始振动。

尤堇薇低头看去，还没看清，门口忽然有了响动，他站在那儿，暗淡的眸看过来，嗓音微哑：“走了，送你回去。”

巷口停着辆蓝色跑车，与老式建筑格格不入。陆嘉钰往跟前一站，几乎要融入车里。

尤堇薇看着他的蓝发，再看车。

两种蓝色在暗里重叠，乍一看他只剩下身体，像是无头人在夜里行走，想到这里，她没忍住笑了一下。

小迷问：**尤尤，你笑什么？**

尤堇薇凑近他，跟说悄悄话似的用手挡在唇边，悄声和他说了。

小迷看了一眼，露出小虎牙来。

陆嘉钰一回头，就见她杏眼微弯，侧脸弧度柔和，饱满的唇勾着，像把小刷子挠着掌心。

那日一见，只觉她清丽不可方物，典型的郦陵美人。

今天近距离观赏，才觉娇艳欲滴。

他舔了舔唇角，懒着声：“Mint，回去看家。”

小迷神情有些紧张，扯住尤堇薇的衣角，看他的眼神霎时变得凶狠。

陆嘉钰神色淡淡，随口道："回来给你带粽子糖。"

小迷撇撇嘴，不情不愿地松开手，心想：谁爱吃粽子糖，只有你爱吃。但陆嘉钰说会回来，说明尤尤不会有事。

他眼巴巴地看了尤堇薇一眼，指了指手机。

尤堇薇微微俯身，摸摸他的脑袋。

小迷比同龄孩子瘦小，比她矮一点，她多数时间会俯身和他平视。这一次也一样，她从包里拿出准备好的红包，递给他，柔声道："新年快乐。"

话音落下，又一朵烟花绽放。

绚烂的光彩落下，将她水润的眼睛映得明亮。

陆嘉钰定定地看着这一幕，心底忽而升起一股烦躁，他没管他们，直接开门上了车，砰的一声闷响，打破了这片温情。

尤堇薇微愣。

小迷像藏宝贝一样收好红包，打字：**他有病，别理他**。

跑车嚣张地疾驰在空荡无人的街道。

尤堇薇紧抓着握把，失重感让她忍不住闭上了眼，忍了半路，终于出声："你这样很容易违反《中华人民共和国道路交通安全法》。"

明明是指责的话语，却软得不像话。

像在撒娇，撒娇也不敢大声。

陆嘉钰降下车窗，车速减缓，侧头看了眼脸色发白的尤堇薇，问："你一直这样？"

尤堇薇按住怦怦直跳的胸口。

一双杏眼带着茫然，水意潋滟。

冷风烈烈，陆嘉钰横在方向盘上的指节轻点了两下。

他一桩一桩数："讨厌别人抽烟不说，不想和人回家不会拒绝，害怕也不知道出个声。"

这样的性子，容易受欺负。

而他，最喜欢欺负这样的人。压抑久了是会爆发的，他最爱看爆发的那一瞬，像火焰燃烧，最后烧得一点不剩，刺激极了。

尤堇薇侧过头："我从小就这样，很难改。"

陆嘉钰勾起了然的笑，问："为了讨好谁？你是郸陵人，却住在酒店里，和家里关系不好？"

尤堇薇一怔，回头看他：“你怎么知道？”

陆嘉钰随口道：“猜的，晚上你做的菜，都是邺陵口味。”

说是猜的，其实见她那天简历就送到了他那里。

二十二岁，邺陵人，自小生活在邺陵，高中毕业后考上了京大，民俗专业，去国外当过半年交换生，今年刚毕业，目前就职于一家手工艺工作室。

她轻声说：“我在邺陵没有家人，家里太空，我不想回去。”

只回答了第二个问题，避开了第一个问题，细听她嗓音发颤，陆嘉钰侧眸看了眼她泛红的鼻尖，关上了车窗。

“今天……”

他话开了个头，被响铃打断。

尤堇薇的电话响了，她看着屏幕上显示的名字，半晌才接起电话，说话声音照旧很轻：“阿虞，过年好。”

电话那头，尤靳虞站在深雪里。

退后几步看一片漆黑的小院，问：“你不在家？”

尤堇薇应：“我出差了，春天才能回去。外面冷，早点回家去吧，我不是一个人过年。”

尤靳虞问：“去哪儿了？”

她不说话。

“去邺陵了？住在酒店？”尤靳虞一猜一个准。

他捏紧手机，嗓音微涩：“姐，妈让我和你说新年快乐。她还让我给你带红包了，等你回来我给你。”

尤堇薇知道，妈妈不会的，不会和她说新年快乐，也不会给她带红包。

但她没有拆穿，只是轻声道：“新年快乐，阿虞。记得吃蛋糕。”

半小时后，车停在酒店门口。

陆嘉钰反手关上车门，倚在车边点了支烟，无声地站在风里，打量着连名字都没听过的酒店。

辛辣的烟味融化在冷冬里。

尤堇薇和他隔着点距离，自从她挂了电话后，他就没出过声，神情冷淡，似乎又不高兴了。

她绕上围巾，温声道谢：“谢谢你送我回来。”

陆嘉钰抬眸，盯着她楚楚动人的脸。

半晌，他轻嗤一声，咬着烟打开车门，作势要走。

尤堇薇看着他略显冷漠的侧脸，指尖蜷缩，鼓起勇气喊：“陆嘉钰。”

陆嘉钰微顿，转头看去，她站在冷风里，透白的脸晕染着初春的颜色。

他在等，等她说话。

几步之遥的女人杏眼微弯。

她说：“陆嘉钰，新年快乐。

第二章 动心

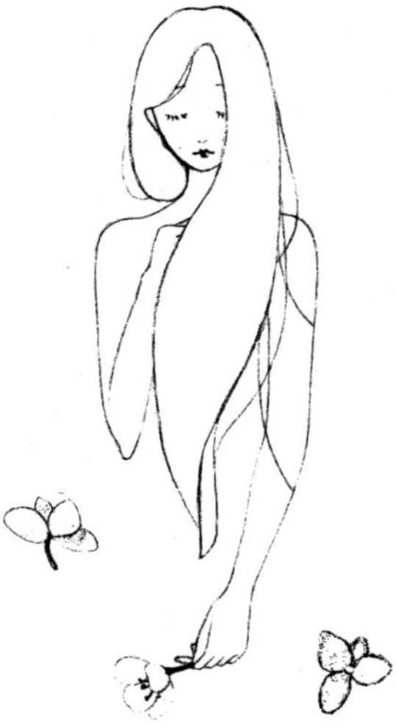

她是他记忆中的邺陵。
干净、温暖，丝毫不差。

自年夜后，尤堇薇没再见过陆嘉钰，她和小迷依旧相互发着微信。偶尔她在忙，他就乖乖地自言自语，自得其乐。

初七这天下了雨。

下午两点，尤堇薇将画好的图纸发给合作人确认，款式不复杂，胜在精巧、别出心裁，颜色晕染得很漂亮。

合作人问她方不方便再去趟那处私家园林，说程总今天正好在，如果他觉得没问题就可以动工，还给她发了个红包，说过年没休息辛苦了。

尤堇薇不怕辛苦，也不怕工程量大。

最怕的就是和甲方面对面交流，跟人相处好难。

她幽幽地叹了口气，老实换衣服出门，照旧裹了件厚厚的羊绒大衣，高领毛衣遮住下巴，大半张脸都埋进了围巾里，围巾上的羊毛直往她的嘴里跑。

雨日总是令人烦恼。

虽说雨滴沙沙刮过屋檐的声音清脆好听，但路上容易积水，蹚水而过的路段总是令人心生不喜。

尤堇薇下了车，撑着伞小心翼翼地跨过水塘，等进入园内才松了口气，放下伞拿出画稿往里走。

这大冬天的，有钱人倒是风雅，顶着寒风细雨在亭子里品茶。

程卫一脸愁苦，这些天陆嘉钰可快把他折腾死，他气不过，大怒道："难不成这个项目缺了陆嘉钰我就办不了了吗？大不了不挣这个钱，我受不了这委屈。"

朋友叹气："谁让他姓陆。你满地去找，像陆嘉钰这样身份的人能找出来几个？我可听说了，他和家里大吵一架，是被发配到郦陵来的，只是走个过场，没几个月就回去了，你忍忍。"

程卫猛灌一杯茶："什么叫发配？我们郦陵哪儿差了！"

朋友给他续上水："不是这个意思。说起来这件事也不是秘密，陆嘉钰对郦陵有感情，他已故的母亲就是郦陵人，他肯定想办好这个项目。"

程卫匪夷所思："陆夫人不是健在吗？继母啊？"

朋友道："是继母，和陆正明生了个女儿，孩子还在上初中。严格来说他是独子，你可千万放在心上，这不只是项目的事，想想将来不止郦陵，还有洛京。"

程卫摸了摸脑袋，心说乖乖，哄女人他还有点本事，男人怎么哄？

下一秒，他看见了尤堇薇。

简单干净的姑娘像深冬绽放的花苞，白洁澄净，一路走来步步生莲。

程卫忍不住想，若是他老婆不生气，他还真想雇几个姑娘穿着漂亮衣服成日在园内走来走去，什么都不用做，只为赏心悦目。

许久，他道："我有个办法可以一试。"

晚上七点，豆石巷十六号。

小迷再一次玩游戏通关，走到门口往外一看，躺椅上的男人丝毫没有醒来的迹象。他走到边上晃了两下椅子，用不标准的发音喊："起床了。"

露在毯子外的蓝发安安静静，没有动静。

他用力一推："陆嘉钰，起床！"

寂静过后，底下的人极轻地嗤笑一声，含着困意问："不装哑巴了？服了你，哑巴也装得起劲。"

小迷是陆嘉钰从国外捡回来的。

这小孩普通话说得不标准，自尊心又强，被人嘲笑两次居然装上哑巴了。起初是不想开口说话，后来是为了好玩，再后来觉得周围人太没劲懒得说话，一装就是两年。

小迷见他醒了，闷声道："我想见尤尤。"

陆嘉钰把毯子一掀，狭长的眸望过来，瞳孔映着冷夜，语调冷淡："她有男朋友。"

小迷一呆："真的？"

"大概率。"

陆嘉钰随手揉了揉头发，想起那晚她在车上接的那通电话，虽然听不清谈话内容，但那头是个男人还是能听出来的，更重要的是那女人说话的语气，和跟他们说话时不一样。

他的兴致起起落落，暂时没那想法了。

小迷大声说："你是不敢吧？怕比不过别人。尤尤也看不上你，脾气差，性格恶劣，只有一张脸能看。"

陆嘉钰："什么？"

再说酒店那头，尤堇薇的房门响的时候，她刚刚收拾完行李。

这趟行程过于匆忙，又正逢年节，合作人没准备好住宿的地方，昨晚才将地址发给她，说今早来接她。

门一开，果然是合作人。

她春风满面，喜悦道：“小尤，程总说他很满意，还给我们工作室介绍了两个大单，这一次真是辛苦你了。”

尤堇薇笑笑：“这是我的工作，不辛苦。”

合作人强硬地拿过她的行李箱，说：“我特地从朋友那儿借了栋院子，昨晚布置好了工作间，你缺什么就打电话告诉我。”

这一路合作人情绪高涨，聊完工作又聊起生活来。

这么聊了一路，总算到了她的住处。

车在巷子口停下，白色铁牌写着三个字：豆石巷。

尤堇薇下意识看向停车位，没看到熟悉的颜色。

巷口栽着几株悬铃木，看着有点眼熟，但是郸陵的巷子大多长一个样，或许她以前来过。

合作人道：“房子是旧了点，但胜在安静，适合干我们这行的。”

“十四号……我记得这边是双数，到了。”她把钥匙和两张票递给尤堇薇，有些抱歉地说，“我有事要先走，这里有两张别人送的音乐会门票，工作之余也要记得放松。”说完，急匆匆走了。

尤堇薇捏着门票发了会儿呆，看向以后要待两个月的新住处——双层独栋小院，带着院子，墙头攀着深绿色的植株。

打开门，行李箱滚轮滑过石板。

方方正正的小院，左侧一口天井，边上放着几只水缸，盆栽是新买的，角落里有一株山桃树，有些年头了，地面是清水方砖。

一切都是郸陵的模样。

尤堇薇微舒了口气，拎着箱子进了卧室。

午后，尤堇薇坐在院里，拿出两张门票。

经典音乐剧交响音乐会，时间是明晚七点半。

cc：小迷，明晚有时间吗？

Mint：现在就有。

cc：想不想去听音乐剧？

Mint：啊，无聊。但我要去。

cc：我来接你吧？

Mint：不用！

尤堇薇眨眨眼，想起那晚和小迷蹲在巷子里等陆嘉钰，他小心翼翼地看她，一副想说什么又不敢说的样子，她忍不住勾唇一笑，小少年还挺可爱。

凌晨两点，重重的关门声响彻寂静的夜。

半梦半醒间，尤堇薇掀起被子挡住头，不一会儿又沉沉睡去。

隔壁十六号。

陆嘉钰进门把大衣一甩，随手拿起桌上的陶瓷水壶往嘴里灌，冷透的水滚过喉间坠入空荡荡的胃里，啪嗒一声脆响，放下水壶，指节随意抹过唇角的水渍，酒意微微消散。

窝在沙发玩游戏的小迷听到动静，起身往客堂一看，皱起眉："陆嘉钰，你能不能不要这么懒？"

明明热水壶就在脚边。

陆嘉钰懒得和他争论这点小事，身体往躺椅里一砸，深深吸了口气再吐出来，哑声问："怎么还不睡？"

这小不点虽然难管，但习惯不错，平时十二点之前就睡着了。

小迷嘀咕："我等你回家。"

陆嘉钰嗤笑了声："等我？有事就说。"

小迷高兴一晚上了，忍着困意也要等陆嘉钰回来在他面前炫耀。他仰起下巴，一字一句道："尤尤邀请我和她去听音乐会。"

男人修长的手指微动，准确地握住空水壶，微凸的指节泛白，用力一拽，直直朝脚下砸去。

瓷白的水壶顿时四分五裂。

像月光碎了一地，映着少年得意的笑。

"滚。"

陆嘉钰语带戾气，被子一掀，不理人了。

隔天中午，躺椅上的男人被窸窸窣窣的动静吵醒。

毯子里伸出一只瘦削漂亮的手，随便摸了个东西往地上一砸，那动静顿时停了，不一会儿，小迷出来了。

他不满："陆嘉钰，你干什么？"

"砸坏了还要去买，烦不烦！"

陆嘉钰不耐烦："吵什么？"

小迷轻哼："我选衣服你懂吗？我要和尤尤去约会了，你继续去应酬，不用管我，最好喝死在外面。"

说着，白眼一翻，又进去选衣服了。

陆嘉钰憋了一肚子火没处发，余光瞥见屏幕亮起的手机，接连几条信息，都来自程卫。

陆总，忙了几天不如换个场子。

我这里正好有两张音乐会门票，马上找人送来。

一点心意。

音乐会门票？

陆嘉钰微眯了眯眼，喊："Mint！"

"干什么？"

"音乐会几点？"

"七点半！"

陆嘉钰的视线落在发过来的门票上，晚上七点半，郰陵大剧院，经典音乐剧交响音乐会。原来在这儿等着他。

"讨厌鬼。"

他低骂了句，勾起唇角。

六点半，小迷换上新买的风衣，对着镜子左看右看，满意地转了个身，吹了个口哨，准备出门。

"你怎么还在家？"他可不想这人坏他的好事。

陆嘉钰心不在焉地抛着车钥匙，轻瞥了他一眼，随口道："正好出门，送你去。"

小迷顿时警觉："你想干什么？"

陆嘉钰起身，居高临下地看着这小不点，而后移开视线，漫不经心道："不去拉倒，走了。"

刚走出几步，后面脚步跟上来了。

陆嘉钰哼笑一声，真好骗。

两人走进巷子，小迷指着隔壁问："我们有邻居了你知道吗？不知道是谁，也不怎么出门，但做饭特别香。"

陆嘉钰不在意这些。

“上车。”

七点整，邺陵大剧院。

门口来往的人不多，相伴而行的男女紧紧依偎，结伴的朋友互相打闹，随处可见上扬的笑容，也有独自前往的人，姿态潇洒，干净利落。

尤堇薇拎着包，沿着格子路来回走。

小高跟踏出清脆的响声，黑色裙摆滑过纤细的脚踝，银色脚链一闪而过，红色大衣勾勒出柔软的线条。

忽然，熟悉的引擎声响起。

她停住脚步，茫然地望向夜色中。

黑色跑车闪耀着刺眼的光，灵敏地穿越拥堵的车流，无视一众带着骂声的喇叭响，径直驶入大剧院路口。

尤堇薇抬手遮住眼，光让她看不清驾驶座上的人。

下一秒，车灯暗下去。

小迷下车朝她跑来，车又重新启动，嚣张离去。

尤堇薇微微松了口气，将提前准备的热奶茶递给小迷：“冷不冷？喝一点再进去，吃晚饭了吗？”

小迷乖巧点头，又摇头，打字：**我吃了，陆嘉钰没有，他睡了一天。**

尤堇薇无奈，温声问：“又吃外卖？”

小迷无辜地看她。

两人边走边聊，很快走进剧院里。

片刻后，那辆扬长而去的黑色跑车重新返回剧院，身着黑色大衣的男人走进风里。

进场时厅内已坐了不少人，多数在前排，后面很空，几乎没什么人。

他们的位置在中后排。

尤堇薇和小迷偶尔打字交流，直到身后坐下一对情侣，他们亲密地贴在一起说着暧昧的话语，并不在意他们前面还坐了两个人。

“新找的地方？你胆子真大。”

“嘘，还有人。”

“你老公不在？”

“啧，别提扫兴的事。今晚……”

女人的笑声勾人，空气中香气浮动。

尤堇薇的耳根有些发烫，下意识去捂小迷的耳朵，凑近悄声道：“空了很多座位，我去问问工作人员，或许能换一个位置，你在过道等我。”

小迷乖乖点头。

待尤堇薇一走，他起身往后座翻越，脚重重地踩在男人的脚上，旁若无人的两人终于分给了他眼神。

男人不爽地看过来：“不长眼啊？”

小迷定定地看他一眼，忽而看向女人，咧嘴一笑，露出两颗尖尖的小虎牙，笑容天真：“妈妈，爸爸说你现在找的这个不如上一个。”

说完，他朝着男人眨眨眼，往前一翻。

眨眼不见了人影。

小迷蹲在过道里，百无聊赖听着两人争执，到最后声音越来越大，他们互相推搡起来，很快就被保安带走了。

尤堇薇回来时，正撞见被带出去的两人。

见她回来，小迷冲她笑了一下。

“没事吧？”尤堇薇担忧地摸摸他的额头。

小迷：**没事，他们吵架了。**

这个小插曲没有影响音乐会的进行，很快，场地暗下来，舞台上拉开了序幕。

今晚的剧目都是耳熟能详的经典音乐剧，演员感情饱满，乐团专业且时常给人惊喜，中场休息时观众不觉疲惫，反而兴致勃勃，再开场时观众们极其投入，包括尤堇薇。

黑暗中，有人在她边上的座位坐下。

大衣抖落一身寒意。

尤堇薇对此全然不觉。

台上开始下一个表演节目，音乐剧大师安德鲁·劳埃德·韦伯的《歌剧魅影》组曲 *The Phantom of the Opera*。

怆然的管风琴渐渐响起。

情绪酝酿间，整个场地忽然暗了下来，场内所有灯光消失，人群霎时寂静，之后，渐渐起了骚乱。

剧院停电了。

台上的乐团素质极高，丝毫不受影响，定音鼓紧跟上。

与此同时，音乐厅右侧大门被一脚踹开。

领头的男人一把推开保安，大声嚷嚷："我是来找我老婆的，你管得着吗……给我进去找！"

倏地，一道冰凉的触感落下来，有力瘦削的手紧紧扣住她的手腕。

尤堇薇微怔，还没反应过来，整个人被巨大的力道拽了起来，她下意识喊："小迷！"

小迷快速上前，一把抓住她。但感觉到身旁男人的靠近，他又默默地松开了手。

右侧大门处的人打开强光手电筒。

他们有备而来，只听得一声喊："他们在那边！"

一对男女的身影从左侧大门跑走，乌泱泱的队伍紧跟上，厅内一片混乱，台上醇厚的女声高声歌唱——

And though you turn from me

纵然你离我而去

To glance behind

留下惊鸿一瞥

漆黑的通道间，尤堇薇被迫跟着男人前行的步伐向前奔跑，他冰冷的手指渐渐生出热意，那力道霎时收紧。

"你……"

她喘着气，仓皇开口。

一句话刚开了个头，身后的脚步声逼近，来人高声喊："给我把奸夫抓住！就在前面！"

奸夫？

尤堇薇睁大眼。

急速跑动中，男人忽然轻笑了声，挠人的音节熟悉又陌生，尤堇薇心底浮起一个念头，挣扎的动作渐渐停了。

整个剧院都停电了，到处一片黑暗，人群骚乱。

音乐厅内恢宏的弦乐奏响，急促的脚步声在混乱中融入音乐，他们爬上楼梯，转过一个又一个拐角，脚步声和骂声交杂。

她的红色大衣丢落在地。

尤堇薇思绪混沌，心跳加速，她体力不支，几乎要喘不过气来。

他停在第五层，小高跟踏在柔软的地毯上，悄无声息。就在尤堇薇以为自己要窒息的时候，手腕一紧，被拽入某个房间内。

下一秒，微凉的手掌按上她的唇。

挡下所有惊呼。

尤堇薇克制地喘着气，身体一软，眼看要滑倒，一截小臂牢牢箍住她的腰，侵略的视线落下。

陆嘉钰饶有兴致地看着她。

手里的身躯微微颤抖，裸露的肩头像一抹白雪。

“别怕，是我。”

刻意压低的男声语带笑意，含着安抚的意味。

尤堇薇张唇，唇瓣触到微凉的掌心，干燥的触感，甚至连纹路都清晰，她倏地闭上了嘴。

黑暗中，陆嘉钰垂下眸，喉间上下滚动，他用气音道：“我松开手，不许叫。”

尤堇薇别开脸，点点头。

陆嘉钰奖励般地脱下大衣，盖住那抹雪白单薄的肩头，轻声说：“真乖，现在我问一句，你答一句。”

尤堇薇按住剧烈跳动的胸口，攥紧了拳。

黑暗让她有些不适，偏偏身前的气息温温烫烫，存在感极强，让她无心去想黑暗带来的恐惧。

“为什么这样？”她先开口，打破游戏规则。

陆嘉钰难得没生气，配合地回答：“底下在抓奸夫，我大发善心，助人为乐。多好玩，你不高兴吗？我很高兴。”

她委婉道：“你不像是成年人。”

陆嘉钰沉默几秒，忽然笑了，且越笑越夸张，笑到弓起背脊，肩头不可抑制地抖动起来，将她完全抵在他和门板之间。

他低笑着说：“闷葫芦也会发脾气。”

尤堇薇抿住唇，几乎要把自己缩进门里。

陆嘉钰抬起头，微微凑近她，悠悠道：“到我了。尤小姐，第一个问题，你有男朋友吗？”

撩人的气息勾着蛊惑的嗓音钻入耳朵，激起一阵战栗。

尤堇薇久久不语，陆嘉钰渐渐失去了耐心。

正想说话，走廊内忽然响起一阵脚步声，强光透过门上的玻璃落下来，映亮她微微发白的面容。

陆嘉钰看到她眼底隐隐的惧怕。

他微微眯起眼，凑得更近，鼻尖几乎要抵住她的，喉间滚出笑意："你怕我啊？"

也是，谁不怕他。

陆嘉钰就是喜欢别人怕他，越怕越好。

尤堇薇有些发怔，他明明在笑，却像是生气了。

"不是，我怕黑。"她轻声应，没说谎话。

陆嘉钰定定看她两秒，门外的人被男人放浪的笑声惊动，朝着房间而来，窗外隐约的乐声飞越天际，打击乐器配合着木管乐，高昂悠扬的女高音中，男声正在低吟：

Sing

歌唱吧

my Angel

我的天使

sing for me

为我歌唱吧

"在这里！"

"给我砸！"

门外喊声混乱，几声闷响，他们开始撞门。

陆嘉钰揽着她的腰肢，往墙侧一压，语气平静地说："不回答就当你默认没有，第二个问题——"

尤堇薇下意识屏住呼吸，听他说："恋爱吧。"

她睁大眼，对上他微暗的眸。

与此同时，砰的一声闷响，门被撞开，来人还没靠近陆嘉钰，忽而被一脚踹开，后面的紧跟而上。

陆嘉钰轻啧一声，暂时松开软香温玉，凌厉的指节紧握成拳，狠狠朝来人砸去，房间内顿时响起一片打斗声。

怔愣间，那微凉的手重新扣住她的手腕。

男人喘息着笑，补充道："和我。"

这一早尤堇薇是被吓醒的，少见地做了噩梦。

梦里，她被一只喘着气的猛兽按住动弹不得，它锐利的爪牙摁着她脆弱的脖颈，东嗅嗅西嗅嗅，似乎在纠结从哪里下口。

"他发什么疯……"

她喃喃自语，还陷在昨晚的冲击里。

昨晚的闹剧结束后，剧院恢复了供电。

灯亮的瞬间，尤堇薇磕磕巴巴地说了句"我没听清"便慌忙逃走了，连掉落的大衣都没来得及捡，半路遇见小迷，她拿了包就跑，回到家辗转反侧，好久才睡着，所以此刻睡醒还有点蒙。

尤堇薇捂着微烫的脸颊，她还没想好怎么接近他，事情就像按了两倍速快速进展，到了无法掌控的环节。

该怎么办呢?

她发了会儿呆，认命地起床工作。

这天一早，尤堇薇去花卉市场买了几盆这次准备做的花，反复挑选后挨个换了新的花盆，宝贝似的供起来。她忙完已是中午，走出巷子，经过几株悬铃木，再从桥头跨过河，经过一条玉兰花道，边上是个小菜市场。

临近中午，菜市场显得冷清。

熟悉的郕陵口音令她觉得亲切，她慢吞吞地逛了一圈，简单买了点菜按原路返回，走至桥口，看到一位老爷子拖着小车，用小锤敲着铁锅，发出叮叮当当的声响，甜香味浮散开。

尤堇薇停住脚步，看向他的小车。

上面躺着几袋用透明防潮袋装着的糖果和小吃，有玫瑰西瓜子、薄荷粽子糖、松仁粽子糖等。

老爷子看过来，用方言问了句话。

尤堇薇放慢语调，温声应了，随即老爷子从底下另外拿出几个装着材料的袋子递给她。

尤堇薇回到家里的时候，隔壁十六号的小少年正饿着，他无聊地丢掉游戏手柄，摸了摸自己空空的肚子。

又要吃外卖，他不满。

至少在洛京还有人做饭，虽然不好吃。

小迷和陆嘉钰有个相同的习惯，不喜欢家里有外人往来，所以两人默契地没提请个阿姨的事，就这么和外卖僵持着过日子。

正郁闷着，他忽然嗅到一股香味，食物的味道从隔壁传来。

隔壁邻居搬来三天了，还没见过人。

小迷心里一动，熟练地从院子翻上墙沿，沿着窄窄的墙沿一个冲刺，灵活地攀上屋顶，小心翼翼地走过满是瓦片的屋顶，没发出丁点声响。

郸陵的老房子有个特点，几乎每家每户的客堂上都有天窗，自然采光减弱了灰暗的色调，堂内看着亮堂堂的。

小迷攀爬至隔壁，趴在天窗上往下看。

看起来是个女人住的地方，有暖色的毯子、精致的茶具，还有一件棕色呢大衣挂在椅子上。

等了半天，没有动静。

小迷耐着性子，终于，他看见一道身影从厨房出来，她手里端了两盘菜，露出来的双手如玉般细腻，十指纤纤，有点眼熟。

他睁大了眼。

是尤尤！

小迷忍着兴奋，光明正大地翻进了尤堇薇的院子，但他“不能说话”，只好等着尤堇薇发现他。

小少年往院子里一蹲，双手托腮，装成一副天真无辜的模样。

尤堇薇端出最后一碗汤，刚想坐下，余光忽然瞥见院子里的身影，身体一僵，惊呼卡在嗓子眼，待看清是小迷才敢小口呼吸。

“你怎么在这里？”她嗓音带着点颤，惊魂未定。

小迷抿嘴一笑，小跑到她的身边，打字问她。

尤尤，你怎么搬到这里来了？我和陆嘉钰住在隔壁。

尤堇薇下意识看向院墙，似乎想透过墙面看到谁。

原来是这样，难怪她进巷子就有熟悉感，那日天色已晚，她没看清巷子的名字和陆嘉钰家的门牌号。而这个时间，小迷会过来……

“是不是饿了？”她问。

小迷点头：味道好香，我忍不住爬过来了。没想到看见了你，尤尤，这一定是天注定的。

尤堇薇无奈一笑："去坐着吧，我给你盛饭。"

小迷抢先一步，灵活地钻进厨房自己盛去了，吃了个半饱才想起来家里还有一个昏睡的人。

他想了想，放下筷子：昨晚他是不是欺负你了？

不提昨晚还好，一提她的耳根就泛起红晕。

一时间竟胡言乱语起来："没有，他就是……就是忽然情绪上来，想扮演奸夫？"

小迷心想：什么东西？陆嘉钰又有什么破爱好了？

尤堇薇轻咳一声，转移话题："这是我工作和住宿的地方，我会在这里住两个月。饿了你就过来，家里还有一把备用钥匙，以后不要翻墙了。"

小迷眨眨眼，哪儿还顾得上陆嘉钰。

他这一下午都钻在尤堇薇的院子里，一会儿看她选原料，一会儿看她制作浆料，最后蹲在厨房的椅子上看她做粽子糖。

美丽的少年歪着脑袋，心里满是疑惑，邺陵人怎么都爱吃粽子糖？

在这里蹭过晚饭，小迷恋恋不舍地走了，手里还拎了袋糖。

进门前，他看了眼在夜色中目送他的女人。

走进院子，陆嘉钰刚洗完澡出来。

松松垮垮地往身上套了件白色低领毛衣，颈间湿润的水渍游离，滑过冷白的锁骨，带着点儿勾人的意味。

他胡乱地揉着发，想着染个新颜色。

听见动静，抬眼看向浑身都写着春风得意的小迷，随口道："你未成年，自己清楚吧？"

"陆嘉钰！"小迷恼怒地喊，"我讨厌你。"

喊完惊觉声音太大了，他下意识捂上嘴，一溜烟跑进客堂。

"干什么去了？"

陆嘉钰扫了眼桌子和垃圾桶，干干净净的，没有任何外卖的痕迹。这小不点不会开火，也不知道上哪儿蹭了一天吃的。

忽然想到什么，他眯起眼，问："你去哪儿了？"

小迷抬起下巴，装作无事发生的模样："在外面随便去逛了逛，还给你带糖了。我和你可不一样，只知道买自己喜欢的。”

陆嘉钰懒得搭理他，随手接过纸袋，刚做好不久的粽子糖，带着温热，玫瑰味的。随手捡起一个丢进嘴里，舌尖尝到熟悉的味道。

他躺回躺椅，拿起手机，刚打开屏幕，忽然顿住。

“哪儿买的？”他低头看着手里的糖，嗓音微哑。

小迷早有准备，神情自然：“就附近遇见的小摊，推个小车那种，走走停停的。”

陆嘉钰捏紧纸袋，指骨泛着白，半晌，他松开手，把袋子往边上一丢，起身勾过大衣往身上一披，道：“现在带我去找。”

小迷：“什么？”

他可没做好准备。

陆嘉钰不像是开玩笑的模样，平静的面容在灯光下呈现出一种灰暗之色，眸光浅而淡，和以往的他大相径庭。

小迷硬着头皮，带他去找根本找不到的糖。

夜里，巷子内路灯幽冷，两道身影一前一后走。

走了一阵，小迷忍不住问：“昨晚你欺负尤尤了？”

陆嘉钰：“没。”

小迷：“陆嘉钰，换个人吧，你根本不喜欢尤尤。你要是想要女人，有很多选择，不一定非得是她。”

在他的眼里，陆嘉钰一直是个怪人。

随心所欲地活着，从没喜欢过什么人或是物，向来到手就觉得没了劲，所有东西都是可舍弃的，包括他自己。

显然，尤堇薇不会是例外。

陆嘉钰嗤笑一声：“你人不大管得倒挺多。你喜欢她什么？”

小迷仍坚持：“换一个吧。”

他冷淡地应：“这事你管不了。”

小迷耷拉下脑袋，带着他走到市场附近，说刚刚就在这儿，现在不见了。又往远处找了一圈，两人无功而返。

回到住处，陆嘉钰给小迷打了笔钱，说：“再看到他，让他每周送一次过来。这些钱都给他。”

小迷发着愣，不懂这袋糖有什么特别。

他吃起来和以前吃的味道都差不多。

陆嘉钰拎着糖进了里间，往沙发上一摔，翻出前阵子要来的电话号码，发短信：大衣在我这里，来拿。

隔壁十四号。

尤堇薇看着陌生的号码，只有信息，没有署名，陆嘉钰极其自负，她笃定，除了他不会是别人。

尤堇薇回复：小迷说他会带给我。

陌生号码：不来扔了。

她抿了抿唇，看向隔壁亮着灯的院子。

片刻后，她走进卧室选了一只玉镯，再去厨房烫了碗简单的馄饨，提着拜访礼敲响邻居家的门。

敲门声响起的时候，小迷一呆。

陆嘉钰没什么反应，此时距离他给尤堇薇发短信不到十分钟，他不曾想会是她，随意摆弄着手机。

"愣着干什么？"

他随口问呆住的少年。

敲门声响了三声，停下了。

小迷回过神，不爽地看陆嘉钰一眼："你不能进去玩手机吗，出来干什么？"

小迷闷头跑去开了门，一见门外的人，他露出笑容来，牵着她进了院子，再戳戳躺椅上玩手机的男人。

"干什么？"陆嘉钰不耐烦地抬眼去看。

一日不见的女人站在冷光下，神情柔软而安静，对上他的视线，蝶似的睫颤了颤，她轻声道："晚上好，陆先生。"

晚上七点，巷子内一片寂静，小院里飘散出食物的香气。

陆嘉钰毫无负担地收下来自邻居的见面礼，里面还贴心地放了木勺，他眉梢微挑，笑问："住在隔壁？"

说着，淡淡地剜了小迷一眼。

一整天都蹲在隔壁快活，回来还闭口不言，这狼心狗肺的东西。

小迷冲他做鬼脸，转眼又是乖巧的模样。

尤堇薇有些紧张，不敢看他的眼睛，只道："是合作单位安排的。"

陆嘉钰嗤笑："音乐会门票也是你的合作单位送的？"

尤堇薇一怔，忽然想到这处住所和音乐会门票是同一天到她手里的，而这两件事都和陆嘉钰有关。

她抬眼看他："他们想用我来讨好你。"

陆嘉钰勾起唇，语带嘲讽："是啊，这些人都一个德行。"

说完，他看着神情微黯的尤堇薇，问："不高兴了？"

尤堇薇轻摇了摇头，低声道："我以为他们是真的喜欢我的绢花，原来不是……有点可惜。"

陆嘉钰微顿，这女人的脑回路是不是不太对劲？

这和绢花有什么关系？

小迷蹲在椅子上听他们聊天，越听越不爽，心说明天就去踩他的园子，花花草草都给扯了。

尤堇薇轻舒口气："我的大衣呢？"

陆嘉钰慢条斯理地吃着温热的小馄饨，答非所问："下次别放蛋卷，我不爱吃蛋。"

尤堇薇看向小迷。

小迷打出四个大字：送去洗了。

陆嘉钰："什么？"

这小不点胳膊肘往外拐。

尤堇薇思及来意，没急着走，对小迷道："下午说要教我玩游戏，现在可以教我吗？我想玩打人的那种。"

小迷眼睛一亮，跳下椅子拉着她往里间跑。

陆嘉钰闷笑出声，犹自笑了一阵，几口吃完小馄饨，空荡荡的胃里温温热热的，他难得生了不想出去的心思，甩了大衣，去里间看靠在游戏里打人泄愤的某人。

小迷平日里装哑巴极自如，这是第一次急得想说话。

他又是打字又是比画地教尤堇薇怎么操纵，可游戏手柄到了她的手里就像是块木头，又呆又笨。

尤堇薇倒是不着急，慢吞吞地按着键，回档了也不着急，心平气和地就像第一次玩，回回如此，把小迷看得目瞪口呆。

小迷往后看了眼倚在墙上的陆嘉钰。

他姿态松散，眉目间是难得的放松，没有说话的欲望，就这么看着尤堇薇重来一次又一次。

小迷晃起手机：**明天你就宣布我的嗓子治好了。**

陆嘉钰睨他一眼，无声地说了两个字，惹来小迷一个白眼。他看了一会儿，忽而上前站到沙发后，倾身靠近。

尤堇薇盯着屏幕，操控着人物认真往前走，来到失败了近八次的关卡时，她颈间一凉，清冽的薄荷香弥散，男人的下巴擦过她的耳根，微凉的手指覆盖上她的，低懒的声音近距离入侵耳郭："这样，先蹲一下再跳，往上攀爬，这里等一秒再上。瞧，这不就上去了？"

她僵着身体不敢动，温温热热的气息掠过颈侧。

明明呼吸是热的，他的肌肤却是凉的，像冬日的井水。

尤堇薇曾数次观察过陆嘉钰的手，起初是为了找玉镯，后来是觉得他的手好看，线条干净，指节分明，冷白的手背上青色经络向上延展，凌厉的骨感带出禁欲的意味。

现在，他的大掌完全将她包裹。

从后面看，陆嘉钰像在拥抱尤堇薇。

他俯下身，嗅到她身上淡淡的橙花味，明快、纤巧。他的手臂拢住她单薄的肩头，指节将她的手拢在掌心，一字一句教她该怎么通过这一关。

她很紧张，他能感觉出来。

耳根红晕蔓延，手指僵硬，却不知道躲。

陆嘉钰心道"傻子"，大发善心地放过她，懒声道："你们玩。"说完，哼着不成调的曲子走了。

这一晚尤堇薇待到十点。

临走前，她摘下镯子塞到了沙发间隙里。

隔日清晨。

尤堇薇带着做好的早点出门，昨晚她约了小迷去另一个花卉市场，上次还缺了盆花没找到。

一推开门，她听到隔壁传来的动静。

门没关，陆嘉钰和小迷正在吵架。

小迷："这是你的睡觉时间，你不睡觉跟着我出门干什么？陆嘉钰你是小学生吗？不睡觉是要死的。”

尤堇薇呆了一下，原来小迷能说话。

“谁跟你了？我在追人你懂吗？”

低沉的男声，嗓音里含着困意。

小迷冷冷道：“你根本不懂追人。”

陆嘉钰哼笑：“比你懂。”

尤堇薇轻咬了下唇，上前敲了敲门打断他们，提醒道：“小迷，我们要出发了，约的车到了。”

院子里的一大一小齐齐看过来。

一个睡眼惺忪，一个瞪大了眼，

小迷赶忙扯了扯陆嘉钰的衣摆，朝他挤眉弄眼，陆嘉钰瞥他一眼，随口道：“他嗓子治好了。”

尤堇薇不是会让人为难的性子，她并不多问，只是温声对小迷道：“先吃早餐。”

小迷乖乖跑过去，陆嘉钰跟在后面，问了句：“我的呢？”

尤堇薇：“巷口有卖。”

说完，牵着小迷走了。

陆嘉钰眉心一皱，正要发作，见小迷转过脸，冲他吐了下舌头：“再凶，连馄饨都没得吃。”

花卉市场离他们有段距离，近半小时的路程。陆嘉钰耷拉着眼，神情困倦，一副随时要去世的模样。

尤堇薇坐在前座，时不时回头看他一眼。

车里有陌生人，小迷没说话，而是给她发消息：不用管他，他昨晚没怎么睡觉，现在这个时候脾气最差。

尤堇薇疑惑地敲出一行字：什么情况？

小迷：他睡得晚，而且就睡在客厅的躺椅上。我出门的动静把他惊醒了，他索性就不睡，一起出来了。

尤堇薇：他不在床上睡？

小迷侧头看了一眼陆嘉钰，回她：除了躺椅，他在哪儿都睡不着觉，所以他不睡床。

尤堇薇：怎么不去房间里睡？

小迷：**不爱睡屋里，嫌闷。**

他不但脾气差，人还古怪。

尤堇薇想。

这两天天气回暖，这个花卉市场比尤堇薇前几日去的那个更热闹，种类也更多。

一下车，小迷睁大了眼，这是他第一次见到这么多花。

冬日萧索，此地却色彩斑斓，恍若另一个世界。挤挤攘攘的花朵们在朝阳下一片光艳，微风拂过，花枝颤动，令冬日充满了生机。

市场门口挂着地图，以花朵品种来划分区域。

作为常年迷路人士，尤堇薇自觉地将地图拍了下来。

陆嘉钰原本犯困，一看她这样乖巧又笨拙地记路，心里一动，扫了眼地图，一把扯过小迷，低声说了句话。

小迷匪夷所思：“畜生。”

陆嘉钰提出条件：“给你买那双限量球鞋。”

小迷脸色一正：“成交。”

三个人各自做完自己的事，开始逛花卉市场。

小迷对此一窍不通，黏在尤堇薇的身边小声说话，问这是什么花，那又是什么花。他别扭的口音很明显，但尤堇薇一点别的反应都没，也小声地和他说话，似乎知道他不想让人听到。

尤尤是他见过最好的人了，他却要帮陆嘉钰欺负她，他真坏。这么想着，他小声问：“尤尤，我和陆嘉钰去买点吃的，但手机没电了，能借一下你的手机吗？”

尤堇薇解开锁把手机给他，摸摸他的脑袋：“去吧。”

陆嘉钰微弯了下唇，拎着充满怨气的小不点走了。等走远了，把人往路边的糖水店一丢，居高临下道：“蹲着等。”

小迷冷声道：“将来我有钱了，一定把你踩在脚底下。”

陆嘉钰轻嗤：“我等着，手机给我。”

小迷不情不愿地把手机交出去，交到一半，他眸光一闪，飞快按了下侧边键，解锁的手机悄无声息地锁上了。

“我去转转！”说完飞快跑了。

陆嘉钰拿到手机后，并没有尊重别人隐私的觉悟，点亮屏幕，屏保是一张模糊不清的街道，西式建筑风格，路灯黯淡，没有行人，正飘着雪。

往上滑需要密码。

他翻出那张简历，输入她的生日：0406。

屏幕提示：密码错误。

陆嘉钰无端想起那日和她打电话的男人，轻哼一声，返回原路，隔着一段距离跟着尤堇薇。

尤堇薇逛过几个花摊，路过卖花瓶的店，进去转了一圈，出来时手里拿了个小小的长花瓶，放餐桌上正好。再往前拐过几个弯，没找到需要的花，尤堇薇刚想拿出手机看地图，摸了个空。

“给小迷了……”

她小声嘀咕了句，去问附近花摊的老板。

老板指着前方：“过去直走，路过玫瑰花区，往左转路过非洲菊，走几步就是草花区。姑娘，记住了吧？”

尤堇薇点头，好像很简单，至少听起来是的。

但听归听，走归走。玫瑰花区实在太大了，她走着走着便陷入了茫然，只好再去问，老板随意指了个方向，她朝着指着的方向走，走了一阵，发现不太对，路过非洲菊之后摊位越来越少，最后是剩下几家没开门的铺子。

到了道路尽头，店铺零落，这处一片荒芜。

她茫然地看向周围，郁闷地想：怎么又迷路了。

尤堇薇丧气片刻，心想沿着原路回去吧。

这么想着，她转过身，鼻尖忽然撞到什么柔软的东西，凉凉的，带着丝绒般的触感。

她抬头看去，慢慢睁大了眼。

一大束火红的玫瑰，热闹地挤在一起，挡住来人的脸。

玫瑰上沾着露珠，朵朵饱满娇艳。

“尤尤小朋友，你的家长呢？”

倦懒的嗓音里带着笑意，轰地在她耳边炸开。

朝阳初升，天际云霞燃烧。

透亮的光映在他如冷夜般的瞳孔里，眼底淡漠散去，只余稍许沸腾的笑意，像火一样。

他比玫瑰更闪耀。

尤堇薇怔怔地看着陆嘉钰，心脏剧烈地跳动了一下。

陆嘉钰看着晨光下娇艳的女人，拿过那个花瓶，直接把玫瑰往她的怀里一塞，轻佻地问："怎么，还要牵你出去？"

说着，他伸出手来，修长的指节泛着冷感。

怀里骤然一重，尤堇薇回神，立即往后退了一步，略显慌乱地抚过脸侧的发丝，磕磕巴巴道："不、不用。"

陆嘉钰看她躲闪的模样，微眯了眯眼，收回手，开门见山："上次装没听见，这次又要装傻？"

尤堇薇抿着唇，轻声道："我们才认识两周，对彼此……"

"姓名陆嘉钰，性别男，年龄二十五岁，洛京人，小时候生活在郸陵，就读于花花幼儿园，七岁回洛京，分别就读于实验小学、洛京附中、洛京一中、洛京大学，大二辍学后出国留学，两年前回国，在胡同口有家文身店。无感情史，干干净净，清清白白。"

陆嘉钰耷着眼，漫不经心地说着生平，说到最后一句，看尤堇薇，看她明显有点呆的模样，挑了挑眉："够清楚了吗？"

尤堇薇补充："你脾气不好。"

陆嘉钰哼笑一声："对你凶了吗？"

瞧这专横跋扈的模样，说一句脾气不好就不乐意了。尤堇薇微微抱紧花，视线垂落，小声道："先出去。"

两人一前一后往外走。

陆嘉钰人高腿长，尤堇薇步子迈得不小，但她怀抱着百朵玫瑰，没走几步就落在了后面。

陆嘉钰回头，看她吃力笨拙的模样，又把花抢了回来，随口问："你喜欢什么颜色？"

尤堇薇愣了一下："什么季节？"

陆嘉钰："现在。"

尤堇薇仔细想了想，甚至闭上眼闻了闻空气里的味道，而后认真地回答他："紫色吧，淡一点的紫色。"

"知道了，去哪儿？"

陆嘉钰应下。

陆嘉钰不用问路，一路畅通无阻地到了草花区，朝她抬抬下巴："是这儿吗？”

“你怎么找到的？”迷路人士对此感到惊奇。

陆嘉钰：“在门口看了眼地图？”

尤堇薇找遍草花区，没能找到花。

天气还冷，这里的市场找不到。不过运气好，碰见一个热心的老板，说乡下似乎有专门培育草花的地方，可以去碰碰运气。

半个小时后，失落儿童小迷终于等到了出来的两个人。见陆嘉钰抱着玫瑰，他皱起眉：“你耍赖！”

陆嘉钰把玫瑰递给他：“有点事，晚上不回。”

小迷呆了一下，愣愣地接过玫瑰，有点不可思议地问：“这束花是送我的？陆嘉钰，你好变态。”

陆嘉钰轻嗤一声，走了。

小迷冲他翻了个白眼，嘀咕：“不是就不是，还骂人。尤尤，他这个人没礼貌脾气又差，你千万别喜欢他。”

尤堇薇温声回应：“我尽量。”

尽量是什么意思？

小迷不可置信地睁大眼，气鼓鼓道：“他都是骗人的，男人都是这样。他喜欢你什么呢，又不了解你。”

尤堇薇轻声解释：“他不想了解我。”

陆嘉钰要的不多，近乎直白地表达了自己的需求，或许过阵子兴致就淡了，会去找别人，这一点她很明白。现在不过是觉得有点意思，或者有那么一点特殊。

小迷闷着脸：“你们好难懂。”

尤堇薇没回答他，只是笑了一下。

入了夜，隔壁十六号一片漆黑。

十四号的灯也灭了，关门声响起，两个身影从里面出来。

下午，小迷嘀咕着说无聊，尤堇薇多年没回郸陵，也不习惯去热闹的地方，便循着小时候的记忆带他去了老地方。

出租车停下，小迷看了眼巷口的牌子：月下白巷。

尤堇薇见他看得认真，解释道：“月下白是一种颜色。这里旧时开着名震郧陵的画堂，周围的巷子都用颜色命名。我以前住在这里。”

她说起从前，语气轻快：“小时候这附近很热闹，夜市逢年过节都有。现在年节也不一定有了，我们现在去茶楼听书。”

小迷新奇道：“听书？我在胡同里听过戏，没听过书。”

尤堇薇道：“听书分日场和夜场，地方不大，一个场地放上几十张椅子，最前面连个小台都没有。书场里什么都讲，有经史神怪，也有小说散文。没有预告，讲什么听什么。”

两个人边走边说，到茶楼时已经开场了。

年节这里还算热闹，有几个空位，但不多。付了钱后，有人送上茶水和点心，周围的人听得认真。

尤堇薇听了几句，台上在说《青蛇》。

小迷没听过，平时嫌戏吵闹，这会儿倒是安静。

茶楼附近有处私房菜，幽静，但难订。

陆嘉钰逢场作戏累了，出来透风，点了根烟靠在阳台上，看着夜色，神色淡淡，心情算不上好。

看了一阵，余光瞥见不远处明亮的地方。

他随手招来人，问那是什么地方，工作人员说是处茶楼，年节有人开书场，每晚都这么热闹。

“书场？”

陆嘉钰指间的烟兀自燃烧，被主人忘在了脑后。

片刻后，陆嘉钰没招呼任何人，独自往茶楼方向去。

这附近都是小巷，黑沉沉一片，容易让人想起往事来。

他小时候跟着母亲住在巷子里，母亲走到哪儿就带他到哪儿，后来生了病，除了医院无处可去，他也整日待在医院里。有一年除夕，她说医院里待着闷，带着他偷偷溜了出去。除夕能去的地方不多，转了一圈，最后去了书场。

深冬，陆嘉钰带了一身寒意进茶楼。

他难得敛了一身乖戾，在人群里倒是不显眼了，来这里的人多数上了年纪，见的人多了，就当没看见他似的。

上了二楼，已经开场了。

他穿过人群，找了个无人注意的角落，倚着柱子听了几句，神经微微松缓下来。

付了票钱后，有人来送茶点，来人只见陆嘉钰一双黑凌凌的眼，掀开眼睫淡淡地朝他看过来，他自觉走开了，转而给人添水去。

留给陆嘉钰的时间只有那么一点，不过十几分钟，来了七八个电话找他。

他轻嗤一声，正准备走，忽然顿住。

不远处，尤堇薇坐在那里，像冷夜里枝头的花，暗香浮动。

人群前，说书先生正说到青蛇用嘴衔着一颗葡萄递给许仙的嘴，看客们自满自足地端起茶喝了一口，竟也捻了颗葡萄往嘴里送。

满堂的荒唐热闹，唯有她静谧如水，像初见时那场酸涩的梅子雨。

陆嘉钰低垂眼，静静地看着她的侧脸。

他想起小迷说的话，他说换一个吧，他不肯。那时他没想过为什么，现在明白了。

她是他记忆中的郳陵。

干净、温暖，分毫不差。

第三章 沉溺

该躲开的，陆嘉钰想。
但此时此刻，他想放纵一刻，
沉溺不想醒来。

尤堇薇和小迷两人听完书，又去吃了夜宵，玩到尽兴才回到豆石巷。

进了十四号，小迷打着滚不想回去，睁着一双无辜的眼看尤堇薇，乖巧地问："我可以睡在这里吗？陆嘉钰不回家。"

尤堇薇："需要家长同意。"

小迷闷着脸，他才不要说，说了陆嘉钰肯定又要发脾气，那个怪人。

尤堇薇正在苦恼如何放置这一束玫瑰，院子和客堂内都是玫瑰，她只好把剩下的放进了工作室。

"尤尤，你还要找花吗？"小迷无聊地问。

尤堇薇低头摆着花枝，应："要抽空去趟乡下。"

小迷皱起眉："我不喜欢乡下。你找这么多花干什么？"他对尤堇薇的工作一知半解，明明是做仿真花，却买那么多一样的真花。

尤堇薇简单解释："每一朵花都不一样。要想做出神形兼备的绢花，你需要了解花卉的特点和生长规律，去观察，去感受，就像学画画的需要写生。我要知道它们从生长到盛开，再到凋零的姿态。"

小迷认真听着，心说好复杂。

放置好玫瑰，尤堇薇拿了水果在院子里洗，视线落至自己空荡荡的手腕上，自然地提起："小迷，昨晚玩游戏，我好像把镯子丢在隔壁了。"

小迷一听，立即道："我去找。"

尤堇薇放下果盘："我和你一起去。"

于是，两人从十四号转移到了十六号。

他们分开来找镯子，先去客堂找再去里间找。

小迷嘀咕道："陆嘉钰经常乱丢东西，但他从来不找，丢了就买新的。没见过比他更浪费的。"

尤堇薇不动声色地问："他很喜欢戴饰品吗？我经常看到他戴不一样的项链和手链。"

小迷："说不上喜欢不喜欢，他就是叛逆，一天到晚和家里吵架，穿着怎么夸张怎么来。"

"我以为有什么特殊意义。"尤堇薇不经心地说着，手探进沙发间隙，勾出那只玉镯，轻舒一口气，"找到了，还好没丢。"

"这个镯子很重要吗？"小迷探头往她手里看。

尤堇薇戴上冰凉的玉镯："是我家里人留给我的镯子，说将来要送给我爱的人。”

小迷新奇道：“是送给你男朋友的？”

尤堇薇微微怔愣，他的反应和她想的不太一样。

小迷的惊讶不是装出来的。如果陆嘉钰也有这样的家族传统，他一定会说好巧，陆嘉钰也是这样。

她找错人了吗？

尤堇薇一蒙。

“陆嘉钰他有这样的玉镯吗？”尤堇薇抿着干涩的唇瓣问。

小迷认真回想：“没有吧，他喜欢那些夸张前卫的，多数是金属，玉石不怎么有。不过他东西多，我也不确定。”

尤堇薇有一瞬的茫然，茫然过后，不知怎的，竟松了口气。

而后又有些无奈，竟然真的找错了，平时找错路，现在找错人。

冬日里天光总是吝啬，早上六点，天像是打着瞌睡，乌蒙蒙一片。

陆嘉钰走进巷子，揉了揉眉心，长久的作息不规律导致头痛总是不合时宜地折磨着他，就像此刻，他头痛欲裂。

和往常一样，他该回去睡觉。

但这一次，陆嘉钰停在十四号门口，手里的钥匙在指尖绕了一圈，又被丢回了口袋里。他上前一步，开始敲门。

冬日没有蝉鸣蛙叫，小巷一片寂静。

敲门声在这个时间点格外吵闹，没动静他就一直敲，懒得拿手机找人，以免她又躲起来。

约莫过了三分钟，门从里面打开，院内的小灯洒落光亮，映出一道纤细的身影。

灯下观美人，别有一番风情。

陆嘉钰看着这个披着外套的女人，她刚从温暖的床上起来，身体蜷缩在大衣里，眉眼间带着茫然，娇艳的面容朦胧而诱人。

“吵醒你了？”陆嘉钰问得恶劣，明明是他把人吵醒的，“开门之前也不知道问问是谁？”

尤堇薇裹紧大衣，视线昏暗，她看不清他的发色，只隐约看出点紫色，不确定地问：“你新染了什么颜色？”

陆嘉钰随手拨了拨新染的头发：“理发师选的，一个软绵绵的名字，叫奶芋灰紫。不知道是个什么玩意儿。”

“好看吗？你喜欢的紫色。”

他微微俯身，靠近她，嗓音带笑。

酒味和烟草气息混杂，就像他的人一样。

浓烈，侵略性极强。

尤堇薇抬眸，对上男人戏谑的眸，他明明在笑，眼底却没有半分笑意。

她余留的睡意渐渐消散，冷风和他让她渐渐清醒过来，她望进他纯黑色的眼睛里，轻声问：“你怎么了？”

陆嘉钰勾起唇，眼底的冷戾弥散开，笑道：“假装听不懂我的话，收了我的花，骗我去染了个破颜色。你说我怎么了？”

“我可以拒绝你。”她语气轻柔，像是在说情话。

陆嘉钰轻挑了挑眉，上前一步，将她完全拢在胸前，他低下头，视线落在玫瑰色的唇瓣上，气息温热，语调极轻：“但你没有。”

尤堇薇没躲开，只是看着他，仿佛看到平静之下翻涌的海潮。

这样的陆嘉钰让她想起尤靳虞，她的心难以抑制地软下来。

半晌，她抬手摸了摸他干燥柔软的头发，问：“是不是不舒服？我给你煮碗汤好吗？喝下去就不难受了。”

陆嘉钰眼里的情绪淡下去，他盯着眼前这个柔软的女人，她的眼睛像海一样，似乎再往前一步他就会坠入海底，生死不知。

该躲开的，陆嘉钰想。

但此时此刻，他想放纵一刻，沉溺不想醒来。

“抱一下。”他哑声说。

Mint：尤尤，你怎么不在家？

cc：去乡下找花了。

尤堇薇收到小迷消息的时候，正在去金牛岭的高铁上。铁路信号断断续续，等到下一个站才显示他的回复。

Mint：大哭，为什么不喊我！

cc：昨天你说不喜欢乡下。

Mint：委屈。

cc：早饭在厨房温着，不要饿肚子。

尤堇薇发了两个摸头的表情包，打的字还没发出去，信号开始减弱，她只好收起手机，靠着车窗出神。

早上，陆嘉钰抱了她一会儿。

只有几秒的时间，他埋首在她颈侧，手圈着她，似乎想把全身的疲惫都放下来，又像用力汲取着什么，但最终他还是松开了手，没进她的门，说了句关好门便回去了。

冷风中，他清瘦的身形一如既往的孤傲，不显寂寥。

她对陆嘉钰是什么感觉?

尤堇薇说不清，想到这个男人，她向来理智的大脑变得混沌，明明知道他太危险，却还是被他吸引。

这么一想，又想到玉镯，她幽幽地叹了口气。

这两天，她和外婆通了电话，老人家不再念叨玉镯的事，只说在外面要注意安全，照顾好自己。来郸陵近两周多，尤堇薇没有再和过去产生联系，没有联系过往的朋友，没有回过家，仿佛自己只是一个过客。其实她在郸陵过得不错，没有太差劲的回忆。

这样也没什么不好。

至于玉镯，回去再想想办法。

这一日尤堇薇不在，小迷有些颓靡。

他无处可去，只有早饭有人管，中饭又要点外卖，下午缩在沙发上打游戏，困了就睡，再醒来天色已经暗了。

陆嘉钰又是大清早才回家，洗完澡就被躺椅封印了，中间被吵醒还要砸东西。

“陆嘉钰！起床了！”小迷胆大包天，去踢他的躺椅。

毯子底下的男人皱起眉，没一会儿，那只小不点又来骚扰他，烦人得很。他把被子往脑袋上一罩，不耐烦地问：“又干什么？”

小迷冲他喊：“我好无聊——”

陆嘉钰不搭理他。

“尤尤抛弃我们了！”小迷十分忧伤。

陆嘉钰静了一阵，掀开被子看了眼隔壁，嗓音带着些沙哑：“她呢？”

小迷往椅子上一蹲，闷声道：“去乡下了，还没上带我。陆嘉钰，你是不是欺负她了？不然尤尤为什么不带我？”

“什么时候走的？”陆嘉钰清醒了点，起身拎起水壶灌冷水。

小迷看到他这破习惯，忍不住道："你一定活不了太久，不是熬夜猝死就是胃穿孔。"

陆嘉钰应得漫不经心："活那么久干什么？"

小迷不想和他争论，幽幽道："好无聊啊，你晚上有活动吗？几天没出门了，想找点事做。"

"程卫喊吃饭。"

陆嘉钰翻了下手机，随便挑了一个。

小迷原本黯淡的眼神微微一亮，想到这个姓程的故意把尤堇薇送过来，起身道："我也要去。"

陆嘉钰又问了一遍："她什么时候走的？"

"今天早上。"小迷一脸委屈，"她昨晚都没提这件事。"

陆嘉钰嫌恶地皱起眉："别在我面前装可怜，恶心。就她吃你这套，当心阴沟里翻了船。"

说完，他忽然想起天未亮的早晨。

早上他不知道发什么疯，硬是去敲了人家的门。而那个女人，明明人就在他的怀里，却只字不提要出门的事。

"乖什么？"

他低低地嗤了声。

程卫订的私人餐馆在山里，幽静，隐私性高。

陆嘉钰到的时候，其余人都到了。

见他进门，众人起身笑脸相迎。这样的场面陆嘉钰看惯了，随意点了点头，往位子上走，留给他的向来是主位。

餐桌上两个空位，主位的另一侧坐了个女人，容貌姣好，气质干净，一头秀发又黑又直，见他过来，乖巧地喊陆先生。

陆先生，同样的三个字。

完全不同的感觉。

这一个，带着讨好和小心翼翼。

而尤堇薇喊他陆先生的时候，通常是想和他拉开距离，嗓音也轻软，虽带着防备，却并不怕他。

陆嘉钰视线低垂，淡淡地扫过气质和尤堇薇相似的女人，坐下倒了支烟出来。一手翻出金属的打火机，冰冷的光泽映出他冷漠的眼，另一只手指节微屈，夹住烟头，微微一转，递到唇边。

一声脆响，烟芯还未靠近火舌，左侧忽然伸过一只白皙的手，拿着打火机。

他一顿，咬着烟侧头看去。

女人对他微笑，轻声说："我来帮您。"

陆嘉钰低头靠近自己的火，烟芯燃烧，轻吸一口气，喉间滚出烟圈，随口问："多大了？"

"二十。"

"还在上学？"

"快毕业了。"

两个人一问一答，小迷偷偷拿出手机将这一幕拍了下来，可算让他抓住机会了，拍完火速发给尤尤，再删除，简直完美。

桌上没人打扰这里，程卫用余光瞄着，心里打着小算盘，尤堇薇住过去之后一直没什么动静，陆嘉钰对他的态度和之前一样，想来这个祖宗没兴趣了，便又去找了一个。

陆嘉钰咬着烟问了两句，想起尤堇薇，不再说话，给她发短信：什么时候回来？

起先没动静，转盘转过两圈，还是没动静。

边上，小迷噼里啪啦字打得飞快，他抢过手机，一点不客气地翻了起来，小迷想抢回去，没成功。

陆嘉钰翻着聊天记录。

Mint：我和陆嘉钰在外面吃饭。

Mint：那个程大肚子也在，我帮你欺负他。

cc：认真吃饭。

Mint：尤尤，你什么时候回来？我想你。

cc：明天就回来。

回信息的时间是一分钟前，再往上翻，那女人给 Mint 留了早饭，让他别饿肚子，到的时候还发了定位。

陆嘉钰看了几眼，随手把手机丢回去，冷淡地说了句"有事先走"，起身时一脚踢翻了小迷的椅子。

小迷灵活地闪开，在心里比了个耶。

活该，让他随便和别的女人说话。

跑车疾驰过弯道，烈烈山风卷入车窗。

驾驶座上的男人踩下油门，神色淡淡，那一阵情绪过后翻上来点兴趣和征服欲。从小到大，凡是他看上的，皆是他的囊中之物，尤堇薇大概也不会是例外。

陆嘉钰打了个电话，让人开辆车过来。小迷听着不对劲，问："换车干什么？我还没吃饭，我饿了。"

"下山吃。"陆嘉钰开始提速。

下个山堪比在俱乐部赛车，过弯道时被人晃得晕头转向，小迷下了车就忍不住蹲在路边干呕，一时庆幸自己没吃饭。

陆嘉钰轻倚在车头，睨他一眼："晚上不回去。"

小迷捂着胃，没好气道："你什么时候回去过？"

陆嘉钰不紧不慢地点了支烟，猩红的点夹在冷白的指间时有时无，烟雾融入冷干的空气，半晌，他道："我们去金牛岭。"

"你疯了？"小迷瞪大眼。

陆嘉钰没再搭理他，自顾自地抽完一支烟，碾灭烟头，手机随之振动起来，极其轻微的一声，是短信。

简简单单的一句话——

陆先生，我们不合适。

喊他陆先生，她又想逃走了。

陆嘉钰几乎要气笑，盯着屏幕上的这行字微眯了眯眼，等了半天就等来这句话，问了一句什么时候回来，她来一句不合适。

可好端端的她怎么会说这样的话。

冷风一吹，他清醒过来，看向小迷："你干什么了？"

小迷无辜道："我没干什么啊。"

陆嘉钰站直身子，居高临下地看着他，眸光冷淡："你知不知道自己一说谎就装无辜？给你三秒的时间考虑。三——"

"我发饭桌上的视频了。"小迷飞快交代，"谁让你和别的女人说话，我以为你对尤尤没兴趣了，想赶紧通知她这个好消息。"

"你真行。"

陆嘉钰舔了舔牙，直接给尤堇薇打了电话，无人接听。

十分钟后，司机将车停在山脚下。

陆嘉钰独自上车，重重地关上车门。小迷错愕地盯着这辆越野，大喊：“真去金牛岭？我也要去！”

刚打开后座车门，迎面一声“滚”。

小迷吐了吐舌头，自觉地滚去了前座。

金牛岭，某酒店，房内光线昏暗，陈旧的空调发出沉闷的噪音。

尤堇薇快速地洗了个澡，裹着浴巾披上外套。这小镇的条件一般，酒店条件也好不到哪儿去，浴室的水热了一阵就转凉了。她吹干头发，换上睡衣，钻进了换过被套的被子里。

她没什么睡意。

静了一阵，她翻出和小迷的对话框，点开视频。

视频里，女孩子说话温温柔柔，乖巧又听话，说“我来帮您”。男人顶着一头奶芋灰紫的发色，脸上的情绪很淡，嗓音散漫：“多大了？”

轻佻而随意，和对她的态度没什么不同。

他可以这样问无数个人，他有这个资本。

尤堇薇安静地看完，切到和陆嘉钰的短信界面，她说了不合适之后，他没再回复。

就这样吧，她告诉自己。

她不想当无数人，只想当尤堇薇。

早上六点，尤堇薇退房离开酒店，乘坐大巴前往金牛岭下面的一个小山村，那里有座山头，专门培育草花。

车里人不多，多是早起来镇上买货的老人家。

尤堇薇坐在单人座，靠窗，寒冷的山风差点把她的帽子吹跑，她一把捂住，严严实实地关上了窗，只留一道浅浅的缝隙。

约莫过了半个小时，她下了车。

晨光熹微，站在山脚，远远地看到有个男人牵着牛下来，她等在原地，等人走近了，用方言问怎么去草花培育基地，郧陵话和这里本地的方言相差不大，男人给她指了个方向。

尤堇薇轻声道谢，正欲离开，一阵冷风吹来，帽檐往后翻过去，她连忙拉住帽子，飞舞的长发迷了来人的眼。

男人看清她的面容，下意识舔了舔唇。

“谢谢。”

尤堇薇攥紧背包带子，没往山里去，转而往反方向走。

车牌下站了一个阿姨。

尤堇薇加快脚步，另一只手从包里拿出辣椒水塞进口袋。待走到阿姨身后，她用余光瞄那个男人，他在原地望了她一会儿，牵着牛走了。

尤堇薇见状轻舒了口气，思索片刻，问阿姨这里有没有可以带路的人，她可以支付一定的报酬。阿姨极其热情，说她家就在附近，有两个小孩闲着，给一份钱就行，说着就匆匆去喊人。

没一会儿，两个十几岁的小孩出来了。

阿姨笑着介绍，说这是她的两个孩子，哥哥和妹妹一样大。两个孩子也不怕生地喊她姐姐。

“吃糖吗？”

尤堇薇拿了一小包糖出来，是那天做的粽子糖。

哥哥道了谢，接过糖塞给妹妹，然后拿着自己从家里带的“武器”，颇有气势地说：“我们去哪里？”

说是武器，其实就是一根木棍。

但他像是拿着权杖，充满了力量。

尤堇薇说了地点，两个小孩飞一样往山里跑了，阿姨告诉她，这两个孩子从小满山跑，对山路极熟，一定能把她带到地方。

“姐姐，快点！”

他们回头喊她，用力摆手。

尤堇薇忙跟了上去。

九点出头，陆嘉钰和小迷到达金牛岭。

山镇比郦陵气温更低，一开车门，冷风无孔不入。

小迷打了个哆嗦，抬头看了眼酒店，心疼道：“这个地方又小又破，尤尤什么都不和我说。”

“她那个闷性子，能指望她说什么？”

陆嘉钰懒散地撩起眼皮，一夜未睡，嗓音有些沙哑。

都说会哭的孩子有糖吃，他敢肯定，尤堇薇是没有糖吃的小孩。

“等着。”他丢下一句话，独自进了酒店大门。

前台的女孩子正准备换班，听到脚步声，她抬头看去，呆了一下。

眼前的男人带着一身寒意停在面前，神情带着些许不耐烦，最引人注目的是他的发色和容貌。他像一块美丽的芋泥。

前台咽了咽口水，有点想喝芋泥奶茶，她小声问：“住房吗？”

陆嘉钰言简意赅，描述了尤堇薇的模样和来的时间，前台说她三个小时前就退房了。

陆嘉钰问：“她走的时候说了什么？”

这么早退房的客人不是很多，前台对此记忆犹新，但……

她看着眼前的男人，忽然升起防备，听说现在很多变态会尾随女孩子，人模狗样的变态也不是没有。

“这是客人隐私，不方便透露。”

前台拒绝回答。

陆嘉钰眉梢微扬，想说自己是她男朋友，话到了嘴边，突然想到昨晚她说他们不合适，顿时咽了下去，他倒是上赶着往上贴了。

陆嘉钰会低头吗？显然不会。

他不再多问，转身就走。

路边的早饭摊子上坐了两个人，一个臭着张脸，一个幸灾乐祸。

小迷见缝插针，嘲讽他：“也不知道是谁先翻了船。我给尤尤打电话，她不理你肯定理我。”

五分钟后，小迷闷头喝豆腐汤。

陆嘉钰双手插兜，嗤笑：“肯定理你？”

小迷控诉道：“都怪你。你在外面拈花惹草，然后殃及池鱼，我就是那条鱼。”

陆嘉钰向来没胃口吃早饭，随便喝了口豆浆，正想说话，忽而看见老板端出一碗热腾腾的馄饨来。

那日她来见他，也带了一碗馄饨。

陆嘉钰移开视线，鬼使神差道：“加碗馄饨。”

小迷狐疑地看他：“你从昨晚开始就不对劲，连夜赶到金牛岭，居然还吃起早饭来了。陆嘉钰，你病了？”

说着，他忽而睁大双眼：“你不会喜欢上尤尤了吧？”

陆嘉钰瞥他一眼，随口道：“我喜欢她和我要她有区别吗？”

小少年拍拍自己的胸口，喃喃道："吓死我了，还好没有，你就不懂喜欢是什么。可能这阵子没见你发疯，我有点不习惯。"

自从陆嘉钰来了郧陵，可谓收敛了不少。

要是在洛京，昨晚那样的局若是惹他不高兴了，他不闹个天翻地覆哪肯罢休。也只能是郧陵，但凡换个地方他都不会这么安分。

郧陵的豆石巷十六号是陆嘉钰曾经长大的地方。

但他们住了那么久，小迷从来没见他上过二楼。一楼的房间是他在用，陆嘉钰每天都睡在客堂的躺椅上，二楼似乎变成了一片禁区。他也从没听陆嘉钰提起过他妈，只知道她是生病去世的。

小迷安静了片刻，难得的用小心翼翼的声音问："陆嘉钰，你想不想你妈？我很想我妈。"

"想有用吗？她不会回来。"陆嘉钰神色淡淡，语气冷漠。

小迷轻咳一声，转移话题："那我们还找尤尤吗？"

正说着话，老板将馄饨端了上来。

清爽干净的一碗小馄饨，只有葱花，没有蛋卷。陆嘉钰用勺子搅了搅，尝了第一口，丢了勺子不想再吃。

"又没有蛋，你好浪费。"小迷嘀咕。

陆嘉钰想起昨天在花卉市场尤堇薇最后去的地方是草花区，拿手机搜了搜这小镇，果然搜到这底下一个村子里有草花培育基地。

"走了。"他也不管小迷吃完没有，转身就走。

小迷翻了个白眼，最后往嘴里塞了个小笼包，追了上去。

草花种植区位于半山腰，山里的路不好走，尤堇薇他们走了近一个小时才到。

两个小孩显然比尤堇薇对这里更熟悉，七弯八拐地找到了管理员住的小院。在院门口喊了两声没人应，哥哥熟练地翻了进去，趴在窗口往里喊，过了好一会儿，又回头喊："姐姐，人不在！"

这一等就是两个小时，两个小孩叽叽喳喳地说着山里的事，说完又问尤堇薇城里是什么样的，好不好玩。

最后等得肚子都饿了，这管理员才回来。

"婶！有人找！"哥哥跳起来挥手。

远处，三个女人结伴而来，背篓里装着刚挖的笋。冬日已经到了尾声，土里的笋不多了。

正中间的中年女人是管理员。

尤堇薇说明来意，管理员愣了一下："跑这么远来找？我现在带你去看看。"

两个小孩也想跟着凑热闹，被管理人赶走了，她指了指天，说："回家吃饭去，要落雨了！"

临走前，尤堇薇塞了袋糖给他们，又偷偷往里面放了另一份钱。

"姐姐，我们回去啦！"

两个小孩冲她摆摆手，风一样跑走了。管理人和她大致说了一下种植基地的情况，边介绍边往培育区走。

这时，山腰路口多了一道身影，正是尤堇薇早上看到的男人。

临近中午，山风忽而变大了。

司机将车停在山脚处，对陆嘉钰道："陆总，应该就在这座山上，但车开不上去。"

陆嘉钰降下车窗，瞥了眼山："怎么着，等着还是上山？"

小迷推开车门："当然是上山，你懂追人吗？"

于是，一大一小开始爬山，走了十几分钟，小迷忽然举着手机喊："尤尤没有不理我！是山里信号不好！"

陆嘉钰："吵死了。老实当哑巴不行？"

小迷："尤尤说我声音好听，应该多说话。"

陆嘉钰被他吵得头疼，看到迎面走来的两个小孩，随口道："去问问还有多远。"

小迷眼尖，瞄到他们手里的粽子糖，两个人停在路边，正拿着什么在说话。他扯了扯陆嘉钰："尤尤给的糖！你去问。"

陆嘉钰轻"啧"一声："这会儿又装上哑巴了？"

走出几步，他忽而顿住，转头盯着小迷，冷沉沉的眼看得人直发怵，问："她给的糖？"

糟糕，露馅了。

五分钟后，陆嘉钰手里拎着那袋从小孩手里"骗来"的糖，嘴里含了一颗，舌尖散开的味道和那一晚尝到的一模一样。

这些年，陆嘉钰没怎么吃过粽子糖，因为找不到以前的味道，来了郧陵之后尝过两次，总是差点儿感觉。直到那晚尝到小迷带回的糖，他惊觉记忆是可以复刻的，至少在那一瞬间是。

“她做的？”陆嘉钰淡声问。

小迷“嗯”了声，嘀咕：“我看着她做的。和外面卖的味道不是一样吗？我怎么吃不出来。”

陆嘉钰耷拉下眼，将剩下的糖装进了口袋，他道：“以后少去她家。”

小迷睁大眼：“你想开了？”

陆嘉钰勾起唇角，语气轻佻：“避免看到少儿不宜的画面。”

小迷无言以对。

花要被猪啃了！

午后，阴沉沉的天一声闷雷，山风狂烈，天际划过几道闪电，暴雨倾盆而下。

尤堇薇怀抱着一盆还未盛开的草花，一手撑着伞，小心翼翼地看着底下的路。这雨不知道什么时候停，她没多留，想尽快下山。

走出几步，她忽而回头往后看。

空荡荡一片，山道上雾气弥漫，簌簌雨声混入风里，似乎并没有别的声音。她微微松了口气，一转头，正对上男人阴恻恻的脸。

砰的一声闷响，草花碎了一地，伞被风吹远。

尤堇薇被捂住嘴拖进了林子。

林间植物茂密，雨天路并不好走，更何况还拽着个人。尤堇薇用尽全力挣扎着，右手伸进口袋握住那个小瓶子，眼看男人一个趔趄，捂着她嘴的手一松，她用力往他手臂上一咬，他吃痛松开了手，尤堇薇飞快拿出辣椒水对准他的眼睛一喷，男人一声惨叫，她又趁机用力往他裆部狠狠踹了一脚。

她踹完就跑，头也不回地往下跑去，心跳加快到了一定速度，耳边的声音都变得模糊，只剩下她自己的喘息声，急促又兴奋。

这是尤堇薇第一次做这样的事，感觉很陌生。

兴奋大于害怕，甚至觉得有点刺激。

但这样的情绪只持续了短短几分钟，因为她发现自己在林子里迷路了。跑了那么久，她没看到一条路，周围看起来都一样，树枝摇晃，大雨如注。

“这时候怎么能迷路……”

尤堇薇懊恼道。

“尤尤会不会淋雨？”小迷忧心忡忡地嘀咕。

陆嘉钰撑着伞，打开手机看了眼，这地方好歹是个培育基地，怎么连信号都没有。

“下次再把人看丢试试。”

他有点烦。

小迷这次没呛他，刚想说话，却见陆嘉钰停住了脚步，他顺着他的视线看过去——地上泥水淌了一地，花瓣被雨砸烂，小巧的伞孤零零地躺在路边。

小迷怔了一下：“是尤尤的伞。”

他飞快地跑进雨里，看到地上隐隐约约的拖拽痕迹，向来无辜的眼在此刻变得凶狠，他厉声喊：“陆嘉钰，喊人！”

半个小时后，管理员住的小院里。

所有人都站在雨里，瑟瑟发抖地看着正中间发疯的男人。

陆嘉钰将眼周通红的男人踩在脚底，手里转着把锋利的小刀，低眸看着他惊恐的眼，笑道：“我费了半天劲到这儿，没吃没睡，就为找个人。说句实话，这种事我还是头一回做，可怎么着，你把人给我弄丢了。”

陆嘉钰蹲在雨里，身上几乎湿透了。

浅紫色的碎发被他随手拨至脑后，露出整张凌厉冷冽的面容，雨水顺着额头往下滑落，他毫不在意。

许是他唇角上挑，细看眉眼间竟有一抹艳色。

“说说吧，人怎么丢的？”刀尖抵在男人的眼角。

男人惊恐地闭上眼，哆哆嗦嗦地把事说了：“她、她在山下向我问路，然后我……”他用力地吞咽了一下，“我看她生得好看，就、就动了心思。但是她跑了，等我走了才上山。中午我回来她还没走，我就躲在路边上的土坡下，找机会把她拉进了林子。那个女人力气很大，不仅咬我的手，用什么东西喷我的脸，还……还踢了我一脚。”

陆嘉钰垂下眼，扫过他小臂上的牙印、眼周的红痕，最后问：“踢哪儿了？”

男人颤巍巍地往自己的身下看。

陆嘉钰顿了一瞬，忽然问："她哭了吗？"

男人愣了一下，连忙摇头。

陆嘉钰随手把小刀往边上一丢，"哐当"一声响，丢在男人手边，他微微凑近男人，叹了口气："她还没咬过我。"

"什、什么？"

男人向看疯子一样看他。

"我说，她还没咬过我。"

"唔唔唔——"

轻飘飘的话音落下，陆嘉钰揪着男人的衣领狠狠把他的头撵进土里。底下的人猛烈挣扎着，挣扎间，他忽然摸到那把小刀，紧攥在手里猛地向陆嘉钰刺去。

陆嘉钰像是提前预料到，扣住他的手用力一折，刀尖朝向那牙印的位置滑去，男人吃痛松开手，刀又回到陆嘉钰的手里，他起身居高临下地看着地下这摊烂泥，忽然哎呀一声，手里小刀直直坠落，正好扎在男人的两腿中间。

"新年快乐。"

陆嘉钰笑着说了句祝福。

男人一呆，视线缓缓下移，待看到那把刀，两眼一翻，晕了过去。

陆嘉钰诧异地问司机："我刀法这么准？"

司机看着扎在土里的小刀，嘴角微抽："他先动的手，您算正当防卫。而且这把刀……半点都没碰到他。"

简而言之，那个人是自己吓晕的，刀离那位置还十万八千里。

陆嘉钰踢了踢完全瘫软的男人，转而看向那几个女人，她们见他看过来纷纷往后退了一步，其中一个大着胆子道："这山我们当地人最熟，我们可以帮忙。"

"交给你了。"

陆嘉钰丢下一句话，头也不回地走向山林里。

司机立即报了警。

在山里找个人本就不容易，更何况还下着这样大的雨。他们花了大量的警力和人力，搜寻一下午都没有尤堇薇的踪影。

很快，天黑了。

林子里亮起强光手电，呼喊声充满山林，又被藏进雨声里。

小迷心急如焚，生怕山里有什么野兽。

陆嘉钰抬眼看了眼茂密的树林，想起那晚在剧院，她说她怕黑。

“Mint，我们往上找。”

陆嘉钰停了脚步，朝着反方向走。

小迷愣愣地跟上去：“往上找？可那人说她往下跑了。尤尤会不会已经下山，跑到村里躲起来了？”

陆嘉钰：“不会，她跑不出去。”

小迷一时间不知道该怎么接。

此时，尤堇薇正可怜巴巴地在原地打转。她跑了好久好久，怎么都没找到路，倒是看见好几座土坟，最后没了力气，找地方躲了会儿雨，继续找路。山里没有信号，她无法对外联系，也打不开地图。

她拽着手机叹气：“看来以后要下载地图。”

天已经黑透了，她又冷又饿，黑暗让她的神经紧绷，状态越来越差。

尤堇薇在夜里看不清东西，开着手电筒也走得磕磕绊绊，路上还摔了一跤，好在没摔疼。她爬起来继续走。

不知过了多久，她终于走出林间，光线变亮。

尤堇薇在高处一块平地停下，向林间眺望，黑漆漆的山林令她双目有些眩晕，忍着不适再看，看到了一闪而过的光亮。

许是雨后山林寂静，她竟隐隐听到了呼喊声，他们在喊什么，好像是人名。

也有人走丢了吗？尤堇薇想，没人知道她在这里。

好冷，她抱着身体蹲下，慢吞吞地想，是大声呼救比较快，还是晃着开着手电筒的手机比较引人注意？

她没力气喊人了，晃手机吧。

刚这么想，耳边忽然落下一道声音。

冷淡的嗓音带着倦意，他喊她：“尤堇薇。”

尤堇薇一怔，甚至反应了一会儿才朝他看去。

夜色下，他的模样狼狈又疲惫，轻喘着，昂贵的大衣上蹭了泥，被雨水这么一泡已经废了。

“陆嘉钰。”她轻声喊，想站起来却没了力气。

陆嘉钰定定看了她片刻，忽而大步走向她，低头对上微微湿润的杏眼，语气很差：“为什么不接电话？”

尤堇薇呆了片刻：“手机没信号。”

陆嘉钰：“我说昨天晚上。”

“你在和别人吃饭。”她用一副乖乖软软的口吻说。

陆嘉钰蹲下身，视线扫过这张苍白的小脸，抬手靠近，指腹用力刮擦过她脸上的灰痕，待抹至她的下巴，眸光暗下去。

那里留着别人的指印，已经泛出隐隐的青色。

他反复去擦，直把那块柔嫩的肌肤蹭出了红。

“好疼。”她小声说。

陆嘉钰一顿，对上她泛红的眼圈，忽而停了动作，轻嗤：“哭什么？让人欺负了不哭，迷路了不哭，怕黑不哭，我碰你一下就哭？”

她不说话，杏眼顿时盈满了泪水。

只是这样安安静静地看着他，他唇一张，晶莹的泪便滚落下来，一颗接着一颗，像是在下雨。

陆嘉钰本该享受别人的眼泪，可此时他感觉喉间干涩，胸间涌现出陌生的情绪。

半晌，他抬手将她摁进自己的怀里，低声说：“别哭。”

尤堇薇也不知道为什么看到他就想哭，拉扯的情绪紧绷到了极点，他一来，忽然就散开了。

她说：“我的花丢了。”

陆嘉钰道：“没丢。”

尤堇薇缓了片刻，细声细气地问：“你怎么来了？”

陆嘉钰低头看她通红的鼻尖，说：“来问问你，我们哪里不合适。说得合理，我就考虑一下；说得不合理，你就给我道歉。”

尤堇薇抿着唇，如实道：“你不喜欢我，我也不喜欢你。”

陆嘉钰原本情绪差到想把这座破山给掀了，听她这么说，忽然笑起来，他一只手抱过她的肩，另一只手钩住腿弯，轻松地把人打横抱了起来。

男人的口吻狂妄又自负，他笑着说：“你会喜欢我的。”

第四章 共舞

在她平静的人生里，从未有过这样的人，无时无刻不在燃烧，像一场大火要烧光所有规则和禁锢。

邺陵某医院内。

小迷坐在病床边，托腮看着昏睡的尤堇薇，她昨晚发了烧，他们便连夜赶回了邺陵。

他瞧了一会儿，小心翼翼地探手去摸她的额头，好像没那么烫了。

陆嘉钰怎么还不回来？

小迷等得着急，干脆下楼去找他。

医院里总是人来人往，小迷坐电梯下楼，穿过人群，径直走向人最少、离楼里最远的地方。陆嘉钰极其厌恶医院的味道，从来不会主动踏进医院半步，这次也不例外。

小迷在人工湖边找到了陆嘉钰。

他懒懒地靠在横椅上，两腿自然交叠，一只手拿着电话，另一只手夹了支烟。连着两个晚上没睡，他看起来非常疲惫。

“不接他电话？早拉黑了。”

他嗓音沙哑，语气漫不经心。

小迷自觉在边上坐下。

陆嘉钰往边上瞥了一眼，说了两句随即挂了电话，说：“我回趟洛京，你在这儿待着。这次再把人看丢就把你送回英国。”

小迷瞪他：“你是恶霸吗？只会威胁人。”

陆嘉钰哼笑一声：“我什么时候不是？她呢？”

小迷：“还没醒，医生说烧退了就能出院。”

陆嘉钰没应声，视线落在湖面，静静地抽完了一整根烟，起身道：“走了，回去吧。”

小迷看着他的背影幽幽地叹了口气，看起来回去又要挨打了。

尤堇薇知道自己在梦里。

在梦里她也在奔跑，周围好黑，往哪里跑都没有出路，跑得好累。忽然，黑漆漆的林子里有了一束光。

浅淡的清辉洒落。

是月光吗？她茫然地想。

她努力朝月光跑去，那束光静静地斜在那里，似乎就是在等待她。终于，离光束越来越近，在即将到达之时，她倏地撞到了一个男人的怀里。

他低笑着说：“我说过的，你会喜欢我。”

尤堇薇被吓醒了，睁眼是白色的天花板和一张放大的脸。

小少年怕吓到她，小声问："尤尤，你醒了？"

尤堇薇轻轻眨了眨眼睛，神智回笼，而后撑着身体慢慢坐起来，环视一圈："我怎么了？"

小迷三言两语把过程说了，最后说："陆嘉钰回洛京了。"

想起昨晚，她抿了抿唇："谢谢你们来找我。"

小迷怔愣片刻，忽然道："我去找医生来看看。"说完，一溜烟跑了。

医生轮班后，负责尤堇薇的是另一个医生。

他比上个医生更年轻，看起来和陆嘉钰差不多的年纪，乍一看到一个小孩拿着手机还愣了一下。

上面闪过几个字：我姐姐醒了。

"刚醒的？"他问。

小迷点头。

小迷喊了医生后没立即进去，而是站在病房外给陆嘉钰发短信。

Mint：尤尤好可怜。

Mint：她以为没人会去找她。

小迷想：尤尤也是一个人吗？那一瞬间，她看起来似乎很孤独。

正这么想着，病房内忽然传来笑声，他探头一看，尤堇薇和年轻的医生相谈甚欢，她还对他笑。

小迷立即进入病房，乖巧地站在床前，一时看看尤堇薇，一时看看那个医生。

尤堇薇介绍道："小迷，这是我大学时候的学长，没想到他现在在郢陵工作，正巧遇见了。"

医生笑道："我也没想到这么巧，看到病历的时候还以为是同名同姓。你怎么在郢陵？听说你留在洛京了。"

尤堇薇："工作原因。"

两人一来一往，等小迷再回过神来，他们已经进行到了交换微信有空一起吃饭的阶段。他眨眨眼，顿时生了坏心眼，偷偷拍照片发给陆嘉钰，并配文：

尤尤的学长，他们要一起吃饭。

这位医生兼学长格外热心，不但给尤堇薇办了手续，还送他们到了门口，要不是司机在，小迷怀疑他还想送他们回家。

回到家已是中午，尤堇薇先去洗了个澡。

浴室内热气氤氲，热水融化草莓味的泡泡球，水面融成红色。她闭上眼，身体在热水中渐渐放松下来。

直到此刻，她还有些恍惚，昨晚的事像梦一样。

尤堇薇拿过镜子，镜面照出她的模样。

清丽的面容有些苍白，杏眼湿润，脸上沾着水滴，再往下，唇色不如平时娇艳，下巴上的红痕早已褪去，只余一点点青色。她有些困惑，为什么会觉得刺激呢？

慢慢地，她想起陆嘉钰，他身上的某一种气质吸引着她。之前她不懂是什么，此时却知道了——她被陆嘉钰的“恶”所吸引。

在她平静的人生里，从未有过这样的人，无时无刻不在燃烧，像一场大火，要烧光所有规则和禁锢。

他在她心间投下了一颗小小的火种。

尤堇薇换完衣服下楼，没看见小少年的身影。

院里的门开着，门外人声交杂，滚轮从石板上碾过，她还没走到院子，忽然有人搬着花进来。

一盆接一盆，门外推车上零零散散放满了花盆和当季的花束。

在负责人的指挥下，整个院子只剩下一块可以下脚的地。

尤堇薇怔了一下：“你们是不是送错了？”

负责人拿着单子问：“您姓尤吗？我们收到的信息是豆石巷十四号尤小姐签收。”说完，他走出门招了招手。

片刻后，两个男人提着巨大的玫瑰花束进门。

柔美娇小的紫色玫瑰立即霸占了院子里剩下的位置，粗粗看去，竟然有上千朵玫瑰花。

这种玫瑰叫海洋之歌，浅淡的香芋紫，和他的发色很像。

尤堇薇蹲下身看着满院子的花，发着呆。

昨晚她和陆嘉钰说，她的花丢了，陆嘉钰说没丢。

现在，她的花不但找回来了，还带了许多伙伴，本就热闹的小院这下连落脚的地方都没有了。

小迷拎着外卖回来，看到满院子的花，偷偷翻了个白眼，而后朝尤堇薇卖乖：“尤尤，我买了小米粥回来。”

院子里太挤，他们连门都关不上。

于是，两个人只能开着门吃饭。

此时，巷口停了辆车。

车里下来个风姿绰约的女人，她看了眼巷子，轻叹气，对从另一边下车的少年道：“阿虞，簇簇没住家里，住在这儿。”

神色淡淡的少年看向巷子，许久，他的眼神变得柔和：“住这里也好。”

林诗佟按照地址走至十四号门口停下。

门没关，院内热闹的景象展现在他们眼前，最惹眼的当属那上千朵玫瑰，让人误以为入了玫瑰园。

尤靳虞微蹙了眉，直直看向客堂。

餐桌边的人正在吃午餐，他们小声说着话，尤堇薇神情温和，他能想象出她是用多么柔软的语调和那个小孩说话的。

他讨厌小孩，讨厌所有和他抢姐姐的人。

林诗佟敲了敲门，温声喊：“簇簇，你看我带谁来看你了？”

尤堇薇愣了一下，诧异道：“老师，您怎么来了？阿虞！不是开学了吗？你怎么跑到这里来了？”

门口的两人跨过这片小花海，到客堂坐下。

林诗佟说：“昨天合作人说联系不上你，阿虞也说打不通你的电话，我放心不下就过来了，他一定要跟来。簇簇，你是不是病了？”

她摸摸尤堇薇的脸，有些担忧。

尤堇薇否认道：“一点小感冒，没事。”

说着，她看向尤靳虞，他从进门到现在都没说过话，只是盯着她看。

“阿虞，怎么不说话？”尤堇薇去牵他的手。

尤靳虞抬眼看了眼小迷，微凉的视线正对上小少年的眼神，小孩并不在意他，只对视了一眼便移开了视线。

他问尤堇薇：“为什么不接电话？”

尤堇薇神情古怪，昨天陆嘉钰也是这样问她的，但这时候她怎么忽然想起他了。她回过神，轻声解释：“去乡下找花了，山里没信号。”

尤靳虞侧头，漆黑的眸看着玫瑰：“玫瑰也是在乡下找的？”

尤堇薇：“送花的人送错了。”

尤堇薇不想在他们面前提及陆嘉钰，转移话题，对小迷介绍道："这是我弟弟尤靳虞，这个阿姨是我的老师，也是我现在工作室的老板。老师、阿虞，这是……"

介绍小迷时她犯了难，想了想，选了一个保守的答案："是我的邻居，他不爱说话。"

小迷眨眨眼，乖巧地对他们笑。

林诗佟却觉得小迷有些眼熟，迟疑地问："小朋友，我是不是在哪里见过你？"

小迷继续无辜脸，不说话只吃饭。

林诗佟见状没多问，她见尤堇薇没事便道："簇簇，我下午约了合作人见面，顺便处理点事，忙完赶着回洛京，回去的机票已经买好了。阿虞说他想住一晚，我把他交给你了。"

林诗佟匆匆来匆匆去。

院子里只剩下他们三个人。

尤堇薇看了眼两个小孩，一个装小哑巴，一个冷冰冰不说话。她轻咳一声，问："阿虞，吃饭了吗？"

尤靳虞："想吃拌面。"

尤堇薇去厨房看了眼，冰箱里还有面条，做面倒不麻烦，麻烦的是——桌上两个小孩面对面坐着，互相不搭理，看起来气场不和。

她想了想，还是做面吧。

做面比待在外面更轻松。

晚上八点，豆石巷十四号。

三个人吃过晚饭，收拾完满院子的花，气氛便陷入沉寂。她也不能丢下两个小孩去工作间，只好承受这份尴尬。

小迷躺在沙发上玩手机，尤靳虞在翻她的书。

一时间竟只有她手足无措。

尤堇薇想起前阵子外婆说的话，低声问尤靳虞："听外婆说，你这学期去住校了，生活还习惯吗？"

尤靳虞："还好，就是室友有点无聊。"

小迷装作玩手机的模样，实则竖着耳朵偷听姐弟俩说话。

这两个人的关系一看就不亲近，不但找不到话说，还彼此不了解，两个闷葫芦凑一起，这下可好玩了。

但实际情况和小迷想的不同，尤堇薇和尤靳虞的关系十分亲密。

父母离婚那年，他们一个七岁，一个三岁，一个跟爸爸，一个跟妈妈。尤堇薇留在邺陵，尤靳虞被带去洛京，小时候他们见面的次数一只手就能数过来。可尤靳虞对尤堇薇似乎天生就有依赖感，自从有了手机，两个人的联系便没有断过，偶尔他会从洛京回来住一阵子，只是她从不去洛京，只留在邺陵。

这边姐弟俩简单交流感情，另一边的小迷正在告状。

Mint：她的弟弟来了，比我帅。

Mint：我很不爽，我要长高。

Mint：要一米八！

陆：有病？

Mint：哦，那我不告诉你她小名了。

洛京，陆家别墅。

“陆嘉钰，你老子在和你说话！”陆正明随手拿起烟灰缸就往他的身上砸，气血汹涌，“让你去邺陵干什么？是让你去玩女人的吗？”

陆嘉钰轻“啧”一声，往边上一躲，懒声道：“多浪费啊！爷爷一不在你就发疯，我拍下来给他发过去。”

陆正明一听，气得到处找可以砸的东西。

其实都砸得差不多了，一地的碎片，保姆都不敢靠近。

“我的脸都让你丢尽了！”

陆正明就没受过这种委屈，昨天出去应酬，逢人都问陆家是不是喜事将近，话里话外都暗示他生了个好儿子。

陆嘉钰惊讶道：“我以为你早习惯了。”

气死了，气死了，气死了，陆正明正想找个别的的东西砸，门口忽然传来动静。

陆嘉楹放学回来了。

少女含着根棒棒糖，无聊地耷拉着眼，直到看到陆嘉钰，她眼睛一亮，大喊：“哥！你回来了！”

她像小炮弹一样往他跟前冲。

陆嘉钰蹙着眉躲开，不耐烦地喊："陆正明，你管管你女儿。"

陆正明最头疼的两个祖宗都在这儿了，他看看这个，看看那个，觉得自己命不久矣。

"陆嘉楹，上楼！"陆正明气呼呼道，"别让我喊你妈。"

原本还活蹦乱跳的少女一听这话，顿时蔫吧了，抱怨道："爸爸，你好没劲，动不动就搬我妈来压我。"

陆正明："有用就行。"

陆嘉楹不情不愿地往楼上走，一步三回头："哥，你快点回来。你再不回来我在这个家待不下去了。"

陆嘉钰随口道："那就不待。"

陆嘉楹吐吐舌，跑了。

全世界她最喜欢的人是哥哥，最害怕的人是妈妈，妈妈让她往东，她就不敢往西，离家出走这种事她还没干过。

人一走，陆正明语重心长道："去郸陵不是爸爸为难你，你那个公司多少人盯着，人人都想啃这块肥肉，你好歹上点儿心。"

"你给别人得了。"陆嘉钰头也不抬地玩手机。

陆正明顿了顿，低声道："爸爸知道，你因为妈妈的事……"

陆嘉钰扣紧手机，声线冷淡："别提她。"

半晌，陆正明叹了口气："回去吧。"

陆嘉钰讽刺道："一个电话把人叫回来，说完摆摆手就让人走。你这日子过得多轻松啊，不如你这董事长让我当？"

陆正明忍了忍，终于没忍住把自己的茶杯也砸了："滚滚滚！"

陆嘉钰头也不回地走了。

凌晨三点，跑车刺耳的声响打破巷子的寂静，十四号的大门被敲响。

陆嘉钰用力拍着门，眼看二楼亮了灯才肯罢休，往墙边上一靠，有点想抽烟，

烟盒已经在手里了，想到她还病着，又算了。

吱呀一声响，门从里面打开。

陆嘉钰侧过身，挑起唇角："花收到了？"

待看清来人，他止住话，微眯了眯眼。

和她有几分相似的少年披着她的外套，冷声道："我可以报警说你扰民，

找人明天早上八点以后再来。”

说完，砰的一声，门关上了。

他被关在门外。

近日郸陵天气回暖，但早晨的气温还是很低。

出租车在郸陵机场停下，尤堇薇和尤靳虞一前一后下车。

“在学校也只穿这些？”

尤堇薇仰头看向弟弟，十八岁的少年，清瘦高挑，黑色大衣里只穿了件白衬衫，她看着都冷。

尤靳虞伸出手：“不冷。”

她握了握，果然是暖的。

尤靳虞没松开手，反手捉住她的手往口袋里放。

他们少有这样亲密的时刻，尤堇薇没挣扎，只道：“在学校照顾好自己，有事就给姐姐打电话。”

尤靳虞轻“嗯”了声。

两人一路从大厅走到安检口，尤堇薇晃了晃他的手，说：“进去吧。到那边有人来接你吗？”

尤靳虞说有，却没松开手，半晌，他垂下眼，低声道：“姐，陆嘉钰太危险了。”

尤堇薇一怔，他是怎么知道这件事的？

正想说什么，却听他说：“如果你喜欢他，我会让他不那么危险。”

“我走了。”

尤靳虞松开手，独自进了安检口。

尤堇薇在原地看着他离开，直至身影消失。她怔然地站了一会儿，后知后觉，他每一次从郸陵去洛京，从不说回，只说走。

今天尤堇薇乐得清净。

在工作室蹲了一上午，中午喊小迷一块儿吃饭，下午她忙她的，小迷安安静静的，并不吵闹，两人就像以前那样待着。

下午四点，尤堇薇的手机振动了两下，学长发来的信息。

学长：来这里几年，一直没好好逛过夜市。

学长：今天不知是否有荣幸请你当向导？

尤堇薇看了一眼工作室，除了她自己买的花，室内到处是玫瑰。那日的红玫瑰还未枯萎，热烈的红映出紫色的娇美。

这里到处是陆嘉钰的痕迹，明明他从未进过十四号的门。

片刻后，她回复：当然。

尤堇薇回完信息，脱下工作服，温声道："小迷，晚上我有事要出去，今天你可以自己吃饭吗？"

小迷眼神清澈得像一头无辜的小鹿，他可怜巴巴地问："你要去哪儿？"

尤堇薇道："和一个朋友吃顿晚饭。"

先前从没见她提过有什么朋友，昨天上午才见了学长就有了，傻子都知道这个朋友指的是谁。

小迷蹲在椅子上，失落地问："不能带我吗？陆嘉钰昨天骂我把你看丢了，他好凶。"

尤堇薇一怔，好端端的怎么骂孩子？

她抿抿唇，走过去摸摸他的脑袋："去换身暖和的衣服，等会儿我们就出门。"

小迷暗自比了个耶，飞快溜回家换了一身衣服，临走前看了眼在躺椅上睡觉的男人，撇撇嘴，没叫他自己走了。

活该，让他威胁人，一会儿醒来自己找吧。

晚上七点，陆嘉钰醒来，院子里漆黑一片，没有那只小不点窸窸窣窣的声音，安静得过分。

他揉揉眉心，掀开被子，宽松的裤腿往上缩，露出一截瘦削的脚踝，脚随意在地上扒拉两下，穿着拖鞋进了浴室。

再出来时，人模狗样的。

不宽不窄的小院里只亮了一盏小灯，老房子色调灰暗，点了盏灯更显冷清。

陆嘉钰随手丢了毛巾，湿着发去隔壁敲门，敲了一会儿没人搭理，一看院子也是乌黑一片。

又背着他出门去了。

陆嘉钰刚翻出手机，朋友圈有一条消息提示。

小迷发了新的朋友圈，并且圈了他。

Mint：逛夜市。

配图是一张照片。

照片里的女人正对着镜头笑，小脸清纯，杏眼弯成一道月牙，手里拿了根草莓糖葫芦。

她穿着毛茸茸的短外套，纯白色的毛圈着颈部，纯洁又干净，可偏偏下面跟了条高腰裤，纤细雪白的腰肢若隐若现，很是勾人。

陆嘉钰不紧不慢地打量着，舌尖顶过腮帮，刚想按保存，忽而瞥见照片的最右边还有一只手，男人的手，清瘦干净，同样拿着一根糖葫芦。

陆：故意的？

陆：地址。

Mint：略。

再发就不回复了，打电话过去，对方关机。

陆嘉钰忍着把手机砸了的冲动，回去拿了车钥匙，连大衣都没穿，关了门直接拨通了尤堇薇的电话。

“嘟嘟”几声响，她接通了电话。

“陆嘉钰？”

娇娇软软的声音，细听有几分欢欣，带着轻微的喘息，不知道和什么人正玩得高兴。

陆嘉钰：“在哪儿？”

她迟疑一瞬，说：“在夜市。”

陆嘉钰嗓音冷淡：“我是 Mint 的监护人，你未经允许把人带走了，我现在去接人，地址发过来。”

说完，利落地挂了电话，这话有理有据，她不可能拒绝。

过了两分钟，小迷给他发来了地址和一条附带消息：畜生。

陆嘉钰哼笑一声，他乐意当畜生。

没一会儿，超跑疾驰着冲进夜市里，那些个应酬消息他一条没看。

夜里温度虽低，但临近元宵节，夜市热闹非常。

尤堇薇和小迷齐齐坐在小摊子前，看学长玩射击。两人手里捧着吃的，对上手玩游戏没什么兴趣，一个是不会，另一个嫌太简单。

学长连着十发命中，回过头来冲他们笑：“学妹，你……咳，你和你弟弟有没有喜欢的奖品？”

尤堇薇看向小迷，眼睛里写着两个字：你上。

小迷随手指了个最大的娃娃，那个娃娃需要射击者连续命中四十枪，一把枪二十发子弹，需要打完整两把枪，且弹无虚发。

学长干劲十足，专心致志地打起枪来，他打定主意要拿到那个最大的。

“尤尤，想吃你这个。”

“小心烫。”

那边枪声弹雨，这边两个人一片岁月静好，你一口我一口，吃得不亦乐乎。

直到身前落下一道影，黑色皮靴挡在她的小靴子前，锃亮的光闪人眼，大码的脚衬得她弱小又无助。

尤堇薇下意识抬头，对上他低垂的眼。

许是因为穿得毛茸茸，她显得有点呆，尤其是腮帮子里还塞着一颗肉团子。

陆嘉钰轻嗤：“你这女人，没心没肺。”

尤堇薇一愣，慢吞吞地嚼着嘴里的团子，看了眼小碗里仅剩的两颗，试探着递给他：“你吃吗？”

这样的小玩意儿，不像是陆嘉钰的口味，更不说他看过来的眼神充满嫌弃。

陆嘉钰将她的神情看得清清楚楚，眼看她眉眼放松地收回手，一把抢过碗，看她呆愣的模样，他心情大好，微微勾起唇，在她身侧坐下。

“冷了，什么破味道。”

陆嘉钰皱着眉，不去拿干净的木签，偏要用尤堇薇用过的。

尤堇薇欲言又止，没说话。

小迷偷偷翻了个大白眼，小声对尤堇薇道：“尤尤，我去买别的给你吃，你想吃什么？”

尤堇薇确实没吃饱，想了想，说：“生煎。”

学长还在这里，她不能把人丢下和小迷离开，再说……她看向陆嘉钰，不知道这个人又会干出什么事。

“尤堇薇。”

陆嘉钰似乎知道她在看他，不冷不热地喊她的名字。

尤堇薇：“嗯？”

陆嘉钰一副算账的口吻：“早上你弟指着我的鼻子骂，你指使他的？”

尤堇薇稍怔：“你们见过了？”

陆嘉钰几口把团子咽下去，随口“嗯”了一声：“早上去找你，你弟开的门，你们长得挺像，脾气不像。臭小子还挺嚣张。”

“早上几点？”

他的早上和常人不同。

陆嘉钰：“两三点？忘了。”

尤堇薇心想：正常人都会骂你。正想说话，忽而听得一声喊：“学妹，最后十发！”

在那一瞬间，陆嘉钰站了起来。

这男人穿得随意，只套了件毛衣就出来了，低低的领口露出锁骨和冷白的肌肤，在这夜市中格格不入。

学长微怔，看向尤堇薇：“你们认识？”

尤堇薇立即上前，解释道：“小迷的哥哥，过来接人的。这是我大学时的学长，他在给小迷赢娃娃。”

男人和男人之间，在某些时刻总是默契十足。

例如此刻，两个人一个对眼就知道对方存了什么心思。

陆嘉钰瞥了眼男人，视线扫过眼前的游戏，问：“玩什么？打气球？”

学长温声解释了规则，顿了顿，道：“我还差十枪。”

陆嘉钰微微挑眉，双手环胸，往边上一站，展现出一些极不合时宜的风度来：“你先。”

可即便这样，陆嘉钰存在感还是太强。

他的视线不紧不慢地扫过他的动作，从鼻子里哼出个气音，挑着笑问：“你这学长，什么专业的？”

尤堇薇：“临床医学。”

陆嘉钰闻言，微眯了眯眼，原来是昨天照片上的那个医生啊，两人聊得还挺开心。

片刻后，他忽而换了姿势，面对尤堇薇，长臂一伸，指节搭上她的额头，探了探温度，顺手一弹，哼笑：“病才刚好就到处瞎跑？”

尤堇薇轻“啊”了声，微凉的触感搭上她的额头，干燥的指腹刮擦过柔嫩的肌肤，擦出一片奇异的感觉。

忽然，砰的一声响。

打歪了，是空枪。

学长放下枪，有些遗憾："最后几枪了，有点可惜。"

陆嘉钰转身，大步跨过他，随手拎起枪打量了眼，这种气步枪大多仿造的是 M16 自动步枪和 56 式半自动步枪，掂了掂重量，问老板："一共几把枪？"

老板一愣："十二把。"

陆嘉钰笑了一下："结束算账。"

说完，他端起枪架在肩上，自然地侧过脸，一只手托住枪身，对着瞄准镜看了眼，另一只手扣动扳机。只听得接连几声响，墙上的气球纷纷爆开，转眼就是二十发子弹，他换第二把枪，换了一面墙继续，老板在一旁手忙脚乱地打气球。

人群被此处的动静吸引，渐渐围过来。

男人漫不经心地换了把枪，动作自然随意，等到最后两把，墙面空空如也，地面满是各色的气球碎片，像炸开的烟花。

老板擦了擦汗，继续打气球。

陆嘉钰把枪一丢，侧头看捂住耳朵的尤堇薇，懒声问："不玩了。那只小不点要什么？"

尤堇薇眨了眨眼，指向那个最大的娃娃。陆嘉钰付了钱，除了最大的娃娃什么都没要，老板乐得合不拢嘴，因为他付了近一倍的价钱。

"学长，还玩什么？"

陆嘉钰对着他挑了挑眉，胳膊下还夹着战利品。

学长丝毫没被他的态度所激怒，态度温和，对陆嘉钰道："学妹之前说想喝糖水，我们休息一会儿吧。"

尤堇薇夹在两个男人中间，并不想说话，她在想她的生煎怎么还没到。

刚冒出这个想法，小迷不知道从哪儿钻出来了，递给她一包热腾腾的生煎，而后溜到学长身边，不知说了什么，两人竟走开了。

一时间，只剩她和陆嘉钰。

他清清淡淡的薄荷气息融在冬日里，在这热闹、气味繁复的夜市中像一片清冽的雪花。

尤堇薇揪紧了手里的纸袋，小声说："谢谢你。"

陆嘉钰停下脚步，微微俯身，与她平视，狭长的眸在夜色中像一柄开了刃的刀，漆黑的眼里映着点点探究。

半晌，他问："谢的是什么？"

"找到你？"

"送你花？"

尤堇薇轻抿着唇，抬眼和他对视，轻声道："都有。"

陆嘉钰定定地看了她几秒，忽而直起身子，散漫一笑："你一句谢就想打发我？起码有点诚意，你来我往才有下一次。"

"你要什么？"她问。

陆嘉钰就等着她这句话，不紧不慢道："我这人呢，特别热心，而且从来不为难人，给你两个选择。"

"第一个，告诉我你的小名。"

他说着，看她别开脸，一副拒绝的模样。

陆嘉钰勾唇一笑，眉眼间染上笑意，语气却恶劣又轻佻："第二个更简单了。"说着，他伸出手来。

冷白、骨感的手横在她眼前，掌心朝上，纹路复杂而冗长。

他低笑："尤小姐，牵个手？"

眼前是他的掌心，男人姿态轻松，身后是热闹的夜市，整个集市的灯火似乎都为他点燃，映衬出他耀眼的眉目。

尤堇薇指尖微蜷，轻掐了掐自己的掌心，有那么一瞬间，她被他所蛊惑，想伸出手去。

她不语，他不动。

两人就这样安静对视着。

直到一道清朗的男声打断他们："学妹，我们去糖水铺吧。"

尤堇薇倏地回神，对着学长点点头，迅速迈开步子朝糖水铺走去，将陆嘉钰丢在身后。

陆嘉钰睨了眼小迷，一副你在干什么的表情。

小迷无辜地摊开手，等学长走了才道："他不好骗，走到半路就说回来找尤尤。我觉得他人挺不错的。"

陆嘉钰把娃娃往他的怀里一塞，丢下两个字："幼稚。"

小迷不满："是学长硬要给我的。"

一行人一前一后到达糖水铺，陆嘉钰和小迷到时，两人已经聊上了，气氛轻松又自在。

刺啦一声响。

陆嘉钰动静很大地扯开椅子，跷起腿往椅背一靠，一只手支着脑袋看尤堇薇，懒洋洋地问：“在聊什么？”

尤堇薇正欲说话，学长抢先道：“在聊后天的元宵灯会。”

陆嘉钰挑眉：“灯会？”

学长笑了一下：“我不是郰陵人，从来没去看过灯会。学妹说，郰陵灯会很热闹，很多人从外地赶来看，我很想去。”

“好啊，一起去。”陆嘉钰笑着应，“来根烟？”

学长温声拒绝：“我不抽，有女孩子和小朋友在。”

陆嘉钰也不恼，自顾自地点了支烟，却对他的话没有任何反应，平静得吓人。

尤堇薇一呆，凑到小迷身边悄悄问：“他今天怎么了？看起来很正常，有点不像他。”

小迷悄声应：“他这种状态最吓人了，相当于暴风雨前的宁静。”

几个人喝过糖水，又逛了一圈便准备各自回去。

在学长提出来要送尤堇薇之前，陆嘉钰先一步开口，自然地说：“你的大衣送回来了，别忘了来隔壁拿。”

学长闻言，笑了笑，和他们告别后独自驱车离开。

陆嘉钰等人一走，原形毕露，他下巴微抬，盯着这一大一小，嗤笑道：“有劲没劲啊？和这么无聊的人出来玩。”

小迷无语：“我们可没喊你。”

尤堇薇想了想，干脆往嘴里塞了一个生煎，那她就可以不说话了。

陆嘉钰轻哼：“等着，我去开车。”

回到巷子已是晚上十点。

走至十四号门口，陆嘉钰脚步一顿，语气懒懒散散：“Mint，我去邻居家拜访一下，当了这么多天邻居都没上过门，多不好意思。”

小迷看看两人，道：“我也去。”

陆嘉钰微眯了眯眼。

小迷不情不愿：“那你快点回来，我一个人在家害怕。”

陆嘉钰看向努力假装自己不存在的尤堇薇，好整以暇地看着她，笑道：

“走吧邻居，开门。”

十四号和十六号格局相差不大。

一进门先是方方正正的小院，再是客堂。只是院子里摆满了盆栽，只余中间一条小道供人走路。

暖黄的灯光洒落，陆嘉钰在单人沙发坐下，怀里抱了个小靠枕，捏起来软软的。往四周看，客堂各处都挂着小摆件，跟个小姑娘似的，桌上新买的花瓶里则插着他买的玫瑰。

正看着，比玫瑰更娇艳柔美的女人出来了。

尤堇薇倒了杯温水，俯身放在他身侧，轻声说：“喝点水。”

随着她的动作，短外套向上收缩，露出那盈盈一握的腰肢来。

陆嘉钰饶有兴致地看着，慢悠悠地问：“躲了一晚上，想好了吗？给我的谢礼是什么。”

尤堇薇静了片刻，道：“稍等一下，我上楼换件衣服。”

陆嘉钰疑心是不是自己在她面前脾气太好，以至于她一点儿都不怕他。不得不说，这种感觉不仅不新奇，还差劲透了。

尤堇薇上楼，关上房门。

她背靠着门板攥紧了手，提着的那口气微微松懈，她有点不知所措。陆嘉钰逼得太紧，她还没想好怎么面对他。

五分钟后，她换了衣服下来，脱去短外套和高腰裤，换上了舒适宽松的毛衣和棉质长裤。

陆嘉钰懒散地掀开眼皮，视线从上而下扫过，她气质好，穿什么都比别人好看。

“想好了？我耐心很差。”

他淡声提醒她，脸上没什么情绪。

尤堇薇抿着唇，移开视线不去看他，看着院落内倾泻的月色，低声说：“簇簇，花团锦簇的簇。”

“簇簇。”

他重复喊了声，唇舌间含着这两个字，仔细品味了一番。

蔷薇花开时，簇簇娇艳繁茂。

这名字倒是衬她。

半晌，陆嘉钰将她倒的温水一饮而尽，拇指随手一抹唇角的水渍，起身道："回去了，去看元宵灯会那天坐我的车去。"

尤堇薇一怔："我……"

陆嘉钰挑眉："不想去？我以为你想和学长出去玩。"

他咬重"学长"两个字，故意打趣她。

"我想去。"

他丢下这么一句话，走了。

尤堇薇独自站在夜色下，有些困惑——怎么会有这样的人，在的时候院子里热闹得像是挤满了人，他走了，像是把热闹也带走了，这小院只余她一人，冷清又寂寞。

她想：陆嘉钰说得没错。

迟早有一日，她会喜欢上他。

元宵节那天，天气较冷，天色暗沉，没出太阳。

尤堇薇早起后忙着把院子里的花搬进客堂里，天气预报说晚上可能会下雨，她也不知道能不能及时回来。

正忙着，忽而听到隔壁的开门声。

陆嘉钰回来了，没像之前那样来找她。这两天他依旧每天凌晨才回来，今天干脆到了第二天早上。

她仰头看，天都亮了那么久。

下午一点，学长问什么时候出发。

尤堇薇回复：**抱歉学长，因为工作上的事会耽搁一点时间，忙完可能要四五点。**

学长回复说没事，让她先忙工作。

尤堇薇并不擅长说谎，看见学长的回复更是愧疚，干脆躲进工作间真的去忙工作。

下午四点，十六号小院。

小迷推了把躺椅，而后堵住自己的耳朵，果然听得一声脆响，他喊："陆嘉钰，再不起床，尤尤跟学长跑了！"

"瞎说什么？"

男人的嗓音有点沙哑，浓重的睡意里带着不爽，他这些天听够学长两个字了。尤堇薇倒是不提，奈何这只小不点天天说得起劲。

小迷轻哼："你天天在外面造作吧，昨天我还和学长一起吃火锅了。

他风趣幽默，比你好多了。”

“滚远点。”

他都懒得听。

陆嘉钰换了个姿势，揉了揉自己干巴巴的头发，闭着眼道：“项目快定下来了，下个月回洛京。”

小迷一顿：“那尤尤呢？”

陆嘉钰随口道：“一起带回去。她有工作间就行，哪儿都一样做，至于程卫，他巴不得我带着人走。”

小迷托腮，认真道：“她不会和你回去的。”

陆嘉钰掀开毯子下地，径直走向浴室，进去前对小迷道：“我们打个赌，输了给你买鞋，赢了再说。”

小迷欣然答应，百分百会赢的赌注。

傻子才不答应。

四点半，十四号的门被敲响。

尤堇薇打开门，门外的男人淡淡地看过来。

浅紫的发上带着湿润的水汽，耳垂上戴了一颗同色的宝石耳钉，颈间干干净净的，没戴项链。

黑色风衣利落干净，底下照旧一双短靴。

没见过他穿正装，她不合时宜地想。

“学长怎么去？”

他眉眼困倦，随口问了句。

尤堇薇侧开身，轻声道：“先进来吃饭。小迷，你饿不饿？”她看向他身后的小少年。

小迷摇头：“我要去灯会上吃。”

他们都吃过午饭，挨饿的只有陆嘉钰一个人。

陆嘉钰一顿，她已转身往客堂去了。

他跟进去，她从厨房里端出一碗三虾面，柔韧的面条和软糯的虾肉搭在一起，香气渐渐散开，不难看出是早已准备好的。

待他坐下，手边多了杯温茶，吃完面条喝两口，压味解腻。

陆嘉钰垂着眼，难得安静地吃完了这碗面，他不知道有多少年没过这样简单却难求的日子了。

小迷撇撇嘴。

狗男人，你不配。

灯会在邺陵底下的一个小镇举办，这是小镇传统，周边的人大多都知道，年年都来凑热闹。

尤堇薇他们到时，学长的车刚好停下。他拎着几杯奶茶下来，温和地说先垫垫肚子。

陆嘉钰不接，挑着唇笑："刚吃饱。"

说着，他的视线慢悠悠地看向尤堇薇，懒声道："下次还做这个。"

小迷翻白眼："你好骚啊！"

当着学长的面，陆嘉钰这样光明正大地说出来，尤堇薇微微红了脸。

学长看着尤堇薇低眉脸红的模样，心里有了数，他依旧维持着风度，温声道："你们先进去吧，我还约了朋友。"

陆嘉钰微眯了眯眼，无聊透了。

他看向那一大一小，随口道："走了。"

尤堇薇见他们走远，轻声道："抱歉学长。"

学长笑了笑："不需要道歉，能在邺陵遇见你，我是真心觉得高兴。我很久没想起大学时期的事来了，快去吧，他们在等你。"

尤堇薇侧头看去，陆嘉钰和小迷站在路灯下，不知在说着什么，但没再往前走，在那里等着她。

她勾唇笑起来，朝他们走去。

小迷用余光瞄着，小声说："尤尤笑得好开心啊！"

等人走近，陆嘉钰抬眼一看。

那双杏眼里还映着未散的笑意，双眸亮晶晶的，看起来确实很开心。一对上他的眼睛，笑意慢慢消失了。

陆嘉钰问："你乐什么？"

尤堇薇抿唇，小声道："没什么。"

她说完，牵着小不点往镇子里去了，也不回头看一眼。陆嘉钰心说，这不是没心没肺是什么。

渐渐地，天色暗了下来。

小镇里家家户户门口挂着灯笼，主干道上人群围靠在路两边，露出中间的通道，游行队伍抬着巨大的花灯经过。

天际绽开烟火，游灯队伍漫长，花灯各式各样，有莲花形、宝塔形、阁楼形、鱼形等，个个模样精奇，璀璨夺目。

陆嘉钰松散地倚靠在亭子边，眸光浅淡。

他对灯会没什么兴趣，唯一有兴趣的人倒是看得高兴，拉着小迷指着灯说着什么，嘀嘀咕咕还说得挺起劲。

突然，天上落下几滴雨。

人群中有人往上望，有人伸出手来接，彼此说着“下雨了”。

起先雨还小，渐渐地雨越来越大，游灯队伍走得越来越快，天际的烟花逐渐消弭。

街道上人群散开，朝着各个餐馆涌去，很快，急雨给这小镇拉上了一层帷幕，天地间一片迷蒙。

他们这亭子里忽而挤满了人，多是躲雨的。

陆嘉钰跨步跳上栏杆，居高临下地看着尤堇薇。

她倒是好心，还借纸巾给别人，男的女的都往她边上凑。不知别人说了什么，她笑起来，和对学长笑得一样好看。

对谁都笑，就是不对他笑。

见了就躲，躲了还跑。

陆嘉钰眯起眼，忽而撑着栏杆翻下凉亭，大步迈进雨里，绕到亭口，长臂一展，精准地在人群中扣住那截柔腻的手腕，用力一拽，她也被拽到了大雨中。

暴雨倾泻，转眼两人便湿透了。

尤堇薇怔怔的，有点蒙，问：“干什么？”

陆嘉钰忽然拉着她跑向道路中央。

冷夜里，他转头对她笑，眉眼间带着光芒和野性，他说：“簇簇，和我跳舞吧。”

冷夜，大雨倾盆而下。

热闹的花灯躲进了暗处，只余几盏灯笼在风雨中摇晃。

尤堇薇定定地看着陆嘉钰，眼睫上的水滴像一个光怪陆离的小世界。

小世界里，他的面容清晰又模糊，几缕碎发被他拨至两侧，额头下的眉眼像是浓重的一笔，比这夜色还要暗、还要黑。

他笑着，牵着她的手，推着她转了个圈。

“跳舞吗？”

他又问了一遍，笑意低懒。

尤堇薇紧紧地抿着唇，胸腔内的那颗心脏怦怦跳着，仿佛回到了在音乐厅那一夜。

每一个夜晚，他都令她印象深刻。

一股从未有过的冲动涌上心头，似乎是她的身体想要释放些什么，不计得失、不顾一切。多年的沉静和克制在遇见陆嘉钰的时候，都消失了。

尤堇薇艰难地喘息了一声，极轻、极快。

她抬起眼，问：“跳什么？”

陆嘉钰勾着笑，抬手抚上她湿润的杏眼，轻轻拭去眼睫上的雨滴，低声说了句“乖女孩。”

他松开手，与她拉开距离：“探戈会吗？”

尤堇薇看着他张扬的面容，往后退了一步。

有人说，探戈是情人之间的秘密舞蹈。

优雅又放浪，欲进还退，像微醺时的感觉。

他们隔着雨幕对视，不知大雨的哪个节拍触动了这场交锋，渐渐开始靠近，朝对方迈步，在即将拥抱之时停下。

冷雨里，温热的呼吸贴近。

陆嘉钰视线低垂，看她被雨滴打得零落的红唇，微抬起手，若有若无地贴近她的腰侧，另一只手等着她的交握。

下一秒，她抬起右手与他的掌心交缠。

另一只手搭上他的肩，借着他的力道踮起脚尖。

陆嘉钰半拥着她，下巴贴着她的侧脸，一片冰凉之中，肌肤是热的，体温是暖的，呼吸是急促的。

他托着她的身躯，看她似一朵玫瑰绽放。

可情人之间，不只有一个人的绽放，旋转中，她开始进攻。

你进我退，我攻你守。

抗拒中他们彼此吸引，缠绕中又有什么岌岌可危。

冷夜中，疾风骤雨是他们的伴奏。

天地雨幕间的雾气带着春潮，它们静静观视着，看他们缠绕、旋转、相贴，盛放、相拥，最后定格在依偎中。

尤堇薇喘着气，胸脯剧烈起伏，呼吸打在他温热的颈间，雨声中，他的脉搏跳动近在咫尺。

一声又一声。

不疾不徐，他始终冷静。

他有力的手臂紧圈着她柔软无力的腰肢，微凉的下巴贴过来，轻懒的嗓音里含着笑，充满蛊惑，他又说："和我恋爱吧。我带你跳舞。"

尤堇薇攀着他的肩，低声问："去哪里跳？"

陆嘉钰低笑着应："天上、海底、沙漠、森林或是雪山，你想去哪里就去哪里，想跳多久就跳多久。"

透亮的雨打湿尤堇薇的毛衣。

她却不冷，也不觉得沉，因为陆嘉钰承托着她。

"陆嘉钰。"她听见自己喊他的名字，听见自己说，"你能不能教会我一件事？我只要这个。"

陆嘉钰亲了亲她柔软轻薄的眼皮。

半晌，他轻吸一口气，呢喃着道："教你无数件。簇簇想学什么？"

尤堇薇微微地推开他，望向他暗沉的双眼，看到眼底燃烧的情欲，轻声说："我想让你教我，怎么才能变得……勇敢、无畏。"

陆嘉钰笑着抱起她，一把将她扛在肩头。

他的声音没入雨里："只要你不怕我，就再也不会畏惧。"

尤堇薇问："你很可怕吗？"

陆嘉钰轻笑："你且看着。"

第五章 赌气

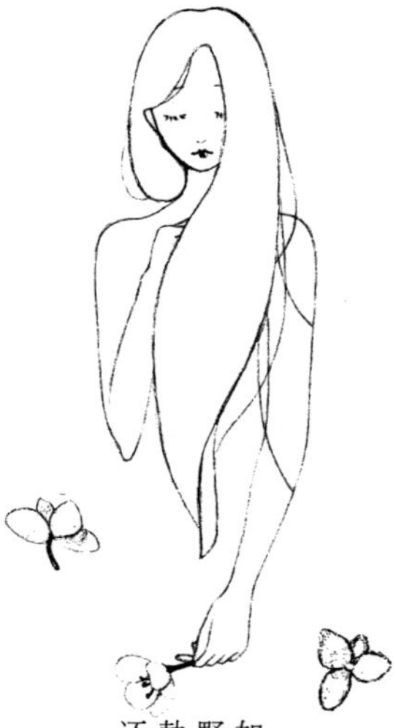

如果将人比作植物，有的人盘根错节，野蛮生长；有的人枝繁叶茂，生机勃勃；有的人相对弱小，却也开花结果，还有人枝叶凋零，随时会失去生机。

由于灯会，镇子里的酒店都住满了，只剩下几家民宿还有几间高价房，说是高价房，其实也是普通房间。

陆嘉钰开了三间房，之前明明打算只开两间，可看她一副被雨淋得惨兮兮的可怜模样，还是大发善心放过了她。

“去洗澡。”

陆嘉钰送她回房。

小迷跟在两人身后，一脸凝重。他想不通，为什么陆嘉钰去雨里发了个疯，尤尤就被他骗到手了。他们在雨里干什么了？

陆嘉钰打开房门，正欲关上，小迷挤进来了。

他挑着眉，随手甩下大衣，骨节分明的手搭上领口去解扣子，笑问：“我不会追人？”

小迷板着脸：“你又不喜欢她。”

陆嘉钰哼笑：“小孩懂什么。不喜欢我还费那么多心思追到这儿追到那儿，你当我的时间不要钱？”

小迷固执道：“你就是不喜欢她。”

他懒得和小孩解释，自顾自地脱衣服洗澡去了，独留小迷忧愁地坐在床边，想着未知的以后。

三个人收拾完，凑合着在小迷的房里吃饭。

陆嘉钰爱干净，不高兴房间里有味道，尤堇薇的房门他又不让进，最后只能进小迷的。

小桌上都是当地特色，和郸陵菜色差不多。

陆嘉钰吃了几口就不吃了，丢了筷子翻了翻手机，觉得无聊，索性连手机都不看，支着脑袋看尤堇薇吃饭。

他本身的存在感便极强，更何况这样一瞬不瞬地看着人。

尤堇薇垂着眼安静吃饭，尽量忽视他的视线。

可陆嘉钰丝毫不知收敛，起先视线落在她的脸上，后来也不知道往哪儿看，像穿透她的毛衣往里探，不疾不徐，一寸一寸。

视线所及之处似乎撩起一片星火，逐渐沸腾。

“我下去一趟。”

尤堇薇纤长的手指绷直，忽然放下筷子。

陆嘉钰挑眉，长腿一伸，嚣张地拦住她的去路，问：“干什么去？想要什么喊一声就行。”

他半仰着脸看她，兴致极高，连带着眼角眉梢都挂着几分愉悦，令他的眉目更为耀眼，像是闪闪发着光。

尤堇薇长睫低垂，轻声问：“你想吃什么？”

陆嘉钰打量着她乖巧的小脸，忽而莞尔一笑，身份不一样了连带着待遇都不一样了。

“不饿，你吃你的。”

陆嘉钰确实不怎么饿，来时刚被喂过。

尤堇薇顿了顿，跨过他的长腿，自顾自地道：“我去煮碗姜茶，别留小迷一个人在房里。”

言下之意：你别跟来。

说到这个地步，陆嘉钰哪里还看不出来，问他想吃什么，说去煮姜茶，都是借口而已。

她又躲开了。

他干什么了，不就看她两眼？

自己的女人还看不得？

陆嘉钰轻“啧”一声，踢了踢小迷的椅子，问：“看见没？说我不喜欢她，你看她喜欢我吗？没心没肺。”

小迷翻白眼：“你干过人事吗？”

陆嘉钰拨了拨头发，随口道：“排队上赶着的大有人在，洛京那群人你没见过？”

小迷认真地说：“陆嘉钰，她和别人不一样。”

陆嘉钰笑起来：“是不一样，那些人加起来也没她一个生得好。偏偏是个闷葫芦，倒也有几分可爱。”

小迷嘀咕：“都说郸陵水土养人，你自己长成这副模样去祸害人，现在反过来了。”

话音落下，男人的情绪忽而淡了下去。

顿时，他兴致全无。

“我回趟郸陵，你们玩。”

陆嘉钰淡淡地丢下句话就走了，甚至忘了尤堇薇不在。

小迷一愣，后知后觉自己提了郸陵水土这回事，有些懊恼，想喊他回来，但名字还在嘴边，他人早不见了。

好端端的提这个干什么，他肯定又想起他妈了。

尤堇薇提着姜茶回来的时候，只剩小迷一个人耷拉着脑袋坐在沙发上，桌上的饭菜没动多少。

“陆嘉钰呢？”她问。

小迷忧愁道：“尤尤，我说错话了，让他想起伤心事了。”

尤堇薇一怔，倒了杯姜茶递给小迷，迟疑着问：“他怎么了？他……看起来不像是会伤心的样子。”

小迷呆了一下，心想着，尤尤的反应和他想的不太一样，果然如陆嘉钰所说，她也不是很喜欢他。

这么一想，他松了一口气。

“他吧……”

小迷虽然总是和陆嘉钰不对付，但心里向来有数，不会在私下过分地议论他的隐私。

尤堇薇从不为难人，好奇心也不强，温声道：“别担心，先吃饭，明天我去找他。”

由于这个插曲，小迷始终恹恹的。

尤堇薇没多待，转而回了自己的房间，趁着时间还早，她给外婆打了个电话。

窗外夜雨霖霖，雨滴沿着玻璃裂出两道分叉的水路，像冰块碎裂开，她的思绪也随着嘟嘟声变得缓慢。

她和陆嘉钰在一起了，抱着几分自己都说不清道不明的心思。

会怎么样呢？以后会怎么样？结局会怎么样？这一切都未可知。

她平稳的人生出现了分岔路口，一条平坦宽阔，可见前路的阳光明媚，另一条雾蒙蒙一片，可见的只有陆嘉钰。

“簇簇？”外婆温和虚弱的声音唤回她的神智。

尤堇薇回过神，温声道：“外婆，元宵快乐。阿虞说晚上去看您了，说您气色很好。对了，外婆，我给您买了新衣服。”

外婆笑着说收到了。

两人一如往常说了几句家常话，外婆忽然道：“你妈刚走，想让我去家里住一阵。”

尤堇薇反应慢了半拍，应：“这样啊，去住一阵也好。”

沉默片刻，外婆叹了口气：“簇簇，你怪不怪当时外婆留下你？如果你跟着妈妈，现在也不会是这样。”

尤堇薇轻抿着唇，哄外婆：“都是以前的事了，跟着爸爸也一样。外婆，您现在要多休息，别想这些事。”

外婆年纪大了精力不济，尤堇薇没多说，挂了电话，坐在床上，看着窗外的大雨抱着膝盖发呆。

其实，她也不知道和母亲的关系怎么就变成了这样。

外公、外婆都是知识分子，性格清高孤傲，为人体面，只有秦晚玉一个女儿。秦晚玉年少时曾有过一个恋人，但因父母不喜被迫分离，而后和他们的学生尤森结婚，婚后两人先有了尤堇薇，后又有了尤靳虞。

这样简单平淡的生活日复一日，直到某天，秦晚玉少年时的恋人回来了。

自那日后，他们家便天翻地覆。秦晚玉向尤森提出离婚，要带走两个孩子，外公、外婆注重清誉，不可能由着她胡来，于是退让一步，提出要留下一个孩子，对外就称他们感情不和，和平离婚。

秦晚玉不同意，两个孩子她都要。

她十月怀胎生下的孩子，凭什么给别人，她一个都不肯留。这事一度闹到外公进了医院，一家人之间的关系几乎要崩坏。

最后留下来的是尤堇薇，是她自己提出来的。

她像以前一样，什么事都想做到最好，想讨母亲欢心，可她们还是渐行渐远。当她填下洛京的志愿时，父亲曾说，簇簇你这样累不累，她没说话。

“累吗……”

尤堇薇放松身体躺在床上，想不出个所以然来。

渐渐地，和着雨声，她有了困意，迷迷糊糊中睡了过去。

今晚暴雨，高速上开不快。

陆嘉钰神色淡淡地听着路边的喇叭声，正烦着，陌生电话打来，归属地在洛京，他随手按通接听键。

“陆嘉钰！你和你妹妹瞎说什么了？”

开口就是一顿暴躁的问话。

陆嘉钰笑笑，随口问：“怎么着，你手机让人偷了？我不常接陌生电话，下回可不一定能联系上我。”

“你老子我被你拉黑了！”

他想起这回事了，挑了挑眉，漫不经心道：“我忘了。那小炮仗又干什么了？”

陆正明压着脾气：“她离家出走了，说要去找你，刚下飞机就让人抢走了包，现在在派出所里。”

陆嘉钰闻言，饶有兴味地问：“她妈做什么了？陆嘉楹多听她妈的话，忍了这么久，终于忍不住了？”

陆正明叹气：“她下午出门玩，是一个男同学送她回的家，让你阿姨看见了，发了好大的脾气，说明天要去学校，让双方家长都到场。小姑娘这个年纪，自尊心强，发了顿脾气，哭着跑了，刚开始联系不上，后来郧陵派出所打电话到我这里。”

他压低声音：“你阿姨还不知道，我说她住在思弥家里了。”

陆嘉钰说了声无聊，道：“晚点儿到，路上堵着。”

陆正明顿了顿，提起别的事来：“思弥昨天才回的洛京，今天就来看我们了。我和她说你在郧陵，你没和她提这事？”

陆嘉钰轻嗤：“陆正明，你在陆氏那么多年白待了吧？我来郧陵的事早传遍了，人人都说陆正明要把儿子的权收了，她能不知道？而且，我和她熟吗？”

说完，挂了电话。

陆正明心想：这小兔崽子，早晚有一天得被他气死。

路上堵车，加上雨天路滑，到派出所已是晚上十一点。

一进门，陆嘉钰就听见他们家那个小炮仗嚷嚷着骂人。

“我打你？我打的就是你！”

“连初中生都骗，你还算男人吗？还敢躲，我不但刚刚敢打你，现在也敢打你！”

瞧瞧，胆子都大上天了。

当着警察的面就嚷嚷着要打人。

陆嘉钰径直朝那处走去，看了眼站在椅子上发脾气的小姑娘，冷淡地喊了句：“陆嘉楹，你几岁了？”

陆嘉楹一见陆嘉钰，威风样顿时没了。

哇的一声大哭，飞快地往他身上扑，一边哭还一边喊：“哥，我被人欺负了，他不但抢我的钱，还想拐卖我。”

“我没有！”

被打得鼻青脸肿的男人一口否认。

陆嘉钰嫌弃地伸出手指，抵住陆嘉楹的脑门，问警察怎么回事。

警察三言两语把事说了，陆嘉楹下飞机后想打车，路上遇见这个男人问路，她说不知道，下一秒男人抢了她的包就跑，结果还让她追上了，她本来就心情不好，这下随手抓住东西就往人脸上招呼，一个大男人被她打得嗷嗷叫。

陆嘉钰说了句“真笨”，让该怎么处理就怎么处理。

其间，他看了眼电话，那个女人安安静静的，没一个电话和短信。他也是开到半路才想起来没和她说一声，结果她还真对他不闻不问。

“这会儿倒是乖觉。”

他低声自嘲。

陆嘉楹流了几滴鳄鱼的眼泪，闻言看向陆嘉钰：“哥，你一个人说什么呢？”

陆嘉钰懒得搭理她。

陆嘉楹一点也不嫌自己烦，凑上去说：“家里保姆在八卦你，我偷偷听见了。她们说那天爸爸骂你，是因为你在郸陵交了女朋友，真的假的？”

这件事别人信，她可不信。

陆嘉钰虽然专横跋扈，无法无天，但这么些年他身边还真没女人，问为什么，说是嫌烦，没兴趣。

“我正儿八经的女朋友。”

陆嘉钰不耐烦地解释了一句。

陆嘉楹睁大眼，噌地一下站起来了：“真的？那思弥姐姐怎么办？我不信你不知道她喜欢你。”

陆嘉钰蹙眉：“关我什么事？我是自动回复机？别人喜欢我我就要搭理？”

陆嘉楹眨了眨眼睛：“我觉得你说得有道理。虽然我挺喜欢思弥姐姐的，但我更喜欢你。哥，你感动吗？”

“好了没？”

历时一个小时，陆嘉钰终于离开了派出所，身后还跟了个拖油瓶。

“哥，我们去哪儿？

“我能见你女朋友吗？

“啊，Mint 也在，我讨厌他。”

陆嘉钰随手打开车门，丢下一句话：“你们要是再打架，都给我滚回洛京。”

陆嘉楹不情不愿地开门上车，虽然路上坎坷，但她终于见到哥哥了，烦闷的心情顿时开朗起来，哼着小曲在车里放歌。

喇叭一开，重金属摇滚。

陆嘉楹开始摇头晃脑。

陆嘉钰无情地摁掉：“再烦，下去。”

“哦，我们去哪儿？”

陆嘉钰原本想找个地儿喝酒，现在带着个未成年，心里还想着尤堇薇，干脆回了小镇。

凌晨，小镇雨停了。黑沉沉的夜，镇子里的灯还亮着，路上却早已空无一人。这场突如其来的大雨提前终结了元宵灯会的热闹。

车在民宿门口停下。

陆嘉楹嫌弃地看了眼住的地方，小声抱怨：“他们说爸爸要分你的权，我还不信，原来是真的。哥，你连酒店都住不起了？”

陆嘉钰没解释，上楼把房间钥匙往她手里一丢，道：“你睡我那儿，我睡隔壁。”

陆嘉楹眨眼：“隔壁是谁？”

陆嘉钰把人往屋里一塞，敲响了隔壁的门。

尤堇薇被敲门声吵醒，下意识看了眼时间，刚过十二点不久。她披了衣服下床，停在门后。

“陆嘉钰？”她轻声确认。

门口的男人懒懒散散地应了声。房门打开一道缝，她悄悄看过去，廊内幽暗的灯光洒落，男人颀长的身影倚在门侧，风衣上沾着初春的寒意，神情淡淡。

他抬眼看过来，视线在她嫣红的脸上一晃而过，看见她眼底未消的睡意，轻佻地说：“不等我就睡了？”

“去哪儿了？”她问。

陆嘉钰微挑了下眉，感觉挺新奇，这是她第一次问他去哪儿了。他瞥了眼隔壁，道："接了个麻烦回来。先让我进去？"

尤堇薇思索片刻，侧开了身。

陆嘉钰一看她的动作，挑唇笑起来，没急着进去，反而俯身靠近，冷白的下颌贴近，鼻尖微动，他深吸一口气，唇滑过她温温热热的耳尖，低声呢喃："簇簇，你好香啊！"

说着，长腿一迈，跨步进门。修长的手指握上她的手腕，一把把人带了进去。

砰的一声闷响，门口没了动静。

隔壁开门偷听的陆嘉楹捂着嘴，甚至不敢大声呼吸，等隔壁的门关上了，才偷偷摸摸地关上房门，迅速拿出手机发朋友圈：**我哥疯了！**

当然不忘屏蔽她妈。

新发的朋友圈很快有了回复。

一条接一条，其中两条最显眼。

林思弥：**他怎么了？**

Mint：**你在哪儿？**

陆嘉楹哼着歌，挨个回复。

隔壁，不大不小的房内只开了一盏夜灯。床上只半边有痕迹，另外半边平平整整。陆嘉钰随意打量了一眼，一点不把自己当外人，在床侧坐下，看向不知道蹲着找什么的女人。

视线昏暗，她侧脸柔美，长发散落，一室的软玉温香。

堇薇从包里拿出备用的毛巾，走至陆嘉钰身前，递给他，轻声道："家里带的，没用过。"

陆嘉钰半仰着脸，双手撑在床沿，浑然天成的眉眼间带着少爷的矜骄和少年的干净，他一动不动地看着她，说："你给我擦。"

他并不闭眼，视线落在她的脸上。

尤堇薇垂眼，耐心折叠了毛巾，俯身小心翼翼地拭去他发间沾到的水滴，顺着额头到眉骨，那道伤已经褪去，只余一道浅浅的痕迹。

她微顿，柔软的指腹在那痕迹上轻轻划过。

"会留疤的。"她说。

陆嘉钰无所谓一笑："留就留了。"

尤堇薇想了想，又转身回去翻找起来，最后拿出一管小药膏，作势要往他的眉骨上抹。

陆嘉钰蹙起眉，躲开了。

尤堇薇低头看他，温声道："涂一点点，给你奖励。"

陆嘉钰一顿，掀开眼皮看她，半晌，他像是被这对杏眼里的温情蛊惑，问："什么奖励都给？"

尤堇薇"嗯"了声，从答应他的那一刻起，她就没什么不愿意给的。

陆嘉钰的眼底浮起点点笑意，棱角分明的下颌抬起，露出颈间那抹锋利的弧度，调笑似的说："亲我一下，亲一下什么都答应你。"

尤堇薇微顿，视线落在他的喉结上，他抬起头，是要她亲这里吗？

她攥紧药膏，指尖蜷缩，眼睫微颤着靠近他，耳根已然泛起了浅浅的红。黯淡的灯光下，她如一朵含苞欲放的蔷薇，摇曳生姿。

陆嘉钰低笑一声："好了，不逗……"

话音倏地顿住，他眼底有错愕。纤巧、明快的橙花香味带着一抹春夜的冷，细嗅有甜味，像是冬日里窗棂上薄薄的雪层。

不似果橙的味道，有浅淡的木质香味，干净又柔软。

她的唇轻轻软软地落在他的喉结上，湿润的唇瓣摩挲着喉结。

忽然，这颗小小的喉结剧烈滚动了一下。

尤堇薇微怔，抬眼看，他盯着她，冷夜般的眸像是海。

"现在不可以躲了。"

尤堇薇提醒他遵守诺言，挤出祛疤药膏，往他额间抹。

陆嘉钰似是认命般，闭上了眼。这女人果真没心没肺，亲完人还能这样淡定地给他抹药膏，一点儿非分之想都没有。

"谁教你亲这儿？"他哑声问。

尤堇薇抹完药膏，白皙的脸颊上红晕未散，用毛巾继续擦他的脸，乖巧地应："你抬头了，不是让我亲这里吗？"

陆嘉钰凝视她半晌，轻嗤："让你亲就亲，平时怎么没那么乖？"

"好了。"她摸了摸他柔软的发，没淋湿。

陆嘉钰见人想走，一把扣住她的手腕，用力往身前一带，将她困在腿间，盯着人问："男朋友不见了不会找？"

尤堇薇抿唇笑："你不是在这里吗？"

又避开不答。这个女人，净使这些招数，可他偏偏吃这套。

房间里开着暖气，陆嘉钰随手脱了风衣，解开领口上的几颗扣子，说："你睡你的，我不动你。"

尤堇薇知道他的作息，也记得小迷说的，他说陆嘉钰不喜欢睡房间，也不喜欢睡床。她想了想，自顾自掀开被子躺下，整个人躲进被子里，只露出一双眼睛看着身边的他。

他没动被子，也没动她，只是安静地靠在床上，随意地翻着手机，看侧脸竟有几分寂寥。

尤堇薇想：原来他真的会伤心。

她想起那个早晨，他不由分说地抱她入怀。

半晌，她从被子里伸出手，藕白色的手臂浸着朦胧、柔软的光伸向他。

陆嘉钰看过去，只听她软声说："陆嘉钰，有点冷，你抱抱我吧。"

春雨断断续续落了一夜。翌日清晨地面仍湿漉漉的，雨滴挂在屋檐上，欲坠不坠。小镇开始苏醒，各处渐渐有了声息。窗沿边飞下一只觅食的雀，大胆地啄着玻璃窗。

陆嘉钰醒来的时候有一瞬的怔然。

他的的确确是躺在床上醒来的，而且是在陌生的房间，和以往的环境没什么不同，还更差。

非要说不同，他看向怀里的女人，她还睡着，小脸缩在被子里，黑发贴在雪似的脸侧，眉眼安静又乖巧，没有丝毫防备。

昨晚，她一句话就哄得他放下手机，过去将人抱在怀里。虽说隔着被子，但不妨碍他完全将她拢住，软而娇小的身躯缩在他的胸膛间，温热柔软，像抱了一团软软的糕点。

后来，他贴着她的发，鼻息间都是她的味道。再一睁眼就是现在，居然过了一夜。他，陆嘉钰，在早上六点精神饱满。

这女人给他下药了？

陆嘉钰松开手，支着脑袋，打量着尤堇薇。

等了一阵，她没醒。

于是他伸出手，指节微弯，一点也不客气地捏住她的腮帮子，捏了捏，又去拨纤长的睫毛，最后去玩她的耳垂。

忽然，她的眼睫颤了颤，薄薄的眼皮底下眼球开始不自觉地滚动。

醒了，但是不睁眼。

他扯起唇角，抬手捏住她的鼻子。

人是有生理反应的，鼻子被堵住无法呼吸，她还抿唇忍着，一瞧就是在装睡。

陆嘉钰嗤笑："傻不傻？"说着，松开手放过了她。

尤堇薇睁开眼，那点睡意都跑光了。

陆嘉钰就在她眼前，支着脑袋，好整以暇地看她，姿势随意自然，白色衬衫领口敞开，瘦削的锁骨似一柄弯刀，胸膛肌理分明。

她眼睫颤动，下意识移开视线。这一躲，正好对上他带笑的眼睛。

"馋了？"

他眯着眼靠近她，低懒的嗓音像是从鼻息间轻哼出来，勾人又缱绻。

尤堇薇倏地红了脸，下意识往后缩去，磕磕巴巴道："没、没有。你饿不饿？我饿了。"

说着，她像一尾鱼甩着尾巴从床上溜走了。

陆嘉钰看着空空如也的床侧，往她的枕头上一躺，手背覆盖着眼睛开始笑，笑得肩头颤动。

这小闷葫芦还是脸红的时候可爱，昨天晚上她像个妖精，不但往他的脑门上涂了药，还哄得他上了床，他居然都答应了。

有出息吗你？陆嘉钰瞧不起自己。

犹自笑了一阵，有人敲门。

先是小迷，敲着门喊："尤尤，你醒了吗？"

敲了几声，隔壁又有了动静，小炮仗出来骂人："你懂礼貌吗？别人还在睡觉。"

小迷："你为什么在这里？"

小炮仗："昨天和你说了我在邺陵，你不信。"

小迷："陆嘉钰人呢？"

小炮仗："喏，我看他进去的。"

静了一阵，那小不点疯了，他怒而拍门："陆嘉钰！你有礼貌吗？"

陆嘉钰原先还得意着，这么听了一阵，烦了，下了床鞋也懒得穿，光着脚去开门。

"大早上的，吵什么？"陆嘉钰打开门，对上两双惊愕的眼睛。

男人头发凌乱，衬衫更是皱得不像样，锁骨露了大片，袖口的扣子不知去哪儿了，瘦削的腕骨慵懒地搭在门框上，底下的裤子松松垮垮。

更过分的是，他看起来居然不困。

小迷和陆嘉楹对视一眼，在对方的眼睛里不约而同地看到了同一个信息：陆嘉钰真的疯了。

陆嘉楹回过神，呆呆地问："哥，你让人睡了？"

陆嘉钰："什么？"

小迷欲言又止，最后问："尤尤呢？"

陆嘉钰双手环胸，耷拉着眼看这两个小孩，随口道："女孩子的房门能随便进吗？都给我出去等。"

说完，砰的一声关上了房门。

门外两个人面面相觑，难得见面没吵架。

小迷和陆嘉楹蹲在走廊里，你一句我一句地唠起嗑来。

陆嘉楹："真是我哥的女朋友啊？"

小迷："算是吧。"

陆嘉楹："什么叫算是？"

小迷："你不懂。"

陆嘉楹："是什么样的人？好看吗？"

小迷："好看，是陆嘉钰配不上的人。"

陆嘉楹："哇！"

薄薄的门板隔音本就不好，更何况这两人聊得光明正大，还没说几句，门板上忽然一声闷响，不知道是什么东西砸过来。

伴随着一声喊："给我滚远点儿！"

于是两人滚了。

半个小时后，高速公路上。

坐在副驾驶座位的陆嘉楹坐立难安，余光总是忍不住往后面瞟，那个漂亮的姐姐正在和小迷说话，轻声细语的，耐心又温柔。

这样的女孩洛京可太多了，她有什么特别的呢？陆嘉楹转着眼珠子，想不出个所以然来。打开手机，对话框里还留着昨晚她和林思弥的对话。

SS：陆伯伯昨晚联系我，让我帮个忙。

SS：和妈妈闹脾气了？

嘉楹楹：就老样子，但我不伤心。

嘉楹楹：我来找我哥了。

SS：他怎么样？

嘉楹楹：好得很，还找了女朋友。

这句话发出去之后，林思弥直到现在都没有回复。她有些懊恼，是不是不该说出去，毕竟陆嘉钰喜新厌旧。

这么想着，陆嘉楹好奇地探过头，她睁着一双明亮的眼睛，无辜地问："姐姐，你和我哥是怎么认识的？"

尤堇薇一怔，下意识想起玉镯的事，一时竟不知道该怎么回答这个问题，按理说是在那私人园林里。

不等她想出来，忽而听陆嘉钰说："离她远点儿。"

语气不耐，显然是不高兴了。

陆嘉楹气闷地鼓起脸，但也没发脾气，又不死心地转头问："姐姐，我们加个微信好吗？"

"陆嘉楹。"他轻声喊她名字，连名带姓的。

"我不说话了。"

尤堇薇却想，他不喜欢提及家人。自我介绍的时候，他什么都说了，唯独没提家庭情况。现在也是一样，不希望她靠近他的家人。这样也好，不会纠缠太深。

她垂着眼出了会儿神，转而想下午工作的事。

陆嘉钰搭着方向盘，看了眼后视镜，她安静地坐在那儿，眼睫垂落，小脸瞧着楚楚可怜，不知道在想什么。

"簇簇。"他忽然出声喊她。

尤堇薇眨了眨眼，身体前倾，贴近他的座位，问："怎么了？"

陆嘉钰拿起手机解锁，随手丢给她，说："老实点儿把微信加上，再改个喜欢的备注。"

尤堇薇一怔，下意识接过来。

装死的陆嘉楹：什么情况？

微信都没有？这两人到底是怎么回事？

陆嘉钰扫过这小炮仗滴溜溜转的眼神就知道她在想什么，哼笑一声："没见过情侣吵架删微信？”

陆嘉楹瞪大眼：“你被删了？”

怎么就是他被删了。

陆嘉楹顿时肃然起敬，用敬佩的眼神看着尤堇薇，原来特别之处在这里——居然有人不怕陆嘉钰！

尤堇薇很少有看别人手机的体验。

他的桌面很干净，没有多余的娱乐软件，网购和外卖倒是有，除此之外，便只剩下音乐软件、社交软件、新闻软件，加起来一页就装完了。

点开微信，没有任何消息提醒。

从头至尾，每个人都是处于被屏蔽状态。

尤堇薇加上自己的微信，思索了一阵，想不出改什么备注，于是放着没改。加完之后，她还特别贴心地问了陆嘉钰一句：“要帮你屏蔽我吗？”

小迷心想：尤尤果然不喜欢陆嘉钰。

陆嘉楹终于懂了，她哥原来喜欢不喜欢他的人。

陆嘉钰几乎要气笑了，他没搭理她，加快速度开到快车道，一路疾驰下了高速。

高速附近有个小服务区，破破烂烂的。陆嘉钰径直开进去，一个急刹车，淡声道：“你们先下去。”

小迷和陆嘉楹齐齐走人，尤堇薇也想开车门时，忽而听到咔嚓一声响，车门被锁上了。

“说说吧，你过来还是我过去？”

陆嘉钰从后视镜盯着略微有些无措的女人。

尤堇薇也不知道哪里惹他生气了，但眼下这种情况……她艰难地从后座爬到了前座，跨腿时无处落脚，他轻轻淡淡地来了句：“踩。”

她只好径直踩上座位，爬到了还不忘擦一擦再坐。

陆嘉钰松散地靠在位置上，视线扫过她笔直的腿和腰间那一截细腻的肌肤，等人坐好了，喊她名字：“尤堇薇。”

尤堇薇“啊”了一声，像个小学生似的坐好了，手乖乖地放在自己的膝盖上，纤纤十指因为紧张蜷缩着。

他双手环胸，口吻随意：“我是谁？”

尤堇薇微顿，他这样问肯定不会只想听“陆嘉钰”这样简单的答案，懵懵懂懂间，她忽然明白了。

“不用屏蔽我吗？”她试探着问。

陆嘉钰打量着她的神色，指节轻点着手臂，忽而一笑：“不是想变得勇敢无畏吗？从把我当成正常男朋友开始。”

他咬重“正常”两个字。

好难啊，那你先得是正常人。

尤堇薇抿了抿唇，再次打开微信，认认真真地打下备注，还从手机上传了张照片过去，当他的聊天背景。

“改好了。”

她乖巧地交上作业。

陆嘉钰接过手机扫了一眼，对话框顶部三个板板正正的字：女朋友。再看聊天背景，似乎是她大学时期的照片，全身穿得毛茸茸的，站在雪地里，黑发沾着雪粒子，鼻尖冻得通红，眯着眼睛笑。

他想起她的屏保，背景也在下雪。

“喜欢看雪？”他看向她。

尤堇薇点头，轻声应：“邺陵很少下雪，下了也留不过夜。我喜欢冷的感觉，洛京的冷和邺陵的冷不一样，总是很干。偶尔起了风，空气里都是沙土。”

她去洛京的第一年不太适应这样的冷。

那晚除夕她是留在学校里过的，半夜尤靳虞带着蛋糕来找她。别人过年吃饺子，他们却吃蛋糕，十几年已成了习惯。

陆嘉钰敛眸，同样想起他去洛京的第一年，那年的冬是他此生度过的最冷的冬天。

“回了洛京领你去玩。”他随口应了句，掌心往她面前一摊，“你把手机给我。”

尤堇薇略微有些迟疑，在他冰冷的视线中把手机交了出去，小声道：“密码是 0131。”

陆嘉钰微眯了眯眼，问：“你的生日？”

这话是诈她的，在花市那天他早就用她生日试过，没能进去。

尤堇薇否认：“是我弟弟的生日。”

不爽。

陆嘉钰飞快解开锁，一点儿不把自己当外人，随意翻看起来，边看边问："你弟弟和你感情挺好？"

尤堇薇慢吞吞地"嗯"了声。

陆嘉钰没多问，点开微信直接点到联系人一栏拖至最底处，好友一共65个，瞧着可怜巴巴的，随手一翻，大多是工作室客户，没几个朋友，再翻朋友圈，一年都发不了几条。

微信都没什么意思，想来其他地方也好看不到哪儿去。

他退出去打开相册，全是和工作相关的内容，花草、染料、别人的作品等。

这个小闷葫芦，太闷了，也不嫌无聊。

陆嘉钰轻"啧"一声，随手点开相机，将手机拿远，另一只手长臂一展，将那还在发呆的女人往自己身边一搂，微凉的指节覆上她柔软的后颈，微微用力，托着她往自己的侧脸边一贴，温热的唇正撞在他的耳垂边。

陆嘉钰微顿，按下拍摄键。

照片里，她微有些怔愣，侧脸干净漂亮，眼睫抬起，为了稳住身体，下意识攀着他的肩。而他呢，姿态闲散，对着镜头连个笑都没有，只是等着人来亲。

"这张，设成你的聊天背景。

"敢换了试试。"

陆嘉钰哼笑一声，把手机还她，这么一折腾，心情好了不少，下车去抽了支烟，一支抽完，那两个小孩正好回来。

陆嘉钰可没打算一直伺候陆嘉楹，他先把尤堇薇和小迷送回豆石巷，便带着她去了机场，车上她一直闹。

小炮仗板着脸："哥，你不爱我了。"

陆嘉钰："第一天知道？"

陆嘉楹别扭地哼唧了一阵，然后安静下来，她悄悄看了眼陆嘉钰，问："哥，你为什么不想住在家里？是因为我和妈妈吗？"

陆嘉钰高中毕业后，就从家里搬了出去。

那之后只有过年他才回来，平日就住在灵犀胡同里，那样老旧的地方，也不知道哪儿好。

"不是。"陆嘉钰道。

陆嘉楹刚松了口气，就听他继续说："还有陆正明，能不见你们就不见你们，见了心烦。”

陆嘉楹委屈道：“大人的事，你不能迁怒于我。”

陆嘉钰瞥了她一眼：“你是什么省心的乖小孩？院里谁不知道你是麻烦精，你看看有人和你玩吗？”

陆嘉楹撇撇嘴：“他们不和我玩又不是因为我，是因为我妈。学校里也没人欺负我，都知道你是我哥，他们都怕我。啊，有个讨厌鬼，我最讨厌她。”

陆嘉钰哼笑：“麻烦精和讨厌鬼。”

陆嘉楹翻白眼：“是真的，成天说她哥有多好，我看是骗人的。我从来没见她哥来过，不就是哥哥吗？我也有。”

听这小炮仗叽喳了一路，他的耳朵都要生茧了。

快到机场时，陆嘉钰道：“陆嘉楹，再有下次，别那么蠢。自己想不到办法，喊救命不会？”

陆嘉楹微愣，呆呆地想了一会儿。

不知想到什么，她揉了揉眼睛，问：“哥，你会来救我吗？”

陆嘉钰侧头看小炮仗眼睛红红的模样，忽然想起那一夜尤堇薇看着他流泪的模样，哭都不知道出声。

他难得说了句人话：“我不是你哥？”

“啊！我就知道你爱我！”

陆嘉楹顿时把烦恼都抛到了脑后，开开心心回洛京去了。

接下来一周，陆嘉钰忙着项目收尾，极难见到人影。

尤堇薇和平时一样，照旧忙着自己的工作，小迷天天钻在她家里，像是换了一个地方生活。

“尤尤，你为什么和陆嘉钰在一起？”

他问正在修整花束的尤堇薇。

尤堇薇放下工具，蹲下身，和他面对面，她仔细想了想，认真说：“他和我见过的人都不一样。如果将人比作植物，有的人盘根错节，野蛮生长；有的人枝繁叶茂，生机勃勃；有的人相对弱小，却也开花结果；还有人枝叶凋零，随时会失去生机。”

小迷问：“陆嘉钰是什么样的？”

尤堇薇缓慢地用语言形容他：“他像是第一种，但又不一样。他好像无时无刻不在燃烧着。有时候我担心他烧得太快了，不知道什么时候就会化成灰烬。”

小迷想了想：“他一直这样。什么刺激爱玩什么，随随便便活，命丢了也无所谓。”

尤堇薇眨眨眼，好奇道：“他有安静的时候吗，除了睡觉？”

小迷：“有，他文身的时候很安静，那是他最像正常人的时候了。但他好像也不怎么喜欢这种安静。”

毕竟陆老板一个月只上两回工。

尤堇薇眨眨眼，她还没见过这样的陆嘉钰，只有那一天在灵犀胡同里的惊鸿一瞥，但那天他没开门。

这一晚，小迷照旧玩到十点才回去。

回去后，他洗完澡玩了一会儿游戏，掀开被子抱住自己的小熊，和平时一样睡觉。

凌晨，他的床上忽然有了动静。

迷迷糊糊间，似乎有人在他边上躺下了。

小迷猛然惊醒，立即打开了灯，灯一开，他先是呆住，然后大喊：“陆嘉钰，你是变态吗？大半夜跑我床上干什么？”

陆嘉钰一本正经地躺边上，闭着眼道：“别烦，我试试能不能睡着，你睡你的，别吵我。”

谁吵谁？

他睡得好好的，身边忽而多了个人，怎么睡怎么不安稳，浑身上下哪里都不对劲。小迷翻来覆去，在心里咒骂陆嘉钰。殊不知，陆嘉钰也是一样的想法。

晚上他鬼迷心窍，想着来小迷房里试试能不能睡着，忍了半个小时，忍不下去了，他下床走人。

“走了，自己睡吧。”

“你有病！”

小迷怒而砸枕头。

陆嘉钰不但走了，还从十六号走到了十四号，掏出从小迷那儿顺来的钥匙，如进自己家门般进了十四号，他自觉贴心，省了她下楼开门。

但他也没畜生到底，在客堂里给她打了个电话，说自己上来了。

房间里被吵醒的尤堇薇有一瞬的茫然，他在说什么，从哪儿上来？不等想明白，电话里和房门口同时传来他的声音。

“开门。”

懒懒散散的，像是早上叫人起床来了。

十四号和十六号布局相同，内里却大有差别。

陆嘉钰还是头一回这么仔细打量女人的房间，虽然这地方对她来说不过是个临时住所，她也细心布置了，窗帘新换过，书桌上夜灯复古别致，其余地方遍布绿植、摆件，只是不见他送的玫瑰。

“花呢？”

陆嘉钰下巴微抬，一副找麻烦的口吻。

尤堇薇这会儿睡意正浓，抱着软软的枕头，含糊着应：“楼上太暗，它们晒不到太阳。”

陆嘉钰挑唇笑了一下，没急着去欺负她，自顾自地在她房间内来回打量着，还不见外地翻开衣柜看，看了两眼关上，又扫了眼梳妆台，再出声说话却没了回应。

“不理我？”

走到床边一看，她抱着枕头睡着了。

陆嘉钰居高临下地看着她的睡颜，柔顺安静，倒是一点儿不怕他，说睡就睡了，但他可不是什么好人，他弯下腰，屈指弹她的眉心。不轻不重的一下，没醒。

他轻“啧”一声，微凉的手指往她的后颈一放，轻搭着那纤长的颈，凉意顺着薄薄的睡衣往里钻，她霎时醒来了。

尤堇薇迷蒙的眼里装着睡意，茫然地看他。

她心想：不是做梦吗，怎么又醒来了？

眼前的男人耷拉着眼，只穿了一件单薄的衬衫，下摆松垮地搭着腰腹，他双手插入裤兜，神色淡淡地看她，那头奶芋灰紫的发在夜灯下显得像是纯白，凌厉的眉眼间无端多出一丝痞气。

“醒了？看脱衣服吗？”他勾起唇，引诱般地问。

外套进门就脱了，这会儿他慢条斯理地解起扣子来。修长的手指搭上领口，极具骨感的指节在灯下泛着光晕，似被清月晕染，生出一股禁欲的意味。灵活的指尖不紧不慢地往下解着扣子。

一颗、两颗，到第三颗时忽而顿住，慢悠悠地去解袖口，瘦削的腕骨上挂着一只表。

啪嗒一声响，他随手将表丢在床头柜上，金属和木质相撞，发出沉而不闷的声响。

尤堇薇呆呆地看了一阵，忽而清醒过来，不是梦啊！

“几点了？”

她的嗓音里含着睡意，又软又娇。陆嘉钰俯身贴近她，见她不躲，露出几分愉悦之意，微凉的指腹点了点她的眉心，低笑道：“猜猜看。”

尤堇薇下意识道：“六点了？”

难道他是什么时间单位吗？还六点了。陆嘉钰屈指一弹，用命令的口气道：“进去点儿，我要睡了。”

尤堇薇揉了揉眼睛，去拿边上被他挡住的小钟，时间刚过一点。他今天回来比前几天都早，她问：“晚上吃过了吗？”

说着，轻嗅了嗅，清淡的薄荷香，没有酒味。

陆嘉钰哼笑：“吃了，没喝酒。”

“快点儿。”他又催她。

许是因为他的情绪不同，今晚尤堇薇竟有点紧张，她像蜗牛似的慢吞吞地往边上挪。

这一次和那晚不同，两个人都是第一次和别人同盖一床被子睡觉，就这么直愣愣地躺着，中间隔着一段距离。

空气一片沉寂。

陆嘉钰等了一阵，边上安安静静的，连个小动作都没有，干脆侧过身支起脑袋，光明正大地盯着人看。她闭着眼睛，老老实实地平躺着，瞧着乖巧，但都是表面上。

“我睡不着。”

陆嘉钰随口说了句，伸手去玩她的头发。

尤堇薇揪着被角，一时有些忐忑，睡不着想干什么？

想起那晚他让自己亲他，她睁开一只眼悄悄看他，试探着问：“那亲一下？”

“啧，你这人，满脑子什么思想？”陆嘉钰挑着唇，笑问，“一天天的，不是惦记着我的肉体，就是动不动要亲我一口。”

“簇簇，你是小流氓吗？”

他嫌刺激不够，伏到她的耳侧，温热的气息撩过泛红的耳尖。

流氓本人还倒打一耙。

半晌，她挣扎结束，同样转过身。

两人面对着面，大眼瞪小眼。

尤堇薇抿着唇：“我给你讲故事吧。”

陆嘉钰轻嗤：“你当哄小孩呢？成天这个弟弟那个弟弟，怎么着，我也是弟弟？”

“那怎么办？”她真诚求教。

陆嘉钰：“讲故事？”

他能平平安安地活到现在，真是世界奇迹。

尤堇薇认真想了想，想得半点困意都没了，都没能找到适合陆嘉钰的故事。想来想去，讲了自己小时候的故事。她贴着自己的手靠在枕头上，小声道：“我第一次听童话故事，是听妈妈讲白雪公主。”

“你比她好看。”

陆嘉钰忽然来了一句。

尤堇薇张了张唇，欲言又止，干脆不应他的话。

“我听了之后也想要一面魔镜，但不敢和她说。于是就去缠着外婆，说想要一面漂亮的镜子，要粉红色的，要有花，还要有蝴蝶结。外婆就牵着我的手带我出去买，可是怎么都找不到一样的。”

尤堇薇很少想起以前的事，说起来却觉得历历在目。

“那时的郧陵，一到春天，满街都是卖花的人，一些婆婆会拿着花篮，卖栀子花、白兰花，还有茉莉，小小的一株，可爱又芬芳。我见了花就忘记镜子了，外婆买了花就把我哄回了家。”

陆嘉钰听了止不住笑，不仅是小闷葫芦，还是小傻子。

他靠近她，将两人间的间隙填满，懒散的嗓音里含着笑意：“怎么这么好哄？我送的花哄你高兴了？”

尤堇薇看着他倦懒的眉眼，轻轻“嗯”了声。

“后来我再想起镜子，外婆说白雪公主生在冬天，过了冬天就买不到镜子。我就从这个冬天等到第二年的冬天。”

陆嘉钰笑问：“又被骗了？”

尤堇薇摇摇头，杏眼忽而变得明亮起来：“我弟弟出生了。我不想要镜子了，那时我觉得他是白雪王子。”

陆嘉钰拉下嘴角，抬手一扯，把她的脑袋往怀里一摁。

“睡觉。”

“不听了吗？”

“哼，像恐怖故事。”

尤堇薇怕黑，每晚睡觉都亮着夜灯。

陆嘉钰从来都是早上睡觉，倒也不畏光，开灯睡觉没什么不适应，感觉倒是和那一晚很不同。那晚隔着被子抱她，这次只有睡衣，怀里软绵绵的一团，她看着瘦，身上倒不是没肉。

陆嘉钰只搭着她的后脑勺，手没往下移，他忙了一周，这会儿是正儿八经来睡觉的，就别给自己找不痛快了。

尤堇薇却有点呆，她想：这个人真的是想谈恋爱吗？

清冽的薄荷气息笼罩，她抵着看着清瘦却并不单薄的胸膛，有些困惑，忍不住小声问：“什么都不做吗？”

陆嘉钰原本闭上了眼，闻言低头看她一眼。

对上那盈盈的眸，干净、澄澈，她是真的想知道。

“不想睡？”

“困了。”

尤堇薇紧紧闭上眼，就当没发生刚才这一幕。

隔天一早，陆嘉钰被一个电话喊走了。尤堇薇醒的时候，床边早已没有他的身影。

她清醒了一会儿，开始发呆，从和他认识到在一起，再同床共枕，似乎一切都顺理成章，即使这些事都发生在一个月内。

陆嘉钰和她想的不太一样。

和他在一起时压迫感并不强烈，有时候甚至觉得放松。这种放松感难以形容，是任何人都不能带给她的。

她想，或许是因为他本身就足够令人生畏。

所以和他在一起时，除了注意他便不用想其他烦恼的事。

“尤尤！”

正发着呆，楼下门被敲响。

尤堇薇匆匆起床下楼开门，门一开，小迷闷声道："他偷我钥匙，我没给他！"

尤堇薇抿唇一笑，摸摸他的脑袋，温声道："我知道是他自己拿的，晚上去帮你要回来。早上想吃什么？"

小迷一边在心里咒骂陆嘉钰，一边对着尤堇薇卖乖，说吃什么都好。

第六章 赌局

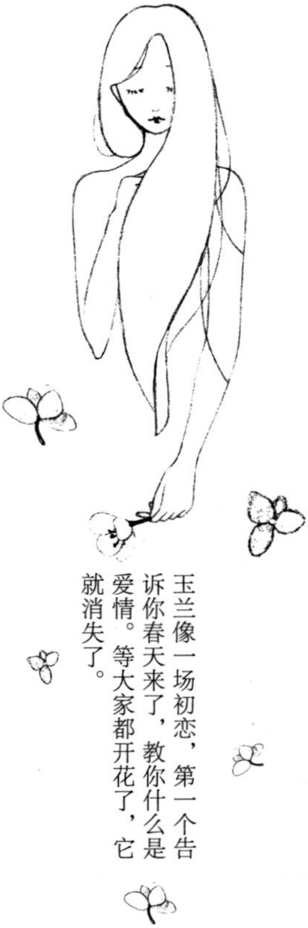

玉兰像一场初恋，第一个告诉你春天来了，教你什么是爱情。等大家都开花了，它就消失了。

邺陵某茶楼。

程卫没想到这一早真能请到这位祖宗，立即订了最好的位置，准备了一桌子早餐，就等陆嘉钰到。

“稀奇了，估计没睡。”

程卫看了眼时间，早上七点。

不多时，老板领着陆嘉钰上来了，程卫立即起身，笑道：“陆总，今天心情不错？”

陆嘉钰瞥了他一眼：“怎么说？”

程卫“嘿嘿”一笑：“忙了这么一阵子，难得见你精神这么好，想来昨晚休息得不错。”他这句话意有所指。

陆嘉钰没解释，拿起筷子随手夹了口眼前的面条，只尝了一口，便放下筷子了。

“味道不好？”程卫急忙问。

陆嘉钰随口道：“没我的女朋友做得好。”

程卫闻言，心里顿时有了数，这阵子陆嘉钰除了忙项目的事，闲时只在豆石巷待着，他口中的女朋友除了尤堇薇还能有谁。但他倒真没想到，还真能成女朋友。

聊了两句，程卫说起正经事：“地批下来了，今早文书刚送到我这里。想着是要紧事，才即刻联系你。中午大家伙一起吃个饭，这边的事就暂时了了。陆总是再留一阵还是回去？”

话虽这样问，程卫知道陆嘉钰的时间不多了。

他不在洛京这一阵，他那些个堂兄弟都生出不少心思，听说惹了不少麻烦，陆正明急着催他回去了，到底是亲儿子。

陆嘉钰没应声，指节轻敲着桌面，安静了一阵，说：“人我带走了，不影响程总装点园林吧？”

程卫忙道：“不影响，不影响，花到时候我去洛京拿。”

陆嘉钰一笑，给面子喝了口茶。

这日下午，陆嘉钰不到六点便回了豆石巷。

他熟门熟路地拿钥匙开了门，院里点了灯，萤黄的光晕洒落，小迷搬了个小板凳和小盆坐在客堂里，像是在剥豆子。

“啧，转性了？”陆嘉钰调侃道。

小迷头也不抬："又不是没做过。"

陆嘉钰随口道："捡你那会儿不知道你还能这么听话。自个儿在外面待着，别进来。"说完，进了厨房。

厨房里油烟味重，陆嘉钰向来不爱进。

但因为尤堇薇在里面，他就会觉得油烟味好像淡了，对厨房不那么排斥。尤堇薇纤秾合度的身形一站，像淤泥里开出的花，纤尘不染。

可他呢，偏偏最爱淤泥。

"在做什么？"他悄无声息地走至她身后，亲昵地贴上她的脖颈。

尤堇薇一僵，手里的动作顿时收紧，微凉的肌肤贴过来，他下颌上沾染的轻而淡的薄荷味气息和懒散的嗓音一同坠下来。

她侧头去看，说："别吓人。"

嗓音微颤，还没缓过来。

陆嘉钰瞧她水润的杏眼，惊惧未消，哼笑道："这么一下就吓着了。吓到也不知道叫，考试零分。"

尤堇薇抿抿唇，小声反驳："没上课就直接考试，不能算。"

陆嘉钰笑起来，鼻尖轻轻地碰了碰她的耳垂，饶有兴致地看了一会儿她处理虾线，等处理完了要去洗才肯往后退。他这个人难以安分，才一会儿便上前去把玩她的长发，绸缎似的发手感极好。

"明天和我回洛京？"

他漫不经心地提起这事。

尤堇薇一怔，莫名地问："我回洛京？"

陆嘉钰说："这边的事忙完了，你的事我和程卫打过招呼，到洛京一样能做，不影响你工作。怎么着，刚在一起就让我异地恋？"

他陆嘉钰还得受这种委屈？显然没必要。

尤堇薇指尖蜷缩，水槽里水流哗哗作响，直直坠下的水柱从水阀打开起就没了回头路，只准往前，不准后退。

就像她和陆嘉钰。

"我做完可以回去。"她继续做自己的事，声音依旧轻柔。

陆嘉钰眯起眼，问："你不和我回去？ Mint 不会留在这里陪你，你一个人在这儿有什么意思？"

尤堇薇不想和他吵架，只轻声道："这是我的工作。"

“真不回去？”

陆嘉钰松开她的发，最后问了一遍。

尤堇薇侧头去看，他的神色已经很淡，眉眼看不出喜怒。虽然没发脾气，但显而易见是生气了。

“我……”

“不吃了。”

陆嘉钰没等她说完，转身就走，走得干净利落，来时像一阵风，去时也像一阵风。

尤堇薇轻叹了口气，她关上水阀，静了片刻，继续处理虾。

小迷似有所觉，吃饭的时候安安静静的，吃完了像往常一样去洗碗。等尤堇薇端出水果，他才小心地打探起来。

“尤尤，你们吵架了？”陆嘉钰走时脸色很难看。

尤堇薇“嗯”了声，迟疑道：“算吵架吧。他想让我和你们一起回洛京，我不想回去。”

小迷听了直嘀咕，他就知道尤尤不会回去。

他道：“他就是专横习惯了，一有人不顺着他就不高兴。陆家给他惯的臭脾气。”

尤堇薇勾唇一笑，摸摸他的头：“你乖乖和他回去，不要闹不开心。我忙完就回洛京了，最多两个月。”

小迷怕她不高兴，没多提。

两人吃完水果又去工作室待着了。

尤堇薇这阵子动作很快，已经做完了两种花，今晚是第三种，只是数量单一，只有那么一盆。

“尤尤，这种怎么只做一盆？”

小迷蹲在盆栽旁边，仔细地打量着面前的玉兰。

尤堇薇在做最后的修整，解释道：“本来不想做玉兰的，但园子的主人喜欢，所以只做那么一株。”

小迷问：“为什么？”

尤堇薇道：“玉兰开得早，又怕雨，春雨一下这花就凋落了。只需要一场雨，它的春天就结束了。我从前看书，书里的人说玉兰像一场初恋，第一个告诉你春天来了，教你什么是爱情。等大家都开花了，它就消失了。”

她看着玉兰，轻声说："这样短的好时光，不该被我留下来。"

小迷托腮看着尤堇薇，他能听出来，她不止在说玉兰，也在暗指她和陆嘉钰。

半晌，他在心里咒骂陆嘉钰。

霸道狂、控制狂，脾气差，没救了。

隔日一早，陆嘉钰带着小迷上了回洛京的飞机。

小迷看着边上耷拉着眼，一脸不耐烦的男人。一看就是一晚上没睡，不知道又上哪儿喝酒去了。

"我赌赢了。"他提醒陆嘉钰。

陆嘉钰一听这件事就烦，等了一晚上电话和短信，屁也没有。早上经过十四号，门关得紧紧的，他随手把钥匙抛进了院子，也不知道和谁赌气，一副小学生吵架的模样。

"别烦。"

陆嘉钰随手扯过毯子往脸上一盖，就差没写上"生人勿扰"四个大字。

这天晚上，陆嘉钰收到了尤堇薇的信息。

备注为"女朋友"的人说：**回去换洛京的钥匙给你，好不好？**

陆嘉钰看着这条短信，心里的郁气下去了一半，正想着要不要回，边上忽然递过来杯酒。

"哥，你身边有女人了？"友人笑问。

陆嘉钰随手把手机丢在桌上，懒散地往沙发上一靠，扫了眼闹哄哄的包厢，笑道："消息这么灵？"

那人笑起来："听嘉楹说的，小姑娘嚷嚷了一圈，一圈子人都知道。成天说她哥有救了。什么时候带来我们见见？"

陆嘉钰微挑了挑眉，对他的问题不置可否。

那人观陆嘉钰神色，似乎没有带人来的意思，多少明白他的态度了。也是，陆氏的太子爷，要什么没有，估摸着就是一时兴致。不过这事倒是一个信号，陆嘉钰也开始碰女人了，接下来有的热闹了。

相比于陆嘉钰声色犬马的一周，尤堇薇过得很是清净，要说唯一不习惯的，就是小迷不在身边，觉得安静不少。

这日一早，尤堇薇刚准备完材料，门被敲响。

她放下东西去开门，打开门，门外站着个中年女人，她身后跟着两个男人，手里正搬着一个大箱子，看起来很吃力。

女人问：“是豆石巷十四号的尤小姐吗？”

尤堇薇点头，问：“你们是？”

女人笑道：“您一周前订的梳妆台到了。您看放哪儿？”

尤堇薇微怔，她自己没订过东西，而在这里，除了陆嘉钰也没人会给她准备这些。她侧开身，让他们搬上了二楼房间，这些人手脚麻利，不到十分钟便办完事离开了，独留她对着梳妆台发呆。

淡粉色的梳妆台，颜色淡雅，细看有珠光闪过。

镜子连着台面都用精细的花纹雕琢，却不显眼，最显眼的是镜子边的印花和蝴蝶结。镜面下有一行亮着的花体英文——

For CC.

那一刻，仿佛是她小时候想要的魔镜送到了她的眼前，写着：

给簇簇公主。

三月初，邺陵已是初春，洛京却仍处冬日。

尤堇薇下飞机时是晚上八点，夜里正冷。

冷风一吹，她打了个寒战，匆忙拿出围巾把自己裹了个严实，埋头走在人群里，出了大厅，舒了口气，呵出的白雾顿时散在冷风里。

来的时候什么都没想，到了反而有些不知所措。

她站在门口想了一会儿，慢吞吞地拿出手机，点开和陆嘉钰的对话框。他的备注是自己改的，极其恶劣的两个字：找我。

尤堇薇抿了抿唇，无奈一笑，找就找吧，早晚都要习惯。

cc：洛京好冷，你来接我吧。

这是尤堇薇和小迷学的，他迷路那日就是这样给她发的消息，想了想又补上一句：我好可怜。

尤堇薇发完信息，就近找了家咖啡馆。

机场不难打到车，她想等陆嘉钰的消息。如果他不来，她再去找他。

过了半个小时，对话框毫无变化，她又打了个电话，没人接。

尤堇薇起身离开，打车去了灵犀胡同。

司机是洛京本地人，见她风尘仆仆的模样，下车时多问了句：“姑娘，见你没带行李，是洛京人？”

尤堇薇道："只是住在洛京。"

司机摆摆手："夜里黑，注意路。"

尤堇薇温声道谢。

灵犀胡同的地段比她住的地段热闹，但到底是旧胡同，今时不同往日。路灯三三两两，灯光黯淡，夜里不如白日热闹，家家户户院门都关着，她也不能像那天那样，根据排队的盛况找到文身店。

她想了想，老老实实先找小迷。

四四方方的四合院里，小迷忽然一声怪叫，穿了双拖鞋就跑出去了。原本躺着看电视的刘轶被他吓一跳，纳闷道："这小子不装哑巴了？"

胡同口，尤堇薇仰头看着树枝。

冬日里，洛京的树也和空气的冷意一样，干巴巴的。正出神数着树干上的纹路，忽而听得一阵跑步声，她转头看去。

"尤尤！"小迷差点儿撞上她。

尤堇薇勾唇一笑，捏捏他的脸："怎么穿着拖鞋就跑出来了？也不怕摔跤，吃晚饭了吗？"

小迷牵着她往里走："不会摔跤，刚吃完饭。尤尤，你怎么来了，陆嘉钰知道吗？"

尤堇薇："我联系不到他。"

小迷嘀咕："他肯定又去喝酒了，这几天，他天天待在俱乐部里，不是喝酒就是赛车。没劲，好吵。"

他说完，看了眼尤堇薇的神情，补充道："他每晚都回来睡。"

尤堇薇一怔，意识到小迷的言下之意，他是想说陆嘉钰从没留在外面过夜。没去外面胡来，也没带别人回来过，仍是干净清白的。

她有些不好意思："他在哪儿？我方便去找他吗？"

小迷："有什么不方便的，我找人问问。尤尤，你先进来坐会儿，外面冷死了。"

走到门口，尤堇薇仰起头看，的确是上次来的文身店，写着"花间"。

"他不在，平时这家店开吗？"她跟着小迷进门，好奇地打量了一眼，"这里人好像不多。"

小迷："开着，就是人比较少。他在的时候男男女女都多，要我说，还是不在好，安静。除了我们，店里还有两个人，一个文身师，一个学徒。

平时他们俩轮着做饭。喝茶还是白水？”

尤堇薇：“不用，我喝过咖啡了。你去吧，我在院子里待一会儿。”

院子里牵着葡萄藤，冬日里顶上光秃秃的，只剩四四方方的木条，将夜空切割成几块。门侧有棵桂花树，角落里放着几只水缸，养着铜钱草。除此之外，没有别的装饰，是个再简单不过的小院儿。

这样的院子却叫“花间”，稀奇事。

屋里，小迷忙着找人、换鞋。

刘轶从沙发探出半个身子，抬头往外看，眼珠子都快瞪出来了：“真是陆哥的女朋友？我怎么那么不信呢。”

小迷不理人，像个小哑巴。

刘轶早习惯了，也不计较，眯着眼去看站在院子里的女人，忍不住道：“我怎么看着这么眼熟？”

小迷可算理他了：“见个女人就眼熟，你去治治眼睛吧。”

说完，走了。

刘轶嘀咕：“真觉得眼熟，在哪儿见过来着……”

Island（岛屿），二楼卡座，洛京一圈纨绔子弟都聚这儿了。

今天陆嘉钰包场，楼上楼下都没人，他们干脆没开包厢，就在外头玩。本就是冷淡的装修风格，人一少便更显安静，这群人倒玩得开心。

但热闹过后，总感觉少点什么。

“啧，陆嘉钰人呢？把我们丢这儿，自己快活去了？”

“快活什么，连个女人都没有。”

他们整个圈子里的人都知道，陆嘉钰对女人没多大兴趣，倒也不是不喜欢，就是看不上。顶漂亮的姑娘就在他眼皮子底下，愣是一眼都不看。原本他也不管他们带不带女人，自己不碰也就罢了，今天都不许他们带。

“以前也就算了。他不是在邺陵找了一个？”

“言深，你去问问。”

左柏一抬脚，鞋尖往边上的人怼去。

男人一身整齐挺括的西装，神色淡漠，长腿一抬，躲开了，深雪似的黑眸看过来，盯得人直发慌。

左柏：“你在手术台上这样也就算了，喝个酒还一本正经的，找乐子都不会。听我爸说，你去相亲了？”

陈言深性子冷，从小就沉默寡言。

他和陆嘉钰一比，那就是别人家的孩子，处处拔尖，恪守礼教。可偏偏他和陆嘉钰关系最好，说来也挺古怪。

陈言深放下酒杯，只字未发，出去找人了。

地方就这么点大，里面没有就在外面。他径直朝阳台走去，门一开，冷风夹杂着烟味扑面而来。

“吸烟有害健康。”他言简意赅。

陆嘉钰懒散地倚在栏杆上，瞥他一眼，没出声。等人走近了，挑衅似的把烟往人脸上吹。

陈言深：“女朋友面前也这样？”

陆嘉钰轻哂一声：“她懒得管我。”

陈言深微顿，这周陆嘉钰的状态看起来和以前差不多，但其中细微的差别他能察觉到，原以为是因为家事，没想到是为了女朋友。

他问：“什么样的女孩？”

陆嘉钰微眯起眼，辛辣的烟味刺激着中枢神经，想了一阵觉得心烦，碾灭了烟不乐意抽了。

什么样的女孩？

他回忆着在郸陵零碎、寻常却温暖的日子，想起那柔软的触感和橙花香气，深吸了口气。

半晌，他道：“呆子，傻子。”

陈言深闻言，冷峻的面容有了些许笑意：“听起来你很喜欢她。”

陆嘉钰挑了挑眉：“哪儿听出来的？”

“进去吧，外面风大。”

陈言深人不如其名，话说了一半，不欲多解释。

陆嘉钰听了一半，没听出什么趣味来，怎么肯轻易放过他，追着人进去，非得问从哪听出来的。

两人进去时，桌上正热闹。

一个个起着哄，眉眼带笑，不知道在闹什么，走近一听，原来是开了个赌局。

“来来来，都说说。陆嘉钰对那个女人有几天兴致？”

“咱陆公子第一次，都给个面子啊！”

“东西都往这儿丢，来者不拒。”

众人一阵哄笑，还真赌起来。

“他同一辆车都开不了几次，我赌十天！”

“人在郸陵，十天都见不了一次，我赌一个月。”

“能让陆嘉钰看上的，我觉得不一般，三个月吧。”

桌上丢了不少玩意儿，还有起哄丢了把车钥匙，生怕赌局不够热闹。

陆嘉钰在边上饶有兴致地听了半天，酒意上涌，随手摘了腕表往桌上一丢，轻佻一笑：“半年。”

他人就在这儿，没道理输给他们。

二楼哄笑声阵阵，一楼安静无比。

尤堇薇静静地立在原地，仰头看二楼的男人，他正笑着，眉眼懒懒散散，随手拿起桌上的酒，仰头往嘴里灌，喉结剧烈滚动。

幽暗的灯光下，人群中，他依旧闪耀得像星星。

半年啊，比她想得更短。

只不过从冬到夏，甚至不能一起过秋天。

尤堇薇低下头，静了片刻，转身离开。

凌晨，一行人准备换第二场。

第一个推门出去的男人踉跄了一下，惹得后面一阵笑，他回头正想说话，忽而瞥见不远处的女人。

夜深了，她穿着单薄的大衣，米白色，在这深夜像一朵静幽的花。风藏不住她窈窕的身形，许是觉得冷，她摘下围巾重新往上戴，露出那张脸来。

纯而艳，冻红的鼻尖更显乖巧和可怜。

他下意识吞咽了口唾沫，酒意上来，竟然有点腿软。

“堵着门干什么？”

“喝多了走不动道？”

身后的人催他。

他侧开身，指着不远处问：“你们谁认识？”

说着，一行人出了门都往那个方向看。

陆嘉钰走了一半，道被堵着，不耐烦轻“啧”一声，骂人的话都在嘴里了，忽然看见风中熟悉的身影。

他倏地顿住，对着朝她看的这群人冷声道：“滚开。”

陆嘉钰穿过人群，大步迈向在冷夜里挨冻的女人。

她似有所觉，忽然抬头看他，待看清楚了，对他笑了一下。

杏眼微弯，粉唇泛起弧度，又乖又安静。

陆嘉钰定定地看着眼前的女人，她半仰着脸，眼睛亮亮的，拿出藏在兜里的手，用指尖戳戳他的脸。

她温声道："异地恋的女朋友来看你了。"

陆嘉钰轻轻地喘息着，见到她，这些天心中的烦闷刹那散了。他伸手扣住她的手腕，单手把人按到怀里。

"什么时候来的？"

他哑声问，手掌严丝合缝地摁着她柔软的发。

尤堇薇靠着他的胸膛，蹭了蹭微凉的衬衫布料，轻吸了口气，酒味弥散，在他身上却不难闻，闻起来像洒落雪地的酒，有些冷。

"刚刚我给你发信息了，也打了电话。"

她一字一句说着，像是在说我没有不找你。

陆嘉钰低头亲了亲她的额头，低笑一声："陪我去玩会儿？还是回去，都行，随你。"

尤堇薇轻声应："小迷在，下次陪你。"

陆嘉钰心情好，不介意那小不点怎么这时候来烦人。他转身朝那群看热闹的人笑骂了句"滚"，牵着人往车边走。

"他人呢？"

尤堇薇拉着他停下，指了指不远处的便利店，说："怕我冷，去给我买夜宵了。等他一下。"

陆嘉钰捏着掌心冰冷的手，揉搓片刻，问："怎么不进来？呆子才在外面挨冻。这里的人认得 Mint。"

说完，他语气变了："门口的人拦你们？"

尤堇薇摇头："我没去过这样的地方，想在外面等你。"

陆嘉钰挑唇一笑："不是要跟着我学吗？以后我去哪儿你跟到哪儿，这些个烂地方看遍了，就没有什么可怕的地方。"

她抿着唇，轻声道："好。"

陆嘉钰轻倚在车上，姿态闲散，瞧着她乖乖的模样，心说嘴上应好，下回不想来还是不来。可看着冷风中，她冻得通红的鼻尖，他的心软了一下。

“以后不干涉你工作的事了。”

陆嘉钰竟先低了头。

尤堇薇诧异地睁大眼，杏眼圆滚滚的模样惹得他又是一笑，把人拽过来摁在胸前，低头问：“这么难以置信？”

她清凌凌的眼看着他，小声控诉：“你很坏，你自己说的。”

陆嘉钰闷笑一声：“这话没说错。”

两人亲密地靠在一起说了会儿话，直把陆嘉钰那群朋友看傻了，心说这赌十天半个月的输定了，没准真能有半年。

小迷回来时拎着一碗汤，见了陆嘉钰冷着张脸，不乐意搭理他。

陆嘉钰佳人在怀，不和他计较，把车钥匙丢给司机，一行人回灵犀胡同去了。窄窄的路，他牵着她往里走，步子一轻一重。

“簇簇爱迷路，一个人可不能来。”

他酒意未消，故意逗她。

尤堇薇乖乖道：“多走几次就认得了。”

陆嘉钰低眸，侧头和她耳语，鼻息黏腻，气音往她的耳郭里钻：“暗示我该常带你来？夜里来？”

她没有这个意思。

尤堇薇起先被他这么一逗总容易脸红，现在却还好，反正知道他什么都不会做，便学着他的口吻说：“不行，不能当你是随便的人。”

进了四合院，刘轶已经睡下了，黑沉沉一片，只院里留了盏灯。

陆嘉钰随手一指正中间的屋子，道：“我住这间。这个院子改造过，垂花门当宅门用，进门就是内院，左右厢房都有人住，我住正房。”

尤堇薇来时看过，跟着他进了屋子。

冷冷清清的一间屋子，没有半点人气。

植物、花草一样都没有，甚至没个热水壶，一摸桌上的水都是凉的。旧式的家具年代久远，更显单薄，古董架上倒是有不少新奇玩意儿。

“坐会儿，我去洗澡。”

他一身酒味，熏得自个儿都头疼。

再出来是半个小时后，半明半暗的屋内已澄亮一片，暖意浮散，外间有说话声，还未走近，先闻到浅淡的桂花香，但他们院里的桂花早已落了。

“尤尤，你什么时候回去？”小迷正问她。

尤堇薇：“明天晚上就回去。”

陆嘉钰掀了帘子走出去，原本空荡荡的桌上放了只宽口白瓷罐，香气四溢，保温水壶立在正中，整个屋子都暖了起来。

听到动静，她看过来：“吃不吃桂花圆子？”

听小迷说陆嘉钰爱吃粽子糖，她猜想他应该不讨厌吃甜的，进厨房时看到有剩下的圆子和干桂花，干脆做了这个。

“来洛京就为做这个？”

他笑她，说着却坐下从罐里盛了一碗。

碗里白嫩嫩的圆子漂浮着，边上散落清雅的桂花，似金箔洒落，香甜可口，正适合冬日。

陆嘉钰随意惯了，这会儿随便披了件睡衣，头发还湿着，发根处已生出黑发，他随手将湿发拨至脑后，想着颜色又该换了。

尤堇薇看他湿漉漉的模样，摸着去了里间。

陆嘉钰见她进去，问小迷：“她什么时候到的？”

小迷语气冷冷的：“八点，她在机场等了你半个小时，你没理，自己打车来的胡同，不认识路只能找我。我带她去 Island 快十一点了，她说未成年不能进酒吧，自己进去的，进去几分钟就出来了。在外面等了你一个小时。陆嘉钰，你在里面干什么？”

陆嘉钰哪听得了教训，不耐烦道：“我能干什么？手机没电了。”

从角落里找出手机，充了会儿电，打开看到她的两条短信和一个未接电话，又想起她说发了短信也打了电话。

他神色难辨，低骂了一句。

尤堇薇拿着毛巾出来，很明显感受到桌上气氛尴尬。她看了眼小迷，小少年几口喝完剩下的，对她笑了一下，说回去睡觉了，说完就走，没分一个眼神给陆嘉钰。

“怎么了？”

她拿着毛巾轻拭着他的短发。

陆嘉钰专横了十几年，从不对任何人解释。他几度放下勺子，可直到碗见了底，硬是没说出一句话。

这样的安静很是怪异。

尤堇薇轻轻拨弄着他半干的发，试探着问：“是不是该染新颜色了？颜色快褪了。”

紧跟着接了一句：“还染我喜欢的颜色吗？”

“簇簇。”陆嘉钰喊她。

尤堇薇轻“嗯”了声，等着他说话。

半晌，他道：“下回染什么？”

尤堇薇笑了笑，温声道：“桂花的颜色很漂亮，染个金色吧。你染什么都好看。”

下次要接到她的电话。

陆嘉钰想。

隔天醒来，早春的洛京竟飘了雪。

陆嘉钰难得在自己的床上醒来，感觉还挺新奇，再看边上，空荡荡的无一丝余温。她一早不知道上哪儿去了。

他懒洋洋地感受了一会儿早起的快乐，随手扯了长裤和毛衣，穿着双拖鞋踢踢踏踏地往外走，走了几步，停住，又返回去。

屋里多了几株花，俏生生的。

花瓶是原本就有的，只是空着，这会儿拿来和这花做伴，相得益彰。他轻嗅了嗅，竟没有香气。

陆嘉钰走近细看，才发现是丝绸做的花，以假乱真，浑然天成。

走出看外间，角落里和桌上都有了颜色，与里屋一样，都是绢花。冷清的屋子顿时有了鲜活的生气。

“这手艺，老爷子见了都得上当。”

他眉梢微挑，出去找人。

雪是昨夜开始下的，覆了薄薄的一层。院子里一片萧索寒冷的景象，半点颜色都无，这会儿他屋里倒是像春天了，明明是这院里最冷清不过的地方，她一来就变了模样。

找了一圈，在厨房里找到两个人，却没见她的踪影。

小迷和刘轶围坐在小桌边吃早餐，再简单不过的豆腐脑和猪肉包子，最边上放着一碟豌豆黄。

“哥，你回来了？”刘轶瞧见他，熟练地打招呼，“今天精神不错？瞧着不困啊，稀奇。”

陆嘉钰："刚起床，看不出来？"

刘轶一呆，看他的模样，衬衫松垮地系在裤腰里，一截在里一截在外，隐隐可见紧致的腰腹，底下的裤子带着褶皱。

再看神色，懒散，轻松。

不像是刚起来，倒像是刚从温柔乡里出来。

他摇头，诚实道："看不出。"

陆嘉钰没搭理他，踢了踢小迷坐的椅子腿，问："人呢？"

小迷慢吞吞地嚼着嘴里的包子，咽得干干净净了，才开了尊口："出门去了，说去找什么人。"

陆嘉钰听了，神色没什么变化，拉了张椅子坐下，随便吃了点儿，疑心昨晚做梦来着。她怎么说的，说异地恋的女朋友来看你。这倒好，睡了一夜，一口没亲到，人不见了，比他还忙。

"我看她改名叫陆嘉钰得了。"

陆嘉钰冷嗤一声，用力啃着包子。

小迷被逗笑，对他有了好脸色："陆嘉钰，你还是有可取之处的，比如有自知之明。"

刘轶看着这两人，怎么看怎么不对劲。

从郦陵回来，一个情绪愈发多变，心情好的时候多了，但心情不好的时候脾气更差。另一个呢，话越来越多了，以前装哑巴装得起劲，对他们都要打字，现在都说起成语来了。

"哥，上个月和这个月你都不在。一些姑娘小伙还是天天来等，这雪天里多冷，今天上工吗？"刘轶多问了句。

陆嘉钰："上呗。"

不上还能去哪儿，他都让人丢这儿了。

他早起胃口一般，随便吃了几口，起身走了，走到门前想起什么，对刘轶道："下午再上。"

刘轶："上午上哪儿？"

陆嘉钰丢下两个字："哄人。"

中午，院里雪积了厚厚一层。

陆嘉钰推门进来，刘轶刚干完一趟活，小学徒在厨房门口喊他们吃饭，见了他，愣了一下，怯生生地喊："陆哥。"

陆嘉钰瞥他一眼，摆了摆手。

这小学徒比他的簇簇还胆小，经不起吓，但天赋不错，他勉强忍了。反正是刘轶带他，碍不着他的事。

刘轶在冷天热出一身汗，抬头一看，陆嘉钰又换发色了，看着像是砂金色，在雪天里有一种异国感。

“哥，比你前头那个紫色好看。”刘轶点评道。

陆嘉钰轻哼：“你明天去挂个眼科。”

他这副皮囊，染什么不好看？那奶唧唧的紫色看久了，还挺顺眼。

几个人闹了一阵，吃过饭，陆嘉钰戴上口罩，换了身破烂衣服，把工具往外一抬，就在房门口放着，再搬出一个小柜，上面什么都不放，只放一台小小的音响，慢悠悠哼着小调子，这就准备上工了。

刘轶早早地去开了门，陆老板向来随心所欲，来了碰见就是运气，碰不见是常态。

戴上口罩，他是陆老板。

摘了口罩，他是陆嘉钰。

从陆嘉钰坐定，再到门口来人，秒针还没转过一个圈。

刘轶愣了一下，是个陌生女人，看起来有点眼熟，她后头跟着的倒是熟人，陆家的小魔王。

“哥！”

小炮仗进门就往里冲。

陆嘉钰一把扯了口罩，转身踏进房门，利索地把门一关，将这两个人关在门外。他就不该在这里待着。

小院多了两个人，有点烦。

他不管陆嘉楹在外面闹，给尤堇薇打了个电话，等了一阵，那头传来轻轻软软的声音。

“陆嘉钰？”

她半点不担心他生气，还轻快地喊他。

陆嘉钰往屋里走，将吵闹隔绝在外，嗓音微凉：“昨晚上在风里站了半宿的气没消？我这就去雪地里等着，你什么时候消气？”

她似乎笑了一下：“现在就回来。”

笑完，她轻声道：“别站雪地里，要生病的。”

陆嘉钰倒了根烟出来，咬在嘴里："干什么去了？知道丢男朋友一个人在床上的下场吗？"

尤堇薇乖乖应："去给阿虞订了蛋糕。他生日在除夕夜，今年除夕夜我在邺陵，没陪他一起过。然后……去了趟铃铛胡同找人。"可惜又没找到。

陆嘉钰对她找什么人没兴趣，只道："半个小时，不回来我去接你。"

说完，又补了一句："到了打电话。"

挂了电话，陆嘉楹还在闹，刺耳的声音隔着两道门都听得一清二楚，最后她喊："爷爷回来了！"

一分钟后，门从里面打开。

烟雾后的面容朦胧却不模糊，陆嘉钰的模样，见了第一眼，恐怕难以再忘记。风一吹，冷淡的脸浮现。

陆嘉楹眨眨眼，卖乖道："哥，我想你了。"

"好久不见。"

眼前，林思弥神色柔和，眼神中带着熟稔。

陆嘉钰瞥了她一眼，随意地点了点头，拎着陆嘉楹转身往外走："有事就说，别在这儿打扰我谈恋爱。"

陆嘉楹睁大眼："尤姐姐也在？"

陆嘉钰轻嗤："关你屁事，你不上学？"

陆嘉楹挣扎无果，蔫巴巴道："中午溜出来的，爸爸让我来喊你回家，说你不接他电话。爷爷下午就到了，晚上有家宴。"

陆家的规矩，家宴必须到场，这个规矩陆嘉钰也得老实遵守。

"今天晚上？"陆嘉钰蹙眉。

陆嘉楹点头："晚上七点。"

陆家兄妹旁若无人地交谈，林思弥却思绪纷繁。她听得清楚，陆嘉钰亲口承认的女朋友，听说那女人不是圈里人，昨晚他们在 Island 打的赌已经传遍了，可后来又不知怎么，传出陆嘉钰自己可能都会输得血本无归。

起初，林思弥并没有把那女人放在心上，她只在乎陆嘉钰的态度。昨晚的消息传出来后她有点不安，于是一早联系了陆嘉楹，硬是跟着来了灵犀胡同。

然而，陆嘉钰向来不乐意她们来这儿找他。

刘轶一看这状况，熟练地关门闭店，又是躺被窝的一下午，舒服。

小迷看见这三个人就觉得烦，自顾自地蹲角落里堆雪人去了。这一上午过去，雪渐渐厚了，他想给尤尤堆个雪人，她喜欢下雪天。

尤堇薇从挂了电话再到灵犀胡同，不过十分钟，她本就在回来的路上。下了车，她老实地给陆嘉钰打电话。

没过几分钟，胡同里走出个人来。

灰白调的胡同墙面在雪天更显灰暗，墙沿上覆着甜白色的雪。听人说，这种颜色是一种瓷器的颜色，白而莹润，犹如白糖。

尤堇薇立在原地看着，他比甜白色还要亮，冷调的金色将他衬得有几分清冷。

颓败的枯枝下，颀长的身影不紧不慢。

他像是刚从暖屋里出来，每个动作都透着股倦懒，身上随便披了件毛衣外套，底下裤子松垮，毛拖鞋踢踢踏踏，像是老大爷出门遛弯儿来了，就差没捧个搪瓷杯。

陆嘉钰就这么慢吞吞地遛到她面前，浓密的眼睫耷拉着，抬头瞧她一眼，掀开外套敞开怀抱，懒声道："进来。"

尤堇薇呆了一下，看了眼里面纯白色的衬衫，薄薄的一件，又看了眼自己，高领毛衣和毛外套，感觉他进来比较暖和。

她试探着看向陆嘉钰。

他淡淡睨着她，眼里写着四个字：你说试试？

尤堇薇乖乖地贴近他，脸颊靠上带着寒意的衬衫，他温热有力的手揽过来，宽松的毛衣将她大半个身子罩住。

"吃饭了吗？"她轻轻蹭了蹭，感受到隔层肌肤的热度。

陆嘉钰搂着她单薄的肩头，随口道："一见面就问这个，能不能问点别的？比如我睡得好不好。"

尤堇薇想了想，问："抽烟了吗？"

陆嘉钰被她逗笑，侧过头在那薄薄的耳尖轻吻了一下，微凉的下颌刮擦过她的侧脸，低笑道："自个儿闻。"

"抽了。"尤堇薇移开脸。

他的气息扑面而来，淡淡的烟草味里有冷雪的味道，有点干，却不冷。轻懒的嗓音让她耳尖泛红，于是躲开不让他看见。

陆嘉钰见她移开脸，笑道："再有下回，知道怎么做？"

水亮的杏眸转过来看着他，黑白分明的瞳仁里写着不情愿。

陆嘉钰闷笑，带着人回了"花间"。

一推门，坐在东侧厢房躲雪的两个人都看过来，神情各异。陆嘉楹朝尤堇薇挥了下手，林思弥有一瞬的诧异，随即站了起来。

尤堇薇怔了一瞬，和她打招呼："林小姐。"

林思弥轻咬了下唇，对她笑了一下："这么巧？原来圈里都在传的人是你，没听我妈提过。"

陆嘉钰反手关上门，看向尤堇薇："认识？"

尤堇薇温声道："我老师的女儿，以前在学校里见过一次。"

严格来说，很少有人不认识林思弥，她是近年势头最好、资源强大的明星，从出道以来就一帆风顺，上个月刚在国外电影节拿了奖，回国后名声更盛。尤堇薇知道的比别人更多，林思弥是林诗佟的女儿，随母姓。她听老师提过一句，这阵子林思弥打算休假调整状态，没想到在工作室都难以见到的人，这会儿在这里见到了。

陆嘉钰问："什么时候走？"这话是对那两个人说的。

林思弥安静不说话，陆嘉楹转了转眼珠子，看向尤堇薇，刚想说话却见陆嘉钰冷淡地看过来。

"走就走。"陆嘉楹嘀咕了句，"晚上别迟到。"

陆嘉楹不情不愿地走了，走到门口，听到 Mint 别扭的口音，刚刚蹲在角落里不理人的小少年正笑着说话，他说："尤尤，这个雪人送给你。"

"尤姐姐好招人喜欢。"陆嘉楹小声说了句，问身边的人，"思弥姐姐，你认识尤姐姐吗？"

林思弥戴上口罩和帽子，道："她是我妈的学生，现在在工作室工作。以前去学校找我妈的时候见过一次。"

陆嘉楹眨眨眼，她知道以后该去哪里找人了。

午后，雪簌簌落下，闭店的"花间"迎来了下午的第一位客人，是个女孩子，进门便对上两道呆滞的眼神。

她正疑惑，听到一声喊："进来。"

低懒的嗓音，听起来像没睡醒，她眼睛一亮，是陆老板！

刘轶这会儿还是不敢相信，陆嘉钰摘了口罩居然还能戴回去，在这儿待了五六年，他头一回见这样的事，小学徒也是，和他一样看傻了。

事情的起因，是那个漂亮姑娘问下午做什么。陆嘉钰说随你，最好是再回床上去，然后那个姑娘说，想看你文身。就这么一句话，陆老板又重新上工了。

刘轶喃喃道：“好家伙，早知道这样能让陆哥上工，我也可以当他的女朋友啊，这种事不早说？”

小学徒在一旁想：这样也行？

他就当自己什么都没听到。

女孩子难掩激动，她等陆老板足足半年，今天也没抱什么希望，只是习惯了，时不时就得来看一眼，没想到真能等到。激动过后，她才发现屋里还有一个人，是个漂亮得不得了的女孩子。

“陆老板找助手了？”她惊奇地问。

尤堇薇正想说话，却听男人一笑：“是，刚找的助手，脾气大得很，骂不得说不得。”

尤堇薇抿抿唇，不说话。

女孩子笑笑：“看到这张脸，怎么都开不了口。”

陆嘉钰懒着声应：“是舍不得。”

尤堇薇对上他那双含笑的狭眼，许是因为凌厉的面容被遮挡住，她竟从这薄凉的眉眼里看出几分温柔。

“我这儿的规矩你知道。”陆嘉钰笑意退却，淡淡道，“不做别人的图，不画图不转印，直接上手。”

女孩子道：“知道。”

这是陆嘉钰的习惯之一，远近闻名。通常来说，文身师在文身前会设计好图案，用印泥把图案印到皮肤上，也有的会在皮肤上直接画图，像陆嘉钰这样不画图直接上针的少见，在业内风评也差。毕竟这样风险太大，容易毁了那块皮肤。

两人在这方面达成一致。

陆嘉钰问：“做什么图案？什么位置？”

话音落下，女孩子忽然开始脱衣服。

尤堇薇一怔，下意识别过脸。

陆嘉钰神色不变，自然地看女孩子脱了外套，撩起毛衣，露出雪白的肚皮，指着左胸下的部位道：“这里，一行英文。”

“我不文敏感部位，找刘轶去。”陆嘉钰随口拒绝她。

女孩子蒙了一下：“这里也算？还没到胸呢，那男的能文吗？”

“不能。”

陆嘉钰拒绝得彻底。

女孩子有些失落，她在原地想了好一会儿，穿上衣服走了，也没找刘轶，走前还帮他们关上了门。

尤堇薇静静看着，问：“别的文身师也不文吗？”

陆嘉钰单手扯了口罩，随手拨过额间的发，淡声解释：“给的钱够文哪儿都行，但在我这不行，这是我的规矩。”

“因为他害怕。”

小迷不知道从哪个屋顶玩回来，沾了一头的雪。

尤堇薇朝他招手，他乖乖过来，由她动作轻柔地给他擦雪。

小迷幸灾乐祸道：“他刚开始文身的时候不戴口罩，什么人都有。有的胆子特别大的，进门第一件事就是脱衣服，男的比女的多。这样的人多了，他就不文敏感部位了。”

尤堇薇听得一呆，悄悄去看他那张冷淡的脸，竟有些想笑。她没忍住，唇角翘起小小的弯度来。

陆嘉钰眯起眼，双手环胸，打量着尤堇薇，嗓音凉凉的：“这个规矩也可以破，女朋友想刺哪儿都行。”

尤堇薇垮下小脸，收了笑：“我不文身。”

陆嘉钰挑唇一笑，视线滑落在白皙的颈，顺着领口往下转悠，每一寸都看得仔细，似在慢悠悠地打量着哪块皮肤好下手，极具侵略性的眼神每往下一点，他的眼就暗一分，最后眼皮一撩，停在她的眉眼间。

尤堇薇能感受到，他眼底有热意，和在雨中跳舞那一晚一样。

“Mint，出去。”

陆嘉钰盯着尤堇薇，哑声道。

屋里生着地暖，她的大衣挂在衣帽架上，和陆嘉钰的毛衣贴在一起，产生细微的摩擦。一定会有静电，尤堇薇想。

“在想什么？”

陆嘉钰微凉的指节扣上她的手腕，掀开帘子往屋里走，察觉到她的心思，他放慢了步调。

尤堇薇正出神，听到他问，下意识应：“想你是不是要亲我？”

说完她才发觉自己说了什么，耳尖渐渐泛起红，被他握住的手腕生出热意，她疑心自己的脸也红透了。

陆嘉钰笑了声，不知收敛，直接把人带到床上。

这张床他们昨晚躺过，被子还乱着没收。原本这屋里的被子薄，但她怕冷，他从柜子底下翻出从来没盖过的鹅绒被，前几日刘轶刚拿出去晒过，院里的琐事皆由他操心。

尤堇薇坐上床沿，揪紧了底下的软被，纤纤十指间，被子像膨胀的气球，用力到指尖都没了血色。

陆嘉钰只是笑，狭长的眼笑得向上挑起，神情是难得的柔和，说出的话却极轻佻：“第一个亲你的人是谁？”

这些事他没问过，也没查过。

他本也不在意这些，可事到临头，还是问了。

尤堇薇轻抿着唇，想摇头，又想点头，可对着他的这双眼睛，她无从编造一个不存在的人和一件不存在的事，于是不说话。

陆嘉钰屈着腿，膝盖抵上床沿，逼得她往后退，每退一步他就逼近一步，直至身躯将她完全地笼罩，纯白色的衬衫像一道床幔，将她围困在这一方狭小的天地，进不得、退不了。

“害怕？”他低声问。

尤堇薇摇头，只用乌黑的发顶对着他。

陆嘉钰低头看着床角的女人，此时才觉得她实在纤弱，整个人就差缩成一团了，只占了那么一丁点儿地方。其实他多少能猜到，在郯陵那会儿，他一靠近，她就变得紧张不安，身体是僵硬的，掌心也发凉。

第七章 惊喜

只要陆嘉钰想，爱上他是一件太简单的事情。

陆嘉钰在业内和圈内都是风评极差的人，除去那些老生常谈的，女人们最常说的就是他毫无绅士风度，冷心冷情，乖戾无常，他自己也是这么认为的。这会儿也不知道自己哪儿来的善心，能耐着性子这样哄她，一步一步来，怕着急了就把这个胆小鬼吓跑了。

他俯身，阴影逼近，一只手把玩着她的长发，一只手去抬她的脸，用只有两个人能听到的声音说："簇簇不告诉我，我只能自己找答案。"

温温热热的气息略过，尤堇薇忍不住闭上了眼。

他微凉的指节有了热度，鼻尖被轻轻碰了碰，是某种柔软的东西，她猜想是他的唇，沿着人中往下，移至唇角，慢条斯理地品尝着每一个位置，动作是出乎意料的轻柔，不像陆嘉钰。

"怕吗？"他耐着性子询问。

尤堇薇不说话，这感觉有些陌生，令人心悸的奇妙感让她的身体变得很轻、很软。

干燥的指腹轻贴着腰间的毛衣，动作很慢，不疾不徐，似在思索着下一步动作，她的眼睫像蝴蝶一样颤动。

陆嘉钰松开手，放纵她往下滑落。

等她陷入柔软的被子内，他跟着伏上去，腰背弓成一道紧绷的弦，白色衬衫的下摆被蹭得很皱。

亲得狠了，她抬手来推。

他低笑一声，扣住她的手腕抵在被子上，用近乎气音的音调说："这种时候，最好不要挣扎。"

男人的劣根性向来如此，尤其是陆嘉钰。

迷蒙间，尤堇薇看到窗外的雪光。

屋内的玻璃窗是雾面的，朦胧地挡住光亮，她第一次进这间屋子时就觉得暗，夜里暗，白日里也暗，余光里是他新染的发色，昏沉沉的思绪里，她想，又像是陆嘉钰了。

亲吻也显得他脾气不好，又凶又燥。

"呆住了？"

他笑着来抹她唇角的水渍，嗓音沙哑，低沉沉的，像气味在这床上弥散开，包裹住她的耳郭，听得人手脚发麻。

陆嘉钰眼睫垂落，望向她酡红的小脸。

她看起来像宿醉刚醒，眸光涣散，只知道小口呼吸，唇上是乱糟糟的齿痕，好不可怜。

陆嘉钰低头，轻哄道："簇簇，抱着我。"

他耐着性子等了片刻，藕似的手臂软弱无力地缠绕上来，交叠着抱住他的脖子，而她终于有了可以躲避的地方，埋头在他的颈侧，身体开始放松，完全褪去了紧张。

陆嘉钰盘算着一会儿怎么亲她，亲到哪儿为止。

这么想着，掌心轻抚着她的发，想她不那么紧张。但就这么一拍，怀里的人渐渐没了动静，垂眼去看，居然窝着他的脖子睡着了。

他看了片刻，倏地笑了，和他接吻也能睡着，看来是他技术不行。

陆嘉钰也懒得下床，干脆扯了被子把人一盖，抱着她睡起午觉来，这种日子正常得不像是他过的。

尤堇薇醒来时有点呆，她居然睡着了。

床上只剩她一个人，但床边那件被主人丢下的、布满褶皱的衬衣提醒着她这里发生了什么，满床的混乱，都是她蹭的。睡前的悸动似乎从睡梦中延续，脸上逐渐有了热意，她忍不住埋到被子里，茫然地想，她和陆嘉钰接吻了。

尤堇薇摸着自己的唇，记不起细节，只记得亲起来大多时候很舒服，偶尔喘不过气。可惜她没敢睁眼去看陆嘉钰，也不知道他亲她的时候是什么模样，下一次要睁眼看他，她悄悄想着。

推门出去，正好五点整。

雪已经停了，刘轶披了件棉外套在院子里扫雪，见了她便道："陆哥回陆家去了，说让你看短信。小迷又上别人屋顶玩去了。"

尤堇薇道谢后匆匆离开，急着去拿蛋糕，

早上她答应了尤靳虞去学校陪他过生日，再过半个小时他下课，也不知道来不来得及，幸而城西离洛京一中不远，她到时他还没下课。

尤堇薇站在校门外等，门口冷冷清清的，树枝上压着雪，树下一排整齐的自行车，有的底座上都沾了雪，已经湿了。

这会儿闲下来，她想起刘轶的话。

陆嘉钰发的短信极简单，就四个字：醒了找我。

尤堇薇想了想，回复：我在一中给阿虞过生日。

刚回复完，学校下课铃声打响。

安静冷清的门口渐渐有了动静，大门打开，穿着校服的学生陆陆续续刷卡出校门。洛京附中和洛京一中在同一个校区，教学楼离得远，共用操场和篮球场，所以这会儿出来的有高中生，也有初中生。

尤堇薇站在最外侧，手里拎了个小小的蛋糕盒子。

远远的，她看见尤靳虞朝她走来。十八岁的少年，模样生得极好，神色清冷，穿着蓝白色的校服，干干净净的模样在人群里极为出挑。好几个小姑娘看他几眼，交头接耳地说悄悄话。

她没忍住笑了一下，阿虞也长大了。

"笑什么？"尤靳虞自然地接过她的包和蛋糕，带她往学校里走。

尤堇薇温声道："没什么。真的不跟我去外面吃饭？不是喜欢安静的地方吗？"

尤靳虞"嗯"了声："想带你去食堂。"

这是尤靳虞的一点私心。

他从来没和尤堇薇一起上过学，她极少来洛京。顾及秦晚玉，即便她在洛京上大学也不常来学校，多是他去找她。这一次他也意外她愿意来学校陪他过生日，对他来说是惊喜。

"阿虞这么快就长大了。"

尤堇薇看着来往的学生，再看身侧身高早已超一米八的少年，笑叹了一句，忍不住踮脚摸了摸他的头发。

贴心的少年俯下身来，温顺得像一头小鹿。

不远处，两个穿初中校服的女孩正看着这个方向。

其中一个女孩睁大眼，几乎要看呆了，忙拉着边上的人问："小芙，那不是你哥吗？他边上的人是谁，她好漂亮，咦，长得和你有点像，不会是你姐吧，没听你说过啊？"

更重要的，他们看起来很亲密。尤靳虞在学校里是出了名的高冷、难以接近，即便是秦念芙也没见过他这副模样，更何况是旁人。

"我没有姐姐。"秦念芙轻咬着唇，"可能是我哥的熟人，走吧去吃饭。"

秦念芙当然认识尤堇薇，自从知道母亲还有一个女儿，而且和哥哥同父同母开始，她就怀抱着极其微妙的心思。一时想母亲和哥哥为什么不能只是她一个人的，一时又想姐姐是什么样子，会比她聪明比她漂亮吗？偶尔也会觉得恐慌，害怕姐姐抢走母亲和哥哥，但好在她极少出现在他们的生活中。

晚自习时间，尤靳虞在食堂过生日的消息就传遍了。

几乎整个高中年级和初中年级都在议论这件事，纷纷猜测两人是什么关系，没胆子去问尤靳虞的，便只能来问秦念芙。

秦念芙被问得烦了，干脆请假回家。

晚上六点半，陆家老宅。

陆嘉楹百无聊赖地坐在沙发上玩手机，小声嘟囔："烦死了，叔叔他们每次都这么慢。"

陆正明看她一眼，用眼神警告，她扮了个鬼脸。

小群里正在说晚上学校里的事，陆嘉楹随便翻了翻，忽然坐直了身体，聚精会神地看起来。

楹宝，你请假之后秦念芙也请假了。

听说是因为她哥，大帅哥带了个仙女在食堂吃饭。

尤靳虞真是她哥啊？从来没见他来过初中部。

好像同母异父，不是一个姓。

陆嘉楹缓缓睁大眼，在群里问：讨厌鬼的哥哥是尤靳虞？他带的仙女长什么样子，有照片吗？

群里回复：偷拍的，看不太清。

三秒后，陆嘉楹大喊："哥！"

陆嘉钰正从厨房出来，神情松散，嘴里叼了颗草莓，红艳的果肉衔在唇间，冷白的下巴上沾上几滴汁水。

他揉了揉耳根："又吵什么？"

陆嘉楹噌地起身，把手机递到他眼前，刻意压低声音问："是不是尤姐姐？是尤姐姐吧？"

陆嘉钰一顿，咽下草莓，放大照片。

模糊的画质里，她的轮廓和笑容都很清晰，眼神中的柔软隔着屏幕都能看出来，她在看对面的少年，中间放了个点燃的小蛋糕。

"她说陪弟弟过生日去了。"

陆嘉钰松开手，承认这是尤堇薇。

陆嘉楹像是得知了什么八卦，双眼放光："这是我们班那个讨厌鬼的哥哥，那这么算，尤姐姐是她的姐姐？”

陆嘉钰随口应：“她没说过。”

他不在意尤堇薇的身世，也没刻意查过。

陆嘉楹见他不感兴趣，无聊地撇了撇嘴，自顾自地去群里聊起天来，这种八卦她最喜欢了。

陆正明从二楼下来，喊陆嘉钰：“爷爷找你。”

陆嘉钰瞥他一眼，懒声道：“又去说我坏话了？这次又要把我赶到哪儿去，不然还是邺陵，我挺喜欢的。”

陆正明低斥：“别在你爷爷面前提邺陵那个女人。”

陆嘉钰眯起眼，轻嗤：“你指的是谁？”

陆正明神色微变，忽而沉默下来。

他的第一任妻子是邺陵人，两人因感情不和离婚，过程还算顺利，唯一的争执是陆嘉钰，她想带走陆嘉钰，他不同意，最后她去找了陆老爷子，他至今不知道两人的谈话内容，结果是她带着陆嘉钰离开。他记不清她的模样了，只记得是个温柔如水的女人。

陆嘉钰与陆正明擦肩，笑意消失得一干二净。

上了二楼，管家在走廊等，见了他，低声说了两句，说老爷子今天心情不好，指不定要发脾气。陆嘉钰也不知道听没听到，没敲门，直接开门进了书房，管家拦都拦不住，只能快速带上门。

“您潇洒回来了？”

陆嘉钰一点也不怵老爷子，随意往沙发上一坐，把腿往桌上一搁，顺手摸了把核桃。

陆清远盖上笔帽，头也不抬地问：“去邺陵前和你爸吵架了？说伤在额头，看起来没留疤。”

陆嘉钰闻言，饶有兴致道：“没留，有人天天追着我涂什么祛疤膏，烦死了。”

陆清远摘下眼镜，缓声道：“听说了，都说你找了个女朋友，爷爷不管你这方面的事。邺陵的项目做得不错，这几天收收心，回去上班。晚上你叔叔和姑姑来，别赌气。”

陆家关系并不复杂，陆清远有三个孩子，长子陆正明，二儿子陆正原，小女儿陆筝，三人中陆筝无心权力斗争，剩下的只有陆正明和陆正原。前阵子，陆嘉钰和陆正明在集团大吵一架，陆嘉钰走的时候额上带着伤，转眼又被丢到了郦陵。归根到底，还是陆家内部的斗争，谁都想当老大，不甘屈居人后。陆嘉钰搅黄了陆正原一个项目，陆正明顾及着兄弟情面，当着众人的面下了儿子的面子。

陆嘉钰懒散地剥着核桃，听了几句，只道："是我的女朋友，您见了她一定喜欢。"

这阵子陆嘉钰听惯了什么你找了个女人，从没人把她往女朋友这三个字上扯，只有陆清远，开口就是正儿八经的女朋友。他听了还挺高兴，毕竟他的簇簇不是什么随便哪个女人。

七点整，陆家人到齐。

陆嘉钰不等陆清远开口说话，拿起筷子先尝了尝菜，随意把筷子一搁，发现众人都看着他。他挑唇一笑："看我干什么？不知道的还以为我当上董事长了。"

"咳——"

陆正明重重一咳，脚下踢了踢他的椅子。

陆嘉钰轻飘飘地扫了一圈，最后看向陆清远："爷爷，晚上有件要紧事，回来再向您赔罪。"

陆清远叹了口气，摆摆手。

意思是滚吧。

洛京机场，尤堇薇八点的飞机，此时离登机还有三十分钟。

从学校离开后，她便打车来了机场。陆嘉钰给她打过电话，说晚上家宴不能送她，原本小迷要来，却临时有事被绊住来不了。办完登机手续，她便独自坐在咖啡厅里，怕晚上睡不着，桌上的咖啡她没动，早已没了热气。

尤堇薇看向沉沉的夜色，洛京的夜总有几分寂寥，不如郦陵那般多情。

在郦陵，似乎一场缠绵的雨都像是在挽留你再多留一天，而洛京有荒凉无际的沙漠，让这座城平添了几分离别之意，

按理说，没有人来送她，她却在这冷夜里等不会出现的人。飞机还有十五分钟关闭舱门，再坐十分钟吧，她想。

十分钟，说慢不慢，说快也不快。

等待稍显漫长，可没有具体的人，似乎又不是那么难熬。

当屏幕上时间跳转至七点四十分时，尤堇薇起身，拎着包准备过安检，这个点过安检的人不多，几乎不用排队就轮到了她，就在前一个人离开后，她忽然听到了熟悉的引擎声。

嚣张、刺耳，疾速而来，打破冷夜的沉寂，带来破晓之势。

尤堇薇顿住，倏地转身朝门口奔去，奔跑中似乎是撞到了一些人，她无暇顾及，匆匆说了句“抱歉”，头也不回地往前跑，冷风卷起长发，她的眼中带着自己都不知晓的期盼。

暗红色的跑车停在门口，驾驶座的车门打开。男人下了车，似有所觉，朝门口看来。

尤堇薇停在门口，轻喘着气看向那清俊的男人，目光对上的一瞬，她眼里的光霎时黯淡了。

陌生的面庞，不是陆嘉钰。她的心底不可抑制地生出失落来，想来也是，他应该在参加家宴，不会出现在这里。

该回去了，尤堇薇告诉自己。

她抿着唇，正想转身，身后忽然横过一截有力的小臂，紧紧扣住她的腰，往后一拽，带着笑意的嗓音低低懒懒地落下来，停在她的耳侧——

“簌簌，你在看谁？”

机场门口人来人往，拥抱的男女并不少见。

尤堇薇发着呆，清冽的薄荷气息自后笼罩，他收紧环抱着她的手，在她耳侧低声道：“紧赶慢赶，就为了过来亲你一口。”

陆嘉钰向来不顾及别人，随心所欲，只是尤堇薇要来不及过安检了，他怕一旦吻上去就松不了手，要是惹她上不了飞机，恐怕又要几天不理他。最后，他克制地亲了亲她的耳尖，亲眼看她进了登机口才离开。

离开时，陆嘉钰和暗红色跑车的主人擦肩而过。

飞机上，尤堇薇轻靠在窗边，轻捏了捏发红的耳尖，上面似乎余留着他温热的吻，很轻，像羽毛一样的吻，和想象中的陆嘉钰天差地别。她忽然意识到，只要陆嘉钰想，爱上他是一件太简单的事。他曾说，把他当成正常男朋友来看，不是说来哄她的。

正出着神，身侧忽然落下一道影。她下意识抬眼看去，对上一张有点眼熟的面庞。她一怔，是从跑车上下来的男人，他是怎么赶上飞机的？

机票是陆嘉钰买的，头等舱，这个男人正巧坐在她身边。

他扫了她一眼，金丝边框眼镜后的双眼冷淡，随后安静地坐下，从包里拿出电脑，大有在飞机上办公的架势。

尤堇薇微松了口气，他应该没发现。

她睡了一下午，实在不困，便像平常一样拿出速写本画画，直到空姐来提醒起飞。

飞机降落时已经是晚上十一点。连绵的春雨里夹杂着寒意，尤堇薇戴上围巾，独自离开机场，打车回了豆石巷。

邺陵的春来得早，三月中旬，玉兰花就凋落了。

距离尤堇薇从洛京回来已过了两周，这两周里，她依旧如往常般忙着做绢花，多数时间待在十四号，偶尔会去花卉市场或者去合作人工作室看她们制作绒花。

这一日下了雨，尤堇薇照旧待在工作室里。临近中午，合作人忽然来了电话，说临时有个急单，园林那边已经打过招呼，可以延迟交付。目前她手头上的活已做得差不多，定了月底回洛京，这个单子不会延误时间，她便应下了。

对方姓林，约了下午在茶楼见面，详谈制花需求。

出门时，雨正好停了。尤堇薇提着裙摆避开积水的小坑，坐地铁去了茶楼。在这附近住了近两个月，她已摸清路，不需要打车出门。

到茶楼时，对方还没到，但提前定好了位置。

她在位置上坐下，慢吞吞地擦拭自己微湿的长发。雨虽停了，空气里还有湿润的水汽。

不多时，茶楼门口进来个男人。

他抬眼扫过大堂，视线落至窗侧时微顿，向服务员询问后，他神情不变，径直走向尤堇薇。

“尤小姐？”微冷的嗓音落下。

尤堇薇立即起身：“林先生……”

她的话语忽然止住，眼底有些错愕，居然是飞机上遇见的那个男人。

林斯昀微微颔首，没什么情绪变化，开门见山道：“尤小姐一定听说过金先生的作品《十丈珠帘》，下个月家里长辈大寿，老人家最爱紫藤花，我想请你制作一株紫藤。”

尤堇薇没说话，似在思虑怎么回答。片刻后，她道：“金先生是国家级非物质文化遗产继承人，我入行不过四年，而且他的《十丈珠帘》是菊花，从准备到制作用了一个月。我在邺陵最多只留半个月，恐怕来不及。”

林斯昀：“听说尤小姐在洛京工作，这部分合作可以在洛京进行。”

尤堇薇诚恳地说：“林先生，洛京有更好的绢花工艺师傅。长辈大寿是大事，我个人建议您寻求更专业的……”

“你对自己的水平没信心？”

林斯昀打断她的话，黑眸直直地看过来。

尤堇薇顿了顿，道：“既然您坚持，我会尽力达成您的要求。紫藤的主体部分……”

两人就设计部分进行了初步讨论，说到复杂处，尤堇薇拿出随身携带的速写本，大致画了个形状，林斯昀安静听着，偶尔出声说一句话。

不知不觉间，窗外又下起了雨。邺陵的春日总是多雨。

桌上的茶水添了几次，尤堇薇再抬起头来已是一个小时后，她惊觉自己说得太久了。

“抱歉，林先生。”她抿了抿干涩的唇瓣，“专业部分我说得太详细了，耽误了您的时间。”

林斯昀递过名片：“尤小姐对工作很认真，说得很详细，我这样的外行人也听懂了。”

他顿了顿，补充：“不用敬称，寻常称呼就可以。”

尤堇薇点头：“我有问题再联系你。”

林斯昀结了账率先离开，走之前服务员把伞送了过来，他来时带了伞。不知怎的，他走到门口时，又回头看向那个女人，见她正拎起包，手里没有拿伞。

淅淅沥沥的雨，她恐怕暂时出不去。

林斯昀这么想着，迈步走出了茶楼。他刚回国没多久，来邺陵是为了处理一桩旧事，前几日，表妹林思弥联系他，说拜托他一件事。在见到尤堇薇前，他以为林思弥真的是为了下个月爷爷的寿辰，可见了人才发现她这样年轻，如她所说，洛京有更好的绢花工艺者，甚至他姑姑就从事这行。

林思均敛眸，久久没有启动车。

他想起两周前在机场的那晚，她逆着人群，用力朝着门口跑来，抬眼看他，闪耀得像星星。她的杏眼里像落了一道银河。

可看到他的瞬间，眼里的光芒便灭了。

她认错人了，他想。再然后，他移开了视线。

林斯昀的视线落至伞上，片刻后，他下了车。

与此同时，他的车位边上多了辆超跑，歪斜地往里一停，一个急刹，车上下来个男人。

惹眼的金发，一身奢靡。随处可见的纨绔子弟。

林斯昀淡淡移开视线，撑着伞往茶楼走去，走出几步忽而顿住。站在门口的女人径直踏入雨中，小跑着扑进了金发男人的怀里。

“陆嘉钰！”

尤堇薇在见到他的瞬间，抑制不住雀跃，没忍住朝他跑去。

男人笑着张开手臂，低笑着问：“这次不怕淋雨了？”

尤堇薇抱着他的腰，在他的风衣上小幅度蹭了一下，仰起脸看他，双眼亮晶晶的：“你怎么来了？”

陆嘉钰掀开风衣把她往衣服一罩，懒声道：“只许异地恋的女朋友来看我，不许男朋友来看你？”

尤堇薇抿唇笑了一下：“后天我就回去了。”

陆嘉钰轻挑了挑眉：“来之前我可问了，你那什么合作单位说临时给你接了个单子？还能回去？”

尤堇薇“嗯”了声：“回洛京做，甲方应该是洛京人。”

陆嘉钰没多问，只道：“看来能提前结束异地恋。”

这两日，陆嘉钰成天待在十四号。除了程卫没人知道他在郦陵，他也没什么事，便什么也不做，看着尤堇薇忙上忙下，偶尔过去亲一口，日子就这样慢悠悠地过去了。

回洛京那天，陆嘉钰刚下飞机就被电话喊走了。这天以后，他忙得几天不见人影，尤堇薇去了趟疗养院看外婆，其他时间照旧待在工作室。

周六下午六点，尤堇薇下班回到城北。

天色昏暗，刚走进胡同口，便看见一个人等在路口，斜斜地倚在墙上，一只手无聊地搭着自行车。

“阿虞。”尤堇薇加快脚步。

尤靳虞站直身体，喊了声“姐”，推着自行车向她走去，顺手接过她手上的包，侧头问：“周六还去工作室？”

尤堇薇温声道：“最近比较忙，新项目有点复杂，需要很多时间和精力。不知道你要来，家里没有菜，我们出去吃？”

尤靳虞：“在家随便吃点就行。”

尤堇薇问：“等多久了？不是有钥匙吗，下次进去等。”

尤靳虞自然道：“想在外面等。”

尤堇薇了解弟弟，知道他向来说一不二，便也没多说，两人朝着小院子走去，一同进了家门。

不远处，秦念芙悄悄探出头来。她看着哥哥进了别人家的院子，心里说不出什么感觉。半晌，她拿出手机给秦晚玉打了个电话。

尤堇薇的住处是个单层小院，左右两间房连在一起，中间一个院子，一侧墙，一扇门，结构再简单不过。

推门进去，院子里摆满了花。

尤堇薇看着尤靳虞放好自行车，轻声道：“要高考了，这几个月还住学校吗？家里条件好，回家住吧。”

尤靳虞看她一眼，说：“我想和你住。”

尤堇薇笑了一下：“上个月还觉得你长大了，现在看我们阿虞还是小朋友。妈妈……妈妈她应该不会让你住在这里。”

尤靳虞没接话，转而问：“你和陆嘉钰怎么样？”

尤堇薇一怔，被弟弟这么直白地问感情问题她有点不好意思，借着开门这会儿，含糊道：“就这样，他很忙。”

她匆匆避开这个话题，立即溜去了厨房。

尤靳虞看着她躲开，放下书包，开始检查门窗、电器，还有灯泡。她一个人住在这里，总会有不方便的地方。

尤堇薇端着炸酱面出来的时候，尤靳虞正在换她房间里的灯泡，她见惯了他操心的模样，抿唇一笑，喊：“阿虞，可以吃饭了。”

“马上。”他淡声应。

尤堇薇瞧了一会儿，她弟弟清瘦高挑，模样也生得俊，正是少年气十足的年纪，可脾气十分古怪，闷得像个小冰块，也不知道将来会不会有人喜欢。

狭小的客厅里摆了张小桌，边上两把凳子。两人像小时候一样挨在一起吃饭，桌上除了炸酱面，还有几条炸小鱼和一碗蛋羹。

尤堇薇道：“下次来提前和我说，你还在长身体。”

尤靳虞“嗯”了声。

在尤堇薇面前他总是很乖，小时候的尤靳虞很难管教，就连秦晚玉和尤森都管不了他，他只听尤堇薇的话。

尤靳虞随口问起：“房间里的梳妆台新买的？不像你现在喜欢的风格，倒像小时候喜欢的。”

尤堇薇正纠结怎么回答，院门被敲响。不轻不重的几下，没什么规律，有一搭没一搭的，听起来不是很急，却持续地敲。

尤堇薇一怔，看了眼尤靳虞，雾蒙蒙的杏眼里带着显而易见的心虚。

尤靳虞问：“陆嘉钰？”

尤堇薇：“我去看看。”

尤堇薇也不知道这些男人都是怎么回事，一个个不打声招呼就跑来，一个比一个随心所欲，这下好了，也不知道会尴尬成什么样。

门打开，暗淡的灯光下人影幢幢。

尤堇薇还没看清楚人，他便抬手来抱，按住她柔软的后颈，轻捏了捏，低头贴近，作势要吻下来。

“不行。”她忙按住他的唇，不许他亲。

陆嘉钰低头，略显倦怠的眼在她慌乱的眉间稍作停留，嗓音也泛着懒：“几天不见，亲都不让亲了？”

尤堇薇小声道：“阿虞在。”

陆嘉钰眉心一跳，正想这女人胆大包天，当着他的面就敢说别的男人在，反应一会儿想起来是她弟弟。

“现在的小孩都不用上学？”他将额间的头发拨至脑后，暂时清醒了点。

尤堇薇去牵他的手，安抚似的捏了捏他的掌心，轻声问道：“几天没睡了？小迷说你回去没时间睡觉，刚躺下就被人喊起来。”

陆嘉钰瞥她一眼：“那个小孩也住这儿？”

尤堇薇：“我不知道。”

陆嘉钰轻嗤一声，点点她的眉心：“说句滚就把人赶走了，怕什么。那是你弟弟。”

尤堇薇轻咳一声：“先进去。”

本就是单人用的客厅，坐两个人正好，三个人便略显拥挤。更不说这令人窒息的氛围。

尤堇薇庆幸自己面做得足够多，她拿了个大碗给陆嘉钰盛了面，小声说了句："吃饭。"

言下之意：你别说话。

陆嘉钰没受过这种委屈，不过这会儿他困得很，懒得和她计较，看了眼冷淡的少年，自顾自地吃起饭来。

尤靳虞顾及着尤堇薇，安静地没说话。

直到——

嗒的一声轻响，两双筷子同时去夹最后一条炸鱼。

"我的。"少年语气微冷。

陆嘉钰嗓音轻懒，手下力道却不松："我先夹到的。"

尤靳虞："我姐给我做的。"

陆嘉钰："桌上三双筷子，谁都能夹。"

两人针尖对麦芒，僵持不下。

尤堇薇看看左边，看看右边，忽然出声："我想吃，你们都松手，再夹烂了。"

尤靳虞一顿，移开了手。

陆嘉钰却轻飘飘地看尤堇薇一眼，道："明天早上我要吃三十条，少一条就让我亲……"

"陆嘉钰！"尤堇薇恼怒地喊他。

陆嘉钰止住话，饶有兴致地看了一会儿她气红小脸的模样，勾唇一笑，破天荒地没再逗她。

吃完饭，尤靳虞去洗碗，尤堇薇去院子里浇花，陆嘉钰极其自然地躺下了，什么都不做。他闭着眼，双手放在脑后，长腿自然交叠，想着这个单人沙发太小，连腿都放不下。不过转念一想，小也有小的好处，做某些事或许别有一番味道。

胡同里晚上安静得很，城北毗邻沙漠，偶尔刮过烈烈的风，呼啸过后的安静却有几分寂寥之感，仿佛一睁眼就是荒凉的沙漠。

在这样的寂静之下，敲门声略显惊扰。

陆嘉钰睁开眼，还未起身，尤靳虞已从厨房里出来推门出去，他听见这个少年说让尤堇薇往后站，他去开门。

他心想：这小鬼也不是那么差劲。

院门打开，气氛跌至冰点。

秦晚玉看着尤靳虞，冷声道：“和同学去自习室？尤靳虞，你知不知道自己是高三生？”

尤靳虞蹙眉：“妈，您不该来这里。”

秦晚玉并不打算踏进这里一步，只道：“让她出来。”

尤靳虞看了眼缩在秦晚玉身后的秦念芙，眸光晦涩，半晌，他说：“我姐有名有姓，你这样很没礼貌。”

秦晚玉气极反笑：“现在都轮到你教训我了？”

尤靳虞正要说话，手忽然被人拉住，尤堇薇将他拉到身后，看向灯下那张熟悉又陌生的面容。

两人对视的瞬间，时间仿佛静止。

尤堇薇记不清多久没见到母亲了，上一次似乎是三年前，尤靳虞高一开学，她去学校时无意间撞见，那时她们没能说上话。

尤堇薇张了张唇，喉间干涩，她轻声喊：“妈妈……”

“你弟不懂事你也不懂事？”秦晚玉攥紧拳，眼底有一瞬的动摇。

尤堇薇指尖蜷缩，掐住掌心：“阿虞只是……”

“尤靳虞，跟我回去。”

秦晚玉不再看她，再次打断她说话。

陆嘉钰坐在沙发上，半支着身子，神情冷漠，眼底隐有戾气，到底忍住了没出去，这个场面，他出去就收不了场了。

不多时，尤靳虞进门来拿书包，他垂着头没往他的方向看，只低声说：“哄哄她，别让她哭。”

随着院门关上，小院彻底安静下来。

轻缓的脚步声响起，尤堇薇推门进来，神情看不出异样，只是眼角泛着红，见他坐着，轻声问：“吵醒你了？”

这胡同里的院子，单薄的一堵墙，能隔得住什么。该听的，不该听的，他都听到了，两人心知肚明。

陆嘉钰抬眼，黑眸扫过她苍白的脸。

她少有这样的时刻，即便是那晚在山上找到她，瞧着都没有现在可怜，一副随时都要哭出来的模样，像在雨天被人丢弃的小猫。

“我有点累。”

陆嘉钰斟酌着开口。

她抿抿唇，刚想说进去睡会儿，却见他换了个更闲散的姿势，手臂敞开，用轻佻的语气对她笑：“亲一口就能好。”

尤堇薇呆了一下，愣愣地看着他。

他深暗的视线看过来，嗓音微低：“过来，簇簇。让我抱一下。”

单人沙发颜色干净素雅，但逼仄、狭窄。不过是尤堇薇平时用来看书的位置，可只要沾上陆嘉钰，再怎么正经的地方都会变得不正经。此刻，他虽抱着她，手却有一搭没一搭地把玩着她的长发，偶尔来了兴致，低头亲亲她的眼皮。

他似乎格外喜欢亲这里。

尤堇薇出着神，漫不经心地想。

“那个小孩走之前，说你会哭鼻子。”

陆嘉钰立即出卖了尤靳虞，笑着逗她，似乎还挺乐于见到她哭鼻子的场面，看热闹大于心疼。

尤堇薇抿抿唇，小声说：“不会。”

她其实早已习惯和秦晚玉之间的关系。只是太久没见到，她毫无防备，以至于这样突然的会面带来冲击。等那阵情绪过去，她便能妥善处理。

“想谈谈吗？”他嗓音轻淡，言语间没有多少好奇。

“没什么可说的。”尤堇薇干巴巴地形容她们之间的关系，“她觉得我背叛了她，因为我选了爸爸。难理解吗？”

陆嘉钰挑了下眉：“不难。”

“你也这么记仇，对吗？”她仰头看他。

陆嘉钰轻笑，暗沉的眸光落在她的脸上，似乎在说他记仇的程度可不止这一点点。许久，他深吸一口气，嗓音沙哑：“困了。”

尤堇薇仔细看他，他今天来得忽然，眼里布满血丝，一身疲倦，从来了到现在都坐着，看起来没什么精气神，她习惯性抬手朝他的额间探去。

掌心触感滚烫，尤堇薇一惊：“你发烧了。”

陆嘉钰几百年没听见这两个字了，闻言嗤笑道：“小孩才会发烧，进去陪我躺会儿？”

尤堇薇不和生病的人争辩，把人哄上床就去找药。

因为尤靳虞常来，她这里备着不少药，还有专门哄小朋友喝的甜药，陆嘉钰应该用不到，才这么想着，就听床上的人不满地问："你在找什么？"

"找退烧药。"

尤堇薇蹲在柜子前，仔细看各种药的副作用。

陆嘉钰移开视线，不去看她，半晌，丢下两个字："不吃。"

尤堇薇静静看了片刻，找出副作用最小的，去倒了杯温水，准备回来哄人吃药。说实话，她没什么经验，尤靳虞不常生病，病了也乖。

对付陆嘉钰这样不爱吃药的"小孩"，还是头一次。她猜想，他一定也不喜欢打针，更不喜欢去医院。

尤堇薇蹲在床边，轻拉他的手，温声道："不苦。"

床上的人把被子一扯，蒙住脑袋，收回被她牵着的手，企图把自己藏起来，压抑着那几分不耐烦。

这样的陆嘉钰极少见，她不由生出几分笑意。

最后没办法去问了小迷。

cc：陆嘉钰生病的时候怎么办？

Mint：他会说自己没病。

cc：他发烧了，不肯吃药。

Mint：别担心，我去找陈言深。

尤堇薇不认识陈言深，想来是陆嘉钰的朋友。她去浴室拿了湿毛巾，简单替他擦了擦，又轻声细语地哄了几句。

陆嘉钰不高兴再听，把人一拽，摁在胸前不许她再动，哑声道："不睡走了。"

尤堇薇叹了口气，这样差的脾气，哄人的话都不爱听。

之前她因为秦晚玉的事没察觉异样，此时才惊觉他体温的异常，平日里总是微凉的手透着一股热意，强硬地横在腰间不许她动，小幅度挣扎着去看，他的脸色更难看。冷白的面容上泛起点点潮红，本就凌厉的五官因他皱着眉更显攻击性，整个人散发着一股子靡艳的味道。

尤堇薇拧起眉，思索着怎么让他吃药。稍许，她轻咬了下唇，抬手往他的颈间搂去，仰起下巴，不甚熟练地去亲他的唇。

热得有点烫，脾气再差，唇也是软的。

闭着眼准备入睡的男人一顿，睁开眼看过来，狭长的眸间一片暗色，本就滚烫的体温隐隐开始沸腾。

“要亲？”陆嘉钰低眸，哑着嗓子问她。

话音落下，他翻身覆上来，蛮横地将她挤到柔软的枕头上，两人间的空间被压到极致。

他的吻来势汹汹。尤堇薇险些以为发烧的是自己，昏沉沉间去推他的肩膀，他吮了一阵，微微松开，喘息着问：“够了？”

“想喝口水。”

她的语调软得不成样子。

他的喉结上下滚动着，眼看着她倾身去喝水。

尤堇薇喝了小半口，趁机将药塞进了嘴里，刚放下杯子，转身又去亲他，趁机把药送进去。混乱间，陆嘉钰终于尝到苦涩，平时对他躲避不及的舌尖主动来探，其中的意图显而易见，不过是为了哄他吃药。

陆嘉钰蹙着眉，心头火起，再无温柔的动作，发着狠吻她。

等尤堇薇逃脱出来，唇上满是齿印，耳朵上都被他泄愤似的咬了几口，他简直凶得像狗。

因为发烧和药物作用，陆嘉钰睡着了。她重新拿冷毛巾给他降温，小心翼翼地擦拭着他的额头和颈侧，直到院子里又响起敲门声。

她这小院，一年都没几个人来敲门，今晚倒是全凑一起了。

尤堇薇匆匆去开门，开之前喊：“陈言深？”

门外的男人“嗯”了声，门开后问了陆嘉钰的状况，径直朝房间走去，边走边解袖口：“什么时候开始烧的？”

尤堇薇说了大致时间和他吃的药。

原本忙碌的男人忽然顿住，转头看她：“他吃药了？”

尤堇薇一怔，急忙问：“他……过敏吗？”

陈言深掩下眼底的讶异，平静道：“不过敏，不过他从来不肯吃药。我会给他打一针，今晚我留在这里。”

尤堇薇松了口气，当时租房考虑到尤靳虞会来，她才租了有两间房的小院，今晚看来用处还挺大。

隔天清晨，陆嘉钰睁开眼。昨夜昏沉间的记忆收拢，嫌弃地拨了拨被汗打湿的发，刚坐起身，对上一张冷漠的脸。

“你在这儿干什么？”陆嘉钰低骂一声，不爽道，“又给我打针了？陈言深你这个畜生。”

陈言深凉凉地看了他一眼，自顾自地拿了测温计在他额间“滴”了声：“以后喝酒前吃点儿东西，注意作息规律，你不是十八岁了。”

陆嘉钰嗤笑：“想当爹自个儿去生。”

陈言深：“昨晚吃药了？”言语间暗藏笑意，难得见他吃瘪。

不提这事还好，一提陆嘉钰就烦。

他轻“啧”一声，掀开被子就要找人去算账，脚刚落地，门口进来个女人，黑发散落，白净漂亮，见他醒了，杏眼便乖巧地弯起来。

“还难受吗？”她柔声问。

这他还怎么发脾气。

陆嘉钰的面子不能丢，他随手捡起一只拖鞋往陈言深的脚下丢，看向尤堇薇，微眯了眯眼，算账般地问：“什么人都往家里放？”

尤堇薇勾唇笑了一下：“衣服放好了，去洗澡吧。陈医生，要不要吃个早饭再走？”

陈言深颔首道谢：“不用。”

他看了眼没有半点脾气的男人，眼里带着了然，有些事总是当局者迷，旁观者清。只希望陆嘉钰不要迷失太久。

陈言深没多留，有些话陆嘉钰不听他就说给尤堇薇听，两人在门口轻声说了会儿话，惹得陆嘉钰又丢来一只拖鞋。

陈言深侧身避开，对尤堇薇道：“应酬的事管不住，但这几天晚上让他好好休息，他不听就由他去。”

尤堇薇点头应下。

“陈言深，你走不走？”

陆嘉钰不耐烦，他看见尤堇薇和别人多说一句话就烦。

陈言深最后看了他一眼，拎着医药箱回去了。

人一走，陆嘉钰光着脚径直走向尤堇薇，趁人没反应过来，把人拦腰扛起，往单人沙发上一放，膝盖压上边沿，躬身压下，把人困在角落。

“昨天欺负我？”

他俯身逼近，拇指覆上她的唇，用力刮擦着未消的牙印。

尤堇薇一顿，默默挡住他的手，小声道：“你用手扔拖鞋了，还出了一身汗，现在不适合耍帅，去洗澡吧。”

欺负他上瘾了。

这一天是陆嘉钰难得的悠闲日，上午抱着人看了会儿书，下午又抱着人睡了午觉，转眼一天就过去。

天色暗下来，尤堇薇在院子里捣鼓她的那些宝贝花。

陆嘉钰在屋里打电话，低懒的笑顺着门缝传出来，一直落到院子里，听得人耳根发麻。

不多时，陆嘉钰走到院里，倚着墙看她忙活儿了一阵，随口问：“晚上出去吃？带你见几个朋友。”

尤堇薇轻抿了下唇，回头看他：“不可以喝酒。”

夜色里，她白得像是落雪，俏生生地蹲在一群花间，像是误入森林的小花精。小花精轻声细语地说不可以喝酒，他怎么能不答应。

陆嘉钰勾唇一笑：“知道了。”

洛京已入春，尤堇薇出门前慢吞吞地挑着裙子，还没来得及先选一件试穿，陆嘉钰随手挑了件最长的。

“这件……”尤堇薇欲言又止。

陆嘉钰瞥她一眼：“不好看？”

尤堇薇接过裙子去换，陆嘉钰去门口拿车，昨晚他喝了酒，司机送他来的城北，今晚不喝酒，他自个儿开。

三月夜里还冷，尤堇薇在裙子外披了件短外套，陆嘉钰起初没看出什么异常来，直到两个人进了暖气十足的餐馆，服务员来接他们的外套。陆嘉钰随手把外套丢给服务员，回了条信息，不过一个低头，发现周围静了一瞬，视线聚集，他掀开眼，视线顿住。

裙子是长没错，但有长，就有短。

领口低敞，胸前大片雪白几乎要晃人眼睛，偏她戴了一条长链子，闪耀的挂坠一直垂落至诱人的沟壑间。

“链子摘了。”

陆嘉钰走到她身后解项链，一眼瞥见她背后欲振翅飞走的蝴蝶骨，精致又纤瘦的背脊一览无余，漂亮得不像话。

他眉心一跳：“以后试过再出门。”

尤堇薇浅笑道："是你没耐心。"

陆嘉钰将链子装进裤兜，牵着人进了包厢，一进门，桌上的人齐刷刷地朝他们看来。

"哟，陆公子带女人来了？"

"别胡说。人说了，女朋友。"

"赶紧来坐下。"

桌上的几个男人接连打趣陆嘉钰，一边不动声色地打量着尤堇薇，心说确实是那天晚上看见的那个，漂亮成这样的少见。这群人聚在一块儿，不免让人想起那晚在 Island 的赌约，赌了十天那个显然已经出局，接下来就是一个月。男人们见陆嘉钰那霸道劲儿，低声琢磨着，说一个月也难。

闹了一阵，陆嘉钰给尤堇薇介绍桌上的人，介绍完，长臂搭着她的椅背，懒声道："我女朋友，尤堇薇。"

左柏揶揄道："够正经的。"

尤堇薇温声向他们问好。

陆嘉钰懒懒地靠在椅背上，懒懒地看她和他们聊天。

这些男人都是生意场上的人精，和谁都能聊，他亲口承认的女朋友，自然不会在她面前说上不了台面的事，尤堇薇平日里安静，知识面却广，刚和那个聊完茶，又和这个聊起画来。

在她第三次对着左柏笑的时候，陆嘉钰倾身过去，当着众人的面贴着她的耳垂低语，几乎要亲上去。

"你再笑一下试试。"

淡淡的嗓音里没有笑意，倒像是要生气。

尤堇薇抿抿唇，小脸立即严肃起来。这动静惹来几个人骂陆嘉钰，说他有病又发疯。

不知谁多嘴，忽而说了句："思弥来了。"

席间几个人交换了下眼神，心说有好戏看了。

林思弥喜欢陆嘉钰这件事，他们这没几个人不知道，不知道的就是在装傻。别说，林思弥和尤堇薇气质还真挺接近，温温柔柔的，瞧着温和没脾气。

说到林思弥，场内又有了新话题。

"听说林斯昀回来了？"

“再不回来林家就倒了，没一个中用的。”

“那个项目最后到谁手里了？”

说着话，众人的视线又一次聚集到陆嘉钰的身上。

去年，洛京中心地带的一片旧楼拆了，拟建洛京市最高、最繁华的商业楼，不少人为了这个项目打得头破血流，包括陆氏内部。年初，陆嘉钰使了阴招搅黄了他叔叔陆正原的项目，这就算了，前几天文件下来，这个项目居然到了陆嘉钰的手里，这下可捅了马蜂窝。

这几天陆家鸡飞狗跳，陆嘉钰也没个消停。

他们说着正事，尤堇薇却愣了一下，从包里翻出那张茶楼里的林先生给她的名片，上面写着三个字：林斯昀。

林斯昀，林思弥。这两个人听起来似乎是兄妹。

她几乎瞬间便明白了，是林思弥让林斯昀来找她的。她不认识林斯昀，又是合作人介绍的客户，她很难拒绝。

可是为什么？

“林斯昀是谁？”尤堇薇轻声问陆嘉钰。

陆嘉钰随口道：“林氏做建设起家，这几年经营状况一般，底下几个子公司都合并了。林斯昀他爸和你老师是兄妹，林家虽然不行了，但林诗佟嫁得好，外面多少会给她丈夫一个面子。”

林斯昀是林思弥的表哥。

尤堇薇理清其中关系，想起那盆紫藤来。

“怎么问起他？”

陆嘉钰侧头看尤堇薇，她第一次问起别人。

尤堇薇悄声把郲陵茶楼的事说了，陆嘉钰微一蹙眉，道：“你做你的，其余的不用管。”

尤堇薇点点头，无聊地捏着陆嘉钰的手指玩，她本来也管不了什么，只是做自己的工作，其他事和她没关系。

第八章 醉酒

她想，一定要少喜欢他一点。少一点，再少一点。

席间说起正事，便有人点了烟。

陆嘉钰答应了不喝酒，可没说不抽烟，左手得喝茶，右手被她拽着玩，压根点不了烟，看得心痒痒。

陆嘉钰一个眼神，边上便有人递过烟。

他咬在嘴里没动，没说抽，也没说不抽，倒让点火的人拿不定主意了，看他这模样明显意不在此，于是收回手去。

陆嘉钰漫不经心地咬着烟，耐着性子等着人来管，等了好一会儿没有动静，往边上一看，她忙着吃新上的点心。

“好吃？给我点个火。”

陆嘉钰随手把打火机抛给她。

尤堇薇停下来，注视他片刻，想起他在胡同口说的话，她问他是不是抽了烟，他说：“再有下回，知道怎么做？”

她想了想，忽然挖了一口栗子打牛乳递到他的唇边，顺手拿下那支不会被点燃的烟：“尝一口。”

神色淡淡的男人倏地一笑，只见他将甜糯糯的麻薯吃得一干二净，低笑着问：“我听话吗？”

坐在陆嘉钰左边的男人闻言顿时酸掉了牙，感情这人扭捏半天，就为了能让女朋友管管他，被管还挺高兴。这下不得了，陆嘉钰本来就疯，这会儿更疯了。

进门的林思弥将这一幕看得一清二楚。

她神色不变，笑着和老朋友打招呼，众人都说等她新电影上映一定去捧场，再让服务员加了个位子。

林思弥温声道：“正好在附近，不用麻烦了。”

这当然是客套话，他们都听得出来，真不麻烦也不会特地赶过来。

说话间，服务员搬来椅子，询问加在哪里。

这群纨绔子弟都是看热闹不嫌事大的人，坐在陆嘉钰边上的男人当即就道：“加这儿吧，我正好看小情侣看得心烦，腻歪得不得了。”

桌上人都笑起来，旁观看戏。

陆嘉钰却没这个兴致让人看戏，随手一指尤堇薇面前的那碗牛乳，懒声道：“味道还行，让人再上一份，去里边吃。”

包厢里间有张麻将桌，说去里面显然是要打麻将。

这下几个男人赌性起来，也顾不上看戏了，盘算着今晚从陆嘉钰的身上赢点什么，当即就起身去了里间。

“走了。”

陆嘉钰牵起还在发呆的尤堇薇。

转眼人就走了大半，林思弥不动声色，没跟进去，反而坐下和剩下的朋友聊起天来。

里间打起麻将来闹腾腾的，一个个摩拳擦掌，纷纷叫嚣着要让陆嘉钰大出血。

陆嘉钰挑眉一笑，挑衅道：“只要输一分，我任由你们处置。”

许是里面太热闹，吸引了外面的人。

林思弥跟着人群进来，站在尤堇薇身侧，自然地解释：“他牌技高超，但赌运极差，每次赢牌都是逆风翻盘。”

尤堇薇听了颇觉新奇：“他运气不好？”

林思弥笑了一下：“嗯，这么多年了，一直是这样。今晚恐怕真要输得很惨了，传到陆伯伯那儿又免不了一顿骂。”

尤堇薇静静听着，她话里话外不过是说他们相识多年，关系比一般人更亲近。只可惜她和陆嘉钰之间不是从喜欢开始的。

但即便如此，尤堇薇仍旧觉得不舒服。

她垂着眼思索片刻，忽然上前一步，贴着陆嘉钰的椅子俯下身，在他耳侧轻声道：“我想玩，我可以玩吗？”

陆嘉钰闻言一顿，笑问：“真想玩？”

尤堇薇点头。

陆嘉钰依言空出位置，随便扯了把椅子在她边上坐下，顺口问了句：“牌技很好？”

尤堇薇眨眨眼：“我不会。”

私人菜馆的包间里，比什么时候都热闹。

牌桌上几个男人见尤堇薇不会玩，起哄连番欺负她，彼此有默契地使起坏来，开场就让她连输三局，惨状让人不忍直视。

有人揶揄道：“陆公子，你不心疼钱就罢了，也不心疼你女朋友？”

陆嘉钰跷着二郎腿，一手搭着尤堇薇的椅背，一手还时不时上去给她打两张牌，惹来几声骂，闻言一笑，懒声道：“她高兴就好。”

“啧啧啧，怪不得说你们腻歪。”

“酸死了酸死了。”

“啊，我的眼睛。”

陆嘉钰看着尤堇薇打牌，原本以为她是说笑，哪知真不会打，可偏偏就是这么一个不会打的人，摸上手的把把都是好牌，让他见了都馋。

等到第四局，尤堇薇转头看他，杏眼微亮，小声说：“我会了。”

陆嘉钰挑了挑眉，抬手点点她的眉心，语气一如既往的轻狂张扬：“大胆去玩。”

尤堇薇神情专注，认真琢磨起牌局来。

几个凑热闹的人这边看一眼，那边看一眼，等看到尤堇薇摸上来的一手牌，不约而同地说了句脏话，怎么有人牌运能好成这样，这让他们来，闭着眼睛玩都能赢。

陆嘉钰瞥了眼她玉似的纤纤十指，心想：这怎么摸的牌。

尤堇薇上手很快，从小到大，但凡是学手上的功夫，她就没有学不好的。还有一点，她运气极好，只是牌技不好，还容易上当受骗。

例如，此刻，左柏丢了张她要的牌喂她。想要的牌就这么大咧咧地躺在面前，叫嚣着快来碰我，她抿着唇，抬眸观察着这三个男人，一个眉眼带笑，一个示意她快点要，另一个看了眼陆嘉钰。

“嫂子，要不要啊？”下家催她。

尤堇薇谨慎地想了片刻，轻声道：“不要。”

话音落下，桌上三个男人同时笑起来。

陆嘉钰低笑着揉了揉眉心，傻姑娘，被骗得团团转，但耐不住她运气好，这样艰难的过程都让她赢了，每一局的牌都让人馋得流口水，再加上陆嘉钰警告的眼神，让她一路无往不利。

最后，他们仨加起来输了不少。

“哥，你是男人就自个儿来。”

“躲嫂子身后是怎么回事啊？”

尤堇薇眨眨眼，打算见好就收，转身去牵陆嘉钰的手，凑到他的耳边悄声道：“我已经赢不少了。”

陆嘉钰低头，看她的小脸上带着乖巧和一点儿小得意，眉眼弯弯地对他说：“你运气不好也没关系，把我的运气分你一半。”

“知道了。”

他嗓音微哑，轻揉了揉她的发。

两人交换位置，尤堇薇坐了一会儿觉得闷，想出去透透气，陆嘉钰让人送了件披肩来，亲眼看她穿上挡住那片艳色才肯放人走。

牌桌上的人见尤堇薇一走，笑他：“看你这霸道劲儿，要我说这赌局谁都赢不了。”

有人道：“这可不一定，陈言深说不准能赢。”

“他压了多久？”

“他啊……”说话的人斜眼去看陆嘉钰，面上皆是看好戏的意味，“他说陆嘉钰指不定会栽那个女人身上。”

包厢内又是一阵笑，谁都没把这话当真。

陆嘉钰是什么人，阴晴不定的疯子，脾气什么时候上来谁都说不准，他连陆家都能舍得，更何况一个女人。

陆嘉钰神色淡淡，姿态闲散，随手丢出一张牌：“差不多得了，说一晚上了，有劲没劲？”

桌上一静，大家立即换了话题。

林思弥扯了扯唇，不动声色地离开包厢去了庭院。

春夜寒意未消，庭院里却已花团锦簇。

尤堇薇从洗手间出来便转悠到了这里，蹲在地上瞧这些花朵，服务员说他们顶上有天窗，关门闭店时天窗一关上，里面就是温室，又有专人打理，所以花开得早。

“尤小姐。”身侧有脚步落下。

尤堇薇抬眼看去，起身裹紧披肩，见到来人，对她轻点了点头：“叫我名字就可以，不用这么客气。”

林思弥笑了一下：“外面冷，我们找个地方喝茶？”

私房菜馆里有茶座，离包厢不远。

林思弥仔细打量尤堇薇，的确是极其漂亮的女人，和洛京的女孩比起来更柔美，眉眼都像水一样温柔，透着一股子软意。她喝了口茶，好奇地问：“听我妈说你大学专业是民俗学，这么小众的专业，怎么会想学这个？”

尤堇薇想了想，认真应：“小时候就对这方面比较好奇，后来有机会就学了。在学校因为林老师的关系，了解了很多手工艺行业，所以现在从事这个行业。”

林思弥说：“我还以为你会和秦阿姨一样喜欢跳舞，她的小女儿舞跳得很好，之前还找我联系了一个舞蹈老师。”

尤堇薇不意外林思弥知道她和秦晚玉的关系。

林诗佟和秦晚玉是大学同学，关系亲密。现在一个在大学里当老师，开了家手工艺工作室；一个继续跳舞，偶尔去参加演出。

“我没有舞蹈天赋。”她轻声道。

林思弥道：“现在这行也不错，因为我妈喜欢，我多少了解了一点。我刚开始演戏的时候也是这样，听得最多的话就是你没有天赋。说起来，我能坚持下来要谢谢陆嘉钰。”

尤堇薇缓慢眨了眨眼，说来说去终于说到正事了。

林思弥说起演戏方面，很坦然：“我是非科班出身，当时是因为意外，误打误撞入行，一开始什么都不懂，遇上的导演都很严格。说起来很幼稚，我想想，是五年前吧，有一次陆家晚宴，我想到拍戏的事，没忍住哭了。”

尤堇薇呆了一下，陆嘉钰那个臭脾气还会安慰人？

林思弥见她诧异，笑着解释：“陆嘉钰在花园里睡觉，我吵到他了，然后被骂了。”

果然这样比较正常。

“他当时和我说，眼泪没有任何作用，像我们这样的人，别人是看不到我们的努力的，他们会把原因归在家世、姓氏，不是你本人，所以让要他们看结果。后来我才知道，他那时候也经历了不好的事。”林思弥放轻了声音。

尤堇薇一顿：“他辍学那年？”

林思弥微怔，没想到陆嘉钰连这件事都和她说了，圈里现在没人提这件事，一提他就发疯，所以只会是他自己说的。

她轻“嗯”了声：“当时他和陆伯伯闹翻了，失踪了一段时间，再没去过学校。后来就出国去了，两年前才回国。”

两人说着话，包厢里的服务员匆匆过来，说陆嘉钰在找人，找的显然是尤堇薇。

尤堇薇说了句“抱歉”，先回了包厢。

刚进门，坐在那儿的男人抬眼看过来，眸光里带着点漫不经心，朝她一招手："干什么去了？"

尤堇薇和他说庭院里的花都开了。

陆嘉钰轻嗤："到哪儿都惦记着花，又把我一个人丢这儿。这碗软叽叽的东西上好半天了，不喝凉了。"

明明喊她回来吃东西，却说得这么凶。

尤堇薇顺便看了眼他的牌，一看就傻了，忍不住小声问："你牌运一直这么差？"

陆嘉钰看她："怎么着？"

她卖乖："心疼你。"

陆嘉钰哼笑一声，被哄舒坦了，心情好了不少，还硬是不要脸地让人喂了两口，生怕别人看不见。

一直玩到凌晨，尤堇薇犯了困。

通常这样的局不到天亮不会结束，碍于陆嘉钰今天带了个乖宝宝，他撂了牌，把位置让给了别人，说了句今晚他请客，一点不留恋地牵着人走了，留都留不住。

牌桌上几个男人彼此对视一眼。

"乖乖，这不像是半年的架势。"

"陆嘉钰他玩真的啊？"

"啧，男人呐。"

陆嘉钰上了车想着开去哪儿，去城北她家里还是回城西灵犀胡同，在这短短的时间里，边上的人睡着了。

"这可怪不得我。"

陆嘉钰回了灵犀胡同。

林思弥再回到包厢时，早已不见陆嘉钰的身影，问了后才知道尤堇薇困了，他带着人走了。她微蹙了下眉，晚上始终没找到机会和他提林斯昀的事，既然他不在她也没必要久留。正准备离开，她忽然瞥见陆嘉钰坐过的位置下掉了条项链，显然是女人的东西，主人的身份也显而易见。

林思弥捡走了那条项链。

周一，"花儿作"工作室。

工作室热闹了一早上，年轻小姑娘们凑在一起叽叽喳喳，讨论着来找林诗佟的那个男人是谁，未免过于英俊了，而且还是高岭之花那种类型，只可远观不可亵玩。

办公室内，林斯昀把礼物放下，淡淡地喊了声“姑姑”。

林诗佟早习惯他这副模样，笑着说了句比出国前又高了，两人先聊了国外的事，再说到林氏。她叹了口气：“你爸爸这两年身体不好，家里公司经营状况不如以前。年初为了一个项目，资金链断了，不是没办法也不会喊你回来。”

林斯昀对做生意这块向来没兴趣，这些年他一直在国外求学。他父母开明，从来没阻止过他，这样着急把他叫回来还是头一次。

林斯昀：“我了解过，是为了陆家那个项目。听姑父说，这个项目进展不顺利，有住户不肯搬走，工程已经拖了一个月。”

林诗佟：“陆家的事我知道得不多，下个月是你爷爷的寿辰，你多年不在洛京，对圈子还陌生，正好趁着这个机会去认认人。”

林斯昀知道林诗佟忙学校和工作室的事，对林家和生意场上的事知之甚少，今天来只是过来看看她，没在这里多留，说了几句便准备离开，直到经过工作间，他停下脚步。工作间是全透明的设计，站在外面能看到里面的全部景象，包括每一个工作台。在靠窗的台面上架着一幅画，画上的紫藤花如珠帘垂落，栩栩如生。

林斯昀轻皱了皱眉。

林诗佟见他停下，问怎么了。

“那是谁画的？”他指向放着紫藤画作的工作台。

林诗佟只看了一眼就笑了，温声道：“是我一个学生画的，她从上大学就跟着我，做出来的绢花精巧又新奇。她看起来安静，做出来的花却奔放热烈，和她的性格不太一样。”

林斯昀：“我这次去邺陵办事，在一个园林里看到了栩栩如生的绢花，不比姑姑的学生差。”

林诗佟笑道：“巧了，我这个学生年初去邺陵出差，手上接的也是园林的单子。恐怕你见到的就是她的作品。”

林斯昀了然，果然是尤堇薇。

这可有意思了，林思弥知道尤堇薇是工作室的人，所以才托他出面。这一出也不知道是为了什么。

灵犀胡同。

尤堇薇被院子外的动静吵醒，店里来了客人，是个大嗓门，她身后的男人已经开始不耐烦了。

“今天不忙吗？”她去捂他的耳朵。

陆嘉钰掀起被子，把两个人的脑袋都罩住，抱着她含糊着说了句：“忙，再睡会儿。”

昏暗的被窝里升腾起热意，尤堇薇悄悄开了条缝，让空气透进来，嘴里还说着陆嘉钰不爱听的话：“陈医生说最好再吃一天药。”

陆嘉钰轻“啧”一声，顿时清醒了。前天晚上骗他吃药，昨天用粽子糖又哄他吃了药，今天才刚开始，又想方设法骗他吃药了。

“不吃。”

他去捂她的嘴，不许她说话。

尤堇薇抓住他的手，指缝钻进他的指节间，和他十指紧扣，仰起脸攀到他的耳侧，悄声道：“吃药给你做糖水罐头。”

陆嘉钰一顿，一把掀翻了被子。

怀里的人刚刚睡醒，杏眼水润，眸光温柔，安静地等着他的回话，虽说在等，可一副吃定了他会答应的样子。

“用什么水果？”他问。

尤堇薇说：“黄桃和橘子，都给你做。”

陆嘉钰沉默半晌，忽然翻身贴近，一手牵制住她的手腕，毫无预兆地吻下来，唇齿间充满被欺负要再欺负回来的气势。

晨光暗淡，床间的声响暧昧混乱。

尤堇薇在昏昏沉沉中感受到他身体的变化，他的手第一次穿过腰线往上前进，微凉、干燥的指腹让她忍不住瑟缩。

“别怕。”陆嘉钰亲亲她的鼻尖，慢下来哄她，嗓音暗哑，“簌簌，让我看看你。”

两人自从在一起，但凡过夜总是睡在一张床上。

陆嘉钰远比她想象得更克制，他专横跋扈的作风似乎没有沾染到性事上，在这方面他选择了相对温和的节奏，不疾不徐，步步为营，一步步布下陷阱，等着她自投罗网。

尤堇薇呜咽出声的时候忍不住想，只剩下不到五个月，她能在这段时间里睡到陆嘉钰吗？

两人起床已是九点，刚吃完早饭，尤堇薇把药掰出来放在掌心递到他眼前，另一只手拿着水杯。

陆嘉钰扫她一眼："还能赊账？罐头的影子我都没见到。"

尤堇薇抿唇对他笑："晚上下班我来这里给你做，先吃药。"

陆嘉钰不情不愿地吃了药，吃完皱着眉没说话，一声不吭地走了，像个不知道和谁赌气的孩子。

陆嘉钰刚走，去别人屋顶上跑酷的小迷回来了，他几天没见尤堇薇，看到她眼睛一亮。

"尤尤，你都不来找我玩。"小少年垂着脑袋伤心道。

尤堇薇摸摸他的脑袋，温声道："刚从郧陵回来，工作有点忙。周末两天陆嘉钰病了，所以没过来。"

小迷趁机告状："他不让我去找你。你不在的时候他总对我们发脾气，他好凶。"

陆嘉钰这阵子确实忙得不见人影，周末过来时身体疲惫到了极点，现在刚好又去忙了，听小迷这样说似乎他的心情也不是很好。

她想了想，问："是工作的事还是家里的事？"

小迷托着腮："都有，但家里的事也是因为工作。他那个项目有个钉子户不肯般，说出多少钱都不搬。"

尤堇薇："晚上给你们做好吃的，或许他能开心点。你想吃什么，想不想一起去菜市场？"

小迷点点头。

早上尤堇薇在胡同里耽搁了点时间，下班时工作室只剩下她一个人，锁上店门，正准备坐地铁去胡同，电话忽然响了。她茫然地听着那头的护工说，外婆心脏病突发被送去了医院，顿时，她脑中一片空白，嗡嗡声间只听清一句，说其他人已经过去了。

"哪个医院？"

她攥紧手机，眼眶霎时红了。

晚上九点多，陆嘉钰回到胡同。他推了两个饭局，还有一个实在推不掉，过去喝了几杯酒，回来耽搁了点时间。

一进门，院里黑乎乎的。

刘铁的房间亮着灯，小迷蹲在院子里不知道在等谁，厨房里也是暗的，看他的屋更是没人。

“她人呢？”陆嘉钰嗓音微凉。

小迷问他：“你是不是惹尤尤生气了？她明明说晚上一起吃饭的，一直没来，电话也打不通。”

陆嘉钰看了眼时间，都快十点了。他打电话，没人接。

“她的工作单位在哪儿？”

陆嘉钰问出口才发现他连她工作地址都不知道，回家时愉快的情绪已消失得一干二净，让司机开车去她的工作单位找人。

车从城西开到城南。到了地方，从外面看漆黑一片，早就关门了。

小迷问：“会不会回家了？”

车又从城南开到城北。家里也一样，暗着没开灯，人不在。

陆嘉钰神色淡淡地倚在车头，低头点了支烟，拢着火苗的手垂落。忽然，空气中划过一道凌厉的轻响，金属的打火机被他反手砸在了墙上。砰的一声闷响，打火机坠落在地，指间的猩红若隐若现，辛辣的味道弥散开。

半晌，他眼底戾气渐聚，轻嗤一声：“小骗子。”

凌晨，“花儿作”工作室灯火通明。

林诗佟赶到时，前台的小姑娘都要被吓哭了，一见她就说：“半夜打的紧急联系电话，说要调监控，我说没权限，他说那就找有权限的人过来。”

林诗佟看着跷着二郎腿坐在沙发上的人就头疼。

男人一头金发十分惹眼，他正懒散地靠着沙发，一手把玩着打火机，一开一合，蹿出的火苗让人心慌意乱。见到林诗佟，他笑了一下，还挺有礼貌地打了声招呼。

“林阿姨亲自过来了？”

陆嘉钰嘴上叫着阿姨，却坐着没动。

林诗佟早知道他无所顾忌的作风，也不喜欢这样乖戾放纵的人，可偏偏女儿喜欢他，她不能说得太过。再加上这一趟他来得突然，想来想去只有年初林氏竞争项目的事。她让小姑娘去倒了杯茶，温声问：“这么晚了忽然要调监控，是因为什么事？于公于私，这里都和陆家没关系。”

陆嘉钰：“找人。”

林诗佟一怔：“我这里的人？”

陆嘉钰闻言，手里的动作微顿，忽而嘲讽一笑："看来簇簇没提起过。林阿姨，我女朋友人不见了，联系不上，您说我该不该找？"

林诗佟惊愕道："你找簇簇？"

尤堇薇和陆嘉钰？这不可能，簇簇怎么喜欢他这样的人。

陆嘉钰站起身，耐心告罄，淡声道："您是簇簇的老师，比我了解她。她在洛京朋友不多，和家里关系不好，尤靳虞在学校，除了城北的房子和工作室，她无处可去。现在人不见了，我只想找到人，其他事你自个儿问她去。"

林诗佟一惊，立即给尤堇薇打了个电话，没人接。她思索片刻，去拿钥匙调了监控出来。

监控显示，五点左右，工作室里的人几乎都下班了，除了尤堇薇。她一个人留在工作台上，从白天到黑夜，很少抬头看时间。直到七点半，她抬头看了眼钟，忽而停了手里的活，简单整理了一下，匆匆起身，拎着包离开。

陆嘉钰盯着监控里的女人，语气不太好："她经常这么晚下班？"

林诗佟在心里轻叹了口气："工作室时间自由，我只要求她们把工作做完。簇簇留在工作室的时间最多，她在洛京确实没什么地方可去，除了家就是这里。读大学的时候就是这样，放假不回郦陵，过年也一个人留在学校，只有阿虞经常去看她。"

陆嘉钰没应声，切换到门口的监控。

门是尤堇薇锁上的，锁上后似乎准备去坐地铁，才走出几步，她接了个电话，忽然打车离开了，看起来是急事。

"她能去哪儿？"陆嘉钰问。

林诗佟皱起眉："这个时间，我打电话问问。"

人民医院，急救室门打开。

秦晚玉立即迎了上去，她丈夫陈司南和女儿秦念芙紧紧跟在她身边，医生低声说着外婆的情况，暂时没有生命危险。众人都松了口气，他们连忙跟着推车一起去病房，没人在意角落里的尤堇薇。

尤堇薇攥了攥发凉的手心，思绪混沌。她缓了一会儿，坐下一趟电梯去了病房，站在病房门口没进去，只是安静地看向床边。

秦晚玉坐在病床前，握着外婆的手。她的小女儿乖巧地依偎着她，亲密地贴在她的耳边小声说话，似乎在安慰她别担心。

尤堇薇无声地看了片刻，转身离开。

此时已是三月底，空气里带着冷意，从城外山脉刮过来的风微微潮湿，是沙土的味道。

这个点医院没什么人，冷清的灯光倾泻，照亮台前纤弱的身影。

尤堇薇独自坐在台阶上发着呆，手臂抱着双腿，下巴轻放在膝盖上，视线落在地面，地上的砖面有了裂纹，可能下过小雨，平时肉眼看不出的凹陷积了一地小水洼。

忽然，小洼溅起水滴。

一只黑色牛津皮鞋踩在上面，线条优雅如天鹅。

尤堇薇后知后觉地抬头去看，对上一双漆黑的眼睛，陆嘉钰耷拉着眼，单手插兜，另一只手拿着盒烟，烟盒被捏扁了。

“我的糖水罐头在哪儿？”

他哑着嗓子问。

尤堇薇抿了抿干涩的唇瓣，轻声道：“对不起。”

陆嘉钰居高临下地看了她片刻，忽然俯身贴近，拇指用力刮擦过她干燥的唇，上面留着牙印，两枚小小的印记，很深，再用力点皮就破了。

他抬眼和她对视：“回城北还是去我那儿？”

尤堇薇不说话，只是向他伸出手，纤细的两条手臂抬起却不碰他，杏眼微微湿润，一副要抱的模样。

陆嘉钰盯着人看了片刻，俯身将她打横抱起，钩着她的腿弯，语气不轻不重地教训人：“再有下次，给我打电话。”

尤堇薇靠在他的颈侧，闻到很淡的酒气，衬衫上沾了春夜的寒，他应该找了她很久。她搂着他的脖子，很小声地说：“陆嘉钰，我外婆没事。”

“知道了。”

陆嘉钰收紧了手。

尤堇薇再醒来时，房间内一片昏暗。

天还没亮，只是不知道是几点，她悄悄掀开被子，才一动就被人搂住了，那截小臂揽着她的腰往后一拽，贴到坚实的胸膛上。

“醒了？”清凉的薄荷气息落在后颈，他在亲她。

尤堇薇忍着没动，想起晚上的事，小声道：“后来手机没电了，没接到你电话。”

陆嘉钰满不在乎地“嗯”了声，顺着那暖而软的脖子往前亲，一直把人亲得完全清醒了，才懒声道：“饿一晚上了，出去吃饭去。”

她一呆：“现在？几点了？”

“三点。”

陆嘉钰直接把人从被子里抱出来，随便从柜子里拿了件大衣往她身上一裹，拽着人出了门。尤堇薇企图挣扎，留在家里，他不让，偏要半夜里出门。

深夜胡同里静悄悄的，没有月光。尤堇薇怕黑，被陆嘉钰牵着还是往他身后躲，忍不住小声嘀咕：“我从来没在半夜出过门。”

陆嘉钰哼笑：“你这样的，在学校是好学生，在外面是乖乖女。别说半夜出门，网吧都没去过吧？”

“去过的。”尤堇薇慢吞吞地回忆着，“有一次学校停电了，我去网吧赶过作业。”

陆嘉钰瞥她一眼：“还去过第二次？”

尤堇薇摇摇头，老实道：“后来再停电就和同学去外面的咖啡馆，电脑放在那里充电，充满了才回去。”

陆嘉钰想起林诗佟的话，说她年夜一个人留在学校无处可去，下意识攥紧了她的手，随口道：“明天走的时候带上钥匙。”

尤堇薇疑惑：“什么钥匙？”

“‘花间’的钥匙。”他说得漫不经心。

尤堇薇眨了眨眼，陆嘉钰自个儿就不太爱用钥匙，在郸陵时其余人睡着才肯自己开门，回了洛京更甚。“花间”二十四小时有人，他回来得早，小迷还没睡，回来得晚，刘轶醒着，要是隔天早上回，小迷正好醒。他习惯了敲门昭告别人他回来了。

“哦。”

她小声回应。

灵犀胡同这边都是老居民区，这个点别说人和猫猫狗狗，连人家院子里养的鸟都睡了，走过两条街都没看见开着的店。

尤堇薇缩在宽大的衣服里，往左右看了眼，看起来都是一样的路，她一个人出来肯定回不去。

陆嘉钰瞧她害怕又担心的模样，调笑似的问："你刚来洛京的时候认得路吗？问路都不知道往哪儿走吧？"

尤堇薇幽幽道："刚来很不习惯，这里指路居然都是用东南西北，我们那里都用前后左右。越问越找不到路。"

陆嘉钰闷笑一声，低头贴着她的耳垂私语："那你可得抓紧我，在这儿丢了可没人把你领回去。"

吃夜宵的地方是个烧烤店，在两条街之外。

店面很小，里面能坐人的地方不多，大多数都坐在外面，外头空地上摆着小木桌，几张塑料椅子，就算是座位了。

陆嘉钰和老板是熟人了，打了声招呼就带着她坐下。

尤堇薇惊奇于这个点外面还有那么多人，手虽然缩在袖子里，视线却从这边晃到那边，又从那边晃到这边，看了半天就是不看陆嘉钰，没发现对面的男人已经开始不爽了。

"看什么呢？"他随手把烟盒往桌上一丢。

尤堇薇回过神，置身在这个热闹的凌晨，闻着食物的香气，看夜晚燃烧的烟火气才使她彻底缓过来。

她醒来后没仔细看过陆嘉钰，现在看却愣了一下。

他穿的还是去医院接她时的衣服，已经睡皱了，纯白色的衬衫褶皱显眼，风衣袖口翻着，他毫不在意。

他看起来……一晚上没睡，应该连饭都没来得及吃。

"找了我很久吗？"

尤堇薇此刻才觉得心虚。

陆嘉钰把捏扁了烟盒往她面前一丢，嗓音带着些许疲倦："打火机都被我气丢了，找了一晚上，最后找到林诗佟那儿去了。她不知道我们的关系，还以为我满嘴谎言，上她那儿骗人去了。"

他的话里没什么情绪，眼神却是凉的。

尤堇薇捏着他柔软的大衣衣角，上好的料子在她手里弯了几道褶，又被松开，很快恢复平滑的状态。

她不知道该怎么解释这些，他们之间不会长久。

这样一段短暂的关系，她不想太多人掺和进来，也不想承受多余的感情负担。她知道林诗佟一定会反对他们在一起，不仅是因为她是林思弥的母亲，更因为他是陆嘉钰。

但不解释，他一定会生气。

许久，她小声说："林思弥喜欢你，我没想好怎么和老师说这件事，有点尴尬。"

陆嘉钰嗤笑："这一个月白学了，这也不敢那也不敢，欺负我倒是学得挺快，三天两头欺负我。"

尤堇薇眨眨眼。

说话间，老板将烤串端了上来，还有一盘牛肉饼和几罐啤酒，空荡荡的小桌立马变得满满当当。

一盘辣，一盘不辣，陆嘉钰把不辣的那盘推给她。

尤堇薇见他先打开啤酒，夹了块牛肉饼到他嘴边，一本正经道："陈医生说这几天不能空腹喝酒。"

陆嘉钰把筷子一丢，语气微凉："提几次陈医生了？"

"吃吧，小朋友才怕医生。"尤堇薇嘟哝着。

陆嘉钰轻哼一声，恶狠狠地把嘴边的牛肉饼咬了，不像是在咬牛肉饼，倒像是咬某个欺负他的人。

尤堇薇头一回在半夜吃烧烤，除了新奇，还有点罪恶感，仙女也有减肥的烦恼，但吃都吃了，她悄悄看向手边的啤酒。啪嗒一声轻响，气泡的咕嘟声从开口冒出，啤酒的味道融入浓郁的烧烤味中，明明是春夜，心情却像是在夏日。

陆嘉钰似乎真的是来吃夜宵的，没故意逗她，没提晚上的事，也没问她发生了什么，为什么会一个人坐在那里。

这种突如其来的分寸感很不像他，她有点不习惯。

陆嘉钰饿过了头，没什么胃口吃东西，随便吃了几口，视线落在对面的女人身上。

过分宽大的外套显得她格外娇小。

尤堇薇的个子在女孩子中算高的，身高近一米七，因为骨架小，看起来纤瘦，但她身上并不瘦弱，摸起来到处是软的。

想到某处，陆嘉钰有点口干。

这时候不能喝酒止渴，只会越喝越烈。他走了会儿神，烟瘾犯了，烟盒被她收走藏了起来，倒是可以问老板借根烟，但抬头看她吃得认真，到底忍了。

又是一声轻响，她开了第三罐啤酒。

总共就拿了五罐，他手里只有一罐，剩下的都被她喝了。

当第四罐啤酒空的时候，尤堇薇晃了晃手里的罐子，不高兴地捏扁丢在一边，随即打了个小小的嗝。

她一呆，后知后觉地捂住嘴巴。

“喝饱了？”有人轻哼一声，在嘲笑她。

尤堇薇眯了眯眼睛，她对面坐着个男人，头发跟以前邻居家的小狗一个颜色，五官……她看不清，应该还挺帅的，就是说话好凶。

“不想吃了。”

她缩起手，别开脸，不看剩下的食物。

陆嘉钰饶有兴致地看了一会儿，倾身靠近，伸手一弹她的额头，她想躲，但动作太慢没能躲开，被他弹了个正着。

尤堇薇“啊”了声，那双杏眼气鼓鼓地瞪过来。

“狗是张嘴咬人的，不会弹手指。”

“你忘记你是狗了吗？”

陆嘉钰一顿，瞧她小脸酡红、生闷气的幼稚模样，生出一股新奇感，喝醉了反而有脾气了。他轻笑，起身走到她面前，好脾气地哄她：“走了，回家去。我不和一个醉鬼计较。”

尤堇薇仰头看他，努力睁大眼仔细看他，盯着看了半晌，说：“我不认识你。”

“我是你男朋友。”

小醉鬼狐疑地上下打量他，看久了觉得脑子晕，闭上眼晃了晃脑袋，嘀咕道：“我男朋友不会长得那么欠打。”

陆嘉钰耐心告罄，直接俯身把人一扛，眼看她挣扎着要叫唤，低声在她耳边说了句话，话音落下，肩上的人顿时不动了。

小醉鬼安静了会儿，小声和他商量：“背我好吗？扛着有点想吐。”

“明天醒来你最好给我记得。”

陆嘉钰神经突突地跳，轻手轻脚地把人放下来，往地上一蹲，语气不耐烦：“不上来就把你丢这里。”

尤堇薇瘪瘪嘴，往他背上一趴："还说是我男朋友，你好凶。"

陆嘉钰认命地背起人，轻佻道："不是你男朋友怎么知道你胸下有……"

嘴被捂住了，是她软软的手。

尤堇薇本就发烫的脸更红了，她趴到他的耳边说悄悄话："这是我的秘密，不能在外面说出来。"

"松开。"他含糊道。

她想了想，老实松开手，紧紧圈着他的脖子，滚烫的脸颊在他后颈上蹭来蹭去，蹭完还不忘夸一句："你身上好凉。"

陆嘉钰应付了两句，忽然问："在医院被欺负没有？"

走入深夜无人的街道，树影在微弱的月光下摇晃，冷风卷起路上的塑料袋，沙沙声过后安静下来，只剩他的脚步声。

"不知道。"

许久，他才听到她轻声说。

陆嘉钰问："哭了吗？"

尤堇薇用力抱紧他，侧脸贴着他的耳根，摇了摇头，说道："外婆没事，我没哭。但是……我没牵到她的手。"

她停顿片刻，茫然道："我想抱抱她，想和她说说话，想看她睁开眼睛。但是妈妈和妹妹在里面，她不想看到我。"

陆嘉钰喉结上下滚动着，哑声道："明天陪你去看她。"

"可以去吗？"她小心翼翼地问。

陆嘉钰告诉她："只要有我在，你想去哪里就去哪里。跳舞那晚我答应过你，说话算话。"

尤堇薇半睁着眼，看地面如流水般荡漾的月色，感觉身体变得很轻，她问："说什么都算数吗？"

他轻狂地笑了声："我是陆嘉钰。"

迷迷糊糊间，她在月色里想起酒吧那一晚，他随手摘了腕表往桌上一丢，轻佻一笑，说半年。

他说半年，那一定是半年吧。

尤堇薇闭上眼睛，放松身体，任由困意上涌，身体渐渐变得沉重，他把她往上托了一下，像托一块浮木。

她想，一定要少喜欢他一点。

少一点，再少一点。

早上醒来，陆嘉钰下意识去摸边上的人，又摸了个空，轻“啧”一声，下床去抓人，闹了一晚，居然一大早就没人影了。

人是在厨房找到的。

小迷和刘轶边吃早餐边看着她做糖水罐头，晶莹剔透的玻璃瓶里盛着果肉饱满的黄桃，糖水浸泡朝霞般的颜色，十指握着瓶身，竟比糖水还要甜腻。

她放下瓶子，继续煮橘子。

“你们在看什么？”

陆嘉钰懒懒地说了句，自顾自地在餐桌边坐下。

刘轶被这凉凉的视线一吓，飞快地收回视线，不去看尤堇薇，心里却想他一定在哪里见过她，可又不记得她来过店里。小迷懒得搭理陆嘉钰，顺手把他面前的最后一个包子夹走了。

尤堇薇听到动静，抬头看了他一眼，温声道：“早上工作室有点事，我要先过去，罐头晚上再吃。”

陆嘉钰一顿，瞥了眼神色如常的女人。

她似乎完全把昨晚的事忘了，一点儿也不记得怎么说他是狗而不是她男朋友，怎么要背，怎么答应了说让他陪她一起去医院。

忘得一干二净了。没良心。

“认得出去的路吗？”陆嘉钰不忘调侃一句。

尤堇薇笑了一下：“认得，我先走啦。”

小迷起身：“尤尤我送你。”

陆嘉钰瞧她匆匆离开的背影，莫名有一种被人用完随手丢弃的感觉，折腾一晚上，早上翻脸不认人。这么想着，忽而瞥见桌上落下了一只耳坠，他正想去拿，想到她无情的模样，踢了踢刘轶的椅子。

“给她送去。”

他指了指那只耳坠。

刘轶一惊，试探着去拿耳坠，见陆嘉钰没什么反应，连忙去追人，两人刚关门出去。

“小迷，等会儿！”他飞快打开门。

吱呀一声响，宛如那个雪日，他嘟嘟囔囔地打开门，抱怨着陆嘉钰成日不上工，正对上一个漂亮姑娘的面容，那时她也是这样，回头看过来，干净清透的眼睛，像雪一样。

刘轶呆呆地把耳环递过去，又呆呆地回到院子里，直到陆嘉钰出来问他给了没，他点点头。

“没睡醒？”

陆嘉钰瞥他一眼。

刘轶猛然回神，对上他狭长淡漠的眸，吞了吞口水，磕磕巴巴地问：“哥，我、我听小迷说，你、你和尤小姐是在郦陵认识的？”

陆嘉钰微眯了眯眼：“怎么着？”

刘轶忙不迭地摇头，心里七上八下的，既然尤堇薇曾经来这里找过陆嘉钰，那极有可能之前就认识陆嘉钰，她怎么也正巧在郦陵，他想起开门时自己嘀咕的话，他好像说了陆哥要去郦陵的事？

说没说？他到底说没说？

刘轶陷入纠结，万一尤堇薇是从他这里知道了陆嘉钰的行踪才跟去郦陵，那……

他悄悄看了眼陆嘉钰，这个男人怕是要发疯。

说不定只是巧合，刘轶安慰自己，想来想去终究是不安，最后摸去了工作间调监控。

尤堇薇没回工作室，独自一人去了医院。

凌晨发生的事她都记得，正是因为记得，才只能一个人来这里，她不想把陆嘉钰带到外婆面前。

秦念芙正逢初三，即将中考。按照尤堇薇对秦晚玉的了解，她会把秦念芙送去学校，这些事她从来都是亲力亲为。到了病房，果然只有一个护工在。护工是在疗养院照顾外婆的那一个，见她来了喊了声“尤小姐”，又低声和她说了外婆的情况，说她吃了早饭刚睡下。

尤堇薇在床侧坐下，握住外婆的手。

外婆老了，面容和肌肤都呈现出衰败之相，手上的肌肤已经松弛，手腕上空荡荡的，虽然没再提玉镯的事，但她一定放不下。

尤堇薇垂着眼，轻轻摩挲着她微凉的皮肤，轻声细语说了几句话，又坐了一会儿，门外忽然响起一阵急促的脚步。

她的心猛然一跳，下意识回头看去。

在看清来人的一瞬松了口气，随之就是惊喜。

“尤尤！”

消失近三个月的陶映冉出现了，她简直想抱着尤堇薇大哭，诉说这三个月自己过得有多苦，和家里进行了多少艰苦卓绝的斗争。

陶映冉扑过来呜呜了两句又去看了外婆，把她拉到一边诉苦，最后忧心忡忡地问：“刚刚的表情怎么这么害怕，以为是你妈？”

她以为是陆嘉钰发现了。

“不是，就是吓了一跳。”尤堇薇安慰地摸摸她的头，“你相亲的事解决了吗？以后可以用手机了？”

陶映冉撇了撇嘴：“解决了，我妈决定暂时放过我，昨晚就把手机还给我了。但我打不通你的电话，今天早上去工作室找你才知道外婆住院了。对了尤尤，镯子的事解决没有？我看到你的短信说找到人了。”

尤堇薇欲言又止，有些为难。

陶映冉：“不顺利？”

尤堇薇迟疑道：“也不算不顺利，我和当时找到的人在一起了。他现在是我男朋友。”

陶映冉目瞪口呆，她的小仙女就这样被猪拱了？

还没等她从这个巨大的冲击中缓过来，又陷入了第二个更大的冲击，她听小仙女乖巧又无辜地说：“但我找错人了。”

陶映冉瞪大眼，不可置信地问：“你又迷路了？”

尤堇薇眨眨眼：“嗯，但我后来找到了。”

陶映冉花了点时间接受巨大的信息量，不爽道：“那男的是谁？叫什么名字？哪里人？干什么的？”

尤堇薇想起陆嘉钰在洛京的名声，默默地移开话题：“有时间带他来见你。我想先解决镯子的事，我去找了好几次都没找到人。”

陶映冉幽幽叹气：“你都是什么时间去找的？”

尤堇薇：“早上？”

陶映冉又叹气：“我的傻尤尤，那些人不到下午不会起床，你下午两三点去未必都找得到。今晚我带你去。”

两人说定今晚的事，陪了会儿外婆，便离开了医院。

陶映冉一阵子没见尤堇薇，攒了几个月的悄悄话，今天干脆去了她的工作室，反正她们都认得她。

下午，林诗佟过来开了个小会，由于尤堇薇手上还有个急单，暂时不参与这个项目,只是听了一耳朵——工作室接了一部古装剧的项目,有难度，但是对传统工艺宣传力度大。

临散会前，林诗佟单独留下了她。

"簇簇。"林诗佟忧心地看她一眼，"昨晚陆嘉钰到这里找你，说你们现在是情侣关系，是真的吗？"

尤堇薇轻抿了下唇，点头："昨晚我去医院去得急，没来得及和他说。他找不到我才会着急，抱歉，老师。"

林诗佟沉默半晌，她的教养不允许她当面说他们不合适的事，只是问："他是认真的吗？"

这话问出来连她自己都不敢信，当时林思弥喜欢陆嘉钰她就不赞同，只是万万没想到这一出会发生在尤堇薇身上，这两个人天差地别，连相识都显得突兀，不论是圈子还是性格，都没有重合之处。

陆嘉钰这样的人会认真吗?

她们其实都心知肚明，不可能的。

尤堇薇温声道："只是普通的恋爱关系，分分合合都是正常的。老师您放心，我心里有数。"

"那晚玉那里……"

林诗佟最忧心的是这件事，她知道这对母女的心结，担心这件事会让她们的关系雪上加霜。秦晚玉最厌恶的就是陆嘉钰那样的人，尤其，他还姓陆。

尤堇薇眼睫微颤，没应声。

林诗佟见她这样，在心里叹了口气，转而提起古装剧的事："这个项目我们是临时接下的，时间比较赶，幸好之前做的一些都能用。本来应该让你参加的，但你手上还有活，就先做那个单子。"

话虽这样说，但林诗佟也有私心。

这是林思弥参演的古装剧，原本没什么事，可偏偏中间冒出来一个陆嘉钰，让她两头为难，幸好这两个孩子没什么交集。

这件事林诗佟没说，但尤堇薇还是知道了。

陶映冉坐在她的工位边，悄声道："私下都议论开了，是林思弥主演的古装剧。听说前头那个女演员演不了了，临时叫她去的。"

尤堇薇："老师说她在休假，她会接吗？"

陶映冉轻哼一声："肯定会，也不看是谁喊的。我这里有一手消息，牵扯到豪门间的八卦，保真且香甜。尤尤，你知道陆筝吧？最佳女演员奖项拿到手软的那个陆筝，是她找的林思弥，算是帮朋友忙。这个陆筝说起来来头也大，你听说过陆家吗？"

她神秘兮兮道："陆家富了不知道几代，民国那会儿还出了好几个实业家，现在是陆清远当家，陆筝就是陆清远的小女儿，虽然四十多岁了，但一直单身，好吧，她不是重点。重点是她是林思弥喜欢的人的姑姑。"

没想到最后她们以这种方式提到了陆嘉钰。

尤堇薇试探着问："这和林思弥喜欢的人有什么关系？"

陶映冉："当然有关系！你想想为什么陆筝偏偏喊林思弥，肯定是两人关系好。林思弥喜欢陆嘉钰，又和他姑姑关系好，摆明了想嫁进陆家。虽然林家现在没落了，但有林思弥她爸，虽然差了点，但也还行。"

"不过我看这事成不了。"陶映冉撇撇嘴，"我见过陆嘉钰两次，次次都没好印象，轻狂又放肆，谁都不放在眼里，一点教养都没有。"

尤堇薇下意识道："他其实……"

她想说其实他不是这样的，陶映冉说的只是一部分的陆嘉钰，他也有不为人知的那一面，可该怎么开口说只有她能看到的陆嘉钰。

"你认识他？"

陶映冉狐疑地问。

尤堇薇思索片刻，先去捂陶映冉的嘴，然后在她的耳边说了两句话。说完后，空气有一瞬间的凝滞。

很快，陶映冉挣扎起来。

"唔唔唔——"

她要杀了陆嘉钰！

第九章 许愿

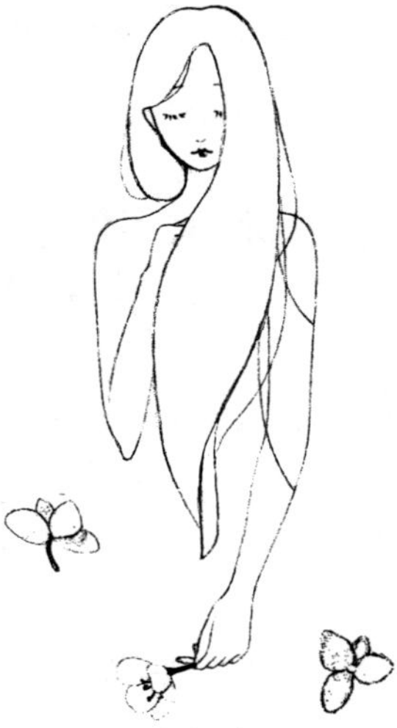

这个世界有幸运，也有不幸，但他的簇簇不能是不幸的那一个，因为有他在。

晚上七点，某个小酒馆门口。

凉风拂过角落里的小圆桌，尤堇薇低声说着这两个月里发生的事，说来她自己也觉得不可思议。

陶映冉神情恍惚，惊得酒杯都差点掉了，不敢相信这是她平时认识的尤堇薇："然后你们就在一起了？那你喜欢他吗？"

"一点点？"尤堇薇小声说。

陶映冉将杯子里的酒一饮而尽，缓过这一阵，又冷静片刻："既然这样，那你就……啊啊啊就什么就，气死我了！陆嘉钰就是个疯子，他那一小圈的人都不是好人！出了名的渣男多！"

洛京的上层圈子也分了很多小圈子，像陶映冉这样的人，对陆嘉钰那个圈子向来是敬而远之，名声最烂的都在那圈子里，个个都和陆嘉钰关系不错，怎么想他都好不到哪儿去。

尤堇薇抿唇，轻声说："他只是脾气不好，不是坏人。"

陶映冉说："刚开始他想追你，当然会装模作样，等他睡到——咳咳，尤尤，你老实说，你们睡过没有？"

尤堇薇闻言，眨了眨眼："他说他不是随便的人。"

陶映冉："什么？"

尤堇薇眼看她气鼓鼓地又要喝酒，忙道："冉冉，先不说他了，我们去铃铛胡同。"

陶映冉重重地"哼"了声，在周围人异样的眼光中被尤堇薇拉走了。

铃铛胡同隔壁，商业街。

这会儿是淡季，加上是工作日，商业街上人不多。尤堇薇她们到的时候店里正闲着。文身店老板是个年轻男人，二十七八岁上下，剃着寸头，一只胳膊是花臂，一只手上戴着玉镯，眼神里带着股市井的痞气。

尤堇薇说明来意。

老板听完笑了一下，上下打量她一眼，轻浮道："你们一定提前打听过，我这镯子不卖不借，只送女朋友。如果你单身……"

"我们走！"陶映冉拉着尤堇薇就走，"上次来我就觉得这人不怀好意，我那时候瞄了一眼他的微信，全是女的。"

尤堇薇轻叹了口气："看来镯子是找不回来了。"

陶映冉安慰她："要是外婆知道你为了找镯子被这样的人欺负，肯定高兴不起来。”

两人正说着话，尤堇薇电话响了，是陆嘉钰。

尤堇薇看了眼陶映冉一眼，接起电话，小声道：“喂？”

陆嘉钰直接道：“发个定位，来接你。”说完，干脆利落地挂了。

陶映冉贴着她的耳朵，把对话听得一清二楚，眼看着尤堇薇乖乖打开微信给他发定位，一点脾气都没有。

“我就说，这人多没礼貌啊，对女朋友都这样。”陶映冉翻个了白眼。

尤堇薇无奈一笑，温声道：“他不会说好听的话，但是会去邺陵见我，每次去胡同他都会出来接我，会避免我和喜欢他的人接触，我没接到电话会找我一晚上，会把我说的话放在心上。他只是……不会表达。”

陶映冉瞧着尤堇薇柔声细语地说着陆嘉钰，眸光亮晶晶的，眼里的喜欢都要冒出来了，哪像只有一点点的样子。

她忍不住说：“尤尤，这才两个月，你真的确信自己不会爱上他吗？”

尤堇薇心想：是啊，才两个月。

两个月间，他们见面的次数不多，可次次都令她记忆深刻，每一次都如在灵犀胡同内的惊鸿一瞥。

“感情的事不由我控制。”

尤堇薇自己都说不清，遑论对别人解释。

陶映冉幽幽地叹气：“偏偏是我不在的时候，不然陆嘉钰半点机会都没有。”

浅紫色的车轰炸了商业街口。

来往的人皆为之侧目，纷纷猜测着会是怎样的一个绝代佳人从跑车上下来，车门打开，男人们不屑地撇了撇嘴，女人们不约而同地对视一眼。

男人顶着一头少女心十足的樱花粉，底下简单的白衬衫和黑裤，反手关上车门，迈开长腿，单手插兜朝街口走去。他随便找了个地方，低下头单手玩手机，修长骨感的手指漂亮得像漫画里的手，整个人极不真实。

找我：到了，出来。

找我：真不用我进来？

找我：要等我来找你，得给我一个吻。

尤堇薇和陶映冉到的时候，就见陆嘉钰漫不经心地倚在石狮子上，领带松松垮垮地系着，眼角眉梢带着笑意，不知道对着手机看什么，活脱脱一副浪子的模样，已经有人跃跃欲试，想问他要微信。

陶映冉嘀咕了句轻浮，对尤堇薇道："看见没，渣男都是这样的。不过怎么现在染发越来越夸张了，我以为以前那个浆果红是极限了。"

尤堇薇静静地看着他，忍不住笑了一下。

中午在工作室楼下的餐厅吃饭，从窗外看出去，路边樱花盛放，她随手拍了发给陆嘉钰，说春天是粉色的，非常好看。

"陆嘉钰！"

尤堇薇喊他，要不是陶映冉在，她怕是已经扑过去了。

陆嘉钰一笑，把手机塞进裤兜，习惯性抬起手准备抱人，等了半天怀里还是空的，抬眼一看，她和一个陌生女人站在一起，只小跑过来牵他。

"谁啊？认识的？"陆嘉钰把人拽进怀里，低头让她看头发，"樱花好看还是我好看？"

尤堇薇抿唇笑，小声道："你好看。"

陶映冉觉得自己瞎了，这两个人都是谁，她怎么一个都不认识。

尤堇薇回过神，简单介绍了一句。

陶映冉"呵呵"一声："以前见过。"

陆嘉钰瞥了她一眼，完全没印象，碍于尤堇薇还在，随便点了点头，问："带你去玩，你朋友去不去？"

尤堇薇看陶映冉。

"去，当然去。"陶映冉皮笑肉不笑。

陆嘉钰向来不在意旁人，牵着尤堇薇往车边走，边走边问："天气马上热了，换了季节，喜欢的颜色是不是也该换了？"

他一指路边停着的香芋紫的车，懒声道："今天被七八个人说我骚，我哪儿骚了，不就是换个女朋友喜欢的颜色吗？"

尤堇薇眨了眨眼："真的想知道？"

陆嘉钰侧头看她，眯着眼问："夏天喜欢什么颜色？"

尤堇薇："绿色？"

陆嘉钰："你是认真的吗？"

四月初，洛京不再下雪，春天来了。

到滑雪场，尤堇薇以为陆嘉钰是带她来滑雪的，他的那群朋友装备穿戴整齐，已经玩疯了，场上满是欢呼和口哨声。这些男人顾不上陆嘉钰来了，个个胜负欲爆棚，眼里只有赛道终点，道道身影极速向下滑落，划出干脆利落的弧度。

陆嘉钰看了眼场地，下巴微抬：“会滑雪吗？”

尤堇薇从他身侧探头往下看，宽阔的雪道沿着山脉蜿蜒，通向漆黑的沉夜里，场地的大灯照出激烈的赛事。

她摇头，诚实道：“不会。”

陆嘉钰笑了一下，揉着她的头发：“本来也不是带你来滑雪的。言深，过来带个人。”说着，他朝平台上一挥手。

人群中，只有陈言深没穿滑雪装备。

他依旧穿着整齐挺括的西装，金丝边框眼镜后的眼睛平静无波，淡淡地看过来，看到某处，视线微顿，迈开步子走来。

尤堇薇没察觉陶映冉的不对劲，小声问她：“你想玩吗？”

陶映冉睁大双眼，直愣愣地盯着朝她走来的男人，往尤堇薇身后一躲，压低声音问：“陈言深怎么会在这里？他这样的性冷淡真的和陆嘉钰是朋友？我以为是谣传。”

尤堇薇眨眨眼：“你认识他？”

陶映冉：“我的相亲对象。”

尤堇薇没来得及说话，就被陆嘉钰牵走了，陶映冉在陈言深的视线下动弹不得，就跟小鸡被老鹰捉住了似的。

“等一下。”

尤堇薇扯住陆嘉钰，不放心陶映冉。

陆嘉钰轻“啧”一声，把人往怀里一拽，看向那边身影纠缠的两人，问：“去不去吃饭？”

陈言深没应声，看着陶映冉。

陶映冉想逃走，但又觉得看人家谈恋爱尴尬，只能硬着头皮道：“尤尤，我想去滑雪，你去吃吧。”

尤堇薇欲言又止，陆嘉钰见她始终看着别人，眼神暗了几分，一只手扣住她的手腕往肩上一放，另一只手熟练地去搂她的腰，微微用力，把人往肩上一扛，头也不回地走进山顶餐厅。

“我人还在这儿，别人好看？”他的嗓音不轻不重，没什么情绪。

尤堇薇后知后觉地发现陆嘉钰又生气了，就因为她多看了别人两眼。

她轻轻揪了揪他粉色的短发，小声道："你最好看，我就是有点不放心。"

陆嘉钰轻嗤："陈言深那样的人，就算把他丢进女儿国，他都能在里面开出一间和尚庙来。"

她想了想，竟然觉得有道理。

私人滑雪场不对外开放，这里的餐厅平时也只用来招待朋友和合作伙伴，这会儿他们都在外面玩，偌大的餐厅里只有他们两个人。

尤堇薇坐在窗边，看向沉沉的夜色。

说实话，夜里黑漆漆的，什么都看不到，陆嘉钰也不是带她来玩雪的，难不成只为了吃个饭？这么想着，她收回视线看他。

樱花粉和他的性格不搭，气质却相称。

粉色柔和了他性格的乖戾，眼神里的淡漠似乎都少了些，冷白的面容竟显得有几分乖巧。

尤堇薇托着腮，仔细看他，一会儿看看头发，一会儿看看脸。

"晚上喝酒了？"

陆嘉钰瞥了眼她泛红的耳垂，刚刚抱她时闻到了酒气，很淡，带着果橙的香味，度数不深。

尤堇薇抿唇笑："喝了一点点。冉冉几个月没消息，我一直很担心她，今天看到她高兴。"

陆嘉钰没想到这个闷葫芦还真有朋友，随口问了一句："听她口音是洛京人，在学校认识的？"

尤堇薇："大学室友，以前都是她带着我玩。"

陆嘉钰隐隐记得陶家是有这么一个小女儿，心说这玩得也不花，带人玩没带出什么名堂来，人一不在，这闷葫芦又缩回自己的壳子里去了。

他笑道："过阵子带你去个派对，玩三天两夜，圈子里的那点事就都看透了。"

尤堇薇见他状态轻松，不由问："这周不忙吗？"

陆嘉钰玩味一笑："暂时不忙，林家人想来分一口蛋糕，自告奋勇解决那麻烦事去了。"

尤堇薇见他这不怀好意的笑就知道，林家人不可能从他这里得到丁点好处，也不知道那个倒霉蛋是谁。

两人说着话，菜上来了。

陆嘉钰瞥了眼时间，心不在焉地吃了几口，见她鼓着腮帮子吃得认真，多吃了几口，等她放下叉子，他倾身过去，拇指捻过她的唇角，拭去那点酱汁，随手拿毛巾一擦，开始催人。

“走了，饿了再吃。”

陆嘉钰拽着人往外走。

这时，山顶忽而响起一阵轰鸣声。

尤堇薇侧头，看到转动的螺旋桨，声音似乎由此而来，正当她想看得再仔细点，陆嘉钰拐了个弯，径直踏进雪地里。

“我们去哪里？”

她挽上他的手臂，仰头看他，看着看着视线又跑头发上去了。

陆嘉钰见她看得认真，哼笑一声：“这么喜欢？回头给你换辆车，就用这个颜色。”

尤堇薇：“我不会开车。”

忘了这个闷葫芦容易迷路。

陆嘉钰退而求其次：“自行车。”

靴子踩进雪地里，雪被挤压发出“咯吱”的声响，雪地上留下两串脚印，一大一小，紧紧地依偎在一起。

走了一段路，尤堇薇忽然想起元宵灯会的第二天。

那天在车里，陆嘉钰看到她给他设置的聊天背景，问她是不是喜欢雪，得到回答后说回洛京带她去玩。

她呆了一下，问：“我们是来看雪的吗？”

陆嘉钰“嗯”了声，加快脚步往前走，他们走的方向和滑雪场地相反，位于餐厅的背后。

纯白的雪地里，山间湿冷的风呜呜刮着，春寒钻进他们裸露的颈间，越走越近，尤堇薇渐渐慢下了脚步。

深黑、嶙峋的山壁下忽然出现一间玻璃屋。

宽阔寂寥的雪色一路蔓延，延伸到那点着昏黄的灯的屋内。

玻璃屋内，只有玫瑰。

白的、紫的、粉的、蓝的、黑的……许多花朵热热闹闹地挤在一起，像是雪山上的玫瑰花园盛放了。

同时，螺旋桨声越来越近。

“先进去。”陆嘉钰指尖垂落，将她纤细的手指紧紧扣入指缝间。

尤堇薇怔怔地走进缤纷的玫瑰花房，这玻璃房没有屋顶，抬头便是洛京辽阔旷远的夜空。

忽然，她的视线里出现了一架直升机。

直升机飞过，停在花房上空，两秒后，天空忽然开始飘雪，雪花簌簌而下，顺着风落进花房内。

尤堇薇仰着脸，抬手去接。

一片雪花慢悠悠地落在她白皙的掌心，晶莹剔透的六面菱形，是真的雪花，不是人造雪。

“哪里来的雪？”她轻声问。

陆嘉钰上前一步，鞋尖抵住她的鞋后跟，风衣衣摆拂过她小腿，微凉的布料触上光裸的肌肤，让人止不住战栗。他自后将她拥入怀里，低头在她耳尖轻轻一吻，漫不经心道：“假的雪没意思，说带你玩就玩真的，连夜去雪山上运来的雪，剩下的给你堆雪人。”

他的手掌收拢，微烫的掌心贴着腰侧。

尤堇薇转身抱他。

洁白的雪纷纷而下，很快落满了整个花房，却无人去顾及头发上的雪。

尤堇薇闭着眼，脚尖踮起，额间和脸颊落了凉凉的雪，很快融化在她和他的体温里。玻璃屋里玫瑰的香气和清冽的薄荷味道相融，她有一瞬的恍神，他们似乎真的在雪山之巅忘情地拥吻。

“这时候发呆？”

他含糊地低声说了句，不满地咬了她一口，腰上的小臂越收越紧，舌尖搅得她生疼。

她揪紧他的风衣，睁开眼去看，眼神对上深黑的瞳孔。

他一直在看她，从开始到现在，始终观察着她的表情。

尤堇薇轻咬了下唇，却不疼。

她一怔，听得“嘶”的一声，他忽然往后退了几步，握着她的腰往后倒，失去重心的两人往后摔去，重重地摔入玫瑰花丛间。

她摔在他的胸上。

“陆嘉钰，刺……”她睁大眼，想拉开他。

陆嘉钰强硬摁住她的后脑勺，把这张嘴堵了个结结实实。他准备了一天一夜，不想听她说这些。

今晚完全是心血来潮，只因为看她一个人孤零零地坐在医院台阶上，小脸苍白，好像随时会哭出来，像被人丢弃的小猫，只能可怜巴巴地抱着自己。

这个世界有幸运，也有不幸，但他的簇簇不能是不幸的那一个，因为有他在。

周二上午，“花儿作”工作室。

平日里，上午人总是寥寥，今天几乎每个工作间都坐满了人，难得大家伙来得这么准时。

尤堇薇看了两眼，问同事：“今天有什么活动吗？怎么这么多人。”

同事撇撇嘴：“还不是因为那个古装剧，人家嫌我们的头饰旧了，都在加班加点地重做。还是你好，手上有单子，不用受苦。”

事实证明，好也好不到哪儿去。

同事说完没多久，陈姐忽然提着个箱子进来，看了一圈，最后看到尤堇薇，眼神一亮。

“小尤啊，我看你现在有空。”陈姐二话不说把箱子交到她手上，“这是剩下还能用的，你现在去趟剧组，耽误不了多少时间。”

尤堇薇左看右看，确实只有她暂时闲着，于是她就被派去了外送。

剧组的地址在城东，坐地铁半个小时。

尤堇薇到了摄影棚才知道今天是拍定妆照，剧组还没正式开机，工作人员领她到休息室，说负责服化道的主管还在开会，马上就过来。

休息室里没人，尤堇薇自己找了个角落坐下。

这是她第一次进剧组，她新奇地打量着周围，三个化妆台，几个单人沙发和一张圆桌，堆满道具的角落，以及她这里被盆栽挡住的休息角，可以看见窗外的景色。

正打量着，手机振动了两下，是陆嘉钰发来的信息。

找我：明天空出来给我。

cc：一整天吗？

找我：早上八点到城北接你。

cc：知道啦。

尤堇薇无奈地笑了，这人一如既往地霸道，从来不问她是不是方便。

忽然，门口传来一些动静。

有人进了休息室，听脚步是两个人。

尤堇薇正想起身打招呼，忽而听到两个熟悉的名字——

年轻的女孩子问：“弥姐，这个 IP（intellectual property，知识产权，这里指适合二次开发改编的影视、文学作品）可不好拿，组里都在传是陆筝介绍你过来的，真的假的？”

林思弥温声道：“是从小认识的姑姑。”

“那你是因为陆筝接的吗？”女孩促狭道，“明明说去休息，忽然又接戏了。是因为陆嘉钰吧？”

“嘘，尽量少在组里提他。”林思弥压低声音。

女孩嘻嘻笑：“知道了。他家里人都那么喜欢你，我看你早晚都会嫁进陆家，到时候怎么提都行，对吧？”

“我和他不是你想的那种关系。”

林思弥笑着解释。

角落里的尤堇薇垂着眼，安静听着两人的对话，她错过了出去的最佳时机，好在她们没再继续说陆嘉钰，转而说起工作室的事。

如果现在出去遇到，肯定会尴尬，她只盼着她们快点离开。

可惜不巧，尤堇薇等的人就在这时候到了。

主管敲了敲门，探头往里看了一眼：“林老师，这里就你们两个人吗？欸，助理和我说人就在这里等呢，人呢？”

林思弥和她的助理一愣，这里还有别人？

尤堇薇知道躲不下去了，走出角落，轻声问好：“我是‘花儿作’的员工，过来送你们要的头饰。”

小助理皱了下眉：“早不出来……”

林思弥见到尤堇薇怔了一下，很快回过神，看了眼小助理，小助理不情不愿地闭上了嘴。

“这么巧。”林思弥熟稔地和她打招呼。

主管一愣：“林老师，你们认识啊？那行，东西给我吧，有问题我再联系你们。”说完，匆匆地来，又匆匆地走。

尤堇薇向林思弥轻点了点头：“我先回去了。”

林思弥眸光微闪，喊住她："等一下，之前他落了条链子在我这里，应该是你的吧？"

尤堇薇停下来，眼看林思弥从包里拿出一条项链，是那晚陆嘉钰亲手摘下的长坠子，没还给她，此时却出现在了这里。

"不是我的。"

尤堇薇勾唇一笑，利落地离开了剧组。

刚才林思弥没提陆嘉钰的名字，用"他"来代替，想来是想让她的助理继续误会他们的关系，久而久之，或许整个娱乐圈都知道了。

"弥姐，你认识的人啊？"小助理问林思弥。

林思弥看了眼手里的项链，随手丢进包里，说："我妈工作室的人，以前见过，不怎么熟。"

小助理嘀咕："那怎么偷听我们说话。"

"下次注意，提前检查一遍。"

林思弥警告地看了小助理一眼。

小助理吐吐舌头。

过了高峰期，地铁上人不多。

尤堇薇坐在角落，脑袋发空，后知后觉地按住左胸口。这里闷闷的，又闷又涩的感觉让她呼吸困难。

她不太舒服，比上一次更不舒服。

是不是意味着她又喜欢他更多了一点。

尤堇薇轻吸了口气，想了一阵，打算去找陆嘉钰的麻烦，毕竟是他弄丢的项链，还丢在别的女人那里。

陆嘉钰收到短信的时候正在开会。

他随意跷着腿，耷拉着眼翻手机，耳边是听惯了的陈词滥调，要不是陆正明拦着，这些人早被他丢去分公司了。

忽然，屏幕上出现了少见的备注。

女朋友：我的项链丢了。

L：哪条？

女朋友：打麻将那晚带的那条。

陆嘉钰立即想起来是哪条，他亲手从精灵的脖子上解下来的项链，不可能忘了。

他记得当时随手放进了口袋里，再然后哪儿去了？

得，是他弄丢了。

L：**给你找，找不回来买十条赔给你。**

女朋友：**就要那条。**

陆嘉钰轻挑了挑眉，难得见她这样，通常他说什么她都应好，偶尔闹闹小脾气，怪可爱的。

当天下午，陆嘉钰回到胡同找项链。

院里四个男人把他所有的裤兜都找了一遍，没找到那条项链，陆嘉钰像风一样地走了。

刘轶心里装着事，看着他的背影欲言又止。

小迷看他一眼，用眼神问：有事？

刘轶叹了口气："我不知道该不该说，怕说错话，但不说我这心里头又不过去。烦死了，下午关门。"

动不动就关门这一点，简直和陆嘉钰一模一样。

晚上七点，尤堇薇准备下班。

这阵子工作室忙，她反倒不是最后下班的人了，刚拎起包，林诗佟来了一趟，喊她出去。

走廊上没什么人，林诗佟没避着别人，递给尤堇薇一个小礼盒，柔声道："生日快乐，簇簇。明天给你放一天假。"

尤堇薇一怔，原来是她的生日到了，所以陆嘉钰说……

尤堇薇没有过生日的习惯，小时候尤森工作特别忙，外公外婆也常年在外授课，尤靳虞远在洛京，她的生日就和普通的一天一样。直到尤靳虞上了高中，他每年都会来陪她过生日，和陶映冉一起。

林诗佟温和地说："思弥向来不用我操心，老师不知道现在的女孩子喜欢什么，礼物是和她逛街一起选的，是一条项链。"

"谢谢您。"她握紧了礼盒。

尤堇薇告别林诗佟，回了城北。

春夜里，凉风温度适宜。

城北这一带人口不多，胡同也比别处的萧索，胡同口只有路灯挺立，照亮底下小小的一隅。

尤堇薇打开手机的闪光灯，慢吞吞地走回家。

还没走到家门口，她愣了一下，远远地，瞥见一道身影靠在那儿，他无聊地玩着打火机，金属声有韵律地响着，火苗蹿上来，下一秒就被摁灭。

“陆嘉钰？”她出声喊。

倚靠在门边的男人往她这边看了一眼，随即朝她走来，黯淡的灯光里，他的面容变得清晰。

陆嘉钰瞥了一眼她手里亮着的手机：“每次都这样回家？”

尤堇薇点点头，仰头看他春日般的面庞，小声问：“你怎么来了？等很久了吗？晚上住在这里？”

陆嘉钰笑着捏捏她微凉的脸：“问这么多，就想我回答最后一个问题？下回再陪你，今晚有事。”

尤堇薇不理他的调侃，朝他摊开掌心：“我的项链呢？”

陆嘉钰拿出找了一晚上的项链，五指张开，长坠子从他的掌心坠落，在风里摇晃，闪出一道光。

尤堇薇抿抿唇，仔细看了许久，确实是她的项链，上面还有一道浅浅的划痕。

“找到了啊。”她却不想再戴了。

陆嘉钰低头瞧她郁闷的小脸，轻点她的眉心：“费了我半天劲，就不能直接告诉我她欺负你？别人欺负你，你就欺负我是吧？”

尤堇薇低头，不说话。

陆嘉钰稍顿，闷葫芦好不容易变得活泼一点，被那女人这么一掺和，又躲起来了。他原本专门走这一趟是为了教训人的，但看她这样安静，他什么脾气都发不出来。

“上回丢椅子上，让她捡走了。”陆嘉钰耐着性子解释了一句，“她和你说什么了？”

尤堇薇小声道：“她说你丢在她那里。”

陆嘉钰轻嗤：“怎么着，我还能留在别人那儿过夜？连你都没尝到我这口神仙肉，我能让别人吃吗？”

说着说着，怎么扯到这上面来了？

尤堇薇抬眸，杏眼里映着他小小的影子。

粉色的，像一株盛开的夜樱。

陆嘉钰被她这样的眼神看得心口一热，正想低头亲下去，却见她忽然踮起脚，极轻地在他的下巴上落下一个吻。

“晚安，陆嘉钰。”

她轻声说着，小跑着回了家。

关门声响起，陆嘉钰还停在原地。

他清晰地感受到自己胸膛内的心脏猛烈地跳动了一下，因为她轻如羽翼的一个吻。

半晌，他低头一笑：“表要输给别人了。”

凌晨，灵犀胡同。

陆嘉钰推门进来的时候一身酒气，烦躁地揉了揉眉心，进了正屋先灌了一壶冷水，她不在，这里的水永远是冷的。

他没进里屋，直接往躺椅上一摔。

没劲，处处都没劲。

屋里没人没劲，床上空的没劲，哪里都是冷的。

陆嘉钰用手背盖着眼睛，挡住烦人的光，混沌的思绪里都是尤堇薇，一时间想过去找她，一时间想起晚上那个吻，最后想起她柔软的唇角，雪白的身体，疯了一样。

片刻后，陆嘉钰准备去找人，他从来不委屈自己。

刚起身，屋外忽然晃出一道人影。

大半夜的，刘轶穿了件白背心，头发乱糟糟的，就这么直挺挺地站在门口，乍一看像见了鬼。

陆嘉钰轻嘶一声，抬手就丢了个茶杯过去。

“嫌我命长？”

刘轶眼疾手快地接住，苦闷地挠了挠头，在门口就地坐下，垂着头喊了声：“哥，和你说件事。”

陆嘉钰被他这么一闹，倒是清醒了点。

这个点刘轶还没睡倒是少见，估摸着真是有事，他瞥了眼这个垂头丧气的男人，随口道：“说吧。”

刘轶一鼓作气把事说了：“我一直觉得她眼熟，总觉得在哪儿见过。前两天我想起来了，她年前来过。我去调了那天的监控，她确实来过，人都散了之后，她又来了一趟，没敲门，后来我开门说漏嘴你去邺陵的事，我担心……”

他担心尤堇薇刻意接近陆嘉钰，但这句话，当着陆嘉钰的面他不敢说。

陆嘉钰直起身，低头看着地上虚无的影，半晌没说话，这样的寂静难免让人想到暴风雨来临前的平静。

刘轶悄悄抬眼去看，他坐在那里，手肘抵着膝盖撑着额头，额角青筋凸起，下颌线紧绷着，最后归于平静。

忽然，他哑声道：“再说一遍。”

刘轶硬着头皮又说了一遍。

“监控呢？”他问。

刘轶犹豫了一下，拿出手机递给陆嘉钰，他顿了片刻，伸手接了过去。

陆嘉钰闭了闭眼，又睁开，似乎想让自己更清醒一点，来确认这不是他酒后的幻觉，这样反复几次，他点开视频。

视频里是洛京的冬日，那天在下雪。

她似乎是第一次来，看到人群才确定这是她要找的地方。那张白皙的脸仰着，安静地看着文身店的牌子。她会在想什么，想这个地方为什么叫“花间”，又或是在想里面有没有她要找的人。

边上的女人和她说了几句话。

不久，人群散去，她独自留在原地，对着门口拍了张照片，陆嘉钰想，她怕迷路，所以提前拍了照片，以免找不到。

时间跳到一个小时后。

她慢吞吞地在门口踱步，在雪地里一脚一脚地踩着自己的脚印，来回地走，却没有来敲门，直到大门打开，她受惊似的看过去。

视频到这里就结束了。

尤堇薇早见过他，早知道他是谁，或许就是为了他陆嘉钰而来。园林初遇，豆石巷的邻居，粽子糖，茶楼，再到元宵节，从头至尾，都像是一步步精心安排，而他像个愚不可及的傻子，被她玩弄在鼓掌间。

陆嘉钰沉默片刻，随手删了视频丢给刘轶，抬头时双眼泛红：“明天把大门锁换了。”

说完，他丢下这一室灯光而去。

走到门口时，他停下脚步，冷眼看向角落。

片刻后，大门被重重关上。

四月六日，早上八点。

尤堇薇早起化了妆，换上最喜欢的裙子和鞋子，拎起包等在门口，偶尔看一眼时间。等了近半个小时，胡同内始终没有动静，她走到胡同口，看来往的车辆，没有他的车。

尤堇薇给他打了个电话，通话提示关机。

她找了小迷，小迷直接打了个电话过来，说让她先去一趟灵犀胡同，听语气有点古怪。

到灵犀胡同已是九点多。

“花间”大门紧闭，她敲了敲门，不一会儿门打开，小少年见了她，神情有异，欲言又止。

尤堇薇微怔：“出什么事了？”

小迷低声道：“先进来。”

刘轶早知道人要来，这会儿躲在屋里没出来，只透过窗户偷偷看外面的情况，小学徒不明所以，也跟着看，没看出什么门道了。

“师父，你在看什么？”

“别说话。”

“哦，那今天开门吗？”

刘轶恼怒地把人揪走，不想再听这些杂乱的声音，专心看着外面。他眼看小迷把人领屋里去了，什么都看不见。

他嘀咕：“这都什么事啊！”

小客厅里，小迷直接说了昨晚的事：“他觉得你是故意接近他的，去查了当天的航班，发现你们在同一个航班，而且问了你工作室，那边的人说原来去郸陵出差的人不是你。”

“是真的吗？”

小少年认真看着她，想亲口听她说。

尤堇薇恍惚一瞬，明白了这就是陆嘉钰没有出现的原因。她张了张唇，不知道从哪里说起，直到小少年像在郸陵迷路那一次，在夕阳下攥紧她的手一样，又一次攥紧她的手。

他说：“尤尤，我会听你说。”

尤堇薇回过神，颇有些无奈，从外婆生病开始说起这件荒唐事，从找镯子，再找错地方，再到帮别人出差，最后偶然遇见陆嘉钰，桩桩件件都说给小迷听，至少他愿意听。

小迷听着有点呆，尤尤又迷路了。

他恍然："难怪你当时和我说那个玉镯是要送给你男朋友的，原来是为了找镯子，你那时就知道找错人了。"

尤堇薇抿唇，轻声道："一开始没抱着会在邺陵遇见他的想法，只是我太久没回去了，想着借这个机会回去看看。至于，后来发生的事，都不由我掌控。"

小迷一脸郁闷："只是一个误会。"

陆嘉钰这个人，怎么一点耐心都没有。

尤堇薇轻咬了下唇，问："陆嘉钰在哪里？我想去找他。"

小迷看她一眼："这几天找不到他，他也不接电话，什么都听不进去，他一发疯就这样。

"尤尤，我陪你过生日吧？

"他给你准备了生日礼物，你应该会喜欢。"

小迷走到院子角落，掀开那一层遮挡物，露出里面那辆粉色的自行车，篮筐里放着两张车票。

洛京去年推出了绕行城市的绿皮小火车。

起点站在城西，站台位于自然公园内。小火车只有两截车厢，一截是餐车，一截是空车厢，里面大约三十个位置。

他们到的时候，站台空无一人。

牌子上写着：**为了庆祝一个与众不同的日子，今日小火车不对外开放。**

尤堇薇静静地看着那行字。

他说，今天是一个与众不同的日子。

春光下，浓郁的绿是调色盘上最浓墨重彩的一笔，车边种植着一株粉色的大山樱。公园内的山樱和早樱一片雪白，唯有这里的樱花是粉色的。

她说喜欢绿色，于是他准备了两张车票。

小迷见尤堇薇出神的模样，轻扯了扯她的衣袖，说："尤尤，我也是第一次来，我们去看看吧？"

尤堇薇回过神，和他朝着站台走去。

检票员听到动静，忙出来站好，对客人露出笑容，温声问："您有今天的特殊车票吗？”

尤堇薇从包里拿出两张小纸票，也是绿色的。

检票员见尤堇薇出示车票，内心有一瞬的诧异，她没想到昨天的男人不在，明明说是给女朋友庆生，他自己怎么不来？

“请稍等。”

片刻后，检票员更换了车票递给她，微笑道：“此趟行程是单程，总时长两个小时，终点站位于城南，祝您旅途愉快。”

火车启动，鸣笛声在晴光下响起，淡粉色的花瓣飘入车厢，落在车票上。

尤堇薇看着车票，上面的内容很简单，只有日期和名字缩写，还有一句短短的话：

0406，Y&L。感谢你的降生。

风拂过她的黑色长发，拂过静谧微润的眼眸。

片刻后，她望向窗外，看巍峨高大的山脉，苍凉辽阔的沙漠，一望无际的海洋及充满烟火气息的洛京市井，在这个城市的最边缘，有一群努力生活的人们。

长久的沉默中，小迷忽然低声道：“我们家很穷，家里只有我和我妈，还有两个老人，我妈一个人要养活一家子，身体越来越差，后来他们都去世了，只剩我一个人。”

尤堇薇侧头看他，小少年看着窗外。

他继续道：“我想去英国找我爸，我想知道他过得怎么样，是不是也不幸福。他看到我就把我赶走了，我谁都不认识，语言不通。陆嘉钰捡到我的时候，我流落在英国的街头。

“我那时候像一条流浪狗。在街上看到陆嘉钰，以为看到了同类。他看起来光鲜靓丽，但比我还惨。尤尤，陆嘉钰他不是好人，但也不坏，他只是……不知道怎么相信别人，也不知道怎么爱别人。”

尤堇薇静了片刻，轻声应：“我知道。”

这一天，尤堇薇从起始站坐到终点站，又打车回起始站，再坐到终点站，直到太阳落幕。

晚上，陶映冉在自家酒店订了位置给尤堇薇过生日，三百六十度的旋转餐厅，能看见洛京最美的夜。

七点整，尤靳虞匆匆赶到。

陶映冉朝他挥手，看少年跑得满头汗的模样，羡慕道：“阿虞，我有时候看到你就希望自己有个弟弟，但看到别人的弟弟，又觉得还是哥哥好。”

尤靳虞拉下校服拉链，看了眼时间：“我姐呢？”

陶映冉：“快到了，这个点正堵车。说起来陆嘉钰居然不来，我就说这男的不行，阿虞，你当时也不劝劝她。”

尤靳虞：“她喜欢就好。”

陶映冉瞧他平静的模样，也不知道像谁，成日里没什么表情，冷冷的不爱说话，看起来酷得不行，但遇到姐姐就变成了乖宝宝。

约莫十分钟，尤堇薇到了。

陶映冉眼看着尤靳虞立即起身，去餐厅门口接她，就这几步路还要替她拎包，这一对高颜值姐弟吸足了眼球。

她叹气：“果然弟弟也要看脸。”

三个人庆祝生日，最简单不过，一桌菜加上一个生日蛋糕，还有两份生日礼物，每年都是这样。

今天却有点不一样。

尤堇薇情绪低落，有些心不在焉，即便她努力掩饰，可这桌上坐的都是最了解她的人，一个都瞒不住。

陶映冉忍不住问：“尤尤，出什么事了？”

尤堇薇发着呆，没听到她的话。

尤靳虞微皱了下眉：“姐，点蜡烛了。”

“啊，我来点。”

尤堇薇倏地回神，被他的声音拉到现实里，不再乱想。

蜡烛点燃，照亮尤堇薇的双眸。

陶映冉笑眯眯地举起手机：“快许愿，一会儿我发个朋友圈，和仙女吃饭点赞总是最高的。”

尤堇薇闭上眼，回想往年的愿望，其实每一年都一样：希望阿虞好好长大，外婆和母亲身体健康。

但今年，她多许了一个愿。

第十章 礼物

陆嘉钰为她准备的零点惊喜准时到来。她的钥匙却已打不开这扇大门。

饭后，三个人找个地方吹风聊天。

尤靳虞知道尤堇薇难以开口对他说感情上的事情，说了句去楼下买东西，便独自离开，把空间留给她们。

“陆嘉钰怎么没来？”陶映冉直接问。

尤堇薇轻吸一口气，缓缓呼出去。

她坐在风里，手指绞着蛋糕盒上的礼物带子，一会儿全绕在手上，一会儿打个蝴蝶结。

半晌，她小声道：“我惹他生气了。”

陶映冉一愣，有点不可思议：“你这个脾气还能惹他生气？这人未免太难搞了吧，今天好歹是你生日。”

尤堇薇绕着带子，轻声说：“我没和他说玉镯的事，他以为我是故意接近他的。其实一开始是这样，如果不是因为镯子，我根本不会靠近他这样的人。”

陶映冉呆住：“那你和他解释了吗？”

尤堇薇摇头：“我联系不到他，不知道他在哪里。我想晚点去他可能会去的地方找他。”

陶映冉说：“你傻不傻，我问陈言深不就行了。”

说着，她噼里啪啦地给他发信息，连环轰炸那种。

不一会儿，她撇撇嘴：“他说他还在医院，帮我去问问。”

尤堇薇垂下眼，想着该怎么和他解释，按照他那个脾气，一定很生气，现在也不知道在哪里。

楼下，酒店大堂。

尤靳虞坐在沙发上，拿着一本《解题分析》，指间灵活地转着一支笔，与这家酒店格格不入。

翻过这一页，堂内忽然起了小小的骚动。

他起先没回头看，不怎么感兴趣，直到听到“陆嘉钰”三个字。

尤靳虞微顿，抬眸朝前台看去，下一秒，他的视线变得冰冷。

陆嘉钰和一个女人站在前台，距离太远，看不清他脸上的表情，只看到前台打了个电话，然后递给他一张卡，两人朝电梯走去。

尤靳虞快速起身，路过某个人时随手摘下他的帽子，低声说了句“马上还你”，随即迅速跟他们进了电梯。

他将自己缩在角落，帽檐压到最低。

此时电梯里只有他们三个人，女人按了二十三层，是住宿的楼层。

尤靳虞快速看了一眼，女人戴着口罩，眉眼熟悉，似乎是某个明星。片刻后，他优越的记忆力给了他答案，是最近风头正盛的女星林思弥。

“你……没事吧？”

林思弥压低声音问。

不怪她这样问，陆嘉钰的状态实在太差了，神色冷淡，一身酒气，显然是宿醉的状态，可今天明明是尤堇薇的生日。

林思弥以为他介意项链的事，便道：“那条项链，我本来想去看我妈的时候还给她，你姑姑临时联系我，所以……”

“行了。”

陆嘉钰不耐烦打断她。

叮的一声响，二十三层到了。

林思弥出去前看了一眼角落里的人，是个清瘦的少年。

尤靳虞给尤堇薇发了条短信：姐，我回学校了。

很快，她回复：我送你。

尤靳虞重新按了一层，下了楼。

他了解尤堇薇，知道她一定会送他回去。陆嘉钰和那个女人在酒店的事，他暂时不想让她知道。

学校外的马路很安静，尤堇薇和尤靳虞慢吞吞地走在人行道上，像小时候那样，尤靳虞始终走在外侧。

“姐，你们吵架了？”他低声问。

尤堇薇喝了点酒，这会儿脸颊发烫，凉风吹过来，她深吸一口气，小声地“嗯”了声：“我做错事了。”

尤靳虞皱眉：“别这么说。”

尤堇薇勾唇一笑，凑近揉揉他的脑袋，温声道：“知道在阿虞心里姐姐最好。我会处理好，你别担心。”

少年低头，默不作声地攥紧了拳。

尤堇薇把尤靳虞送回学校后，去了陆嘉钰曾去过的酒吧，那里气氛暧昧流离，人头攒动，她挤在人群中往四处看，每一个人都不是陆嘉钰，拒绝了想请她喝酒的几个男人之后，她离开了酒吧。

再从他们去过的私人餐馆出来，尤堇薇独自站在夜风里。

直到此时此刻她才发现，这么大的洛京，找一个人这么难。如果陆嘉钰不联系她，她找不到他。

最后，她去了灵犀胡同。

小院大门紧闭，漆黑一片。

尤堇薇在门口静静地站了片刻，从包里拿出钥匙，她的手被这春寒冻得通红，钥匙对准锁孔，滑落几次，终于插了进去。

咔嗒一声响，钥匙卡住，与此同时，她的耳边一声震响。

尤堇薇侧头望去，绚烂的烟花绽放，黑沉沉的天空被点亮，提前安排的无人机飞跃天际，整齐有序的排列出四个大字：

CC 吻我。

这个时刻，他们本应该在亲吻。

尤堇薇安静地看着，湿润的眼底映出这场只为她一个人绽放的盛宴，整个洛京都在为这一瞬驻足。

陆嘉钰为她准备的零点惊喜准时到来，她的钥匙却已打不开这扇大门。

酒店二十三层，陆嘉钰刷房卡径直进入房间，一阵噼里啪啦的响动后，房间内空无一人。

陆嘉钰环视一圈，严肃地说："陆嘉楹，我只说一遍，不出来今晚你就不用出来了。"

房间内的气氛跌至冰点。

片刻后，窗帘动了动。

陆嘉楹小心翼翼地拉开窗帘一角，探头看了眼外面的状况。她除了懊恼，还有害怕，毕竟他哥现在看起来心情很不好。

"哥，你怎么染了这个颜色？和你不太搭。"

陆嘉楹讪笑一声，企图转移话题，随便找了个开头。

哪知道就是这个开头，也不知道说到他哪个点，他居然笑了一下："我疯了，行了吗？"

陆嘉楹瞪大眼，下意识看向林思弥。

林思弥在房间找了一圈，没看见其他人，也说起正经事："嘉楹，你才上初中，现阶段要以学习为主。"

陆嘉楹小声嘀咕：“你把我哥喊来的？”

她知道陆嘉钰不爱和林思弥玩，这两人破天荒地一起出现在酒店，只可能是林思弥去找陆嘉钰了。

林思弥解释：“我一个朋友正好在酒店，看到你和一个男孩子在一起，就告诉我了，我是不放心才联系你哥。”

陆嘉楹说：“你们是不是误会什么了？我就是不想回家，想躲我妈，所以跑酒店来住。他就是送我过来，我们俩啥事儿也没有。”

陆嘉钰本就头痛，听见这两个人叽叽喳喳更是烦，直接道：“你想和你妈开战我管不着，至少找个看得过去的，品位差得我都懒得说。”

陆嘉楹诧异道：“哥，你今天是不是吃火药了？我都解释了，我们俩啥也没有，就是普通的同学关系。他看我一个女孩子走夜路不安全，送我到酒店。怎么，这都不行？”

真相揭开，误会解除。林思弥的脸上闪过一丝尴尬。

“下楼。”

陆嘉钰丢下两个人，头也不回地走了出去。

电梯里只有他们三个人。

陆嘉钰没骨头似的倚在冰冷的电梯墙上，神经突突地跳，宿醉的感觉折磨着他，指尖没入粉色的发揉了揉，有点烦，什么破颜色。

陆嘉楹偷瞄了眼，小声问：“思弥姐，我哥怎么了？”

林思弥只说了一句话：“今天是尤堇薇的生日。”

哦，完全懂了。

和女朋友吵架了，难怪见人就怼。

陆嘉楹极其上道，全程保持极其安静的状态，甚至不需要陆嘉钰送她回家，拉着林思弥就走。

“陆嘉楹。”他喊住她。

陆嘉楹立即转身，对他露出讨好的笑，乖乖地应：“我错了哥，我以后绝对乖乖回家，保证没有下次。”

陆嘉钰站在夜色里看着和他有几分相似的少女，狭长的眼底透着冷意，淡淡地说：“十八岁，我的底线。”

陆嘉楹轻眨了眨眼，抑制着自己想跳起来的冲动，内心已经开始尖叫：啊啊啊啊啊啊啊我哥哥果然最爱我！

“哦，我走了！”

陆嘉楹忍着笑意，飞快跑走了。

林思弥被她拽了一个踉跄，奔跑中她回头看，男人低头点了支烟，烟雾后的面容冷峻而淡漠，这才是最真实的陆嘉钰。他在欢场上的浮浪都是假的，从不过心。

林思弥笑了一下，看向马路对面的某辆车。

她还以为尤堇薇会是特殊的一个，原来也不过如此。

陆嘉钰在风里抽完了一整支烟，手伸进兜里摸了一阵，没找到手机，才想起来昨晚不知道砸哪儿了。

片刻后，他打车去了医院。

和协医院，住院部。

陈言深刚下一台紧急手术，换了衣服一进办公室，就见诊断床上直挺挺地躺着个人，顶着一头亮瞎人眼的粉色头发，险些让他以为哪个不良少年被人揍了躺在这儿。

“快十二点了，到我这儿来干什么？”陈言深戴上放在桌上的眼镜。

陆嘉钰闭着眼，情绪最猛烈的那一阵已经过去，身体上的疲惫让他不想动，不想说话。半晌，他道：“给我买个手机。”

陈言深问：“什么颜色？”

“随便。”

陈言深沉默片刻，看了眼他的发色，给他下单最新款的粉色，买完回到座位整理病历，就当办公室没有这个人。

陆嘉钰躺了半天，冷漠的男人视他为无物。

他渐渐放松身体，任由身体反应将他带入睡梦中。

陈言深写完最后一句，抬头时已近凌晨。

时间显示23：50，他盖上笔帽，起身脱下白大褂，正准备喊陆嘉钰，窗外骤然发出闷响。

他侧头去看，窗外在放烟火。

烟火还未散场，夜空出现闪烁的光点，是无人机在拼凑着字体。稍许，空中出现了那四个张狂又自负的字：

CC吻我。

陈言深微顿，风格很像某个人。

他看向诊断床，发现刚刚睡着的男人不知什么时候坐了起来，视线直直地看着窗外，盯着夜空中的那行字。

陆嘉钰自嘲一笑，原本他该等着她踮脚亲过来，享受美人一吻，现在却躺在这张破床上，动一下就得摔下去。

“组个局打牌。”

他丢下句话，去洗手池洗了把脸，冷水扑上脸颊，哗哗的水流俯冲下来，水滴四溅，泛红的双眼盯着水流冲进管道。

陈言深说：“晚上有人问我你在哪里。”

陆嘉钰抹了抹脸，甩开脸上的水滴，随口问：“林思弥？为了家里那小祖宗的事，她和她妈闹矛盾，又跑出去了。”

这件事陈言深听人说了，说林思弥问了一圈，好久才找到陆嘉钰在哪。

“不是她。”陈言深看着陆嘉钰。

陆嘉钰没什么情绪的面容有了些许变化，半晌，他懒懒地笑了下：“走吧，晚上我心情好，出去散散财。”

陈言深终是没问，开车带他去了牌局。

这一晚，陆嘉钰手气极差，一把都没赢过，钱包又是大出血。

期间，左柏问他借车。

陆嘉钰缓缓吐出烟圈，瞥他一眼：“车库里的车随便选。”

左柏道：“行，那就浅紫色那辆车吧。我女朋友馋好久了，非要坐。这辆车借我开几天就还你，哥，我什么时候去取车？”

陆嘉钰一顿，咬着烟半晌没有说话，左柏正犹豫着是不是要换一辆的时候，他随手丢了张牌出去：“明天下午，去城西别墅提车。”

陈言深陪他们打了几局就进了休息室，睡了几个小时，起来一看，陆嘉钰还在那儿造作，他直接带着人走了，疯了一晚上也该疯够了。

“手机、卡和数据换好了。”陈言深把粉色的手机丢给陆嘉钰，“送你回哪儿？去胡同还是回别墅？”

陆嘉钰一脸嫌弃地捏着手机：“回胡同。”

陈言深开车时不爱说话，这一路两个大男人相顾无言。陆嘉钰一天一夜没看手机，消息都被填满了，他一条都不想看。

洛京已入春，马路两旁的花都开了。

陆嘉钰耷拉着眼瞧了一会儿，她最爱这些没用的东西。打开微信，点开尤堇薇的对话框。

7：40

女朋友：**我等在胡同口。**

女朋友：**今天看起来阳光很好，我让小迷拿你的被子晒一晒，虽然你也不爱盖。**

8：30

女朋友：**陆嘉钰，你好慢。**

女朋友：**卖早饭的老爷爷都收摊啦。**

接下来她没再发，打了他的电话关机后应该去了胡同，再给他发信息已是 10 点。

10：17

女朋友：**我们见面说，好吗？**

之后她没再发消息，也没再打电话。

陆嘉钰没删好友，没改备注，没换背景，随手设置了免打扰，闭目养神，等着被送回家。

“阿钰，车送出去能要回来，人丢了就找不回来了。”

陈言深静了一路，只在他下车时说了这么一句话。

陆嘉钰就当没听见，反手关上车门，随意摆了摆手，自顾自地朝胡同口走去，步伐随心所欲，有时快有时慢，背影依旧潇洒肆意，仿佛还是那个无所顾忌的陆嘉钰。

到了“花间”，门被拍得震天响。

里头喊了声来了，刘轶匆忙打开门，一脸心虚地看着陆嘉钰：“哥，昨天的事……”

“困了。”

陆嘉钰不想提，和他擦肩而过。

刘轶欲言又止，想叫住他但又碍于小迷冷冰冰的视线，把嘴里的话咽了下来。等人进了屋，他仰头看蹲在屋顶上的少年，问：“事后他不会找我算账吧？”

“不知道。”

小迷灵活地跳下屋顶，跑酷去了。

陆嘉钰洗完澡，看着镜子里的男人，粉发软塌塌耷在额间，神色颓靡，眼下青黑，一副纵欲过度的狗模样。

“啧，真丑。”

他将湿润的头发拨至脑后，露出整张面容，随便扯了条浴巾到里屋找衣服。

里屋视线昏暗，陆嘉钰就近从衣柜里拿了件白色 T 恤，兜头套下，领口湿了大半，一抬眼瞥见角落里垂斜的花束。

这是屋子里唯一的颜色。

陆嘉钰淡淡地移开视线，想着去外头躺椅上睡，才迈出一步，余光瞥见床上隆起的一小团，倏地顿住。

陆嘉钰压着脾气，几步走到床边，指尖停在被沿处——她睡着了，睡颜纯净无辜，蜷缩着身体，侧脸贴在他的枕头上。

他停了两秒，一把掀开被子，力道之大，带起一股冷风。

春日里睡裙单薄，离开了热源，她动了动，又把自己抱紧了点，另一手摸索着去找被子，然而摸了半天没找到，眉心浅浅地蹙起来，终于舍得睁开眼，睡眼惺忪地去床下摸被子。

“尤堇薇，你这是非法入侵他人住宅。”

他随手把被子往地上一丢，冷淡地开口。

尤堇薇后知后觉抬头看他，揉了揉眼，朦胧的睡意退却，她静静看着他，眼圈忽然一点点红了。

许久，她小声说：“你回来了。”

陆嘉钰一愣，就说了这么一句话，连脾气都没发，这人就先红了眼睛，他内心的烦躁更甚。

他上前一步，屈膝压在床沿，倾身逼近，抬手捏住她的下巴，抬起这张无辜的脸，对上她的视线，盯着看了半晌：“你玩我呢？”

尤堇薇却一点也不怕他，藕似的小臂熟练地往他的脖子上一缠，埋头到他颈窝里，轻声道：“只要你问我，我什么都会说。”

陆嘉钰闭了闭眼，她就这样依偎在他的怀里，柔软、香甜，像每一个和她同睡的夜晚。

他克制着自己别抱上去，习惯太要命了。

“当初为什么去邺陵？”

他扯开脖子上的手臂，垂眸看着她的眼睛。

尤堇薇有点冷，看了看周围，从床尾找出一件他的白衬衫，自顾自地往身上穿。

陆嘉钰眉心一跳。

好好说着话，这是干什么？

勾引他？

她慢吞吞地把自己裹严实了，应道："这本来是同事的工作，她不想去，问我愿不愿意去，我四年没回去，想回去看看。原本还犹豫，但想到你会去邺陵，想去碰碰运气。"

陆嘉钰："你要什么？"

尤堇薇抿了抿唇，提起这件事她觉得有点丢人："外婆早年间丢了一只镯子，我找到了很久才有了下落，冉冉说在一个文身店的老板手里，镯子只给女朋友，她当时留给我的信息太少，我自己去找了三家，觉得另外两家都不是，只有你。"

这是什么意思，他可从来没有什么镯子。片刻后，他忽然反应过来，脸顿时黑了："你找错人了？"

"在邺陵我就知道了。"

尤堇薇低下头，不让他看郁闷的脸，小声道："在你陪我去花市、送我玫瑰那天知道的，和你在一起不是因为镯子。"

陆嘉钰神经突突地跳，不等说话又听她说："之前你问我去哪儿，我说去铃铛胡同找人，找的就是那个人。"

尤堇薇说完，小心翼翼地抬头看他："可以抱了吗？"

陆嘉钰的神色晦涩不明，沉默片刻，转身往外走："你先回去，晚上下班我去接你。"

他这会儿思绪混乱，看见她就没办法理智思考，只能先把人哄走，静下来想这件事，但大概率她说的是真的。冷静下来，仔细回忆想在邺陵的那些日子，主动的是他，他们间的节奏都由他来把控，不由她做主。

尤堇薇闻言，轻舒了口气，听起来他应该不生气了。

她迅速起床，准备去上班。

临走前，尤堇薇看向躺椅上的男人。

陆嘉钰闭着眼，薄毯遮住晨光，他迟迟没听到离去的脚步声，等了片刻，正想去看，那脚步声却离他越来越近，她停在躺椅边，很安静，只有轻缓的呼吸声。

她想干什么？

他能感觉静谧无声的视线落下来，像是雪花，又像落花，很轻很轻。

她俯下身来，在他的湿发上亲了亲，轻声说："谢谢你的礼物。"

陆嘉钰紧绷着，忍到情绪沸腾，想把她拽回来，想亲她，想咬她，想把这两天的郁气和苦闷都让她知道。想告诉她，谁都可以背叛他，只有她不行，想说他变成了胆小鬼，连问都不敢问，只怕是真的。

可是他没有。

时间仿佛静止，屋里只剩滴答的秒针。

许久，他睁开眼，忽然起身往外跑去，吓得院子里的刘轶一个激灵，大喊道："哥，鞋！你穿上鞋！"

陆嘉钰沿着狭窄的胡同一路跑，急促的心跳声鼓震耳膜，他往前望去，空荡荡的一条路，哪里都没有她的身影。

两边灰白的墙体黯淡而冰冷。

它们立在原地，沉默地注视着这个像是刚从水里捞出来的男人，不会告诉他谁会从这里经过，几时几刻在这里徘徊。

跑出胡同口，他喘了口气，径直进了地铁站，无视来往行人异样的眼神，在人群里找寻她的影子，最后被拦在安检口。

她离开了。

下午，"花儿作"工作室。

尤堇薇的盆栽已经初具雏形，垂落的紫藤花有着最天然的颜色，由浅至深，别致精妙的花束引来众人围观。趁着她们围在一起讨论，她下楼买了杯咖啡。买完咖啡，坐在室外回复今天的信息，多是生日祝福，她挨个回了"谢谢"，往下翻了翻，翻到一条大学导师发来的信息。

导师问她这两天有没有时间，想请她帮个忙。

尤堇薇回了个电话。

两人寒暄了几句，导师说："我朋友的一个学生，来问我西南地区一个小村落的民俗，我记得你当时写过相关论文，还专门去当地采过风，他问你方不方便见个面。"

尤堇薇没多想，直接应下了，时间约在明天下午6点，就在这个咖啡厅。

她喝完咖啡，给陆嘉钰发了条短信便上楼工作去了，想着他会不会还没起床，也不知道几点来接她。

近六点，工作室陆续开始下班。

尤堇薇专注画着图案，想着陆嘉钰来还有一会儿，刚这么想，工作室内忽然起了骚动。

小姑娘们凑在窗边往下看，几个上了年纪的阿姨也凑热闹，说底下停了辆很骚的车，车上下来个大帅哥。

尤堇薇一顿，探头往下瞧，果然是那辆浅紫色的车。她匆匆整理好，准备下楼，刚到电梯口，电梯门停在这一层。

叮的一声响，门打开。

尤堇薇稍怔，电梯里就两个男人——陆嘉钰戴着副墨镜，懒懒地靠在墙上，双手插兜，正漫不经心地听人说话，看起来拽得不行。另一个也是熟人。

林斯昀神色淡淡："项目一周内会有进展，当时你答应……"

对上尤堇薇讶异的视线，他顿了顿，继续道："你答应我的事，希望你说到做到。"

陆嘉钰注意到这一秒的停顿，见他视线落在尤堇薇的身上，微眯了眯眼，朝门外的女人伸手："过来。"

尤堇薇对林斯昀点点头，和他擦肩进了电梯，才靠近陆嘉钰，他一把搂了上来，将她带到身边，懒声道："有进展了再说。"

林斯昀敛眸，出了电梯。

电梯门在他身后合上，他站在原地，想起在郧陵看到的那个男人，原来是陆嘉钰。

电梯里，尤堇薇瞧了眼陆嘉钰，小声问："不生气了？"

陆嘉钰顿了顿，收紧搂着她腰肢的手，低声道："今晚陪你补过生日。"

尤堇薇眨眨眼："昨天吃过蛋糕了，阿虞和冉冉陪我过的。"

"那是他们的，不算我的。"陆嘉钰牵着人出了电梯，思绪滞了一瞬，不自然地问，"我给你拿包？"

尤堇薇一呆，他没睡醒吗？可惜他戴着墨镜，看不清神情。

见她杏眸里的呆愣藏都藏不住，陆嘉钰捂住她的眼睛，直接抢过她手里的包，开门把人往副驾驶座位一塞，飞快关上门，生怕别人看不出他的不对劲。

尤堇薇眨眨眼，又眨眨眼，看向车窗外。

他是第一次做这样的事，拎着包放哪只手都不习惯，从左手换到右手，低头看看，又从右手换到左手。这么换了一阵，觉出自己的傻来，干脆往后座一塞，上车的时候还在装酷。

“给你换个包，这个不好看。”

陆嘉钰尽量让自己语气自然，像往常一样启动车。

尤堇薇忍着笑意，移开脸对着窗，忍了一会儿还是没忍住，笑道：“谢谢男朋友。”

洛京沿海，四周岛屿散落海面，在夕阳下像一颗颗泛着光泽的珍珠。

尤堇薇来这里四年，还是第一次登上游轮。

这一整船都是陆嘉钰的朋友，被邀请来为她过生日，有她见过的，但更多的还是没见过的，女孩子不多，多是他们带的女伴。

陆嘉钰陪她在甲板处看晚霞。

她倚在栏杆上看了一会波光粼粼的海面，侧头看陆嘉钰，他似乎到哪儿都喜欢躺椅，这会儿端着杯香槟，慢悠悠地叉一块蛋糕喂给她。

“吃那么多蛋糕，会胖的。”尤堇薇嘀咕了句，张唇一口吃了小蛋糕。

陆嘉钰瞥了眼她那没几两肉的脸，顺手捏了两把，随口道：“胖点儿更可爱，抱着舒服。”

尤堇薇嚼着蛋糕，回头看了眼热闹的船舱：“你不去玩吗？”

陆嘉钰轻“啧”一声，戴上墨镜，指尖勾着墨镜角，往她的脸上一戴，宽大的墨镜遮住大半张脸，看不见那双水润的眼睛，只留点下巴。他好整以暇地瞧了一会儿，现在能下得了口训人了，免得他一见她那双无辜的眼睛就心软。

他伸手轻弹她的额头：“你过生日，我把你丢这儿？他们玩他们的，我陪你。”

尤堇薇藏在镜片后的眸子认真地看着陆嘉钰，他还是之前的模样，带着笑意看她，只不过昨天后，他的眼里多了点不一样的东西，状态也变得不一样，会问她要不要帮她拿包，会避开那些热闹的人群，单独陪她坐在这里。

她抿唇笑：“没关系，你去玩吧，我和外婆说说话。”

陆嘉钰轻“哼”一声，懒得搭理她的话，闭眼往椅子上一躺，吹起海风来，免得再被人赶走。

游轮只在近海，船上有信号。昨天尤堇薇情绪不好，怕被听出来，便让阿虞和外婆说了声他们在外面过生日，这会儿才和外婆打电话。

陆嘉钰没故意听，但她的声音顺着海风飘下来，一句句软得不像话，比和他说话的时候还好听，他听着有点不爽。

“嗯，昨天和朋友一起过生日。”

“买了新衣服，吃了蛋糕，还许了愿。”

“开心的，很开心。”

她轻声说着，低下了头，侧脸安静，指尖无意识地划着甲板，显然口不对心。

陆嘉钰睁开眼，入眼是焰焰如火的天，云层不均匀地铺展开，燃烧的晚霞映衬着她娇艳的面容。

不知道从什么开始，他听不得她用这种语气说话，见不得她一个人孤零零地待着，不想让她受一点儿委屈。

可昨天让她的生日变成那样的，偏偏是他。

陆嘉钰耐心听着，听她说完，低声喊：“簇簇。”

尤堇薇“嗯”了声，倾身拿了颗草莓吃，顺便凑过去听他说话，可他没说话，只是牵过她的手。

“怎么了？”她问。

陆嘉钰将她的掌心摊开，握着这小小的手，拇指在她的掌心摩挲片刻，拿出冰凉的玉镯。

他说：“我……”

他想道歉，可喉间干涩，反复几次，怎么都说不出口。

尤堇薇出神地看着陆嘉钰，看他略微紧绷的神情，看他那双如冷夜的眼睛安静地注视着她，听他用生硬的语气开口，似乎想和她道歉。

她从未想过陆嘉钰会道歉。

半晌，陆嘉钰松开手，掩饰般地起身：“我去里面看一眼。”

尤堇薇留在原地，垂眼看手掌心的镯子，绿色的玉镯，带着一块特殊的斑纹，是她一直在找的镯子，他把它找回来了。

晚宴丰盛，尤堇薇喝了不少酒，陆嘉钰没拦着她，自己倒是滴酒未沾，只是她走到哪里他跟到哪里，惹得被人笑了好几句，他也不介意，最后把人抱回房拆礼物去了。

“陆嘉钰，船好晃啊。”

尤堇薇被颠得难受，觉得自己要晕船了。

陆嘉钰仔细感受了下这四平八稳的船，今天天气预报说风力极小，浪高不过两三米，怎么想都不至于晃。

他瞧了眼这小醉猫说：“你喝醉了。”

尤堇薇不舒服，还有点困，窝在他的怀里不说话，还不停催他，一会儿用脑袋蹭他的脖子，一会儿用手揪他的耳朵，甚至贴过去用牙齿咬他，咬了肩膀还想咬脖子，最后一口咬在喉结上。

硬的，不舒服，还会动，是个怪物。

陆嘉钰眉心一跳，心头火起，压着脾气训人：“你别以为喝醉了我拿你没办法。”

尤堇薇小声抱怨：“你好慢。陆嘉钰，你为什么不长翅膀，我不要没有翅膀的男朋友。”

她一边说着，还用小手去他背后乱摸，企图从他的肩胛骨里摸出翅膀来。

陆嘉钰见她胡乱拱来拱去，闹得他差点抱不住人，忍不住想凶她几句，但想到昨天的事，到底忍了，心说再忍她一晚上。

到了房间，陆嘉钰把人往床上一丢，微抬起头，单手解开领口的扣子，轻舒了口气，见她自己拱着去找枕头便没管，去浴室冲了个冷水澡。

再出来时，小醉猫睡着了，一地的礼物无人问津。

陆嘉钰懒得吹头，随便用毛巾擦了两下，再随手一丢，跷着腿在沙发上坐下，看她睡着的样子。

今天早上，Mint 说了郢陵的事，他睡醒后去了趟铃铛胡同，现在很少有用钱摆不平的事，但这次他不想用钱，就那种流氓也敢对尤堇薇说那样的话。最后，这个镯子还是到了他手里。

陆嘉钰想这短短的两个月。

他并不擅长对一个人好，目前为止所做的那些，其实并不需要他费太多的心思，玫瑰、梳妆台、小火车、烟火、无人机，这些有钱就能办到，只需要一句话。

她也傻，那么容易满足。

Mint 告诉他，尤堇薇一整天都在那辆小火车上，从早到晚，从白天到黑夜，从城西到城南，晚上独自一人去他曾去过的地方找他，没能找到他，最后再孤身回到胡同里。

陆嘉钰以前没想过，没想过他们去的地方只有寥寥几个，没想过她对他的社交圈完全陌生，没想过她连找都找不到他。别人能找到他，他的簇簇却找不到，这太可笑了。

他凝视她片刻，转而去阳台抽了根烟。

咸湿的海风融入茫茫夜色里，海面偶尔有渔船经过，带出一串闪亮的波光。烟吸了两口，想到一会儿要抱她，他顿了顿，掐了随手丢进烟灰缸里。

尤堇薇是被热醒的，整个人被禁锢住动弹不得，伸手推了推，没推动，酒意还未消散，她不满地挣扎，小声嘟哝："热。"

陆嘉钰被闹醒，坐起身瞧着怀里的祖宗，热得小脸发红，还不舍得睁开眼，心想也就喝醉了会闹闹脾气，清醒时只会卖乖。

"张嘴。"他拿了水喂她。

尤堇薇听着低低哑哑的男声说张嘴，立即捂住自己的嘴，眉心浅蹙，含糊道："不亲。"

"不亲，喝水。"

陆嘉钰从来不知道自己有那么好的耐心，他压着脾气把杯子贴在她的唇边，她试探着张了张唇，见喝到的真是水才凑过来多喝了两口，生怕上当受骗，等喝完，小腿一伸，把被子一踢，闭上眼继续睡。

半晌，陆嘉钰认命地调低空调温度，再把被子扯回来，关了灯，小臂懒散地搭上她的腰，怀里的人似是不愿意又挣扎着动了两下，他被蹭得眉心直跳，忍无可忍，狠狠地咬了口她的耳尖。

"再动别睡了。"

说着，他的唇往下，舌尖舔舐过发烫的肌肤。

她在睡梦中似有所觉，敏锐地察觉到外界的威胁，立即老实往他的怀里一缩，不动了。

陆嘉钰停下来，哼笑："欺软怕硬。"

小醉鬼安分了没一会儿，又拱着动来动去，手也不安分地往他的睫毛上拨，直把人闹得没半点脾气。

"不困了？"他叹气。

"你是谁啊，为什么抱着我？"她一本正经地问。

得，比刚才还醉，以后不给她酒喝。

他正想说话，念头一转，低声问："昨天晚上，陆嘉钰是不是让你难过了？"

她没说话，只有呼吸声一起一伏。

等了片刻没动静，想也是，醉鬼怎么会还会记得这些事，连他都没认出来。正想哄她睡，她忽然说话了。

"我找了他好久。"她茫然道。

陆嘉钰闭了闭眼，哑声道："以后不会再让你找。是他做错了，他……他会改的。"

"可是夏天快到了。"

她的嗓音很轻，轻得像羽毛一样。

陆嘉钰没听清，想再问，她却已沉沉睡去，轻细的呼吸落在耳侧，让他平静下来，让他觉得这世间仍有温度。

他收紧手，用力抱她。

"我会改的。"

隔天早上，游轮靠岸。

尤堇薇醒来先是发了一会儿呆，看了眼睡着的陆嘉钰，小心翼翼地扯开他的手，溜去浴室洗了个澡，然后溜出去吃早饭。

狂欢刚结束，此时餐厅里空无一人。

尤堇薇坐在角落里，郁闷地戳着盘子里的早餐，她喝醉总是做一些丢人的事，怎么会这样呢。

正纠结要不要装不记得，边上忽然站了个人。

她抬头，男人看起来很眼熟，那晚他们一块儿打过牌。

"早上好。"她不知道他的名字。

左柏瞧了她一会儿，似在打量她究竟有什么不同，能让陆嘉钰这么着迷。好一会儿，他忽然道："昨天陆嘉钰出尔反尔了。"

尤堇薇一顿，又输钱了？

左柏："我要他借那辆紫色的车给我开几天，他听了有一会儿没说话，我以为怎么呢，后来他说好，可下午怎么着，他又后悔了。"

他叹道："我们哥几个头一回见他这样，他脾气虽然差，但说出口的话很少有收回去的，这是头一回。"

说完就走了。

尤堇薇安静地吃完了早餐。

回房时陆嘉钰还睡着，她今天还有工作，在床头留了张纸条便离开了，临走前看了眼地上堆满的礼物，什么都没拿。

这些是给陆嘉钰看的，不是给她的。

下午五点五十，尤堇薇提前到了楼下的咖啡厅，一边等人一边应付陆嘉钰，他对她早上一个人离开很不满，最后说礼物都让人送回了城北，回家就能见着。

找我：晚上一块儿吃饭？

找我：然后再去看电影，说小姑娘都喜欢看。

cc：晚上有点事，明天吧。

找我：行。

找我：晚上睡你那儿。

尤堇薇回复完最后一句，点开和导师的对话框。导师推送了对方的名片给她，她诧异地发现，她有他的好友。

"又见面了，尤小姐。"清冷的男声响起，他直接在对面坐下。

林斯昀招呼服务员过来，将菜单递给她，轻声问："想吃点什么？如果方便，我想请你吃个饭。"

尤堇薇微怔，又是他。

林斯昀看到她眼中的诧异，解释道："我去学校问香子部落的事，看到推送的名片才知道是你。"

香子部落是尤堇薇一年前去过的小山村。

这个部落与世隔绝，很少有人知道。

全世界有那么多人，偏偏是林斯昀。

尤堇薇轻声道："这是我们第四次见面了，你点吧。"

林斯昀点了两份招牌糕点和咖啡，没告诉她这是他们第五次见面，不知不觉，他们已有了那么多交集。

"你……"他有一瞬的停顿，似是不知道怎么开口。

林斯昀思索片刻，跳过了这个开头，直接道："我在向陆嘉钰争取一个项目，条件是半个月之内解决一件事……”他大致说了项目的事，“那户人家不肯搬走，提高价格没用，换房子没用，方法都用尽了。前几天我无意间了解到他们的祖先是香子部落的人，不知道会不会有关联，所以去洛京大学找了教授。”

尤堇薇想了想：“地方在哪里？方便过去看看吗？”

林斯昀当即起身：“现在就走。”

尤堇薇还没反应过来，他已经让人打包了咖啡和蛋糕，她见他着急，配合地起身往外走。

车里，两个人安静地没说话。

尤堇薇以为这样的安静会持续到下车，林斯昀却忽然说：“这个月的寿礼我会换掉，那盆紫藤花束作为我的私人收藏。”

她不明所以。

林斯昀顿了顿：“这份礼物是林思弥托我找你做的，原本我想不通为什么，直到昨天，我遇见你和陆嘉钰。”

“为什么告诉我？”

尤堇薇困惑他为什么告诉她，明明他们是表兄妹，而她和他不过点头之交，像是在讨好她。

林斯昀没过多掩饰，直接道：“这个项目对我和林家都很重要，我不希望因为一些无关紧要的事出意外。”

原来喜欢陆嘉钰是无关紧要的小事。

尤堇薇一时间不知道怎么接话，只点了点头。

陆嘉钰有点烦，正组着局，陆正明一个电话过来，非要他亲自带人去慰问那户人家，再做做思想工作，他原本就因为尤堇薇不搭理他不高兴，这会儿更烦了。

前座，助理说：“陆总，听说林斯昀那里有了进展，如果他真解决了这件事，我们真要分林氏一杯羹？”

陆嘉钰跷着腿，漫不经心地应：“他解决不了，况且我当时说的是和他合作，不是和林氏。”

助理心想：这不是骗人吗？但他不敢说。

正说着话，到地方了。

助理眼尖，看到了熟悉的车牌号，果然是林斯昀常开的那辆车，他下意识说："林斯昀也来了。"

陆嘉钰轻挑了挑眉，抬眼看去，视线忽然顿住。

他眼睁睁地看着林斯昀打开副驾驶座位那边的车门，车里下来的是早上还跟他在一起女人，她还和他说话，对他笑。

助理提醒他："陆总，该下车了。"

陆嘉钰的目光久久定在某处，半晌，语调不温不火地问："你说下次我染个绿色怎么样？"

助理一呆，迟疑地问："什么绿？"

陆嘉钰用力打开车门，轻哼："最鲜艳的那种绿。"

林斯昀绅士地抬手护着尤堇薇下车，以免她撞到头，尤堇薇礼貌地笑了一下，道了声谢。

林斯昀关上车门，看向这片区域唯一的住宅。他淡声道："这里就是他们的房子。"

尤堇薇遥望这片住宅区，这里已变成了空地，唯有一栋二层住宅鹤立鸡群，极其显眼。

此时，这户人家大门紧闭。

从外观看能看出是栋老房子，颜色褪却，墙皮脱落。门前挂着一把干枯的草，看不清是什么。

尤堇薇走近几步，刚想凑过去闻闻味道，手臂忽然自后被人拉住，她下意识地挣扎，却在对上来人的眼睛时呆住。

"你怎么来了？"

她莫名生出一股心虚。

陆嘉钰瞥了眼门上那把草，把人扯到自己身后，轻嗤："什么都凑过去闻？晚上睡觉的时候……"

尤堇薇头皮发麻，立即捂住他的嘴，当着那么多人的面，他又在胡说什么。

陆嘉钰看她微有些羞赧的神色，把剩下的话都咽了下去，转而看向林斯昀，讥讽道："这就是你想出来的办法？"

林斯昀神色淡定："她是这方面的专家。"

陆嘉钰看向尤堇薇，她小声和他说了这件事的经过，保证自己是刚刚才知道对方是林斯昀。

“非要闻？”

陆嘉钰嫌弃地看着那把草。

尤堇薇贴近轻嗅了嗅：“是香蒿，气味已经很淡了。香子部落的人通常用来祭祀、消炎驱虫。”

林斯昀说：“我之前看过相关论文，说香子部落在村落里种植香草，用古法制香，以此为生。”

尤堇薇说：“去之前我曾以为他们村落崇敬味道，后来深入调研才知道他们崇敬的是土地的力量。除了种植香草，村落里还有少量的农作物和牲畜，他们不用任何化学肥料，村子里几乎见不到电池、塑料之类的现代化物品，和现代化生活相去甚远。”

两人旁若无人地交谈起来，神情认真，助理和几个高层都凝神听着，唯有陆嘉钰看看这个，看看那个，耐心在逐渐告罄。

“说完没？”他冷不丁插了一句。

林斯昀微顿问：“他们为什么不肯搬？”

终于问到了重点，助理大着胆子拉住陆嘉钰，用眼神示意他再忍忍，听完再发脾气也不迟。

陆嘉钰淡淡地看他一眼。

助理顿时感觉自己的脖子凉飕飕的，立即缩回了手。

尤堇薇有些苦恼：“他们对从小生长的土地有特殊情感，如果他们从出生就住在这里，不会轻易搬家，因为这是违反部落守则的。如果真的迫不得已，需要去部落里请长老举办一场仪式，再带走一部分土壤，或许可以试试，但不一定会成功。”

话音落下，众人都松了口气，总归是有办法。

林斯昀看着她，认真道：“谢谢。”

他冷淡的语气中第一次有了人情味，听得周围几个人都有点不自在，原来这人也是有情感的。

陆嘉钰倚在边上，懒声问：“说完了？陪我去吃饭。”

助理一惊，忙道：“陆总，今天说好一起……陆总！”话还没说完，陆嘉钰已经牵着人走了。

他叹了口气，和几个高层面面相觑。

谁敢拦呢？得了，就他们去吧。

林斯昀看着陆嘉钰拽着尤堇薇朝车边走，他长得高，步子迈得大，她需要连走带跑才能跟上。

他不着痕迹地蹙了眉，太粗鲁了。

车里，尤堇薇悄悄看了眼陆嘉钰。

他神色淡淡，虚握着方向盘，神情和动作都看不出异样来，可她总觉得这个人又在暗自生气。

她想了想："我们去吃什么？"

陆嘉钰瞧着她小心翼翼的模样，开始算账："那点事发个短信就行了，和他过来干什么？"

尤堇薇如实道："我没在大城市见过香子部落的人，有点好奇，本来想去看看，但是……"

还能但是什么，不就是被他带走了吗？

他转了个弯，随口道："送你回家，晚上约了人谈点事，谈完再过去，太晚就先睡。"

尤堇薇知道这句话是唬人的，他本就是去慰问那户人家的，之前还约她一块儿吃饭，哪会再约人谈事。

她乖觉道："知道了。"

到城北时天已暗了。

尤堇薇下了车，朝他挥挥手，见他开车走了才摸去胡同里的一家小面馆吃晚饭。

陆嘉钰送尤堇薇回家后，没去别的地方，回了趟灵犀胡同，到的时候小迷和刘轶正凑在一起吃饭。

刘轶见他回来，随口问："哥，吃了没？"

陆嘉钰说了句没，扯了把椅子凑合着坐下，再踢踢刘轶的椅子，他立即起身拿碗筷去了。

小迷说："你这样是找不到女朋友的。"

陆嘉钰答道："老子有女朋友。"

小迷没应声，心说你再作几次，早晚会被人甩了，迟早都没有女朋友，傻子都知道的事。

刘轶盛了饭回来，继续埋头干饭，正吃得投入，忽然听陆嘉钰问了句："锁哪儿换的，再换回来。"

简简单单的一句话，说完就没动静了。

刘轶茫然地抬头，看了陆嘉钰一眼，他正慢条斯理地吃着饭，这儿尝一口那儿尝一口，还时不时点评两句，就跟没说过这句话似的。

他幻听了？

小迷递了个眼神给她。

刘轶恍然道：“行，明天我就找人来换。”

陆嘉钰说：“现在就找。”

这不是存心给人找不痛快吗，但碰上个祖宗，能有什么办法。

他幽幽地叹了口气，开始找人。

换锁师傅不乐意大晚上地出来跑活，好说歹说，磨破了嘴皮子才把人喊出来，还得再给人备点啤酒和花生米。

陆嘉钰蹭完了饭也不走，拿把椅子往院里一坐，跟个大爷似的在那儿玩手机，也不知道他想干什么。

刘轶戳戳边上的小少年，纳闷道：“这也没到乘凉的天啊，他在那儿干什么呢？”

小迷打字：他有病。

刘轶煞有其事地点头，说得有道理。

第十一章 温柔

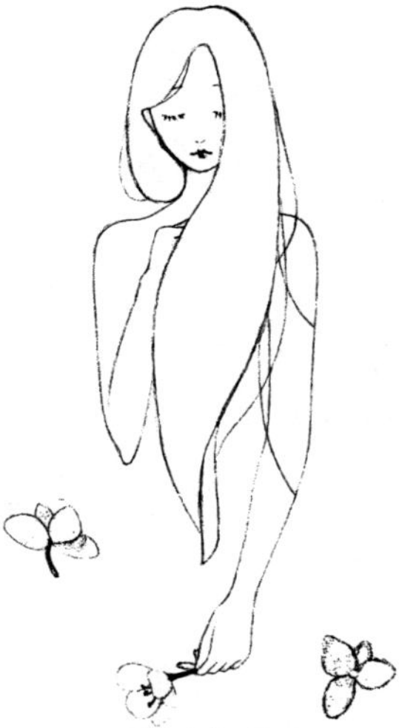

他以为她做的会是安静、优雅的花束，没想到是这样的，热烈、不顾一切，用尽全部的生机生长着，像生命在奔跑。

陆嘉钰懒得说话，长腿往脚凳上一搁，视线落在屏幕上，他在看尤堇薇的朋友圈，以前只是粗略瞄了眼，这会儿才仔细看。

朋友圈没限制可见时间，他一条条点开看。

她发得不频繁，连工作都很少提及，一个月最多两条——偶尔是洛京的天，路边的小狗，或是哪天喝到了好喝的奶茶，这样的频率到了一月和二月却发生了变化。

那两个月，洛京多雪。

雪天她总是很兴奋，拍雪，拍树枝，拍雪人，拍随处可见的街景，像小孩一样幼稚。

一年中，只有一天她会发相同的朋友圈。

每一年的大年三十，她会发一个小蛋糕。

陆嘉钰轻“哼”一声，那天是尤靳虞的生日，尤堇薇还把他的生日设成手机密码了。

他翻着翻着，忽然觉得不爽，就没有一条朋友圈是关于他的，这正常吗？这显然不正常，哪有女孩子恋爱从不发男朋友。

“刘轶，问个事。”他严肃地喊。

刘轶被吓得一个激灵，咽了咽口水，磕磕巴巴地问：“问、问吧？什么事啊？”

陆嘉钰：“谈过几个女朋友？”

刘轶仔细地想了想，说：“有三个，最后一个大学毕业那会儿分手的，两人未来规划不到一起。”

陆嘉钰：“你女朋友会把你往朋友圈里发吗？”

刘轶：“当然了，不但自己发，还让我发，朋友圈背景也得换成合照，有的还换情侣头像。不过也有不发的吧？我以前宿舍的兄弟就有那样的。”

“然后呢？”

“啊？”

刘轶又一脸茫然。

陆嘉钰不耐烦地问：“你那不发的兄弟，和他女朋友现在怎么样了？”

刘轶“哦”了声：“早分手了。”

“你别说话了。”

刘轶委委屈屈地“哦”了声，等着换锁师傅来了，连忙拿着啤酒和花生和师傅聊天去了，不在这儿受气。

小迷在边上笑了一阵，往陆嘉钰边上一蹲："你自己也不发，偏要尤尤发干什么？"

说完，溜走了。

陆嘉钰气得想砸东西都没来得及，这小不点越来越烦人了，回了洛京半点忙帮不上不说，还专门气他，成天气他，烦死了。

陆嘉钰烦了一阵，手机连番振动，群里有人问他，月底去不去林家老太太的寿诞。

这老太太可大有来头，年轻时帮过不少人，广结善缘，谁遇上了都得乖乖上去打个招呼，这也是林家虽然没落但不至于太惨的重要原因。

他回复：不去。

这些宴会最无聊，比应酬还无聊。

陆嘉钰回复完，把手机一丢，支着脑袋盯着人换锁，心里想着晚上就去问问她为什么不发朋友圈。

换锁师傅没见过这样的，刚换了没两天，又要换回去，这不是脑子不好是什么，念念叨叨地和小伙聊了一阵，这才知道原来是家里有个病人，之前发病闹着要换锁，不换就砸东西。

师傅听着，忍不住同情地看了陆嘉钰一眼。

好好的一个俊小伙，非要染个稀奇古怪的颜色，这眼神也凶得像是要咬人，原来是病了。他对刘轶说："这可苦了你。"

刘轶丢颗花生进嘴里，忍着笑："可不是吗？"

陆嘉钰亲眼盯着人换了锁，开门关门试了几次，确保换成了以前的锁才离开，一句话都没留下，风一样地来，风一样地走。

刘轶纳闷，回来就为了换个锁？

离开灵犀胡同，陆嘉钰径直去了陆氏旗下一家珠宝店，他之前在这里订了条项链，一直忘了拿。

换了锁，又拿了项链，按理说他可以去见她了。

陆嘉钰没立即上车，他看着商场门口排着长队的奶茶店，翻出她的朋友圈，上次她说这个好喝。

他这辈子都没做过这样的事，不说买奶茶，甚至都没怎么排过队。

可此时，他站到了人群最末尾。

人堆里忽然有个大帅哥进来，队伍很快起了骚动，在老人家看来是稀奇古怪的颜色，在商业中心就成了潮流。

一头粉发的男人神情不耐，白色衬衫松松垮垮没个正行，单手插兜，另一手翻着手机，灵活修长的指尖跳动着，让人浮想联翩。

不少人偷偷拿出手机拍他。

很快，“在街上偶遇素人帅哥是什么体验”这一话题上了热搜，配图就是在奶茶店排队的陆嘉钰。

陆嘉钰本人对此一无所知，他拎着两杯刚买的奶茶去了城北。

城北，胡同小院，院里点了盏幽暗的灯，照亮院落的一隅。

尤堇薇蹲在角落里，捣鼓着宝贝花儿。

天气入春，她给花儿们都换了新盆栽，松了松土，等晚上睡前再搬进去，防止被倒春寒冻伤。

正松着土，门被敲响。

没规律的敲门声，和主人一样随心所欲。

尤堇薇看了看沾满泥土的手，想去洗了再开门，但显然门口的人耐心不好，敲了几下没开门就开始打电话了。

她无奈，小跑着去开了门。

门一开，男人高大的身躯挤进来，借着暗色瞧了瞧她的小脸，白生生的脸颊上沾了几抹土，灰不溜秋的，偏偏她的眼睛还瞪得圆，像是从哪块土地里钻出来的小动物，浑身脏兮兮的。

陆嘉钰抬手抹去她脸上的土，嘴里嫌弃道：“脏死了，一会儿没看住，你就把自己弄得这么脏。”

尤堇薇抿唇一笑：“我在弄花。”

陆嘉钰扫了一眼角落：“弄完了吗？”

尤堇薇点头：“马上好了，弄好就搬进去。”

陆嘉钰催她去洗手，盯着她把手洗干净了，将奶茶递过去给她：“他们多买的，顺手带来了。”

尤堇薇眨眨眼，是她喜欢的奶茶，接过来一摸温度，像是刚做好不久。

“搬到哪儿？”

陆嘉钰慢条斯理地撩起袖子，线条流畅的小臂在暗色中像刀刃闪着银光，带着几分迷人的意味。

尤堇薇指向另一间屋子。

她看得有点呆，陆嘉钰一手一盆花，没几趟就把这些花搬完了，只用了几分钟，她平时要搬好久。

陆嘉钰一直知道小院里有两间屋子,但这里他还是第一次来,外间狭窄，只放了个矮柜和工具，地上都是盆栽，里间是卧室，扫了一眼，像是个男生的房间，椅子上还有一件校服外套。

“你弟常来？”他随口问。

尤堇薇：“今年来得少，他高三了，学习比较紧张。”

陆嘉钰随意点点头，拉着人回屋里去了，回她住的房间一看，除了梳妆台，一点儿他的痕迹都没有，没有外套，没有私人物品，甚至连一个他的枕头都没有，看哪儿都不顺眼。

尤堇薇捧着奶茶，眼看着陆嘉钰看看这儿看看那儿，脸色越来越差，心想：怎么又生气了。

这么想着，她用力嘬了两口，还是奶茶好喝。

“你……”陆嘉钰巡视完，在床边坐下，看向尤堇薇，“平时不怎么玩朋友圈？就没见你发过几条。”

他其实想说，每一条都没有我。

但这话说出去多丢人。

尤堇薇含糊着应：“偶尔翻翻，不怎么玩。”

陆嘉钰换了个姿势倚在床上，兀自一笑：“今天我听了件有趣的事，一女的因为男朋友不肯在朋友圈放他们的合照，和他分手了。你说，我要不要担心这样的事发生？”

“不用吧？”

尤堇薇听了半天没听出他的意思。

陆嘉钰眉心一跳，他拐弯抹角地提醒了两次，这个闷葫芦怎么就那么没情趣，会不会谈恋爱！他转过几个念头，忽而开始解扣子，衬衫扣子本就没扣到顶，再解两颗，精致的锁骨和肌理分明的胸膛若隐若现。

尤堇薇：“你很热？”

陆嘉钰懒得理她这话，狭长的眸静静地看过去，暗色在室内汹涌开，暧昧的气氛悄无声息地铺展开。

原来是要接吻，她想。只是他现在怎么这么含蓄了。

尤堇薇舔了舔唇角，确认自己唇上没有奶渍，跑过去往他的身上一趴，正要亲上去，忽然感觉长发被撩起来，颈间一凉，多了条挂坠。

“生日礼物。”他低声说。

尤堇薇低头去看，颈间坠了条透青色的小葫芦，第一眼看上去像是玉，仔细看才发现是宝石，光线变化中隐隐透出粉调。

陆嘉钰拨了拨那颗微凉的小葫芦，笑道：“我前阵子在拍卖会拍的宝石皇冠，宝石被我拆了，做了几颗，就这颗成色最好。因为做工复杂，晚了两天。”

尤堇薇垂眼看着，还没说话，听他问：“你想不想发个朋友圈？”

她一愣，抬头和陆嘉钰对视。

他正看着她，神色认真，看起来是真的希望她发。

尤堇薇后知后觉，总算知道他这一晚上闹什么了，她无奈一笑，温声道：“想，你和我一起拍吧？”

陆嘉钰勾起唇角：“知道了，拿你没办法。”

两人靠在一起拍了几张，陆嘉钰选了一张他最帅的，亲眼看着尤堇薇发了朋友才满意。

他懒懒散散地躺下，笑道：“饿了。”

尤堇薇去厨房给他蒸饺子吃，等水热的间隙，陶映冉忽然发来信息，一连几条，全是惊叹号。

冉冉：你看这张图片。

冉冉：我没瞎吧？

冉冉：宝贝，这是陆嘉钰吧？

冉冉：他居然在排队买奶茶？

尤堇薇点开照片，模糊的画质掩不住男人又冷又痞的气质，那一头粉发在人群中极其显眼，不论从模样还是身材来看，百分之一百是陆嘉钰，他耐着性子排着长长的队伍，就为了买两杯奶茶。

“骗子。”

她小声嘟囔，嘴角却忍不住上扬。

陆嘉钰则因为上热搜的事手机又“炸”了，信息和电话接连不断，他不耐烦地点开照片。

他不要面子了吗？

洛京的春天来得比郯陵晚，却也短暂，春衫上身不过几日，就到了烈日炎炎的夏天，四月眨眼而过。

整个四月，陆嘉钰黏人的很。

尤堇薇几乎天天晚上能见到他，见多了还有点心烦，他倒是不嫌烦，每回都兴致盎然。

这一天，尤堇薇的紫藤花束完工了。

林斯昀看到这株如瀑布般垂落的紫藤时，久久不语，他以为她做的会是安静、优雅的花束，没想到是这样的，热烈、不顾一切，用尽全部的生机生长着，像生命在奔跑。

“很美。”他说。

尤堇薇温声道：“你喜欢就好。”

林诗佟笑道：“阿昀，奶奶一定会喜欢的。”

林斯昀扶了下眼镜，淡声道：“我临时改了主意，奶奶的礼物另外备下了。”

林诗佟微怔：“前几日思弥提了一嘴，老太太一直惦记着，还和几个朋友说了，得带去宴会让她看一眼。”

林斯昀蹙了下眉。

尤堇薇见他们似乎有话要说，说了句先下班了，灵活地溜走，准备去陆氏集团接陆嘉钰。

小迷等在楼下，看到小少年，尤堇薇颇有些无奈：“去公司我怎么会迷路？”

小迷：“陆嘉钰说有 80% 的概率你会迷路。”

尤堇薇叹气，她也没那么容易迷路的其实。

陆氏集团位于洛京城中最繁华的金融中心，附近高楼林立，地标性建筑极其显眼，就算是尤堇薇也很难在这样的地方迷路。

两人下了地铁，遇上下班的高峰。

小少年将她护在身侧，以免人流冲撞，她笑着摸摸他的脑袋，小声说：“你有时候像我弟弟。”

小迷看她一眼：“他一定特别招人讨厌。”

说实话是这样，没错。

尤靳虞在一定程度上和陆嘉钰有点相似，两人在目中无人这方面有一拼，一个把盛气凌人藏在心里，一个人把盛气凌人写在脸上，但作为他的姐姐，她还是得辩解几句。

“阿虞他很听话的。”尤堇薇艰难想着他的优点，“他学习成绩很好，从小到大每次考试都是年级第一。有一年小学放暑假，他来郦陵看我，爸爸开玩笑问他，每次来郦陵都不带作业，下次考试退步当心妈妈不让你来看姐姐，他说不管是年级第一，还是倒数第一，谁都不能阻拦他来看姐姐。”

尤靳虞从小就是一个不服管教的孩子，学习也并不是为了给别人看，他只是想看看学习到底有多大的难度，事实证明，学习对他来说确实没什么难度。但他也会妥协，向秦晚玉妥协，因为怕她受伤害。

小迷说：“他也喜欢他妹妹吗？”

尤堇薇微怔，轻声应：“我不知道，他很少说家里的事。”

小迷没再问，但他知道答案。

像尤靳虞那样的人，心眼和陆嘉钰的一样小，可能说不上讨厌妹妹，但也不会多喜欢。

两人到时，陆嘉钰正在会议室开会。

会议室是全透明的设计，尤堇薇一眼就看见了陆嘉钰——会议桌上，所有人都端正坐着，只有他把两条腿搁桌上，生怕别人不知道他腿长。

尤堇薇走到门口，小心翼翼地探头去看，想看看陆嘉钰在公司的状态会不会不一样，但事实证明没有——

“什么玩意？重写。

“二十世纪八十年代的方案了，现在还在用？

“人都搬了，还没动工？怎么，现在我说话不算数了，还是想让我改姓林啊？一天，不拆干净别来上班了。”

陆嘉钰随手把几份报告一丢。

助理连忙捡起来，默默地送回原来的位置。底下大家神色自然，眉头都没动一下，显然是习惯了。

尤堇薇小声问：“他一直这样啊？”

小迷打字：今天很温柔。

尤堇薇还想再问，忽然听得一声问：“谁在外面？”

冷淡的嗓音，没有平时的倦懒，没有轻松和调侃，只有居高临下的审视。

她很少听到陆嘉钰用这种语气说话，哪怕是生气似乎也有所收敛，原来他也可以这样。

尤堇薇呆了一下，默默地缩回了脑袋。

会议室里，众人眼看着陆嘉钰忽然笑了起来，起身径直朝外走去，就这么把他们丢在会议室里。

他们你看看我我看看你，最后一齐看向外面，看八卦就是要看现场。

陆嘉钰笑着把躲起来的小闷葫芦往自己的怀里一带，动作熟练地去捏她的脸："晚上和我出去玩？"

尤堇薇："会开完了吗？"

陆嘉钰都没回头看一眼，抱着人走了，顺便给小迷递了个眼神，小迷就当没看到，熟练地去牵尤堇薇的手。

他一脸无辜道："我想吃火锅。"

尤堇薇眨眨眼："那就吃火锅。"

陆嘉钰没和小不点计较，他对吃的没什么要求，反正都不好吃，也就簇簇做的他愿意多吃几口，这样的男朋友哪里去找。

"前阵子说带你去个派对。"陆嘉钰提起晚饭后的安排，"地方挺远，在那儿过个周末，要不要回家拿东西？"

尤堇薇好奇地问："有什么娱乐设施吗？"

陆嘉钰："什么都有，去了就知道了。喂，小不点，未成年不建议去，吃完自个儿回去。"

自从回了洛京，小迷隔三岔五就被勒令少去找尤堇薇，毕竟她工作忙，休息时间不多，他安分了一阵，但渐渐发现陆嘉钰只是单纯想独占尤堇薇，再听他的话他就是傻子。

尤尤，我可以去吗？

我想和你一起玩，一个人在胡同里好无聊。

小迷比陆嘉钰更知道怎么让尤堇薇心软，他不说话，垂着头安安静静地打字，俨然一个孤独小少年的模样，没有家人，没有朋友，成天在胡同里，和那些屋顶做伴。

尤堇薇看了眼陆嘉钰，从他的怀里挣脱出来，温声道："当然可以，我喜欢和你一起出去玩。"

陆嘉钰不爽，去就去，对他发脾气干什么。

怀里忽然空了，他挑了挑眉，又把人扯回来，对上她圆润的杏眼，凑到她耳边低声问："这两天身上有没有不舒服？"

尤堇薇一怔："什么……"

她忽然明白陆嘉钰在问什么，白玉似的耳垂顿时红了，泛出浅淡的嫣红色，抿着唇移开了脸。

陆嘉钰轻啧，点点她的眉心，嘲笑道："脑子里都装的什么？明天打算带你去跳伞，所以这么问。"

说完，他牵唇一笑，气音带着温热的气息往她的耳朵里钻："不是早惦记我很久了吗？这会儿倒不好意思了？"

"你闭嘴。"

尤堇薇第一次凶巴巴地撵开他，和小迷一块儿缩在电梯角落里，说什么都不肯再看他。

陆嘉钰知道她脸皮薄，被推了还挺高兴，小闷葫芦越来越有女朋友的样子了，都敢凶他了。

他笑了笑，心情显而易见的好。

尤堇薇摸了摸自己的耳朵，总觉得沾了根羽毛，痒痒的，挠得她耳根都开始发麻。

两天三夜的派对在一个度假区内，整个度假区被人包了下来，以供这群小姐少爷玩乐。

度假区临近海边，陆嘉钰几个人到时他们正在开泳池派对，香槟、啤酒四处飞溅，音乐声躁动而有韵律，尖叫和笑声充耳不绝。

小迷只看了一眼，转身回房，顺便丢下句话："陆嘉钰，你的品位越来越差了。"

陆嘉钰懒得理他，问尤堇薇："带你去游戏厅？陈言深也在那儿躲着。"

尤堇薇点头，回头看了眼热闹的派对，隐隐瞥见一张熟练的侧脸，她似乎看到了林思弥。

不远处，林思弥躺在躺椅上听几个好友聊天。不知道说到了什么，她们忽然压低了声音，似乎想避开她。

她莞尔一笑："在说陆嘉钰？"

友人尴尬道："刚好说到了，你别放在心上。"

林思弥笑问："是说他换了朋友圈背景，还是之前他被拍到去排队买奶茶？这些都传遍了，不用刻意避着我。”

其中一人说：“我找朋友问了问，说那个女人是秦晚玉的女儿，但秦晚玉不是只有一儿一女吗？”

“秦晚玉？嫁进陈家那个？”

“对，就那个跳舞的，和陆筝不对付。”

“陆筝？陆嘉钰的姑姑啊？”

林思弥第一次听人说起这事，说陆筝和秦晚玉当年是一个舞团的，两个人竞争首席，后来以秦晚玉失败告终回了邺陵，陆筝却对唾手可得的荣誉视而不见，转身进了娱乐圈，两个人的梁子就是那时结下的。

林思弥始终没说话，一副事不关己的模样，她们便彻底没了顾忌。

游戏厅内没什么人，多数都在底下狂欢。有几个爱清净的躲在这儿，见陆嘉钰来了都打了个招呼。

陈言深不在，不知道去了哪里。

“想玩什么？”

陆嘉钰估摸着她一样都没玩过。

尤堇薇扫了一圈，视线停在台球桌上，指着桌子说：“想玩那个，小时候就想玩，但不敢进去。”

陆嘉钰笑了声：“因为害怕？”

尤堇薇轻摇了摇头，是，也不是。

陆嘉钰走向台球桌，从边上拿了个根球杆，俯下身，啪嗒一声响，球杆精准地击打白球，白球冲击打散摆放成三角形的球阵。

他随口道：“先给你演示一遍。”

他打球的模样很自在，状态轻松，漫不经心地和她介绍规则，没过多思考，只是变换了几个姿势，球杆便听从他的指挥号令，一球接着一球地入袋，直至球面被清空。

“不难，我教你。”

陆嘉钰换了根球杆递给尤堇薇，简单介绍了规则，教她怎么握球杆，怎么调整姿势，两人无法避免地贴到一起。

陆嘉钰看过女人打球，但没看过尤堇薇打球，她的身体随着动作自然地弯成一道勾人的曲线。

他眯了眯眼，抬眼看向正前方。

果然，那几个人都看着这个方向，目光里带着隐晦的轻佻。

尤堇薇正努力摆着姿势，想用球杆去触碰球，还没下手，忽而听得一阵震响，是球重重砸到地上，弹起来又落下的声音。

一时间，整个游戏厅内只剩下游戏机上的音乐声。

快节奏、幼稚的游戏乐曲响彻场内，气氛却有一种诡异的寂静。

陆嘉钰随手从边上拿了根杆子，有一搭没一搭地敲击着地面，撩起眼皮打量着对面的男人们。

半晌，他看向眼带担忧的尤堇薇，轻揉了揉她的发，懒声道：“有点饿，想吃你做的面。”

尤堇薇迟疑道：“不打球了吗？”

陆嘉钰嗓音微凉：“改天陪你打，这里太脏。”

尤堇薇还想再说话，陈言深不知道什么时候回来了，低声对陆嘉钰说了句“拦不住”。

陆嘉钰随后便将她带离了游戏厅，只身返回。

她独自站在厅外，有点茫然。

不知道是怎么了，陆嘉钰显然是发了很大的脾气，有一瞬他眉眼间的乖戾藏都藏不住。

尤堇薇犹豫一瞬，想陈言深在应该不会出什么事，给小迷打了个电话便摸去了厨房。

厨房里，小迷坐在小凳子上剥豆子，用一副习以为常的语气问：“他又发什么疯？”

尤堇薇小声把事说了：“他怎么了？”

小迷一听就懂了，安静片刻后，解释道：“他讨厌那些人用恶心的眼神看你，所以生气了。”

但更多是生自己的气，这句话他没说。

尤堇薇动作一顿，惊愕道：“那他在上面……”

“打架。”小迷戳穿他。

尤堇薇喃喃自语：“我从来没有因为阿虞打架被叫去过学校，为什么现在忽然有种不安的感觉，他打架会被喊家长吗？”

小迷：“看打的是谁。不过他疯起来谁都揍，大概率是会被喊回陆家挨骂的，早晚的事。”

尤堇薇第一次体验了身为“家长”的忧心忡忡，一时间担心他下手重了，一时间担心他会吃亏挨打。

“我去看看。”

她终是不放心。

小迷拦住她：“别去了，他那个疯样不好看。”

尤堇薇停下来，她是见过陆嘉钰打架的，在音乐厅那晚，他当着她的面和一群陌生人打了起来，过程中还护着她，确实不太方便。

“那我煮面吧。”尤堇薇又捣鼓起面条来。

小迷剥完豆子洗完菜，静静地看着她忙，看了一阵，忽然问：“尤尤，你会和他分手吗？”

尤堇薇低头，轻声应：“会的。”

从她第一天和陆嘉钰在一起她就知道，他们早晚有一天会分手，因为他早已定好了期限，或早或晚，不过都是他说了算，就如他们现在每一天的相处。

“那你会伤心吗？”

小迷握着打开录音键的手机。

“会的。”她无法否认。

“为什么？”

尤堇薇无奈一笑，就像陆嘉钰说的，他说你早晚会喜欢我的，连她自己都不清楚到底是在哪个时刻喜欢上他的。

她小声说：“因为我喜欢他。”

小迷低下头，握紧手机：“不要伤心太久。”

尤堇薇没应声，专心把面做了出来。

一碗给小迷，一碗给陆嘉钰。

楼下游戏厅，原本科幻感十足的游戏厅已一片狼藉，先是陆嘉钰莫名其妙地动手打人，他们起先还有忌惮，但见他下手狠戾都被激起了火，最后连陈言深都掺和了进去，闹得整个度假区都知道了。

底下开泳池派对那帮人都上来凑热闹。

门才被开了一条缝，不知道什么东西砸过来，伴随着一句“滚”，里面的事态非但没平息，反而愈演愈烈。

林思弥皱了下眉："尤堇薇也在里面？"

有人说："没吧，听说就一群男人打混架。"

林思弥见那群人都不敢去触陆嘉钰霉头，问了他的房间号便匆匆上了楼。进去是什么后果她很清楚，她没傻到在众人面前被他下面子，当然只能找不会下面子的人去管。

房门被敲响的时候，尤堇薇下意识以为是陆嘉钰，没看就开了门，看见来人，她愣了一下，说："有事？"

"跟我下去。"林思弥不由分说去拽尤堇薇，"下面都闹翻天了，这么下去他回陆家一定没有好果子吃。"

"他挨打了吗？"

尤堇薇犹豫着问。

林思弥略有些不可思议地看了她一眼，想和她说这个圈子里的关系错综复杂，这哪儿是挨打的事，但转念一想，她一个圈外人懂什么，干脆什么都没说。

尤堇薇还没来得及和小迷说一声，人就被拉走了。

到了楼下，厅内聚集了一群人。

他们见尤堇薇下来，让开了一条路，陆嘉钰的几个朋友看了林思弥一眼，都上来拦，让尤堇薇别进去。

"嫂子，别进去，哥这会儿脾气大着。"

左柏拦住她，不动声色地看了眼林思弥。

尤堇薇先是听了一会儿，果然里头还在闹，她想了想："没关系，我去看一眼。"

说着，她推开门。

人群齐齐往后退了一步，甚至不想出现在陆嘉钰的视线内，这人疯起来谁都能咬一口，偏偏姓陆，不知多遭人恨。

门一开，陆嘉钰倏地回头，暴戾的面容在触到来人的一瞬滞住了，他先收了手，随手抹了把嘴角的血，一时间想找面镜子看看自己现在是什么样子，不知道会不会吓到她。

陆嘉钰一停，门口人立马进去拦架。

尤堇薇轻蹙了下眉，仔细看他的模样。

半晌，她朝他伸出手，轻声说："陆嘉钰，面要凉了。"

陆嘉钰在原地喘了口气，随手拨了拨汗湿的头发，最后看了一眼这群男人，头也不回地牵着尤堇薇走了。

陈言深气极，这个畜生，只把他当个工具人。

围观的人群都呆住了，不敢相信事情解决得如此轻松。

顶层，尤堇薇给陆嘉钰上药，小迷蹲在一边看热闹。

小迷说："你好丑。"

陆嘉钰说："闭嘴，滚出去。"

小迷欣赏了一会儿他这副丑模样，心情愉悦地出去了，看陆嘉钰还不如打游戏。

"我弟弟都不打架。"尤堇薇拿着碘附消毒液，小心翼翼地处理他脸上的伤口，"明明带我来玩，自己却跑去打架。"

陆嘉钰半支着身子坐在床上听她小声嘀咕，衬衫扣子在底下被拽掉好几颗，剩下的他也懒得解，自己扯了往地上一丢。

"我丑吗？"

他低下头，亲昵地用涂满碘附的下巴去蹭她的额头，就像一条黏人的狗狗，哪里还有在底下时威风又可怖的模样。

尤堇薇躲开，嘟囔道："怎么生这么大的气？"

陆嘉钰嗤笑一声："那帮东西就是欠教训，私底下怎么玩我管不着，敢把注意打到你这儿就是活得不耐烦了。"

尤堇薇水润的杏眼看了他一会儿，凑上去亲了亲他的脸，软声道："不生气了，一会儿去吃面条，小迷说特别好吃。"

陆嘉钰顿了片刻，抱住她用力往身前一摁，低头看了会儿，忽然埋头到她的颈侧，深吸一口气。

他闷声说："簌簌，我是生自己的气。"

陆嘉钰气自己之前对她的态度那么随便，那么轻佻。

甚至在 Island 那个酒后的赌约现在还在圈子里传，说他终于玩厌了，烧够了钱，到女人身上找刺激去了。

他再清楚不过，他们之所以那么肆无忌惮，是觉得他压根儿没把一个女人放在心上。

"好了，好了。"尤堇薇去抱他，一下又一下，轻拍着他的背，像哄小孩子一样哄，"不生气，我原谅你，下次不打架了。"

陆嘉钰闭上眼，收紧了手，用力抱着她。

她什么都知道，什么都知道。

度假区闹成那样，陆嘉钰也没心思留在这儿，当晚就带着尤堇薇和小迷回去了。

上高速时已是凌晨。

陆嘉钰从后视镜看了眼后座，小闷葫芦蜷缩着睡着了，身上盖了个小毯子，维持着一个姿势没动。

“你爸电话都打到我这里了。”

小迷看了眼来电显示。

从度假区出来，陆嘉钰的电话就没停过，最后他嫌烦直接关机了，碍于尤堇薇在，好歹没把手机砸了。

他随口道：“不用管，等老爷子找我再回去。”

小迷：“这次陈言深没劝住你？”

陆嘉钰没应声，想起那几个人下流的眼神，心头火又起，只后悔自己下手不够重。

他们车里安安静静的，度假区可是闹翻了天。

几个挨打的人咽不下这口气，说早晚要陆嘉钰好看，旁人劝了几句也罢了，反正也不关他们的事，倒是陈言深居然也会帮着陆嘉钰打架，这倒挺稀奇的。

林思弥她们也在看热闹，不过说的多是八卦。

“陆嘉钰玩真的啊？”

“啧，就跟初恋似的，他以前没谈过恋爱啊？”

“不能吧，我不信他以前没女人。”

林思弥攥紧了拳，前阵子明明不是这样的，陆嘉钰根本没把尤堇薇放在心上，甚至连她的生日都不在乎。

短短一个月，居然到了这样的程度，是她小看那个女人了。

“思弥。”好友轻拍了拍她的肩，递给她一个眼神，“我这儿有个视频，你可能会需要。”

林思弥和她对视一眼。

周末两天，尤堇薇没见到陆嘉钰，听小迷说陆正明找了十几个牛高马大的保镖把他捆回了家，联系不上。

周一上班，她收到了请帖，林诗佟邀请她明晚参加林家老太太的寿宴。

尤堇薇没有拒绝，这是林诗佟第一次给她递请帖，于情于理她都无法拒绝。

“我让阿昀来接你？”林诗佟问，“听说陆嘉钰被关起来了，明晚应该来不了，让阿昀去我放心。”

尤堇薇一怔：“被关起来了？”

林诗佟说：“被关在陆家，谁都联系不上，思弥说是因为上周末在度假区闹出了事，具体什么事没说。”

因为林诗佟的话，尤堇薇有些心神不宁，恍惚过了一天，下班后径直去了灵犀胡同。

灵犀胡同，“花间”工作室。

刘轶正在院里干活，客人是个女孩子，似乎是第一次文身，紧张地不敢看，都没注意来人了。

刘轶见她来了，往屋里喊了声，让她随便坐，说陆嘉钰不在。

很快，小迷掀开帘子，朝她招招手。

尤堇薇进屋就问：“陆嘉钰被关起来了？”

小迷点点头，倒了杯水，再拉着她坐下：“别担心，不是第一次了，陆正明不会把他怎么样，他爷爷在。”

“他会挨打吗？”尤堇薇忧心忡忡。

小迷不想瞒她：“肯定会。”

尤堇薇抿着唇，没出声，他这么高傲的性子，从不妥协，从不认错，也不知道现在怎么样了。

许久，她问：“我……能去陆家找他吗？”

小迷沉默片刻说：“我带你去。”

此时，陆家。

陆嘉楹顶着一双兔子眼，盯着眼前布满伤痕的背脊，拿着纱布不知道从哪里下手，最后用泪眼瞪向陆正明。

陆正明喝了口茶，就当没看到，心说又不是我打的。

“啧，哭什么？”陆嘉钰跟没事人似的，拿着生理盐水往伤口倒，“你哥又不是要死了，真要死了让陆正明再给你生一个。”

陆嘉楹凶巴巴道：“你别胡说！”

陆嘉钰瞥她一眼，小炮仗还是凶巴巴的样子看起来正常点，他胡乱处理下伤口，踢了踢陆正明坐着的沙发。

“手机还我。”

陆正明指了指楼上说：“你爷爷的气还没消。”

陆嘉钰有点烦，被关在家里就算了，手机都要没收，他又不是初中生，传出去多丢人。

陆正明语重心长道：“怎么能在人那么多的地方动手打人？你老子我想给你收拾都收拾不过来，你爷爷不打你这事过不去。这几天你老实在家待着，给你爷爷认个错。”

陆嘉钰不想理他：“小炮仗，你的手机借我用用。”

陆嘉楹立马摸出她的宝贝手机递给她哥，看得陆正明有点眼红，平时吃饭他往她边上看一眼都要被瞪，这个小魔王在她哥面前怎么一点儿都威风不起来。

“陆嘉楹，手机桌面丑死了，幼不幼稚。”陆嘉钰用着别人的手机还说三道四，随手翻了翻，不悦道，“你没你嫂子微信？”

陆嘉楹“啊”了声，茫然道：“你不是让我离她远点吗？”

确实是他说的。

陆嘉钰翻了一阵，动作慢下来，他头一回发现自己不记得尤堇薇的电话号码，没了手机连她人都找不到，也不知道生日那天晚上她找了他多久。

“你认识她妹，那她弟呢？”陆嘉钰问。

陆嘉楹撇撇嘴：“那冰块脸比你还难搞好吗？我敢发誓，学校里有他联系方式的不超过五个。”

陆正明趁机嘲笑儿子：“你倒是‘深情’，不是空运雪花就是无人机，这次还跟人打起来了，三天没消息，也没见人家姑娘来找你，家里连个电话都没接到。我看呐，你早晚得让人甩了。”

“你懂什么。”

陆嘉钰都不想看他。

小闷葫芦先前找了半宿都没找到他人，这会儿也不知道怎么偷偷着急，他知道她对圈子不熟悉，消息闭塞，不会因此怪她。

陆嘉钰拧着眉想了半天，决定找陈言深。

嘉楹楹：忙？

CYS：嘉楹？

嘉楹楹：我，找你有点事。

CYS：我不在。

CYS：再发拉黑了。

陆嘉钰心想：还挺记仇，不就是那天没顾得上他吗？

“困了。”

陆嘉钰心烦，把手机一丢，准备上楼睡会儿。

刚走到楼梯口，家里门铃响了。

陆嘉钰没搭理，步子已经迈了上去，直到那小炮仗喊：“哥！ Mint 带着尤姐姐来了。”

他脚步一顿，转身问：“你说什么？”

“扣子给我系上！”陆正明难得有点慌乱，低骂了句，手忙脚乱地收拾起自己的模样来，“楹楹，爸爸能见人吧？”

陆嘉楹：“又不是你女朋友。”

陆正明瞪她一眼，这可是他儿子的女朋友第一次上门来，虽然陆嘉钰不是个好东西，但人姑娘是个好姑娘，就是看男人的眼光一般。

陆正明又是整理仪容，又是吩咐厨房去做点心，等回过神哪儿还有陆嘉钰的身影，只有 Mint 蹲在沙发上，挑挑拣拣地拿饼干吃。

“人呢？”他问。

陆嘉楹指指楼上：“被我哥带走了。”

陆正明：“就这么带走了？”

楼上，房间内砰的一声闷响。

昏暗中，陆嘉钰把人抵在门板上，手掌握着细细的腰肢，低头去咬她的唇，指腹撩起了火，抚过绷直的颈，垫在她脑后。

室内太黑，尤堇薇不敢睁眼看，在间隙中趁机推开他，轻喘着问：“你哪里受伤了，让我……”

她说不出话来。

男人干燥的指腹用力地按上她的唇，刮擦过自己留下的印记，低声说：“先别说话，让我亲会儿。”

话音落下，他单手将她抱起，边亲她边往床边走。

“啧，这玩意儿怎么解？”

陆嘉钰摸索了半天，没了耐心，想一把撕了，蛮横的动作惹来一个巴掌，他轻嘶一声，往哪儿拍呢？

尤堇薇推开他的肩，脸红得不像话。

这是陆家，不是在胡同里，不是在属于他们的床上。

从那张床上看出去，她总能看到雾蒙蒙的玻璃，玻璃挡住光线，余光里是垂落的花枝，它的轮廓是模糊的，但她知道每一朵花瓣的形状和颜色，每当想到这里，他会挡住她的眼睛，更用力地亲她。

可在这里，什么都没有。

只有陆嘉钰，只有他。

陆嘉钰察觉到她的失神和紧张，指尖没入她茂密的黑发，一下一下去亲她的眉骨、鼻尖，最后轻轻地舔过那颗唇珠，笑着问：“不让摸？”

“让我看看你。”

她小声说着，来抱他。

陆嘉钰口干舌燥，像是身处烈日炎炎的荒漠，身体和神经都处于极度干渴中。

她真的什么都不懂，用软得像水一样的声音说话，她不知道，这时候她什么都不能做。

“真要看？”

陆嘉钰觉得自己不是个男人，这也能忍住。

尤堇薇不敢太用力抱他，只能小心翼翼地搂着他的脖子，像小猫一样轻轻蹭了蹭。

陆嘉钰倾身过去，开了盏壁灯。

幽暗的灯光照下来，他低眸对上她水润朦胧的杏眼，喉结上下滚动，哑声说：“你看你的，我看我的。”

“陆嘉钰，你、你松开。”

尤堇薇握住他的手，但她的这点力道根本拦不住什么，视线里，他的小臂停在那里，青筋凸起，指节紧绷了一瞬，又松开。

陆嘉钰深吸一口气，把手抽了回去，把衣服都给她整整齐齐地拉好，最后还得给她抹眼泪，傻女孩都羞哭了。

“就这么刺激？”他低笑着揶揄她。

尤堇薇不理他，让他转过身去，本就松垮的衬衫变得皱巴巴的，陆嘉钰随手扯了，往地上一丢，露出光裸的背部。

红肿的伤痕横在肌理分明的背上。

昏暗的视线里看不分明，她打开房间的灯，冷光冲散这一室的暧昧，只有空气里余留着湿热。

尤堇薇看清伤口，松了口气。

这些伤痕只是看着吓人，却不深，过两天就好了。

陆嘉钰半支着身子，瞧着她从后面看到前面，再从上面看到下面，就差没把他的裤子扒了检查。

“看够了？”他挑了挑眉。

尤堇薇点点头，环视一圈，从衣柜里拿出件新衬衫让他穿上，陆嘉钰没再逗她，随手接过来穿上。

她趴在床边，托腮看他穿衣服。

指节在冷光下添上几分病态的苍白，瘦削的腕骨自然地往上，漫不经心地扣着扣子，劲瘦的腰腹藏进纯白色衬衫里，衬衫下摆塞进裤兜。

他还去衣柜里挑了根皮带，倒是难得这么正经。

尤堇薇不常看他穿衣服，多数是看他脱。

一起睡时，她总是比他起得早，不一起睡时，天亮他才肯睡下，这会儿看着看着，竟入了神。

“啧，小色鬼。”

陆嘉钰笑着捏捏她的腮帮子。

尤堇薇眨眨眼：“今天怎么系皮带了？”

陆嘉钰瞧她：“怎么着？你还想亲手解一遍？一会儿下楼吃饭，老爷子在，总得装装样子。”

尤堇薇呆了一下，试探着问：“我不用去吧？”

陆嘉钰轻嗤：“你想饿死谁？”

十分钟后，尤堇薇莫名其妙地坐在了陆家的餐桌上，面对两个陌生男人，一个是陆嘉钰的爷爷，一个是陆嘉钰的爸爸。

相比于她的紧张不安，这两个男人倒是显得和善。

陆清远温声问：“听阿钰说你是做绢花的，你年纪轻轻，怎么会从事这个行业？现在少有年轻人做这行，甚至都没听说过。”

陆嘉钰说："我什么时候说的？"

陆正明在底下踢了他一脚，示意他闭嘴。

尤堇薇轻声细语地和老爷子说着话，两人一问一答，聊得还挺投机，不知道说到哪本书，发现是尤堇薇的外公翻译的，陆清远瞥了陆嘉钰一眼，这小子平时做人不怎么样，倒是挺会哄女孩子，这样的姑娘也能骗回家。

等陆清远说完，陆正明又接上了："你叫簇簇？那天我和他爷爷都在院子里看烟花，才知道是你的小名。可以这么喊吗？"

陆嘉钰眉头一皱："你有病？"

"阿钰。"

陆清远出声警告他，当着人姑娘的面这么和长辈说话，把人吓跑了怎么办，这个不知趣的东西。

陆嘉钰压下脾气，左一耳朵右一耳朵，听陆正明喊平时只有他能喊的小名，怎么听怎么不爽。

陆正明没管他，自顾自地问："平时阿钰脾气差不差？他要是欺负你，你尽管来陆家找我和他爷爷。"

尤堇薇抿唇笑起来："他不发脾气，很温柔，也很细心。"

桌上四个姓陆的，除了陆嘉钰，其余三个人都以为自己聋了，陆嘉楹甚至想掏掏耳朵，或者干脆用头撞桌子，看自己是不是没睡醒。

陆正明欲言又止，最后说："多吃点。"

陆清远三番几次看陆嘉钰，怀疑自己的孙子换了人，小姑娘看起来不像是会说谎的样子。

陆嘉钰愉悦地喝了口酒，侧过身，凑到她的耳边低声问："晚上在这儿住？让他们整理间房。"

尤堇薇摇头，她只是想来看看他，并不是为了见他的家里人才来的，不想让他们产生误会和不必要的期待。

"也行，过两天去找你。"陆嘉钰估摸着还要在家里关几天。

尤堇薇想了想，和他说了去林家寿宴的事。

陆嘉钰说："陆正明，明晚谁去林家？"

陆正明没好气道："我和你妹妹去，你阿姨在国外没回来。原本是你二叔去，他临时有事去英国出差了。"

"这个闷葫芦也要去，你到时候把人给我看好了。"

陆嘉钰当着他们的面就敢去捏尤堇薇的脸，捏完还得训两句话，就差没点着眉心让她全记住了。

尤堇薇乖乖点头：“哦，知道了。”

陆家人目瞪口呆。

算了，年轻人的恋爱他们不懂，她说不发脾气就不发脾气吧，温柔就温柔吧，说细心就细心吧。

只有小迷，在心里冷哼一声。

他倒要看看，陆嘉钰能嚣张到什么时候。

（上册完）

尤堇薇曾说，

她愿意把运气分一半给陆嘉钰。

但他不会知道，

是他先把勇气分给了她。

上架建议 畅销 / 青春小说

ISBN 978-7-5594-7344-8

定价：65.00元（全二册）

怯喜 著

橙花

·全二册·

下

江苏凤凰文艺出版社
JIANGSU PHOENIX LITERATURE AND ART PUBLISHING

怯喜 著

橙花

·全二册·

下

江苏凤凰文艺出版社
JIANGSU PHOENIX LITERATURE AND ART PUBLISHING

图书在版编目（CIP）数据

橙花 : 全二册 / 怯喜著 . -- 南京 : 江苏凤凰文艺出版社，2023.4
ISBN 978-7-5594-7344-8

Ⅰ . ①橙… Ⅱ . ①怯… Ⅲ . ①言情小说－中国－当代 Ⅳ . ① I247.5

中国版本图书馆 CIP 数据核字（2022）第 225304 号

橙花：全二册

怯喜 著

责任编辑 白 涵
特约编辑 唐沐白 段 丽
封面绘制 鹿夕子
封面设计 殷 舍
责任印制 刘 巍
出版发行 江苏凤凰文艺出版社
南京市中央路 165 号，邮编：210009
网 址 http://www.jswenyi.com
印 刷 北京盛通印刷股份有限公司
开 本 880 毫米 ×1230 毫米 1/32
字 数 510 千字
印 张 16.5
版 次 2023 年 4 月第 1 版
印 次 2023 年 4 月第 1 次印刷
标准书号 ISBN 978-7-5594-7344-8
定 价 65.00 元（全二册）

contents 目录

第十二章 紫藤

尤堇薇曾说，
她愿意把运气分一半给陆嘉钰。
但陆嘉钰不会知道，
是他先把勇气分给了她。

吃过晚饭，一大家子难得聚在客厅看电视，上一回家里这么喜乐融融还是今年过年的时候，平时因为陆嘉钰不在家，家里头冷清得很。

近九点，尤堇薇准备回去。

陆嘉钰给陆清远使了个眼神，陆清远沉默片刻，内心格外挣扎，把人留下来呢，他心里过不去，不把人留下来呢，他又担心孙子孤独终老，还没挣扎出个结果来，陆正明先发话了。

“簇簇，留下住吧，让人收拾间房，很方便。明天你干脆和我们一起去林家，顺路又方便，明天有人来接你吗？”

尤堇薇听他问才想起来，早上林诗佟似乎说了让林斯昀来接她，但那时候她心里只有陆嘉钰，一时间忘了这事。

她犹豫道：“老师让林斯昀来接我。”

这话一出，陆清远和陆正明对视一眼，从彼此眼中看到了危机。两人连番上阵，好不容易才把人留了下来。

“你老师打的什么主意？”陆嘉钰把玩着她的长发，讥讽道，“把你推给林斯昀，让出位置给林思弥？”

尤堇薇抿唇：“陆嘉钰。”

陆嘉钰一顿，她这样绷着小脸不高兴的模样少见，平时还能逗一逗，直觉告诉他这会儿绝对不行。

“我随口说的，以后不说了。”陆嘉钰捏捏她的小手，让她别生气。

除了小迷，其余三个人又陷入了某种玄妙的氛围里，他们认识的陆嘉钰似乎并不是眼前的人。陆嘉钰居然也能低声下气，也不知道是他们疯了，还是他疯了。

陆嘉楹问：“爷爷，我哥能行吗？”

陆清远说：“有机会。”

陆正明说：“我可以抱孙子孙女了。”

小迷冷漠脸：早晚被甩。

陌生的房间里，尤堇薇闭眼听着海风。

城北的夜晚也有风声，和城东辽阔温和的海风不同，荒漠的风声里总是带着孤寂和苍凉。但住在城北时，她从不觉得孤独。

今晚，她躺在陌生的床上，心底却涌上一股莫名的情绪。离陆嘉钰越近，得到的越多，她就越害怕，因为早晚都会失去。

尤堇薇躲进被子里，想着陆嘉钰现在在干什么，他没有手机，不能发信息问，房门从里面反锁了，他应该进不来。

这个想法才浮现一瞬，阳台上忽然冒出点动静。

窸窸窣窣的声响，像是脚步声落地，琢磨着怎么开门。

她一愣，下床悄悄靠近阳台，纤细的手指紧紧抓住窗帘，用力一拽，冷夜的月光霎时跳跃进来，映出他的面容。

陆嘉钰隔着玻璃看她，长发柔顺地披散着，杏眼微滞，装着月光和他的模样。

她瞧着有点呆，似乎不相信他的胆子那么大。

“给我开个门？”他还挺有礼貌地敲了个门。

低懒的嗓音隔着玻璃传进来，低低沉沉的，像元宵节那天他们在雨中跳舞，她隔着雨幕听他说话，仿佛一个个音符坠落。

尤堇薇蹲下身，仔细打量着阳台门，底下有个正方形的窗口，似乎是方便家养的宠物进出，她打开小窗口。

陆嘉钰心说，这是干什么，探监呢？

尤堇薇就蹲在地上，仰头看他：“就这样说话。”

陆嘉钰知道她脸皮薄，耐着性子哄她：“他们都睡了，没人知道我进来，我就抱你睡一觉，不亲你。”

尤堇薇眨眨眼：“那我回去了。”

“行，就这么说话。”

阳台上的瓷砖凉，尤堇薇还跑回去拿了个垫子和小毯子塞给陆嘉钰。

两人隔着玻璃门，通过底下的小口，手牵手说话。

陆嘉钰倚在玻璃门上，懒散地屈着腿，把玩着掌心的小手，摸着上面薄薄的茧，嗤笑：“你说你，非得跟小学生谈恋爱似的，只能偷偷摸摸牵个小手，幼不幼稚？”

尤堇薇抱着膝盖，认真告诉他：“小学生不谈恋爱。”

陆嘉钰没和她争辩，有一搭没一搭说了两句，忽然问：“晚上怎么过来找我？想我了？”

尤堇薇说：“很意外吗？”

陆嘉钰微顿：“没想过你会来找我，至少现在没想过。”

她低头，反手握住他的掌心，另一只手的指尖轻轻划过他的掌纹，轻声说："有点担心，怕像那天晚上一样，怎么找都找不到你，只能在胡同里等。那次等了一晚，这次等了三天，太久了。"

三天太久了，他们在一起的时间本就太短。

尤堇薇像是在抓指尖的流沙，想抓得紧一点，再紧一点，却不知道抓得越紧，沙流逝地越快。

"那次……"

陆嘉钰舔了舔干涩的唇角，他们之间从没认真谈过那天发生的事，误会，冷战，再到和好，之前的情绪像是被抹去了，谁都没有提及。

尤堇薇勾唇一笑："你没事就好。"

陆嘉钰收紧手，用力感受着她的体温，她脉搏的跳动，心想：日复一日中他们会越来越亲密，自己不会再犯之前的错。

两人安静地牵着手，月光缓慢流淌。

尤堇薇提起尤靳虞："阿虞下个月要高考，和我说这个月想住到城北来，可能又要和妈妈吵架了。"

"那不是你该操心的。"陆嘉钰想到那个小鬼，有点烦，"他和你一点儿都不像，你们一个像妈，一个像爸？"

尤堇薇一怔："我……可能像爸爸吧。"

陆嘉钰最不感兴趣的就是别人的家事，但这是女朋友的家事，只能耐着性子问："你爸是干什么的？没听你说过。"

她小声说："他是医生，平时工作很忙。有了我以后，妈妈就不跳舞了，一直在家照顾我，她为我放弃了很多，所以一直和我赌气。"

尤堇薇很少和人提及尤森。

记忆中的父亲话很少，像一片沉默的森林，每天回到家说的话还不如在医院对病患说得多，母亲曾说，医院更像是他的家。两个人离婚后，尤森更为沉默寡言，越来越忙，直到有一次忙得生病了，外婆当着他的面问，还要不要这个女儿，再往后，他变得像个父亲，笨拙的父亲。

"他话很少。"尤堇薇说，"我不像他。"

陆嘉钰侧过头，看月光下的她。

她靠在窗前，额头抵着微凉的玻璃，神情安详，和那日的脆弱不一样，此刻她很平静。

"那簇簇像谁？"

他低着声，额头贴过去。隔着一层玻璃，她抬眼看面前的男人。

狭长的眸里藏着点点柔和，漆黑的瞳仁正注视着她，仿佛此刻她就是他眼中的世界，这双薄情的眸子看她时总会变得温柔。

尤堇薇温柔地对他笑："像我自己。"

陆嘉钰想摸摸她的头，想告诉她以后也要这么想，可隔着玻璃，他摸不到她，只能攥着她的手心，低声问："以后还会来找我吗？"

尤堇薇抿着唇瓣："会的。"

每一次她都会去找他，无论是从郸陵到洛京，还是从胡同到他们去过的每一个地方，她都会去找他的。就像他来找她一样，从郸陵到金牛岭，从洛京到郸陵，从胡同到医院，他总能找到她。

尤堇薇曾说，她愿意把运气分一半给陆嘉钰。但他不会知道，是他先把勇气分给了她。

隔天，陆嘉钰醒来已是下午。

昨晚和尤堇薇在阳台上坐了半宿，回去后也睡不着，最后只好下楼睡在沙发上，也不知道上辈子和床有什么仇。

他懒懒地松了下筋骨，扫视一圈，没人，到处都没人。

"簇簇？"他随口喊。

陆正明拿着鱼竿从门口进来，嘲笑他："人早走了，猪都没你能睡。陆嘉钰，你是叛逆期到了？天天晚上不睡觉。"

说完一想，这话不对，陆嘉钰从小到大都处在叛逆期。

陆嘉钰胡乱地揉了揉头发，视线在陆正明的身上停留片刻，忽然出声："爸，晚上带我一块儿去怎么样？"

陆正明掏了掏耳朵，一脸匪夷所思："你喊我什么？你喊我爸，我是你爸吗？成天陆正明陆正明，不知道的还以为你是我老子。"

陆嘉钰不耐烦："差不多得了，带不带我去？"

陆正明轻"哼"一声："看在簇簇的面子上，我和你爷爷打个商量。人家小姑娘一早就起来了，陪爷爷下了棋，还去花园待了一上午，交流养花心得，中午饭都没留下来吃，你说说你，你在家能做什么？"

陆嘉钰皱了下眉："让她做这些干什么？你们没自理能力？非得让她陪着？几点起的？"

陆正明有点恍惚，居然真有一种陆嘉钰才是他老子的错觉。

他回过神："七点多，你妹妹上学那会儿起的。"

陆嘉钰算了算时间，就睡了四个小时："我手机呢？"

陆正明慢悠悠道："在你爷爷那，自己去要。"

陆嘉钰上楼洗了个澡，出来摸着自己湿答答的粉毛，心想：下回染个什么颜色，总不能真染绿色。这么想着，拖鞋踢踢踏踏地响，朝陆清远的书房走去。

推门进去，陆清远正在写字，听到动静头都没抬，大刀阔斧地写完，叫陆嘉钰："来，看爷爷新写的字。"

陆嘉钰瞧了一眼："凑合。"

陆清远不想理他，觉得自己这幅字写得真是好，自顾自欣赏了一会儿，搁下笔，问他："有事？"

"手机还我。"陆嘉钰朝他摊开手，"您多大人了，还学小学生那套。"

陆清远说："有用就行。手机可以还你，你先坐下。"

陆嘉钰不知道老爷子又闹哪出，坐下剥了几颗坚果，老爷子也跟着坐下来，一副语重心长的模样。

"说吧，今天又要教育什么？"他嚼着果子，随口问。

陆清远沉默片刻："阿钰，爷爷说过不管你感情的事，但今天有句话想和你说。"

陆嘉钰一顿，吐出嘴里的壳，笑问："您不喜欢她？"

陆清远认真道："爷爷说如果，如果你们觉得彼此不合适，不在一起了，你要给自己一个机会。"

陆嘉钰不爱听这话："说完了？"

陆清远起身，从保险柜里拿出手机给他："最后一次，以后再这样不分场合地打人就去你二叔手底下做事。"

陆嘉钰眉心一跳，老爷子是真狠，这还不如直接把他赶出陆家。

晚上六点，尤堇薇拒绝了林斯昀，准备自己打车去林家。

胡同里静悄悄的，只有小高跟踩在地上嗒嗒的脆响。

她收紧外套，小心翼翼地避开难走的路，踩着自己的影子一步步往前走，直到影子被更大的影子挡住。

尤堇薇抬眸看去，呆了一下，怎么会有人把西装穿得这么痞气。

他懒懒地倚在车边，单手玩着手机。

枪灰色的发梳至脑后，冷色调为他平添了几分疏离和慵懒，眉眼间难掩矜骄。

西装上唯一的扣子没扣，绸缎的高级质感在暗中泛着浅淡的光泽，下摆轻坠着，仿佛没有重量，白色衬衫随意塞在裤子里，没有领带，领口松松垮垮地敞开。

听见脚步声，他掀开眼看过去，挑眉道："偷看我换衣服了？"

尤堇薇今天穿得很漂亮，美得令他侧目。

尤堇薇低头看自己身上的小礼服，绸缎质感的短礼服和他西装的布料是一样的，暗红色的裙子和他的红宝石耳坠的色泽也近乎一模一样。

她小声嘟囔："明明是你问小迷的。"

陆嘉钰一笑，长腿一迈，上前几步牵过她的手："簇簇学聪明了，今天头发梳得这么漂亮，不欺负你了。"

尤堇薇抿唇笑起来，亮晶晶的双眼看着他："爷爷肯放你出来了？"

陆嘉钰笑道："可不是吗？还是簇簇有面子，去一趟陆家就能把我救出来，面子这么大的我还是头一回见。"

陆嘉钰搂着人往车边走，关车门前瞥了眼她雪白笔直的双腿，叮嘱道："晚上在我旁边待着，哪儿都不许去。"

尤堇薇乖乖点头，她本来就不认识什么人。

有他在，她反而觉得轻松。

林家老太太的寿宴场面盛大，场内男男女女正在跳舞，衣香鬓影，觥筹交错，从餐点到酒水，每一处都用尽了心思。

陆嘉钰轻嗤一声："林家都要破产了，还办这些虚头巴脑的宴会，没劲透了。"

"嘘，小点声。"尤堇薇去捂他的嘴巴。

陆嘉钰知道她敬重老师，把刻薄的话咽了下去，和她一起往宴厅里走，一进门厅内就起了骚动。

陆嘉钰对这些议论不感兴趣，问尤堇薇："饿不饿？"

尤堇薇摇头："来的时候吃了一点。"

原本尤堇薇想的宴会，是她躲在角落里，送完礼后和老师打个招呼就离开，但多了一个陆嘉钰，一切都变了。数不清的人凑上来和他说话，他心情好了就搭理几句，心情不好就当没看到，多数人他连名字都不知道。

这么一圈下来，尤堇薇觉得小腿都酸了。

她扯扯他的胳膊，小声道："饿了。"

陆嘉钰调侃道："幸好我不爱办这些，这样就累了，以后怎么办？走了，坐下吃点东西。"

宴会厅口，林思弥接到了新客人，看到秦晚玉，她就知道陆筝不会来了。

"秦阿姨、小芙，好久不见。"林思弥温声问好，而指了指某个方向，"堇薇也来了，就坐在那里。"

秦晚玉皱了下眉，没多说，只对林思弥点了点头。

秦念芙往林思弥指的方向看去，看到那对亲密的男女，迟疑道："妈，那是姐姐吗？我看到她和陆嘉钰在一起。"

秦晚玉一顿："和谁？"

秦念芙说："妈，姐姐可能不知道以前的事，您别生气。"

林思弥见秦晚玉脸色难看，并不意外。

她意外的是，这个小女孩看似天真的话语，却对姐姐充满恶意，尤堇薇或许不知道，但秦念芙肯定清楚。

她不动声色地笑了一下，困扰了几天的事总算有了解决方法。

宴会过半，到了送礼环节。林老太太把客人们送的礼物拿出来让大家鉴赏，她身边围满了人，一时间场内热闹非常。

陆嘉钰懒懒地靠着椅背，姿势闲散，一手搭在尤堇薇的椅子后，身体向左倾斜，满脸都写着无聊。

尤堇薇还是头一回见这样的场景，略感新奇，小声问："如果有的礼物很敷衍，大家不都看见了吗？"

陆嘉钰随口应道："林老太太没这么傻，拿出来的礼物都是精心挑选过的，不会让别人当着那么多人的面丢脸，但不排除有挑事的，提前听说了故意提起。"

"然后呢？"

她惊奇地睁大眼，杏眼圆滚滚的。

陆嘉钰瞧她的可爱模样，笑着捏捏她的脸："然后就看这老太太心情，心情好呢就给个台阶下，心情不好就不管了。"

尤堇薇感叹："好复杂。"

陆嘉钰：“不复杂，凡事都是为了利益。从这方面考虑，几乎所有事都有迹可循，就像……”他止住话，不打算往下说。

“嗯？”她还在等。

陆嘉钰瞥了眼桌上，拿了杯粉色的气泡饮料往她的手里一塞：“回去再说，尝尝味道，瞧着不错。”

两人说着悄悄话，却不知话题中心起了骚动。

众人围绕着架上的紫藤花束议论纷纷，有惋惜有感慨，也有人说制作这花束的人技艺不精，渐渐地，人群中传出尤堇薇的名字。

林斯昀和林诗佟的脸色都不好看。

陆家人也在，陆嘉楹一看事态发展不对，直奔陆嘉钰的方向，她嫂子要被人欺负了！

“哥！”小炮仗又来了。

陆嘉钰眉心一跳，没来得及躲，她凑过来嘀嘀咕咕把事说了，说完就跑，担心尤堇薇知道这件事。

“回去了。”

陆嘉钰忽然起身，牵着她就走。

尤堇薇没多想，以为他有急事需要处理，只是没来得及和老师说一声，她转头看向人群，却瞥见熟悉的颜色。

“等等。”

尤堇薇拉住陆嘉钰。

陆嘉钰知道她有多喜欢这份工作，除了陪他，她的空闲时间都给了这些花束，到哪儿都惦记着，偶尔在路边看到花，她都会停下来观察半天，把男朋友晾在一边。

尤堇薇走近人群，一眼瞥见了那株紫藤。

从春到夏，那么多个日夜，她耗费了无数心神的花束以一种陌生的形态出现在她眼前。

陆嘉钰捂住她的眼睛，低声说：“簇簇，别看。”

尤堇薇早已看得一清二楚——垂落的花枝零落，像是被雨打落，片片花瓣凋落在地面，花束呈现一片颓败之象，像美人迟暮。

“我的花坏了。”她轻声说。

众人围看着残败的花束，议论声纷杂，林家老太太看起来有些诧异，没多说什么，只是让人收拾了。一时间，场面沉寂而尴尬。

陆正明看了众人一眼，叹道："好好的花，交出去是好的，现在就成这样了，真是可惜。"

林斯昀沉声道："抱歉，是运输途中出了差错。"

林思弥配合地说了几句话，她没有提起尤堇薇，视线却落在人群外神色怔然的女人身上。

眼看用人上前要将这一地花瓣扫进垃圾桶里，尤堇薇忽然上前拦住他们，说了句"我自己来"，便蹲下身去捡那些花瓣，每一片花都是由她创造出来的，至少不能在她面前被丢进垃圾桶。

可地上有那么多的花瓣，怎么捡都捡不完。

陆嘉钰低着眼，看她孤零零地蹲在地上。

他神色冷淡，静静看了几秒，脱了西装外套上前，蹲下和她一起捡。陆嘉樾看不下去了，也去帮忙。

林斯昀单手紧握成拳，沉默片刻，他松开手，同样蹲下身来。

林思弥不动声色地皱了下眉，没想到事情一时间会闹成这样，这不在她的掌控范围之内。

几个人一起捡，捡得很快。

林斯昀低声和尤堇薇道了歉，让人把花搬了下去，那些花瓣一片不落，都堆在了花盆里。

"能让我带回去吗？"尤堇薇问他。

事已至此，林斯昀没有拒绝。

这件事似乎只是一个插曲，老太太说了几句话后，就要继续往下进行，但他们不可能如愿。因为，陆嘉钰在这里。

砰的一声巨响，餐桌上的香槟塔倒塌。

玻璃碎了一地，酒水淌满地面，很快蔓延到昂贵的皮鞋下。

面对众多惊疑不定的视线，陆嘉钰漫不经心地笑了一下："不好意思，手滑了，你们继续。"

陆嘉钰恶名在外，在场无人不知。

多数人不想去碰他，和陆正明关系好的，暗示了几眼，陆正明就当没看到，他可管不了陆嘉钰，而且这事又不是他儿子的错。

老太太温声问："这是阿钰吧？都长这么大了。"

陆嘉钰笑道："是啊，我第一次来您的寿宴，没想到运气不好，费时费力准备的礼物变成了这样。"

老太太脸上的笑意收敛，话说到这个地步，这事是过不去了。

林斯昀上前道："是我的疏忽，结束后我会向尤小姐赔礼道歉。"

陆嘉钰瞥他一眼："是你订的花吧，确定送到林家之前花是好的？"

林斯昀说："完好无损。"

陆嘉钰扯了把椅子，拉着发呆的尤堇薇坐下，他站至她身后，手搭着她的肩，懒声道："那这事就好办了，从花到林家的那一刻的监控开始查起，想必你们会给我女朋友一个交代。"

他轻"啧"一声，捏了捏尤堇薇的脸，当着所有人的面说："说了陪我去看比赛，非要费劲来这儿一趟，现在高兴了？"

意思很明显，陆嘉钰是陪尤堇薇来的。

尤堇薇轻扯了扯他的衣袖。

陆嘉钰瞧她一眼，收敛了一点，对陆正明道："还站着干什么？过来坐下等，累不累啊，万一人家调到明天都调不出来呢？"

陆正明拍了拍胸口安慰自己，算了，儿媳妇在，不能生气。

这下好了，众人都看起好戏来，无聊的林家寿宴忽然变得有趣了。

林斯昀唤来人吩咐了几句，走到林思弥身边，淡漠地问："监控能不能见人？给我实话。"

林思弥蹙着眉："我没动手。"

林斯昀看她一眼，警告道："这样的事下次想清楚再做，现在的林家经不起你折腾。"

林思弥咬住唇，有点不甘心。她随便和人聊了两句，秦念芙就轻易上钩了，只是她没料到陆嘉钰会来，更没料到他会把事闹大。

很快，监控拿了上来。

安保人员对林斯昀说了几句话，林斯昀微顿，转而看了尤堇薇一眼，惹得陆嘉钰很不爽。

"以后离他远点儿。"陆嘉钰下巴微抬，指了指林斯昀，"啧，当我没说，每次都是他自己凑上来。"

林斯昀公布了一段监控内容。这株紫藤花束是他私人带来的，所以特地放在单独的房间内，中途有人经过房间，但没进去，进去的只有一个女孩子。

很快，女人们认出了这个女孩。

“秦夫人，这是你们家的小芙吗？”

“是啊，衣服都一模一样。”

“啧啧啧，现在小姑娘心思不得了。”

秦晚玉压着脾气，看向略显慌乱的秦念芙：“是你做的？”

秦念芙紧紧攥着拳，涨红了脸，猛地摇头：“不是我，我只是听人说是姐姐做的，好奇进去看了一眼，什么都没做。”

“妈妈相信你。”秦晚玉揽上她的肩头，用力握了握，对林斯昀道，“或许其中有什么误会……”

林斯昀淡声道：“她可能没注意，房间里也有监控。”

话音落下，秦念芙脸色煞白，哆嗦着一句话都说不上来，忽然转身飞快跑了出去，答案不言而喻。

秦晚玉的丈夫陈司南出面道了歉，说会给尤堇薇一个交代，说完两人便追女儿去了，走之前，秦晚玉看了尤堇薇一眼。

“走了。”陆嘉钰说了句无聊，起身环视一圈，“以后别让我听到什么不该听的话。对了，花搬我车上去。”

说完，他直接带着尤堇薇离开。

车里，尤堇薇安静地靠在窗侧。

道路两旁的灯像是一簇月光洒落湖面，光影一晃而过。

“委屈了？”陆嘉钰轻捏了捏她的手。

尤堇薇回过神，觉得左手有点麻，目光落至他们交握的手上。从他捡完花瓣，便再没放开过她的手，一直牵着她，从始至终。

她抿唇笑了笑：“没有，我男朋友好威风呢！这是别人做错的事，我不委屈，只是有点意外。”

尤堇薇和秦念芙素来没有交集，不知道她怀抱着这样的心思。

陆嘉钰嗤道：“林斯昀没有第二份监控，按照他的性格，如果有当即就会拿出来，不会给别人面子。”

尤堇薇一愣：“那他……”

他哼笑：“诈她的。”

尤堇薇顿了顿，迟疑道："他之前和我说，不准备用花束当礼物，我以为不会在宴会上看见它。"

陆嘉钰微眯了眯眼，看来晚上这出林斯昀早预料到了，他没多说，把车开回了灵犀胡同。

这都几天了，他都没好好地抱着她睡上一觉。至于林家，他早晚得收拾他们。

第二天，林诗佟没出现在工作室，尤堇薇像往常一样，忙完工作准备回家，今晚陆嘉钰有应酬推不了，说晚点来城北找她。

走到地铁口，她接到了一个意外的电话。

"妈妈？"她避开人群接起电话。

秦晚玉的语气依旧冷漠："她爸说想亲口和你道歉，你过来一趟，阿虞也在，有些话掂量着说，别让他觉得自己的妹妹心思恶毒。"

尤堇薇对这个电话并不意外，或者说她早已做好了心理准备。挂了电话，她往反方向走，打车去了城东陈家。

出租车开不进去，只能停在大门处。

尤堇薇付完钱刚准备下车，车门从外面打开，尤靳虞扶了她一把，顺手接过她的包。

"阿虞。"她对他笑了一下。

尤靳虞低头看她："姐，晚上我和你一起回去。"

尤堇薇没问他是怎么让秦晚玉答应的，只是点了点头说好，顺便问了几句他在学校的情况。

尤靳虞有问必答，到了门口，他说："不用迁就她。"

他指的是秦晚玉，他们都清楚。

尤堇薇温声道："我会处理好的，这件事不全是妹妹的错，还有其他人的参与。"

尤靳虞蹙眉："她不是你妹妹。"

尤堇薇无奈，这时候的阿虞又像个小孩子了。

这个点是晚餐时间，他们进门时陈家早已备好了丰盛的晚宴，陈司南请尤堇薇落座。

尤堇薇向他问好："陈叔叔。"

陈司南简单寒暄几句，正色道："昨晚发生的事我很愧疚，不仅是因为我和晚玉对小芙教育的缺失，更因为她是你妹妹。”

尤靳虞抬头，想说话却见姐姐看了他一眼，他一顿，继续给她剥虾。

“小芙，给姐姐道歉。”

陈司南语气严肃。

秦念芙紧紧揪着裙摆，偷偷地看了眼秦晚玉，见她神情僵硬，没有替她说话的意思，她只好低声道：“对不起，我不该故意弄坏你的花。”

尤堇薇看向秦念芙，小女孩面子上过不去，觉得丢人，始终无法和她对视。

她问：“你为什么这么做？我想听实话。”

秦晚玉皱眉：“她已经道歉了。”

陈司南微不可察对她摇头。秦晚玉忍住，这个男人虽然对她百依百顺，但在孩子的事上不会都听她的。

尤堇薇又问了一遍，没有丝毫退让。

秦念芙的自尊被凌迟着，她低着头许久，忽然揉了揉眼睛，带着哭腔说：“因为哥哥不喜欢我，不会带我出门玩，不会给我买礼物，不会对我笑。明明我们一起长大，每天都住在一起，但他不在乎爸爸妈妈，不在乎我，只在乎你。

“这不公平。”

小女孩大声说出所有委屈，终于忍不住，趴在桌上哭了起来。

尤靳虞慢下动作，轻嗤一声：“我早就说了，让我回邺陵，闹成这样有什么意思？”

秦晚玉抑制不住怒气：“她是你妹妹！从出生就和你生活在一起，邺陵和她就那么好？这十几年是谁把你养大的？谁供养你读书？”

陈司南叹了口气，孩子们之间的事，最难处理。可这件事确实是秦念芙做错了。

尤靳虞冷淡道：“是啊，就那么好。”

尤堇薇有点恍惚，她从没想过尤靳虞在家也是这个模样，甚至有种看见陆嘉钰的错觉。

尤靳虞问：“说完了吗？道歉不是像你们这样，不分时间和场合把别人叫上门来，毫无诚意。她没有这个义务替你们管教孩子。”

“姐，走了。”

尤靳虞拉着她就走。

这是什么陆嘉钰传染症状。

秦晚玉丢下筷子追了上去，陈司南低声哄着秦念芙，她哭着扑进了父亲的怀抱，寻求温暖和安慰。

“你站住，我有话和你姐说。”秦晚玉克制着自己的脾气，“你去门口等着。”

尤靳虞沉默几秒，看向尤堇薇。

尤堇薇说了声“没事”，见他乖乖走到门口，对秦晚玉说：“她还小，做错了可以改。但有的事，可能回不了头。”

秦念芙太像秦晚玉了，一样骄傲，一样决绝。

“我不是说这个。”

秦晚玉打断她的话。

尤堇薇微怔：“那说什么？”

秦晚玉双手环胸，居高临下地对她说：“跟陆嘉钰分手。和那样的人在一起，你不怕你外婆气死？”

尤堇薇以为自己听错了，惊愕之中，还莫名觉得荒唐。这是秦晚玉第一次“管”她的事，开口却是陆嘉钰。

尤堇薇抿着唇，第一次对秦晚玉发脾气：“他不是你们说的那样的人，在背后随意评价别人很不礼貌。我回去了。”

秦晚玉也觉得荒唐，女儿居然用这样的语气和她说话。尤堇薇从来都是乖巧又顺从的，这些年仅有的联系里从没反抗过她，和小时候一样，现在遇见个男人倒是变了。

尤堇薇刚走到门口，便见尤靳虞安静地看着她，她笑道：“你怎么还和小时候一样。”

每一次她和秦晚玉见面，尤靳虞都这样，警惕又戒备地守在边上，像一条忠心的小狗狗。

尤靳虞别开脸：“回学校拿行李。”

尤堇薇见他两手空空，不由问：“家里没有要带的吗？”

尤靳虞说：“已经快递去城北了。”

尤堇薇没多想，只以为他把一些常用物品寄了过去，但当他们从学校回来，再返回城北，她被家门口的十几个箱子吓到了。

她诧异道：“这么多？”

尤靳虞“嗯”了声：“陆嘉钰今晚过来吗？”

尤堇薇说：“他说晚点过来。”

尤靳虞说：“那等他来了再搬。”

尤靳虞有阵子没来城北了，看到院子里多了辆粉色的自行车，面色颇为古怪。

“我以后骑车上学。”他指了指粉色的自行车。

尤堇薇一呆：“这个颜色，没关系吗？”

尤靳虞说“没关系”，蹲下身和她一起捣鼓盆栽，偶尔说一两句话，说到昨晚，他问：“现在的工作开心吗？”

尤堇薇点头说：“开心。”

尤靳虞沉默下去，没再多说。

尤堇薇看他垂着眼的安静模样，没有追根究底。

两人捣鼓完花儿，再收拾房间，时间很快过去，转眼便是十一点，此时陆嘉钰还没来。

“每次都等他到这么晚？”

尤靳虞见尤堇薇犯困的模样，蹙了下眉。

尤堇薇半支着脑袋，打了个哈欠，抹去眼角溢出的生理泪水，困倦道：“偶尔，很多时候他都是早上六七点来，我已经起床了。”

“他有病？”

尤靳虞不带一丝歧视，用一种极其正经的语气问陆嘉钰是不是有病，听起来是认真的。

尤堇薇慢吞吞道：“他睡眠质量不好，晚上睡不着的时候居多，不爱睡在密闭的房间里，不爱睡床，在躺椅上反而容易睡着。和我在一起好一点，勉强能在床上睡，但他忙，不常过来。”

尤靳虞顿了顿：“他小时候没床睡？”

尤堇薇一怔，她没想过这个问题。

陆嘉钰的家世很难让人往这方面去想，怎么想他都不像是没床睡的人，豆石巷十六号什么都有，有房间，也有床。

他为什么会睡不着？

尤堇薇出神地想着，门被敲响。

尤靳虞让她坐着，起身去开了门。门打开，带着酒气的男人和少年对视一眼，彼此移开视线。

“还有力气吗？”

尤靳虞平静地问。

五分钟后，陆嘉钰莫名其妙地成了搬运工，他烦躁道：“你这十几个箱子都是什么？”

尤靳虞说：“书、模型。”

陆嘉钰说：“不就住一个月？搬这么多没用的玩意儿干什么？你一个高考生看那么多闲书？”

尤靳虞：“我以后都住这里。”

陆嘉钰的脸瞬间就拉下来了，郁闷。

他搬了几趟，加上酒精作用，浑身发热，当即就想撂挑子不干了，可才一动，对上尤堇薇困意蒙眬的双眼。

她蹲坐在门口，环抱着自己，脑袋靠在膝盖上，看起来小小的一团，眼睛水盈盈的，像一只小猫咪，正巴巴地看着他。

算了，他忍这小鬼一晚。

陆嘉钰洗完澡出来，酒气散得差不多了。

他随手擦拭着湿润的发，没半点睡意，走到床边一瞧，闷葫芦陷在被子里，只露出一张小脸，眼睛半睁不闭，快睡着了。

他瞧了一会儿，丢了毛巾上床。

刚躺上去，她已习惯性地贴了过来，他半躺着，她的脑袋靠在他的小腹上方，毛茸茸的，有点痒。

陆嘉钰一只手翻着手机，一只手没入她柔软的发。

“陆嘉钰。”她迷迷糊糊地喊他，“有件事我想不通。”

陆嘉钰低头看她一眼，都困成这样了还惦记着，看来对她来说是重要的事。他问：“什么事？”

尤堇薇闭着眼，嗓音轻得像羽毛，“晚上阿虞问我，现在的工作开不开心。”

她很困惑：“为什么这样问？”

陆嘉钰一顿，有一搭没一搭地顺着她的长发，问：“他问这句话之前，你们在说什么？”

尤堇薇：“说昨晚的宴会。”

陆嘉钰放下手机，垂眼看她安静柔美的面容，片刻后，低声道：“他知道你敬重、相信老师，有些话不想说给你听。”

怕你伤心，怕你难过。

此时，大概没人比陆嘉钰更懂尤靳虞的心情，因为他也是这样想的，怕她伤心，怕她难过。

“什么话？”

她轻轻地问，脸颊贴着他温热的肌肤。

陆嘉钰继续说昨晚没说完的话：“林诗佟第一次邀请你去寿宴，顺便告诉你我被关在陆家，知道你放心不下，或许会来找我。她也在赌，赌你会不会找我，赌我会不会陪你去。只要我去了，加上前阵子林斯昀解决项目的事，林家和陆家将重新合作的消息会传出去，林家就又有了生机。”

林诗佟利用了尤堇薇，在她一无所知的情况下。

林思弥想做的事，林诗佟不一定清楚，但不可能毫无察觉，至今发生的一切都在他们的默许之下，林诗佟是，林斯昀也一样。

他们都是一样的人，为利益所驱使。

陆嘉钰知道，尤靳虞也知道，却都不想让她知道。

尤堇薇安静了几秒，说：“你还是陪我去了。”

陆嘉钰轻轻抚着她的发，抚着她温润细腻的侧脸，忽然俯身亲了亲她的额头，微润的唇在她的额上停留了片刻。

他低声道：“他们不能与你相比。”

陆嘉钰很不爽，整个五月都很不爽。

尤堇薇以尤靳虞要高考为由，不再留在灵犀胡同过夜，周末多数时候也拒绝和他出门，理由是弟弟一个人在家她不放心。这些就算了，更离谱的是，她还不让亲了。

五月底的周五，陆嘉钰又一次以丢了报告为结尾，结束了漫长又无聊的会议。助理匆匆地跟上去，欲言又止。

陆嘉钰瞥他一眼：“有话就说。”

助理快速道：“林斯昀同意用个人名义和我们合作，项目会继续推动下去，然后……然后上午他联系我，说想感谢一下当初帮忙的专家，请陆总和尤小姐吃个饭。”

“啧，这男人就是心眼多。”陆嘉钰轻嗤一声，“和他说没空。”

助理松了一口气，目送着陆嘉钰下班走了。

下了班，上哪儿去呢？陆嘉钰百无聊赖地坐在驾驶座，握着方向盘，半天没想出个地方来，这阵子他不想往城北去，看见尤靳虞就烦。

况且，尤堇薇也不爱搭理他。陆嘉钰想了一阵，难得上家里去了。

陆嘉楹放学回家，和平常一样，先问一句她妈在不在，一听不在，立马踹飞了两只鞋，没个正形地往屋里蹦跶。

“陆嘉楹，你好吵。”懒懒散散的嗓音，带着困意。

陆嘉楹一呆，然后尖叫一声，丢了书包就往客厅里跑：“哥！你怎么来了！啊啊啊啊哥！”

陆嘉钰把枕头往耳朵上蒙。

陆嘉楹吵吵闹闹地往陆嘉钰身边凑，嘀咕着“你是不是又挨打了”，抢走枕头非要看他的脸，掀开枕头一看，还是她超级帅的哥哥。

“没挨打啊。”陆嘉楹小声嘟囔，“那你怎么回家里来了？难不成是想我了？哎呀，哥哥果然最爱我。”

陆嘉钰说：“别吵，让我睡会儿。”

陆嘉楹“哦”了声，捡起书包，老老实实拿出作业写，想着早点写完作业就能和哥哥多玩一会，说不准还能出去玩。

陆正明回来的时候，觉得自己眼睛坏了，忧心忡忡地问助理，看眼睛哪个医院比较好。

助理嘴角微抽：“您没看错。”

陆正明用力眨了眨眼睛，重新去看。

他们家的小魔王居然乖巧地坐在小椅子上写作业，乖得像刚上学的小学生，而他们家的大魔王居然躺在沙发上睡觉，这突如其来的岁月静好的画面是怎么回事，他果然老了吗？

“楹楹，你哥怎么了？”陆正明跟做贼似的，凑到女儿身边，说：“他什么时候来的？干什么？”

陆嘉楹正色道：“爸爸，哥哥只是回家而已，您不要大惊小怪。”

陆嘉楹说着转头悄悄看他一眼，小声嘀咕：“好像一下班就过来了，不知道来干什么，来了就睡觉。”

“一定有诈。”陆正明十分警惕。

陆嘉钰就想安安静静地待一会儿，他把枕头往陆正明的脸上一丢：“烦不烦，让不让人睡觉了？”

陆正明看到儿子暴躁的模样，松了口气，看起来没多大事。

“吃饭的点，睡什么觉？”陆正明开始刺他，刺完又关心起人来，“簇簇最近怎么样？上次回去没哭吧？”

陆嘉钰：“没。”

哦，原来是和女朋友闹别扭了。陆正明一听就明白了。

“楹楹，你爸我今天想清静清静，你和你哥出去吃，走吧走吧，你们现在就走，别让我看到你们。”

他开始赶人。

陆嘉楹一喜：“我不用写作业了吗？”

陆正明瞧她一眼：“作业带上，你妈要视频检查。”

陆嘉楹小脸顿时垮了下来，但想到能和哥哥一起出去玩，她又高兴了，立即收拾起小书包来。

车上，陆嘉钰百无聊赖，毫无想法，和一个初中生能上哪儿去玩，无聊死了。

陆嘉楹认真地给出建议：“哥，我们喊言深哥一块儿吃饭吧，好久没见他了，上回宴会他也没去。”

陆嘉钰说：“他满脑子只有医院和那个相亲对象。”

陆嘉楹瞪大眼说：“相亲？言深哥沦落到去相亲了？”

陆嘉钰轻“哼”一声，给他打了个电话，话里话外又暗示他把陶映冉也带来，不知道打的什么主意。

他们约的餐馆是陆嘉楹找的，楼上是解压馆。

趁着陈言深还没来，陆嘉楹非要去玩。

陆嘉钰第一次来这样的地方，上下打量了几眼，随口问：“小炮仗，你压力都大成这样了？你妈不是在国外？”

陆嘉楹幽幽道：“我妈这人掌控欲也太强了，她每天都要开视频检查我的作业，这就算了，就连我睡觉也不许关。”

陆嘉钰“啧啧”感叹两声，小炮仗还挺惨。

陆嘉楹郁闷完，又炫耀道：“哥，我找的地方不错吧？你肯定没来过这样的地方，里面可好玩了。”

陆嘉钰嗤笑：“你白姓陆了。”

这些解压方式对他来说不过是过家家而已，都是假的，当然还是真的最刺激，而他陆嘉钰别的不会，最会找刺激。

陆嘉楹哼哼唧唧两声，帮他选了砸酒瓶子的房间，至于她自己，她要去揍人，揍死那些讨厌鬼。

陆嘉钰进了房间，瞥了一眼安全头盔，不怎么乐意戴上，跟小学生似的，但他才这么想，就听广播念：“请16号房陆先生戴上头盔，如果有不方便，可按铃请工作人员协助。”

果然，小孩最讨厌。

陆嘉钰戴上头盔，瞥了眼地上的啤酒瓶，往椅子上一坐，随手拎起一个往墙上砸，瓶子顿时四分五裂，脆响声没什么刺激感，就是吵。他就坐在那儿，慢悠悠地砸着瓶子，像是在砸棉花。

隔壁，陆嘉楹的拳击房。她像一头愤怒的小牛，嗷嗷叫着往人模身上砸，每砸一拳都觉得自己像是个英雄。

“啊啊啊啊啊啊！”

陆嘉钰心想：打不会还手的人模都这么起劲，小孩怪可怜的。

陆嘉楹发泄完，满身是汗，兴冲冲地跑向陆嘉钰：“哥，好玩吗？你怎么这么早就出来了？”

陆嘉钰习惯性想嘲讽她，但看见她亮晶晶的双眼，又想起尤堇薇，他的簇簇也总是这么看他，闷葫芦玩什么都能兴奋。

“好玩，擦擦汗。”

陆嘉钰随手给她递了块毛巾。陆嘉楹受宠若惊，她哥居然给她递毛巾了！

两人下楼时，陈言深刚到。一身正装的男人身后站了个娇俏的女人，看表情不太愿意，他耐着性子说着什么，冷漠的神情中带着点点柔和，让人看得有点出戏。

陆嘉楹震惊道：“哥，我瞎了！”

陆嘉钰懒得理她，径直走过去打断两人的交流，看向陶映冉问：“簇簇还没到？给她打个电话。”他语气自然，像是他们本来就约好了。

这理所当然的口吻让陶映冉一时间没反应过来，电话已经打出去了，等挂了才觉得不对劲。

“你怎么不打？”她纳闷。

陆嘉钰答：“我手机没电了。”

不知道为什么，这句话听起来像是在骗人。

城北胡同，尤堇薇有点想不通，她晚上约好了和他们一起吃饭吗？陆嘉钰怎么没和她说。

“姐，怎么了？”

尤靳虞看她出神的模样，问了一句。

尤堇薇回过神，迟疑道：“阿虞，今晚你一个人吃饭可以吗？姐姐晚上有点事，你晚自习下课前肯定回来。”

尤靳虞：“我又不是小孩子，你去忙。”

尤堇薇叮嘱道：“骑车注意安全。”

尤靳虞：“知道了。”

尤靳虞送她到胡同口，见她上了车才返回家里，独自吃完饭，收拾完餐桌洗干净碗，背上挎包，推着自行车出门。

神情冷漠的少年骑着一辆粉色的自行车穿梭在胡同里，邻居们纷纷探出头来。

第十三章 偏心

只要他想，
他可以是任何模样。
疏冷的，温柔的，
都是陆嘉钰。

尤堇薇到的时候，他们还没点菜。

四个人围坐在露台，两个男人低声说着话，陶映冉无聊地玩着手机，陆嘉楹在写作业。

“尤尤！”陶映冉一见人就拉着她坐下，“你来得好慢，我都要无聊死了。”

陈言深微顿，转头看她一眼。

陆嘉钰看了眼位置，他和尤堇薇之间隔了一个陆嘉楹，他抬脚踢踢陆嘉楹的椅子，递过去一个眼神。

陆嘉楹从善如流，卖乖道：“尤姐姐，我能和你换个位置吗？想问陶陶姐几个问题。”

尤堇薇没有拒绝，起身和她换了位置。

只见陆嘉楹拿着初中数学题，问陶映冉：“陶陶姐，这道题怎么做？”

陶映冉下意识看向陈言深。

陈言深：“哪道？”

陆嘉钰倾身过去，把她们的餐具换了，语气淡淡的，没什么情绪：“我面子还没你朋友大，她一喊你就出来。怎么着，今天那个小鬼不黏着你了？”

尤堇薇抿抿唇，轻声道：“还有一周他就高考了。”

陆嘉钰：“考完就走？”

尤堇薇无奈，这人比小朋友还小朋友。她往他身边坐了点，小声地说：“就一个暑假，上大学他住学校里，你别那么小气。”

陆嘉钰气笑了：“我小气？我对他够忍让了，是你偏心。成天不搭理我，不和我出去就算了，连上床亲都不……”

尤堇薇捂住他的嘴，耳根已经红了。

幸好那三个人在讲作业，没人注意到他们。

“不许说。”

她细声细气地说，听起来还怪委屈的。

陆嘉钰轻“哼”一声，看向那三个人：“我还有事，先走了。小炮仗就丢给你们了，送回家就成。”

说完，拉着尤堇薇就走。

陆嘉楹心碎了，原来她就这点用处。

陶映冉总觉得哪里不太对劲，可又说不上来。

车内，陆嘉钰久久不动，不开车，也不说话。

尤堇薇试探着去牵他的手，他没动，她轻轻地挠了挠他的掌心，温声道："想去吃什么？还是我们回灵犀胡同？"

"晚上睡那儿？"

大少爷终于开了尊口。

尤堇薇为难道："要回家，阿虞在。"

陆嘉钰觉得有点烦，赌着一口气，直接开车去了赛车俱乐部。一路上车里都很安静，尤堇薇没问去哪儿，也没再说话。

陆嘉钰有阵子没来俱乐部了，上回来还是她生日那天。

进门后，工作人员领着他们去了贵宾包厢，绝佳的观赏位置，能看到大半的赛道。包厢里已有不少人，见他们来都开始起哄。

"哟，陆公子肯出来玩了？"

"有一阵没见嫂子了。"

"什么时候再和我们打牌？"

尤堇薇对他们笑了一下，说最近有点忙。

说话间，陆嘉钰自顾自走到落地窗前，随意和别人聊起天来。

"嫂子，坐这儿。"左柏让开位置。

尤堇薇和他们见过几次，多多少少说过话，聊起天来也不尴尬，他们主动说起这俱乐部的事来。

"这地方是左柏的，本来办不起来，当时资金链断了，我们还小，和家里要不了那么多钱，帮不上忙，后来是陆哥出面填的窟窿。当时因为这件事，他还和家里大吵了一架。"

尤堇薇微顿："什么时候的事？"

"五年前。"

五年前，是陆嘉钰读大二的时候。

林思弥曾告诉她，那年他和家里闹翻了，失踪了一段时间就出国去了，会是因为这件事吗，她觉得没有那么简单。

尤堇薇看向陆嘉钰。

天色黯淡，夕阳的最后一抹余晖洒落。

他半倚在落地窗前，两手插兜，神情淡淡地听对面的人说话。

光影变幻，他的眉眼被遮住，下颌处橙光晕染开，薄唇一张一合，偶尔唇角会向上扬起，那张乖戾的面容立时变得醉人。

她第一次想，陆嘉钰是空白的。

他的模样生动，性格鲜明，可构筑他的过去是空白的，他们或许知道，或许不知道，但都知道一部分的他，过去的他。

她不知道，从来只是听说。

听她说，听他说，听所有不是陆嘉钰的人说。

尤堇薇想，是他不想让她看见。

"嫂子，嫂子。"边上的人喊她，"陆哥去底下玩车了，你和我们下去看看，还是在这里坐会儿？"

尤堇薇回神，忽然发现陆嘉钰的身影不见了。

"你们去吧，我坐一会儿。"

很快，包厢内只剩下她一个人。

尤堇薇走至落地窗前，往下看。

强光将赛道起点照得亮如白昼，人群三三两两聚集在一起，陆嘉钰位于人群中心，他接了别人递过来的烟，咬进嘴里，火便凑了过来。这阵子他很少抽烟了，在她面前几乎不碰。

他周围总是那么热闹，围满了人。

不知道谁说了什么，他弓着背笑起来，被烟呛了一口，咳嗽时颈间青筋凸起，指间的烟兀自燃烧。

她静静看着，额头轻抵上微凉的玻璃窗，手指无意识地划着玻璃。

这两个月像是一场编织的梦境。

只要他想，他可以是任何模样，疏冷的，温柔的，都是陆嘉钰。

弯弯绕绕的山道上，几辆赛车紧密地贴在一起，你追我赶，轰鸣声响彻山间，机械间的碰撞擦出火星，点亮夜晚。

暗黑色的赛车冲过终点，欢呼声响起。

车门打开，陆嘉钰随手摘下头盔，肾上腺素仍在飙升，极速追赶带来的兴奋未消，他下意识地去找人群中的那双眼睛。

找了一圈，他的情绪倏地淡下来。

"她呢？"他问人群。

左柏道："嫂子啊？她在上面没下来。"

陆嘉钰抬头看了眼包厢所在的位置，长腿迈开，径自走向俱乐部，坐电梯直达顶层。

包厢门关着，他一把推开。

室内是他离开前的模样，酒和零食散落，烟味弥漫，冷冷清清的灯光落下，里面空无一人。

她走了。

陆嘉钰攥紧拳，随便抓了个服务员问：“里面的人什么时候走的？”服务员被他吓到，磕磕巴巴地说：“半小时前。”

他松开手，说了句“滚”。

陆嘉钰进入包厢，在单人沙发上坐下，安静几秒，忽然抬手用力挥落桌上的酒，玻璃重重坠落，发出巨大的声响。

门口的身影一顿，她试探地喊：“陆嘉钰？”

沙发上的身影沉默着，片刻后，抬起猩红的眼。

他盯着她，情绪起伏。

尤堇薇掩住诧异，走进去放下盘子，在他面前蹲下，去牵那双冰冷的手，她微微用力，牵紧了他。

“你怎么了？”她柔声问。

陆嘉钰视线落在她的脸上，看她眼里柔和的光亮，温柔又包容，像海水一样汹涌。

半晌，他哑声问：“去哪儿了？”

尤堇薇轻声解释：“小迷说你这个月总是不吃饭就喝酒。你不喜欢在外面吃，我就去借厨房做了几个菜，要不要吃一点？”

陆嘉钰倏地俯身，手按住她的后颈，低头吻下去，另一只手去抱她，将她带离这一地碎片。

落地窗前，陆嘉钰用力亲吻怀里的人。

想要汲取她的体温，想感受她的味道，想将刚才的失落、空虚、后怕都填满，想这一刻永远停留。

渐渐的，人三三两两地回来，却都在门口停住脚步，几个人沉默不语。

只点了一盏灯的室内，男人高大的身躯完全将女人笼罩，后颈上缠绕着双柔弱无依的手，纤纤的指尖泛着红。

他们忘情地亲吻着，爱欲交织。

从元宵节到现在，他们在一起五个月。

尤堇薇其实能感受到，陆嘉钰是有欲望的，可没有哪一次像现在这样清晰。唇齿相依间，她尝到了情欲的味道。

他的舌尖几乎搅碎了她的心魂。

冰冷的玻璃蒸腾起一层薄薄的热雾，耳朵里似乎有脚步声，有人停在那里，又离开了。她微移开脸，他的唇又紧跟着追上来。

“我喘不过气了。”

尤堇薇躲进他的怀里，他的衬衫被她揪皱了。

陆嘉钰退出来，低低地喘息着，额间的发被汗打湿，湿润的唇印在她泛红的耳尖，哑声道：“真要回去？”

她缓了片刻，抬起湿润的眸看着他，软声道：“是我不好，我偏心。还有一周，你听话一点。”

见了鬼了，有生之年他还能听到别人对他说“听话”这个词。

陆嘉钰松开她，嗓音沙哑：“我去洗个澡，不许乱跑。”

陆嘉钰走后，服务员来收拾屋内的狼藉，见到滑倒在地的尤堇薇怔了一下，试探着问：“小姐，你没事吗？”

尤堇薇靠着玻璃，轻摇了摇头。

她只是没力气，四肢发软，心、肝都在颤。

陆嘉钰回来后，屋里陆陆续续来了人，他们默契地没提起刚才的事，照常打趣陆嘉钰。

“啧，陆公子多矜贵啊，吃的都要挑人做。”

“嫂子，你别惯着他。”

陆嘉钰没搭理他们，自顾自地吃自己的，偶尔还有不长眼的，想过来偷吃一口。这一次，他们看到陆嘉钰把人看得紧紧的，彼此对视一眼，看来之前闹别扭了，难怪刚刚开车这么疯。

近九点，陆嘉钰说了句“走了”。

这群人心照不宣地笑了一下，良宵苦短。

良宵不良宵的，陆嘉钰不知道，他倒真挺苦的，大半夜的还得去接那个小鬼放学，免得她又站在胡同口等，陆嘉楹都没这待遇。

“几点下课？”他随口问。

尤堇薇说：“十点半，出来到校门口是十点四十，回到家就十一点了。阿虞回去还要看书。”

陆嘉钰想起上回搬的那么多书，哼笑一声："一本教材都没有，那个小鬼挺早熟，就是太黏人了。"

"他从小就像个小大人。以前他放暑假放得早，来邺陵后，每天都会来学校等我。以前我们班同学都知道，我有个特别酷的弟弟。"

尤堇薇想起小小的尤靳虞，颇有些怀念。

陆嘉钰问："这个小鬼怎么不住家里？"

她顿了顿，小声说："他好像不喜欢跟着妈妈，以前一放假就来找我，那时我看他和爸爸关系不错，以为他和妈妈也这样。"

陆嘉钰想起去城北撞见秦晚玉那一次，那是个强势的、说一不二的女人，和他阿姨差不多性格。

那个小鬼性格那么差劲，能和家里人相处好就见鬼了。

"家里只有你在受欺负？"陆嘉钰问。

尤堇薇茫然道："我没有被欺负。"

陆嘉钰叹气，和她说不通。

算了，这呆子。

十点半，洛京一中校门口停满了车。陆嘉钰他们的车停在后面的位置。

陆嘉钰难得在深夜还觉得洛京这么堵，往两边一看，都是来接小孩的家长，看样子是天天来。

"要是以后我没时间，你又不会开车，怎么接孩子？"

他没细想，这话自然而然就说出了口。

尤堇薇和陆嘉钰皆是一怔。

短暂的寂静过后，尤堇薇身体僵硬，看着校门口，憋出一句："阿虞都是自己回家的。"

"他出来了，你在车里待着。"

陆嘉钰头一次看到尤靳虞不觉得烦，他下了车，穿越车流和人群，径直往校门口走去。

"喂，小鬼。"

陆嘉钰在边上冲他挥了挥手。

尤靳虞一顿，推着自行车向他走来，开口就问："我姐呢？"

陆嘉钰指了指马路对面："车上，没让她下来。过来站会儿，我抽支烟。

你给她发个短信，说去超市买点东西。”

尤靳虞沉默几秒：“你们吵架了？”

陆嘉钰：“没，烟瘾犯了，不想让她闻到。”

尤靳虞的神情微不可察地一松，把自行车往他手边一递，给尤堇薇发了条短信，然后往超市走去。

等他再回来，陆嘉钰一根烟还没抽完，剩点尾巴。

尤靳虞安静地站在边上，看他碾灭了烟，忽然道：“她不喜欢烟味。我们家没人抽烟，逢年过节聚会，只要她在，外公、外婆和我爸，他们都会让客人把烟灭了。”

陆嘉钰神色淡淡：“我不知道，她从来都不说。”

尤靳虞说：“我妈性格强势，难以讨好；我爸沉默寡言，不会表达；外公、外婆内敛保守，克己慎独。家里没人教她怎么去表达自己的需求和情绪，她一直被束缚在框里，从不越界。”

直到遇到陆嘉钰。

这句话尤靳虞没说，但他们都知道。

片刻后，陆嘉钰道：“走吧，烟味散得差不多了。”

尤靳虞跟在他身后，平静道：“分手的时候利落一点。”

前方的男人一顿，停下脚步。

颀长的身影在这初夏的夜晚竟有几分寂寞。

停顿了半晌，他继续往前走，没有回头。

跑车一骑绝尘，车后座打开，自行车可怜巴巴挤在角落里，能与风比拟的车速让它看起来岌岌可危。

车里，尤堇薇问：“饿了？”

陆嘉钰刚想说没有，反应过来她是在问尤靳虞，便没应声，指节轻扣着方向盘，神情难辨喜怒。

尤靳虞道：“不饿，买了薄荷糖，提神。”

这一路算相安无事。尤堇薇担心的事没有发生，到了胡同口，她松了口气。刚想解开安全带，忽然听陆嘉钰懒声道：“簇簇，说个事。”

尤堇薇有些迟疑，他用这样的语气说话，一般来说都不是什么好事。

“那个小鬼让我和你分手。”陆嘉钰熄了火，却并不下车，当着尤堇薇的面告起状来，“我挺委屈的。”

尤靳虞眉心一跳，压根没想到陆嘉钰给他玩这一出，脸不红心不跳地撒谎：“我没有。”

尤堇薇睁大眼，呆住了。

车里的两个男人，都是一肚子坏水的人，此时他们都盯着她看，她一时间竟不知道该相信谁。

短暂的寂静后，她试探着问：“要不先下车？”

陆嘉钰说：“这件事说不清楚下不了车。”

尤靳虞说：“我是高考生，需要睡眠。”

话说到这里，尤堇薇大概有了判断。

虽然话是尤靳虞说的，但是不是这个意思有待商榷。以尤靳虞的性子，不会直接说出让他们分手这样的话来。

她看向后座说：“阿虞，你先回家。”

尤靳虞顿了顿，下车前丢给陆嘉钰一句话：“别忘了我的自行车。”

“看见没？”陆嘉钰轻挑了挑眉，双手环胸，“他巴不得我和你分手，他安的什么心？”

尤堇薇轻扯他的衣袖，软声道：“好了，别生气。等高考结束，我找时间和他谈谈。”

车窗外光线暗淡，车里空间狭小。

昏暗的环境里，她用水盈盈的眼眸看着他，说好话冲他撒娇。陆嘉钰只多看了一眼，便倾身过去吻她。

安全带没解开，她被困在座位上，被迫承受这个吻。

他干燥的指腹覆上她的耳根，轻捏了捏，耳垂发烫，吻到深处，她呜咽出声，他一笑，又追上来。

情动之中，她昏昏沉沉，大脑近乎缺氧，等清醒过来，已坐在了床上。

陆嘉钰冲了冷水澡出来，见她还是呆呆的样子，轻“啧”一声，过去捏了捏她的脸，调笑道：“被亲傻了？”

屋里不肯让他亲，可不是只能在外面了。

在车里他还算收着，没失了分寸，床上就说不准了。

尤堇薇问：“我怎么回来的？”

陆嘉钰挑眉说：“你不知道你男朋友有翅膀吗？游轮那晚不是都摸着了吗？这么快就忘了？”

她不记得，她不记得。只要不承认，她就不记得。

尤堇薇跳下床说："我洗澡去了！"

陆嘉钰笑了下，心想：溜得倒是快，当小醉鬼的时候可是天不怕地不怕。笑完，他往床上一躺，随手拿起她在看的书。

翻了几页，是本游记。

他重新放回去，看了眼手机，也没劲。

陆嘉钰等得无聊，干脆打量起她的房间来，就灵犀胡同里间那么大，放着书柜、衣柜，还有张桌子和梳妆台，除此之外，就只剩下床。原本还有点空间，多了张梳妆台，屋子就显得狭小。

房间虽小，却处处体现巧思。

衣柜上的栀子花图案不显眼，斜对着的正是放在书柜上的花瓶，花瓶里放了一支洋槐花。他细看几秒，竟辨不出真假，下床去闻，才知道是真的。桌子上是几本陈旧的专业书，她时常翻看。

陆嘉钰在梳妆台前坐下，随便拿了几样不认识的东西翻开看了几眼，都是用过大半的，新的不多。包和衣服送了，这些倒是忘了。

左柏之前建了个群，拉了陆嘉钰进去，里面都是一些圈子里的人。

陆嘉钰瞧了几眼，拿手机拍了几张照片发在群里。

陆嘉钰：这玩意儿怎么买合适的？

这个点，群里很安静。

大家不是在外面潇洒，就是在哪个美人窝，总归干正经事的就没几个，陆嘉钰的消息一冒出来，这些人都疯了。

被盗号了？

这啥玩意儿？

我老婆说让你拍下色号。

陆嘉钰按照群里的指示，耐着性子拍了一堆。最后有人直接拉进来个代购，说给你找了个大客户。这下事情好办了，他把照片一发，留了尤堇薇单位的地址，之后就干脆利落地关了手机。

一群人叽叽歪歪的，烦死了。

他瞥了眼时间，心想：都半个小时了，怎么还不出来。最后又无聊地翻起朋友圈来，一打开就是他的朋友圈背景。照片上的女人眉眼弯弯，脖子上挂着他送的小葫芦项链。而他在看她，没看镜头。

发色从粉色换成了枪灰，照片也得换。

陆嘉钰这么想着，去浴室催人，像条着急的狗狗，见不到主人出来，便甩着尾巴在门口团团转。

“好了，很快就出来。”

又轻又软的声音隔了一层雾。潮湿的水汽弥散。

陆嘉钰姿势闲散地倚在门口，这几秒空白，他想起尤靳虞的话、爷爷的话、Mint 的话及圈子里的人说的话，几乎所有人都觉得他们会分手。

无非一个原因，因为他是陆嘉钰。

几乎所有用来形容纨绔子弟的词都能放在他的身上。原先他还勉强算得上是洁身自好，有了个尤堇薇，这个词也没了，一点好话不剩。

尤堇薇推门出来，见他正出神，想得专注，连开门的动静都没听到。

“在想什么？”

她自然地靠近他，双手圈住他的腰腹。

陆嘉钰垂眼看她，雪白的小脸上蹭上热气带来的红晕，杏眸水盈盈的，唇瓣柔软，小巧的下巴贴着他的胸膛，一点一点。

他抬手轻揉了揉她的发，随口问：“我是什么样的人？”

尤堇薇一愣，怔愣间，身体骤然悬空。

陆嘉钰抱着她上了床，把她往被子里一塞，支着脑袋看她，似乎在等答案。

“你啊……”

她注视着眼前狭长的黑眸，陷入漫长的沉默。

陆嘉钰并不着急，耐着性子等她。

许久，尤堇薇才回过神，眼睫轻颤了颤，温声道：“你是很危险的人，我第一眼见你就这么觉得。”

陆嘉钰挑眉：“什么时候？灵犀胡同还是飞机上？总之，不是在园林。啧，这么早就偷偷看我。”

尤堇薇回忆着那天：“在胡同里，我从门缝中看到你，你盖着毯子，只露出脚踝和头发。我想，这个人多大年纪，头发白了还要找女朋友吗？”

“那是灰色。”

“那天下雪了，看起来像是白的，但后来看到你腿上的皮肤，知道你是年轻人。”

“门没关紧，在你看过来之前，我躲开了。”

“那时候，我的第一感觉是你很危险。”

陆嘉钰夸赞她：“第一感觉挺准。”

尤堇薇抿唇一笑：“之后在郦陵，我觉得你随心所欲，似乎什么都不怕。我没有见过像你这样行事放浪的人。”

陆嘉钰笑：“这才哪儿到哪儿。”

天知道，遇见她之后他多收着。

尤堇薇看着他被暖光晕染，显得有几分温柔的面庞，抬起手，用指腹轻轻描摹着他的轮廓，轻声说：“后来你来金牛岭找我，除了阿虞没有人会找我，你是第二个。”

你会送我喜欢的花，和我在雨里跳舞。

记得我随口提起的儿时遗憾，怕我迷路会来胡同口接我。

会在我难过的时候哄我，会找我一整夜，会背我回家。

会带我去看雪。

记得我的生日，为我准备盛大的生日宴。

她在心里慢吞吞地说着。

这是她第一个喜欢上的人。

他是一个坏脾气、细心、温柔，又爱憎分明的人，是她此生再不会遇见第二个的人。

明明心里欢喜，可她为什么会流眼泪？

陆嘉钰一滞，下意识去捧她的脸，亲亲她的唇角，低声道：“不说了，不说了。我抱着你，别哭。”

“哭什么？”他给她擦眼泪，“嘴上说着我的好，眼睛里掉珍珠？”

陆嘉钰蹙着眉，紧紧地抱着怀里哭得发颤的人。上一次见她哭还是在金牛岭，谁知道，这一次哭得比上一次还凶。他说不出话来，只能笨拙地拍着她的背，亲她的头发，反复多次，毫无不耐。

尤堇薇哽咽得说不出话来，一股巨大的悲伤将她笼罩。

他的喜欢会有多久？从朝阳初升再到夕阳落幕，从春夏到秋冬，都太短暂了。他的爱意会有多久？下一次离别又会在什么时候到来？

他像一阵风，不会停留。

高考前两天，洛京一中给高三生放了两天假。

趁着休息，尤堇薇和尤靳虞一起去医院看外婆，自从那次心脏病发，外婆便一直住在医院里，以免再出什么意外。

病房内，尤堇薇灵活地用小刀削着苹果皮，听外婆问阿虞高考的事，问他紧不紧张，安慰他放轻松就好。

少年坐在那儿，外婆说什么他都应好，语气平静，话也少得可怜。

说着，外婆拍了拍尤靳虞的手，温声道："外婆想吃樱桃，辛苦阿虞去买一点。"

尤靳虞一顿，看了眼尤堇薇，他终是没说什么，关门离开了病房。

尤堇薇看他一步三回头的模样，嘀咕："阿虞小时候都不像现在这样，我看起来那么容易让人担心吗？明明我才是姐姐。"

外婆笑道："他一直当自己是哥哥。"

两人说了几句，外婆忽然伸手过来，宽大的镯子空落落的圈在手腕上，是尤堇薇找回来那只。

"簇簇，帮外婆摘了吧。"她语气温和。

尤堇薇一怔，随即帮她褪下了镯子。戴上的时候并不觉得，摘的时候发现外婆实在太瘦了，这把骨头似乎风一吹就会散。

外婆转了转手腕，缓慢地说着："我病了多久了？有五年了吧。你高考那年病的，你妈接我来洛京养病，这么多年，从来没回过邺陵，一转眼，阿虞也要高考了。"

尤堇薇问："外婆想家了？"

外婆笑了笑："说想，其实也没什么可想的，你外公和你爸都不在了，你和阿虞都在这里。但是啊，我总梦到邺陵，梦到你和阿虞从外面回来，跑进书房，问我能不能养一条小狗。我最近想起来，时常觉得后悔，或许那时候应该答应你们，养一条小狗。"

尤堇薇轻声道："等您身体好了，我陪您回去。"

外婆看着她，苍老的面容显得很温柔，她缓声问道："簇簇，你喜欢这里吗？如果在洛京不高兴，外婆和你一起回邺陵去，阿虞长大了，不用我们再多操心。"

尤堇薇注视着外婆，忽然明白了。

她停下动作，嗓音微涩："您知道了？"

外婆一笑：“知道什么？知道簇簇恋爱了？还是知道这个镯子是那个男孩帮着找回来的？”

尤堇薇轻抿了下唇，没说话。

她从小就这样，一遇到不知道怎么解释的情况，就不会说话，有时候是说不上来，更多的时候是不知道怎么说。这样的性子最容易被误会、被欺负。

外婆收起笑容：“我听说了很多关于他的事情。”

尤堇薇垂着眼，小声道：“您从前教过我，认识一个人不能只听别人说，要用眼睛去看，他不是别人说的那样。”

外婆瞧她一眼：“外婆是病了，又不是傻了。那样的家庭养出来的孩子，往往是两个极端……”

尤堇薇安静听着，不再反驳。

最后，外婆叹了口气：“簇簇，你知道外婆的意思，找个时机和他断了。你这个性子，得找个疼人的。”

他也会疼人的，尤堇薇想。

住院部楼下，尤靳虞拎着一袋樱桃回来，步调放得很慢，他知道外婆有话和姐姐说，故意把他支开。

他绕了远路，经过花园时，亭子里忽然有人喊他。

尤靳虞一顿，看向趴在亭子里的女孩子，她还穿着附中的校服，显然今天初中还在上课。

他问：“一个人来的？”

秦念芙点头，小心翼翼地说：“我在这里等你，想和你说说话。”

尤靳虞脚步一转，往亭子里走，淡声道：“说吧，说完送你回学校，以后最好不要这样。”

秦念芙垂着头，低声说：“我只是想和你说高考加油，还有……考完你会回来住吗，哥哥？”

“不会。”尤靳虞道，“以后都不会。”

秦念芙沉默许久，揉了揉酸涩的眼睛，问：“是因为我吗？”

尤靳虞：“不是。”

秦念芙咬着唇：“可是那是你的家，你住了那么久，现在为什么不想住了？因为你变成大人了吗？”

尤靳虞"嗯"了声："走吧，送你回学校。"

少年走出亭子，放慢步子，听身后那轻轻的脚步声跟上来。还好这一路相安无事，她安安静静的，没再说话。

尤靳虞见她刷了校园卡进门，准备回医院，刚迈出两步，秦念芙又喊他，他回过身去看。

她红着眼睛问他："为什么不喜欢我？"

尤靳虞平静道："谁都一样，我妈，你爸，还有你，在我看来都一样，没有喜欢或不喜欢。"

女孩子昂着下巴，倔强地问："她呢？"

尤靳虞注视她片刻："她不一样。"

回到医院，尤靳虞耳边还留着秦念芙的话，她问有什么不一样。他想：有什么不一样呢？

"阿虞！"

温温柔柔的嗓音，藏着担心。

尤靳虞抬眼看去，见尤堇薇急匆匆地跑过来。她上下看了他一眼，松了口气，小声道："还以为你迷路了。"

尤靳虞："我不像姐姐，不会迷路。"

尤堇薇后悔，果然不该说"迷路"两个字。

"再和外婆说两句话就回去了。中午去工作室附近新开的餐厅吃饭好吗？听同事说味道不错。下午想去哪儿，姐姐陪你去，上次说的……"

尤靳虞安静地听着她絮絮叨叨，眸光渐渐柔和下来。

从小时候就是这样，她本来是安静的性子，话不多，但见了他总是忍不住多说，她的眼神，她说的话，说话时的语气，走路时牵着他温暖的手，是他所能感知到最明确的情绪。

小小的尤靳虞曾想，在姐姐身边，他做什么都可以。因为姐姐永远不会生他的气，不会丢他一个人。

谁能拒绝从不偏移的爱。

他不能，陆嘉钰也不能。

高考前一天，尤堇薇去等陆嘉钰下班。

这阵子他很忙，没时间和尤靳虞争风吃醋。尤堇薇几天没见他了，今天趁着尤靳虞去和同学聚餐，一下班就跑了过来，想给他一个惊喜。自上次和小迷来陆氏，陆嘉钰便拿了张卡给她，有这张卡，在陆氏畅通无阻。

专属电梯停在二十二层，门打开，静悄悄的。

尤堇薇往四处看了眼，工位上都是空的，难不成去开会了，这么想着，她往会议室去，没走出几步，撞见了陆嘉钰的一个秘书。

秘书愣了一下，解释道："尤小姐，陆总他下午的行程没结束，还在高尔夫俱乐部。"

尤堇薇眨眨眼，惊喜好像失败了。

她想了想，问："我方便过去吗？"

秘书："当然，我给您派车。"

尤堇薇拒绝了，不忘叮嘱秘书："别告诉他。"

秘书配合地点头，情侣间的小惊喜，他懂的。从前几次来看，陆总谈起恋爱来也是普通男人，肯定也喜欢。

第一次去的地点，尤堇薇通常会选择打车。当然，胡同这样的地方除外。车开不进去，只能自己弯弯绕绕地找。相比起来，高尔夫俱乐部极其友好。

宽阔显眼的建筑物，在阳光下熠熠生辉。

进了门，工作人员领她去换了衣服。

尤堇薇换完衣服出来，门口还给她派了一辆双人小车。这辆车，她可以自己开，也可以让人开。

她指着小车问："没有驾照能开吗？"

工作人员和善一笑："当然可以，您想自己开吗？"

尤堇薇点头，她还没开过这样小的车。

尤堇薇听工作人员简单说了操作，确认了一次，系上安全带，试探着启动了车。冲击感突如其来，身体向后仰去，她吓了一跳，开出去一段距离，轻薄的风迎面而来，她渐渐放松下来。

原来开车是这种感觉。

尤堇薇掌控着方向盘，感觉挺不错，一时间忘了自己是来找陆嘉钰的，竟绕着场地就这么开了起来，越开越快乐。

宽阔的场地上，几个身穿运动服的男人正在高谈阔论。

陆嘉钰百无聊赖地挥舞着球杆，球还没进中心圈，夸赞声就吵得他耳朵疼。

"那块地你们也有兴趣？"

陆嘉钰收回视线，瞥了眼其中一个男人。

那个男人一笑，没接话茬，转而道："我前阵子听人说，陆总在郰陵那阵心情不错。我今天带了个人，来陪陆总打球。"

陆嘉钰轻挑了挑眉。

男人挂了电话没多久，不远处开来辆车。

车上坐着个女人，正遥遥望向这边。男人立即去看陆嘉钰的神色，见他忽然站直身体，心想：果然有戏。

他们没看见那辆车后面还跟了辆小车。

小车上只有一个女人，她正全神贯注地看着眼前的路，见前面的车停下，灵活地转了弯，继续往前开去，瞧着格外开心。

陆嘉钰微眯了眯眼，闷葫芦怎么跑这儿来了？

"你带来的人？"他问。

男人笑道："听说这个女孩和陆总曾有过一面之缘，郰陵的姑娘就是水灵，能叫人念念不忘。"

不等陆嘉钰开口说话，他的面前站了个陌生女人，黑发雪肤，她乖巧地喊："陆先生。"

陆嘉钰瞥了眼，不认识。

不过这称呼倒是让他想起件事来，想了一阵才记起来，是郰陵饭局上他们带来的那个女人，他似乎和她说过几句话。

那晚尤堇薇看了视频，不搭理他了。

这样想着，陆嘉钰挥了挥球杆："让让。"

女人一愣，虽不明所以，还是让开了。

于是，一群人跟着陆嘉钰往前看，琢磨着他这是在看什么呢，眼睛都快看花了，才发现陆嘉钰是在看一辆车。

这辆车到哪儿都不停，只是绕着场地开了一圈又一圈，无人时便加速，有人时便停下来，让别人先过。

"这是在干什么？"

"是工作人员？瞧着像。"

"看起来是个姑娘，总不能是迷路了吧？"

陆嘉钰不爽，他人就在这儿，她看都不看一眼？

陆嘉钰往边上伸手："望远镜。"

很快有人递上望远镜，他追着那辆车看去，她神情轻松，眉眼间的雀跃藏都藏不住，哪像是迷路的样子，倒像是开车开上瘾了。

“就这点儿出息。”

他嗤笑一声，把望远镜往助理手里一丢，抓人去了。

尤堇薇又一次开到湖边，放慢速度往湖里看，这湖里养着两只黑天鹅，正低着头梳理羽毛。

正看着，身后忽然响起喇叭声，她习惯性往侧边开，停下车让人先过去。

等了半天，喇叭还在响，滴滴地叫唤，就是不往前开。她侧身看去，转头的瞬间，身侧多了一道身影，他长腿迈开，跨步往她边上的空位一坐，好整以暇地看着她。

“巧啊。”他慢悠悠道。

“咳，我来找你。”

陆嘉钰：“什么时候来的？”

尤堇薇心虚地眨了眨眼睛，眼睫颤动，像受了惊的蝴蝶，她含糊着道：“没多久，我……我迷路了！”

陆嘉钰哼笑一声：“迷路了？换个位置，我来开。”

尤堇薇慢吞吞地“哦”了声，不情不愿地让开，她还想开呢。她下去磨蹭了一会儿，却不见陆嘉钰坐到驾驶座。

“你不开吗？”她问。

陆嘉钰盯着她瞧了一会儿，闷葫芦一点长进都没有，他移开视线，随口道：“打球打累了，带我转两圈。”

尤堇薇唇角抿着笑，再次启动车，松快地问他：“晚上还忙吗？”

陆嘉钰懒散地靠在一边，指节勾住她的长发，有一搭没一搭地玩，说了句“忙”。

“晚上的饭局没什么意思。”他漫不经心道，“但推不了，走个过场，走的是我爸那边的路。”

尤堇薇新奇道：“我听说陆家就你一个坏胚，原来人情世故都避免不了，那你也不是很坏。”

“我哪儿坏了？”

他说着就上手去捏她的脸，捏完还不够，指尖往下一滑，捏住她腰侧的软肉，知道她怕痒，故意挑着地方逗她。

“陆嘉钰！”尤堇薇想躲开，偏偏握着方向盘不敢松，被他逗得笑出了眼泪，最后气红了一张脸瞪他，“我要回去了！”

陆嘉钰笑着亲亲她的眼角：“我让人送你回去，忙完不过去了，那个小鬼要考试，这两天先不和他计较。”

尤堇薇知道他忙，这会儿是抽空过来的，也没想多留，抱了抱他就换衣服回去了。陆嘉钰安排司机送她回了城北胡同。

陆嘉钰本就耐心不好，尤堇薇走后更是不想在这儿多待，直接换了个场子，压根没把刚才球场上的女人放在心上。

直到进了菜馆，余光瞥见身后跟着一道纤细的身影。

陆嘉钰轻“啧”一声，看了眼助理，助理立即懂了。

他没再管这个女人，不紧不慢地朝包厢走，也没注意另一侧的几个熟人。

圈内人常去的地方就那么几个，低头不见抬头见。这会儿有好事的人把照片一拍，立马发群里去了，这群里没陆嘉钰，但有林思弥。

照片一发，群里热闹起来。

看看，陆公子有新欢了。

啧，赌约谁赢啊？

陆公子那块表值一套房，赚大发了。

这多久啊？好像五个月，群里有赌五个月的吗？

林思弥收到照片的时候正在读剧本，她快进组了，这几日心神不宁，去外地拍戏就没办法随时掌握陆嘉钰的动态，而且林家寿宴上发生的事让她更加不安，再这样下去，恐怕不好收场。

这张照片倒是来得及时。

她莞尔一笑，该收网了。

近深夜，陆嘉钰一身酒气钻进车里，接连忙了几日，他只想回去找他的簇簇，不让亲也罢，不说话也行，只要让他抱着他。

“几点了？”他哑声问。

助理：“十二点刚过。陆总，回哪儿？”

陆嘉钰解开衬衫扣子，舒了口气，闭着眼道：“去城北。算了，回灵犀胡同，明天再说。”

车里静了一阵，助理正整理着明天的行程，忽而听后座的男人问：“高考有几天？”

助理愣了一下：“四天。”

陆嘉钰：“有这么久？”

助理解释道：“高考改革了，各地都不一样，有的地方只有三天，以前两天就结束了。”

陆嘉钰心烦：“小鬼就是碍事，去城北。”

陆嘉钰难得找起钥匙来，她家的钥匙她从郸陵回来就给他了，他一回都没用过，每次去都是敲门，跟大爷似的，不乐意自己动手。

“看见我钥匙没？”陆嘉钰问。

助理：“您出门从来不带钥匙。”

陆嘉钰：“那我钥匙呢？”

助理一脸为难。

沉寂半晌，陆嘉钰问：“那墙有多高？”

助理心想：救命，今晚不会交待在局子里吧。

陆嘉钰找遍了全身，助理找遍了整辆车，到了城北还是没找见钥匙，最终陆嘉钰还是下了车。

胡同这墙，说高不高，说矮也不矮。

两个男人站在墙根下。

助理问：“我帮您？”

陆嘉钰瞥他一眼：“你回去吧。”

助理不敢走，万一陆总上不去多尴尬。

陆嘉钰丈量着距离，退后几步，直至墙根站立不动，微微弓下背脊，蓄力几秒，突然大步迈开，像猎豹一样蹿向墙面，双手灵活地搭上墙沿，微微用力，整个人翻了进去，悄无声息地落地。

助理松了口气，一溜烟跑了，感叹着这活是越来越难干了。

院子里，陆嘉钰陷入沉思，这大门是进去了，房门怎么进？

这想法刚冒出来，另一间房有了动静。

少年一脸冷漠地打开房门，手里还拿着平时尤堇薇用来翻土的铁锹，面无表情地盯着他。

“你有病？”他冷淡地问。

陆嘉钰摸了摸鼻尖：“怎么进去？别吵醒她。”

尤靳虞平静道："睡我房间，不会吵醒她。"

"我不乐意。"

尤靳虞："巧了，我也是。"

两人僵持片刻，尤靳虞回房拿了串钥匙，无视陆嘉钰伸过来的手，替他开了门，立即把钥匙拿了回去。

算了，好歹进门了。

陆嘉钰反手锁了门，没开灯，摸索着进了浴室，将这一身酒气洗去，怕吵醒她，水声都开得小。

尤堇薇隐隐听见水流声，迷迷糊糊地想：外面下雨了，明天要提醒阿虞带伞，多带一件衣服。

陆嘉钰擦干头发后，自然地往床上一躺，熟练地勾着她的腰往自己怀里放，睡着的人似有所觉，手自然而然地伸过来抱他。

"陆嘉钰？"她嘟哝着喊他。

陆嘉钰"嗯"了声，轻拍了拍她的背，低头吻在她眉心，低声道："是我，睡吧。"

尤堇薇贴着他的颈窝，轻蹭了蹭，迷迷糊糊地问："不是不来了吗？"

陆嘉钰顿了顿，喉结上下滚动着，生涩道："想你就过来了，不许说话，我睡了。"

他蛮横地不许人说话，却悄悄红了耳根。

高考四天，尤靳虞日日云淡风轻，尤堇薇却比自己高考时还紧张，每天准点下班，走得比谁都快。

最后一天，尤堇薇依旧准点下班，准备去学校接尤靳虞。

走到电梯口，电梯门打开，是熟悉的场景，林斯昀静立在那儿。尤堇薇抬步时顿了一瞬，只听对方淡声打招呼："尤老师。"

尤堇薇一怔，怎么忽然这么喊她，以前不都是客客气气地喊尤小姐吗？换了称呼还真有点不习惯。

林斯昀侧开身："不进来？"

尤堇薇忙踏进电梯，见他重新按了一楼，下意识想他在楼上还有认识的人吗？可这电梯明明从下面上来的。

刚这么想，他说话了。

"我是来找你的。"轻轻淡淡的嗓音，像潭水一样凉。

尤堇薇抬眸："还是香子部落的事？"难怪喊她"尤老师"。

林斯昀微微颔首："那对夫妻问我能不能和你见一面。上次搬迁的事，陆氏的人辗转去了部落里，长老不愿出世，写了一份手书带给他们，还有家乡的一抔土，他们没见到面，也没收到任何消息，他们得知你去过香子部落，想向你了解家乡的消息。"

尤堇薇道："发短信说就好，不用特地过来。"

林斯昀轻笑，这性子，真是半点不记仇，看样子是全然把林家的事忘了，只是那天……

他问："花还能修好吗？"

尤堇薇抿抿唇："能。"

林斯昀微顿，听这语气花是要不回来了。

他低声道："林家的事很抱歉，原本想做东向你和陆嘉钰道歉，他拒绝了。"

尤堇薇侧头看林斯昀，他和初见时没什么区别，总是穿着简单的黑白两色的衣服，清冷又疏离，只是镜片后的双眼有了些许温度。

"该道歉的不是你。"她移开视线。

林斯昀沉默片刻："我该道歉，我预料到可能会出意外，却还是默许这样的事发生了。因为林家的利益一致，我知道林思弥不会做出在明面上伤及林、陆两家的事，思虑过后决定不插手。"

尤堇薇闻言，诧异地看了他一眼，这个男人出乎意料的诚实。

"以后遇到不方便的事，随时来找我。"林斯昀顿了顿，补充道："和陆嘉钰没有关系，是我和你的事。"

尤堇薇没应声，只道："今天我没时间。"

林斯昀："时间你来定。"

说完，电梯到达一楼。

林斯昀绅士地按住开门键，让尤堇薇先走，之后再不紧不慢地跟上去，问："去哪儿？我送你。"

尤堇薇道："去接我弟弟，学校附近封路了，开车不方便，坐地铁更快，不麻烦你。"

林斯昀了然，今天是高考，想来她弟弟高考刚结束。

尤堇薇走出几步，又转头看他："明天下午喝下午茶吧，地点让他们定，定了告诉我就好。”

林斯昀目送尤堇薇离开。

这阵子，他认识不少人。

不论什么局，他们都会提起陆嘉钰，自然而然地，他们也会说起尤堇薇，说她除了长得漂亮点，也没什么特别的，不知道陆嘉钰看上她什么，没听说买房买车，估摸着也就这样。

而他想知道，尤堇薇看上陆嘉钰什么。

她想要的，陆嘉钰这样的人给不了，也给不出来。

第十四章 热搜

他从未想过，
自己的夜晚也能如此静谧。
不仅有璀璨的天、无际的海，
还有温柔的她。

隔天是周六，尤堇薇难得睡了懒觉。

这几天她神经紧绷，高考结束后，她整个人便放松下来，这会儿窝在床上不肯起来，磨蹭了一会儿，摸出手机。

尤靳虞给她发了微信，说厨房里热着早餐，他出去打球了。

尤堇薇伸了个懒腰，脸滚进被子里，笑眯眯地想阿虞越来越像哥哥了。回复完尤靳虞的信息，又看到陆嘉钰的。

六点半的消息，比尤靳虞早发一个小时。

找我：刚到灵犀胡同，下午找你。

找我：上回跳伞没跳成，明天带你去。

找我：睡了。

尤堇薇老老实实回复，说下午有个会面，不知道几点结束。

回复完，她没再赖床，起床准备修复紫藤。

这株紫藤她断断续续修复了一个月，进度到了最后，只剩下一些细节的修整。比起修复，她更苦恼这株花以后放在哪儿，家里就这么大点地方，实在没有多余的位置摆放它，硬摆着就显得拥挤。

上午的时间很快过去，午饭是尤靳虞做的。

尤堇薇在一旁瞧着，少年的动作干脆利落，若不是刀法稍显笨拙，任谁都看不出来他是第一次下厨。

“怎么想着学做饭了？”她好奇地问。

尤靳虞自然道：“想让你休息。”

尤堇薇抿唇笑了一下：“姐姐一个人在家本来就是要做饭的，多做一个菜不累，而且阿虞不挑食，很好养。”

尤靳虞：“我想做。”

这一顿饭做了一个小时，刚端上桌，大门被敲响，熟悉的敲门声令尤靳虞皱起眉。

“我去开。”少年表情冷冷的。

门打开，陆嘉钰倦懒地瞧了他一眼，指了指墙沿：“墙上的防盗刺你找人装的？”

尤靳虞：“安全隐患太大。”

陆嘉钰难得没和他计较：“这里太偏僻，房子太老不安全，路上也太黑。你劝她换个地方住，这些话我说不合适。”

尤靳虞看他一眼："她喜欢这里。但我会找时间说。"

陆嘉钰挑了挑眉，心想：这个小鬼多少有点用。他往屋里走，扫了一圈没看见人，自顾自地在单人沙发上躺下。

困得很，想睡觉，闻到她的味道更想睡。

尤堇薇回房间戴上了小葫芦项链，他在时她总会戴着这条项链，有时候他虽然不说，但看见了总是笑，笑了一会儿就过来亲她。

等再出来，陆嘉钰已经躺下了。

尤靳虞又进了厨房，不知道在捣鼓些什么。

尤堇薇小跑到沙发边蹲下，凑过去闻了闻他身上的味道，上半身不可避免地贴上他的手臂。

"又喝酒了。"她小声嘀咕，"还有烟味。"

陆嘉钰原本闭着眼，手臂上忽然多了一抹柔软，澄净的香味落下来，他听到她的呼吸声，一起一伏，像刚睡醒的小兽。

"啧，又瞎闻。"

陆嘉钰随手把人圈住，睁眼看她。

尤堇薇第一时间捂住自己的嘴，挣扎了一下，小声道："阿虞还在，先松开我。"

陆嘉钰轻哼："不知道心疼心疼我？"

他神情困倦，眼下泛着青灰色，冷调的发让他看起来很苍白。她看着有点心疼，用指腹轻揉了揉他的眉心，放轻声音问："不是说下午过来吗？"

陆嘉钰："下午过来？下午还找得到人吗？"

尤堇薇眨眨眼："只是和别人喝个茶，很快就回来了。先起来吃饭，吃完我陪你睡一会儿。"

陆嘉钰瞥了眼桌上的几个菜，瞧着模样不错，但不是尤堇薇常做的那几个。他圈着人不松，懒声道："亲一下，亲一下我就起来。"

尤堇薇有些为难，她悄悄看了眼厨房门口，听里面水声哗哗，飞快地在陆嘉钰下巴上亲了亲。亲完，趁他不备，头一低，灵活地钻了出去。

"好了，起床！"

尤堇薇拍拍他的肩。

快得像被小猫挠了一下。

陆嘉钰勉为其难地坐起身，将额间碎发拨至脑后，拿起筷子夹了口菜，菜一入口，他脸色微变。

尤堇薇迟疑地问："怎么了？"

陆嘉钰将她手里的筷子抢过来："这些就够我一个人吃，吃完带你们出去吃，你别吃了。"

尤堇薇微顿，用勺子尝了尝味道，说不上咸，也说不上甜，但尝起来就是又甜又咸，味道古怪。她挨个尝了一遍，只留了一碗汤，其余的都被倒进了垃圾桶，再换了新的垃圾袋。

最后她拎着垃圾袋起身，对陆嘉钰说："你就说你都吃完了。"

说完，她便出门去丢垃圾了。

陆嘉钰拿着筷子愣在那里。

不是她做的？他都做好都吃下去的准备了。

尤靳虞收拾完厨房出来，就见陆嘉钰拿着筷子，桌上的两个盘子都空了，碗里的饭也空了大半。

"你有病？"他冷声道。

陆嘉钰不紧不慢地放下筷子，喝了口汤，这汤味道还算正常，他随口问："怎么，没见过饿肚子的人？"

尤靳虞耐心告罄："我姐呢？"

陆嘉钰："院子里。"

尤堇薇紧赶慢赶跑回来，怕被尤靳虞发现，她丢去了更远的垃圾桶，这会儿正蹲在花盆前喘气，装个样子。

"姐，都被他吃完了。"

少年低垂着头，听语气居然还有点委屈。

尤堇薇平复了一会儿，摸摸他的发，温声道："下次再吃，今天我们出去吃，姐姐晚上去教训他。"

临出门前，陆嘉钰低着声，唇贴着她的耳尖说悄悄话："这么大的委屈我都受了，要点儿奖励不过分吧？"

尤堇薇小声问："要什么奖励？"

陆嘉钰低头看着她柔软的唇，笑了笑："明晚再说。"

尤堇薇从他的笑中感觉到不一样的意味，在赛车俱乐部那一晚的吻的味道倏地蹿上神经，让她指尖发麻。

"姐，走了。"

尤靳虞催他们。

午饭是在胡同口的面馆里吃的，姐弟俩常来，一副熟客的模样，陆嘉钰到外面照旧没什么胃口，没点。

尤堇薇拿了个小碗分了他一点。

陆嘉钰饶有兴致地对着小碗拍了张照，并且配文发朋友圈。

混到这份儿上了。

图片上就一只小碗，还缺了个口，里面只有一丁点面条和汤汁，清汤寡水的，瞧着可怜得不行。

尤堇薇就坐在他的身边，她瞧了一眼，小声嘟哝着："说得好像我不给你饭吃，也不怕你爷爷和你爸爸看见。"

陆嘉钰支着脑袋看她，揶揄道："提你了吗？小姑娘家家的，说得自己像小媳妇。"

"吃你的面。"

因为弟弟在，尤堇薇的脸上顿时染了一层绯红，她赶紧低下头去，不让他们瞧见。

尤靳虞抬眼看了眼陆嘉钰，眸光是冷的。

今天陆嘉钰自觉受了大委屈，这会儿可不想让着他，眉峰一挑，笑问："小鬼，见了我不喊姐夫就算了，每回都冷着张脸，怎么着，我哪儿惹你了？"

尤堇薇扯扯他的袖子。

陆嘉钰不为所动，回回都是他忍着，他的耐心已经告罄，要不是尤堇薇，他早甩脸子走人了。

尤靳虞平静道："你对她不好。"

陆嘉钰微眯了眯眼，问尤堇薇："我对你不好？"

尤堇薇无奈："没有，阿虞用他的要求来要求你，和我的要求不一样，你别多想。"

陆嘉钰看了她半晌，忽然起身走了，一句话都没说。

她一怔："你去哪儿？"

陆嘉钰这么高的个子，尤堇薇追了半天。

等过了一个拐角，看到他孤身站在墙根前，神色不明，听到脚步声，他抬头看过来。

陆嘉钰看着人走近，缓了缓情绪，揉了揉她的发，低声道："不是冲你。

回去吃饭，下午有事，得先走。”

尤堇薇再回到面馆，尤靳虞已放下了筷子，低声问：“每次都这样？”

她一时没反应过来。

尤靳虞：“每次都一句话不说，丢你一个人。”

尤堇薇沉默两秒，轻声道：“阿虞，你不该这样说，他没有你想的那么差劲。上次的事已经越界了。”

尤靳虞：“姐，你知道，那是早晚的事。”

“他这样的人……”他倏地止住话。

尤堇薇轻咬着唇，眼圈发红，一股酸涩冲得她鼻尖发酸。她忽然意识到，连阿虞都这么想，或许所有人都是这么想的，圈子里的人这么想，陆家人这么想。甚至，连她自己都是这么想的。

这对陆嘉钰不公平。

就像陆嘉钰所说，因为他姓陆，他所有的努力别人都看不见，所以他做再多，别人也只知道他是陆家的陆嘉钰。

感情一事也如此，他们认定他始乱终弃。

“姐，我错了。”

尤靳虞低声道歉。

一米八几的少年耷拉着脑袋认错，一副乖狗狗的模样。店主经过，笑着说了一句：“惹姐姐生气了？送你盘甜果子哄她。”

这么说着，果然送来盘甜果。

尤靳虞道：“我去向他道歉。”

他宁愿尤堇薇生气，也不愿她难过。

尤堇薇没哭，只是那一阵情绪忽然上来，她深吸一口气：“姐姐没事，你先吃饭。”

尤靳虞顿了顿，问：“吃甜果吗？”

尤堇薇舍不得生他的气，笑着吃了一颗，轻声道：“下次不要这样了，别人听了会伤心。”

“知道了。”

尤靳虞乖乖应好。

下午，尤堇薇给陆嘉钰打了电话。

幸而，电话打通了，背景声杂乱，却不吵闹，似乎在宽敞的地方。

“你在哪里？”尤堇薇问得小心。

他的嗓音听不出喜怒：“郧陵的项目出了点问题，我在机场，去去就回。明天可能赶不上带你去跳伞。”

她小声道：“我可以陪你去的。”

电话那头静了一瞬，他应：“带了小迷，放心吧。”

机场，贵宾候机室。

一头灰发的男人闭眼靠着沙发，神情冷漠，长腿嚣张地搁在桌上，一副没睡醒的模样。

“上次出问题你是让副总去的。”小迷拆穿他，“这次怎么自己去？”

陆嘉钰揉了揉发，哑声道：“别吵。”

困意已经很浓，他却睡不着。

闭上眼就是尤靳虞的话，他说他对她不好。

陆嘉钰想，他对她好吗？

在一起五个月，尤堇薇几乎没有对他提过要求，就一次是让他去找项链，还是因为被人欺负了。她不会要求他下班去接她，不会要求他给她买奶茶，不会要求他陪她过周末，甚至在他忙的时候，她都不会来打扰他。

他忽然想起自己的话：“把我当成正常男朋友。”

她始终没有做到这一点，因为知道他做不到。

他确实对她不好，陆嘉钰想。

下午会面结束，洛京下起了急雨，茶馆外雷声大作，不少客人都被困在这里。

林斯昀送那对香子部落的夫妻去停车场，他们还有事不能多留，打算冒雨驱车回去。

尤堇薇出来得急，没带伞，这会儿正托着腮望着雨幕发呆。想了想，她打开天气切换到郧陵，显示暴雨状态，也不知道会不会影响飞机降落。

“我送你回去？”这声音比暴雨还要凉。

尤堇薇回过神，看向去而复返的林斯昀，下意识拒绝：“不用，我……”

林斯昀低头看她，黑眸映着点点无奈，打断道：“尤老师，举手之劳，不用这么防备我。”

“能等一会儿吗？”尤堇薇抿抿唇，轻声道，“我想看会儿雨。”

林斯昀在她身侧坐下，安静地和她一起看雨。

近五点半，雨停了。

尤堇薇惊觉林斯昀在这里陪她坐了一个小时，什么都没做，面前的茶水添了几回，现在也空了。

“抱歉。”她有点不好意思。

林斯昀看了眼表，这个点是吃饭时间，他问：“去哪儿？方便的话我请你吃个饭，多次打扰你，很过意不去。”

尤堇薇道：“没关系，都是小事。我弟弟还在等我，要回家去。”

林斯昀表示理解：“我送你回城北。”

尤堇薇怔了一下，他怎么知道她住在城北。

林斯昀见她目露诧异，解释道：“上次姑姑让我去接你，给过你的地址，我的记忆力不错。”

这个点是下班高峰期，路上堵。

车走走停停，尤堇薇给尤靳虞发了条短信，转而切回和陆嘉钰的聊天界面，对话停留在她问他到了没有。

再往上翻，是小迷发来的信息，半个小时前，他说他们到郰陵了，外面在下暴雨。

尤堇薇轻吐了口气，他还在不高兴。

其实陆嘉钰不算难哄，多数时候她凑过去抱抱他、亲亲他，他就不生气了。甚至在一起那么久，她也没为他做过什么。

“心情不好？”林斯昀忽然出声。

尤堇薇微愣：“很明显吗？”

林斯昀目视前方：“在茶馆的时候你就心不在焉，路上又反复看手机，你在等消息？”

尤堇薇看向窗外：“一点私事。”

林斯昀没再多问。

到了城北，又下起雨来。

林斯昀将尤堇薇送到家门口，伞朝她的方向倾斜，她身上一点也没有淋湿，他却湿了大半个身子。

“你……”尤堇薇轻抿了抿唇，“进去擦一擦再走吧。”

林斯昀微微颔首：“麻烦尤老师。”

答应得真是干脆。

话都说出去了，尤堇薇只能硬着头皮把人领进了家门，尤靳虞听到动静撑着伞出来接她，看见林斯昀顿了一下。

“阿虞，给客人倒杯热茶。”

尤堇薇进了门，去房间里找了条干净的浴巾。

林斯昀没坐下，站着不动声色地打量着这狭小的客厅，左边是厨房，右边是卧室，院子外那间房应该是她弟弟住的。

尤靳虞扫了眼冷峻的男人：“坐吧，茶还是水？”

“白水就好。”林斯昀自然地在沙发上坐下。

尤靳虞对林家人没什么好感，碍于自己中午惹姐姐生气了，他勉强把他当成普通人来看待。他道谢：“辛苦送我姐回来。”

林斯昀：“应该的，本来就是我找她帮忙。”

说话间，尤堇薇匆匆地拿着浴巾出来。还好是初夏，若是冬天被这么一淋肯定要感冒，想了想觉得不放心，她又去厨房煮了姜茶。

不多时，尤靳虞进来拿姜茶，贴心道：“姐，我来做饭吧。”

尤堇薇镇定道：“你陪客人说说话。”

尤靳虞皱眉：“他要留下来吃饭？”

尤堇薇迟疑道：“不留吧？等雨小一点他应该就会走了。我们不怎么熟，除了公事，没说过几句话。”

少年沉默，那个男人似乎不是这么想的。

等尤堇薇再从厨房出来，她诧异地发现尤靳虞正在和林斯昀聊天，他很少有兴致这么好的时候，平时连陆嘉钰都不怎么乐意搭话。

她听了一耳朵，两人在聊数学。难怪，尤靳虞从小数理化就学得好。

“先吃饭吧？”她试探着问。

两个男人同时停下来看她，而后自觉地自己拿筷子、盛饭，已经把只留下来擦擦雨水的事忘了。

林斯昀道：“又麻烦尤老师了。”

尤堇薇：“没事。”

坐下吃饭没多久，尤靳虞几次想问问题，但都克制住了，想在姐姐面前显得格外乖巧。临走前，林斯昀和他交换了微信。

“如果对国外的大学感兴趣，随时问我。”

外面雨已经停了，尤靳虞和尤堇薇一起送他到门口。

“今天打扰你们了。”林斯昀礼貌地道谢。

尤堇薇和尤靳虞看着林斯昀走远，正准备关门回家，忽然瞥见一道纤细的身影，对方的容貌在黯淡的灯光下显出几分陌生。

尤堇薇微怔，对尤靳虞道：“是小芙，应该是来找你的。”

尤靳虞：“我出去和她说，你先进去。”

尤堇薇点点头，先回了院子。在厨房忙碌的她并不知道，就在刚刚，两条热搜引爆了今晚的互联网。

第一条热搜：#邺陵暴雨，全城停电#

第二条热搜：#林思弥恋情曝光，神秘男友为陆氏太子爷#

医院，急救病房外。

尤堇薇匆匆赶到医院，神色仓皇，话还没问出口，迎面砸来一个手包，她怔住了，不知道躲。

尤靳虞立即上前，将她挡在身后。

砰的一声闷响，小巧的手包结结实实地砸在他的脸上，锋利的碎钻划过脖子，顿时划出一道血痕。

“阿虞……”

尤堇薇回过神，想拽着尤靳虞往后躲，少年却像一棵挺拔的白杨，站立在她面前，岿然不动。

秦晚玉冷冷地看着尤堇薇：“你外婆因为你又一次心脏病发，你现在满意了？”

尤靳虞蹙眉：“和她有什么关系？”

秦念芙小声道：“护工说外婆看到热搜了，一时间受不了刺激，没多久就病发了。”

尤堇薇茫然地想，什么热搜？

她后知后觉地打开手机，消息已铺天盖地，陶映冉和几个朋友都问她出了什么事。她咬了下唇，冷静片刻，点进热搜词条。

#林思弥恋情曝光，神秘男友为陆氏太子爷#

今年四月某日晚，媒体于某酒店拍到林思弥与一神秘男子共同进入酒店，一夜未出，据传该陆姓男子背景深厚，曾以素人照片上过热搜，了解后是其为女友排队买奶茶。

评论区热闹无比。

小说照进现实。

傻眼，真有人总裁帅成这样？

甜晕了我，那家店要排好久。

555 要好好对我们弥！

诸如此类，数不胜数。

尤堇薇有一瞬的恍惚，四月的某日。

陆嘉钰身上那套衣服她见过，那是她生日的第二天，他回了灵犀胡同，随手将衣服丢在椅子上。

原来是那一晚。她找了他那么久，却怎么也找不到的那一晚。

“这是误会。”她捏紧了手机，指节泛白。

秦晚玉怒气翻涌，指着她喊：“我是怎么和你说的？让你和他分手！和什么人牵扯在一起不好，偏偏搭上个姓陆的，陆家人都让我恶心！现在闹成这样，你打算怎么收场？”

“妈。”秦念芙扶住她，“还在医院。”

秦晚玉看了眼周围，异样的眼神让她克制住自己，没再说更难听的话，只是别过脸，不去看尤堇薇。

尤靳虞揽住脸色苍白的姐姐，冷声问：“这件事是谁告诉外婆的？陆嘉钰和姐姐的关系，除了你们没人会告诉外婆，平常这个点外婆都在看书，今天为什么会看热搜？”

秦晚玉讽刺道：“我巴不得你外婆永远不知道。”

尤靳虞扶着尤堇薇坐下，轻轻握了握她的手，他抬起眼，淡淡地扫了眼秦念芙：“那天上午你来医院干什么？那是上课时间。”

秦念芙有一瞬的慌乱：“我、我就是想来看看外婆。”

尤靳虞又问：“护工呢？”

秦念芙避开尤靳虞的视线，躲到秦晚玉的身后，小声喊了声“妈妈”。秦晚玉因这个称呼顿了一下，而后牵住女儿的手。

“你妹妹才多大，小孩子懂什么？”

“和陆嘉钰纠缠不清的是你姐，她自己做的好事。”

秦晚玉心里堵着一口气，上不来，下不去。

愈演愈烈的争吵声吵得人心烦，有人跑去向护士投诉。护士过来扫了一眼，呵斥了几句，这边才彻底安静下来。

尤堇薇无心和她们争吵，脑子里乱糟糟的，一时间是外婆，一时间是陆嘉钰，搅得她昏昏沉沉，四肢发凉。

“姐。”尤靳虞低声道，“郸陵暴雨，那边都停电了，有的地方信号也断了。等他回来再说。”

尤堇薇勉强笑了笑：“他不会做这样的事，我知道。”

尤靳虞微顿，想起当时在电梯里遇到陆嘉钰和林思弥，他可以确定他们当时的状态绝不是媒体报道的那样。只是他没想到，当时瞒下的事，今日会以一个意想不到的方式爆出来。

凌晨，手术病房打开。医生脸色凝重，告诉他们病人不能再受刺激，下一次再抢救回来的可能性很小。

秦晚玉哽咽着捂住嘴，被匆匆赶来的陈司南抱进怀里。

秦念芙低着头，紧紧揪着衣摆，各种情绪充斥着她的身躯，眼里渐渐有了泪，她不知道会把外婆害成这样。

尤靳虞撑着尤堇薇摇摇欲坠的身体，神色凝重。

回病房的路上一路无言，只有低低的啜泣声，是秦念芙在哭。

到了门口，秦晚玉回头看尤堇薇，冷漠道：“你外婆醒来应该不想看到你。”

尤堇薇低头，动了动无知觉的指尖，轻声道：“我会和他分手，等外婆醒来我就走。”

“姐。”尤靳虞低声喊。

秦晚玉闻言，脸色缓和少许，没再说其他，默许她留在这里。

两个小时后，陈司南带着秦念芙先回了家。

病房内只剩下他们三人，机器运作的滴滴声刺激着神经，谁也无法平静。

尤靳虞喉间干涩，半晌，才低声道：“是我的错，晚上小芙来找我，想让我去她的毕业典礼，我没答应。”

秦晚玉疲惫道：“你就这么讨厌你妹妹？”

尤靳虞神情微妙：“她是我妹妹？”

秦晚玉眸光一滞，愕然道：“你这是什么话？”

尤靳虞平静道：“小时候你讨厌我吧，因为我看起来冷漠寡言，看起来像我爸。”

“阿虞，我没这么想过。”秦晚玉皱起眉。

尤靳虞：“那时候，我以为你不会笑。直到有了小芙，我发现，啊，原来妈妈也是能露出笑容的。后来这个问题一直困扰着我，为什么你不会对我笑，不会对姐姐笑。因为我们是爸爸的孩子吗？”

秦晚玉沉默不语。

她有三个孩子，尤堇薇是第一个。

她耗费了极大的心神在这个孩子身上。除了她，两个孩子都喊她妈，极少喊她妈妈，只有她像小时候那样，乖乖喊妈妈。她曾以为在只有她们两个人的岁月里，她是唯一不会背叛她的人，永远和她处于同一战线。

可惜现实令人失望，她选了尤森。

这口气赌了十五年。

秦晚玉被人捧在掌心十五年，万事顺心如意，真正做到了从不低头，一直心高气傲。对着陌生的女儿，她低不下头来，更不说她已经有了另一个女儿，弥补了内心的空缺。

尤靳虞是第二个。

他的到来是个意外，她曾想过打掉，终是没忍心。他出生时，她和尤森的关系紧张到了极点，几乎每天都是沉默的战争。直到回到洛京，她投入初恋情人的怀抱，渐渐忘记伤痛。她这才开始注意这个孩子，他聪明却也冷漠。

他不像她，像尤森。

秦念芙是第三个。她是她和爱人的结晶，她将所有爱都给了这个如天使一般的孩子。陈司南将她从失败的婚姻中拯救出来，而秦念芙的存在，将她从僵硬的母子关系中救了出来。她的人生，重新开始了。

“我做不到。”

秦晚玉背脊笔挺，一如既往的孤傲。

尤堇薇怔然地听着他们的对话，阿虞原来过得一直不快乐，他从来没和她说过，问什么都说好。这十五年的坚持一幕幕滑过，她忽然落下泪来，觉得自己真是天真可笑。

“妈妈。”尤堇薇轻声喊她，“对不起，当时没有和您站在一起。我能理解您的感受，但是阿虞没有错。那时候，您……您很少抱他，我哄他睡觉的时候，他总是哭，我急得也想哭，最后只能拿您的衣服让他抱着。”

说起幼时，她忽然哽咽。

没人比她更清楚，那时候的尤靳虞多需要母亲。明明她也想和母亲在一起，不想被丢下。可是阿虞还那么小，只有那么一点点大，他不哭的时候，那双黑曜石一般的眼睛便看着她，乖巧又安静。面对这样的尤靳虞，她只能做出那样的选择。

尤堇薇用力攥着拳，指尖几乎要掐进肉里，一字一句道：“你不要他，我要他。”

秦晚玉面无表情地拭去脸上的泪，起身道：“我回去了，有事再通知我。上一个护工我会辞退，以后小芙不会再来医院。”

秦晚玉走后，病房又安静下来。

“阿虞……”尤堇薇忍着泪，小声道，“以后姐姐照顾你。”

少年对她笑了一下，抬手给她擦眼泪，低声说：“我长大了，该我照顾姐姐了。”

尤堇薇很少在别人面前哭，更不说是在弟弟面前。她缓了一会儿，手脚渐渐有了知觉和温度。她出门问护士要了药水，给尤靳虞处理脖子上的伤口，再坐下时她已平静下来。

“姐，睡会儿吧。”尤靳虞拿了个小毯子过来，“我看着外婆。”

尤堇薇没拒绝，她蜷缩在沙发上，身上的薄毯阻隔光亮，空间变得狭小昏暗，耳边是自己心跳声和机器的滴滴声。

她轻吸了口气，想到暴雨的郦陵。

陆嘉钰和小迷都没联系她，应该是信号断了。

思绪沉浮间，眼皮渐渐耷拉下来，不知怎的，困倦中她想起尤靳虞的话，他问她：“陆嘉钰小时候没床睡吗？”

是啊，他怎么会没床睡呢。

他说过，小时候和母亲住在郦陵，读花花幼儿园，七岁回洛京。后来才知道，他母亲是生病去世的。此时此刻，她忽然明白了。

尤堇薇睁开眼，眼眶渐渐湿润。

原来，他也是这样睡在医院里，睡在狭小的陪床上，不知道度过了多少个日日夜夜。

该怎么和他说分手。她悲伤地想。

早上六点，邺陵恢复通信。全城的电力逐渐恢复，回到正轨。

豆石巷十六号。昏暗的天色下，依稀可见躺椅上沉睡的男人。

倏地，桌上的手机亮了一瞬，响起一阵叮叮咚咚的消息声，消息过于频繁密集，以至于手机卡住，直接死机。

陆嘉钰不耐烦地掀开毯子，指节熟练地覆上冰冷的屏幕，习惯性地要往地上砸，手才抬起来，意识回笼。

一晚上没联系她，闷葫芦指不定会躲起来偷偷难过。

陆嘉钰清醒过来，耐着性子等手机重启，片刻后，他所有联系软件的信息都爆了。

他第一时间去找尤堇薇的消息。没有，一条都没有。她没联系他。

陆嘉钰正准备退出去，直接给她打电话，忽然瞥到一条刺眼的信息，陆嘉楹那个小炮仗发的：**哥，你出轨了？**

他回复：**我疯了？**

陆嘉钰往上翻了几条，退出去看热搜，神色渐渐冷下来，陆氏的人都是干什么吃的，这种热搜也敢放上去。他面无表情地进屋把 Mint 拎起来，订了最早的航班回洛京。

车上，他给尤堇薇打了电话。电话通了，却没人接。

陆嘉钰神色平静，转而给助理打电话让他立即去城北找人，而后联系了公关部，整个过程冷静得不像话。

小迷翻着消息，笑了一下："陆嘉钰，你让人玩儿了。"

古古怪怪的儿化音，和陆嘉钰学的，他本就发音不标准，这么一学更显嘲讽。

陆嘉钰丢下三个字："别招我。"

飞机到洛京时，不过十一点。

助理提前等在机场，见了陆嘉钰，快速道："尤小姐不在城北，昨晚她外婆进了急救室，她一整晚都在医院，一直没离开。"

陆嘉钰微顿："热搜怎么回事？"

助理："根据目前情况来看，是因为价格没谈拢。林小姐早上发了微博解释，暂时压下去了。"

陆嘉钰瞥他一眼："你工资这么好拿？"

助理一僵，立即道："我会找到拍照片的人。"

“几天？”

“三天。”

陆嘉钰上了车，司机和助理都在等他吩咐，可后座的男人沉默着，也没说去哪儿。

“陆总，去医院吗？”助理试探着问。

“等会儿。”

陆嘉钰坐在后座，第一次生出一股名为“不敢”的情绪，他不敢想昨晚他的簇簇是怎么过来的，会不会难过，会不会哭。

片刻后，陆嘉钰给尤堇薇打了电话。

通话声变得极为漫长，每一秒每一顿都让他心跳加速。

“陆嘉钰？”轻轻柔柔的嗓音，像雾一样将他笼罩。

陆嘉钰的喉结滚了滚，低声喊：“簇簇，我回来了。现在方便过去吗？我知道你在医院。”

她的声音放得很轻：“下午你来医院接我好吗？”

陆嘉钰哑声应：“好。几点过去？”

她想了想：“五点半吧，我们一起看夕阳。”

下午三点，陆氏出了公告——

四月六日晚，陆总因家事出入酒店，前后间隔十分钟，监控附在下方。另，陆总和其女友感情稳定，与他人无关，再有造谣者，法院见。

陆氏放出了陆嘉钰进入酒店和离开酒店的监控。

视频显示前后间隔不过十分钟，他们截去了陆嘉楹，视频里，林思弥先行离开，陆嘉钰留在原地。

不管怎么看，这两个人也只是认识，没有任何亲密关系。昨晚炸了一波的评论区，今天又炸了。

林思弥上午那条语焉不详的微博看起来是欲盖弥彰，下午陆氏公告一出，凑热闹的凑热闹，吃瓜的吃瓜。

甚至有人找上陆嘉钰，说他太不给林思弥面子了。

公告上直接用他人代替，连朋友关系都懒得说。

陆嘉钰没心思理会这些事，他独自驱车到了医院。

车窗降落，陆嘉钰瘦削的腕骨搭着窗沿，指节夹着烟，火星兀自燃烧，无人问津。

他没抽，只是点着闻闻味道。整整两个小时，火星灭了又燃。

偶尔有路人经过，看了眼这古怪的男人，都暗自揣测着他家里是不是出了大事，或者是他自己病了。

五点半，陆嘉钰给尤堇薇发消息，说自己到了。

不多时，停车场门口多了道人影。陆嘉钰一顿，烟灰落在手背，微烫的火星燃起热意，但他不在乎，打开车门径直朝她走去。

尤堇薇正低头打着字，忽然听到一阵脚步声，规律、急促，不是陆嘉钰走路的方式。她没抬头，直到那道影将她笼罩，倏地拉她入怀。

温热的、浓郁的怀抱，清淡的薄荷味中夹杂着烟草味道。

尤堇薇呆了一下，缓缓放松身体靠在他的怀里，侧脸贴着顺滑的衬衫，双手环绕上他的腰，她小声问："怎么抱得这么紧？"

陆嘉钰轻下颌抵着她的额头，半晌，他低声问："外婆怎么样？"

尤堇薇眼睫微颤，慢慢松开手，轻声应："没事了。走吧，我们去看夕阳，今天天气很好。"

昨日暴雨，今天却风和日丽。

陆嘉钰皱了下眉，她只字不提热搜的事。他顿了顿，解释道："那天我去酒店找陆嘉楹，她和她妈赌气，开房的时候被林思弥的朋友看到了，她联系我处理这件事。我和她没关系，不是去见她。"

尤堇薇温声道："冉冉和我说了。"

昨晚热搜爆出后，陶映冉诧异地发现居然是她家酒店，她直接问了当晚的值班经理，几分钟就把事查清楚了。

陆嘉钰见她笑，心里的石头落了地。

他一笑："带你去追太阳。"

进入夏季，白昼变得漫长。跑车疾驰在落日大道，沿着海岸线一路蜿蜒往前，咸湿的海风带着未消的热意。

昏黄的光洒落，天边铺满云霞，太阳在云层后若隐若现，逐渐下沉。他们一路追逐着落日，跟随着最后一抹光亮。

陆嘉钰侧头，看光晕下的女人。

她迎着烈烈的风，仰头看火红的落日，侧脸安静，在火焰般的光下她也显得温柔，美得不可方物。

尤堇薇趴在车窗上，长发飞舞。

她盯着永不坠落的太阳，忽然生出一股冲动，起身将半个身子探出车窗外，朝着大海喊：“啊——”

脆亮的喊声顺着风往外飞。

陆嘉钰轻嘶一声，减缓车速。

这闷葫芦，一声不吭探出身去是想吓死他。

尤堇薇喊过瘾了，回来老老实实地坐好，第一次做这样的事，她有点兴奋，脸颊泛起红晕。

“簇簇，在医院你……”

陆嘉钰嗓音干涩，关心的话语生涩而僵硬。

尤堇薇侧头，望进他狭长的眸里，抿唇笑笑：“我没事，没受欺负。”

陆嘉钰想像平时那样，揉揉她的发，捏捏她的脸。可今天说什么、做什么都显得有些多余，他不明白这股不安从何而来。

跑车疾驰过漫长的海岸线，仿佛驶向世界尽头。

落日沉下海岸线，海岸线到了终点，岸边立着几幢蓝白色的小屋，白色沙滩上人影三三两两。

尤堇薇往外看去，指向那个位置，问陆嘉钰：“那是什么地方？是度假区吗？我看到有人在捡贝壳。”

陆嘉钰：“想去？”

尤堇薇点头：“想去看看。”

今天尤堇薇说什么他都会应好，无论她想要什么他都愿意给她，只要她开口。何况只是这么简单的一件小事。

下了车，两人迎着海风往沙滩边走。

陆嘉钰攥着掌心柔软的手，视线扫过她眼下淡淡的青色上，她皮肤白，一点青灰都显眼。他知道，昨晚对她来说很难熬，可今天见了他，她一点儿脾气都没有。

“簇簇，你可以对我发脾气。”

陆嘉钰嗓音轻淡，语气难得这样正经。

尤堇薇低着头，把玩着他的手，指尖沿着指骨往缝隙里钻，再沿着掌纹一下一下地滑，带出一片痒意，让人没法继续话题。

陆嘉钰点点她的眉心："让你发脾气，不是让你勾引我。"

尤堇薇抿唇，抬眸看他，小声嘀咕："这就叫勾引你？"

陆嘉钰微眯了眯眼，对上她水艳艳的杏眸，上挑的眼尾明晃晃地写着勾人，她却不自知。

"明天再发脾气可以吗？"

尤堇薇一本正经和他商量。

陆嘉钰被她的可爱模样逗笑，搂住她的肩，侧头亲了亲那雪白的耳尖，笑道："可以，什么时候发都可以。"

说话间，他们到了海滩。

边上挂了块牌子，这里处于试营业，酒店还不能居住，晚上可以租借帐篷观星，在海岸观赏流星雨。

"今天有流星雨？"尤堇薇看向黯淡的天色。

老板正好经过，听见她问，笑道："是啊，他们都是来看流星的，还有扛着机器从外地来的，都自个儿带着帐篷。您二位是本地人？"

尤堇薇道："我不是，在这里工作。"

老板瞧了一眼她边上的男人，一点不怵他，热情地给尤堇薇介绍起这个地方来，说晚上不但可以看星星，还可以赶海。晚上大家伙准备做个海鲜宴，极其热情地邀请他们在这儿住一晚，体验一下海边生活。

陆嘉钰打量了一眼这个地方，普普通通，没什么特别的，但尤堇薇看着有兴趣，他便没出声，听着两人交谈。

老板说完，开车出去了。

尤堇薇仰头看陆嘉钰："我想在这里住一晚。"

陆嘉钰揉揉她的发，说"好"。

晚上八点，夜幕降临。夜空悬挂上几颗明亮的星星。

靠近大海，无垠的夜空辽阔而深邃，海面波光粼粼，海潮悄无声息地蔓延。

晚上风大，沙滩上燃起篝火。

因早晚温差大，老板贴心地给每个人发了条小毯子，订的食材都送到手边，还帮忙搭帐篷，服务可谓贴心至极。

尤堇薇披着薄毯，和陆嘉钰围坐在篝火边。

陆嘉钰拧着眉，不怎么熟练地翻烤着食材，呛鼻的烟顺着风往脸上砸，他险些没丢了东西走人。

尤堇薇忍着笑："我来吧。"

陆嘉钰头也不抬："你老实待着。"

尤堇薇托着腮，静静地看着他忙碌的身影，偶尔抬手去擦他额角的汗，她看了一会儿，悄悄打开相机。

"你先吃。"

陆嘉钰忽然递过来几根串。

尤堇薇藏起手机，接过来尝了一口，她温声道："没有烤焦，很好吃，比阿虞厉害。"

陆嘉钰轻嗤："那个小鬼，还没找他算账。"

"我说过他了，以后……"她滞了一瞬，"以后不会这样了。"

这一顿晚饭吃得陆嘉钰出了一身汗，他吃了几口，没觉出好吃来，见她开心，便多吃了点，两个人一块儿把订的食材都吃完了。老板见了高兴，又送了他们两支雪糕，正好解腻。

两人一边吃雪糕，一边沿着沙滩散步。

陆嘉钰几口吃完雪糕，双手插兜，跟在尤堇薇的背后，不紧不慢地沿着她的脚印走。她走一步，他跟一步。

阵阵海潮吞噬他们的脚印。一路留，一路冲。

陆嘉钰看着有点不爽，干脆拿手机拍了个小视频，视频里是她窈窕纤细的背景，风一吹，长发如海藻般舞动，镜头往下，是她小小的脚印，走了一串，他便踩上去，将脚印覆盖。

视频的最后，他出声喊她："簇簇。"

她回头看过来，黑发遮掩清丽的面容，露出一双清澈的眼，温柔含情，宛如星光散落。

镜头定格。陆嘉钰听到自己的心跳声，一声又一声。

"往前走，我在你身后。"

尤堇薇笑起来，她停在原地想了想，脱了高跟鞋拎在手里，提着裙摆往更靠近海潮的地方走去。

陆嘉钰跟上去。

他从未想过，自己的夜晚也能如此静谧。

没有喧嚣，没有音乐，没有烟酒。

只有璀璨的天，无际的海，还有温柔的她。

散完步，他们回到营地。有的帐篷里已经点起了灯。

陆嘉钰和尤堇薇先后去洗了澡，出来坐在还未熄灭的篝火边，吹着凉爽的海风。

尤堇薇靠在陆嘉钰的怀里，仰头看夜空，想着流星雨什么时候来，老板说要到凌晨，或者更晚。

“想吃你做的粽子糖了。”

他从背后单手搂着她的腰，下巴搁在她的肩上，懒洋洋地说着话，像只打盹的狮子。累了半天，得要点儿奖励。

尤堇薇算着时间，答应他：“明天给你做。”

陆嘉钰蹭着她的耳尖，渐渐有了热意，唇贴着滑腻的耳根，低声问：“我们进帐篷？”

“还出来看流星吗？”她扭头看他。

陆嘉钰亲她的眼睛：“看到了。”

呲的一声响，帐篷拉链被拉上。

陆嘉钰单手握着她的腰，往软垫上挤，狭窄昏暗的帐篷将空间挤压到极限，夜灯被丢在一旁无人问津。失重的感觉持续一瞬，她往后倒去。

垫子和柔软的鹅绒被不同，倒下的瞬间像是从云端跌落，坠入他清冽的怀抱，薄荷气息是热的，她仰起头，去承受他来势汹汹的吻。

地方太小，陆嘉钰微蹙了蹙眉。

“簌簌，抱住我。”

他贴着她的耳尖低语，利齿滑过。

尤堇薇和他亲热多次，明白他的言下之意，在暗中悄悄红了脸，让开位置后，他背脊下弓，再次亲上来。

陆嘉钰亲了一阵，低笑着问：“今晚这么紧张？”

低低哑哑的嗓音鼓震着她的耳膜。

尤堇薇轻吸了口气，去找他的衬衫扣子，微凉的指尖哆哆嗦嗦。

他轻笑一声：“耍流氓呢？”低声说着，又低头去亲。

这一次很轻，湿润的唇碰碰唇角，经过唇珠时，停留地比往常久，温热的气息飘下来，都成了一层薄薄的水汽。

“昨晚……”她微微退开，“我很担心你。”

陆嘉钰低眸，看她的唇。

玫瑰色的唇上染着一层晶亮的外衣，像是最甜蜜的糖果，让人忍不住去尝，好知道到底是蜜糖还是毒药。

“怎么不找我？”指尖没入她的发，他低语，“那么多人找我，只有簇簇没找我，生气了？”

他很少这样哄她。

尤堇薇鼻尖发酸，涌上一股委屈，她找了他那么久、那么久，怎么找都找不到，可是别人找到他轻而易举。只有她找不到。从一开始，他们的圈子就天差地别。

她沉默着，陆嘉钰的心微微收紧。

“以后不会丢你一个人。”他保证。

尤堇薇轻轻呼吸着，怕泄露自己的情绪，忍着这阵过去了，才小声道：“外婆在急救室，我顾不上。后来想联系你才知道郇陵通信断了。”

陆嘉钰心疼地吻她的眉心：“是我不好。”

她忍着泪，仰头吻上他的唇。任由这一刻的情绪宣泄。

去爱他吧，用尽全力地爱他。

将曾经不敢表露的、想要得到的心情都传递给他，把藏在心底的占有欲、委屈、遗憾、爱意都给他。

“嘶。”陆嘉钰吃痛，闷葫芦尖牙利嘴。

他被这毫无章法的进攻打乱节奏，指节没入她微湿的发，笑问：“怎么那么凶？瞧着是生气了。”

他伏下身去，低声呢喃：“我哄哄你。”

海潮蔓延的那一刻，尤堇薇想到鱼，一条濒死的鱼。

她忍不住哭了出来。

陆嘉钰停下来，去亲她湿漉漉的眼睛，哑声道：“簇簇哭起来的样子，真漂亮。”

从见她第一次流泪，他就想说这句话。

那时在陡峭的山坡上，她仰着一张苍白的脸，泪珠像剔透的水晶，斑驳光艳。想让人将她拽入凡尘，把这清冷的模样撕碎。

“好了，好了。”陆嘉钰抱着怀中颤抖的身体，安抚似的摸她的脑袋，

“不哭了，我不继续。”

话音落下，那双手臂却缠上来，像初夏缓慢生长的葡萄藤，攀上棚架，自顾自地占据地盘，攀得很紧，缠住就不放。

“想要什么？”陆嘉钰这会儿并不好受。

尤堇薇忍着喉间的声音，生怕呜咽声传到外面，只敢贴着他的耳朵，用又轻又细的声音说：“想要你。”

陆嘉钰喉结滚动：“今晚不方便。”

尤堇薇有一瞬的茫然：“为什么不方便？”

陆嘉钰抚去她眼角的泪水，碰了碰她的唇角：“没有东西，不安全。”

“在我包里。”她哑着嗓子说。

帐篷里一片寂静，她的余光里是营地的火光，晃动的人影拉长，像巨大的怪物，脚步声经过时，她听到呼吸声。他越来越沉的呼吸声。

“还不方便吗？”她着实很困惑。

陆嘉钰的神经突突地跳，扩张的毛孔满是潮湿的汗意，像海潮在他的身上翻涌，最后沸腾。

“你自找的。”

他的嗓音嘶哑不成调。

陆嘉钰低下头，不经意间对上她迷蒙恍惚的双眼，这双眼就这样怔怔地看着他，含着点点不可藏的爱意。饱满、柔软，像云朵一样。他笑起来，心鼓胀成气球。

尤堇薇记不清持续了多久，只记得耳侧烈烈的海风，隐光下，他颈间的喉结上下滚动着，汗水滴落在她的眉心。蒸腾的热意让她来到盛夏。

迷蒙间，她喃喃道：“夏天到了。”

夏天到了，蝉会在夜间钻出土壤。

整座城市变得滚烫，呼吸都带着热气。街道边，猫和狗躲在阴影下贪凉，果摊上的水果显得蔫吧，最动听的永远是冰凉的汽水罐头打开的瞬间，啪嗒一声闷响，气泡咕嘟咕嘟响，沁凉的汽水下肚，夏日便鲜活了。

这不是个适合离别的季节。从冬到夏，正好半年。

海风吹动帐篷，没人发现这一处角落的狂乱，压抑而又沉闷的声响都融入海面，沉入碎钻般璀璨的海面。

凌晨三点，有人惊喜地大喊：“流星！”

帐篷里有了些许动静。不多时，陆嘉钰抱着裹着毯子的尤堇薇出来，神情懒散，眼角眉梢都挂满餍足之意。

“地方太小，但也挺有意思。”

他饶有兴致地点评了一番，再说详细的，怀里的人就不乐意了。

陆嘉钰笑了笑，抱着她坐在椅子上，吹着凌晨的风，看流星划过的夜空，周围人群拿着相机，像黑色的剪影。

他回头看了一眼，老板还没睡，支了个小摊，点个灯，似乎在煮夜宵。

“饿不饿？”他低头看她。

尤堇薇下意识摇头，仔细感受了一会儿，又点点头。

陆嘉钰又笑起来，亲亲她泛红的鼻尖：“等着。”

尤堇薇看着陆嘉钰走远，只见他状态松弛，单手插着兜，步调闲散往光下走，海风吹起衣摆，雪白的料子像绸缎一样光华闪动。

她安静看了片刻，移开视线，仰头看向星空。

第一颗流星后，夜空静了一阵。观星的人一动不动，严阵以待，生怕错过第二颗。不多时，天际闪过一抹光亮，极快、极耀眼。

星子拖着长长的尾巴，从丝绒般的夜幕中滑过，她屏住呼吸，一瞬不瞬地盯着如昙花一现的流星。

很快，夜空热闹起来。数不清的线条带着闪烁的光途经夜晚

陆嘉钰端回来一碗海鲜粥，刚出锅，鲜香的味道弥散，打碎了这不似人间的一幕，把她拽回尘世来。

“喜欢看？”他看了眼天际，兴致寥寥。

尤堇薇点头，轻声道：“很珍贵。”

陆嘉钰揉揉她的发，随口道：“改天带你去看极光，靠近极圈的城市，想去哪儿？”

尤堇薇抿着唇。她不想去想，那或许是她和他再也去不了的地方。不去想，就会少一点挂念，会忘得更快。

“不急，慢慢想。”

陆嘉钰把粥喂到她的嘴边。

尤堇薇看他一眼，接过来自己吃。

陆嘉钰倚在边上，不看天也不看海，半支着脑袋看她，看着看着，他眯起眼，眼底漫上热意。她的眼睫颤动，唇一张一合，指尖捏着瓷白的勺，

或是偶尔看他一眼，每一个动作看起来都像是引诱。

“看完我们回去？”

他毫无遮掩，坦荡地和她商量。

尤堇薇轻咬了下唇，小声道：“你去把帐篷买下来，我们带走。不是，不带走，回去的路上丢了。”

“这时候知道羞了？”陆嘉钰逗她，“刚刚不知道是谁，嘶——好了，不说了，我去买。”

老板听了要求也纳闷，怎么帐篷都要买走，他诚恳道：“这个虽然是新帐篷，但不难买。你们带回去了还得清理沙子，麻烦得很。”

陆嘉钰：“女朋友认床，睡了一次就得带走。”

老板一愣，惊奇道：“那住过的酒店，床垫也带走？”

陆嘉钰随口道：“整张床都搬走。”

老板呆住。

买下帐篷，两人离开观星海岸。跑车划过深夜，像流星一样闪过落日大道，进入静谧的城区，最后停在胡同口。副驾驶座位上，她睡着了。

“啧，小骗子。”

他紧赶慢赶，她倒是睡得香。

隔天一早，尤堇薇去了医院。

尤靳虞在医院留了两天，她让他先回家去，他起先不肯，见她坚持只好回家去，不想让姐姐担心他。

病房内，外婆刚吃完早饭，正戴着老花镜看报纸。

“外婆，今天怎么样？”尤堇薇握住她微凉的手，轻声道，“我让阿虞先回去了。”

外婆看她一眼，缓声道：“簌簌，陪外婆回邺陵住一段时间吧。我想回去了，想去看看邺陵的秋。”

尤堇薇微怔，好半晌没说话。

“听话，和外婆回家去。”她反握住孙女的手，用一股虚弱的力量。

尤堇薇低头，眼泪簌簌落下来，重重地坠在老人家垂老褶皱的手背上，那么重，那么轻。

外婆狠下心，强硬道：“不能再让自己陷下去，最后伤心的只有你。外婆是为你好。”

“老太太，可不能动气。”护工小声劝她。

尤堇薇心口一凉，陡然清醒过来，胡乱擦了擦眼泪，勉强扯出一个笑：“知道了，我答应过妈妈的。”

外婆神色稍缓，拍拍她的手：“回去吧，早点处理完这里的事。”

尤堇薇回到家里，怔怔地发了会儿呆，想起来要给他做粽子糖，出门去了趟农贸市场，回来做了午饭，叫醒阿虞。

尤靳虞看着她欲言又止，最后什么都没说，把空间留给她一个人。

下午，她认认真真地做了粽子糖。每一颗都晶莹漂亮，像昨晚夜空的星星。

“哥，撞见什么好事了？”

刘轶瞧着陆嘉钰直犯嘀咕，这么笑了一整天了，不知道在乐什么，还非得坐院子里看着大门。

陆嘉钰：“走开，别挡着我。”

刘轶和他商量：“哥，从郦陵回来你就没上过工，我把公告挂出去了，说你不在，不然他们还得天天来等。这半年一次，不过分吧？”

陆嘉钰今天心情好，跷着腿应他：“过两天，挑个下午。”

刘轶嘿然一笑：“行。”

五点半，尤堇薇到了。她像往常一样，先和刘轶打了招呼，问了小迷的去处，说又去屋顶上玩了，一时半会儿回不来。

陆嘉钰瞧着，有点不爽，轻啧一声：“我人在这儿，光和别人说话有什么劲儿，过来。”

她没说话，视线悄无声息地掠过来，像一片雪花，很轻，快要融化了。

陆嘉钰一顿，正准备起身，她却迎面走来，递过来一袋粽子糖，他没接，只是看着她。

她此刻的眼神，陆嘉钰这辈子都无法忘记。

冰凉的、悲伤的，仿佛院子里的露水一夜结冰，葡萄藤枯萎，残败的枯枝覆盖着雪层，昭示着凛冬将至。

他看见她勾唇笑起来，听她用诚挚而温柔的嗓音轻声说：“半年了，赌局的赢家是你。恭喜，陆公子。”

第十五章 别离

天空朦胧昏暗，
花朵黯然失色，
夏日再没有鲜活的生气，
万物和她都像进入了凛冬。

眼前素白的手上拎着粽子糖，刚做好的糖还有余热，甜香的味道弥漫，在沉寂而冰冷的气氛中显得格格不入。

“这句话是什么意思？”陆嘉钰扣住她的手腕，喉结滚动。

尤堇薇垂眸看他一瞬不瞬地盯着她的眼睛，鼻尖发酸，半晌，她移开视线：“我知道了，你们的赌约。”

陆嘉钰早把这个赌约抛在脑后，不过是醉酒时的戏言，他笑了一下：“我当是什么事惹你生气。那都是玩笑话，我都没当真。”

他虽然笑着，眼底却藏着阴鸷。

谁敢把这事往她面前捅？

尤堇薇压下泪意，轻声说：“我当真了。他们说得没错，从一开始你就是玩玩而已，高兴了就想起我，不高兴了就把我丢在一边。这样一个听话、乖顺、漂亮的女人，不就是你想要的吗？这个不顺心，可以换下一个。”

“昨天没发脾气，留到现在气我呢？”陆嘉钰被她的话气笑，却拽着她往自己身上拉，语气危险，“这些话我就当没听见。”

发脾气归发脾气，贬低自己算怎么回事。他迟早得被她气死。

尤堇薇丢了粽子糖，用力推开他，她克制着自己不去看他压抑的眼神，胡乱地从包里摸出手机，把视频和照片都丢在他面前。

“好玩吗？”

“欺负人有意思吗？”

“你处理不干净的事为什么总要牵扯到我？”

尤堇薇红着眼，质问道：“你知道我在急救室门外看到热搜时的心情吗？你知道早上我刚从你的床上下来，收到这些东西的心情吗？陆嘉钰，是你一直在纵容他们肆无忌惮地欺负我，一次次，我受够了！”

陆嘉钰的神经突突地跳，心里的火被她的话带起来，压着脾气去看那些视频和照片。

视频是当时在场的人拍的。

镜头摇晃，拍摄人和他们一起起哄，个个嚷着陆公子能有多久的兴致，有人赌十天，有人赌一个月……那些笑声刺耳又讽刺，最后是他乖戾的面容，轻佻地笑，丢下那块限量表，随口说，半年。

他们在大笑。

陆嘉钰关掉刺眼的视频，点开照片，是那天他从高尔夫球场离开去餐馆，他身后跟着个女人。

“我压根不认识她。”

他气极反笑。

尤堇薇说了句“是吗”，翻出小迷在郷陵拍的视频：“你不认识她，所以别人千方百计地把她带到你跟前，是吗？”

陆嘉钰闭了闭眼：“簌簌，视频我认，照片我可以解释，在场的所有人我都会一个个找来，那天在餐馆的监控，我也会一起找出来。他们欺负你，一桩桩、一件件，我都会去为你讨回来。”

“是我做得不好。”

他想去抱她。

尤堇薇躲开他的手，攥紧了手机，指节失去血色，她别开脸，用冷淡的声线道：“分手吧。”

“发脾气也要有个度。”

陆嘉钰被她这三个字震惊得理智全无，当即就拽着她进了房，推搡间躺椅被无情地踢到一边，孤零零地倒在地上。

砰的一声响，刘轶心肝都颤了颤。

从两人吵架开始，他眼看不对就躲进去了，但忍不住好奇心，竖着耳朵听动静，原本以为是小打小闹，但越听越不对劲，他们陆老板一副要被甩了的模样。

别说，他还挺激动。

屋内，昏暗的光被雾玻璃映得朦朦胧胧。

尤堇薇被陆嘉钰困在门板上，双手环抱着自己，用充满戒备的眼神看着他，胸膛因激烈的情绪不断起伏。

“别这么看我。”他压着声，一字一句道。

尤堇薇抿着唇：“我是说认真的。陆嘉钰，我们不合适，从一开始就不合适，你知道，我也知道。”

她说着，眼睫颤了颤，抬头看他。

陆嘉钰狭长的眸内一片平静，刚才汹涌的情绪仿佛都是她的错觉，他用一种近乎冷漠的口吻道：“你要什么，要我怎么做，我都能做到。只要你说出来，我什么都能给你。”

“只有一点，分手你想都别想。”

他语气森然，指节扣着她脆弱的颈部，缓慢地抚摸着。

尤堇薇别开脸："我只要这个。"

男人本就黑而深的眼眸变得暗不见底，他盯着她看了片刻，忽而笑了一下："什么时候想好的？如果是今天决定的分手，根本没必要给我带粽子糖。昨天？前天？上个月？还是更早？"

"昨晚也是？"他的语气忽然变得轻浮而暧昧，指腹抚过颈间的红痕，"不是喜欢我吗，想要我随时可以给你。"

尤堇薇咬紧下唇，不去听他放浪的话。

"我要回去了，钥匙还给你。你送的那些东西，我收拾完……"

耳边忽然传来一声巨响，是陆嘉钰松开她，猛地掀翻了桌子。

时间近乎停滞。

他背对着她，身影拢在昏暗的光里，背脊不似往常般挺拔。半晌，他哑声道："今天我没心情，改天再谈。"

冷冷淡淡的语气，情绪被挤压到了极限。

她那张嘴再多说一句话，他不知道自己会发什么疯。

尤堇薇像是被抽去了浑身的力气，身体沉重，但思绪似乎又很轻，只想倒在某个地方，一动不动，什么都不想。

她静了片刻，把钥匙留下，开门离开。

走到院子里，屋内忽然传来东西碎裂的声音，一声接着一声，越来越重，像是将房间搅个翻天覆地。

尤堇薇停住脚步，抬眼看向翠绿的葡萄藤，阳光透过缝隙洒下斑驳的光影，今天是个好天气，只是可惜，她不能看到它结果。

她收回视线，没有回头。

周五，闹钟叫醒沉睡的尤堇薇。

她有一瞬间的茫然，这么快就天亮了吗？这几天她睡得不好，胃口也一般，总觉得没什么力气。

距离那天和陆嘉钰说分手，已过去四天。

这四天他没再联系她，也没再来这里找她，他们之间似乎到此为止了。这和她想的一样，一切都很好。

可是心像空了一块。

天还是天，花还是花，夏日还是同一个夏日。

可她睁开眼看世界，天空朦胧昏暗，花朵黯然失色，夏日再没有鲜活的生气，万物和她都像进入了凛冬。孤寂，冰冷。

忽然，敲门声响起，尤靳虞低声喊她：“姐，醒了吗？”

尤堇薇回过神，应了声，匆匆起床。出去时，尤靳虞已放好了早餐，等着她坐下。

“怎么起那么早？”尤堇薇勉强牵起一个笑容，“难得放假，多睡会儿。暑假准备干什么？”

尤靳虞自然地应：“和你回郧陵。”

尤堇薇怔了一瞬：“之前不是说同学找你去夏令营吗？”

“取消了。”尤靳虞面不改色地说着谎话，“时间合不上，人数不够就取消了。本来就没什么意思。”

尤堇薇没多说，只道：“等手上工作结束，我和老师商量一下去郧陵的事。”

尤靳虞“嗯”了声：“吃完我送你去上班。”

尤堇薇无奈：“我又不是小孩子，自己能去。”

可说不过他，吃完饭两人便一同去坐地铁。到了单位附近，尤堇薇去上班，尤靳虞去附近的图书馆学习，中午再来找她吃饭。

这个点，平常工作室人不多。

尤堇薇刚推门进去，前台便朝她招手，压低声音说：“老板一早就来了，让你来了去趟她的办公室。”

她没多想，放下包就去找林诗佟。

“老师。”尤堇薇敲了敲门。

林诗佟神色苍白，上前拉下百叶窗，将办公室和走廊隔绝，顺手把门反锁，不安地看向她。她微愣：“老师，怎么了？”

“簌簌，我……”林诗佟难以启齿，“我向你道歉。思弥做得不对的地方，我也替她和你说声对不起，你能不能让陆嘉钰收手？思弥她的事业刚有了起色，林家也是。这是老师第一次请求你。”

尤堇薇轻抿了下唇：“我不清楚您在说什么，而且我和陆嘉钰已经分手了。”

林诗佟茫然道：“分手了？”

尤堇薇“嗯”了声，她没多解释，这是他们之间的事。

林诗佟明白尤堇薇不清楚这两天发生了什么事，可这一切是因她而起，如果说有人能拦住陆嘉钰，就只有她。

“簇簇，你听我说……”

从林诗佟办公室出来后尤堇薇就心不在焉，直到中午和尤靳虞吃饭，她还愣着神。

尤靳虞看她一眼：“姐，工作不顺利？”

“不是工作上的事，是陆嘉钰。”她摇头。

尤靳虞一顿：“他怎么了？”

尤堇薇低声道：“他断了林思弥和林家所有项目，签了合约或是已经开始进行的项目，也都断了。”

他还找出了拍视频的人，十几年的情分，说断就断了。

“这很正常。”尤靳虞波澜不惊，“这样的手段简单有效，他最不缺的就是钱和人脉。这件事想解决，无非是林家那个老太太去找陆清远，但我看陆清远管不了陆嘉钰。”

“你别掺和进去。”

他和陆嘉钰一样，讨厌林家人。

尤堇薇垂着眼，小声道：“我说我帮不上忙，老师看起来很失望。阿虞，或许是该回邺陵去了。”

“和她提了吗？”

“没有，没机会说这件事，现在想想还是辞职吧。以后见面，我们肯定都不自在。”

尤靳虞平静道：“她不会同意你辞职的。”

她怔了片刻，反应过来：“因为陆嘉钰？”

尤靳虞“嗯”了声：“陆嘉钰之前没对林家下手，就是因为你还在林诗佟的工作室。只要你在一天，这事就还有转圜的余地。你不在了，他不会再留任何情面。”

尤堇薇抿唇：“她拦不住我。”

她们，秦晚玉或是林诗佟，她们再也困不住她。

晚上，尤堇薇和陶映冉约了见面。

周末的到来总是让人觉得放松，清吧比往常热闹点，人群三三两两地靠在一块，昏暗的环境拉近人的距离。

“我的乖。”陶映冉心疼地贴贴她的脸，“真和他分手了？他活该，那天可是你生日，就算有急事，总得说一声吧。”

尤堇薇靠着她，轻声道：“仔细想想，在一起几个月，我什么都没为他做，也没给他什么。”

陶映冉马上来气：“你就是这样才会被欺负，那是陆嘉钰，又不是阿虞，惯着他干什么。而且林思弥搞这么多小动作，我不信他一点不知道，不就是懒得管，说到底还是没把你放在心上。”

“现在再来管，晚了。”她嘀嘀咕咕，忍不住道，“不过这人疯起来还真疯，谁说没用。听说这两天他找一个什么人，说拍什么视频的我没听明白，最后找着了，把人揍得妈都不认得，第二天就被送出国了，洛京都不让他待，也太霸道了。”

“陈言深总和他在一起，不会也这么暴力吧？”

陶映冉忍不住怀疑。

尤堇薇看她纠结的模样，心情忽然轻松了，笑道：“你和他相处得怎么样？听陆嘉钰说他工作很忙。”

陶映冉撇撇嘴：“也就这样，我妈一天到晚在我耳边念叨他。我怎么一点看不出来他好，人冷冰冰的，也不爱笑，一副谁也别靠近我，我要孤寡到老的长相，也不知道我妈喜欢他哪里。”

“他和陆嘉钰不一样。”

尤堇薇和陈言深只见了那么几面，对他并不了解，但仅有的几面也能看出来他和陆嘉钰的性格天差地别。

陶映冉一脸晦气：“和陆嘉钰一样还得了？算了算了不提他，就一个男人罢了，再找更好的。”

“喝酒消愁。”她嚷嚷着，“回头我就给你介绍几个小哥哥，保证个顶个的帅。”

陶映冉本意是和尤堇薇一醉方休，好让她早点忘了那个狗男人，最后自己先醉得不省人事。尤堇薇正纠结怎么把她带回家，她的电话先响了。

陈言深的电话，来得正巧。

另一侧，陈言深站在露台上给陶映冉打电话。

陶家请他明晚去吃饭，他没立即应下，先问问她，免得这个小姑娘又污蔑他和她妈里应外合。

电话接通，他顿了一下，看向包厢里颓靡的男人。

这是陆嘉钰的贵宾包厢，他们这群人隔三岔五就会来这儿聚聚，没人来就空着。

今天陆嘉钰也在这里，但除了他们两个人，没别人。这两天闹的，不少人说他薄情寡义，为了个女人连兄弟都不要了。

陆嘉钰就跟听笑话似的，说他爸就他这么一个儿子。

他坐在里面抽烟，一根接着一根，就没断过，有时候不抽，看着火星燃烧兀自出神，他在想谁不言而喻。

“稍等。”陈言深看了眼时间，“二十分钟我就到。”

挂了电话，陈言深推门进去，一进门就蹙了眉，几步走到边上，拿下他指间的烟，见他面色不善地看过来，淡声道：“我去接冉冉，她喝醉了。”

陆嘉钰不耐道：“关你什么事？不是说人家是个小姑娘什么都不懂吗？怎么着，你也准备下凡尝尝人间七情六欲的滋味？”

陈言深：“我答应她父母要照顾她。”

陆嘉钰嗤笑：“人父母健在，要你照顾？”

陈言深扣上西装扣子，自然地应道：“我和尤小姐有几面之缘，也算是朋友，她找我帮忙，于情于理我都不能拒绝。”

刚刚还对他冷嘲热讽的男人顿时熄了火。

一声不吭，像放了个哑炮。

沉寂半晌，就在陈言深要推门出去的时候，陆嘉钰起身跟上去，随口说：“送我一程，我没开车。”

这几天他违章太多，车被扣了，让人送一程不算过分。

陈言深眼底闪过笑意，没戳穿他，给这矜贵的大少爷留点面子，免得再把事搞砸了。

“尤尤，我好晕。”陶映冉趴在陈言深的背上，一脸痛苦，“我怎么看到那个孤寡冰块脸了，啊，我的眼睛，我瞎了。”

尤堇薇想捂她的嘴都来不及，只能硬着头皮当自己没听到。

事实证明，喝醉的人毫无理智。她说着说着又嚷嚷起来，说想跳舞，顿时扭得像麻花，没几下又累了，觉得困，眨眼就睡着了。

在此期间陈言深只字未发，任打任骂。

"陈医生，麻烦你了。"尤堇薇有点不好意思，"冉冉她……她说的都是醉话。"

陈言深把陶映冉抱到副驾驶座位上坐好，毫不在意地道："我先送冉冉回去，再送你回城北。"

尤堇薇下意识拒绝："不用了，我坐地铁很方便。"

"顺道。"陈言深自然地打开车，"上车吧。"

尤堇薇只好坐上了车，等车门关上，她惊觉车后座还坐了个人，纵使车里视线昏暗，她也一眼认出了这道身影。

陆嘉钰在这里。她的心跳几乎停拍。

尤堇薇攥紧了包带，和他拉开距离，紧贴在窗边，看向窗外，余光连他的样子都不敢看。

他的味道传过来。薄荷味很淡，被酒气和烟味掩盖。

"陈言深，该换车了。"陆嘉钰漫不经心地开口，意有所指，"后面位置太小，坐着挤人。"

"那你下去。"陈言深一脸冷漠。

陆嘉钰没再说话，视线直白地落在尤堇薇的身上，这个女人还真是狠心，上了车一眼都不往他这里看。

这三天，他把牵扯到这件事的人查得一清二楚，热搜的事，视频的事，照片的事，每个人都逃不了。收拾下来还挺累，家里电话他一个没接，陆清远的电话也被他拉黑了。

他停不下来。

一停下来，一闭上眼，就是她的脸，她的声音。

她用那双悲伤的眼睛看着他，嘴里说着刺痛人的话语，一张一合，他不用听都知道，她说的是分手吧。

陆嘉钰想过开头，想过过程，独独没想过结尾。

从一开始，所有人，包括他自己，想的都是或许某天他厌倦了，便随意把她丢在一边，她想要什么就给她什么。

"簇簇，我错了。"

"拍视频那天，我带着情绪，口不择言。"

安静的车厢内，响起他嘶哑干涩的嗓音。

他当着陈言深和陶映冉的面和她道歉，不再在乎那些没有用的身段和面子，只希望她能再对他笑。

尤堇薇双手紧握成拳，放在膝盖上，强忍着自己的情绪，闭上了眼。

片刻后，她轻声道："陈医生，我在下个路口下车。"

陈言深闻言，看了眼后视镜里的陆嘉钰，没再拒绝，他礼貌道："晚上注意安全。"

车在路口停下。

尤堇薇开门下车，夜风吹过她微红的眼眶。她径直走到人行道，低跟踩在石块上，发出韵律的响声，听得她心烦意乱。

不多时，又一声关门声响起。她身体僵直，不敢回头。

夜色中，两道身影一前一后，从灯火辉煌的商业区走到人影寂寥的马路，最后到冷清昏暗的胡同口。

五千米的路，一个多小时。

没人觉得疲倦，没人说话，也没人记得可以坐地铁回家，唯有这副身躯，无知觉地走动着。

仿佛只有这样，时间会慢一点。

再慢一点。

夏日里，胡同比往常热闹。

这个点不算晚，老头、老太太们坐在门口乘凉喝茶，还有不少好兴致的，围在一块儿打牌、下象棋。

尤堇薇和邻里相熟，经过时和他们打了声招呼，没走几步，听到几声压低了声音的议论。

"后面那个小年轻没见过，跟着小尤回来的啊？"

"哎哟，现在很多变态跟着小姑娘回家。"

"嘘，是小尤的对象呀。"

"哦，还是那一个，头发颜色换了。"

尤堇薇加快脚步往回走，身后的脚步声依旧不紧不慢地跟着，没有停下的意思，一直跟着她到家门口。

走到门前，小院里的光透出来，她停下来，深吸了一口气，转身看他。

"陆嘉钰，你……"

她一时失语，话都咽了回去。

他那深黑色的眼眸看着她，模糊的视野中，眼底的血丝难掩，眼下青黑，灰发乱糟糟的，衬衫皱得不像话。那张总是写满矜骄和不驯的面庞此时黯淡无光，像一颗失落在海底的珍珠，无人拾取。

他看着她。

“几天没睡了？”

未经大脑思考，话已说出了口。几乎是出口的瞬间，她用力掐住了指尖，克制住自己不要再多说。

陆嘉钰动了动僵硬的手指，将额前的发拨至脑后，和她对视片刻，忽然道：“我被家里赶出来了，没房没车没钱，没人收留我。这件事和你有那么一点儿关系，于情于理，你应该收留我。”

“你该回去了。”

尤堇薇刚软下的心立刻又被拉回现实，硬起心肠让他离开，可这人在转眼间换了副模样，和在车里低声下气的样子相去甚远。

“我有钥匙。”他干脆耍无赖，“能自己进去。”

尤堇薇抿着唇：“陆嘉钰，我没和你开玩笑，之前的话都是我的真心话。你认真考虑一下，别再来找我了。”

陆嘉钰的喉结滚动，一本正经道：“前几天不是说收拾了东西还我，不用还了，就当我付房租。”

尤堇薇沉默，不知道该怎么应对他。

两人僵持间，门忽然从里面打开了。

神色淡淡的少年对门口的男人视而不见，只说：“姐，让他进来吧，和我一间房。你想住多久？”

他又问陆嘉钰。

陆嘉钰诧异这个小鬼会在这时候帮他，他思索片刻：“怎么也得住一个月，我还卖身了，你姐翻脸不认人。”

尤堇薇不敢置信地看了陆嘉钰一眼，最后气红了脸，头也不回地进了屋，不想再看到他这张脸。

尤靳虞凉凉道：“一天。”

陆嘉钰蹙眉：“砍价都没你这么狠，二十天。”

“五天。”

“十五天。”

“七天，再多我会换锁。”

算了，七天就七天。

晚上十点，陆嘉钰早早地洗完澡躺下，陌生的床，陌生的环境，他跷着腿给尤堇薇发消息。

大半夜的，小鬼不睡觉，还在学习。

困了，他影响我睡觉，不给我换个房间？

一分钟过去，五分钟过去，最后半个小时过去了，她还是没有回复。

陆嘉钰瞥了眼书桌前的尤靳虞，随口问："小鬼，今晚上你吃错药了？不是嫌我对她不好？"

他冷淡道："不是因为你。"

陆嘉钰一顿，问："她到底怎么了？"

尤靳虞停下笔，目光透过台灯的光晕看向黑沉沉的院子，姐姐的房间还亮着灯，她不是在看书就是在修复那盆紫藤。

"你觉得她怎么了？"他反问。

陆嘉钰自嘲道："可能在她的眼里，我和那些公子哥没什么区别。她厌倦了，趁着这时候提分手。"

尤靳虞："你太吵了，睡吧。"

陆嘉钰气闷，这个小鬼果然还是一样讨人厌。

陆嘉钰安分了一阵，又闹腾起来，挪到床边踢了踢尤靳虞的椅子，喊道："小鬼，你不是有钥匙吗？借我用用。"

"你想让我也被赶出去？"

他冰冷的视线移过来。

"啧，那个闷葫芦舍不得赶你。你欺负我多少回了，她说过你没有？回回都让我受委屈。"陆嘉钰说着，还真挺委屈。

尤靳虞："别太闹腾。"

陆嘉钰深觉自己这二十五年白活了，都轮到一个小鬼骑在他头上教训他，烦人得很，可他能怎么着，他只能忍着。

"你家有躺椅没？"他又问。

尤靳虞："没。"

陆嘉钰当即就想给助理发短信，打了一行字，指尖停在发送键上，片刻后，他删得一干二净。

两小时后，尤靳虞关了灯，他像往常一样，掀开被子躺下，闭上眼准备入睡，整个人躺得平整规矩，直到腿被人踢了一下。

尤靳虞的眉心一跳，过了一分钟，又被踢了一下。

“你睡不睡？”他冷声问。

陆嘉钰懒懒地应了声“睡”，却不紧不慢地打开手机游戏，外放声音开始玩，一边玩一边道：“不是我不想睡，我在床上睡不着觉，除了你姐的床，我在哪儿都睡椅子。你要嫌吵，就把钥匙给我。”

尤靳虞静了片刻，起身拿了眼罩和耳塞，情绪平稳，继续入睡。这忍耐力连陆嘉钰都忍不住惊叹。

陆嘉钰装模作样地玩了一阵，光明正大地拍尤靳虞睡觉的样子。

小鬼都被逼成这样了。

他好可怜。

陆嘉钰发完短信，把手机往边上一丢，支着脑袋看院子，透过薄薄的窗帘，能看到一层青灰色的光。

过了两分钟，斜对面的屋子亮起了灯。

陆嘉钰翘起唇角，拿着手机下床，准备换床睡，这次他好心肠地没去吵这个小鬼。

“谢了啊。”他真有礼貌。

走到隔间，他关上门。不一会儿，“滴”的一声响，清亮的声音在这昏暗的隔间像是某个开关，打开的瞬间，青灰色的月光不再朦胧，洒下一层浅淡的清辉。

皎洁的光下，他低头看她的信息。

女朋友：过来吧。

陆嘉钰打开门，穿过院子，视线扫过角落里那辆粉色的自行车，到她的房门前。

不一会儿，窗前投下一道影子。人影晃动，来到门前。

门打开，她仰头看过来，神色清冷，目光疏离。

“睡沙发上。”

她变得惜字如金，说完便侧开身，让他进门，先前纠结的界限感忽然消失了，像对待一个陌生人。

陆嘉钰很不习惯这样的她，张了张唇，没说话。

等进了门，他闻到她的味道，身体和神经都松弛下来，疲惫涌上来，睡沙发就睡沙发，至少还有枕头和毯子。

睡就睡，这是闯入别人家里的头一晚。

大魔王决定老实一点，过两天再作妖。

“住几天？”刚闭上眼睛，她的声音又响起来。

陆嘉钰没动：“一周。”

“两天，周末过完就回去。”

她轻描淡写地定下期限。

不久，里间的房门关上，灯也暗下来，无情地把他隔绝在外。仿佛从前的温柔和包容都消失了，被她藏去很远的地方。陆嘉钰闭着眼，颈间青筋凸起。

有那么一瞬，他差点控制不住自己。他横行霸道了十几年，到哪儿都没受过这样的冷待，可此时此刻，他想的却是——他的簇簇，或许再也不会对他笑了。

里间，屋内点着夜灯。尤堇薇呆呆地坐在床尾，抱着自己出神。

她第一次尝到情爱的滋味，让人醉，让人疯，让人变得不像自己，空虚无力的身躯并没有因为他的到来而注入生机，反而越来越空，越来越轻。

夜深了，该睡了。

她告诉自己。

周末，尤堇薇像平时一样，早起去菜市场，回来捣鼓花，一眨眼一上午就过去了，准备做午饭。

小客厅里陆嘉钰还睡着，灰扑扑的发蜷曲着，整个人缩在毯子里，像一只倦懒的大猫，不知道白天和黑夜。

他几天没睡，此时睡得沉，这里没人吵他。

尤靳虞在厨房里，低声认错：“下一次我不会放他进来了。上次我没和他道歉，这次就当补给他。”

尤堇薇自顾自地洗菜：“他周一就走。”

尤靳虞微顿：“姐，外婆她……”

“阿虞。”尤堇薇关上阀门，安静地看他。

尤靳虞不再提这件事，接过她手里的菜，说了句“我来”，气氛彻底沉寂下来，只剩哗哗的水声。

门外，陆嘉钰倚在墙上，神色冷淡。

他静静听着，眼底的睡意消失得一干二净，片刻后，给陈言深发了医院的名字，托他查个人。

做完饭，尤堇薇只拿了两双筷子，盛了两碗饭，对尤靳虞道："端出去吧，不用管他。"

走出门，客厅是空的。

单人沙发上没了他的身影，毯子揉成一团缩在角落里，过了一晚，沙发脚往后挪了位置，能看出来，他睡得不舒服，连翻身都困难。

尤堇薇下意识停住脚步，有瞬间的恍惚。

他走了吗？

"姐。"尤靳虞轻声喊她。

尤堇薇回过神，走到餐桌边坐下，安静地拿起筷子吃饭，一字不提陆嘉钰。尤靳虞蹙了下眉，没说话。

不多时，里间忽然传来动静。

窸窸窣窣，像什么捣乱的小动物，紧跟着脚步声响起来，姐弟俩同时看过去，直把来人看得顿了一下。

陆嘉钰刚洗完澡，套了白T恤和黑色长裤，正随手擦着湿答答的发，陡然撞上两双相似的眼睛，微挑了挑眉。

"怎么着，人还没走就开始想我了？"他语带调侃，笑意却不及眼底。

她红着眼睛，一副随时要哭出来的模样。

陆嘉钰舔了舔唇，走过去扫了眼桌子，轻哼一声："一个个的，礼貌吗？客人的碗和筷子都不准备？"

尤靳虞和他对视一眼："自己去拿。"

陆嘉钰神色自然地走进厨房，打开水阀开关，等哗哗的水声掩盖声响，他单手紧握成拳，低骂了一句。

他该过去抱她的。可是理智告诉他，要忍住。

至少要弄清楚发生了什么。

当天下午，城北的小院热闹起来。

刘轶和陆嘉楹来了，一个扛着躺椅，一个背着小书包，进门就嚷嚷着喊哥，吵得人耳朵疼。

陆嘉钰一见她就往屋里躲，小炮仗烦死了，这时候还来凑热闹。

"尤姐姐！"

陆嘉楹蹦蹦跳跳的，完全不知道发生了什么。

尤堇薇对她笑了一下，上次在林家宴会，这个小姑娘毫不犹豫地蹲下身和她一起捡花瓣，她一直记着。

“放学了？”她柔声问。

陆嘉楹点点头，探着脑袋去看院子里的花，东看西看，看了一阵，冷不丁对上一张陌生又熟悉的脸，吓了一跳。

少年漆黑的瞳仁像冰一样，冷淡，怵人。

平时站在操场上看站台的时候就觉得他拒人于千里之外，没想到离得近了更吓人，也不知道秦念芙崇拜他什么，一点都没有她的哥哥好。

陆嘉楹顿时觉得陆嘉钰和蔼可亲。想到秦念芙，她撇撇嘴，小声和尤堇薇说：“尤姐姐，我最近在和一个同学斗气。”

尤堇薇看小女孩烦闷的小脸，摸摸她的头：“因为什么斗气？”

陆嘉楹睁大眼：“很大的事！毕业晚会我们班要表演话剧，我和她竞争女主角，但是我争不过她。”说着，她耷拉下小脸，忧愁地叹起来，她好苦恼。

尤堇薇眨了眨眼，小女孩天真无邪，在大人眼里很小的事，在她的世界里却是天大的事。她忽而有些羡慕，羡慕能为这样的事而苦恼。

尤堇薇沉闷的心情渐渐放松下来，认真地倾听着小女孩的烦恼。

陆嘉楹叽叽喳喳说着，说话剧女主角要求会跳舞，同学是天生的舞蹈苗子，而她没学过，别人肯定不会选她。

尤堇薇想了想，问：“舞蹈动作难吗？”

陆嘉楹：“不难，但是我四肢不协调，平时跑步都容易把自己绊倒。我学了肯定也学不会。”

“可以尝试一下，学不会再放弃。”尤堇薇适当给出建议。

陆嘉楹苦恼道：“妈妈不会让我去学，姑姑那么忙肯定也没空教我。我爸和我哥才不会管这些小事。尤姐姐，你会跳舞吗？”

小女孩用真诚的眼睛看着她。

尤堇薇稍怔：“我不会。”

陆嘉楹垂头丧气：“还是算了。”

尤堇薇问：“不能和其他老师学吗？”

陆嘉楹鼓起脸：“我去哪儿都要报备给我妈，肯定会被发现。找我哥她也要说我，烦死她了。啊——”

“对不起尤姐姐！”

她差点把最重要的事忘了。

陆嘉楹可怜巴巴地看着她，小声道：“那天晚上我逃课去酒店，被我哥抓到了，他和思弥姐姐真的没关系，出了酒店我们就走了，微博上也有视频。”

尤堇薇轻声道：“我知道。”

陆嘉楹松了口气，幸好没给陆嘉钰惹出麻烦来，她蹦跶着进去找陆嘉钰了，听别人说她哥在外面发疯，她还没见过。

陆嘉楹探头往里瞧，她哥占着别人的沙发，姿势闲散，跷着二郎腿吃水果，半点看不出来发疯的模样。

她张口就问：“哥，你在外面发疯啦？你干什么了？爸爸不告诉我。”

陆嘉钰瞥她一眼：“你和她说什么了？”

他都看见了。两个人蹲在角落里说悄悄话，她又是笑，又是摸这小炮仗的头，看得让人不爽极了。

陆嘉楹昂起下巴：“秘密！”

陆嘉钰不耐烦道：“说完早点回去，看见你烦。”

正说着话，刘轶转悠了一圈进来，对陆嘉钰说：“看过了，除了屋里空间都不够，放不下躺椅。”

陆嘉钰的躺椅是特制的，体积比一般的躺椅大，眼下尤堇薇的屋里是放不进去了，除非睡院子里。

“回吧。”

陆嘉钰想把他们都赶走。

陆嘉楹答应得很痛快，她提出交换条件：“你找个老师来教我跳舞，偷偷摸摸的，我就说来找你，我妈肯定不会发现。”

她补充：“尤姐姐让找的。”

“晚上自己去灵犀胡同。”

陆嘉楹比了耶，又跑出去找尤堇薇了，大喊着“尤姐姐要来看我的毕业典礼”，喊完就和刘轶一块儿走了，毫不留恋。

天色暗下来，尤堇薇在忙，尤靳虞提出他来做晚饭。

陆嘉钰的眉心一跳，看向尤堇薇。尤堇薇呆了一下，想起上次偷偷处理掉的菜，下意识看过来。两人对视几秒，像以前一样。

陆嘉钰注视着她，她像是被什么刺痛，很快移开视线，指尖不可控制地蜷缩起来。

“出去吃吧。”尤堇薇道。

于是，三个人一起出门吃饭。上一次他们不欢而散，这一次两个男人一个比一个老实。

城北清寂，走出胡同只稍稍热闹了点。

尤堇薇走在前面，陆嘉钰和尤靳虞跟着她，说着悄悄话。

陆嘉钰撞了下尤靳虞：“让你说和她换个地方，怎么还没换，这个地方是年轻小姑娘住的吗？”

“下个月就换。”

“地方找好了？在哪块，去看过了？”

尤靳虞看他一眼，平静道：“她要陪外婆回郧陵，暂时不会回洛京住。我和你说过，分手的时候利索点，你没做到。”

陆嘉钰顿住：“她外婆的意思？”

尤靳虞“嗯”了声。

陆嘉钰半晌没说话，直到在饭馆坐下也默不作声，觉着烦了下意识去摸烟盒，摸了个空。

尤堇薇不管他，让尤靳虞点菜。尤靳虞自顾自点了，和姐姐聊起家常。

“姐，斯昀哥给我介绍了几个不错的大学。”

尤靳虞的语气极其自然，当着两个人的面提起林斯昀。

尤堇薇一怔：“你们还在来往？没听你说起过。听老师说，他学术造诣很高，你喜欢他？”

尤靳虞：“他很聪明。我喜欢和聪明人来往。”

尤靳虞又道：“他提过几次想请我们吃饭的事，我答应了。姐，你什么时候方便？”

尤堇薇还未说话，忽然一声脆响，打断她的思绪。

陆嘉钰搁下筷子，懒懒地扫了他们一眼，笑起来：“明天不就有空？我现在由您二位管吃管住，不会丢下我吧？”

晚上十一点，小院熄了灯。只有里间亮着夜灯。

尤堇薇合上书放到床侧，平躺下，睁眼看着天花板。旷日弥久，墙体有了裂痕，像蜘蛛结了网。

这是她这一周的状态，觉得困，却睡不着。

一晃神，时间就过去了。

静躺片刻，尤堇薇翻了个身，躺了会儿觉得不舒服，换了个侧面，反反复复几次，终于放弃，去摸床角的手机。

自从热搜的事后，她还没打开过微博，不知道舆论经历了什么变化。

她点开微博，搜索陆氏。

陆氏的官方微博粉丝不多，多数是最近涨的，总微博数只有十条。最新一条是视频，封面一片黑色，看不出内容。

她滑过这条，看到了澄清公告。

公告里，视频的时间点比媒体曝光的时间更早。

从陆嘉钰下车开始，能明显能看出来他和林思弥是从不同的方向来，前后进入酒店，再出来时有三个人。

最后她们先离开，他留在原地。

尤堇薇注视着屏幕里那道清瘦的身影。视频中，他低着头抽烟，偶尔抬头看一眼天，透出几分寂寥。那一天，他也像她一样难过吗？

尤堇薇怔怔地看着，无意识咬上指尖，没人比她更能窥探到陆嘉钰的真心。他在认真学习怎么当一个男朋友，在她能接受的界限范围内对她好。

虽然学得不好，但她不是召之即来挥之即去的。

她知道，他也知道。

陆嘉钰要的，也不是一个听话、乖顺、漂亮的她。

他想要她学着表达自我，想要她诚实地面对自己的情绪，不要躲开，不要逃走。尤堇薇想，她是个不合格的学生。她又一次逃走了。

正出着神，门忽然被敲响。敲门声没有规律，不轻不重，间隔时间不一。

尤堇薇的心跳漏了一拍，下意识想关上手机，指尖不经意间划过最新的那条微博，视频开始播放。开始是沙沙声，细小的声音逐渐放大。

她听到海风无声息地弥散，听到了漫长而孤寂的海潮声。她僵住了，不敢去看，怕筑起的心防被轻易打破。

一片沉寂之中，她低下头，首先入眼的是一串脚印，她往前走一步，他便跟一步，用自己的脚印覆盖她的，再被晃动的海浪冲刷，没有一点痕迹。

她往前走，他一路跟。

最后他喊她——

“簇簇。”

“簇簇。”

两声“簇簇”重叠在一起，低低的，懒懒的。门外的人在喊她，和视频里的人一起。

尤堇薇深吸一口气，忍着发颤的指尖，迅速关上视频，看向侧面的梳妆台。童话而梦幻的镜子中，她的眼圈没红。没红就好。她下床走到门前。

“怎么了？”

平静的问话，让听的人心口一噎。

陆嘉钰笑问：“和那个小鬼学的？还挺像。给我换个毯子，睡着热，热了大半宿，差点没丢了。”

想丢，没敢。再把他赶出去怎么办。

隔着一扇门，里面非常安静，陆嘉钰一颗心就这么吊着，他自己都嫌自己没出息。

片刻后，她轻声说：“进来睡吧。”

陆嘉钰一怔，没来得及反应，门从里面打开。光从门缝里透出来，暖黄色的，很淡，是她的夜灯。

他推门进去，她将椅子搬到一侧，地上留出空隙来，从橱柜里找出一张凉席，铺上垫被，翻出一张凉毯。

“枕头在外面。”她提醒他。

陆嘉钰瞧着她的小脸，真是半点情绪都看不出来，浑身上下就没多少心眼，仅有的都用来对付他了。

他没胡搅蛮缠，只道：“我去拿。”

再回来时，她已经躺下了，姿势平整，手和肩膀都藏在被子里，连睡觉都显得乖巧。

陆嘉钰琢磨着自己的进度，第一晚睡在客厅，第二晚睡在屋里，虽然在地上，也算有进展，这么一算，明天晚上就能睡床了。

“我还是头一回睡地上。”

陆嘉钰慢条斯理地躺下，语气没半点不悦，像是自言自语。

换了一个视角看这个房间，感受很不一样。

在床上，他怀抱软香温玉，没注意过其他的，这会儿孤零零地躺在地上，睁眼就是天花板，转个身是黑漆漆的床底，不然就是对着门。看哪都不爽快。

只有一点，让他不太好受。

他忽然意识到，睡在灵犀胡同时，没给她开过夜灯。

从未，一次都没有。

陆嘉钰闭了闭眼，喉结滚动着，开口问："睡在我那儿怕不怕？夜里屋子里很黑，我没给你开过灯。"

沉寂许久，她轻声应："不怕。"

"从小就怕黑？"

尤堇薇睁开眼，回忆着自己为什么会怕黑。

"小时候，回家路上有一家游戏厅。早上上学的时候开着，晚上回家的时候也开着。从门口往里看，能看到一张台球桌，我有时候会想，里面是什么样子，为什么里面的光颜色不一样。这条路走了一年，每一次我都往里看。在某个傍晚，我走进去了。"

他一顿："然后呢？"

尤堇薇："我胆子太小，有人来摸我的头发，我就被吓跑了，慌不择路，跑了半天才从后门跑出去。后面是一条巷子，黑漆漆的，像吃人的怪兽。那条路，好黑好黑。"

陆嘉钰张了张唇，发觉喉间干涩，他清了清嗓子："小时候自己回家？"

尤堇薇"嗯"了声："爸爸在医院工作很忙，外公、外婆经常出差，去外地上课。后来我换了一条路走。"

她说着，声音越来越轻，渐渐睡着了。

陆嘉钰等了一阵，听她呼吸变得平稳，便坐起身靠近床沿，注视着她的睡颜，睡着了也乖。许久，他回到原地躺下。

周末的最后一天，小院里安安静静的。

尤堇薇琢磨着她的花，陆嘉钰和尤靳虞一块儿出门打球去了，她没什么兴致，不想出门。

胡同附近的篮球场简陋窄小，近处是破破烂烂的球场，远看是延绵的沙漠，乍一看还有点硬核。

尤靳虞来得次数多了，认识不少人，他打了声招呼，瞥了眼陆嘉钰："确定能打？"

陆嘉钰松了松筋骨，懒声道：“试试就知道了。”

他打从高中毕业起就没玩过这么简单的运动了。但尤靳虞那个小鬼挑衅的眼神，看得他那股子劲就上来了。

一群人简单分了队，陆嘉钰和尤靳虞一个队。

两个人都不怎么情愿，但碍于是公平分组，都认了。

陆嘉钰上手快，见和尤靳虞配合不错就开始耍帅，把头发一拨，单手扯了球衣，让边上的小鬼给他拍视频，一会儿发给簇簇看。

尤靳虞：“太油了。”

陆嘉钰：“你懂什么？有本事你把你姐哄好了。晚上还要找姓林的吃饭，你故意的吧？”

尤靳虞：“废话。”

打球时说着话，并不妨碍陆嘉钰发挥。他做了个假动作轻松骗过防守，往后进攻，随即屈膝跳起，手臂伸展，篮球被他掌控，指哪儿打哪儿。

一场下来，两个人大汗淋漓，动作同步地走到边上蹲下，大口喝水。

陆嘉钰随手抹了把汗，望着远处的黄沙，问：“她是真心的吗？和我分手的话。”

尤靳虞轻喘着气，低头看汗水打湿水泥地。

片刻后，他问：“你在意吗？她的真心。”

陆嘉钰一笑，自嘲道：“我不在意，能在这儿和你蹲着？”

尤靳虞：“你以前不在意，不在意她的工作、家庭，社交圈，不想费心思了解她。”

陆嘉钰沉默片刻：“开始是。”

尤靳虞一口气喝完剩下的矿泉水，起身居高临下地看着陆嘉钰，平静道：“重新开始吧，从了解她开始。”

第十六章 梦醒

睡醒了，
天就亮了，
她的梦也就醒了。

两人打完球，回到小院。一个比一个沉默。

尤堇薇左看右看，这两人怎么了，难不成又吵架了？她不想管，就当没看到。

临近五点，三人准备出门吃饭。

地点是林斯昀定的，他亲自开车来接人。车就停在胡同口。

林斯昀等在车边，看到陆嘉钰时毫不意外，淡声问："陆总也在，听阿虞说你和尤老师分手了。"

当着人的面，这么直白地说出来，一点儿面子都不留。

陆嘉钰瞥了他一眼，自顾自地打开副驾驶座位的车门，随口道："你在国外的公司准备并购林氏了？"

林斯昀顿住，看向陆嘉钰。

他以个人名义参与陆氏项目开始打的就是这个主意，林氏早晚会被他吞并，所以到时林氏和他，没什么区别。

陆嘉钰笑了一下："真当能玩我啊？行了，不用这么看着我，我不会再做什么。你回去奉劝林思弥，林氏就能安然无恙。"

林斯昀扶了下眼镜，冷淡道："今天请尤老师吃饭，不谈公事。"

陆嘉钰把门一关，懒得搭理他。

车启动后，气氛没有想象中那样僵硬。林斯昀和尤靳虞旁若无人地聊起数学，陆嘉钰和尤堇薇相对无言，暂时达成一种微妙的平衡。

但也只是暂时，有陆嘉钰在的地方，很少有平衡。

他开始给尤堇薇发微信。

找我：打球的时候，小鬼欺负我。

找我：现在姓林的欺负我。

找我：我找谁负责？

提示音接连响起，尤堇薇把手机调了静音。除了陆嘉钰没人会给她这样发信息，她没打开看。

陆嘉钰瞥了眼后座，她看向窗外，并没有看手机的打算。他哼笑一声，打断他们："小鬼，让你姐给我回信息。"

"陆嘉钰。"她轻声喊。

陆嘉钰支着脑袋，侧头瞧着她的小脸，这一整天，就这会儿愿意正眼看他，水润润的杏眸带着羞恼。

“行，我闭嘴。”陆嘉钰做出投降的姿势，跷着腿继续玩手机，玩了一会儿，他又不消停，“林总，上哪儿吃饭啊？”

林斯昀报了个餐馆名。

陆嘉钰看他一眼，随口问：“这家不提前一个月订不到，你惦记尤老师这么久了？”

话音落下，气氛忽然僵住，林斯昀看向陆嘉钰，两个人的眸光都带着火。

尤堇薇只觉轰的一下，脸已经红透了，难堪和恼怒的感觉令她有些面红耳赤，她对林斯昀道：“下个路口放我下来，你们去吃。”

陆嘉钰顿住。

林斯昀皱了下眉，他从后视镜看了眼她的脸色，没多说。

“我会把阿虞送回家。”他保证道。

尤堇薇径直下了车，陆嘉钰没法坐下去，也追下了车。

“簇簇。”陆嘉钰手长脚也长，一把拉住往人行道走的尤堇薇。

尤堇薇下意识挣扎起来，用手去拽他的指节，半天没挣扎动，被他牢牢地禁锢在怀里。

“你松开我！”

她气红了脸，一双眸子瞪着他。

陆嘉钰把她从马路上拉回来，寻了个没有人的角落，压着声，一字一句道：“从昨晚我就在忍，忍了一天，他叫你什么，叫你尤老师？姓林的在想什么我能不知道？”

他憋着火，深黑的眼底情绪压抑。

尤堇薇抬眼和他对视，胸膛剧烈起伏：“你能和林思弥去酒店，能带着女人玩，我和朋友吃个饭不行吗？你就算不尊重我，至少尊重一下阿虞，这也是他的朋友。”

陆嘉钰气极反笑：“尊重？他林斯昀算个什么东西，也配肖想我的女人？”

“不是所有人都和你一样。”尤堇薇忍着即将涌上的泪意，提醒他，“陆嘉钰，我们已经分手了。”

陆嘉钰笑问：“我同意了吗？”

尤堇薇看着他，忽然哭了，没有啜泣，没有哽咽，安安静静地流着泪，一双杏眼里像是涨了潮水，止不住似的。

“从来都是你说走就走。我呢，担心找不到你，担心下一次你的不告而别，担心某天又打不开你的门。你做这些的时候会经过我的同意吗？不会吧。所以，别这么对我。

“陆嘉钰，这次让我先走吧。”

她轻声说着，闭上眼，像是彻底失去力气。

一场没有硝烟的战争在她的泪水中消弭。他盯着她苍白、布满泪痕的脸庞，心底生出一股极大的摧毁欲。

半晌，陆嘉钰的喉头滚动，他小心翼翼地将她抱进怀里，去亲她的发，哑声道：“我知道，我做错了。”

放她走，想都别想。

这一晚，陆嘉钰没回城北，找陈言深喝了个酩酊大醉，最后是被两个人扶着上车的。

“今天我和人道歉了。”陆嘉钰开口就把他们吓住了。

两个男人面面相觑，最后看向陈言深，这可怎么办，明天等陆嘉钰清醒了，指不定怎么折腾他们。

陈言深揉了揉眉心：“我送他回去。你们就当没听见。”

陈言深上车，认命地给这个祖宗系上安全带。

谁承想，靠近他还被推开，陆嘉钰一副嫌弃的口吻，闹了一阵，最后才又安静下来。

陆嘉钰只觉得头昏昏沉沉的，看什么都觉得眼睛疼，到处都在晃，没劲，他要回家去，去找他的簇簇。

“回哪儿？”有人问他。

陆嘉钰：“我老婆在哪儿？”

陈言深提醒他：“你被人甩了。”

“滚蛋！”陆嘉钰皱起眉，当即就要下车，“我要去找她。”

安全带解不开，离不了位置。他像是和谁较起劲来，东一下西一下，恨不得把车都给砸了，骂骂咧咧了一阵，终于彻底安静下来。

车窗外霓虹灯闪烁。

陆嘉钰喊：“陈言深。”

陈言深启动车，淡声应：“说。”

“我是不是对她不好？”他的肩膀往下耷拉，弓下腰，指尖没入干燥的发，用力地捻过自己的头皮，“她不要我了。”

冷白的手在暗色下显出无血色的苍白，每根手指都绷得紧紧的，仿佛下一秒就要崩溃。

陈言深在心里叹了口气，沉静道：“阿钰，爱不是像你这样的，爱是……是珍视。”

陆嘉钰低笑一声：“是吗？可我只想占有她，想她只看得到我一个人，想不择手段把她留在身边，想看她因为我笑，因为我哭，因为我失控。”

陈言深沉默许久，对他说：“换个方式，改不了就藏起来。”

陆嘉钰缓缓松开手，用猩红的眼看着他：“藏起来？”

“藏起来，别吓跑她。”

陈言深目视前方，双眸幽暗。

凌晨一点，尤堇薇的房门被敲响。陈言深丢下人就走，完全不给人开口说话的机会。

小院亮起了灯，尤靳虞面色不善地把陆嘉钰搬到尤堇薇的床上：“姐，让他睡我房间。”

尤堇薇轻声道：“没事，去睡吧。”

尤靳虞走后，尤堇薇把陆嘉钰的衬衫和裤子都解了，又进浴室拿了条毛巾，用温热的水浸透，不烫也不凉。

这张痞气又乖戾的面庞，此时一片潮红，他嘟囔着热，躲开她的手不让擦。

尤堇薇握住他的手腕，喊：“陆嘉钰。”

轻轻柔柔的三个字，和以前一样，他瞬间安静下来，用脸去蹭她凉凉的手。

“簇簇，我知道错了。”他闭着眼，似乎在自言自语，“我去和姓林的道歉，你别哭，别哭。”

他反复地说着这两个字，酒气熏得人昏昏欲醉。

尤堇薇垂着眼，看他乖顺地贴着自己的掌心，像小狗一样蹭来蹭去，看他喃喃自语，最后皱着眉睡去。

她拨过他额间的碎发，轻轻点了点他的眉心，小声说：“睡吧。”

睡醒了，天就亮了。

她的梦也就醒了。

隔天是周一，约定好陆嘉钰离开的日子。

尤堇薇早起去上班，没管陆嘉钰，把他丢给了尤靳虞。等下班再回来，他还留在小院里。

近六点，天色已暗，陆嘉钰窝在沙发里看电视，姿势是一贯的懒散，见到尤堇薇回来，懒懒地摆了下手。

“回了？今天挺早。”

语气熟稔，就跟和邻居打招呼似的。

尤堇薇进了门，脚步微顿，视线下意识停在他的发色上，有些错愕，他染回了黑发。

黑发的陆嘉钰，她第一次见。

他穿着尤靳虞的衣服，白T恤和黑色运动裤，黑发干净利落，眉眼间竟多了几分少年气，再简单不过。

和尤靳虞并排坐在一起，看起来像是同学。

陆嘉钰轻挑了挑眉：“看傻了？”

一做挑衅的动作，痞气又回来了。

尤堇薇放下包换了鞋，提醒他：“你该走了，两天之期已到。不要给别人添麻烦。”

陆嘉钰推推边上的尤靳虞：“喂，小鬼，你姐要赶我走。”

尤靳虞面无表情：“关我什么事？”

陆嘉钰指了指自己的腿：“昨天打球你撞我腿了，我现在走不了路，你不得负责？”

说完，皱眉看向尤堇薇：“我腿疼。”

尤堇薇不再看他，自顾自地进了厨房。尤靳虞跟了进去。

陆嘉钰琢磨了一会儿，单脚跳着也进了厨房，一进门，里面两个人都看过来，一副嫌他碍事的模样。

本就狭窄的厨房更显拥挤。

他轻咳一声：“给我找个板凳就行，我也来帮忙。”

尤堇薇继续忙自己的，就当没听到。尤靳虞给他找了把椅子，又丢给他一个盆，让他剥豆子和玉米，差使完就不管他了。

尤堇薇转身时看了一眼，只见陆嘉钰老实地坐在小板凳上，埋头剥得认真，眉头皱着，一脸困惑。

大少爷头一回做这样的事。动作笨拙而生疏，到最后指腹都红了。

三个人配合着做饭，速度比往常快不少。吃完饭，陆嘉钰跟着尤靳虞去洗碗，尤堇薇独自出门去了医院，没和任何人打招呼。

到医院时，秦晚玉也在，她扶着外婆，两人正慢吞吞地绕着病房转圈。

她顺便劝老太太："妈，那边医疗条件没洛京好，簇簇一个人照顾你也辛苦，留在这里有什么不好？"

外婆道："我想家了。"

秦晚玉不说话，家里剩下的几口人都在这里了，还说什么想家，但老太太执意要回去，她也没办法，只能妥善把事安排了。

走了几圈，外婆累了，朝尤堇薇招手："工作的事都处理好了？"

尤堇薇走到病床前坐下，温声道："都处理好了，没完成的都交接给别人了。放心。"

外婆点头："那就好，下周我们就回去。"

说了会儿话，外婆看了眼女儿，示意她出去。

秦晚玉最知道母亲的路数，嘱咐了护工一句就先回去了。

"簇簇。"外婆看着她瘦了一圈的脸，叹了口气，"伤心一阵就过去了，现在还来得及。"

尤堇薇低下头，视线虚虚地落在床单纹路上，她不想再谈这件事。

外婆顿了顿，问："他是什么样的男孩子？"

尤堇薇知道，她不能说陆嘉钰的好，只会让外婆更讨厌他，觉得她受他蒙骗。于是，她说："是您最不喜欢的那种人，道德感低，任意妄为，谁都不放在眼里。"

外婆皱起眉："你喜欢他？"

尤堇薇点头，又摇头。

外婆问："以后不喜欢了？"

尤堇薇说是。

外婆松了口气，沉吟片刻，对她说："你是我看着长大的孩子。他既然有吸引你的地方，不会差劲至此，但你们的成长环境相差太大，他所处的圈子太复杂。外婆希望你过得简单快乐。"

"我知道。"她乖顺地应。

外婆看着，忽然有点不忍心。

这个孩子从小就这么乖巧，从来没有违背过他们，也没让他们操过心。不像她的母亲，当年秦晚玉和恋人分开时，恨不得吵个天崩地裂。

而尤堇薇，情绪最外露的时刻，不过是流泪。

“篌篌……”她欲言又止。

尤堇薇收拾好情绪，对她笑：“我给您念书吧，等您睡了我再回去。阿虞晚上出去打球了。”

外婆笑笑，不再谈论这件事。

回到城北胡同，近十点。

院里，她的房间一片漆黑，尤靳虞的房间亮着灯，细听能听到两个人的交谈声，对话断断续续，听语气似乎没吵架。

尤堇薇径直回了房间，反锁了门。

陆嘉钰整晚都在尤靳虞的房里，没什么睡意，也没再闹出什么动静。等隔天尤堇薇上班去了，他再摸去她的房间，闻着她的味道倒头就睡。

再醒来，是下午两点。

陆嘉钰洗了个澡，穿着拖鞋拖拖拉拉地往外走，走到客厅顿了一下。Mint 来了，正和尤靳虞相对无言。

“来干什么？”他擦着黑发，随口问。

小迷盯着他的黑发，有点不可思议，他上次这副模样，还是在英国的时候。

小迷：“找你有事。”

陆嘉钰：“说。”

小迷：“Alex（亚历克斯）来洛京了，来胡同找你。”

陆嘉钰挑眉：“他来干什么？游学？”

“不知道。你的手机又砸了？”

“没，他人在哪儿，我去见见。”

在城北这两天，他没回复任何消息，谁找都不理，安心缩在这个小院里，就跟离家出走似的。

刚起身，想起自己在装瘸，他又坐回去，问尤靳虞：“来个朋友行吗？”

尤靳虞：“我做不了主。”

陆嘉钰瞥了眼这个小鬼，真是半点不做可能会惹他姐不高兴的事，这次能把他放进来真是给了天大的面子。

“行，我去问她。”

话是这么说，陆嘉钰其实不确定尤堇薇会不会理他。

自从那天两人因为林斯昀大吵一架后，她除了提醒他离开，多余的话一句都没和他说。这回是真把人惹生气了，他知道，也认了。

“你问。”他踢踢小迷的鞋。

小迷毫不犹豫道：“我不问。”

一个个的，都派不上用场。

陆嘉钰退而求其次：“手机给我。”

小迷在他的眼神威胁下被迫交出手机，然后跑院子里看花去了，这阵子看见他就烦。

电话打通，还未传来她的声音，陆嘉钰一阵心悸。

“小迷？”温温柔柔的语调，和面对他时的冷淡不同。

陆嘉钰微顿：“是我。有个朋友来找我，我动不了，能让他来家里吗？”

“随你。”她应得很快，“你们最好一起走。”

“我的腿断了。”

陆嘉钰被她一句话气得上火，差点儿没把小迷的手机摔了，最后臭着张脸翻手机，几天没看消息，软件都要炸了。他随便翻了翻，多少有替林家说话的。他不太在意这些，林家在洛京那么多年，人情往来，若是真没人替他们说话才有古怪。更多的是劝他，做事留一线。

正准备关上，他忽然瞥见尤堇薇的名字。事发至今，还没敢在他面前提起尤堇薇，谁都知道他闹这一出是为了谁。

陆嘉钰点进消息框，没有备注，头像也没见过。

内容很简单，一段视频和一句话。

尤堇薇根本不爱你。

陆嘉钰冷眼看着，把这个人的微信号发在群里，问了句是谁，然后返回去点开了视频。

很明显的偷拍角度，画面是在厨房里，能看到尤堇薇和小迷。

小少年站在她身侧，问她：“尤尤，你会和他分手吗？”

从这个视角看过去，只能看到她纤细的背影，在灯下显得柔弱，背脊却挺直，她轻声应他：“会的。”

“花儿作”工作室。

林思弥推门进来的时候没人敢拦，昔日温婉大气的影后完全失了风度，红着眼，脸色铁青。她径直走向尤堇薇所在的工作间。

“出去！”

工作间里的人面面相觑，她们多少听到过风声，说是林家得罪了人。她们私下还议论过自己会不会失业，照今天来看，传言似乎是真的。

工作间只剩下尤堇薇一人，她知道林思弥是来找她的，坐着没动。

林思弥盯着尤堇薇看了半晌，神情晦涩。半晌，她艰难道：“对不起，我对我曾冒犯你的地方，感到抱歉。”

尤堇薇了然：“陆嘉钰让你来的？”

林思弥别开脸，巨大的屈辱感淹没了她，她握紧了拳，忍受此生最难堪的时刻。

“我和他分手了。”尤堇薇如实道，“以后也不想再掺和进你们的游戏。你的道歉我不接受，你回去吧。”

她说完，自顾自做自己的事，不再理会林思弥。

气氛沉寂半晌，门被重重地扯开，整个走廊都是高跟鞋刺耳的声响。

“思弥！”是林诗佟在喊，她追了出去。

尤堇薇一顿，轻叹了口气。

这天，尤堇薇提早下班，离开前将辞职报告留在了林诗佟的办公室，清空了自己桌面的所有东西。

前台看见她捧着纸盒愣了一下：“尤尤，你……”

尤堇薇笑笑：“我要离开洛京了。”

前台和尤堇薇关系不错，她早出晚归，工作室经常只有她们两个人。一来二去，两人比旁人熟一点。她真心道：“和你共事很舒服，而且……我感觉你变得不一样了，以前的你看起来总是有心事。希望你下一份工作顺利。”

走到地铁口，尤堇薇停下来仰头看天。洛京的夏来了，天空一片碧色，白云悠悠，旷远而静谧。

她轻舒一口气，连日的疲惫和空虚在此刻一扫而空，今天是难得的好天气。她不想再讨好秦晚玉，不想因林诗佟的关系妥协，也不想，留在原地等陆嘉钰。

她笑了笑，转身进了地铁口。

到家时，狭窄的胡同口格外吵闹。

众人围在她家门口指指点点，不知道在看什么热闹，其中有一道嗓音非常突出，虽然发音吐字奇怪，但不难听出其中的阳光开朗。

外国人吗？尤堇薇循声看去。

“Mint，写的什么？陆，你蹲在地上，干什么？”

二十七八岁的棕发男子站在门口里，正连说带比画地说着话，典型的欧洲长相，头发瞧着也不太多。

小迷翻了个白眼。他居高临下地看着陆嘉钰蹲在地上，边上还挂了块牌子——陆嘉钰，从主人家走丢了，如果你见到我，请告诉那个狠心的女人，你见过我。

这人幼稚绝了。

陆嘉钰听着这别扭的嗓音烦，不怎么想说话，正烦着，尤堇薇回来了。

“回……”他有点不自在，看到她怀里的纸箱时倏地顿住，语气微妙而危险，“她们让你辞职？”

尤堇薇比他还惊愕，睁大了眼问：“你在干什么？”

陆嘉钰举了举牌子：“没见过人家丢东西？”

“你起来。”

尤堇薇咬了下唇，先劝走围观的邻居，再看向一动不动的男人：“我自己辞的，你怎么还没走？别蹲我家门口。”

一口气又差点儿没上来。

陆嘉钰指指自己的脚，又捂住胸口，闷声道：“我胸闷，不适合移动。”

Alex 在边上看着，瞪大了炯炯有神的眼睛，惊奇地盯着尤堇薇看，看了一会儿，他对小迷说：“这个女孩，我见过。”

“在哪里？”

Alex 苦恼道：“忘了。”

他无所顾忌地盯着面前的女孩子，越看越觉得眼熟，但怎么想都想不起来，再想多看一眼，阴冷的视线飘了过来。

Alex 立即举手做投降状，不看还不行吗？

陆嘉钰收回视线，对尤堇薇道：“Alex，我在英国读书时的室友，游学路过洛京，和我碰个面，一会儿就走。”

Alex 忍不住问："我们，是不是，见过？"

尤堇薇闻言，仔细去看 Alex 的面容。

片刻后，她看向陆嘉钰，黑发的他忽然让她想起一件往事，一件记忆深刻的往事。

"你认错人了。"

她否认道，随即进了屋子，把陆嘉钰丢在身后。

Alex 一直到和小迷离开，他都嘟哝着一定在哪里见过她，小迷听他古古怪怪的发音，又想装哑巴了。

陆嘉钰蹲了半天，一点效果都没有。

他瞥了眼这蠢兮兮的牌子，心说什么狗主意。

晚饭后，尤堇薇开始整理书架。尤靳虞站在边上，她把书递过来，他就接来放进纸箱子里，两个人都没说话，安静地配合着。

陆嘉钰倚在门口，眸光浅淡。

她没避着他，自然地收拾屋子、打包家具，俨然是准备回郦陵去，不打算续租这里的房子。

"不回来了？"他问。

尤堇薇没看他，随口应："都一样。"

洛京和郦陵都一样，没区别，只是没了继续留在这里的理由。

陆嘉钰低下眼，听她漫不经心的语气。

听了两天，还是不习惯。不习惯她这样和他说话，不习惯她把他当成透明人，不习惯那双看不见爱意的双眼。

"你爱我吗？"他忽然问。

陆嘉钰平静地看着她，嗓音轻淡，不再带着情绪，像是问了一个极简单的问题。

尤靳虞动作一顿，看了眼陆嘉钰，搬着箱子出去了。

尤堇薇将书放回去，心平气和地和他对视。许多次，这双深黑色的瞳仁看向她时，总是让她心动。

"你呢，和我在一起，得到想要的了吗？"她轻声问。

陆嘉钰："以前我不知道自己要什么，现在知道了，以后也不会忘。"

尤堇薇勾唇一笑："我也一样。"

陆嘉钰定定地看着她笑，忽而也笑了："明天早上我就回去，去郦陵就不送你了。”

尤堇薇松了口气，她问：“早上想吃什么？”

陆嘉钰：“馄饨。”

尤堇薇低声道：“好。”

从一碗馄饨开始，也从一碗馄饨结束，或许这样的结局对他们来说最好。

早上六点，小院的门开了又关。尤堇薇被关门声惊醒，出去看时，尤靳虞正好出来。

“他说去菜市场。”尤靳虞面色古怪。

尤堇薇稍怔：“他晚上睡着了吗？”

尤靳虞：“没，和昨晚一样。没吵我。”

尤堇薇静了片刻，没说话，转身回了屋子。

约莫过了半个小时，陆嘉钰回来了，拎着一堆“新鲜”玩意儿。

“老头、老太太还挺有意思。”他随口说起菜市场遇见的趣事，“让我想起小时候和我妈一起去买菜。”

这是第一次，陆嘉钰提起自己的母亲。

尤堇薇看了眼他买的菜，都是做馄饨的材料，那么多能吃上一星期。她想了想：“包了你带回去吃。”

陆嘉钰点头：“行啊。”

厨房里只有他们两个人，尤靳虞有意把时间留给他们，从昨晚开始就避免三个人的相处空间。

“我做点什么？”

陆嘉钰洗干净手，一副等吩咐的模样。

尤堇薇细致地和他说了该怎么处理肉，然后准备其他馅料，两人各自做着自己的事，这是近一周来他们相处最和平的时刻。

陆嘉钰像闲聊般问：“怎么学会做饭的？”

“小时候妈妈带着阿虞去了洛京，我很想他们。她和外婆、外公赌气，从来不会主动联系我们，我总是想，怎么做才能让她高兴一点，所以我观察大人们眼中好孩子的特质，我比任何人做得都好，包括在照顾自己这方面。”她应得认真。

陆嘉钰：“家教很严？”

尤堇薇思索着：“也不算，因为家里经常只有我一个人。外婆很严格，但外公会帮我，爸爸也会。”

陆嘉钰低着眉，藏起眼中的情绪。

“以后还会这么做吗？”他指的是讨好秦晚玉。

“不会了。是我一直没认清，她不需要我们。”

陆嘉钰停下来：“你呢，需要她吗？”

尤堇薇轻抿了下唇，看向院子里的尤靳虞：“以后不需要了，我有阿虞和外婆。”

就像你不再需要我。

陆嘉钰克制着，克制着不泄露丁点情绪。

“以后能当朋友吗？”他随口问。

尤堇薇迟疑着问：“有必要吗？”

陆嘉钰回答说：“我列表里只有你一个人不是免打扰，严格来说，我没有朋友。那帮人鼻子最灵，哪儿有钱味就去哪儿，哪天陆家倒了，我就是孤家寡人。”

“好吧。”尤堇薇顿了顿，“可以试试当朋友。”

陆嘉钰笑起来：“行，试试。”

吃过早饭，陆嘉钰拎着一盒子馄饨准备回去，临走前他对尤靳虞摆了摆手：“小鬼，衣服回头买几件还你。”

尤靳虞：“要一模一样的。”

陆嘉钰：“简单。”

说完，隔着一道门，他看向尤堇薇。

她依旧是初见时的模样，美丽又干净，只是太瘦了。

“我走了，簌簌。”

他动了动指尖，将手插进兜里。

尤堇薇轻“嗯”了声：“路上注意安全。”

简单的告别后，大门在他们眼前关上。门前门后，两个人同时转身，一个红了眼睛，一个咬紧了牙关。

谁都没有回头，他们背道而驰。

离开洛京那天是晴天，夏日的暑气降临，刚出门就有了汗意。

尤堇薇和尤靳虞去医院接了外婆，由陈司南送他们去机场，秦晚玉一路上念叨着，秦念芙没来。临下车前，外婆握着女儿的手说，不怪小芙，是她身体不中用，以后不用避着，别吓到孩子。

“妈，我这些年，特别幸福。”

秦晚玉上前拥抱她，低声说了句话。

外婆在心里叹口气，摸摸她的头发，下意识看向尤堇薇，她正在和弟弟说话，神情轻松，看不出在想什么。

飞机起飞前，尤堇薇看向窗外。

长空如洗，阳光灿烂。让她想到生日那天看到的樱花，阳光下的樱花像雪一样澄洁。陆嘉钰没有陪她坐上那列绿皮小火车，他们之间或许就像那一趟旅途，只有一张单程票，短暂地路过彼此的生命。

洛京附中，礼堂内。

观众席坐满了人，第一排往后，不停有窸窸窣窣的声音冒出来，他们第一次见到陆家这位太子爷。

“哥，你疯了？”陆嘉楹一脸见鬼的模样，“你居然染回黑发了？”

陆嘉钰翻着手机，头也不抬：“不好看？”

“也不是。”

陆嘉楹看着他脑袋上特别朴素的颜色，欲言又止，最后撇了撇嘴，小声说：“尤姐姐昨天给我发短信，说不能来参加我的毕业典礼。”

“知道，她今天回邺陵。”他漫不经心地应。

“哥，你和尤姐姐真的分手了？”

“是因为热搜吗？”

陆嘉钰：“不是，你的表演是第几个节目？烦了，再不演走了。”

陆嘉楹噘嘴：“马上就去后台了，我这不是怕你一个人坐着无聊，来陪你说说话。”

“得了便宜还卖乖。”陆嘉钰嗤笑，“知道我时间多贵吗？”

“我去准备了！”

陆嘉楹生怕陆嘉钰走了，一溜烟地小跑着去后台躲起来，她今天可是女主角，好不容易才争取到的。

陆嘉钰耐着性子，等着小炮仗出场。等人出来了，他选角度拍了两张照片，起身头也不回地走了。

费半天劲，就为拍两张照片。

到郦陵下了飞机，尤堇薇先安顿外婆。

说是安顿，其实没费多少力气，疗养院和护工都是提前看好的，郦陵又是外婆熟悉的地方。

刚住下外婆就联系老朋友出门喝茶去了，把两个孩子赶回了家。

月下白巷位于老城区，附近多是居民区，现在虽比不上以前热闹，但也不算荒凉。

“上周找人来打扫过。”尤堇薇掏出许久不用的钥匙，打开门，“你想住哪儿？以前的房间太小了。”

尤靳虞无所谓：“就住以前的房间。”

“东西先放着，我们出去吃饭。”

两个人出去吃了个饭，再收拾完家里天就黑了。忙了一天，躺到床上才觉得时间是自己的。

夏日里，为了防蚊虫，床边围着一层床幔。

雪白的床幔在光下浮动着，抬眼是一方窄窄的天窗，月色透下来，皎洁而明亮。

通常卧室不需要保持光亮，寻常人家家里都没有天窗，她怕黑，这方天窗是尤森找人给她开的。

尤堇薇怔怔看着，忽而失了神。

她想起灵犀胡同里的那张床，陆嘉钰总是将她围堵在角落里，纯白的衬衫像床幔，将她包裹笼罩。

正出神，手机嗡嗡振动了两声，是陆嘉钰的信息。

她顿了几秒，点进去看，他发了几张图片。

找我：白天看小炮仗演出去了。

找我：非要我给你发照片。

尤堇薇点开照片，是陆嘉楹表演的话剧的剧照，小女孩穿着女主角的衣服，达成了心愿。

她想了想，回复：恭喜她。

找我：截图给她看。

找我：你累了一天，早点休息。

尤堇薇有些意外，她没想到陆嘉钰是真的想和她试着做朋友，这种感觉很奇妙，也令人失落。

至少她还没准备好看到陆嘉钰和另一个女人亲密，但她知道，迟早会有这么一天的。

晚安。

她回复完，改掉了陆嘉钰的备注和聊天背景。

对话框置顶，显示两个字——**不找**。

前后忙碌了一周，尤堇薇才有一种尘埃落定，回到家里的感觉。

这天一早，尤靳虞和她一起出去看店面。尤堇薇打算在郸陵开一家工作室，除了制作绢花，她还想推广传统工艺和现代生活相结合，不仅仅只局限在小众领域，但这不容易，要一步步来。

上午去看了两个地方，一个太偏，一个太贵。跑了几个小时，热得人止不住出汗。

尤堇薇看了眼脸颊泛红的弟弟，忧心道："以后不用陪我出来了，夏天外面太热，出了一身汗。"

尤靳虞从小怕热，一热就出汗，不爱说话。

尤靳虞："不热，只是出汗。"

下午，两人一起去疗养院看外婆，这个点外婆刚睡午觉醒来，通常在花园里散步，不过天热，老太太不一定乐意出来。等到了湖边，外婆果然在，身边还围了好几个人。

在一群迟暮之年的老人家中，一个清瘦高挑的男人极为显眼，简单的衬衫西裤，一副金丝边框眼镜。

尤堇薇一怔，林斯昀怎么会在这里？

尤靳虞微顿："他没提过。"

正犹疑着，外婆眼尖看到了他们，朝他们招招手："簇簇、阿虞，过来。"

林斯昀循声看过来，轻淡的视线落在他们身上，没有想象中的诧异，似乎在他的意料之中。

外婆介绍："这是斯昀哥哥，你沈奶奶的外孙，今年刚回国，以前帮过你外公的忙，都是研究和翻译上的事。"

"阿昀啊，这是簇簇，这是阿虞。"老太太又笑吟吟地对林斯昀说。

林斯昀轻点头："我们认识。"

"认识？"

外婆的视线在两个人身上转悠了一圈。

尤堇薇听着那四个字，有些尴尬，低声道："外婆，他是林老师的侄子，我们在洛京见过。"

外婆恍然大悟，难怪，认识那就更简单了。

"簇簇，去给外婆拿条毯子。阿昀，能不能麻烦你一起去？这个孩子从小就容易迷路，这里还没走熟。"

更尴尬了。大夏天的，拿什么毯子。直到走远，尤堇薇才松了口气。

"抱歉。"她有点不好意思，"我外婆一直担心我朋友太少。"

林斯昀低头看她："能理解，都是长辈的心意。刚刚我听你外婆说，她刚从洛京回来，外孙女是做绢花的，就猜到或许是你。"

尤堇薇："我也没想到这么巧。"

两个人并肩向楼里走去，偶尔说几句话，进电梯时林斯昀将她护在身后，动作自然，气氛渐渐松缓下来。等再下楼，林斯昀有事要先走，他自然地向她告别："这个月我会留在郦陵，希望这次有机会请尤老师吃饭。"

尤堇薇抿唇："你有空联系我或者阿虞，都可以。"

林斯昀观她的神色，主动和她提起上次的事："上次我和阿虞相处得很愉快，你不用介怀。"

尤堇薇独自回到湖边。

外婆往后瞄了两眼，没见到人。听尤堇薇说人走了还有点可惜，滔滔不绝地说起林斯昀来，从学术方面的造诣再到人品，就没有一点是不好的。

尤靳虞听了几句，看了眼低着头的姐姐。尤堇薇听得无聊了，不想打断老太太，只好有一搭没一搭地捻着毯子上的绒毛，鼻尖上覆着汗意。

"外婆。"少年走到她身侧，低声说了几句话。

外婆听了神色一变，悄声问："那他知道你姐姐和那个男人的事？他们也彼此认识？"

尤靳虞"嗯"了声："他们是合作关系。"

"他是什么样的人？"外婆问。这是她第三次这么问。

第一次问秦晚玉，得到的回答是纨绔不堪，专横跋扈。

第二次问尤堇薇，她说他道德感低，任意妄为。

秉着求真的精神，她不禁有些好奇，这个男人身上是否真的一点可取之处都没有，于是她问尤靳虞。

尤靳虞沉默片刻，说："不完美的人。"

外婆望着湖面，笑道："世上哪有完美的人。"

"他其实……还不错。"尤靳虞琢磨着回答，"只是家世和性格使然，别人对他的第一印象是固有的。对姐姐，他很有耐心。"这话他留了一半，陆嘉钰本人比印象中更差劲，也只有在尤堇薇面前像个人。

外婆微顿："你说得对，是外婆狭隘了。"

尤靳虞看了一眼心不在焉的尤堇薇，低声道："姐姐很喜欢他，她虽然不说，但我能看出来。"

外婆叹了口气："这个孩子以后或许会怪我。"

"她不会的。"尤靳虞轻声说，"您也知道，她不会的。"

外婆沉默下来，亲自养大的孩子，她怎么会不知道。尤堇薇不会怪任何人，只会怪自己。

忙了小半个月，尤堇薇终于选定了两间店面，等最后的洽谈结束，便定下来准备开业。

这天下午，她接到了林斯昀的电话。他问他们晚上有没有时间，他想请他们吃个饭。

尤堇薇答应下来，上楼去找尤靳虞。

二楼有个小露台，尤靳虞懒懒地躺在凉椅上，随意翻阅着膝盖上的书，一副悠闲的模样。

"林斯昀想请我们吃晚饭。"尤堇薇找了个块阴影往他边上一蹲。

尤靳虞点头："我以为他不会叫上我。"

尤堇薇稍怔："为什么？你们闹别扭了？"

少年浅浅地笑了一下，合上书："没有，我随口一说。姐，下周我回洛京填志愿，你想留在郧陵还是洛京？"

"我……"尤堇薇说不上来，"阿虞，你不用顾虑我。"

尤靳虞："我在顾虑我自己。"

尤堇薇托腮瞧着弟弟，看起来冷冷清清的性子，其实从小就黏人，长大了也没什么变化。

第十七章 日记

他沉浸在欢愉里，
不知道她的心里也下了一场雨。

晚上五点，林斯昀等在巷子口，暗红色的跑车吸足了路人的眼球。

尤堇薇看见这辆车，想起第一次在机场遇见林斯昀的场景，当时她差点将他当成了陆嘉钰。

回到郧陵近半个月，她想起陆嘉钰的次数越来越少。

因为这个小插曲，尤堇薇比平时沉默一点。

林斯昀点完菜，自然地提起他们来郧陵的事。他问一句，尤靳虞答一句，尤堇薇偶尔说句话，话不多。

林斯昀推了一下眼镜，双手交叠放置在桌前，注视着她，认真道："我前几天听阿虞说，你在找店铺？"

尤堇薇点头："差不多找好了，等最后的细节确定。"

林斯昀："如果没确定，可以考虑一下这个地方。"

他说着，拿出一份资料。

"这里原本是家书店，我朋友在经营。"他简单介绍了一下，"最近他准备出国，打算出租，价格不高，但租不出去。"

尤堇薇翻了一下资料，诧异道："这样的地段，价格偏低，怎么会租不出去？他有什么别的要求？"

林斯昀无奈一笑："他是个书痴，要求保留一个读书角，差不多三个书柜的量，方便附近的孩子们放学能来待一会儿。租店面的人听了读书角只是犹豫，后面再听到有小孩来，都不愿意。"

"什么年纪的小孩？"尤堇薇问。

林斯昀："几岁到十几岁吧，附近有中学和小学。"

尤靳虞道："姐，这里离家里近，交通更方便，也更安全。读书角的事我来解决。"

他只能在这里留一个暑假，不能时刻看护着尤堇薇。

尤堇薇看他一眼："这么快就想好了？"

尤靳虞说："斯昀哥挑的地方，出了问题就找他，我不用担心你会被人欺负，很放心。"

尤堇薇瞪了眼弟弟。

林斯昀失笑。

三个人约了周末看店面。如尤靳虞所说，这个店面处处都合尤堇薇的心意。周围安静却不荒凉，地方宽敞明亮，读书角区域和工作区间隔开。

林斯昀陪着她签了合同，出去送朋友。

朋友揶揄道："心上人啊？瞧你从头到尾小心翼翼的样子，传出去没人会信，指不定还说我造谣。"

他淡淡地笑了一下："只是朋友。"

朋友摇摇头，走了，都笑成这样了，还朋友。

解决完店面的事，尤堇薇松了口气，林斯昀帮了她这么大的忙，理应请他吃个饭。他欣然同意，时间地点都由她做主。

尤堇薇道："就今晚吧。"没道理让人累了一天，自己回去。

林斯昀："我去开车。"

尤靳虞看人走了，说："姐，装修的时候斯昀哥会来帮忙吗？估计开业也会来。"

尤堇薇一怔："不会吧，他不是只在郦陵留一个月吗？"

尤靳虞笑起来："姐，我们打个赌。"

尤堇薇看着弟弟笑得奇奇怪怪的模样，忽然明白他话里的意思，呆了一下，问："不会吧？"

"百分百。"尤靳虞慢悠悠道，"又不是第一回，从小到大多少次了，我哪次赌输过？斯昀哥人不错，可以考虑一下。"

尤堇薇声音闷闷的："我不想谈恋爱。"

尤靳虞："慢慢考虑。"

"不要管我。"

尤堇薇嘀咕了句，不理弟弟了。

尤靳虞顿了一下，忽然勾唇笑起来，看来陆嘉钰还是有点用处，没有差劲到极点。

地点定在一个私房菜馆。尤堇薇托外婆帮了忙，外婆一听是请林斯昀吃饭，不但"热心肠"地选了餐馆，还特地选了一个隐秘的包间。

服务员带着他们不知道拐过多少个弯，才终于走到包间。

弯曲宽阔的庭院，幽静秀美，湖里还有活水流动，走进去，清凉的水汽扑面而来。

"尤老师破费了。"

林斯昀语带笑意，难得用调侃的语气说话。

尤堇薇实话实说，说都是外婆安排的。尤靳虞听了直叹气，看来他姐姐对林斯昀是真的一点意思都没有。

天色暗下来，红云铺满天际。

菜陆陆续续上来。经过这几天的相处，他们熟稔不少。

尤堇薇平日里安静，却不怯谈，和林斯昀聊天让人很舒服，他虽然性子清冷，但言语间偶有风趣，知识渊博，加上这副皮囊，很容易令人心生好感。

不知不觉间，两个小时过去。尤靳虞看了眼这两个人，已经从世界名画聊到了各地民俗，尤堇薇听林斯昀听各大洲不同的习俗，时常惊叹不已，偶尔就一个话题讨论起来。

果盘和茶点送上来的时候，时间已近九点。

尤堇薇去了趟洗手间，出来时夜空繁星点点，她忍不住停下脚步，扶着栏杆眺望星空。

不远处，两道身影交叠着走来。

程卫落后男人一步，低声道："陆总，这个项目预计在年内完工，目前进度……"

"嘘。"陆嘉钰停下来，比了个手势。

程卫止住话，踮起脚往前瞄了一眼，这一眼让他惊了一下，他没说话，默默离开了。

陆嘉钰掐灭了烟，静静地看着庭院里的女人。

比起在洛京，她胖了点儿，前阵子瘦的那点肉都长回来了，看着不再那么孱弱苍白。夜色下，她仰着脸，双颊泛着红，像是喝了酒。

她和谁一起喝酒？陆嘉钰猜测着。

忽然，另一侧响起脚步声

陆嘉钰看过去，狭长的眸倏地暗下来，在忍不住把手机砸出去之前，他躲进拐角，闭上眼听他们说话。

"送你回去还是再坐会儿？"男人说话的嗓音很轻，像情人间的低语。

她似是有些迟钝，慢吞吞地应："我想看会儿星星。你可以等我一会儿吗？很快的。"

林斯昀凝视着月光下清艳绝伦的侧脸，低声应道："不急，看吧。"

陪她听过雨，看过星星，他还贪心地想要更多。

尤堇薇怔怔望着夜空，想起在海边看的那场流星雨，那时陆嘉钰还在她身边，他沉浸在欢愉里，不知道她的心里也下了一场雨。

“走吧。”她哑声道。

陆嘉钰忍到青筋凸起，等脚步声消失后，他往洛京打了个电话，声音冷得像冰：“林家最近太闲，给他们找点事做。”

再回到包间门口，陆嘉钰的情绪降到冰点，已经没法和人交流。

程卫看到他的脸色，头皮发麻，他还是大着胆子说：“陆总，我多事去问了一嘴，尤小姐是带着弟弟来的。”

等了半晌，没等到回音。程卫忐忑不安，再抬头看，人没了。

跑车停在月下白巷口。

林斯昀目送尤堇薇和尤靳虞回了家，直到看不到他们的身影，他才驾车离开。离开时，和进来的另一辆跑车擦身而过。

车在巷口停下。司机正想下车，却听后座的人说：“明天早上来接我。”

说完，陆嘉钰下车径直朝巷子里走去。

走进巷子，转过几个弯，他停在十六号门口。或许是天注定，她的门牌也是十六号。

巷子里没开灯，陆嘉钰今晚多喝了几杯，站了一会儿觉得头疼，干脆往人门前一坐，琢磨着怎么才能进去。

装晕？不行，太傻。

迷路？也不行，更傻。

让程卫给她打电话说他喝醉了？更不行，她会直接让程卫送他回家。

陆嘉钰想了一会儿，甚至想到去警局发酒疯，再报她的电话号码，这样他肯定能被领回家，但他才开始装乖，这点子不行。

几分钟后，院子里的尤靳虞收到短信。

L：小鬼，衣服买来了。

L：出来拿。

L：正好在你家附近。

尤靳虞皱着眉思索片刻，忽然看向门外，定定地看了几秒，他直接走到门口打开大门，对上一双懒洋洋的脸。

“哟，小鬼！好久不见。”他勾唇一笑。

尤靳虞面无表情道：“这叫家门口，不叫附近。”

他看了眼双手空空的男人，问：“衣服呢？”

陆嘉钰：“忘带了。”

砰的一声响，大门在他眼前关上了。陆嘉钰吃了个闭门羹。

几条街道外，司机刚过绿灯，忽然收到老板的消息——**回来接我。**

隔天早上，尤堇薇接到林斯昀的电话。说他有急事需要回洛京，装修公司的负责人会和她对接，有问题随时可以找他。她没想到他连装修的事都考虑好了，刚想拒绝，就听他笑着说“没做主替尤老师付钱”。尤堇薇这才答应下来。

七月，邺陵越来越热。

尤堇薇这样不常出汗的人，走出两条街道就出了汗，她往阴影里躲，偶尔蹲下身摸摸躲凉的小狗，再继续往前走。

工作室位于山月路，途经学校。马路两边的店铺种类繁多，最多的是孩子们都爱的甜品店或是餐馆，最近的书店在两条街道之外。

尤堇薇到时，负责人已经到了。负责人带了个眼睛圆溜溜的小姑娘，说是她们工作室人气最高的设计师，她们可以直接沟通，说完便先离开了。

“我叫关月。”设计师直白地盯着她，伸出手来。

尤堇薇和她握手：“尤堇薇，叫我尤尤就好。”

关月：“带我去转转？”

尤堇薇带着关月转了一圈，简单提了一些想法。关月一直没出声，用目光丈量着这个空间。待走到落地窗前，她忽然回头看过来。

直勾勾的眼神让尤堇薇怔了一下。

“怎么了？”她问。

关月道：“听说你是我师兄的朋友。”

尤堇薇迟疑地问：“你师兄是林斯昀？”

关月：“对，我师兄回国不久，第一次找我帮忙。你们是怎么认识的？”

尤堇薇沉默半晌，忽然道：“抱歉，关小姐，我不想把工作和私事混为一谈，这次合作就到此为止吧。”她厌倦了这样的日子，只想在简单的环境下完成工作。

关月看她片刻，点头：“我也这么想，所以来确定你的想法。既然我们达成一致，那祝我们合作顺利。”

原来是故意试她，尤堇薇无奈道：“以后我们的合作不提他，可以吗？”

关月弯起那双圆溜溜的眼睛，笑起来：“当然可以，只要涉及工作，我一个字都不提，也不会向他泄露情报。”

尤堇薇呆了一下：“情报？”

关月摆摆手：“没什么，下午我们找个地方详谈，周末给你方案。”

下午，尤堇薇和关月找了个咖啡馆谈事。

她眼睁睁地看着关月一个人吃了六块蛋糕，还觉得不满足，吃完又点了两块，继续谈方案。在工作方面，她很专业。

尤堇薇喜欢和这样高效率的人交谈。

临走前，她打包了一个四寸的小蛋糕给关月。

关月笑眯眯道：“我只有在工作的时候有需要，今天工作结束了，我得去健身房把这些热量都消耗掉。谢谢你啦，下午很愉快。”

说完，风风火火地走了。

尤堇薇看着她离开，有点羡慕她这样自由自在的性子。

她拎着蛋糕，慢吞吞地往家里走。

老城区的街道充满市井气息，她走过几个水果摊子，去菜市场买了菜，穿过巷子忽然觉得周围的环境有点陌生。

尤堇薇生出一股不好的预感，几秒后，她茫然地停在原地。

她又迷路了，在自己家附近。

从小到大，她习惯了这样的突发情况。先拿出手机地图看一眼，找一个熟悉的地方过去，再找到路，这是她惯用的办法。

尤堇薇低头看屏幕上显示的地图，仔细找了一圈，忽然一停，放大最右边的地图，停在那里。

上面显示地名：**花花幼儿园。**

她在原地站了片刻，想起听陆嘉钰说过，他说他幼儿园就是在花花幼儿园读的，会是同一个吗？

尤堇薇打开导航，按照语音走，磕磕绊绊地走了半个小时，一座老旧的幼儿园呈现在她眼前，门牌上的字体脱落一半，玩乐设施也已荒废。

尤堇薇向里张望，听见“刷刷”的扫地声，刚想移开视线，冷不丁对上一双黑黢黢的眼睛，她吓了一跳。

十分钟后，尤堇薇在一间办公室坐下。

扫地的老太太倒了杯水，老花镜后的眼睛看过来，仔细凝视她片刻，问道："我没见过你，你没在这里读过幼儿园。"

尤堇薇好奇地问："您记得每一个孩子吗？"

"当然，我当了一辈子园长。"老太太似乎为此感到骄傲。

尤堇薇在很多人身上见过这种气质，她外公、外婆和尤森，包括这个园长。

"幼儿园现在……"除了园长，她没看到任何一个人。

园长道："老城区人不如以前多，学生越来越少，开不下去了。过阵子这里准备拆迁。"

两个人聊了一阵，园长得知尤堇薇刚回郦陵，说了这几年的变化，最后又兜兜转转，回到第一个问题。

"你来这里有什么事？"

尤堇薇迟疑一瞬，问："您记得一个叫陆嘉钰的孩子吗？"

园长沉默半晌，缓声道："我记得这个孩子。他不爱说话，没有朋友，打架很凶。"

"他……"尤堇薇蜷起指尖，"他为什么打架？既然不爱说话，应该不会主动和别人吵架。"园长看她一眼："你和他是什么关系？"

尤堇薇没说话，园长却看懂了，她给自己续了杯茶，尝了口尤堇薇带来的蛋糕，自顾自道："他家是单亲家庭，他和他妈妈关系很亲密。明明是个不爱笑的孩子，在妈妈面前却乖巧听话。"

"唉，可惜他命不好。"园长叹了口气，"后来我才知道，他妈妈生病了，每天靠吃药度日，前面还好，后来身体差到住在医院里。他一放学就跑去医院，晚上就在医院里住。打架也是因为别人说他妈妈活不久了。明明是他打别人，可他哭得比被打的人还凶。"

尤堇薇张了张唇，轻声问："没有人照顾他吗？"

园长："没有，他上学、放学都是一个人。不过，他年纪小，老师们也都对他格外关照。"

"这里有他的照片吗？"她小声问。

园长瞧了眼姑娘眼睛红红的模样，走去档案室找了张毕业照出来，递给她："你来得巧，因为拆迁刚整理好的。这张你拿回去吧，我这里还有。"

尤堇薇攥着照片，低声道："谢谢您。"

"我喜欢这里！"Alex 兴致勃勃地拿着相机，在巷子里上蹿下跳。

小迷蹲在屋檐下，百无聊赖地往院子里看，陆嘉钰睡了一天还没醒，昨晚也不知道上哪儿闹腾去了。

“Mint！”Alex 喊他，“这里，比洛京，这个！”

他比了个大拇指。

小迷托腮，没应声。

Alex 这么闹了一阵，拍完照片美滋滋地踏进院子，刚进门，迎面砸来一个手机。他眼疾手快地接住：“陆，你果然没变。”

在英国三年，这样的事少说也有一万次。

Alex 把手机放到桌上，无意间点亮屏幕，看到壁纸，他愣了一下，下意识拿起来仔细看。模糊不清的街道，熟悉的建筑。

路灯像是坏了，暗的很，背景里大雪纷飞。

“啊，女孩子，是那个女孩子！”

Alex 忽然大叫起来，去毯子里扒拉陆嘉钰。

陆嘉钰不耐烦地躲开，揉乱黑发，哑声问：“吵什么？吵半天了，再吵滚回英国去。”

Alex 指着他的壁纸，激动道：“是那个女孩！”

陆嘉钰一顿，瞥了眼自己的屏保，这张照片是尤堇薇拍的。他不记得是哪天在她手机里发现的，后来就把这张照片也偷了过来，顺手设置成了屏保，和她用一样的。现在想起来，觉得自己还挺腻歪。

“哪个女孩？”陆嘉钰问。

Alex 神秘一笑，拿出手机翻出一个视频。

这个地方离他们英国的房子只有两个街区，Alex 曾去那里接醉得不省人事的陆嘉钰，当时他抱着好玩的心理，录下了他醉得走不动路的视频。

Alex 去之前，给陆嘉钰打了电话。但接电话的人，是个女孩。

三年前，曼城。湿冷的冬日下了大雪，城市变得灰暗。

尤堇薇从热闹的派对里出来，拒绝了想送她回去的男人，围上围巾独自走入风雪中。

冷风夹杂着冰雪，路上人影寥寥。她沿着来时的路，埋头走在路灯下，路上偶尔有几个醉鬼，擦肩时她屏住了呼吸。

这里离她住的地方不远，再拐过两个弯就到了，室友在家里等她。

尤堇薇深吸一口气，加快了步伐。经过某栋建筑物时，她忽然听到了一些奇怪的声响。沉闷的碰撞声，夹杂着几句脏话。

她下意识想跑走，却在那一瞬间听到了熟悉的语言。

“滚开！”

嘶哑的嗓音，听着像喝醉了。是中国人？

尤堇薇停下脚步，朝那黑沉沉的狭道看去。她放轻脚步，凑近一看，立即捂住了嘴！两个强壮的男人把一个清瘦的男人堵在角落里。

他们说话声音太小，尤堇薇零星听了几句，是让他把钱包交出来。那个人醉醺醺的，下手却狠，三个人打成一团。

这个冬天冷得出奇，可尤堇薇被吓出了汗，心脏怦怦直跳。她慌乱地想着办法，忽然，她想起前阵子室友说最近路上很多人被抢劫，让她下载了个音频，是扩音的警车鸣笛声。

她忍着颤抖的手，把声音开到最大，对着巷口播放了鸣笛声。

起先鸣笛声声音很小，后来越来越大，像是警车越开越近，还有喇叭的声响，两个抢劫犯果然被声音吓到，骂了两句，飞快地从另一个方向逃走了。

尤堇薇松了口气，鼻尖上都是冷汗。她关掉声音，悄悄探头往里看，那个男人瘫倒在地，她看不清面容，借着微弱的光，她瞥见了他下巴上的血。

要打 999 吗？她抿了下唇，试着往里走了一步。

“你还好吗？”她大着胆子问。

地上的人没搭理她，随手抹了抹唇角的血渍，摇摇晃晃地站起来，朝她的方向走来。

尤堇薇一愣，往边上躲去。

耳边脚步声很沉，没什么规律，一步大一步小，走着走着就乱了。转弯的瞬间，她闻到浓重的酒气，以及一丝极淡的薄荷味，冷而干。

眼看两个人就要擦肩而过，忽然，那道身形开始摇晃，几秒后，重重地朝她的方向倒过来。

尤堇薇睁大眼，他倒下的动作像是慢动作，每一帧都映在她的瞳孔里，她躲闪不及，两个人一同摔进雪地里。她喊了一声，推了推身上的人，却推不动。

尤堇薇别开脸，陌生的气息扑在耳尖，她不知所措，正想攒着力气一把推开，手机铃声响了。听了几秒，不是她的铃声。

“喂。”她忍不住出声，“你还醒着吗？”

无人回应。

尤堇薇感觉自己像是擀面杖下的面团，马上就要被压死了。她喘了口气，循着声音去找他身上的口袋，摸了半天，摸到冰冷的手机。

接电话的是个英国人，是他室友，说马上过来接他。

“那个，我要推开你了。”

尤堇薇自言自语地说了一句，做了几个深呼吸，铆足力气，手脚并用，一把将身上的男人推了下去。

冷汗变成了热汗，她坐在地上平复着呼吸，余光瞥了眼男人。黑发，瘦削，全身散发着一股颓废气息，衣着价格不菲，或许又是个醉酒的富二代。

尤堇薇犹豫，是等他室友来，还是就这么把他丢在这里。晚上并不安全，而且今晚的雪会下一夜，他有可能会被冻死在这里。

这样想着，她突然听到几声模糊不清的声响。是他在说话，薄唇一张一合。

她顿了顿，小心翼翼地靠近去听，听清楚后，她忽然沉默下来，看他的耳垂被大雪冻得通红，又解开围巾，艰难地给他绕上。

过了几分钟，他皱了下眉，似乎清醒了一点，挣扎着想从地上爬起来。

尤堇薇欲言又止，就在这时候，他室友到了。

她松了口气，对来人点点头，没留下任何话就离开了。

夏天，天暗得慢。

姐弟俩散完步回来，天际仍有光亮。

两个人有一搭没一搭地闲聊。

尤堇薇问：“去洛京住哪儿？住酒店总有点不放心。”

城北的房子虽然还在，但都搬空了，尤靳虞只留一夜，住胡同里也不方便。

“我经常自己住酒店。”尤靳虞自然道，“去外省参加竞赛都是住酒店。哪里都一样，酒店最方便。”

尤堇薇想了想：“住陶姐姐的酒店吧？”

他乖巧地应“好”。

拐入小巷，那点光亮渐渐消失了。尤堇薇瞧着石板上黯淡的纹路，心不在焉地往上踩，忽然，身边的脚步停了下来。

她下意识抬头：“怎么……”话卡在嗓子里。

十六号门口，站着个男人。他姿势懒散地倚在墙边，感受到注视，忽然抬眼看过来，黑眸在暗色下竟有几分澄净。这样的陆嘉钰，让尤堇薇想起那年曼城的雪。

“回来了？”他提了提手里的袋子，“给小鬼送衣服，正巧在郸陵，顺道过来了。”

语气自然得不能再自然了，听着还真像个“朋友”。

尤靳虞上前开了门，看了眼姐姐安静的神色，随口问：“进来坐会儿还是这就走？”

陆嘉钰往里瞧了眼，装模作样地问：“不打扰？”

尤靳虞问姐姐：“姐？”

尤堇薇平静道：“进去喝杯茶吧。”

进门后，陆嘉钰简单打量了一眼这栋老房子，和豆石巷的屋龄差不多，干净规整，院里花草繁茂。

尤靳虞进厨房烧水，留他们两个人在客堂。

光下她的面容清晰，娇艳、干净，一如初见。

陆嘉钰支着脑袋看她，问：“最近在忙什么？”

尤堇薇的视线落在院子里：“忙工作室的事，选地方，再装修，准备完就开业。和以前一样。”

“注意休息。”他咽下那句要不要帮忙，“我忙完就走。”

尤堇薇轻“嗯”了声，搅着手指，不知道该和他说什么。

陆嘉钰停顿片刻，忽然说：“Alex 和我说，他在英国见过你。还给我看了一段视频，视频里拍到了你的背影。”

尤堇薇低着头，眼睫微颤，许久，她道：“我忘了，可能是他认错人了。”

“我不会认错。”

陆嘉钰想起视频里那道一闪而过的身影，哪怕只有一秒，他都不会认错。那确实是他的簇簇。

她抬头，终于肯看他：“你想说什么？”

陆嘉钰定定地看她几眼，起身道：“先走了，和那个小鬼说一声，改天再喝他泡的茶。”

尤堇薇愣愣地看着他离开。他来得突然，走得也突然，令人摸不着头脑。

再见到陆嘉钰是在三天后。尤靳虞去了洛京，家里只有尤堇薇一个人。

门在凌晨被敲响，看到陆嘉钰的短信，她披了件外套下楼开门。

门打开，对上他晦暗的视线，危险又克制。

尤堇薇拢紧外套，轻声问："为什么这时候来敲门？现在这样不合适了，你知道的。"

陆嘉钰看了她几秒，喉头滚动，他递过去一个纸袋，哑声道："我以为丢了，找了很久。"

尤堇薇有一瞬的茫然，她犹豫片刻，接过纸袋，打开低头看去，里面躺着一条红色围巾。

"这是……"

他笑了一下："你的围巾。"

三年前，她为醉倒在雪地里的男人围上的围巾。三年后，他交还到她的手里，不想让这段记忆消弭。

尤堇薇错愕地问："你在哪里找到的？"

陆嘉钰轻舒了口气，轻描淡写道："回了趟曼城，还好，Alex 还住在那套公寓。回来得急，想着给你送来。进去吧，我走了。"

他跨越半个地球，八千千米。只为了找一条被人遗忘的围巾。

洛京，灵犀胡同。

早上七点，刘轶打了个哈欠，掀开帘子从屋里出来，身上穿着一件白色背心，跟老头似的，磨磨蹭蹭地走到院里刷牙洗脸。

正含着牙膏，余光一瞥，呆住了，瞌睡立马跑没了。

正屋房门怎么开着？他们家遭贼了？不能吧。

刘轶一手捏着牙刷，一手顺了个拖把，蹑手蹑脚地往正屋里走，刚踏上台阶，头上冷不丁探出个脑袋。倒挂着的脑袋，黑黢黢的眼珠子，白得像鬼。

"啊——"刘轶被吓个半死，一屁股坐在地上。

小迷灵活地从屋顶上翻下来，自顾自地打了两个字，放到刘轶跟前：

饿了。

刘轶没好气道："什么时候回来的？"

刚才。

刘轶摸了摸自己受惊的小心脏，往屋里瞧了眼，问："陆哥也回来了？陆家那个小魔头来了好几趟了，觉得我把她哥藏起来了。"

小迷：**饿了饿了饿了。**

刘轶叹气，得，一个个都是祖宗。

半个小时后，陆嘉钰洗完澡出来，顶着湿答答的头发往厨房里走，挑挑拣拣地找了几口东西吃，又上院里躺着去了。

刘轶问："哥，你不睡啊？"

黑眼圈都快赶上国宝了，看起来几天没睡。

陆嘉钰歪着身子缩在躺椅里，懒懒地应："我有点事，你忙你的，不用管我。过两天我上个工。"

刘轶喜道："真的？那我提前说一声。"

陆嘉钰："不用，名额内定了。"

"啊？"刘轶一脸茫然。

陆嘉钰随口道："给我自己文。"

刘轶和小迷同时停下动作，齐齐朝陆嘉钰看去。从开这家文身店开始，陆嘉钰给自己定下的第一个规矩就是不给自己文身，所以一直以来，他的身上都干干净净的，没有任何痕迹。

"文哪儿？"刘轶磕磕巴巴地问，"文、文什么？"

陆嘉钰："吃你的饭。"

八点整，助理准时到达胡同。他目前正遭遇最大的职场危机——调查尤堇薇外婆的事。每天战战兢兢，生怕没处理好，要打包回老家去。

助理直奔院里，走到陆嘉钰的身边，压低声音道："已经找到了被辞退的护工，她自驾游去了，昨天才回来。"

"那个老太太是因为热搜病发的？"陆嘉钰淡淡地问。

前阵子，他托陈言深帮了个忙。

陈言深费了点心思，告诉他尤堇薇的外婆是在热搜爆出来之后病发的，不确定两件事有没有联系。

话说到这里，陆嘉钰其实明白了，只是不想承认。

助理在心里叹了口气："护工说，起先老太太一知道这件事，让尤小姐和您分手，尤小姐没答应。后来……热搜的事爆出来，老太太一时受不了刺激，进了急救室，尤小姐的母亲认为这是尤小姐的错，大发脾气。后来老太太出来，尤小姐说会和您分手。”

陆嘉钰低垂着眼，安静听完了。

“回吧。”

“还有一件事。”助理欲言又止，硬着头皮道，“陆总，那晚尤小姐也在那个酒店，她在那里过生日。”

某一时刻，他和她或许擦肩而过。只可惜，盛开的只有那晚的烟花。

老城区，山月路工作室。

关月对目前的空间做了大致的规划，她一口气说完，半天没反应，回头一看，这里的主人正在发呆，一副心不在焉的模样。

她打了个响指：“晚上没休息好？”

尤堇薇回过神，歉疚道：“抱歉，我走神了。”

关月打量她一眼，忽然拉着她坐下，一本正经道：“实不相瞒，我会看相。你这模样一看就是为情所困，而且……”

她挑起眉：“和我师兄没关系。”

“说说吧，反正我也不认识他。”

关月一看就知道，这人一定满腹心事没人说。

尤堇薇沉默下来，有些话她不知道和谁说。对家里人，她说不出口，对着陶映冉也没法说，怕她太担心，丢下洛京的事跑过来陪她。

简单的思虑后，她和关月说了陆嘉钰的事。

其间，关月的表情几经变幻，听到某处还忍住了没笑，最后听完长长地叹了口气。

“尤女士，你究竟知不知道自己是个大美女？”

关月托着腮，认认真真地发问。

尤堇薇一呆：“知道的吧？”

关月匪夷所思：“你们俩这恋爱谈的，你对我好一点，我就非得还回去一点。他能追到你就是烧高香了好吗？更何况你这个性格，一定对人家百依百顺。你清醒点，你又不欠他。”

尤堇薇抿着唇，小声道：“我很自私，分手也不明不白的。”

关月点头：“确实，本来这样的事好歹知会人家一声。但你们俩，开始的时候就不明不白，我觉得还行。顶多他知道了会气你不和他说。”

关月很难形容这段关系。

要说真心，两人都有所保留，要说假意，他们又确实在认真谈恋爱，一板一眼的，还挺好玩。

“就当没心没肺睡个了帅哥。”她宽慰道，“这样条件的男人满大街都难找，这么一想是不是好点了？”

尤堇薇摇头。

和呆子是说不通的。

关月看了眼她闷着脸的模样，把包一拎：“走，中午请你吃饭，让我好好和你说说这件事。”

吃一顿午饭可是费尽了关月的口舌。她也不管人有没有听进去，下午拉着她确定最后方案，说完就走了，她再和呆子说话要被憋死。

尤堇薇趴在桌上发呆。

关月问她，他费了那么大劲去找一条围巾是为什么。她说她知道，只是有点遗憾。遗憾在一起半年，她没说过一句“喜欢”。

正出着神，电话响了，是“花儿作”工作室的前台。前台问她有个她的快递寄到了工作室，需不需要帮忙寄到邺陵。

尤堇薇一怔：“是什么快递？”

她早改了地址，按理说，应该没有快递会再寄到工作室。

前台瞧了一眼：“我看着像化妆品之类的，好几个箱子。挂了啊，我先去找快递。”

回到家，尤靳虞已经回来了，他看了眼心不在焉的姐姐，说：“姐，早上陆嘉钰来学校找我，我们俩一起吃了个饭。”

尤堇薇一时没反应过来：“他去找你干什么？”

尤靳虞：“贿赂我。”

她睁大眼。

尤靳虞：“让我别拱火去撮合你和斯昀哥。我答应了，他提出的条件让我很心动。”

尤堇薇呆住，看起来不像她弟弟。

尤靳虞藏起笑意，认真道：“以后我或许要给外婆捣乱了，姐姐到时候可要帮我。”

尤堇薇抿唇：“我才不管你。”说完，飞快走进厨房。

尤靳虞看着她的背影，浅浅笑了一下。

隔天下午，尤堇薇收到了从洛京寄来的快递。

她签了字收下，和尤靳虞一起把几个大箱子搬进客厅，小声嘀咕着可能是寄错了，她不记得自己有买过这些。

“姐，我来拆。”尤靳虞拿着剪刀，迅速拆开快递。

尤堇薇蹲在一边探头看，越看越茫然：“都是化妆品，还有香水，怎么那么多……谁寄错了？”

她数了数，光口红就有近百根。其余的林林总总加起来，价格令人咋舌，看起来像是某个代购的货到了。

尤靳虞从一个纸盒里找到一张售后卡：“有联系方式。”

尤堇薇添加了上面的微信，简单说了事，又发了照片，问是不是有人寄错了快递。

代购回复：**这些化妆品是陆先生在五月份下的单。因为在海关卡了很久所以拖延到现在，实在抱歉，作为补偿我多放了几支口红和几瓶香水。**

尤堇薇发着愣，不知道该说些什么，最后只好对代购说谢谢。

“没寄错？”尤靳虞看尤堇薇的神色，大概知道是谁买的这些，“姐，我帮你搬上楼。”

尤堇薇不知道该不该联系陆嘉钰，犹豫许久，她还是给他发了条短信

尤靳虞忙完下来，想起来一件事：“早上我去看外婆，外婆让你去外公的书房找本相册，红色封皮的。”

“我现在去。”

家里的书房一向是尤堇薇整理的。书房向阳，温度比其他房间高。尤堇薇进去没多久就热出了一身汗，她扶着梯子，小心翼翼地往上爬，打开玻璃柜门，取出红色封皮的相册。正准备关上，余光瞥见角落里的一叠本子。

粗略看去有七八本，纸张泛黄，封面上似乎写着尤森的名字。

尤堇薇一顿，拿着相册下了梯子，又上去拿出这叠笔记本。许是时间太久，上面积了一层薄灰，玻璃也挡不住时间的痕迹。

走到窗边，阳光洒落。她吹了口气，拿着小刷子仔细拭去上面的灰，封面上的字清晰地显露出来——《病人观察日志》。是尤森的工作日志。

尤堇薇凝视着这行字，片刻后关上窗户和书房的门，打开空调，找了位置坐下，准备翻看这些日志。

刚坐下，尤靳虞敲响了书房的门。

“姐，西瓜汁冰好了。”

尤堇薇说了句“进来”，尤靳虞开门进来，见尤堇薇坐在地上的靠椅边翻看着什么，随口问：“在看书？”

“爸爸的工作日志。”尤堇薇随手递过去一本。

尤靳虞自然地在她边上坐下，接过来翻了几页，淡声道：“像是他能做出来的事，当初应该给他在医院申请一间员工宿舍，都不用回家。”

“阿虞。”尤堇薇无奈道。

尤靳虞对父母都没什么感情，神情淡淡地看了几眼，不感兴趣地放在一边，刚放下，忽然顿住。

〇5月7日 晴

科室接收了一位肺癌病人，烟龄四十年，妻子陪同。老先生板着脸，心情不好。

入院第一天，晚上护士打来电话，说老先生闹着要回家。

我匆匆赶去医院，带着簇簇。姑娘昨天晚上做了噩梦，晚上抱着兔子娃娃到房门口问我，能不能和我一起睡觉。我到隔壁搬了小床，刚放好，电话就响了。

我要走，姑娘睁着葡萄一样的眼睛看我，问我：“爸爸你要走了吗？”

我沉默两秒，问她：“和爸爸去医院会不会害怕？”

她摇摇头。到了医院，她乖乖地坐在椅子上，摆摆小手让我去忙。

我赶到病房，老先生背对着我坐在床上，鞋子让护士收走了，走不了。我给了他一支烟，没给火，和他聊了几句，他说女儿不肯来看他。

我劝他，孩子们都有自己的生活。

他问我：“你有孩子吗？”

我看看门外，说：“有，刚上幼儿园。”

他也劝我，工作归工作，该回家还是得回家。

我们聊了几句，老先生肯睡下了。

护士悄悄问我：“这是怎么了？”

我说："人老了怕寂寞，找台收音机给他。"

走出门，看到簇簇，她低着头，揪着兔子耳朵玩，一见我出来，她弯着眼睛，说："爸爸你好了吗？"

我说："好了。"

她牵着我的手，仰着头问，可不可以背她。

我说可以，把她背到背上。她说簇簇长高了，能捉到星星，要捉一颗送给妈妈，再捉一颗给阿虞。

她又问我："新爸爸会背阿虞吗？"

我说："会的。"

〇7 月 20 日 小雨

新接收的病人对自己的病情很了解，保守治疗几年，她很平静地问我最多还有多少时间，我说"半年"。

她说："我还有一个儿子，他能陪我吗？"

我说："恐怕不太方便。"

她没说话，只是点点头。

下午做完手术，护士告诉我，新病人是单亲妈妈，在邺陵亲人寥寥无几，没人愿意帮她照看孩子。

我问她："孩子多大？"

护士说："在上幼儿园。"

孩子年纪没比簇簇大多少。

我叹口气，问："住得起单人病房吗？"

她说："有人来付过钱了，说住最好的病房，用最好的药。"

我说："平时看着点孩子。"

护士说："知道。"

〇10 月 1 日 晴

今天是国庆，答应簇簇带她出去玩。

昨晚她说第一次和爸爸出去玩，好开心。我听了半宿没睡着，想明天给她买喜欢的玩具。

吃早饭的时候，医院打来电话，说病人情况不太好。

挂了电话，簇簇握着勺子，忐忑不安地看着我。

我说："爸爸要食言了，可能不能带你出去玩了。"

她低头想了很久，说："我可以和医院的小朋友玩。"

到了医院，我顾不上簇簇，着急给病人做治疗，等病人的病情稳定下来后，已经是中午了。出门的时候，看见病房门口蹲着一个小男孩。是病人的孩子，我见过很多次。男孩不怎么爱说话，很黏妈妈。

我想了想，和他说："妈妈没事。"

他抬头看我，问："我妈妈是不是很疼？"我点头。

中午带簇簇去医院食堂吃饭，姑娘特别开心，说小朋友们把玩具分给她玩，她明天也要带着小兔子来。

我说："明天爸爸不来医院。"

她呆了一下，有些忧郁。

我问："簇簇还想来吗？"

她点头，说答应了伙伴们。

我笑笑，说："明天还带你来。"

不像是工作日志，更像是他的个人日记。

尤靳虞合上本子，这本已经翻到了最后一页，他找了找接下去那本，发现那本在尤堇薇的手里。

他看了眼还是满杯的西瓜汁："姐，再不喝不冰了。"

尤堇薇回过神，放下日记，喝了两口冰果汁，西瓜的清爽甜味和暑气对撞，整个人瞬间凉快了下来。

好一会儿，她才道："爸爸总是写到我，这些事我都不记得了。"

尤靳虞："他后来有没有带你出去玩？"

"有吧？"她抱着膝盖，认真回忆了一下，"他带我去爬过山，去过公园，去过一次家长会。"

"就这些？"尤靳虞的声音听着很不满。

尤堇薇笑道："后来开始上学，我也变得很忙。你还小的时候，假期我跟着外公、外婆在学校里，偶尔还跟他们出去上课，后来你来郸陵，我在家的日子才多一点。"

尤靳虞看她一眼："出门就迷路，他们不敢让你出去。"

"这时候提什么迷路。"

尤堇薇嘀咕了一句，整理了日记和相册，顺便打扫了书房，忙完后和尤靳虞一起准备晚餐。

吃过饭，两人溜达到了山月路。工人们还在忙，关月在一边盯得紧紧的，生怕他们哪点做的不合她心意。尤堇薇让尤靳虞去买蛋糕，自己进去帮忙。

这么一忙完，回到家时间已经很晚了。姐弟俩各自回房睡觉。

尤堇薇睡前检查了信息，发现几分钟前陆嘉钰回复了她的消息，连着几条。

"刚醒。"

"快递这么久才到？我女朋友都没了。"

"睡了？还是在店里忙？"

尤堇薇回复："刚准备睡。"

"你为什么这么晚醒？"

想了想，她撤回这一条，只留下上面一条。

不找："时差没倒过来，现在出去吃个饭。"

不找："你睡，我不吵你。"

尤堇薇看着这行字，想起以前的许多个夜晚。

她总是很早就困了，他却精神奕奕的，自己不困还要来闹她，凑过来亲个没完，亲完没多久，她就睡着了。

"晚安。"

她发送信息，闭眼入睡。

洛京，灵犀胡同。

陆嘉钰点了外卖，又返回微信盯着她最后发的两个字，他们的对话总是以此结束，她说完"晚安"后，他通常没有回复。

这一次，他认真地打：晚安，簇簇。

陆嘉钰这会儿心情不错，出去左右两边敲了敲门，非要喊人起来陪他一起吃饭，就当吃夜宵了。

刘轶和小迷还没睡，给面子地出来了。夏夜屋里闷，他们几个人都不爱吹空调，便搬了张小桌在院里坐着，边上再点盘蚊香。

刘轶刷着微博，随口道："哥，你记得那个以前来我们院里找过你的那个美女吗？”

陆嘉钰：“你没睡醒？张口就来？”

“没有！”刘轶翻了张照片给他看，“就这个，原来是明星啊，难怪觉得她面熟。不过说她退圈了，怎么退圈了？”

陆嘉钰瞥他一眼，不爱搭理他，就没见过这么没眼力见的。

小迷踢踢他的椅子，也问：“当时不是只是断了她的项目，后来又怎么了？你爷爷没管你？”

陆嘉钰轻“啧”一声：“这件事我还没找你算账，你倒自己凑上来。在度假区让人拍了不知道？”

小少年微怔，眯起眼：“在厨房？”

“问她这个干什么？”他想到这件事就来气，“你有病？有病就去看，别总来捣乱。”

小迷沉默片刻，从手机里翻了段音频出来。两个人的对话在寂静的院子里播放。

“尤尤，你会和他分手吗？”

“会的。”

“为什么？”

“因为我喜欢他。”

陆嘉钰沉默着，低声道：“再放一遍。”

小迷又放了一遍。

他听完，说：“再放一遍。”

“你有病？”

陆嘉钰一把拿过他的手机，将这一句的音频单独剪出来，反反复复地播放，最后连外卖员都听见了。

院子里的两个人默契地拿了耳塞堵上，眼里除了夜宵没有别的。

他们不会知道，也没人知道。

这是尤堇薇第一次说，喜欢他。

第十八章 想念

一个结束太快的夏天，

一颗偷偷碎掉的心。

周末，尤堇薇带着相册去疗养院探望外婆。

正值酷夏，老太太没再去湖边。护工说她去了图书馆，刚送了点心过去。尤堇薇来得正好。

疗养院的图书馆今年刚建好，前阵子老太太和几个朋友组织了一场捐书活动，她还用之前的工作账号发了张倡议书，也不知道忙活得怎么样了。

尤堇薇刚推开门，凉意扑面而来。

馆内很安静，她放轻了脚步，粗粗扫了一眼，馆内的图书按照国家和类别排序。

尤堇薇是在外文书区域找到外婆的，外婆戴着老花镜坐在小桌边，侧头和人交谈着，说到兴起处，她捂嘴笑起来。

一抹阳光落下来，将老太太花白的头发照得透亮。

尤堇薇许久没看到这样的笑容，外婆在洛京总是打不起精神来。起初来邺陵，秦晚玉担心她病情加重，没想到才住了一个月，外婆的状态比去年好了不少。

她心想：外婆可能是觉得寂寞了。

尤堇薇躲在书架后，透过间隙往左边瞧。

椅子边靠着一根拐杖，上好的乌木，纹路精细讲究，平整的西装裤脚，干净敞亮的皮鞋，看起来是一位老绅士。

她悄悄转动眼珠子，在看清老绅士的面容时彻底呆住。

陆爷爷怎么会在这里？

啪的一声闷响，手边的图书被她碰落。

两位老人家都朝她看过来，尤堇薇慌乱地捡起书放回原位，神情欲言又止，最后被外婆招了过去。

“这就是我孙女。”外婆像个普通老奶奶，自豪地介绍自家孩子，“陪我回邺陵的，非常乖的孩子。”

陆清远笑吟吟道：“确实是个好孩子。”

尤堇薇看陆爷爷的样子，像是要装作不认识。

她尽量自然道：“初次见面，您好。”

陆清远：“我是你外公的读者，今天特地来拜访秦女士，想多了解一些他的事迹，如果可以，我想以他的事迹为蓝本出一本书。”

外婆叹道：“他的事迹我一定知无不言，但出书就不必了。他这样的人，一生都奉献给了研究和翻译事业，作品上他的名字就是他的事迹，虽默默无闻，但不可缺少。”

陆清远沉吟片刻：“您说得有理。”

两个人自顾自地聊了一阵，陆清远忽然道：“姑娘，冒昧问一句，你是否反感认识新朋友？”

尤堇薇一怔：“什么？”

陆清远慢悠悠地喝了口茶，对她一笑：“我有个孙子。”

尤堇薇下意识看向外婆。

外婆瞥她一眼，没说话，像看热闹似的看他们两个人你一言我一语，最后他们家的姑娘红了脸，不知道怎么对付这老头子了。

她轻咳一声，问：“你孙子做什么的？”

陆清远撇撇嘴：“俗人一个，和金钱打交道。”

“读过什么书？”她又问，“多大年纪了？”

陆清远仔仔细细地把陆嘉钰从小到大读的学校都说了，并且着重说了他大二辍学的事。

“辍学？”外婆皱起眉。

陆清远叹了口气，神情忧伤：“这事不怪他，怪我和他爸。先前说他小时候住在郧陵，是和他母亲在一起，这是这件事的起源。”

外婆来了点兴趣，认真听他说。

当年程茵找到陆清远说要和陆正明离婚的时候，他并不意外，意外的是她想带走陆嘉钰。陆家本家当时就陆嘉钰一个孩子，他当然不会同意，但他听到了一个让他根本无法拒绝的原因。

陆清远叹气：“她给我看了一份诊断报告，她得了癌症。她说，让她和儿子过最后几年吧，拜托了。就这样，她们母子来了郧陵，当时医疗条件有限，我找了很多医生，都说只能活几年。”

“后来她走了，我把孩子接回家。”陆清远回忆着幼时的陆嘉钰，“他并不是一个难管教的孩子，相反，他聪明、天资出众，从小就生了一双慧眼。只一点，他不亲近人，尤其是他父亲。”

外婆道：“孩子心里也苦。”

说着，她牵紧了尤堇薇的手。

陆清远：“当时，别人都以为她是去郧陵之后病的。他大二的时候，无意间得知这件事，得知她用一份诊断报告换来几年的自由时光。他因此责怪自己，责怪他父亲对母亲漠不关心，连她病了都不知道。之后他很长一段时间都萎靡不振，再后来，他主动提出要出国。”

“就是这样。”他没有丝毫隐瞒。

外婆隐隐意识到什么，温声道：“能不能和我说说你孙子的其他事？”

陆清远一笑：“当然可以。”

尤堇薇捏着相册的手隐隐发白。

她想起在曼城的那个雪夜，他当时醉倒在雪地里，含糊又哀伤地喊着“妈妈”，所以她才软下心，将围巾给了他。

话题早已跳到下一个，尤堇薇却还发着呆。

直到外婆喊她：“簇簇，把相册给我。”

尤堇薇递过相册，外婆兴致勃勃地与刚认识的陆清远一起翻看起来，里面多是尤堇薇和尤靳虞的照片。

外婆指着一张照片道：“她刚骑这辆红色小三轮车的时候，特别新奇，满小区骑，去公园也要骑着三轮车。有一回让她去公园里找她外公，她出门还带了根香蕉，结果到了公园，连人带车，还有那根香蕉，一起翻到了土沟里，可把她外公吓坏了。

“结果他过去一看。

“这个傻姑娘自己出不来，干脆坐在沟里吃起香蕉来，这张照片就是那时候拍下的。”

照片上，粉雕玉琢的小女孩穿着公主裙坐在泥地里，一脸懵，却认真吃着香蕉，让人忍俊不禁。

陆清远忍不住哈哈大笑。

尤堇薇只想隐身，好丢脸，她为什么要在场？

相册又翻过几页，外婆念念叨叨地说着她小时候总是到医院去等父亲，这些照片都是在医院拍的。

翻到某一页，陆清远忽然顿住：“等一下。”

其中一张照片是在医院花园拍的。

尤堇薇和几个小朋友坐在一起，不远处有一个很小的身影，他独自坐在那里，看不清神情和面容，却也露出几分寂寥。

陆清远动了动唇，一时间不知道说什么。

外婆问："怎么？"

"这是我孙子。"他低声道。

外婆诧异地问："你儿媳妇当时在第二医院治疗？"

陆清远点头。

尤堇薇回到家，径直进了书房，她翻找出尤森的日记，从头开始翻阅。

〇2月1日 小雪

今天是除夕，早上和爸妈一起贴了新对联，换了红灯笼。簇簇贪被窝暖和，不肯起来，最后把小兔子推出来，让它代替她贴对联。

吃过早饭，和爸去了趟菜市场。

年节，菜价上涨，爸精挑细选，货比三家，等买完菜市场都空了。回去的路上，给簇簇买了一串糖葫芦。

热热闹闹的一天过去。

晚上，刚坐下准备吃年夜饭，医院来电话了，说丢了一个病人，是那个单亲妈妈。

我一听，立马撂下筷子回了医院。

护士说，一个小时前查房还在，病人和孩子都在，一转眼两个人都不见了，像是自己走的。

我们问了附近有没有热闹的去处，挨个去找。

最后在一家茶楼找到了病人。

她抱着孩子，聚精会神地听着书，听到有趣的地方，开心大笑起来。这是我们在医院从没见过的笑容。

护士心软，说等他们听完吧。

我叹了口气，说不用喊了，偷偷跟着他们。

从茶楼出去，他们又去了夜市。

护士说，总是沉默寡言的孩子，原来笑起来的时候，眼睛里也有星星。她问我："这个女人真的没多少时间了吗？"

我点头，只剩下几个月了。

护士偷偷擦了眼泪，说听别人说孩子他爸在洛京，但一次都没来看过她们母子，孩子回去了恐怕再也不会这么笑了。

在玩具摊玩游戏时，病人体力不支。

我摸了摸口袋，里面还有一袋下午做的粽子糖，便避开人和摊主商量，以赠品的名义把粽子糖给了病人。

病人很惊喜，把第一颗糖给了孩子。

从夜市出来，母子两个人手牵手回了医院。

医生和护士们都装作不知道的模样，只是给她做了个“例行检查”，护士还去灌了两个热水袋，一个给病人，一个给孩子。

病人对我说：“新年快乐，尤医生。”

我说：“新年快乐，明天晚上科室组织放烟花。”

她和小男孩对视一笑，两人都很开心。

出了病房，护士问我：“什么时候有的活动？”

我说：“刚刚。”

回到家，热意融融。

爸妈坐在客厅里看春晚，簇簇抱着小兔子数红包，嘴角沾了一点糖渍。小品逗乐爸妈，两个人大笑起来，姑娘抬头看了两眼，也跟着傻笑，笑完忘记自己数到哪里，呆呆地看着红包，也不气馁，重新开始数，是个特别有耐心的孩子。

我告诉自己。

尤森，现在的日子很好。

尤堇薇红着眼翻完了所有关于这个病人的日记，她安静地擦去桌上的水渍，整理好日记本，放回了原位。

夏夜总是热辣，天热，人辣。

一进酒吧，男男女女都穿得清凉，台上乐手摇头晃脑，台下人群晃动，放眼望去，白花花一片晃人眼。

二楼，陆嘉钰坐在人堆里，百无聊赖。

边上喝酒的喝酒，打牌的打牌，调情的调情。他干什么都没劲，酒喝着也没什么滋味，牌也不打，也不想别人凑过来烦他。待了一阵，就想走。

他随手拿了把坚果，听他们说林家的事，听了两耳朵，笑了声。

左柏看他一眼：“哥，你干的？”

陆嘉钰嚼着松果，慢悠悠道：“别污蔑我，我这阵子安分得很。林家和我有什么关系？”

左柏："那阵子你爸可没少遭罪。哥，你这气消了没？"

陆嘉钰随口道："说不好，我女朋友都弄丢了，你说我这气该不该消？而且林斯昀那个……"

算了，提他就上火。

左柏灵光一闪，想起前阵子林斯昀从郦陵回来，错愕道："不是吧，哥，他在追嫂子？"

陆嘉钰冷哼一声，狠狠捏碎了果壳，像是把无辜的果子当成了某人。

左柏压低声音问："我们玩他一把？他那个公司刚进驻洛京，脚跟不稳，要是大笔资金出去回不拢……"

"不用。"陆嘉钰淡声道，"这事我心里有数。"

左柏"啧啧"摇头："这不像你，以前要有这种事，人早被你玩死了。现在怎么着，改吃素了？"

陆嘉钰垂下眼："她会不高兴。"

左柏："得，哥你没事别在洛京待着了，早点把嫂子哄回来。你现在蔫巴巴缺了水的样子我们都看厌了。"

陆嘉钰把剩下的果子一抛："走了，看见你烦。"

左柏使坏："我又不姓林。"

陆嘉钰都走到门口了，转身捏了把果子往他身上砸，左柏大笑着躲开，找人看他笑话去。

后门出去是条小巷，陆嘉钰倚在墙边倒了根烟，左手摸进兜里，碰到金属质地的打火机，顿了顿。

心想：寻个机会戒了吧，她不喜欢。

正出神，鼻息间多了股香水味。女人伸出一只白净的手臂，点着火送过来，笑道："一个人？用我的吧，进去喝一杯？"

陆嘉钰随手丢了烟，径自走开。

"啧，脾气这么大？"她跟上来，高跟鞋像夏夜的鼓点，踩得让人心烦意乱。

陆嘉钰没什么耐心，丢下一句话，头也不回地离开了巷子，独留下女人错愕地待在原地。

女人的同伴，在边上看完了整场好戏。

她问："那个帅哥说什么了？"

“他说他结婚了。”女人翻了个白眼，“手上连戒指都没有。如果真结婚了，摘了戒指来酒吧，肯定是渣男。”

同伴打趣了几句，两人结伴离开。

车上，司机问坐在后座的男人：“陆总，去哪儿？”

“城北。”男人随口应。

语气自然地一如往常，可今时不同往日。

司机没应声，从后视镜看他一眼，犹豫片刻，提醒道：“陆总，尤小姐她不住在城北了。”

陆嘉钰顿住，他脱口而出的地点，几乎没有任何思考，甚至都忘了她已经不在城北，甚至都不在洛京。

“去灵犀胡同。”

到了灵犀胡同，又是一场翻天覆地。

小迷和刘轶被陆嘉钰拽到正屋，被迫找一把不知道被陆嘉钰丢在哪里的钥匙，还得翻他裤子，烦人。

刘轶：“哥，你找什么钥匙？”

“城北的钥匙。”

“可尤小姐都退租了，没问你要回钥匙，应该是新租户换了新的吧，找到也进不去。”

陆嘉钰冷冷地看他一眼。

刘轶举手投降：“这就找！”

两人翻箱倒柜地找了一阵，小迷回了趟房间，这么进出一趟，捏了串钥匙在手里。

“钥匙。”他面无表情地说。

陆嘉钰：“你偷我钥匙？”

小迷：“我不拿走，早就被当成垃圾丢掉了。”

“出趟门。”

说完，陆嘉钰走了。

司机等在胡同口，听他上车后说，去城北。

到了城北，陆嘉钰让司机离开，独自踏进这条对尤堇薇来说过分黑的胡同，夏夜寂静，偶尔有几声昆虫叫。

他走得很慢，每一步都很慢。

到了门口，往里看小院，漆黑一片。

陆嘉钰站了一阵子，拿着钥匙，忽然开始犹豫，他不确定这把钥匙还能不能打开这扇门。或许能，或许不能。

一阵轻微的疼痛撕扯着他的心口。

陆嘉钰不可抑制地想起她生日那天，他换了大门的锁，但那天她去找他了，被新锁关在门外。

“小陆？”忽然，身后响起喊声。

陆嘉钰转头，是个上了年纪的老太太，是尤堇薇的邻居。她偶尔会做了吃的送过去，或者送一盆花，他来往时见过几次。

“奶奶。”他礼貌地点点头。

邻居奶奶问：“怎么这时候过来了，小尤什么时候回来啊？”

陆嘉钰一怔，很快反应过来：“我来拿点东西，她暂时不回来。”

“那快进去吧。”邻居奶奶嘀咕，“大老远的，我以为是陌生人来踩点。小陆，给你倒杯水？”

陆嘉钰说了句“不用”，上前准备开门，钥匙插入的瞬间，他闭了闭眼，指腹用力，缓缓转动。

咔嚓一声响，大门打开。

她没有租掉这间房子。

这是尤堇薇离开后，他第一次来这里。

院子里空荡荡的，看不见一盆花，墙角的小树还在，院子两边的房间门紧闭着，他试着打开，发现门没锁。

进了门，打开灯，狭窄的客厅变得宽阔，沙发和桌椅不见踪影，墙上的挂饰也收了起来，再往里是她的房间。

再打开灯，陆嘉钰顿住。

里屋都空了，床和柜子，什么都没有，只有角落里立着一件家具，上面蒙着防尘布。她唯独留下了梳妆台。

他凝视几秒，关了灯。

小院的灯一盏盏熄灭。

陆嘉钰看着它们重新陷入黑暗，身体里生出一股巨大的空虚。他想见她。没有任何一刻的欲望像此刻这么强烈，他想现在就见到她。

可是见不到。

车从酒吧开到灵犀胡同，从灵犀胡同再到城北，最后途经日落大道，停在海岸尽头。

海浪孤寂，潮声漫漫。

陆嘉钰坐在车内，神色淡淡地望着无边际的海天，在那抹灰白无数次翻上沙滩后，他给她打了电话。

他垂着眼，等待的时刻令人心悸。

通话的嘟嘟声每一声都砸在他的心上，不安又焦急。

倏地，通话声消失，屏幕上跳转到计时界面。

电话接通了。

"是我。"他低声道。

"陆嘉钰？"女人轻柔的嗓音含着睡意，她分不清今夕何夕，嘟哝着说，"你在门口吗？没听见敲门声。"

她没想起来，他们已经分手了。

陆嘉钰的喉结滚动，干涩道："没有，我不在。"

"哦，你要过来？"她像是揉了揉眼睛。

陆嘉钰笑了一下："不过去，只是……很想你。"

"簇簇，我很想你。"

她不知嘟囔了句什么，小声说："你有点黏人。过来吧，我等你一起睡，但我可能会睡着。"

"说说话就很好。"他说。

"你有没有话想和我说？"

"好像有。"她慢吞吞地思考着，"我觉得夏天过得好快，我不想夏天过去，虽然很热。"

"为什么？"他问。

电话那头却没有回答他，轻细的呼吸声一起一伏。

尤堇薇忽然清醒过来，夏天已过半。

那么热的天气，他们已经分手了。原来比她预估的时间还要短。他大概永远不会知道，不会知道——

一个结束太快的夏天。

一颗偷偷碎掉的心。

八月末，山月路上的工作室开业了，店名简单直接——True Flower。

门口的花篮是尤堇薇自己准备的，精致漂亮的绢花以假乱真，吸引了不少人驻足来看。

工作室内准备了点心，尤靳虞负责招待进门参观的客人。两人忙活了一天，临近傍晚才空闲下来。

晚上六点，店里来了两个客人，设计师关月和许久不见的林斯昀。

关月拎着一盒蛋糕放下，笑眯眯地夸赞："不愧是我，看这干净利落的风格，啧，采光还绝佳。师兄，你可得仔细观赏。"

林斯昀递过花束："抱歉，这个月没能帮上忙。"

尤堇薇笑道："关月帮了我很大的忙。"

她低头看花，浅紫色的郁金香花束，雪色和浓稠的淡绿交相辉映，美貌非常，令人陶醉其中。

说了会儿话，他们便一起出门吃晚饭，结束了开业的第一天。

夏天的夜市尤其热闹，她们找了家夜排档。

"这家店味道正宗。"关月放下包，兴致勃勃地介绍起来，"我来的次数多，和老板熟，想给他们店换个设计，还不乐意。"

尤堇薇无奈："下班时间还想着设计。"

关月："当然了，你在家难道不想工作的事？干我们这行的，走到哪里都想，停不下来。"

这边两人聊着设计，另一边在聊数理化。

客人来往，经过难免听到几句，颇有几分割裂感。

上了菜，关月的话头还没停，她翻出一个微博账号，递给尤堇薇："这家设计室是国内设计师开的，专做高端礼服，就在邺陵。她们最近开了一个国风系列，在寻找合作方，我觉得你肯定行。"

"礼服？什么风格的？"尤堇薇还没涉足过这个领域。

关月见她感兴趣，便道："我找朋友给你联系。你们先见一面，成了请我吃饭。"

两人说得认真，没怎么动筷子，尤靳虞和林斯昀也没打扰她们。

林斯昀开了罐冰啤，递给尤靳虞："能喝吗？"

尤靳虞接过去，自然地喝了一口，问："陆嘉钰给你找麻烦了？他还是一点儿没变。"

“一点儿小事，没过界。”林斯昀淡声道，“只是需要我亲自处理，他不想让我留在邺陵。”

尤靳虞笑了一下：“你抢不过他。”

林斯昀没接话茬，问：“学校定下来了？”

“先去洛京。”他给尤堇薇剥了一小碗虾，随口道，“后面的事还没定下来，在计划中。”

尤靳虞剥完，拿手机对着虾碗拍了张照，特地把林斯昀的手拍了进去。

随即发了条朋友圈，选了三张照片。

开业，吉。

洛京，陆家别墅。

一月一度的家庭聚餐结束，一堆姓陆的人坐在客厅里喝茶，美其名曰维系家人间的感情。

陆嘉楹趴在气场强大的美艳女人身侧，小声道：“姑姑，你不在的时候，我哥造了好多孽！”

陆筝哼笑一声：“听说这个小鬼头恋爱了。”

“啧。”陆嘉钰没个正行地瘫在沙发上，漫不经心地翻着手机，“说人坏话躲着点不行？”

陆筝双腿交叠，慢条斯理地往红茶里倒了半杯奶，捏着小勺搅拌，随口问：“被甩了？”

陆嘉钰头也没抬：“被甩很丢人？”

陆筝饶有兴致地问：“都说你对那女孩动真心了？小鬼头，你说几句我爱听的，我教你一招。”

陆嘉钰：“她有名有姓，一直是我正儿八经的女朋友。那女孩，那女人，我听烦了。”

陆筝挑眉，看向陆嘉楹：“你哥陷入情网了？”

陆嘉楹凑到她的耳边，悄声说：“之前林家的奶奶来找爷爷，还带着思弥姐来道歉，爷爷就给我哥打电话，然后被拉黑了。”

陆筝一口茶含在嘴里，差点儿呛到，她揶揄道：“你这恋爱谈的，还挺刺激。”

陆嘉楹悄声问道：“姑姑，思弥姐现在在干什么？那件事之后我就没联系她。她先欺负我嫂子的。”

“出国进修去了，以后可能会转幕后。”

“唉，我哥脾气真大。”

陆嘉钰懒得搭理他们，他正在刷朋友圈，翻着翻着，指尖停住。

几分钟前，尤靳虞发了条朋友圈，总共三张照片，每张都有林斯昀。

抱着花笑得这么好看干什么？

还和林斯昀拍合照？

这人怎么又跑邺陵去了。

陆嘉钰噼里啪啦地给尤靳虞发信息。

L：**又掺和？**

L：**开业不和我说？**

YCC：**忙。**

L：**等着。**

“阿钰，跟我上来一趟。”

陆清远听孩子们闲聊，听得头疼，干脆单独把陆嘉钰喊进书房。

陆嘉钰慢悠悠地跟在后头，一手插兜，一手端着个茶杯，走起来比老头还慢，不知道的还以为家里他说了算。

进了书房，他熟门熟路地去摸茶几上的坚果，挑起腿，问：“我最近老实得很，教训我，我可不在这儿待。”

瞧瞧，人还没说话，他先不乐意了，多大的脾气。

陆清远没和他计较，拿了张照片出来，往桌上一推：“看看吧，我去了趟邺陵。”

陆嘉钰一顿：“去干什么？”

说着，他起身几步走到桌子前，拿起照片。

照片上是几个小孩，正中央的小女孩一张粉团团的脸，眉眼漂亮干净，手里拿着一个魔方。

他一眼就认出来了，是尤堇薇。

照片的最左边，是他。

“这是什么？”他抬眼看陆清远。

陆清远沉默几秒：“簇簇的父亲叫尤森，是邺陵第二医院肿瘤科的医生，也是阿茵的主治医生，你应该还记得他。”

陆嘉钰盯着照片看了片刻，忽然转身离开。

晚上十一点，飞机落地。车从机场驶离，悄无声息地经过月夜，停在月下白巷门口。

凌晨了，她已经熟睡了。

陆嘉钰坐在车里，视线落在巷口，这个黑洞洞的巷口他小时候曾见过无数次，白日里见得更多。

他那时候就爱酷，上下学不想母亲接送，每天雄赳赳气昂昂地背着小书包，像是要上战场的士兵。

放学回来，程茵总是会在巷口等他，再牵着他的手回家，说自己做了什么好吃的，今天做了什么。

回了洛京，见面最频繁的人是司机和阿姨。家里总是冷清清的，没有温声细语，没有熟悉的面容，没有任何他曾拥有的温情和欢喜。

恍惚间，他看到巷口多了一道身影。

纤细，单薄，乌黑的发散落。

陆嘉钰一顿，立即开门下车，几步走到她面前，低头对上雾蒙蒙的睡眼，喉结滚动。

"怎么出来了？"他哑声问。

尤堇薇看他几秒，转身往回头，走了几步，没听到脚步声跟上来，侧头轻声道："过来。"

陆嘉钰跟上去，问："爷爷给你打电话了？我没打算吵醒你，只是想在巷口坐会儿。"

尤堇薇推开门家门，往客堂走，喝了口水，润了润嗓子，借着光亮看他一眼，看起来不像几天没睡。

"喝茶吗，还是想吃点东西？"

陆嘉钰："喝水就行，不饿。"

她拿了个新杯子，倒了杯水，走向书房。这一次不用她说，陆嘉钰便自己跟了上来。

夏夜闷热，窗户间隙传入几声鸣叫，打开风扇，书房里顿时有了声响。

陆嘉钰第一次进书房，上次来只是在外面坐了坐，甚至没多留。他扫了一圈，视线停在柜子上。

柜子上放着七八个相框，都是家庭合照。

其中一张照片，温文尔雅的男人抱着尤堇薇，面色温和，边上站了个小男孩，小手搭着姐姐的鞋子。

确实是尤医生。

“我认识他。”他低声道。

尤堇薇静了片刻，搬过梯子，抓着扶手刚往上爬了一格，腰间一紧，有力的小臂自后揽住她，用力一提，整个人悬空被抱下来。

隔着轻薄的睡衣，温热的体温贴着肌肤。

她瑟缩了一下，那一小块肌肤似乎渐渐发起烫来，令人战栗。

“找什么？”低沉沉的嗓音落在耳边。

尤堇薇踩到地面，还没退后，他先松开了手。尤堇薇指了指最上面的玻璃柜：“找几本日记，在柜子的角落里。”

男人身高优越，她通常要爬三四格，他只踩了一格，手臂伸展，轻轻松松把那叠日记本拿了下来。

封面上写着年份和日期。

尤堇薇找出其中两本，递给陆嘉钰：“是我爸爸的日记，我有点饿，你自己坐一会儿。”

说完，她离开了书房。

夏天总是让人食欲大减。

进了厨房，她慢吞吞地给自己做了碗凉面，一人份的量，半点都不多，吃完后又去院里点了盘蚊香，抱膝坐在台阶上。

月光像水一样，流淌在清水方砖上。

她静静看着，眼皮渐渐耷拉下来，不知过了多久，一双手臂自后拢住她，清凉的薄荷气息刮过耳郭，他轻蹭了蹭她的耳尖。

“簌簌。”他低声喊着，像个脆弱的小孩。

尤堇薇放柔了声音，问他：“粽子糖的味道，和那晚在夜市上吃的一样吗？”

陆嘉钰闭上眼：“一样。”

“是爸爸教我做的。”她没推开他，“他小时候家里穷，父母去世得早，没尝过粽子糖的味道，长大了就自己做。后来他有了自己的秘方，用储存的玫瑰水代替玫瑰的味道，很淡的甜，像彩虹一样。”

她侧头，贴上他的鼻尖，说：“小迷说你找这个味道找了很久。”

陆嘉钰深吸一口气，埋首在她的颈侧，哑声道：“那是她和我度过的最后一个新年。簇簇，我好想她，好想她。”

尤堇薇眼眶酸涩，轻轻地抚着他的发，一下一下，不厌其烦，温柔的力道满含珍视。

她说：“我收拾间房，今晚睡在这儿吧。”

陆嘉钰的脆弱只有此刻，从不沉溺。

“不用，在屋里睡不着，我随便找个躺椅和沙发就行，不用管我。你去睡吧，太晚了。”

他松开手。

尤堇薇凝视着他。

月光下的他，干净、苍白，光与影让他的五官带上古典之美。

许久，她别开眼，去拿了条薄薄的小被子和枕头放在里间的沙发上，插上电蚊液，对他说：“水在茶几上，渴了自己倒。”

陆嘉钰看着她上楼，听那放得很轻的脚步声渐渐消失。他把自己摔进沙发里，回想着小时候见过的尤森。

尤医生是个沉默寡言的人。但程茵很信任他，说这个医生看起来可靠，内心也很温柔，只是不会表达，很吃亏。

他和尤森说过的话不多。

记忆最深的，是程茵去世的那一天。

○4 月 13 日 晴

早上走过几条马路，满地玉兰，像是下了一场春雪。

到了医院，护士们围着窗户往下看，说：“尤医生，底下的梨花都开了。”

说起梨花，有个小故事。

曾经有病人投诉，说医院里种梨树，寓意不好，如病床没有带四的数字，如建房子，不说十四层和十八层，要求把梨树砍了或者迁走。院长亲自出面和病人谈，说新社会多少年了，封建迷信要不得。

我问：“那个病人怎么样了？”

护士说：“不见好，恐怕撑不了太久。”

我没说话，换上衣服去了病房。

病人昏睡不醒，她多数时候都处于忍受疼痛的状态，这两天昏睡，她的神情比任何时候都平静。

小男孩站在窗边，看着她。

他问我：“她要死了吗？”

我想了很久，告诉他：“她现在不痛。”

他安静地垂着眼睛，很久才说：“我不想她死，但她很痛苦，有时候她以为我睡着了，会在被子里很小声地哭。”

我不知道该怎么安慰他。我太笨拙了，在许多时刻都如此。

“她会忘记我吗？”他用红通通的眼睛看着我。

我郑重地告诉他：“你是她最珍贵的宝贝，她不会忘记你，作为交换，你能不忘记她吗？”

他说：“永远。”

中午，护士带他去吃饭，病人中途醒来。

我询问：“是否要把他叫回来？”

她说：“让他认真吃完饭，他口味很挑，这阵子答应她愿意好好吃饭，再给他一点时间。”

病人问我有没有孩子。

我说有两个，一女一儿。

她含着泪，说：“我也想看着他长大，我的孩子长大一定很英俊，但他不爱说话，不知道他那时候会不会有朋友，会不会觉得孤独。”

希望不会吧，她更虚弱了。

我说：“叫他回来吧。”

她说：“再等等。”

他回来的时候，阳光照进来。病人对他笑笑，牵住他的小手，轻声细语地询问他吃了什么，最后她说，不要难过太久。

他用力点头，没说任何挽留的话。

护士看得心酸，不忍地别过头去。

病人走了，来了几个陌生人。他们是来接孩子的，孩子说想自己待一会儿，出去了。

下午，簇簇放学来找我。

她小声对我说：“爸爸，我看见有个小哥哥偷偷躲在树下哭，他生病了吗？是不是哪里痛？”

我摸摸她的头，说："他没有妈妈了。"

姑娘愣了一下，问："我能不能先回家？"

我说："是不是害怕了？"

她说："想回家拿兔子小姐，送给那个小哥哥。"

我说："好，爸爸带你回去。"

再回来，簇簇很失落。

他不见了。

她仰头，认真地问我："还会遇见他吗？"

我说："不知道，或许很快，或许一辈子都遇不到。"

今日天晴，病人曾说，她喜欢温暖的天气。

今日天晴。

隔天一早，尤靳虞下楼。

他换了清爽的运动服，准备出门晨跑，刚放下水杯，差点儿呛住，他们家沙发上莫名其妙多个男人。

什么时候来的？

尤靳虞走过去，踢踢沙发，居高临下地问："又是翻进来的？"

陆嘉钰一晚上睡睡醒醒，被这个小鬼一吵，也没了继续睡觉的心思，随口道："借你房间洗个澡，再借两件衣服。"

尤靳虞："上次的衣服还没还呢！"

二十分钟后，他们一起出门晨跑。

跑了一阵，两个人像是较起劲来，你追我赶，对视间满是挑衅，谁都不愿服输，经过公园时，大爷们冲他们喊："小心闪了腰。"

最后，他们在湖边停下，弓着腰狼狈地喘气。

陆嘉钰缓了缓，问："昨天发那个朋友圈什么意思？"

尤靳虞："没什么意思，我姐新店开业，就来了两个朋友，发合照再正常不过。你想太多了。"

"扯吧你。"陆嘉钰嗤笑，"他没机会。"

尤靳虞："我外婆喜欢他。"

陆嘉钰不说话了。

"不说了，回了。"他转头就走，不想听这个小鬼说话。

尤靳虞不紧不慢地跟上去，在他耳边详细说明外婆喜欢他什么，确保每一个字他都听清楚了。

陆嘉钰跑得一身汗，又听得上火，用了十二分的忍耐力才没甩脸子走人。

就知道用他姐逞威风，没用的东西。

进了家门，厨房里传出动静，尤靳虞把他抛在脑后，进去找尤堇薇。

陆嘉钰坐下喝了口水降火，喝到一半，觉得触感不对劲，有什么东西抵在他的背后，软绵绵的一团。

他转身看去，动作渐渐停住。

那里坐着一个陌生朋友。

粉色的，幼小的。它叫“兔子小姐”。

山月路，工作室。

尤堇薇准备面试，尤靳虞打理读书角，只有陆嘉钰无所事事，转悠了一圈，最后停在尤堇薇的身边。

“我帮你一块儿？”他翻了翻她准备的资料，“面试这块我有经验。”

尤堇薇拒绝道：“别让他们看见你。”

陆嘉钰挑了下眉：“我很丢人？”

“你看起来像骗子。”尤堇薇实话实说，“不像是正经做事的，像是……你懂吧？”

他懂什么？

陆嘉钰半天没回过神，最后摸去读书角，问他：“小鬼，你姐最近都这样吗？像小猫长爪子，怪可爱的。”

尤靳虞淡声道：“她最近爱发些小脾气，比以前活泼一点。”

陆嘉钰还挺遗憾：“和我在一起那会儿，她一点儿脾气都不发，我想哄都没处去哄。嘶，我再去逗逗她。”

“变态。”他冷漠道。

最后的结果是陆嘉钰被尤堇薇撵出了门，店面都不许进了。陆嘉钰被丢在门口，回味了一下她气红脸的模样，勾唇一笑，走了。

陆嘉钰走后，求职者陆续到来。

尤堇薇面试了十个人，她准备招收两个成熟的花艺人和两个学徒。在邺陵，圈内的花艺人屈指可数，大部分都有工作室，或者自己单做，很难招到，所以她打算自己培养。

一整天忙完，正逢日落。夕阳的暖光透过玻璃，斜斜地照在读书角。

尤堇薇趴在桌台上，看着长桌前的几个小朋友。在没正式开业前，孩子们便从外面挂着的小牌得知这里有个读书角，他们开学早，经常会来看书或者写作业，有时候还会主动来帮忙，也有好奇的，耐心地看她做绢花。

她想着，以后可以设一个体验角落，让孩子们也了解传统工艺，了解构成历史的一方小角落。

“姐，陆嘉钰问我们要不要一起吃晚饭。”

尤靳虞走到她身侧，语气自然。

尤堇薇侧头看弟弟，嘀咕道：“你以前不是很讨厌他吗？现在怎么总是帮他说话。他贿赂你什么了？”

尤靳虞：“秘密。去吗？”

她摇头：“和人约了见面，聊设计的事。”

尤靳虞想起来，是关月搭线的那个项目。

他转念一想：“约了什么地方？我和陆嘉钰去别桌吃。”

尤堇薇真诚道：“阿虞，你下个反诈 app 吧？”

陆嘉钰说得没错，他姐越来越会使坏了。

见面地点是一家日料店。

尤堇薇和人订了一间包间，陆嘉钰和尤靳虞就在隔壁，互不打扰，各干各的事。

“什么时候开学？”陆嘉钰随意屈着腿，坐也没个正行。

尤靳虞：“明天。她一个人在邺陵我不放心，本来想去领养一条狗，但她不愿意。”

陆嘉钰挑挑拣拣地夹了只甜虾：“狗？狗没有人好用。”

尤靳虞一顿：“狗能进我家的门，你进不了。”

陆嘉钰把筷子一丢，双手环胸，冷哼道：“你今天早上在沙发上看到的是鬼？你姐让我住下的，你懂吗？”

尤靳虞“哦”了声：“那今晚再住下试试。”

尤堇薇谈完事已经是三个小时后，推开包厢门进来的时候，两个男人正在玩游戏，你一言我一语，正在对骂——

“陆嘉钰，你跑什么？”

“不跑一起死？你以为你是你姐？”

“能打，回来。”

“打什么，后面一万个人。”

“是不是男人？”

“能屈能伸才是男人。”

尤堇薇有些无语，这两个人怎么都像个小孩子似的。

“谈得怎么样？”陆嘉钰侧头看她，神情放松。

“准备先合作试试看。”尤堇薇简单说了过程，“人还不错，沟通没有障碍，后续应该需要磨合。”

陆嘉钰收回视线：“顺利就好。”

他点到即止，没多问。免得闷葫芦又嫌他管东管西。

尤堇薇松了口气。在工作方面，除了一开始因为她不肯陪他回洛京，他闹过一次脾气，后来一直没再干涉她。

“送你们回去？”他问了句。

尤堇薇：“不用，这里离家近，地铁更方便。”

陆嘉钰指节紧了紧，语气自然：“行，那我送你们到地铁口，顺路的事，正好去那边取车。”

这次尤堇薇没拒绝。

下了地铁，走进萧瑟的街，闻到早秋的味道。

尤堇薇与尤靳虞安静地走在石板路上，她一低头就能看到他刻意放慢的脚步，有一瞬的恍惚。

她步子迈得小，总是走得很慢。陆嘉钰总是牢牢地牵着她，带着她往前走，后来他又慢下来，本就没个规律的步伐被她一带，像是哪家老先生出门遛弯来了。

“姐，你一个人没事吗？”

尤靳虞憋了一晚上，还是没憋住。

她无奈：“当然没事，在洛京不也是一个人住？我在郸陵长大，和邻居们都是十几年的交情了。”

“没几个邻居。”尤靳虞提醒她，“隔壁的搬家了，另一边隔壁的要卖房子，更隔壁的出国好几年没回来了，或是老太太路都走不动，哪里来的邻居？”

尤堇薇瞧弟弟一眼：“我从没听过你说这么长的句子。”

“姐。”

“真没事。”她想了想，“你不在，我一个人住这么大的房子未免有点冷清，在工作室附近租套房子怎么样？找个环境和安保措施都不错的小区。”

尤靳虞顿了顿：“我找好了。”

尤堇薇微顿：“我是不是马上能搬过去？”

他轻咳一声：“如果你着急的话。”

尤堇薇不和弟弟计较，只道：“知道了，过两天就搬。钱够用吗？以后我每个月给你打钱，还是一次性都给你？”

“不用，我有。”

“姐姐不缺钱，不用替我省。”

“我知道。”

两个人低声说了会儿家常，尤靳虞忽然问：“姐，陆嘉钰还会恋爱吗？我对他没什么信心。”

尤堇薇不是没想过这个可能，可从弟弟口中听到，她的舌尖漫起涩意，故作轻松道：“这是很正常的事，他还那么年轻。阿虞，分手是正常的事，感情也只是生活中的一部分，你别多想。”

“那你呢？”他又问。

尤堇薇笑了笑：“顺其自然吧。”

第十九章 越界

她从来没说过——
陆嘉珏在的夜晚，
没有黑暗。

洛京大学开学，尤靳虞离开后，尤堇薇搬进了附近的高级小区。

这里的租金令人咋舌，可尤靳虞直接交了两年的，说是他自己挣的钱，和秦晚玉没关系。她怎么说这孩子都不听，一说就转移话题，她没办法，只好由着他。

两个人住惯了，他一走，尤堇薇心里难免有点空落落的。

又一个早上醒来，她习惯性地打开日历，明天是国庆节，尤靳虞早早买了机票，今天回家。

尤堇薇洗漱完，去了趟附近的大型超市，买了新鲜瓜果回家，换了衣服准备去工作室。临近小长假，她准备给员工发个假日红包。推门进去，两个花艺人说说笑笑的，正瞧着小学徒动手，看着看着不由想起年轻时候刚学艺的事来。

“赵姐、林姐，早上好。”尤堇薇和她们打招呼。

赵姐笑眯眯道：“尤尤来了，正和你林姐商量这几天我们怎么值班，几天不干活可不行。”

尤堇薇一愣：“不用值班，我来看着就行。”

“尤尤，你可是老板。”小学徒也回过头来，诚挚道，“反正我们无处可去，不如留在店里，还有很多书看。”

这两个小学徒的条件并不是最好的，她们起步晚，欠缺部分太多，有一个甚至只是听说过绢花，但尤堇薇从中挑选了她们。因为她们是从大山里出来的女孩子，没机会上学，很小就出来打工养活自己。她们异常珍惜这个机会。

尤堇薇想了想，点头应下了。

下午，尤堇薇给尤靳虞打电话，通话提示是关机状态，她看了眼时间，距离他的航班还有两个小时。

她没多想，一直忙到关店回到家，可还是联系不上。

飞机早已落地，怎么会联系不上?

尤堇薇开始不安，她试着联系尤靳虞的学校，辅导员告诉她，他中午和同学离开寝室了。那边似乎在忙，说完很快挂了电话。

她只好给陶映冉打电话，说联系不上弟弟。

陶映冉笑她：“阿虞都多大了？说不定只是手机没电了，就你把他当小孩子。”

她道：“阿虞做事很细致，不会让手机没电。”

陶映冉一想：“也有道理。你别担心，我去学校问问，他们肯定有其他学生的联系方式。”

两个小时后，尤堇薇等来了陶映冉的消息。

她说阿虞出了车祸，正在医院里，暂时不清楚具体情况。

轰的一声，她大脑一片空白。

等再回过神，耳边是陆嘉钰的声音，他压着声，问：“怎么了？”

尤堇薇不知道电话是什么时候拨出去的。她紧紧攥着手机，语不成调：“陆嘉钰，阿虞在洛京出车祸了，我、我赶不过去，你……”

“我现在就过去。”他立即应道，顿了顿，又低声说，“簇簇，别哭。”

和协医院，急诊。

陈言深匆匆赶到门口，看了眼站在门口的男人，言简意赅：“他没事，只是轻微的脑震荡，很快就会清醒。”

陆嘉钰：“我进去看看。”

陈言深微顿：“冉冉在里面看着。”

“我去看一眼。”他从陈言深的兜里拿了个口罩，往自己脸上一兜，“等这个小鬼醒了，得喊我一声姐夫。”

陈言深轻笑一声：“头一回见你进医院。”

从郸陵搬到洛京，陆嘉钰再没进过医院。之前去医院找尤堇薇，只是在门口，从没踏进过病房一步，也没能陪她去看过外婆。

陆嘉钰闷声应：“小鬼的待遇未免太好。”

他替尤堇薇委屈。

推开病房，陶映冉眼睛红红地坐在边上，见到陆嘉钰，她没说话，看向他身后神色淡淡的男人。

陈言深凝视她片刻，朝她伸出手。

陶映冉瘪瘪嘴，不情不愿地握住他的手，凑过去小声问道：“他怎么来了？尤尤在飞机上，过来遇见他没事吧？”

“没事。”陈言深低声道，“带你去吃饭，让他待着。”

她狐疑道：“他能行吗？”

陈言深：“他最会照顾病人。”

听起来像年度笑话。

陆嘉钰浑身上下都不舒服，闻到味儿不舒服，看见白色不舒服，听见机器声不舒服。

他拧着眉，往窗边一坐。

尤靳虞醒来的时候，有一瞬间想再晕死过去。

“你这个表情，我像是活不久了。”他面无表情地讲了个冷笑话。

陆嘉钰瞥他一眼：“醒了？簇簇在飞机上，一会儿我过去接她。你老实待着，我去叫医生。”

尤靳虞一顿，颇有些受宠若惊，这大少爷还知道叫医生。

尤靳虞意识清醒，医生检查过后说休息两周就好，没什么大事，再观察一晚就能出院了。

“她吓坏了。”陆嘉钰说。

尤靳虞握着屏幕碎裂的手机，皱了下眉：“当时那辆车车速太快，那个小孩怎么样？”

陆嘉钰：“被家长领回去了。”

尤靳虞在去机场的路上救了个闯红灯的小孩，刚抱到路边，后面开来一辆摩托，躲避不及，虽然车主及时刹车，还是把他带倒了，摔在台阶上，脑袋磕了一下。

“你不喜欢医院？”尤靳虞看了眼把自己遮得严严实实的男人，“让护士给你找个呼吸机？”

陆嘉钰：“别烦。”

少年喝了口水，平静道：“外婆的事你早知道了吧？”

陆嘉钰嗤笑：“知道又能怎么样？况且她根本不打算让我知道，那我就装不知道。”

“我可以帮你。”

他掀开眼：“怎么帮？”

“外婆想撮合斯昀哥和我姐。”尤靳虞客观道，“他各方面不比你差，甚至比你优秀，但性子太冷。我姐对他也没兴趣。”

“小鬼，找医生给你看看眼睛。”

陆嘉钰听了不太爽，除了最后一句，每一句都让他心情烦躁。一想到那晚，他们在庭院里看月亮，他抑制不住心里的郁气。

尤靳虞：“我想过了……”

“过阵子再说。”陆嘉钰打断他，淡声道，“这次是因为外婆，下一次就有可能是因为别人。归根到底，是我做得不够。所以她放弃我。”

尤靳虞诧异道：“你还挺清楚。”

他烦死这个小鬼了。

陆嘉钰找人给尤靳虞买了晚饭，自个儿出门接尤堇薇去了。

洛京机场。

尤堇薇刚下飞机，陆嘉钰的助理迎面走来。他快速道：“您弟弟醒了，没有大碍，刚转到住院部。他为了救一个闯红灯的小孩受的伤。陆总马上到了，这个点路上有点堵，您饿不饿？”

她着急地问：“伤到哪里了？”

助理详细地解释了尤靳虞的病情和医生说的话，看她放松下来，他也松了口气，这位尤小姐现在比陆总还金贵，陆清远和陆正明都三天两头拐着弯来问，他不敢出半点差池。

尤堇薇认真道：“谢谢你。”

两人刚走到出口，跑车一个急刹，停在跟前。

尤堇薇止住脚步，怔然地看着男人从车上下来，大步走向她，他停在她面前，下意识伸出手，又收了回去。

“小鬼没事，他……”陆嘉钰倏地止住话。

他被重重撞了一下。

她扑进了他的怀里，身体颤抖。

陆嘉钰低下头，双手紧紧拥住过于纤瘦的她，低声道：“没事了，我在这儿，我带你去见他。”

尤堇薇抬头看他，一双杏眼泪蒙蒙的，委屈又害怕。

陆嘉钰再冷硬的心肠，都要融在她的眼睛里。

他摸摸她的脑袋，耐着性子哄她：“害怕就哭出来，别忍着。和我分手不哭，害怕也不哭，叫你闷葫芦，真成闷葫芦了？”

尤堇薇靠着温暖有力的胸膛，泪像急雨一样往下落，被人拥抱和珍视的感觉，让她这阵子郁结于心的情绪瞬间爆发出来。

起先是很低的啜泣声，而后像抑制不住一般，她的呼吸变得急促，哭出了声，声音越来越大，像是要把二十几年的眼泪都流光。

“我什么都做不对。

“不能讨妈妈喜欢，总让外婆操心，还照顾不好弟弟。呜呜，我什么都做不好，我什么都做不好。

“我什么都没为你做。”

甚至无法留下他。

她哭得声嘶力竭，像是用尽了全身的力气。

尤堇薇从来没说过，她多舍不得陆嘉钰，每个惊醒的夜晚，她似乎都能感觉到他的吻。

他很喜欢亲她，亲亲头发，亲亲额头。

每一处都残留着他的温度。

她从来没说过——陆嘉钰在的夜晚，没有黑暗。

住院部门口。

车里，陆嘉钰看着照镜子的尤堇薇，她哭得太凶，眼睛和嘴唇都哭肿了，在车里静了一路，现在看起来好了一点，但也只有一点。

“好了？”他没笑她。

尤堇薇的耳根发烫，她从小到大就没这么哭过，还是在公众场合，还好别人都不认识她。

“对不起。”她小声道，“把你的衣服弄脏了。”

陆嘉钰瞥了眼胸口的水渍，不在意道：“小事。你进去吧，那个小鬼在等你。你那个闺蜜也在，我先回去了。”

尤堇薇紧抿着唇，没应声。

“我留在这儿？”陆嘉钰琢磨着问。

她用红通通的眼睛看了他片刻，忽然下了车。没说让他留，也没说不让他留，但陆嘉钰懂她的未尽之语。

她想他留下来，至少今晚是。

陆嘉钰在车里等了一阵，算着时间等他们姐弟俩说完话，看了眼车窗外硕大的“急诊”两个字。

行吧，她是他的祖宗，她说什么是什么。

半个小时后，陆嘉钰拎着水果进门。

尤堇薇正坐在病床边，看起来情绪稳定，轻声细语地和尤靳虞说着话，陶映冉在边上叽叽喳喳，陈言深不在。

“陈言深呢？”他随手放下水果。

陶映冉一副习惯了的语气：“手术去了。”

陆嘉钰点点头，没凑上去说话，自个儿在窗边找了个位置，戴上口罩，安安静静地玩手机，就当自己不存在。

十一点，尤靳虞在药物的作用下睡去。

尤堇薇送陶映冉出门，再回来时，下意识看向缩在沙发上的陆嘉钰。他大半张面容被口罩挡住，露出一双锋利不耐的眉眼。

她想起来，他不喜欢医院，平时连药都不肯吃。

“今天谢谢你。”尤堇薇在他身侧坐下，捋过滑至脸侧的发，手指不安地搅在一起，“我有点失控。”

陆嘉钰收了手机，看她一眼：“不用对我说谢。是不是饿了？我陪你出去吃点儿，我让助理来看着。”

尤堇薇看向他，眼睛还泛着红，她小声问：“你是不是也没吃？”

陆嘉钰侧头一笑，随口道：“吃不吃都一样。想吃什么？”

尤堇薇：“什么都行。”

沿着落日大道一路向西，海风带着夏日的热意。

从车窗看出去，随处可见疾驰的小摩托车，年轻男女们拥抱在一起，双手张开迎接晚风，一路都是笑声。

尤堇薇趴在车窗边，呆呆地望着暗中的海，悬在空中的心脏这才慢慢落了地。

她自己都想不明白，为什么当时第一时间把电话打给了陆嘉钰？仿佛她知道，他永远不会不管她。

可他会吗？

“陆嘉钰。”她低声喊他的名字。

陆嘉钰“嗯”了声，用余光看了眼她的背影，问：“不想去海边？我查了天气，晚上能看到星星。”

她静了片刻，忽然转过头来，莹润的眼像含了一层雾。

她问：“你会有别的女人吗？”

陆嘉钰一顿，倏地笑了，嗓音压得很低：“簇簇，你说分手，我应了。现在问我会不会有别的女人，这话是什么意思？

“我该有吗？”

他盯着她的眼睛，一字一句问。

海滩边的营地明亮，挂着闪亮的灯。

周围是一圈帐篷，正中间的一张张小桌，摆着琳琅满目的海鲜。

老板认出了尤堇薇和陆嘉钰，笑道："又过来照顾我生意了，这回还买帐篷吗？"

陆嘉钰没应声。

尤堇薇听到帐篷两个字，耳根连着后颈发烫，轻抿了下唇，轻声道："今天不过夜。"

做生意的，眼力见最好。

老板没多说，只让人送了一盘水果过来。

"抱歉。"尤堇薇垂着眼，小声道歉，"车上的话是我……是我胡说的，你不用当真。"

陆嘉钰："知道。"

话说完，两人又安静下来。

陆嘉钰自顾自地烤着盘里的串，偶尔喝几口汽水，他还得送她回医院，没法儿喝酒。

"什么时候回去？"他随口问。

尤堇薇："等国庆结束再回去，我担心他路上不舒服。"

"住哪儿？"陆嘉钰递给她一把烤串，"城北没法住了，住酒店还是住你闺蜜那儿？"

她想了想："住冉冉家的酒店和住她家一样，住酒店更方便。"

陆嘉钰没多问，只道："有事给我打电话。"

尤堇薇点点头，看着周围的热闹景象。

营地里有一家人，也有一群好友，像他们这样的男女，多是情侣，整体气氛轻松，画面鲜活，她逐渐放松下来。

"不问我为什么带你来这里？"他忽然问。

尤堇薇侧头，与他视线相交。

她像是被晦涩的目光烫到，下意识移开视线，齿尖忍不住咬上唇瓣，低声道："我没事了。"

周围的帐篷和海潮声，让人忍不住想起那个落满流星的夜晚。

这个地方对他们两个人来说，过于私密。多待一秒，记忆便多侵袭一秒。

陆嘉钰垂眼，在她泛红的唇上停留一瞬，移开视线，问："你会有别的男人吗？"

同样的话，他也问了她，在知道答案的前提下。

尤堇薇怔愣片刻："我不知道。"

分开那么久，他们第一次谈论起感情的事。

这个夏天，陆嘉钰一直停留在"朋友"的位置上，从没有越过界，除了看到尤森日记的那一晚。

可今晚，他又越界了，在他们曾亲密无间的地方。

陆嘉钰自嘲一笑："林思弥给我发过一个视频，在度假区，Mint 问你，会不会和我分手，你说会。我想了很久，分手这个念头是从什么时候开始有的。想你和我在一起累不累，从一开始就抱着会分开的念头，和我在一起的每一天，你开心过吗？"

她离开后的每一个夜晚，他都在想。

回忆像一把刀，他越想，越忍不住怀疑，她脸上的笑，眼底的温柔，到底是不是真的。

直到听见音频里的那句"我喜欢他"。

"簇簇，我看到监控了。

"你到 island 找我，亲眼看见了。"

他哑声问："是从那个时候开始的吗？"

陆嘉钰盯着她，黑眸在烟雾中隐隐泛红。

尤堇薇低下头，看着柔软的沙子，眼泪直直地往下掉："嗯。我每天都提醒自己，不能爱上你。"

"可是……"她抬头看他，"好难啊。"

陆嘉钰看她流着泪，听她委屈道："不管我怎么努力，一看到你，我什么都忘了。不记得半年的期限，不记得提醒自己的话，什么都不记得。"

尤堇薇有时候会想，或许是他身上的光芒太亮。她挣扎过，抗拒过，却还是被他吸引。

陆嘉钰停下动作，想去抱她又克制住，只揉了揉她的发，低声道："簇簇很勇敢，对吗？"

尤堇薇吸了吸鼻子，点头。

"我不会有别人，永远都不会。"陆嘉钰一字一句告诉她，"除了你，再也不会有别人。”

整整四个月，他忍够了。

回到医院，陆嘉钰让先助理回去，他照旧往角落里一躺，继续当个不存在的人。

医院的夜晚似乎比任何一个地方的夜都安静。

病房内中央空调无声运转，将夏热隔绝在外，窗户开了一条缝隙，夜晚无风，只剩仪器冰冷的滴滴声。

尤堇薇在床边坐了会儿，回头看陆嘉钰。他闭着眼，眉头紧皱，毯子掉落在地。

黑发的他，让她想起那张幼儿园的照片，他看起来很瘦小，面对镜头同样眉头紧皱，看起来像是不开心。

她悄无声息地走过去，拿起毯子，小心翼翼地盖在他身上。

从前的夜，他或许也是这么过的。

尤堇薇凝视他片刻，低声问：“你睡着了吗？”

“没。”他吐出一个字，睁眼看她。

尤堇薇在沙发边蹲下，亮晶晶的眼睛盯着他看，一副我什么都不想说，只想看看你的模样。

陆嘉钰失笑，甚至忘记自己在医院，低笑着问：“分手的时候不是很起劲吗？这下乐什么？”

“我没乐。”她不承认。

陆嘉钰没继续逗她，问：“睡会儿？”

尤堇薇摇头：“不困。”

“陪你说说话？”他换了个姿势，方便看她，“想说什么？”

尤堇薇和他离得很近，呼吸相融，隔着虚空，她用指尖描摹他的轮廓，忽然小声说：“我有一次经过花花幼儿园，进去看了一眼。”

陆嘉钰眉心一跳：“去看什么？”

她诚实道：“只是想看看，但是遇见了园长。园长还记得你，给我看了你小时候的照片。”

“我睡了。”

陆嘉钰闭上眼，把毯子往自己脑袋上一盖，闷声说道：“我城西的别墅空着，一直没人住，那里离医院近，别住酒店了。”

尤堇薇想了想，应：“明天你问阿虞。”

“收钱吗？”冷不丁响起少年清冷的嗓音。

“我、我睡了。”

脸红到脖子根的闷葫芦一头钻进了陪护床上，一动不动。

陆嘉钰忍着笑，别过了头。

国庆长假，陆嘉钰没有在别墅出现，只是每天让人送新鲜的蔬菜瓜果过来。在这期间，陈言深来过一次，确认尤靳虞已经没事了。

长假结束，尤堇薇独自回了郦陵。

回郦陵第一件事，就是去疗养院找外婆。怕老人家担心，她和尤靳虞都没说这件事，只说在洛京参加学校的一个活动。

到了十月，南方渐渐转凉。

疗养院的花园里热闹起来，不少人出来慢悠悠地溜达着，还有在遮阳棚下打麻将的，边上放点果盘零食，吹着微风，好不惬意。

走到湖边，尤堇薇脚步一顿。

陆清远不知道什么时候又来了，正和一群老头、老太太聊着天，她走到树下听了两耳朵，他们在讨论文学，个个侃侃而谈，说着又谈论起历史。陆家旧时本就是名门望族，加之陆清远又身经百战，这些老学究听得聚精会神，兴致勃勃，瞧着身体和精神都不错。

她没去打扰他们，转而走到另一侧。

阳光静静落在湖面，泛着耀眼闪亮的光。

忽然，身侧落下一道身影，影子斜斜地映在草地上，久久不动。她不由侧头望去，对上男人的面容。

“尤老师。”他微微颔首。

尤堇薇问：“来看沈奶奶？我没在湖边看到她，可能是在图书馆。”

林斯昀：“看过了，正准备走。能坐下吗？”

尤堇薇往左侧移了一点：“当然。”

林斯昀看着平静的湖面，心却不平静，他直视前方：“在机场那一次，你认错人了，把我当成了陆嘉钰。”

尤堇薇一怔：“抱歉。”

时隔那么久，她几乎忘记了这件事。

“我当时想，原来人的眼睛真的会发光。”林斯昀低声说着，“我始终无法忘记那晚看到的那双眼睛，以及眼睛里蕴含的情感。我希望，你能一直这么发着光。你有一双巧手，能将紫藤复原，给予它第二次生命。尤老师，能给我一个机会吗？”

尤堇薇错愕地听着，一时说不上话来。

林斯昀推了推眼镜，继续道：“在那晚寿诞晚宴之前，我一直以为自己是精致的利己主义者。可看到你心碎的眼神，我第一次生出后悔的情绪。

“那晚的事，我很抱歉。没能护好我的花。”

“我……”尤堇薇唇瓣干涩，“我有喜欢的人。”

她尝过爱情的苦，不希望林斯昀也陷在这样的幻境里，他们都是寡言的人，他能说这样的话，一定给了十分的真心，她不想骗他。

林斯昀侧头凝视她：“你什么都不用做，是我想追你。”

“抱歉。”她捏紧了拳。

这是她第二次说抱歉。林斯昀思量着自己还能做什么，他想了很久，问她：“陆嘉钰，他在你眼里是什么样的人？”

尤堇薇轻声道：“是独一无二的人。”

她知道，世界上再没有第二个陆嘉钰。

林斯昀垂下眼：“我明白了，谢谢你愿意诚实回答我。不要对他太好，他会变本加厉。我该走了。”

他起身，对她一笑：“再见，尤老师。”

尤堇薇看着林斯昀离开，还不等他背影消失，面前倏地出现一张脸，陆清远笑眯眯地喊：“簇簇，看什么呢？”

尤堇薇微怔：“陆爷爷。”

陆清远在林斯昀的位置坐下，慢悠悠道：“没事，爷爷什么都没听到。什么独一无二的，我不告诉那臭小子。”

尤堇薇别开脸，热意蔓延到耳根：“您怎么又来了？”

陆清远：“我来看望秦女士，和陆嘉钰半点儿关系都没有。不过确实有点私心，希望带他来道歉的时候，不会一起被赶出去，不过这是爷爷的事，你不用操心，你和陆嘉钰，爷爷不会管。你想怎么做就怎么做，随心做，不用顾及任何人。

“簇簇，这是你的人生。爷爷希望你能自由地选择，自由地活。”

她有一瞬的茫然："能做到不顾及任何人吗？说起来很容易，可做起来好难。"

陆清远一笑："当然不能，圣人和恶人一字之差，他们的心比谁都冷硬，冷眼旁观，最是自在。爷爷知道你是个好孩子，但别委屈了自己。那个臭小子从不委屈自己，但他的心是软的。你看爷爷说不管，到头来还是替他说好话，人都有私心。不说了，走了，去看你外婆吧。"

天气渐冷，尤堇薇专门买了一个取暖器放在读书角，她不止一次看到孩子们手被冻得通红。

这天是周五，孩子们准点到来。来这儿的多是附近的学生，安静又有礼貌。可今天孩子们似乎格外兴奋，没有一个人准备写作业。

尤堇薇如往常般端了热奶茶过去，温声问："今天有开心事？你们看起来好像很高兴。"

一个小女孩睁着亮晶晶的双眼看着她："尤姐姐，我们明天要去秋游！约好一会儿去超市买东西吃，我们还想放风筝。"

"秋天放风筝？"她眨眨眼。

小朋友无所顾忌，自由自在："有风就能放啦，管它是什么季节呢。"

尤堇薇一笑："说得有道理，我很久没有放风筝了。"

"尤姐姐，你放过绢花做的风筝吗？"小女孩好奇地问，"放起来一定很漂亮，像天空中开了花朵。"

"没有做过。"尤堇薇颇为新奇，"能邀请你和我一起做吗？"

"当然啦！"

"我也要，我也要。"

"尤姐姐，我也想做！"

角落里忽然热闹起来，孩子们各个都闹着要做风筝，她只好挨个应下，约好大家一起做风筝。

和小朋友待久了，天空似乎都更蓝了些。

尤堇薇心情轻快地回了家。

电梯直达二十二层，尤堇薇走出电梯门，看了眼对面，她搬来至今还没见过邻居，他们家正在装修，看进度即将完工。

进了家门，她舒了口气，大平层内有充足的创作空间，设计简单干净，不失温馨，落地的连排玻璃窗俯视整个邺陵，每一处都像是为她量身定制。

今天她心情好，端了小桌在落地窗前吃饭。桌上两菜一汤，半杯气泡甜酒。

吃完饭，简单收拾了厨房，下楼溜了个弯，和尤靳虞发几条短信，她便打开电脑，看设计室发来的图纸，这一个月她们的合作比想象中更顺利，第一条裙子完工后她们对传统工艺惊叹不已，当即便和她签订了合同。

忙完已是九点，她喝了口水润唇，托着腮检查邮件，除了一些零散的邮件，其中有一封标题特殊，是剧组订单，是没听过的剧名。

做了简单的回复，她的工作暂时告一段落。

“秋游啊，真好。”

尤堇薇躺在沙发上发了会儿呆，想起下午和小朋友们的对话，想了想，久违的发了一条朋友圈——**今天风大，适合放风筝。**

她没躺多久，便挣扎起来摸去了浴室，泡了个舒服的澡，再把自己往床上一埋，蹭了蹭柔软的枕头，很快睡去。

铃声响起的时候，尤堇薇蒙了一下，摸索着手机，眯着眼去看有些刺眼的屏幕，是陆嘉钰的电话，而此时此刻，才六点出头。

又和谁发脾气了吗？她咕哝着，接通了电话。

“开门。”

低沉慵懒的嗓音，她听了无数遍。

尤堇薇茫然道：“我搬家了，你在巷子里吗？”

“二十二楼门口。”

简简单单的几个字，吓得她清醒了不少。

打开门，尤堇薇还有点呆，茫然道：“你怎么上来的？”

眼前的男人看起来风尘仆仆，像是从洛京赶过来的，眉眼间带着点儿困倦，懒声道：“去穿件衣服，我们下楼。”

“去干什么？”她困惑地问，“现在还很早。”

陆嘉钰抬高手臂，趁着她刚睡醒还有些呆，揉了揉她的头发，耐心道：“把鞋也换了。”

等尤堇薇清醒过来，已经在电梯里。

她直犯嘀咕，怎么又被他骗下来了，这人为什么总是突然出现在她家门口，他到底是怎么上来的？

忽然，她反应过来：“对面的房子是你的？”

陆嘉钰低头一笑，眼里含着自得之意：“簇簇学聪明了。陆氏这两年在郦陵有不少项目，我辛苦点儿，替家里那些个老头来看着。啧，多孝顺一孩子。”

尤堇薇别开脸，不去看他耀眼的眉眼。

电梯门打开，冷风顺着缝隙滑过，她瑟缩了一下，耳畔拂过温热的气息，他低声道：“我怀里不冷。”

尤堇薇看他一眼：“我想冷着。”

陆嘉钰哼笑：“那你冷着吧，一会儿有你热的时候。过来，别离我那么远，能吃了你？”

她不情不愿地往他边上走了点。

路灯下的车一如既往的骚，等她走近，后备厢自动打开，露出简单却不单调的色块。

尤堇薇怔了一下，低头看各色各样的风筝，五彩斑斓的燕子，绿色的小青蛙，蓝色的小鲸鱼，拖着长尾巴的小恐龙……

数不清的风筝。

“我们去放风筝？”

她愣愣地看向几步之遥的男人。

陆嘉钰单手插兜，倦懒的嗓音里带着点儿无奈：“你不说昨天风大，明天风大，只说今天，我紧赶慢赶，还是晚了几个小时。”

他走近，低眸看她：“尤小姐，赏脸陪我放个风筝？”

车停在江边，微风无声地掠起水波。

路灯下，一对男女站在车旁，正认真谈论着什么。

“好难选啊。”

陆嘉钰倚在边上，瞥了眼她冻红的耳垂，跟小朋友似的，选个风筝都能选上半天，早知道少拿几个。

尤堇薇抬眼，看他两秒。

陆嘉钰一顿：“不急，慢慢选。”

陆嘉钰第一次觉得自己不爱穿外套是坏习惯，看了眼表，没一会儿，电话响了，他接起来往边上走了两步。

尤堇薇转头去看，有个穿着工作服的人递了个袋子给他，他随手抽了几张现金给那人，那人一愣，连连摆手，他没多说，直接把钱塞他口袋里。

她没多看，继续挑风筝，忽然，脚步声停在身后，肩上一沉。

陆嘉钰用外套将她裹紧，手自后环住单薄的肩，温热的指节刮擦过她的下巴，顺着领口往下，手臂从肩到腰，扣上每一颗扣子，扣至最后一颗，他松开手。

“叫跑腿买的外套。”他随口说了一句，打开保温杯递过去，“喝一点儿，喝下去就不冷了。”

她回头看他，眼神有些古怪。

陆嘉钰挑眉：“怎么？”

尤堇薇磨磨蹭蹭地接过保温杯，轻嗅了嗅，是热奶茶的味道，小声说：“不像是你会做的事。”

陆嘉钰克制着想用指节弹她脑门的想法，屈指点点她的眉心，“那个小鬼说了，我对你不好，他说得没错。我正在学。”

她“哦”了声：“你给我挑。”

陆嘉钰闻言，倾身过去，径直拿了最简单的那只风筝，一片纯白，两条尾巴泛着流光，像星星一样。

“和你一样美。”他说着，递到她的手里。

尤堇薇抿抿唇，转过头去，耳根往下泛起浅淡的红，最后把保温杯往他手里一塞，拿着风筝跑了。

陆嘉钰顿了顿，忽然笑了。

江边长长的步道，空无一人，尤堇薇握着线，逆风奔跑，风筝在陆嘉钰的手里，他配合着她的动作，感受到线绷紧，他立即松手，纯白的风筝飞向空中，她兴奋地跑着，双眸晶亮，小脸泛红。

“陆嘉钰，飞起来了！”她在喊他，声音里都是笑。

陆嘉钰不紧不慢地追着她的脚步，懒懒地应了句“看到了”，顺手拍了张风筝飞跃天际的照片，往官博上一发：

陪“幼稚园小朋友”放风筝。

太阳才刚刚伸了个懒腰，从地平线冒出头来。

万物都还在酣睡。

天际却有一只风筝，像鸟一样翱翔在空中。

尤堇薇仰着头，专注地看着高空中的风筝，奔跑过后的热意一层层涌上来，她下意识用下巴蹭了蹭衣领。

倏地，一根骨感的指节抬起她的下巴。

“热了？”他问。

尤堇薇点头：“跑得热。”

陆嘉钰松了她领口的两颗扣子，倚在栏杆边看她，放个风筝都能高兴成这样，也不知道小时候怎么过的。

“以前放过吗？”他问。

“爸爸带我去放过，是在医院里。”尤堇薇如实道，“他没有很多时间陪我出去，总有突发状况，他的病人们都很信赖他。”

他安静听着，伸手别过她脸侧的发，低声道：“他是个负责任的医生，病人需要他的时刻他都在。那你呢？”

尤堇薇抿唇一笑：“我需要的不多。”

陆嘉钰凝视她片刻，她和他都心知肚明，不是不多，是慢慢变少了，她从小就开始学着不提要求，不表达自己，努力地不成为他们的负累。

“能不能改？”

他语气温和地问。

尤堇薇捏着手里的风筝线，调整了高度，没回答他的问题，只道：“有点累，你来放。”

陆嘉钰笑了笑，接过她手心的线，指腹拂过她温温热热的掌心，轻握了握，又松开。

“扣子扣上。”他提醒她。

尤堇薇不太习惯这样的陆嘉钰，慢慢吞吞地“哦”了声，把最上面两颗扣子扣上，蹭了蹭毛茸茸的领口，深吸一口气，再缓慢吐出来的。

她看着天上的风筝，仿佛自己也变成了风筝。

此刻的心情是二十年来从未有过的轻松。

“陆嘉钰。”她轻声喊着他的名字，对他笑了一下，“谢谢你带我来放风筝，我很开心。”

陆嘉钰盯着她笑，喉间干涩，他有点想吻她，想让她攀着他的肩，把全部的重量都交给他。

“知道了。”他移开眼。

周一是阴天，沉沉的天瞧着像是要落雨。

郮陵的秋天总是多雨，湿透的水弥漫在家里的每一个角落，令人苦不堪言，等水汽干透了，冬天便来了。

工作日疗养院人不多，陆清远特地避开了周末。他拎着拐杖，仔细打量了一眼穿得人模狗样的陆嘉钰，他难得这么正经穿西装，简单挺括，黑发让他多了几分干净。

“知道该说什么？”他悄声问。

陆嘉钰瞥他一眼，没应声。

陆清远说：“生意场上那些手段别往这老太太面前使，你得说真心话才行。算了，还是少说几句。”

两个人到的时候，老太太正在图书馆。她看见陆清远，笑着点点头，视线落至他身边的男人身上，停了停，转而戴上眼镜，仔细看他。

陆嘉钰上前一步，让她看得更清楚。

老太太凝视他许久，摘下眼镜，缓声道：“是你啊，你和照片上看起来不太一样。”

陆嘉钰一笑：“您看过我的照片？”

老太太移开视线，自顾自地整理书架，平静道：“看过，我问护工怎么上微博，她教我的。”

陆嘉钰蹲下身，和坐在轮椅上的老太太说：“那晚让簇簇一个人，我很歉疚。这段感情里，她迁就我太多，我劣性难改，做了一些错事。”

老太太：“你这样的身份，大概习以为常了。”

陆嘉钰没多解释，看了眼书架，问：“有什么我能帮您的？”

老太太没应声，看神色没动怒，陆嘉钰和陆清远对视一眼，陆清远悄无声息地离开了。

这一天，陆嘉钰留在疗养院里，跟在老太太后头跑。

虽然老太太一句话都没搭理他，吃完午饭就去午睡了，睡醒了陆嘉钰还在，她也只看一眼，继续当他不存在。

傍晚，郮陵下起暴雨，窗户上落满闷沉沉的声音，天地间霎时一片雾气。

“回吧。”

老太太低头看书，头也不抬地说了句话。

陆嘉钰轻声告别老太太，没有拿放在门口的备用伞，孤身一人走出图书馆，毫无顾忌地走进雨里。

老太太推着轮椅到窗前，望向雨水里的男人。

他在雨中也不显狼狈，步子不疾不徐，像走在晴日里，一如他本性中的乖戾自负。

走了几步，他忽然停了下来。

老太太重新戴上眼镜，推开窗户。

雨中，陆嘉钰瞧了眼树下瑟瑟发抖的小猫，不知道从哪儿跑来的小家伙，黑漆漆一团，看起来就他巴掌那么大，乌溜溜的眼睛正怯生生地看着他。

“啧，不怕我？”他勾了勾它的下巴。

小猫叫声微弱，没躲开，没靠近，直至被人拎起来，才扑腾着挣扎两下，最后扒着那截手腕不动了。

陆嘉钰低头，和它对视一眼，懒声道：“就我们俩在淋雨，也算是缘分。晚上带你见见你妈，她要是不喜欢你，你就上胡同里待着去。”

晚上八点，2201 住户家里门铃被按响。

尤堇薇打开门，看见从头到脚湿漉漉的男人，话堵在嗓子眼，转而问：“没带伞？先进来。”

她侧开身，门口的男人却不动。

陆嘉钰把湿润的发拨至脑后，神情有一瞬的不自在，半晌，他忽然放下肩膀上的背包。

尤堇薇不明所以。

黑色的猫包，两侧有几个透气孔，中间的透明层，像是一个小窗户。包里有物体像是在动，窸窸窣窣的。

只见一只毛发纯黑的小猫，小心翼翼地伸出脑袋，透过中间的透明隔层，打量着外面的世界。

尤堇薇睁大眼，对上一双水汪汪的眼睛，那颗小小的脑袋正歪着，好奇地看着她。

“哪儿来的猫？”

比起陆嘉钰湿透的模样，小猫倒是干干净净的。

陆嘉钰垂眼，拉开侧边的拉链，将猫从包里抱出来，哑声道：“捡的，雨天不知道躲雨。刚从宠物医院回来，给它做了检查和驱虫，它很健康，但它还太小，要过段时间才能打疫苗，介意吗？”

尤堇薇抿唇：“不介意，快进来。”

陆嘉钰一顿，对他是“先”进来，到这小不点这儿就是“快”进来，刚见面待遇就比他好了，这可不行。

陆嘉钰刚把猫放下，猫就蹦跶开了，在房间里跑来跑去，这里蹭蹭那里蹭蹭，活泼得不得了。

“先去洗个澡。”尤堇薇找了两件尤靳虞的衣服给他，“它是不是饿了？要不要喂点什么，家里好像没有适合它吃的。”

她说着，又去看正在沙发上动来动去的小不点。

嗓音又轻又软，听得人心生嫉妒。

陆嘉钰：“我饿了。”

说完，径直去了浴室，只留给她半道身影。

尤堇薇一呆，那这个小家伙饿不饿？

她和玩得欢脱的小家伙对视一眼，最后给陶映冉打了个视频电话，她家里养了很多小猫，对此经验十足。

“你找找陆嘉钰有没有带东西回来？”陶映冉仔细看这小家伙，“看起来不到两个月，性子倒是挺活泼，别的猫到新环境见到陌生人都有应激反应，它倒是一点儿也不怕生。”

尤堇薇去门口找，找到几袋羊奶粉和奶瓶，以及一个小窝、一个猫砂盆和一包猫砂。

她把门口的东西都拎了进来，听陶映冉的吩咐，把猫砂倒入猫砂盆中，之后便按照说明，小心翼翼地给小家伙喂奶。

不过它看起来不饿，喝了几口就去扒沙发玩了。

陶映冉道：“应该喂过了。真是陆嘉钰捡的？好吓人。尤尤，不是我说，他和你分手后就像换了个人似的，我听人说他这阵子在洛京无比安分，圈内人都说他过了叛逆期，转性了。”

尤堇薇：“他本来也不坏。”

陶映冉翻了个白眼：“也就你这么想，我一会儿仔细和你说怎么照顾它，你可别让陆嘉钰养。”

挂了电话，尤堇薇见小家伙玩得开心，便去厨房煮了碗面和姜茶，晚上这么大的雨，不知道他会不会感冒。

陆嘉钰洗了热水澡出来，随意打量了眼已经在窝里呼呼大睡的小不点，轻哼一声。

“我儿子还没取名。”

他慢吞吞地走到半开放式的厨房，往高椅上一坐。

尤堇薇指了指边上的小茶壶：“先把姜汤喝了。下雨了没去超市，家里只有面和蛋。”

陆嘉钰蹙眉：“不爱吃蛋。”

尤堇薇：“那你点外卖。”

“前两天还带你去放风筝了。”

陆嘉钰还挺委屈，自从他初到郦陵，她上门时带了碗小馄饨，他说不爱吃蛋卷，她再也没放过蛋。现在待遇还不如刚认识那会儿。

她问：“吃不吃？”

陆嘉钰和那双漂亮的眼睛对视几秒，咕哝道：“尤靳虞那个小鬼都能学做饭，我不可能学不会。”

尤堇薇停下动作，问：“你怎么了？”

“哪儿不对劲？”他挑眉。

“没什么。”尤堇薇捞起面条，铺上金黄色的蛋，往他面前一放，“吃完自己洗碗。”

陆嘉钰：“就洗这一次？”

尤堇薇没理他，又蹲到窝窝边看小猫咪去了。

他几口吃完面，喝完姜汤，最后和剩下的荷包蛋大眼瞪小眼，正准备用筷子去夹，她看过来：“放着吧，别吃了。”

陆嘉钰放下筷子，揉了揉微湿的发，低声道：“我以前很挑食，我妈总是因为这个操心，怕我在幼儿园不吃饭，她每天都会在我书包里塞一颗白煮蛋。后来她不在，我就不吃蛋了。”

他说着，忽而又拿起筷子。

尤堇薇迅速起身，走到台边时他已经咬了大半，见她担忧的模样，笑了笑：“簇簇做得很好吃。”

陆嘉钰两口吃完，不怎么熟练地洗了碗，问：“现在能给我儿子取名字了？想个凶点儿的，将来胆子大，别像他妈……咳，你想想？”

尤堇薇反问："你怎么就知道它一定是儿子不是女儿？"

陆嘉钰笑道："你自己看看就知道了。"

尤堇薇偏头看了看小猫后面，还真是。

"叫小老虎？"尤堇薇迟疑着问。

陆嘉钰眉心一跳，自然地应："就叫小老虎，够凶。"

尤堇薇没和他说几句话，便凑到猫窝边蹲下，伸出食指小心翼翼地摸摸它软乎乎的脑袋，小声道："你有名字了，叫小老虎，特别可爱。"

"以前没想过养宠物？"

陆嘉钰人高腿长，蹲着累，随意在软毯上坐下，曲起腿和她说话。

翻起的裤脚露出脚踝处一小块图案，但尤堇薇没看见。

她注视着这团小小的生命，轻声道："以前邻居家有一条小狗，我每天放学都能看到它蹲在门口，后来它生病了，变得很瘦，喘气也很困难。渐渐地，我看不见它了，也不知道它确切离开的日子。爸爸也问过我，想不想要一条小狗，我说不要。"

陆嘉钰半支着脑袋，听胆小鬼自言自语，她不知道自己有一颗比谁都柔软的心，总觉得自己做得不够。

"你呢，是不是怕一个人？"

她转头问他，眼睛澄净明亮。

陆嘉钰想了想，坦然道："或许是吧，回洛京后我身边的人很多，后来出国，醒来总不知道自己在哪儿，房子里太安静，我随便找了个室友，不用房租，会做饭就行。说实话，Alex 做的饭真不怎么样。Mint 是我街上捡的，这小孩还和狗抢吃的，凶得很。我也不知道发什么疯，把他捡回家了。"

那段日子的色调是灰暗的。

陆嘉钰浑浑噩噩地过日子，有几次是在警局醒来的，说他醉醺醺地倒在路边，和来往的人起了摩擦，动了手。

直到某个雪日，恶战后他倒进雪地里，陌生人替他围上围巾。

那是第一次他在这座城市感受到温暖，所以醒来后他没丢掉围巾，而是把它放进了某个角落。

"簇簇，地球上有七十亿人。"

陆嘉钰安安静静地看着她。

从郴陵到曼城，从曼城到洛京，他们无数次相遇，无数次擦肩，直到他牵住她的手，他们再也不是不相交的平行线。

尤堇薇稍顿，轻声道："很晚了。"

话音刚落，陆嘉钰懒懒地往沙发上一趟："那边房子住不了，对面还在装修，外面那么大的雨，我没地方去，给我个沙发就行。"

尤堇薇沉默几秒，说："小老虎醒了给它泡点奶粉。"

陆嘉钰轻"啧"一声："知道了。"

就当提前过当爹的日子。

尤堇薇没再管他，自顾自地干自己的活，忙完进浴室洗澡，再出来时，小猫刚巧醒了。陆嘉钰皱着眉，拿着丁点大的奶瓶喂它，喂了几口小家伙想跑去玩，又被他拎回来。

"学什么不好，学你爸不吃饭？"

"学学你妈，长大优雅又漂亮。"

他点点它的脑袋，像极了欺负她时的样子。

她看了一会儿，转身去拿了被子和枕头出来，铺好在沙发上摸起来还是凉，毕竟是秋夜，不比夏日，况且他还淋了雨。

"睡房间吧？"她试着和他商量。

陆嘉钰摁着小猫咪，随口道："睡不着，沙发就行。"

尤堇薇叹了口气，无奈道："阿虞的房间有沙发。"

"闻别人的味不舒服。"他和那个小鬼气场不和，味道也不和。

尤堇薇看着他喂完猫，重新抱起枕头和被子往房里走，走到门口，看他一眼："进来。"

陆嘉钰立即丢下他儿子，头也不回地跟了进去。

房间里亮着夜灯，像一轮小月亮。

极具现代感的卧室和陈旧的胡同房间相去甚远，陆嘉钰瞧着舒心不少，最起码不用担心有人和他一样爬墙进去。

他自觉地往她房间的沙发上一躺，单手垫着后脑勺，另一只手虚虚地搭在小腹上，视线落在她身上。

尤堇薇有阅读的习惯，睡前总爱翻上两页。

以前他总爱凑上去闹她，亲这儿亲那儿，把人惹得恼火不已，眼睛亮得像火，生动又美丽，令他着迷。

“簇簇。”他喉结滚动，低声喊她。

她轻轻地“嗯”了声，没等到回答，清凌凌的眼望过来，白皙的侧脸上覆着几缕黑发。

陆嘉钰自认为礼貌地问：“能亲一下吗？不伸舌头那种。”

第二十章 爱我

没人爱你，
我会爱你；
没人心疼你，
我会心疼你。

第二天早上七点，砰的一声响，陆嘉钰被赶出了 2201 室，怀里还有一只黑乎乎的小猫，正睁着无辜的大眼睛瞧着他，似乎在问：“我们怎么被赶出来了？

“啧，撒娇都不会？”

他教训着小不点，拖着慢悠悠的步子往对面走。

2202 室前几天装修结束，他还是头一回来这里。

屋内装修简单，未来感的设计，家具一应俱全，衣柜都是满的，除了没有宠物用品。

他给助理打了个电话，让他送来。

一个小时后，助理带着早餐和一堆玩具到了。

他尽职尽责地说着陆嘉钰今天的安排，说完补充道：“您姑姑这阵子在郸陵拍戏，我听说剧组联系了尤小姐。”

陆嘉钰咀嚼的动作一顿：“工作上的事？”

助理点头：“是。”

陆嘉钰：“肯定是小炮仗在她耳边成天念叨，平时她哪有闲心管我。啧，这件事你不用管。”助理松了口气，他也不想和陆筝对上。

吃过早饭，陆嘉钰拎着大包小包去工作室找尤堇薇，主要是把儿子丢给她，理由是在家没人看着，他操心。丢完也不多留，很快就走了。

尤堇薇还没反应过来，店里的几个女人便母性大发，团团围了上去，都开始“喵喵喵”。

小猫自来熟，面对几张全然陌生的面孔，也不惧生。

“尤尤，刚刚那个帅哥是谁？”

小学徒好奇地问她，其余三双眼睛也看过来。

她自然道：“朋友。”

几个女人对视一眼，心照不宣，继续逗弄奶乎乎的小猫咪，一口一个“小宝贝”，恨不得上去亲两口。

下午，尤堇薇出门去见甲方。上周她回复了那封以剧组的名义发来的邮件，约了对方在咖啡厅见面。咖啡厅，坐在角落的女人戴着帽子和墨镜，面容不清，气场强大，令人望而止步。

尤堇薇到的时候，有一瞬的诧异，看起来不是简单的工作人员。

“陆小姐？”她试探着喊。

坐着的女人微微抬起头，注视她几秒，忽然摘了墨镜，冲她一笑：“我是陆筝。”

尤堇薇一怔。

陆筝：“就是你想的那个陆筝。陆嘉钰那个小鬼应该没和你提过我，他成天弄得自己像六亲断绝，啧，没心没肺。”

尤堇薇顿了顿，问：“今天是谈工作还是陆嘉钰？”

陆筝诧异道：“当然谈工作，男人有什么好谈的？你们的事不归我管，但我想看个热闹，你要是不自在，我找助理来。”

在这个前提下，两个人的沟通立即顺畅起来。

陆筝的要求极其严格，从工期和质量都是前所未有的苛刻，但这对尤堇薇来说不是难事。两个人效率极高地谈完工作，终于有了时间聊天。

陆筝抿了口咖啡，随口道：“你看男人的眼光可不怎么样。”

尤堇薇：“也没有那么差。”

陆筝觉得挺有意思，说起工作眼前的小女孩认真又坚持，一丝不苟，但放下工作，她忽然变得柔软起来，温和又好说话，瞧着挺好欺负。

“小鬼头没少欺负你吧？”她一副了然于胸的模样。

尤堇薇如实道：“他只是脾气不好。”

陆筝轻嗤一声：“他这叫自作自受，追人都追到郧陵了。我好奇心旺盛，所以想来见你一面，作为交换，我也可以满足你的好奇心。”

尤堇薇：“问什么都可以？”

她笑起来：“什么都可以。”

尤堇薇此刻才有了陆筝和陆嘉钰是一家人的感觉，他们一样笃定，一样自负，相比于陆清远和陆正明的内敛，他们更为张扬。

她问：“陆嘉钰小时候在洛京，是什么样子？”

陆筝挑了下眉：“那个小鬼头啊，刚来那阵子像哑巴，不爱说话，眼睛像路边的小狗，可怜巴巴，还以为自己凶得很。”

说着，她一笑：“小时候还挺可爱。”

“和他爸不亲近，近两年都不愿意喊一声爸。我爸那么重礼数一个人，也由着他。家里没几个孩子有这个待遇。”

陆筝说到这儿还挺吃味。

“心软了？”她笑问，“别想太多，他比世上大多数人都活得好，用不着心疼他。”

尤堇薇道：“他不会和我说这些。”

陆筝：“他爱面子，道个歉都能要他的命。”

陆筝和尤堇薇聊了一下午，整个过程都很舒服，当即拉着人去吃晚饭，也不管对方愿不愿意。

吃过饭，陆筝拎起包，对她眨眨眼：“我的司机到了，先送你回去。回头我们剧组见。”

尤堇薇生出一股不好的预感。刚走出门，预感实现了。

惹眼的跑车停在门口，男人一袭黑色风衣，无聊地倚在车头，随意翻着手机，注意到动静，侧头看过来。

他很久没抽烟了，尤堇薇后知后觉地想。

“最后一次。”陆嘉钰看向陆筝，淡淡地出声。

陆筝翻了个白眼，说道：“到哪儿都把自己当太子？小鬼头，对姑姑礼貌点，我自个儿回，你把人安全送到家。”

走出几步，她又退回来，下巴微抬：“在她同意的前提下。”

陆嘉钰径直走向尤堇薇，看了眼她的神色，问：“送你回去？那边装修完了，我也回去。”

尤堇薇绕紧围巾，轻吐出一口气，半晌，她抬眼：“我想走走。”

陆嘉钰一顿：“陪你？”

尤堇薇没出声，迈着慢吞吞的步子往街道边走，陆嘉钰自觉地跟上去，两人并肩走在寥落的秋里。

夜晚静谧，冷风下影子交叠。

这样简单的温情时刻在他们之间很少存在。

陆嘉钰单手插兜，眼前金黄的银杏铺展开，他忽而一笑：“在洛京没怎么陪你散过步，我很差劲吧？”

尤堇薇低着头，小声道：“如果我让你陪我，你会陪我的。”

他轻挑眉，笑着去揉她的发：“这么肯定？”

女孩睁着明亮的眼侧头看他，看了许久，点头：“嗯。”

陆嘉钰的心突然变得柔软无比，他低声道：“簇簇，给我点时间。外婆那里我会解决，你别担心。”

尤堇薇不意外他知道外婆的事，否则以他的性格不会那么轻易妥协。

“你爷爷和外婆说了很多关于你的事。”她没瞒着陆嘉钰。

陆嘉钰轻哼：“这老头，一时没看住就乱跑。”说着，他停了停，“外婆她很讨厌我？”

单从那天的态度，他不好判断。

尤堇薇摇头：“她说你很特别。当然——

“是没看到你之前。”

对林家还是太手软。

“外公偷偷和我说过，外婆以前遇见过不好的人，受了很多苦。所以她在这方面特别在意，对我妈妈是这样，对我也是。她只是……”

她只是怕她们受她的苦，可结局究竟是什么样的，谁也不知道。

陆嘉钰：“我明白。”

走到十字路口，红绿灯交换，他们停下来。

尤堇薇被路边的一簇花丛吸引，迈出步子，正想去看，拐弯处忽然横出一辆自行车，忘了响铃。

“啊啊啊，让让——”

自行车慌乱调头。

尤堇薇刚停下脚步，腰间被人一揽，重重地撞向薄荷味的胸膛，快速向后退去，瞬间便换到了安全的位置。

陆嘉钰紧了紧腰间的手，冷眼看向骑车的学生：“不看路？”

男孩子涨红了脸：“对不起——”

尤堇薇抬头看他，对上他冷意未散的眼。

陆嘉钰瞧了她一会儿，轻“啧”一声，没多说：“下次注意。”

男孩子又说了声“抱歉”，手忙脚乱地骑着车飞快走了。

“人家不看路，你也不看路？”他训完别人，回过头来训她。

说实话，看着她无辜纯净的眼睛训人是一件困难的事，再多的话他说不出口，似乎再多说一句他就罪大恶极。

“我想看花。”她乖乖地说。

陆嘉钰垂着眼，看她一张一合的唇，喉头微动，半晌，松开手：“去看吧，我等你。”

她蹲在那里，小心地拎起衣摆，低头看得认真。

陆嘉钰定定看了片刻，拍了张夜色下模糊不清的背影，习惯性地往陆氏的微博上传。

等她看花。

发了没多久，群里又开始闹，信息接着一条。

我去，酸死我了。

陆嘉钰你有完没完？

啧啧，纯情少男到底不一样。

追回来没？看得我都急。

陆嘉钰单字回复：没。

他越是这样，他们越能明白尤堇薇对他的重要性，这样才能杜绝以前的再发生。

等尤堇薇看完花，红绿灯早已换过几轮。

陆嘉钰护着她过了马路，走进山月路，准备去接猫。都说猫的记忆力很差，也不知道一天没见，他儿子还能不能认出他来。

“儿子怎么样，乖吗？”他随口问。

“它有名字。”尤堇薇提醒他，“很乖，多数时间睡着，醒来比在家里安静一点，吃得比昨天多。”

陆嘉钰又问了几句，说起正事：“刚到郯陵，这阵子会有点忙，有事随时给我打电话。”

尤堇薇知道他忙起来是什么样子，点了点头。

到了工作室，还有个小学徒没走。见了尤堇薇和陆嘉钰眼睛一亮，又捂嘴一笑，拎着包说了声“我下班了”，就飞快地跑走了，连说两句话的时间都没有。

陆嘉钰一笑：“你招的人还行。”

尤堇薇从窝里抱出小家伙，把它装进猫包里，再往陆嘉钰的怀里一放就不管了。毕竟他一口一个他儿子。

“等等我和儿子。”他懒洋洋地说。

尤堇薇走得更快。

陆嘉钰兀自一笑，和包里困倦的小不点对视一笑，低声笑：“你妈越来越可爱了。啧，就是不让亲。”

小猫咪脑袋一点，彻底睡着了。

那晚过后，尤堇薇有近一个月的时间没见到陆嘉钰。小猫咪不怕人，上次陆嘉钰送小猫过来，也送来了很多猫咪用品，猫粮、猫砂和猫玩具都有，很方便。加之小猫很乖，工作室众人也很喜欢它。那之后，她便一直带着它上下班。

尤堇薇偶尔去疗养院看外婆。尤靳虞也偶尔会在周末回来，但次数少，上大学比他想象的更忙。

这天是周五，尤堇薇准备去趟乡下。小学徒见她单薄的身躯拎着一个大箱子，忍不住道："尤尤，我和你一起去吧？什么剧组这么偏啊？"

尤堇薇道："最近忙，你留在店里。"

最近除了和设计室的合作项目，还有剧组项目，这是两个大项目。除此之外，还有些零碎的订单，她们已经忙了一阵了。

"那你注意安全啊。"小学徒不放心地叮嘱她。

她勾唇一笑："知道，我尽快回来。"

剧组在郦陵底下的一个小山村，未经开发，干净原始，保留着如今难得的自然风光和人文景观。当然，原始也意味着道路不通，地方太偏，司机大多不愿意去那儿，往返的车只有早晚两趟。

尤堇薇到的时候，刚过中午十二点。

长途车坐得她浑身不舒服，下车双脚落了地才感觉好了点，陆筝的助理等在路口，一见她便迎了上来。

"尤小姐，我来拿。"助理见她脸色发白，拿过箱子，递了瓶水过去，"路不好走吧？"

尤堇薇没硬撑，喝口水缓了缓，舒了口气："很久没这么坐车了。"

助理是个小姑娘，性格活泼，边走边道："这两天就准备开拍了，今天在走戏。饿了吧？只能辛苦你和我们一起吃盒饭，下午可以休息，也可以去剧组。"

小山村山清水秀，随处可见瓦房。

乍一眼看去，连自建房都很少，没有菜市场，只有一家小卖铺。剧组的住处是他们去年提前来建的房子。

尤堇薇到剧组的时候，陆筝正坐在椅子上吃盒饭，一见她，冲她招招手："簇簇，坐这儿。"

尤堇薇心想：怎么全家都跟着陆嘉钰叫她小名。

陆筝穿着粗布衣衫，妆面脏乱，哪还有前阵子光彩照人的模样，只有那一双眼睛，充满勃勃生机，气势依旧。

“在这儿拍多久？”尤堇薇自然地问。

陆筝：“没多久，拍完前面那段就走。不是说我回头找人去拿，怎么还自己送来？”

这小姑娘，一根筋。让陆嘉钰知道了，指不定怎么烦她。

“想让你们先看看，怕做得不好。”尤堇薇实话实说。

陆筝瞧她一眼，往人群里喊了个名字，不多时，一个男人跑过来，她指指尤堇薇，介绍了几句，让他拿着箱子仔细去看看。

“这下肯先吃饭了？”

尤堇薇笑笑，打开盒饭，和陆筝一块儿吃起来，听她偶尔说两句剧组的事，说说剧情。

“那个小鬼头最近很忙？”陆筝随口问。

尤堇薇点头：“应该是，我这个月没见过他。”

虽然陆嘉钰没时间见她，但他总会在深更半夜发几条信息，时而多时而少，有一次打了视频电话，说要看他儿子，不过几分钟，助理就来喊他了。镜头里的他嗓音沙哑，充满疲惫。

“估计也是，两头来回跑，时不时还得飞出国，估计都没什么时间睡觉。啧，年轻人，可劲造作吧。”

陆筝懒洋洋地揶揄着陆嘉钰，余光打量小姑娘的神情。

尤堇薇咀嚼的速度放慢，思绪缓滞，他来邺陵是孤身一人，没带小迷在身边，这么忙肯定要喝酒，他习惯又那么差。

陆筝一笑，给陆嘉钰发了条短信。

回去的车五点才开，尤堇薇要在这儿待四个小时，助理便带她去开了间房，房内日用品一应俱全。

“尤小姐，有事给我打电话。”

助理朝她比了个姿势，小跑着去忙了。

尤堇薇躺下不久，昏沉沉的感觉袭来，她很快就睡着了。再醒来，是被窗外的杂音吵醒的，她睁眼去看，天地间一片朦胧。

暴雨席卷小山村，哗哗的声音近在咫尺，仿佛就在耳边。

下暴雨了。她怔怔看着，想起元宵那晚。

那晚也下了暴雨，一点都不冷，陆嘉钰环抱着她，带她在雨中跳舞，不顾他人眼光，让她尽情释放。

和陆嘉钰在一起的时光，很轻松。

她的沉闷和无趣到了他眼里，都有可爱之处。

尤堇薇发了会儿呆，小声嘀咕，怎么又想他了。

她起身简单地洗了把脸，下楼正好遇见匆匆从剧组赶回来的大部队，这么大的雨拍不了戏，只能等雨停。

陆筝裹着毯子从人群中出来，对她说："让助理去问了，这么大的雨，车不一定能开，如果雨一直不停，恐怕得留在这里过夜。"

她顿了顿，又道："那小鬼头可能被困在路上了。"

尤堇薇一怔："他过来了？"

陆筝无奈："提了句你看起来不太舒服，他非得过来。"

尤堇薇望向漫天雨幕，忽而有些不安。

晚上七点，泥泞的路上，大雨阻碍视野。

司机和助理穿着雨衣，两人咬牙推着车，陆嘉钰第六次启动车，车轮高速打转，却仍深陷在泥地里。

不一会儿，两人卸下力气。

助理走到驾驶座边，大喊："陆总，陷得太深了，得喊拖车。您姑姑那里电话没打通，可能通信断了。"

雨密密地砸向车窗，陆嘉钰扫了眼暗沉沉的雨幕，问："还有多远？"

"不远了，不到十千米。"助理喘了口气。

陆嘉钰打开车门，随手抽出伞，随口道："你们等车到就回去，我自个儿去就行。"

助理睁大眼："您走过去？"

"上车吧，雨太大。"

陆嘉钰说完，撑开伞，头也不回地走进雨里。

助理愣了半天，后知后觉地喊："陆总，穿件雨衣吧！"

他走得太快，车灯已照不见他的身影。

助理呼呼喘着气，有点不可置信，司机上来瞧了几眼，问他："陆总变了不少，发现没？"

助理下意识摇头，又点头："好像是？"

司机抹了把脸，嘀咕："快上车，冻死了。这南方怎么那么冷，冰就跟从骨头里长出来似的，嘶，真冷。"

十千米，这样的雨天，开车或许要不了半个小时。

但步行，至少两个小时。

陆嘉钰走出去没多久，被雨淋得浑身湿透。他瞥了眼伞，太碍事，指节张开，毫不犹豫地松开了手，伞像断了线的风筝，霎时被暴雨和狂风吞噬。

他将额间的碎发拨至脑后，抹了把眼睫的雨水，加快脚步往前面走。

路边无人，道路漆黑，没有尽头。

保姆车从小山村出发，雨天让山路更难走。

外面暴雨嘈杂，车内寂静无比。

陆筝倒了根烟，没点燃，无聊地捻着烟头，笑道："他多大人了？家里还没人这么管过他，倒也稀奇。"

尤堇薇无声地看向窗外，许久，轻声说："他其实很好哄。"

陆筝挑眉，来了点儿兴致："怎么说？"

尤堇薇："只要对他好一点，甚至不需要费太多心思，每一次都是这样。他贪恋这样的温情。"

陆筝一愣，忽然懂了。从陆嘉钰到陆家的那一刻，一切唾手可得，唯一缺少的便是温情和爱。陆家人也爱他，但比起时间，他们更愿意付出金钱。等他长大，别人只索取，并不给予。

她出神地想着，觉得陆嘉钰并不像陆家人，反而更像程茵。

"你呢，一开始为什么和他在一起？"陆筝看着尤堇薇的眉眼，新奇道，"他除了那张皮囊，可不讨人喜欢。"

尤堇薇眨眨眼："或许我想借他的权势。"

陆筝眼神奇异："小姑娘，别说冷笑话。"

尤堇薇抿唇一笑："他美丽、危险，但也很安全。"

陆筝细细品读了一番，感叹道："聪明的孩子。"

车开出去一段路，车灯照亮黑影幢幢的山路，雨刮器的声音有节奏地响着，车速放得很慢，忽然，司机一个急刹车。

尤堇薇下意识往前看去。车前站着一道人影，清瘦笔挺，每一寸轮廓她都熟悉。

砰的一声，车子还没停稳，尤堇薇就飞快地下了车，助理拿着伞想去追，被陆筝拉住了，她淡声道："把火熄了。"

司机照她的话做。

车灯熄灭，山路一片漆黑。天地间只剩下雨声。

"陆嘉钰！"

尤堇薇用尽全力奔向他，撞入一个湿淋淋的怀抱，冰冷的指节捏住她的下巴，他低下头，微凉的唇落下来。

太久没碰她，这个冰冷的吻显得粗暴。

陆嘉钰捏着掌心纤细的后颈，几乎要将她整个身体嵌入怀里，力道越收越紧，直到雨声中响起细小的呜咽声。他退出来，胸膛起伏，摁着她半湿的发亲了一下，抱起她往车里走。

车门打开，迎面飞来两块毛巾。

"回去吧。"陆筝慢悠悠道。

司机极其贴心地没开后面的灯，尤堇薇疑心自己的脸红透了，过于寂静的车厢好像只剩下她急促的呼吸声。

"抱着我。"他低声说着，安抚性地捏捏她的耳尖。

尤堇薇抬手圈住陆嘉钰的脖子，靠在男人微冷的颈窝，脸颊的温度降了下来。她平静下来松开手，小声道："你湿透了。"

陆嘉钰往前看了一眼，虽然没开灯，但他不用想知道，他姑姑那双眼睛肯定正兴致勃勃地往他们身上瞧。还好簇簇看不清，否则又该羞了。他拿着毛巾裹住她的发，放轻动作擦拭了一阵，探了探她冰凉的颈侧，问陆筝："还没到？"

陆筝翻了个白眼："太子爷下乡巡视来了？"

"送点药上来。"他言简意赅。

不多时，车停在一幢小楼前。

陆嘉钰揽着人下车，借着门口的光看了眼她湿透的脸，小脸苍白，一双柔软的眼睛却始终黏在他身上。

他一顿，道："别这么看我。"

尤堇薇不说话，还是看着他。刚才在山路上，没有车，没有人，只有他一个人孤零零地走在雨里，不知道走了多久。

"车呢？"她小声问。

楼里没电梯，陆嘉钰问清她的房间，径自上了楼，随口应："雨太大，没法儿开，钥匙给我。"

尤堇薇摸出钥匙给他。

进了房门，陆嘉钰在把她压在门板上亲一会儿和让她先去洗澡之间犹疑两秒，最后推她进了浴室。

"先洗澡。"他对上她湿漉漉的目光，笑了笑，"瞧着你才像是淋了一路的雨，这么可怜地看着我干什么？"

尤堇薇停了几秒，关上了浴室的门。等关上后，听到门口懒洋洋的男声："不一块洗啊？那还看我半天。"

她咬了下唇，催他："去洗澡换衣服。"

陆嘉钰轻哼一声，拿着钥匙走了。

陆筝另外给他找了间房洗澡换衣服，等再出来，药和晚饭都送到了尤堇薇的房间。

房间里开着空调，暖气让受寒的身体舒服了点，尤堇薇裹着毯子缩在沙发上，看着桌上摆得满满当当的火锅食材。

"啧，小鬼头运气不错。"

她们今晚刚好准备吃火锅，这么巧让他撞上了。

尤堇薇问："他以前也会来探班吗？"

陆筝嗤笑："别说探班了，这几年连和我们坐一张桌上吃饭都不怎么乐意，记恨着当时让他妈孤零零一个人。"

尤堇薇没接话，幸而陆筝只是随口一说。

没一会儿，陆嘉钰来了。

他的头发湿湿的，打湿的发不怎么乖顺，东翘一点西翘一点。和主人一样不羁。

陆嘉钰不情不愿地穿着别人的衣服，边走边嗅着领口，仿佛衣服是从垃圾堆里捡来的。

陆筝冷哼："这是新衣服，一次都没穿过，你做这副样子给谁看？"

男人掀起眼皮，扫了眼拥挤的座位，也不嫌弃，在尤堇薇旁边的小角落边坐下，抬手探向她的额头，温温热热，正常温度。

"下午不舒服？"他低头看她。

尤堇薇小幅度摇头："有点晕车。"

“下次……”陆嘉钰刚开了个口，止住话，“下次带点儿晕车药。”

陆筝原本没注意听小情侣在说什么，才刚听一耳朵，闷笑一声，这么霸道的人居然也会妥协，照陆嘉钰的性子，不说下次不让尤堇薇亲自来，说不定还得找人时时刻刻看着。

这顿火锅只有陆筝一个人吃得尽兴，陆嘉钰没什么胃口，大多数时间看着尤堇薇，偶尔和陆筝说句话。

尤堇薇有一口没一口，心不在焉。

“啧，这破地方，信号都没有。”陆筝把手机一丢，问，“车呢，抛在哪儿？解决了吗？”

陆嘉钰随口说了个位置。

她一顿：“走了两个小时？”

他满不在乎地应：“就一点儿路。”

这么泥泞难走的山路，再加上狂风骤雨，显然不只是“一点儿路”而已。但这些路途，在他嘴里变得那么轻飘飘。

陆筝嘟哝了句“疯子”，自顾自地捞起锅子，等吃完，她丢下一句话：“走了，通风散散味。”

说完，喊上助理一收拾，自觉离开了。

雨势减小，冷风顺着窗隙溜进房内。尤堇薇裹紧了毯子，看向黑沉沉的夜空，她发着呆，想着在雨里看到陆嘉钰的那个瞬间。

他拦在车前，因灯光刺眼，微微地眯起眼，西装外套挂在小臂上，衬衫湿透了，他脸上的神情却自在得像在漫步，轻描淡写地击中她的心。

每一次，每一次她的心都因此而跳动。于是，她不可自控地朝他奔去。

“在想什么？”

陆嘉钰换了个姿势，坐在沙发的另一角，长腿曲起，和她面对面坐着，视线不轻不重地落在她的脸上。

她看着雨夜，轻声道：“在想元宵节那天。”

陆嘉钰一顿。

元宵节那天，他们在雨里跳舞，他曾说过，天上、海底、沙漠、森林，或是雪山，你想去哪里就去哪里，想跳多久就跳多久。

“天上、海底、沙漠、森林、雪山，你都没带我去。”她转过头，安静地看他。

陆嘉钰注视她片刻，忽然动了，直起上身，膝盖抵在沙发上，手臂越过她的身体按在扶手上，布料摩挲间，发出细碎的声响。

近处她的味道弥漫，是初见时橙花的味道。明快、纤巧。

他垂下眼，自上而下地看她，低声问："想去吗？"

尤堇薇半仰着脸看他，鼻尖因过凉的风发红，许久，她抬手轻轻地摸上他的眼角。

陆嘉钰不躲不避，看着她。

"我做错了，陆嘉钰。"她说。

他的喉结滚动，低笑着问："簇簇也会做错？"

尤堇薇认真点头："我没用尽全力爱你，轻率地找了个理由和你分手，说让你难过的话……"

她停下来，指尖顺着他的眼角往下滑，从侧脸，落到颈侧，再放到肩膀上，用力抱住他。

她难过地说："对不起，没能相信你。"

陆嘉钰眼底的笑意消失得一干二净，他下意识搂住她纤细的身躯，听她在耳边小声说抱歉，似乎他还是那个会因为妈妈离开而哭泣的小男孩。

"陆嘉钰，我还想跳舞。"她紧抿着唇，生涩道，"和我恋爱吧，我想和你跳舞。"

曾经他说："和我恋爱吧，我带你跳舞。"

这一次由她来说，由她来迈出这一步。

陆嘉钰深吸一口气，松开手，抬起她的脸，盯着这双水润的眼睛，眼里含着对他的爱意，像雨一直下。

他的神经不可抑制地战栗起来，哑声问："这一次，爱我爱到死吗？"

她含着眼泪，用力地点头。

没人爱你，我会爱你。没人心疼你，我会心疼你。

"那就爱我——"

"爱我到生命终止。"

南方的秋总是太短暂，秋风才吹，树上的叶子便掉了个精光。

风都纳闷，怎么冬天来得这么快。

十二月，邺陵已是深冬。

工作室内，几个员工凑在一块儿煮奶茶，嘀咕着今年郦陵会不会下雪，顺便摸两把小猫咪。

小学徒问："尤尤呢？"

"去疗养院看她外婆了。"

"最近是不是天天去？"

"还真是，忙到再晚都要去。"

每天都往疗养院跑的尤堇薇很不对劲，连着去了一周，外婆都嫌她来得次数太多。

外婆问："最近工作不忙？"

"不忙。"尤堇薇乖巧地应。

外婆瞧她一眼，不紧不慢地翻了页书，慢悠悠道："和陆嘉钰约好的？不是你来就是他来。"

尤堇薇呆了一下："他来过？"

外婆轻哼一声："连续来了两个月了，每回来都念叨你最近在忙什么，说他最近在忙什么，谁爱听似的。"

"外婆……"她欲言又止。

外婆到底心软，叹了口气，摸摸她家姑娘的脑袋，温声道："外婆没事，上次是意外，不怪他。上回簇簇吓坏了吧？"

尤堇薇握紧她的手。

外婆笑了笑，看向洒满冬日阳光的庭院："其实啊，我曾经后悔过，如果当时没阻止你妈妈恋爱，或许不会到今天这一步。我本来想，簇簇恋爱的时候，我一定不能再犯同一个错误。"

她低头看身边蹲着的尤堇薇，叹道："可是你和你妈妈不一样，她自小有主见，长大更是张扬带刺。你呢，安静温和，事和话都憋在心里，我想来想去，还是放心不下。"

她的孙女将头靠在她的膝盖上，亲昵地蹭了蹭。

"这一次，外婆又做错了。"

她，或是尤靳虞，谁都不能保护尤堇薇一辈子。除了她自己，任何人都做不到，所以，放她勇敢去爱吧。

尤堇薇刚从疗养院出来，陆嘉钰便打来电话。

"在哪儿？"懒洋洋的男音，尾音拉长。

尤堇薇老实道："刚看完外婆，从疗养院出来，准备回去接小老虎回家。你回家吃饭吗？"

"等着，过来接你。"

"别瞎跑。"他补充。

挂了电话，尤堇薇把脸往围巾里藏了一点，坐在光秃秃的树下等陆嘉钰来接她。

天是以前的天，云是以前的云。她仰头静静看了一会儿，忽然晃了一下脚，藏在围巾里的唇角悄悄弯起来，只觉得冬日的灰暗也变得艳丽生姿。

陆嘉钰到的时候，就见闷葫芦蹲在地上捡叶子，捡着捡着忽然露出一个傻傻的笑。他挑眉，闷葫芦变傻子了。

下车反手关上门，陆嘉钰慢悠悠晃到她身边。她白皙的掌心上躺着一小堆金黄色的叶子，听见脚步声，她仰头看过来。

"陆嘉钰！"

蹲着的人霎时起身，往他身上一扑，掌心的银杏叶落了一地。

陆嘉钰轻啧一声，把人一搂，顺势低头在她额角上一亲，问："今天这么热情？"

"外婆说下次我们一起来看她。"她看着他，双眼亮晶晶的。

"这老太太可不好哄。"陆嘉钰挑了挑眉，看了眼满地的银杏叶，"还捡不捡？我和你一起捡。"

尤堇薇摇头："不捡了，我想吃烤栗子，还有……"

"烤红薯、糖葫芦。"

陆嘉钰自然地往下接，她这两天成天在他耳边念。

尤堇薇抿唇一笑，挽住他的手臂，笑问："这几天不忙吗？怎么每天都来接我，晚上一起吃饭吗？"

这个月陆嘉钰照旧很忙，有空就来接她，有时候能一起吃个饭，但大多数时候没时间。送她回家后去饭局，回来时已是凌晨，不回 2202，反而摸进 2201，他也不吵她，自己在沙发上找个角落睡下。

陆嘉钰："快忙完了，明天在家陪你。"

两人说着话，上车回了家。

陆嘉钰送她进门，走之前压着人亲了一会。

这晚，尤堇薇等到十一点，困了才蜷缩着睡去。

等再睁眼，已是第二天的早上。

冬天起床太难，她磨蹭了一会儿，慢慢吞吞地洗漱完，打开房门，才走到客厅，便看到沙发上的一大一小。

她放轻脚步，在沙发边蹲下。

他盖着毯子，露出几缕零碎的黑发，毯子缩至脚踝处，肤色苍白，一如初见时。小老虎仰着四肢睡在他旁边，小肚皮一起一伏。

“看够了？”沙哑的男声响起。

他没睁眼，伸手准确地搂住边上偷看的女孩，另一只手把睡得正香的小猫咪往窝里一丢，单手用力一抱，把她从地上抱到自己身上。

“几点了？”他微凉的下巴蹭上她的颈，黑色的脑袋搭着她单薄的肩，懒洋洋地问，“醒这么早不干点什么，是不是不太礼貌？”

从和好至今，两人还没在同一张床上躺过。更别说陆嘉钰还想干点有的没的。

尤堇薇看他眼下的青黑，用指腹快速地刮了两下，小声问：“不累吗？”

底下的男人一顿，缓慢睁开眼，狭长的眸一片暗色，嗓音喑哑：“这种话也敢瞎说？”

“再睡会儿吧？”她硬着头皮接他的话。

陆嘉钰定定看她几秒，忽而自下而上掀起她的裙摆，柔软的布料到了他的手里，像是雨天路边湿淋淋的纸团，皱成一团。

她咬住唇，低声喊他的名字。

“放松。”他看了眼晨光洒落的落地窗，抱着人往屋里走。

房间内窗帘紧闭，门板因蛮力发出巨大的震颤声。一声喘息，床垫向下凹陷，柔软的黑发散落，骨节分明的手指紧扣住纤细的指节。

“你……”轻软的声音刚冒出头，立即被吃了进去。

陆嘉钰垂眼看她的神情，捏着她的下巴，慢条斯理地进行自己的动作，在一声呜咽后，轻笑一声，松开唇：“躲什么，都没用劲。”

这小可怜，都喘不过气了。他怜爱地揉揉她的唇瓣。

尤堇薇挣扎片刻，忽然抬脚一踢他的小腿，细声细气道：“家里没东西，下回吧。”

她用水润的眸光恳求他。

陆嘉钰居高临下地瞧着，指尖没入潮热的黑发，低头又是一个深吻，等再退出来，拉远两人的距离，光脚下了床，就地躺下。

冰冷的木地板让他暂时好受了点，他闭着眼，没去看她，平复着小腹的燥热。

尤堇薇揉了揉发热的耳根，摆脱眩晕的昏沉感，探头悄悄往下看，他屈着腿，随意地躺在地上，也不嫌冷。

“陆嘉钰。”她小声喊。

“啧，别说话。”他懒洋洋地应，“现在听不了你声音，等会儿。”

尤堇薇微呆：“你脚踝上是什么？”

尤堇薇下床，蹲在他脚边，撩起一截裤腿，她慢慢睁大眼——

一簇蔷薇盛放在他的脚踝，摇曳生姿。

“瞧见了？”陆嘉钰支起半个身子，撑着地板，轻挑了挑眉，“是什么？”

“文身。”她有点茫然。

他哼笑一声，屈指轻弹她的眉心，散漫道：“人家有名有姓，别一口一个文身的叫。”

尤堇薇傻傻地看着：“叫什么？”

陆嘉钰扯过她的手臂，倾身低头在她唇上一吻，轻轻一碰，气音短促带笑：“我的簇簇。”

圣诞那一天，洛京下雪了。

雪从凌晨开始下，纷纷扬扬落了一晚上，再睁眼洛京已是白茫茫一片——可惜尤堇薇只能在朋友圈看到。

“下雪了。”她羡慕地感叹，给尤靳虞发了条短信。

不一会儿，他回复：**我看不到雪，飞机刚落地。**

尤堇薇一怔，立即给尤靳虞打了个电话，少年接起电话，嗓音含着笑：“姐，不用来接我，我去店里找你。”

“我在家，圣诞给她们放了个假。”

她说着话，人走到房里，选衣服准备出门。

挂了电话，陆嘉钰洗完澡出来，随意套了件毛衣，黑色的发往下滴着水，看她换衣服，随口问：“干什么去？”

尤堇薇换上大衣：“阿虞回来了，我去趟超市。”

陆嘉钰一顿，微眯了眯眼：“那个小鬼一回来就去超市？我还没他重要？”

她小声嘀咕：“别说扫兴的话。”

言下之意：这不是废话吗？

陆嘉钰轻“哼”一声，顺手在她衣柜边拿了件外套。这阵子住下来，她的衣柜分了一半给他，两个人的衣服热闹地挤在一起。

门一开，冷风吹得人一哆嗦。

尤堇薇习惯性地往边上的人怀里钻，都不用人来搂。

陆嘉钰翘了翘唇角，掀开大衣把她裹进去，两个人一起进了电梯。

电梯门一开，陆嘉钰扫过角落里那一对男女，趁着她扭着脑袋看角落新换的盆栽，快速抬手遮住她的眼睛，不动声色地按了楼层。

尤堇薇一愣，遮她眼睛干什么？下意识用手挪，挪了一会儿，挪不开。

“干什么？”她小声问。

陆嘉钰随口道：“手冷，给我焐焐。”

用眼皮焐手心，她还是第一次听说。她郁闷地摸了摸他的手，温温热热的，也不怎么冷。

角落里的美人笑了笑，仰头对年轻的男孩子说：“听说有些人的男朋友可以永远年轻。”

男孩子宠溺地用手指蹭蹭她的鼻尖：“我会努力健身的。”

尤堇薇一看，忽然明白了。她抿唇偷偷笑了一下，不再扒拉他的手指。

电梯到了一楼，陆嘉钰率先带着人走出了电梯，尤堇薇想回头看一眼，却被他强硬地掰回脑袋。

“瞎看什么？”他轻啧一声。

尤堇薇：“看永远年轻的男朋友长什么样子。”

陆嘉钰微眯了眯眼，瞧着她眉眼弯弯的小模样，懒洋洋道：“晚上等着，让你仔细看看长什么样。”

“不想看了。”

第二十一章 甜梦

从冬到春，春到夏，
夏到秋，再到冬，
窗外烟火绽放，
他们还在一起。

到了超市，陆嘉钰推着车慢悠悠地跟在她的身后，他也不知道几百年没来过超市了，一点儿都不新鲜，还是以前的无聊模样。

“上学那会儿，每当要去秋游，我最期待的事就是来超市。”尤堇薇望着琳琅满目的货架，说起小时候的事，“你呢，你喜欢秋游吗？”

陆嘉钰：“不喜欢，一群小孩，吵死了。”

尤堇薇：“你当时也是小孩子。”

陆嘉钰挑眉：“真要这么说，还真有点乐趣。春游、秋游的时候，总有小情侣牵手钻小树林，我们专吓小情侣。”

多无聊幼稚的人。

“你以前没想过恋爱吗？”原本看着货架的人转过头来，兴致勃勃地瞧着他，双眼晶亮，“这很古怪。”

“怎么，你挺遗憾我以前没谈过恋爱？”

男人的语气凉凉，令她后颈一缩。

尤堇薇试图解释：“我的意思是……你也不爱学习？我们学校就有这样的，也、不是。”

她支支吾吾的，感觉自己越说越糟糕。

陆嘉钰一捏她的腮帮子，随口道：“那会儿正叛逆，不想被陆正明和爷爷管，但也不想他们好过，一有时间我就上公司转，也不干正事，就是看他们怎么挣钱。”

“高中的时候？”她好奇地问。

陆嘉钰：“初中、高中那会儿我成天在外面惹是生非，爷爷把我拎到公司去做项目，那时候我自学的编程，现在还派得上用场。”

尤堇薇眨眨眼：“没见你在家用过电脑。”

陆嘉钰通常不会把工作带回家，和她在一起的时间，他尽量做到百分百的投入，从一开始就是这样。

“不是这个用场。”他说着，忽而一笑，附耳道，“商量个事，我告诉你那个小鬼的一个秘密，你给我一样东西。”

尤堇薇迟疑道：“阿虞的秘密，你告诉我，是不是不太好？”

“听不听？”陆嘉钰一揉她的脑袋。

“你想要什么？”

她现在没那么容易上当了。

陆嘉钰直起身子，视线淡淡地滑过她的脸颊：“年初在郸陵，有人借口把镯子丢我家，说是给未来男朋友的。”

尤堇薇一呆。

他推着推车越过她，漫不经心道：“男朋友没收到镯子。你看看这件事怎么解决？”

陆嘉钰人高腿长，几步就把她丢在身后。

她在原地愣了一会儿，小跑着追上去，拽着他的大衣袖子，解释道：“当时我是想……”

话没说完，他轻“啧”一声。

尤堇薇停下来，顺着他的视线往另一边看，那里站了个男人，正用鄙夷的目光看着陆嘉钰，似乎他做了什么十恶不赦的大事。

“宝贝，我牵着你。”男人忽然牵起女朋友的手，刻意道，“你慢慢走，不用着急，人多小心挤着。”

说着，大摇大摆地从陆嘉钰的眼皮子底下过去了。

尤堇薇下意识咽了口唾沫。

短暂的寂静后，她悄悄抬头，对上一双纯黑色的眼睛，他不知看了她多久，忽而低声喊：“宝贝？”

散漫的嗓音，像带着一把小钩子，勾的她耳根发痒。

眼睫颤了颤，她去捂他的嘴：“你别喊。”

这不是陆嘉钰第一次喊她宝贝，在数个如夏日一般炙热的夜里，昏昏沉沉间，他会亲着她的耳尖，引诱般喊她宝贝。

每当那时，她忍不住战栗。

陆嘉钰瞧她羞赧的模样，一笑：“羞什么？”

脸红的女孩没说话，揪着他的衣摆往生鲜区走。

他追问：“镯子的事不打算给我个交代了？”

“给你就给你。”她小声嘟囔，“是我的大小，你又戴不进去，要那个镯子干什么？”

陆嘉钰着重道：“要那天你找的那个。”

尤堇薇瞧他一眼：“我知道了，那阿虞的秘密是什么？他经常和我说心事，照理说没什么秘密。”

陆嘉钰嗤笑：“那个小鬼瞒着你的事可太多了。”

“是什么？”她难掩好奇。

陆嘉钰看她眼睛亮亮的生动模样，心情愉悦，以前这个闷葫芦好奇心太低，像纸人似的，平白惹人心疼。

他勾着她的脖子，笑道：“他去洛京填志愿那天，我们做了一个交易。”

尤堇薇想起这件事：“他说你贿赂他。”

陆嘉钰“嗯”了声：“算是，我给他提供渠道接单，他答应我不在你和林斯昀之间拱火。”

“编程？”

“嗯，房租就是他自己挣的钱。”

尤堇薇眨了眨眼睛：“阿虞好厉害。”

陆嘉钰一顿，提醒她：“我挣钱的时候比他年纪更小。”

“你也厉害。”她唇角上扬，踮脚亲亲他的下巴。

陆嘉钰用鼻音轻轻哼了声，勉勉强强不和她计较。

两个人逛完超市，到了停车场，陆嘉钰把东西往车上一放，牵着她往另一个方向走。

“带我走走？车让助理开回去。”他侧头看她。

超市离小区不远，走回去不过半个小时。尤堇薇没多想，和他手牵手走入冷冬里。

冬日街道零落，冷风吹得人直哆嗦。

陆嘉钰脱下大衣披在她肩头，攥着她的手，问了句没头没尾的话：“那家游戏厅在哪条路上？”

她迷茫问：“哪家游戏厅？”

“你小时候回家，每天都会经过的那家。”

尤堇薇怔了一瞬，想起她曾和他说过小时候的事。

小时候，尤森在医院工作忙，外公、外婆忙着研究学术，小小的尤堇薇总是一个人上下学。她记得从学校回家的路上有一家游戏厅，从门外看见去就是台球桌，那里鱼龙混杂，偶尔结伴的同学每每拉着她快速绕行，她却总是忍不住多看一眼。

“去那条街吗？”

“先去你学校，带我走一趟你回家的路。”

尤堇薇抿了下唇，犹豫片刻，在路边拦了辆车，上车后她报的地点是一所小学。

十二月学校还没放假，车停在路口。下了车，入眼是四层的教学楼，样式老旧，窗户从拉窗换成了推窗，阳光照进透亮的窗，映出一方最纯洁的天地。

“我偶尔会怀念上学的时候，那时候烦恼很少。”

尤堇薇轻声感叹。

陆嘉钰勾了勾她的鼻尖，轻声说了句“小书呆子”，而后牵着她手往反方向走，经过她幼时所能看到的一切景象。

“以前这里有很多早餐摊，但外婆不让我在外面吃。

“春天过了不久，一放学就能看到很多老奶奶在门口卖茅莓，一颗颗用狗尾巴草串起来，有时候还有覆盆子和桑葚，吃完像中了毒，舌头都是紫色的，可吓人啦！

“以前这里是文具店。

“这个小广场以前有很多溜旱冰的小朋友。”

一路走走停停，原本人声鼎沸的街道早已零落。

周围的店铺像蒙上一层复古滤镜，尤堇薇认真看了许久，指着一家牌子歪七扭八的店铺说，就是那家。

陆嘉钰见她神情茫然，问：“怎么了？”

“感觉有点不一样。”她难以形容这种感觉，“原来门只有这么一点点大，我记忆中的门明明很大，高高的，夏天还能看见风扇。”

说着，比画了两下。

陆嘉钰走到门口，透过太久没擦拭的玻璃往里看，两张台球桌，几台破破烂烂的游戏机，三流游戏厅都算不上。

“傻子。”他回头一捏尤堇薇的脸。

“干什么？”她纳闷。

陆嘉钰试着推了推门，随即一挑眉，门没锁，他就跟进自己家门似的，熟门熟路地往里走。

“没人。”

尤堇薇靠在他身后，仔细打量着周围，小时候的记忆在这一刻变得陌生起来，光怪陆离的画面逐渐清晰。

她摸了摸自己的长发，凉凉的，沾着寒意。

陆嘉钰瞧着，忽而伸手揉乱她的发，懒声问："那时候往哪儿逃了？这一次带上人质一起逃。"

"你是人质吗？"

她被他的话逗笑，伸手戳戳他的下巴。

正说着话，手臂袭来一阵巨大的力量，他忽然跑动起来，冲着某个方向急速奔跑，穿过某道暗门，尤堇薇睁大眼，似乎回到了小时候，心脏猛跳，害怕黑暗中会伸出一只手来拽她，害怕有人来摸她的头发。

吱呀一声，后门顿时被打开。冷风见缝就钻，卷入门内。

尤堇薇看到记忆里黑漆漆的巷子，吃人的怪兽衰败而灰暗，矮矮的墙看起来随时会倒塌。

"怕吗？"陆嘉钰停下来。

尤堇薇喘着气，平复呼吸，认真看了很久很久，摇摇头："这面墙以前看起来像城堡的墙一样高。"

原来只有这么一点高度。

陆嘉钰闻言，轻挑眉："暗示我给你建城堡？"

"你思想不端正。"她严肃批评他。

陆嘉钰哼笑："洛京有处地方叫落星山。山里有一座城堡，是一位企业家为他的妻子建的，中庭的灯光整晚不灭，像是星星落满了院子。"

尤堇薇好奇地问："他的妻子也怕黑吗？"

陆嘉钰说："不知道。"

"簇簇也该有座城堡，冬天里一睁眼就能看到满山的雪，养几只雪橇犬送你下山，多有意思。"

两个人说着话，不知不觉，"吃人的"窄巷和游戏厅被他们遗忘在身后。

下午，尤堇薇签收了一个快递。

巨大的箱子立在门口，两个她都抱不过来，只好往里喊："阿虞！"

尤靳虞和陆嘉钰不知道在书房忙点什么，洗过碗，两个人就一人端着一台电脑进去了，半天没出来。

没一会儿，尤靳虞出来了。后面跟着陆嘉钰。

"怎么着？你男朋友死了？"

语气轻飘飘的，带着显而易见的不悦。

尤堇薇嘟囔了句瞎说什么：“我就是习惯了，你那么忙又不在家，我喊阿虞怎么了？”

陆嘉钰不爽。

还挺嚣张。

尤靳虞没管他们，扫了眼箱子：“姐，你走远一点。陆嘉钰，你过来搭把手，别磨蹭。”

一个个的，他的家庭地位也太低了。

陆嘉钰刚这么想，身侧忽然蹿上一团黑乎乎的小家伙，小老虎蹲在鞋柜上，卷着尾巴，居高临下地瞧着他。

“看什么？”他淡声问。

小家伙歪着脑袋想了片刻，冲着尤堇薇喵喵叫了两声。

刚刚还嚣张的女人立即上前，抱起小猫咪，摸摸脑袋揉揉下巴，还亲了两口，小声对它说：“别理他，凶巴巴的男人。”

陆嘉钰眉心一跳，暂且按捺下和她算账的冲动，和尤靳虞一起把巨大的快递搬进了家门。

为了庆祝元旦节，尤堇薇上网淘了一大堆东西，有小杉树，还有给猫咪买的新衣服及家里的装饰品。

尤堇薇兴致勃勃地给小猫咪穿上新衣服。小家伙第一次穿衣服，呆了一呆，忽然瘫倒在地，爪子扒拉几下，怎么都站不起来，小眼神无辜又惊慌。

她被逗笑，趴在地上和它嘀嘀咕咕。

陆嘉钰懒散地躺在沙发上，瞧了会儿，熟练地拿出手机拍照，往微博上一发，是她半张模糊的侧脸和小猫咪，背景是装点得无比漂亮的树。

配文：**我的猫。**

尤靳虞看他一眼：“她知道吗？”

“不知道。”陆嘉钰随口应，“上过一次热搜都没看见，我没让人说，她闺蜜那我找陈言深提过一次。外婆也知道了，但她不知道。”

聊了一阵，三个人一块儿进厨房忙活。

说话期间，门铃响了，陆嘉钰慢悠悠地起身开门，随口说了句：“Mint来了，非要过来过节。”

尤堇薇一愣：“已经到了？”

“嗯，门口呢。”

小迷一进门，瞪了陆嘉钰一眼，而后卖乖地喊：“尤尤，陆嘉钰他——”小少年“啊”的一声叫，灵活地蹿上了沙发。

尤堇薇从厨房出来一看，有点呆。

小迷抱着个抱枕，用防御性的姿势和面前的小家伙对峙着，小家伙第一次见反应这么大的人，还有点好奇，扑腾着小腿往他的脚边蹭，想和他亲近。

小迷如临大敌。

陆嘉钰弓身大笑，笑得脖子泛红，去搂她的腰，笑道：“Mint 的身份证从没给别人看过，买票的事从来都是自己来，知道为什么吗？”

“陆嘉钰！”小少年恼怒地喊他的名字。

尤堇薇小声问：“为什么？”

“尤尤！”

“咳——”

陆嘉钰：“从在英国那时候就那样，所有流浪猫看到它就像看到什么美食似的。他叫 Mint，中文是薄荷的意思，你猜他姓什么？”

在厨房忙碌的尤靳虞一顿，微不可见地笑了一下。

尤堇薇躲到陆嘉钰的身后，试探着问：“他姓毛？”

陆嘉钰忍笑：“这个名字可爱吗？我头一天知道还以为是假名，后来见到身份证才知道真有人叫毛薄荷。”

Mint 人如其名，招所有小猫咪的喜爱。而他本人，一见这些毛茸茸的小东西就炸毛。

“陆嘉钰！我早晚杀了你！”

小少年气得把抱枕往他身上砸，与此同时又是一声惨叫，因为小家伙坚持不懈地爬进了沙发。

尤堇薇揉了揉僵硬的唇角，努力不让自己笑出来，一脸正经地过去抱走小猫咪，把它关进它的小窝里。

“喵——”它想出来。

尤堇薇摸摸它的脑袋：“先乖乖躲一会儿，小迷哥哥怕你。”

一出鸡飞狗跳的闹剧过去，小迷上饭桌时还蔫巴巴的，一句话都不和陆嘉钰说。

这大概是尤堇薇过得最热闹的元旦节。往年这时候她总是一个人，尤靳虞在学校里出不来，陶映冉回家聚餐，她也不觉冷清。可现在，她身边有了那么多人。

吃过饭，陆嘉钰接了个电话，说出去一趟，便独自下了楼，看起来像是有急事。

约莫过了半个小时，他打来电话。

“簇簇，下楼。”低低沉沉的音调，带着一点喘息。

尤堇薇跑到落地窗前往下看，没看见陆嘉钰的人影，只好穿上羽绒服急匆匆地出门，刚踏出门口一步，被人拽回去。

“围巾。”尤靳虞淡声提醒她，把围巾绕在她的脖子上。

尤堇薇对弟弟一笑，坐电梯下了楼。

尤靳虞看着姐姐掩饰不住雀跃的背影，缓缓露出一个浅淡的笑容，他很久没见她这么高兴了。他希望她一辈子都能这么笑。

到了楼下，尤堇薇瑟缩了一下，寒意冻得她想立即回到温暖的楼上，往左右看了看，没看到陆嘉钰。

正想给他打电话，身后忽然多了道人影

宽大的手掌从后面挡住她的眼睛，温热的气息拂过耳郭，他低声道:“闭着眼走两步，别怕。”

指节凉凉的，轻轻覆盖在她眼皮上。

尤堇薇鼻尖轻动，嗅了嗅，困惑地问：“手那么冰，你去摸什么了？”

陆嘉钰无奈，闷葫芦鼻子怎么长的，他不回答她的问题，半抱着人往前走，等到了某块区域，他停下来。

周围的空气似乎变得更冷了一点。

干涩、冷冽的味道，就像……像雪一样。

“睁眼。”他松开了手。

入眼是一团朦朦胧胧的光圈，她眼睫颤了颤，惊愕地看着周围明亮光洁的冰雪世界——白茫茫的一片，树上、灌木丛，台阶边，所有地方都覆着一层雪。眼前是一堆高高的雪，蹲下身，用手捧起一把，绵软坚韧的触感传到手心，是真的雪。

“和你一起堆个雪人？”他低眸看她，眼底带笑。

尤堇薇仰着头，愣愣地问：“是洛京的雪吗？”

陆嘉钰轻描淡写道：“嗯，刚运到。你想留在郧陵就在郧陵，在哪儿都能玩到雪，这么一点儿小愿望，随时都能为你实现。”

他希望，他的簇簇不用羡慕任何人。

“想不想堆？”

地上的雪刚倒出来，这个天气也不怕化。

尤堇薇抿了下唇，去牵他冰凉的手，轻轻摩挲片刻，小声道：“你和我一起堆。”

陆嘉钰蹲下，和她一起看着面前的雪堆。长这么大，他还是头一回堆雪人。

两个人蹲在地上，埋头笨拙地捏雪球，一点点将它滚大，指尖冻得通红，收拢掌心凑到嘴边呵口气，揉搓几下，继续堆。

静谧的场景看起来岁月静好，直到——

“啊！”尤堇薇一声叫，缩起脖子。

陆嘉钰冰冷的指尖往她软乎乎的后颈地伸，把人冻得一哆嗦，她睁大眼反应了一会儿，有样学样，伸手往他的脖子里招呼。

他勾唇一笑：“往这儿来。”

说着，手伸向衣服下摆，大有把衬衫撩起来的架势。

“变态！”她小声嘀咕，头一扭，躲开了。

两人打闹了一会儿，雪人的身体和脑袋有了雏形，地上的雪剩下一点，陆嘉钰瞧着，忽而有了主意。

“想打雪仗吗？”他勾着她的脖子，在她的耳边说了几句话。

尤堇薇认真想了想，又看了看没完成的雪人，对他点点头。

十分钟后，陆嘉钰和尤堇薇两人按响门铃。

没一会儿，门从里面打开，露出少年清冷的面庞，他下意识问：“密码忘——嘶。”

忽然，迎面砸来一个雪球。

碎掉的雪粒子争先恐后地往他的脖子里钻，少年吸了一口冷气，捻下唇角的雪粒，正对上陆嘉钰嚣张的笑。

“小鬼。”尤靳虞冷冷地叫小迷，“出来打雪仗。”

屋内小迷闻风而动，跑出来一看，陆嘉钰拿着两个雪球站在门口，尤堇薇躲在他身后，手里拿着盒子，里面都是捏好的雪球。

“先抢球！”小迷眼疾手快。

尤堇薇眨眨眼，往陆嘉钰腋下一钻，躲开小迷，对上尤靳虞冷冰冰的面庞，她软声喊：“阿虞。”

一秒后，尤靳虞让开了。

小迷问：“你干什么？”

陆嘉钰笑道：“簇簇，进去把猫放出来。”

“啊——不许！”

伴随着一阵兵荒马乱的尖叫和打闹，雪球在宽敞的客厅里飞来飞去，几乎每个人被砸了，连小猫咪都没能幸免。只有尤堇薇，身上干干净净的，半点雪都没有。

一场混战下来，几个人瘫在客厅里喘气。

尤靳虞看了眼兴奋的姐姐，决定不和陆嘉钰计较，喝了口水，认命地收拾残局。

小迷还在和小猫咪对峙。

尤堇薇攥着手里的雪球，看了眼坐在地毯上的陆嘉钰，眼看他转过头来说话，她忽然一伸手，把他的领口一扯，飞快把雪球塞了进去。

画面仿佛静止，尤靳虞诧异地看了她一眼，小迷得意大笑，而陆嘉钰，正面无表情地看她。

他深吸一口气，顾不上身上冰冷的触感，起身大步朝尤堇薇走去，尤堇薇一呆，下意识往尤靳虞身边跑。

少年慢悠悠道：“姐，我让了你好几次。”

说着，居然躲开了。

眼看身后的男人越来越近，她慌不择路，往房间里跑去。陆嘉钰不紧不慢地跟着，到了屋里，他反手关上门。

“挺开心啊？”他懒洋洋地问，语气危险。

尤堇薇的心还在“咚咚”地跳，她轻咳一声，正色道：“游戏已经结束了，没人事后算账。”

陆嘉钰边走边撩起下摆，衬衫刚掀开，碎雪落了一地，看得她有点不好意思。

“是不是很冷？”她问得真诚又无辜。

陆嘉钰走近，膝盖抵着床沿，捉住她的手往小腹处放，散漫道：“自己来摸，冷还是不冷？”

“陆嘉钰。”她红着耳根喊他。

“嗯？”他低下头，轻嗅了嗅她的味道。

尤堇薇：“其实……其实我还有一个。”

说着，她不知道从哪儿又变出一个小雪球，胆大包天，眼睛看到哪儿扯哪儿，于是——

“嘶——”

“你要流氓呢？扯我裤子？”

“我错了。”

她看着他深色的眼，可怜巴巴地往后躲去。

他沉沉一笑：“晚了。”

一月末，到了新年。这个新年的兆头格外好，尤堇薇和工作室的女孩们过了小年，随即给她们放了假。去疗养院看外婆时，护工说老太太的身体越来越好了，陆先生常来看她。

除夕那天是尤靳虞的生日。往年的这一天，姐弟俩都是在学校里过的，温馨不显冷清。今年不一样，这一天从早上到晚上就没停歇过，这一切都是因为——

“今天年夜饭我来做？”安静的早餐桌上，忽然冒出这么一句话。

桌上的三个人齐齐看向出声的男人，神情各异。然而被这么盯着的人坦坦荡荡，一点情绪变化都没有。

尤堇薇欲言又止，和尤靳虞对视一眼。最后两人都没说什么。

吃完早饭，尤堇薇和陆嘉钰出门去菜市场。这阵子陆嘉钰陪尤堇薇来过几次，一听价格直皱眉，就算是过年，价格也贵得有点离谱。

尤堇薇眨眨眼，颇觉新奇。

陆嘉钰一看这表情就知道她在想什么，哼笑一声：“不节俭一点怎么建城堡？以后哄女儿睡觉都省故事了，直接告诉她城堡里住着一位簇簇公主。”

“谁要城堡了？”

尤堇薇嘟囔了声，看他挑挑拣拣地买了菜。

回到家时，2201 和 2202 都贴了对联，门口的盆栽上都挂了小灯笼，鲜花刚送到，四处都是生机勃勃的景象。

陆嘉钰一个人埋头在厨房捣鼓的时候，他们也没闲着，凑在一起包了汤圆和饺子。

中午尤靳虞提出他来做饭，陆嘉钰和尤堇薇同时制止了他，小迷不明所以，不知道三个人搞什么名堂。

陆嘉钰："生日不能老实待着？"

尤堇薇轻咳一声："你和小迷去准备做蛋糕的材料，我简单做几个菜就好，快一点。"

尤靳虞顿了顿，看两人一眼，没说什么，和小迷准备材料去了。

下午尤堇薇和尤靳虞去疗养院看外婆，他们本来想接她回家吃顿饭，老太太不愿意，说要留在这里和大家伙一起过年，还嫌他们烦，但走之前不忘塞给他们两个红包。

这是他们家的传统，不管孩子多大了都有压岁钱。以前都是两个，这次有三个。

外婆自然道："这是看你的面子上给他的，让他别总来烦我。那么大个公司不忙啊？"

尤堇薇抿唇笑："他想来。"

"好了好了，我要去打牌了。"

老太太穿着新衣服，挥挥手敷衍地赶走他们，神采奕奕地去找她的那些伙伴玩，别提多高兴了。

姐弟俩静静看了一会儿，回家去了。

回到家，家里气氛极其紧张。

小迷如临大敌地盯着厨房里的陆嘉钰，一见他们就喊："陆嘉钰要把厨房烧了！刚刚冒了好多烟！"

小猫咪也躲得远远的。

尤堇薇轻嗅了嗅，空气中带着若有若无的烧焦味，她来不及换鞋，往厨房跑。

尤靳虞快速打开客厅所有的窗户，看了眼厨房里的陆嘉钰，难得没开口嘲讽他。

"只是焦了。"向来游刃有余的男人这会儿眉头紧皱，看她一眼，"你离远点，别过来。"

尤堇薇扫了眼厨台上的情况，看起来乱糟糟的，但不危险。她松了口气，去玄关换了拖鞋，去房里换了衣服出来。

“我想和你一起。”

她靠过来，用脸颊轻轻蹭了蹭他一下。

陆嘉钰薄唇抿着，柔软的触感贴上来，他紧绷的身体忽然松弛下来，关火抱住她。

尤堇薇搂住他窄瘦的腰，小声问：“怎么了？”

他顿了顿，低声说：“觉得你很辛苦。”

周围环境苛刻，独自一个人在陌生的城市生活，连过年都只能留在学校里，无处可去。毕业后独居在偏僻的地方，甚至连朋友都没有。

“以后就不辛苦啦。”她轻轻拍着他的背，接他早上的玩笑，“你不是要给我建城堡吗？公主怎么会辛苦。”

陆嘉钰轻“嗯”了声，没说话。

两人安静抱在一起的时候，另一边，一起合作做蛋糕的两人正压低声音在吵架。

“就出了个门，蛋糕就烤焦了？”尤靳虞冷漠道，“只需要按键，设定时间，再拿出来。”

小迷撇撇嘴：“你怎么不拿？”

“一个小时前，我给你发过短信。”

“没看见，我是哑巴。”

这么闹腾了一天，坐上餐桌已是八点。八个菜，围着奶油糊得乱糟糟的蛋糕。蛋糕上点了根蜡烛，还没来得及点火，尤靳虞飞快地拿起蜡烛丢进垃圾桶。

“没有愿望。”

他自然道，绝对不承认是不想当着他们的面吹蜡烛。

电视里放着春节联欢晚会，餐桌上言笑晏晏，被人遗忘在一旁的手机时不时响起振动声。

“看什么看这么久？”

陆嘉钰瞥了眼尤堇薇，她盯着手机看半天了，一句话都没和他说。

她出了会儿神，说：“妈妈给我发短信了，和我说新年快乐。”

陆嘉钰掰过她的下巴，看着她：“你和我说了吗？”

话题跳跃太快，尤堇薇不得不放下手机，和他对视一眼，迟疑道：“好像说了？早上没说吗？”

他轻哼：“和小鬼说了，和两个小不点说了。”

“没和你说？”她干巴巴地问。

陆嘉钰昂起下巴，一副你又不拿我当回事的模样，她只好凑过去，补了三句“新年快乐”。

“你比他们加起来还多一句。”

她双眼晶亮，看起来乖巧又漂亮。

陆嘉钰垂眼看了她一会儿，忽然道：“去年这时候你也说了。这是我们一起过的第二个除夕。”

从冬到春，春到夏，夏到秋，再到冬。窗外烟火绽放，他们还在一起。

年初六，陆嘉钰和尤堇薇回了洛京。从陆家出来的时候，尤堇薇手里揣了一叠红包，摸起来薄薄的一张，里面都是卡。

“我发财了。”尤堇薇对陆嘉钰说。

陆嘉钰瞥她一眼，点点她的眉心，直把人戳得往后倒，嗤道：“就这点儿出息？”戳完再把人拽回来。

尤堇薇捂着额头，瞪他一眼，想把红包塞进包里，但今天背的包包太过小巧，看来看去只有陆嘉钰的大衣合适。

“放你这里。”她把红包往他的兜里一塞。

陆嘉钰哼笑：“不怕我私吞了？”

准备上车的姑娘回过头看他，一本正经道：“我知道你银行卡密码，我可以再偷回来。”

“傻不傻？”他笑着走过去，拦腰把人往后一拽，打开车门送她上车，“那也是你的银行卡，不叫偷。”

车开出去一半，是不认识的路。尤堇薇凝神看了半天，问：“去你公司吗？”

陆嘉钰想：以后不能让闷葫芦碰车，这要是开出去一天，他的心也得在外面悬上一天。他还想活久一点。

“回灵犀胡同。”

这条路不知道开过多少遍。尤堇薇困惑地睁大眼，努力辨认着周围，直到看到某个路口熟悉的那簇小花才确定他们的确是回胡同。

她想了想，问："刘轶在胡同过年吗？"

陆嘉钰"嗯"了声："他和家里关系不好，出来就没再回去过，逢年过节也只是打钱过去。"

尤堇薇眨眨眼："他也是你捡的？"

陆嘉钰："我哪来的捡人的爱好？招的，找了个顺眼的就留下了，当时准备出国，留人给我看院子。"

说着话，车拐了个弯，停在胡同口。

洛京昨晚刚下了雪，陆家的雪一早就被人清理了，胡同里还是最原始的模样，甜白色的雪覆在灰墙上，光秃秃的树像长出了白色的花。

尤堇薇蹦跶了两下，底下发出咯吱咯吱的声响。

她扭头对陆嘉钰笑："我第一次来这里那天也下雪了，我下车前还担心会找不到路，但是一进胡同口，就看到……"

话语戛然而止，尤堇薇盯着门口的人群，喃喃道："和今天一样，看到好多人。"

自从第一次后，她很少看到文身店门口有那么多人。后来刘轶告诉她，因为她偶尔会来过夜，陆嘉钰不让太多人来。

尤堇薇抿着唇，轻声问："今天你要上工吗？"

陆嘉钰揉揉她的发，懒洋洋道："不是一直想看？一会儿你去挑个顺眼的客人，下午就干这活。"

"我挑吗？"

她说着，探出脑袋观察人群，看到某处时，她的视线停了停，指着某个人说就选她。

陆嘉钰掀开眼，随意瞥了眼："认识的人？"

尤堇薇："不认识，见过一次。第一次来这里的时候她也在，还和我说过话。说我不适合文身。"

陆嘉钰挑眉："哪儿不适合？我看每块地方都……嘶。"

闷葫芦害羞，说不得。他一笑，带着人从后门进去。

不一会儿，刘轶打开门。人群朝陆嘉钰看来，他四处寻觅一圈，朝某个女孩招手："进来。"

女孩烟还在嘴里，愣了好一会儿才反应过来，捻灭了烟头，往嘴里丢了片口香糖往里走。

许多人叹了口气，难掩失望，有人忍不住问："陆老板没事吧？去年一整年都没怎么出现，我们还担心他不干了。"

刘轶嘿然一笑："恋爱了，忙得很。"

"啧，恋爱了啊！我说呢。"

"今年还忙吗？"

刘轶道："一个月大概一回，不用常来。他说现在有很多优秀的文身师，他不过是个半吊子，还是感谢你们的喜欢。"

院里，陆嘉钰戴上口罩，拎了工具出来，还不忘拿上小收音机，放在柜子上，自己往椅子上一坐。

"文哪儿啊？"他随口问。

"腰上。"

"内容呢？"

女孩郑重其事地拿出手机，翻出备忘录，对陆嘉钰道："米诺斯迷宫，这是我的灵感和一点心路历程。"

陆嘉钰低下头，凝神认真地看她写的内容："等半个小时。"

女孩松了口气，露出个笑来。

她这才有心思去打量院子和看周围的人，待看到尤堇薇时顿了一下，直接问："我们是不是见过？"

尤堇薇："去年，我们在门口见过。"

女孩恍然："是你啊，你也排上队了？我还以为你只是来看热闹的，原来是认真的，你做什么图案？"

"我老婆。"陆嘉钰头也不抬地说。

女孩和尤堇薇大眼瞪小眼片刻，最终伸出个大拇指递到她眼前，由衷地夸赞道："这招绝了。"

尤堇薇迟疑道："谢谢夸奖？"

陆嘉钰原本在看资料，闻言一笑，没摘口罩，倾身过去在她的唇上碰了碰，低笑道："最近怎么这么可爱？"

"你好好工作。"

她红着耳根，撵开他的脸。

女孩看了一会儿，觉得眼睛疼，原来陆老板谈起恋爱来是这副模样，骚得没边了。

半个小时后，陆嘉钰定下方案，准备开始文身。这是尤堇薇第一次见他文身的模样，他垂着眼，眉眼间有一种难以言喻的平静，奔腾燃烧的生命似乎在这一刻安静下来。

小臂露出半截，机器在他手里是最灵活的画笔。他悄无声息地做着手里的活，丝毫没有陆公子的矜骄和高傲，看起来竟有点陌生。

尤堇薇托腮看了片刻，小声问女孩："疼吗？"

女孩微皱着眉："这是敏感部位，会疼。我耐受能力还行，在我承受范围之内。"

漂亮奇异的图案逐渐成形，尤堇薇睁大眼仔细看了片刻，忽然发出惊叹声。

低着眼的男人忽而一顿，回头看她，狭长的眸安静疏冷，看了片刻，忽然道："想都别想。"

"我什么都没想。"她小声嘀咕。

陆嘉钰没再说话，全身心投入眼前的图案中，约莫一个小时后，他停下来，盯着图案看了片刻，喊了声"刘轶"。

刘轶跑过来一瞧，笑了一下："真漂亮，我和你说说注意事项……"

陆嘉钰摘了口罩往屋里走，尤堇薇回头看了眼眉开眼笑的女孩，抿唇笑了一下。

进了屋后，尤堇薇看他慢条斯理地洗着手，细小的水流冲刷过修长的手指，关上水龙头，忽然，她下巴一凉。

微凉的指节捏住下巴，他低下头，唇瓣微启，熟练地进攻，舌尖轻易挑动她的神经。

"忍半天了。"他含糊着说，"别用那种眼神看我。"

尤堇薇轻喘着气，下滑的腰肢被他勾住，近乎茫然地问："什么眼神？"

"闭眼。"陆嘉钰哑着嗓子道。

他沉浸在爱与欲溢满的眼神里，几欲溺死。那一瞬的窒息和濒死感让灵魂战栗，让他痴，让他狂。

翌日，洛京下了雨。

黯淡的光透过雾蒙蒙的玻璃照入室内，被子里伸出一截藕白的小臂，摸索着关了夜灯，停了片刻，尤堇薇披上外套坐起身。

雨滴淅淅沥沥，敲打窗沿。她托着腮，安安静静地听着雨声，片刻后，打开一道窗缝，冷风夹着雨滴拂过她的鼻尖，一个哆嗦，身后越过一只手。

啪的一声，窗户紧闭，那只手没收回去，顺着往下滑去，勾着腰把她拽回被子里。

“不困？”低哑的男音，带着懒散。

尤堇薇钻回被子里，拨了拨他的睫毛，轻声道：“陆嘉钰，下雨了。外面的雪融化了。”

“还想看？”他问。

“不是，想起第一次见你。”

陆嘉钰低下头，有一搭没一搭地亲着她的耳尖，懒声问：“在胡同里，我记着。我那天穿什么了？”

她摇头：“看不见。”

“哦，那看见什么了？”

“你的头发，还有脚。”

“好看吗？”他笑起来。

“好看，比我见过的任何一个人都好看。”

陆嘉钰一顿，睁开眼，瞧她一脸认真的模样，心跳忽然加速，抬手把被子一掀，遮住两人的脑袋。

“你是不是脸红了？”被子里的人闷声问，企图掀开被子。

陆嘉钰挡着不让看，两人就这么在被子里你来我往，差点打起来，最后以喘不过气掀开被子透气结束。

“当时为什么想文身？”

她趴在他身上，双手捧着脑袋，近距离看他。

陆嘉钰双手背在脑后，神情懒散，慢悠悠地说：“这个院子是奶奶留给我的，我高中毕业就搬过来了。为了庆祝，染了个颜色，什么色忘了，胡同口一大爷见我就问，听说你是做刺青的？我随口就应下了。”

“就这样？”

“就这样。”

尤堇薇迷茫地追问：“他认错了？”

陆嘉钰一笑：“没，喝大了。”

尤堇薇心想：听起来你们俩都喝大了。

“困。”他嘟哝了句，抬手勾勾她的下巴，“再陪我睡会儿。”

尤堇薇看了眼床头的小钟，才八点，可以再睡一会儿，她放下手臂，躺在他的胸膛上，往上蹭了蹭，找到颈窝，埋好。

温暖的床含着柔软的爱意，将她缓慢包裹，和着窗外泠泠雨声，眼皮耷拉下来，困意慢慢袭来，在她即将睡着的时候，耳侧响起低低的音调。

他低声问："簇簇，我有没有说过，我很感激。"

"嗯？"她闭着眼，像小猫一样轻哼。

陆嘉钰没再说话，轻抚着滑腻的长发，顺着纤瘦的背脊，直到她的呼吸变得平稳。

他从来没说过，在郧陵迷路的巷子里——

晚风柔柔吹起你的头发
暮色中你的脸像落雪又像花瓣
你的美没有具体的模样
一只小花精轻轻地踮着脚经过

从春到冬。

宝贝，你赠我这甜梦。

（下册完）

番外一 游戏

假如某一日太阳再也不会升起，
我也不会害怕，
因为有你在我身边。

在郸陵近一年，陆嘉钰清闲下来，偶尔回趟洛京忙几天，其余时间都由别人操心，他多数时间都花在尤堇薇身上。

这日周末，他无聊地瘫在沙发上玩手机。有一搭没一搭地玩了一阵，去瞧窗前的女人，她正专注于手里的活，半点心思都不肯分给他。黑乎乎的小家伙蹲在边上，歪着脑袋，看得认真。

他瞧了一会儿，随手拿起个毛球往它的脑门上一扔，这只猫也不知道像谁，呆呆地不知道躲。

一声轻响，它后知后觉地往边上跳，过了好一会儿，爪子试探着扒拉着去拽毛球玩。

“啧，蠢东西。”陆嘉钰轻嗤一声，这儿子傻得不行。

小猫咪玩了一会儿，知道算账了，冲着他“喵喵”叫，听着凶得不得了，尾巴却乖乖地藏在两只爪子中间。

连着叫了一会儿，忙碌的尤堇薇抬起头来，她放下手中的活，抱起小猫咪，挠挠它的下巴，黏糊地问：“乖乖，怎么啦？来抱抱。”

又是抱又是揉，哄了好一会儿。

陆嘉钰微眯了眯眼，许是视线过于灼人，那个呆子后知后觉看过来，瞧了他一会儿，眨眨眼，又摸小猫咪去了。

安静了一阵，他忽然道：“你手机给我玩会儿。”

“自己拿。”她放下小猫咪，继续忙工作。

陆嘉钰忍耐片刻，起身走到桌边，轻易用指尖勾走她的手机。手机比他的小上很多，不过她那只小手也握不住太大的手机。熟练地输入密码，想到是尤靳虞的生日，陆嘉钰有点不爽。

进入设置，选择修改密码，等改完，他自然道：“把你的密码改了。”

埋头专注的人反应了一会儿，茫然地问：“改成了什么？”

“我的生日。”陆嘉钰说。

她脸上一阵茫然，两人诧异地发现在一起快两年，没有庆祝过他的生日。

陆嘉钰神色淡淡，问：“我的生日是什么时候？”

“陆嘉钰，我们接个吻吧？”她软声道。

在接吻和老婆吵架之间，他当然选接吻。

等压着人亲了个过瘾，他不松手，拇指抚过她莹润的唇瓣，忽然低头重重咬了一口，开始秋后算账。

“解释解释？”陆嘉钰居高临下地看着她。

尤堇薇本以为亲完就能躲过去了，哪知道还要解释，躺在沙发上想了片刻，看了眼他腋下的空隙，盘算着能不能从这里溜出去。结果是不能。

她捂着唇，慢吞吞地说：“你没和我说。”

“我没说，你也从来没想过给我过生日？”

尤堇薇眨眨眼，小声说，“我以为你不爱过生日，也没见爷爷他们给你过。”

陆嘉钰瞧她片刻，轻“哼”：“从今年开始爱过了，每年都要生日礼物，去年和今年也得给我补上。给你一周时间。”

“你先松开我。”

尤堇薇被松开后，认认真真地问了他的生日，态度认真端正，陆嘉钰勉强放过了她。

“六月十二……现在都八月了。”

她算着日子，要给他补两个生日礼物。好难啊！尤堇薇幽幽地叹了口气，如果他和阿虞一样好脾气就好了。

闷葫芦埋头思索去了，他继续玩手机。他几乎不看她手机，不是他不想看，实在是她比他还无聊，今天也是心血来潮。

打开相册扫了眼，关上打开微信。刚打开，陆嘉钰坐起身，定定地看着她的置顶，置顶中有一个备注极其显眼，明晃晃的两个字——**不找**。

他点开。背景换成了空白，对话框停在昨天。他让她晚上陪他吃个饭。她说要回家喂小老虎，不去。他一个人去的酒局，回来这个小没良心的已经睡了。这的确是他的微信，备注和背景都被改了。

陆嘉钰盯着“不找”两个字看了片刻，指尖微动，飞快地输入新备注，再从自己的手机里挑了张合照，换完把手机往边上一放，闭眼睡觉。

这一日，尤堇薇发现陆嘉钰不太对劲。他一觉睡醒就不怎么说话了，一个人坐在那儿，没来黏着她，也没欺负小猫咪，一个人捧着电脑敲敲打打。

等到晚上六点，小迷放学回来。

过年那会儿，小迷忽然提出要去上学，认真跟在尤堇薇身边一个月，纠正了口音，开春就去学校了。几个月过去，小少年还挺习惯。

“尤尤，我回来啦！”

毛薄荷同学像刚上幼儿园不久的小朋友，回来出门都必须告知家长，企图收获一些爱意。

果然，尤堇薇朝他招手：“过来吃点心。”

他乖乖放下书包走过，坐在厨台前和她说话，听她问：“今天在学校怎么样，过得开心吗？”

小迷诚实道：“还行，但不无聊，比我想的有意思。”

两个人说了会儿话，小迷忽然觉得安静得有些过分，回头看了眼沙发上神色淡淡的男人，眉头一皱，觉得哪里不太对劲。

“陆嘉钰怎么了？”他悄声问。

尤堇薇想了半天，摇头：“不知道。”

两个人一合计，觉得这男人喜怒无常，干脆不管他了，一起做完饭洗了碗，再一起写作业。做完作业晚上十点，小迷自觉回隔壁睡觉，走前看了眼陆嘉钰，他还在沙发上装哑巴，一动不动。

尤堇薇送完小迷回来，看向始终安静的男人。

茶几前的果盘几乎没动，水倒是喝了不少，半个茶壶都空了，键盘敲打的声音始终没停。

“在忙什么？”她凑过去瞧。

陆嘉钰看着屏幕，随口道：“写代码，那个小鬼找我帮忙，正好闲着。困了先去睡。”

确实不太对劲。每天的入睡时刻，是陆嘉钰最难缠的时候。他有用不完的精力，尤其是在电梯里听到那句“永远年轻的男朋友”之后，也不知道哪里来的好胜心，每晚都想证明自己有多年轻。

今天改吃素了？

尤堇薇猜不准他的心思，想了想，忽然把睡衣往下一扯，露出雪白的肩头，无辜道：“那我先去睡啦？”

敲打键盘的手指一停，他看过来。陆嘉钰堵着的那口气松了个口子，装不下去了，把她滑落至肩头的衣服往上扯了扯，对上她澄澈的眼睛。

他浅笑道：“说着话呢，又要流氓？”

尤堇薇诚心诚意道：“一块儿睡吧，我一个人睡不着。你忙你的，我等你一起。”

陆嘉钰顿了顿，合上笔记本电脑：“走了，睡觉去。”

他熟练地把人打横抱起，拖着慢吞吞的步子往屋里走。进了房间，尤堇薇往靠窗的一侧躺下，顺手捞过床头柜的书。

陆嘉钰进浴室洗澡，再出来时，她还在看那本书。她上床时看了眼，还是进去时的页码，她没翻过页。

“在想什么？”他侧过身，半支着身子看她。

尤堇薇回神，和他对视一眼，困惑地问：“今天不进行一些深入交流吗？你是不是……”

她欲言又止。

陆嘉钰有些想笑，想半天就想这个。

“别瞎想。”他回去躺好，随手把薄被扯到小腹，“明天有事，晚上可能不回来。”

都开始夜不归宿了。

尤堇薇见他闭眼，一脸认真准备入睡的模样，放下书关了灯，老老实实地躺下睡觉。这一晚很不同。通常她躺下，他便自觉地抱上来开始动手动脚，即便不动也会抱着她睡，现在他待在安全线内，没有做动作的打算。

他的新鲜感过去了吗？尤堇薇睁着眼，大脑很空，身体轻轻飘飘，不像是躺在床上，像是飘在某个虚幻未知的小宇宙里。

直到他的声音把她拽回来——

“怎么不开灯？”他低声问。

尤堇薇下意识回应：“你在，我不怕。”

在这里的每一晚，他们的房间内都亮着黯淡的小夜灯，日日夜夜从未熄灭过，这是第一次。

话音落下，他许久没应声，在她以为他睡着的时候，他忽然问：“簇簇，你爱我吗？”

尤堇薇沉默了一瞬，将被子底下的手伸向他的，将那只微凉的手握在掌心，轻攥了攥。他反握住她。

她舒了口气，转身看他，轻声应：“爱你。”

“有多爱？”他不依不饶。

“可以没有太阳。”她说了句没头没尾的话。

陆嘉钰却在瞬间明白了她的意思：“假如某一日太阳再也不会升起，我也不会害怕。因为有你在我身边。”

他焦躁不安，始终悬空的心忽然平静下来，平静过后，开始沸腾。

尤堇薇转身去抱他，指尖轻戳着他的下巴，小声问：“你怎么了？还因为生日的事生气吗？我不是故意的。”

他的气息渐重，热烈的吻落下了来。情到深处，昏沉间，她汗湿的发被拨至脑后，他亲上来，哑着嗓子道：“明天陪我出去吃饭，不想一个人。”

“……知道了。”她应得艰难。

隔天一早，尤堇薇醒来时，床边已经空了。

厨房里温着小米粥，这半年来陆嘉钰的厨艺有进步，极其热衷于在这方面提升自己。她坐在餐桌上喝粥，去看未读消息，陌生的备注让她呆了好一会儿。

老公：醒了发条信息。

备注被改成了老公，原来昨天闹了一整天是因为这个。

尤堇薇无奈地叹了口气，没多解释，只回复：你喜欢听我这样喊你，老公？还想听别的吗？

过了几分钟。

那头发来消息：还有什么？

尤堇薇：还有陆娇娇。

这半年来，山月路工作室运营趋于稳定。

尤堇薇新招了几个手艺人，店里也不需要她时时看着。订单交涉由助理负责，她有更多时间用在制作绢花上。

夏日午后，小姑娘们都蔫巴巴的。

尤堇薇坐在前台，面前搁着一个小风扇呼呼地吹，吹了没一会儿，小助理跑过来了。

“尤尤，剧组那边说让我们过去一趟，改两个款式。”

和往常不同，小助理显得很兴奋。这么热的天，显然不是高温令她兴奋，剧组里有她的新墙头，接到订单的那天她就开心疯了。

尤堇薇无奈道：“现在吗？”

小助理忙不迭点头：“说这两天，正好下午有空，车费我报销，再请你喝下午茶。怎么样，划算吗？”

“去拿工具箱吧。”

小助理欢呼一声，蹦蹦跳跳地去拿工具箱了，高温也挡不住她出门去见偶像的心情。

这样的天，穿短袖都觉得热。到了剧组，尤堇薇看见演员们穿着厚重的戏服，不想再看第二眼，多看一眼就觉得温度高上一度。

休息室里开着空调，她推门进去才觉得自己又活了过来。

组长隔着人群朝她招招手："小尤，先坐会儿，饮料马上送到了。怎么这么热的天赶过来？说了不急。"

尤堇薇指指外面："有人等不及。"

组长大笑："这个小姑娘挺机灵的，喜欢的人也不错。"

外面在拍戏，大休息室里人不多。

组长给尤堇薇找了个安静的角落，和她有一搭没一搭说了会儿话，没几分钟就被人叫走了。她专注着手里的活，没注意其他。

渐渐地，休息室热闹起来。有人跑来给她送了杯咖啡和几枚甜点，说是卫檩送的，放下就跑了，继续往别处送。

忽然，角落的另一侧有人坐下。尤堇薇起先没注意，偶然一抬头，对上一张温和的面庞，他似有所觉，看过来，朝她一笑。

"卫老师。"她礼貌地喊了声。

来剧组几次，尤堇薇见过这部剧的主演，没说过话，与他们也不相熟。但卫檩名气极大，她这样不关注娱乐圈的人也听过他的名字。

卫檩看了眼她手里的绢花，问："我们剧组的这些花都是你做的？"

尤堇薇："我们工作室做的。"

卫檩点头，没多问，转而指着咖啡道："休息会儿吧，这家的咖啡和甜品味道都不错。"

说完，助理喊他过去卸妆。

尤堇薇本以为他只是心血来潮和她说两句话，但当他卸完妆又拿着剧本回到角落坐下的时候，她终于意识到有哪里不太对劲，好在他没继续说话，她不用苦恼怎么和他交流。

下午五点，她做完手里的活，舒了口气，正准备起身离开，卫檩忽然开口问她："我想多了解一下有关于绢花方面的手工艺，尤老师，方便加个微信吗？"

尤堇薇停住，掩住眼底的惊愕。

这句话让人无法拒绝，正当她犹豫怎么回答，有人替她回答了——

“不方便。”

轻懒的男音，细听没什么情绪。

尤堇薇不着痕迹地松了口气，看向不远处神色淡淡的男人，小声问道：“你怎么过来了？”

他单手插兜，随口应：“接我老婆回家。”

气氛沉寂几秒，卫檩说了句“抱歉”，起身离开。

“走了？”

他看过来，眸光平淡。

尤堇薇抿抿唇，拎起工具箱交到助理的手里，拽着他的衣摆，跟着男人过快的脚步往外走。

小助理看着老板小跑着才能追上男人，轻撇了撇嘴，陆总简直是吃醋狂魔，一点小事就能醋上半天，不过好在他们都习惯了。

“我不认识他。”尤堇薇小声嘀咕，嫌他走得太快，还用力拽了拽。

人高腿长的男人慢下来，撑开一直拎在手里的伞，斜斜的阴影将她笼罩在阴影下，看她一眼，问：“说了几句话？”

她茫然地“啊”了声。说了几句话？正常人谁会记这些。

“三四句？”她不确定地说。

两个人就这么在角落里停了下来，一本正经地细数着到底说了几句话。忽然，一个小姑娘跑过来，脸红红地看着他们，令人一头雾水。

“那个，我是支持你们的粉丝。”小姑娘小心翼翼地问，“能不能和你们拍张合照？”

尤堇薇一愣。

“不方便。”陆嘉钰懒懒地说了声。

小姑娘有些失落，但很快振作起来，对他们道：“希望你们一直在一起。还有就是，已经一周没更新日常了，我们等得好着急。”

陆嘉钰轻挑下眉：“还有人等？”

“有啊。”小姑娘着急地说，“我们每天都会刷的，刷不到就看看以前的。总之……总是就是希望你们幸福！”

小姑娘一股脑说完，溜了。

全程处于茫然状态的尤堇薇没听懂他们在说些什么，只好求助般地看向陆嘉钰，可这人显然不打算告诉她。

“更新什么日常？”

“陆嘉钰，你怎么不理人？”

陆嘉钰把人拎到车里后，从后座拿了杯冰奶茶往她嘴边递，问：“想好了？说了几句？”

冷气吹散升腾的暑热，冰凉的奶茶下肚，尤堇薇舒服地喟叹一声，想了想：“四句吧？”

“行，那就四分钟。”

说完，身侧的人倾身过来，压着她结结实实地来了个四分钟的热吻，最后她连喝下去的奶茶是什么味道都忘了。

总感觉哪儿不太对劲。

亲完，陆嘉钰面不改色地启动车，如果不是唇上还沾着晶莹的水渍，谁都看不出来他刚刚还咬着她的舌尖不放。

奶茶喝了一半，尤堇薇想起正事，问：“什么日常？”

陆嘉钰：“等你还完四个小时再说。”

尤堇薇：“四个小时又是哪里来的？”

不管怎么来的，最后尤堇薇度过了水深火热的四小时，甚至还要多，最后只能小声呜咽地咬着枕头，说去剧组再也不和卫檩说话了。

汗涔涔的男人忽然停下来，轻笑一声：“行啊，在床上提别人。”

结束后，陆嘉钰抱着人重新躺好，心情好了不少，把玩她软软的长发，问：“还想知道吗？日常。”

怀里的人困得睁不开眼，咕哝两句就睡着了。

陆嘉钰垂眼看她片刻，关上夜灯，亲了亲她泛红的鼻尖，等她完全熟睡，起身到沙发上坐下，拿出电脑继续忙。

这一年，外婆身体好了大半，兴致勃勃地说回洛京见两个朋友，顺道和秦晚玉过个年。这母女俩自从秦晚玉嫁到洛京，也不常在一块过年。尤堇薇想了想，干脆让尤靳虞不用回来，他们都去洛京。

一月的洛京，动不动就雨雪连绵。屋里的暖气让人感觉像是在春天，直到醒来看到窗外的雪。

尤堇薇趴在窗边瞧了一会儿，起床去院子里，刘轶刚做完早饭，小迷捧着本书在看。

刘轶见她一个人，不由问："陆哥还睡着？"

"他昨晚睡在陆家，喝多了。"

尤堇薇昨晚在电话里哄了半天，才哄得他在家里睡下，不然大半夜地非得冒雪回来。

刘轶点点头，正准备招呼她一起吃早饭，就听这姑娘嘀咕："我应该去考个驾照，偶尔还能去接他。"

他动作一顿，和小迷对视一眼。

这下小迷也不看书了，搬着小板凳往尤堇薇的身边一坐，说起题外话来："尤尤，上学比我想的有意思那么一点点。"

"说不定你学了车，也不会迷路了。"他真诚道。

尤堇薇琢磨了一会儿，觉得有道理，当即便道："回了郧陵就去考驾照，我觉得开车也不难。"

刘轶疯狂朝着小迷挤眉弄眼，小迷就当没看到。

他垮下脸，这可怎么办，回来陆哥不得弄死他们？

陆嘉钰本人并不知道这件事，他安排来接尤堇薇的车在早饭后准时到达，再由司机把她送到陆家。

由于这是昨晚他入睡前安排好的事。所以尤堇薇到陆家时，陆嘉钰还没起床，陆清远和陆正明正在客厅里下棋，陆正明一见她就叫苦不迭。

"簇簇，你来下，你来下，快憋死我了。"

陆正明被老爷子欺负了一早上，这会儿趁机溜了。

陆清远对着陆正明一板一眼的，对上尤堇薇，严肃的脸立即柔和下来，笑吟吟地问："吃过早饭了？"

尤堇薇点头："在胡同里吃了过来的。"

说着，她往二楼看了眼。

陆清远轻"哼"一声："昨晚那臭小子也不知闹什么，来者不拒，敬一杯喝一杯，从没见他喝这么多。"

喝多了还要闹着要去找老婆，话说出来让人老脸都红，找了几个用人合力才把人搬回房里去，搬回去了还不安分，非得回家去找簇簇，一会儿喊"簇簇"一会儿喊"老婆"，不知道喊了多少声。

"我可不知道我们陆家出情圣。"

陆清远说着，瞥了陆正明一眼。陆正明就当没听见，自顾自地看报纸。

尤堇薇心不在焉地下了盘棋，被老爷子杀的片甲不留，他叹了口气，摆摆手：“去吧去吧，还是我自个儿下。”

说完，小姑娘也溜了。

陆清远和陆正明对视一眼，都觉得自己像路边的狗。

二楼，陆嘉钰的房间。房门没锁，尤堇薇一拧就进了门。

屋内视线昏暗，温度适宜，她轻轻嗅了嗅，没有酒气，隐隐的光线透过窗帘，照亮床上乱糟糟的一团，不知道主人在上面滚了几圈。

她放轻脚步走过去，见他大半个身子都露在外面，黑发乱糟糟的，盖住额头，露出小半张冷白的脸。

这个人在睡梦中也显得不高兴，她蹲下身来，轻轻拨了拨他的睫毛。

熟睡的人没什么动静，呼吸一起一伏，和睡着的小猫咪差不多。瞧了一会儿，她脱了外套，钻进他的怀里睡个回笼觉，贴到温热的胸膛，有力的小臂自然地挂到腰间。

“簇簇？”嘶哑的嗓音响起。

尤堇薇拍拍他的手，轻声道：“做梦呢，睡吧，睡醒就看见我了。”

身后的人蹭了蹭她的后颈部，嘟哝了几句，没一会儿又沉沉睡去，腰间的手没有放松半分。

再醒来，陆嘉钰对上一双水汪汪的眼睛，好一会儿，才记起自己是在家里。他抬起手，指尖没入她的发，往后顺了顺，低声问：“什么时候来的，和我说做梦那会儿？”

她嗯了声：“爷爷说你昨晚很高兴，高兴什么？”

陆嘉钰：“晚上说，现在干别的。”

“爷爷在楼下。”她脸红红地拒绝他。

陆嘉钰眉峰一挑，故意逗她：“不是，你又想什么呢？”

尤堇薇慢吞吞地“哦”了声，从他的怀里爬起来，披上外套起身拉开窗帘，窗外的晴光照进来，时间已到中午。

“干什么去？”床上的人懒懒地问。

尤堇薇：“反正不是我，我不在又碍不着你。对了，回邺陵我要去学车，小迷和阿虞都说好。”说完，进浴室了。

陆嘉钰反应好了一会儿，掀开被子下床，光着脚大步走向浴室。刚进门，就被人推出来。

“别跟着我。”她眉头一皱，自顾自地刷牙。

陆嘉钰轻“啧”一声，挤进门里，一把将人抱起来，也不管她满嘴泡沫，拿下她手里的牙刷和杯子，亲亲她的鼻尖。

“现在哄哄你？”

尤堇薇摁住他的手，不让摸。

陆嘉钰看她闷着的小脸，倏地一笑：“以前那么乖，现在都和谁学的？脾气越来越大了。”

她不说话。

“我错了，宝贝。”

他低声呢喃，修长的指节往下，看她慢慢蹙起眉，面上泛起潮红，最后无力地来抱他。

陆嘉钰见好就收，她红着脸刷牙，他则慢条斯理地洗着手，见她故意移开视线，轻笑一声。

两个人下楼吃了饭，准备走。

陆嘉楹抓着尤堇薇不肯放，撒着娇喊“尤姐姐”，尤堇薇最受不了这些可爱的小生物撒娇，立即答应带上她。

“耶！”

陆嘉楹开心地蹦了一下，以后再也不用求她哥了。

陆嘉钰不耐烦地皱了下眉，拎开这小炮仗：“坐后面去。”顺带着给她一个警告的眼神。

陆嘉楹眨眨眼：“哥，我懂，不会说漏嘴的。”

这一年，陆嘉钰在洛京弄出那么大的动静，他们想不知道也难，只有尤堇薇被瞒得死死的，没人往她眼前说这些事。

下午，他们回了城西别墅。

胡同里没地方给那么多人住，尤靳虞一个人住在这儿，见他们来了也没什么反应，眼里只有姐姐。

冬日的下午，他们围靠着壁炉。五个人缩在沙发上一起玩游戏，他们中不会玩游戏的只有尤堇薇一个。她本来不想来，硬被他们拉来。

“想玩什么？”

陆嘉钰侧头瞧着她屏幕上的角色。

账号是问别人借的，角色和皮肤都很全，她正在慢悠悠地选，最后选了一个肤白貌美的小矮子，再挑了一个穿着漂亮公主裙的皮肤。

陆嘉钰一笑："我打下路。"

尤靳虞头也不抬："我先选的。"

"那你下。"他爽快地让路，"你姐和我走上。"

"腿长在我姐身上，她想走哪儿就走哪儿。"

两个人闹了一阵，游戏开始了。尤堇薇研究了一会儿，看向屏幕上的几条路，陆嘉钰的角色还在等她。

她下意识看他，冷不丁对上深黑色的瞳孔，里面明晃晃地写着：你跟别人走试试？

她不情不愿地朝他走去，显然这个动作取悦了等她的人，他操控着角色围着她绕了几圈，一跳一跳的模样，颇有些可爱。

"我能躲在这里吗？"尤堇薇想往草丛走。

"等会儿。"陆嘉钰边往草丛走，边放了个技能，见没人才道，"躲着吧，有人来就往我这儿跑。"

尤堇薇"哦"了声，慢吞吞地往草里跑。

等裙摆也藏进去的时候，对面的人正好过来，往她的方向放了个技能。陆嘉钰走上前挡了，瞥了一眼草里的人。

他说："干什么，看花呢。"游戏里的花也要看。

"宝贝，往我身上丢个技能。"

陆嘉钰一边操作，一边指挥躲在草丛的人："别跑太远，吃不到经验。"

"过来点。"

"跑什么？别动。"

满场都是陆嘉钰一个人的声音，一口一个"宝贝"，听得小迷直翻白眼，他都不想往上路走。

前半段时间尤堇薇还算安分，后半段逛完自己家的野区，就想去对面玩了，说对面的花没看到。

"去逛，一会儿带你去他们家逛。"

陆嘉钰发了个信号，让他们都过来。

一波激烈的团战后，陆嘉钰和尤靳虞都是剩下一丝血条。满血的漂亮小姑娘蹦蹦跳跳地看了一会儿，毫不犹豫地把技能都丢给了尤靳虞。

“阿虞，快跑。”她比当事人还紧张。

尤靳虞勾唇一笑，看了眼陆嘉钰，果然臭着张脸，一副不高兴的模样，他心情更加愉快。

“我呕心沥血把你养这么大，你就这么对我？”陆嘉钰踢踢她的拖鞋。

尤堇薇把脚一藏，不和他一块儿走，满场乱跑。陆嘉钰满场追，两个人就跟逛自己家似的，哪儿都敢去。

陆嘉楹嘀咕：“我哥完全陷入爱情了，没救了。”

小迷：“还没习惯？”

玩了两局，陆嘉钰临时被喊去开个视频会议。他不在，空出一个位置，尤靳虞顺手拉了自己的室友。

室友开朗又会来事，嘴甜得不行。

“这是姐姐？”他问尤靳虞。

尤靳虞“嗯”了声。

“姐姐，你想去哪儿，我就在你边上。

“姐姐，想玩什么玩什么，我保护你。

“姐姐……”

男生的嗓音清朗干净，在这冬日像是一片干净的雪花，陆嘉楹都忍不住和他说了两句话。

“姐姐，你不能说话吗？”他跟在她身边，异常黏人。

尤靳虞不说话，眉梢挂着点点笑意，一副看热闹的模样。

尤堇薇犹豫一瞬，开麦说：“你自己玩吧，不用管我。”

沉默一阵，男生忽然道：“我的心被姐姐的声音击中了。”

场内一片寂静，尤靳虞无奈地抚额，陆嘉楹一副也被击中的模样，小迷嘀咕了句好土。

尤堇薇张了张唇，正想说话，身后忽然伸出一只冷白的手，指尖微转，拿走她的手机，关上麦。

她回头，对上陆嘉钰低垂的眉眼，他一手拿着她的手机操控着英雄，另一只手轻捏了捏她的耳垂，随口问：“喜欢听？”

尤堇薇：“什么？”

“姐姐。”

他压低声音，尾音拉长，温温热热的气息拂过她的耳郭，勾得人心脏一跳。

尤堇薇不知道想到什么，有点脸红，说了句“不玩了”，手机也不要就溜走了。一口一个“姐姐”的男生还不知道发生了什么。

陆嘉钰等人一走，打开麦，淡声道：“别喊了。”

“你哪位？姐姐呢？”

“我就是姐姐，听不出来？”

安静片刻，男生忽然道：“也行吧，哥哥。”

这个小插曲很快过去，下午的时光转瞬即逝。

尤靳虞和陆嘉钰自觉地进厨房准备做饭，这一年来，他们两个人相互扶持，在厨房里度过了很多不足以为外人道的艰辛。

陆嘉楹捧着小脸，喃喃道：“我从来没想过我哥会变成这样。爱情真有这么大的魔力？”

小迷没说话，自顾自地写作业。

尤堇薇有点苦恼，她还挺喜欢做饭的，毕竟她的手艺不错，而那两个男人，说实话饭做得真不怎么样，还偏偏喜欢动手。

想吃点好吃的，也挺难。

等吃饱，天色暗下来，窗外又开始下雪。

尤堇薇和陆嘉楹凑在一块儿看剧。没人理他们，三个男人你看看我我看看你，最后自顾自地干自己的事去了。

雪层深厚，路上不好走，这一晚他们都留在城西的别墅里。

尤堇薇不常在这里过夜，上次来这里还是去年国庆。那次尤靳虞出了点意外，把她吓得不轻。

“买了怎么不住？”洗完澡，她慢吞吞地擦着头发，问陆嘉钰。

陆嘉钰躺在床侧，支着脑袋看她擦头发，随口应：“太大了，我不喜欢。你喜欢这里？喜欢以后我们常来住。”

尤堇薇：“还是喜欢住胡同。”

“喜欢小地方？”他笑了一下。

“嗯，热闹，有人情，有烟火气。”尤堇薇说着，想起小时候，“以前我经常去邻居家玩，他们家里总是很热闹。不像我们家，吃饭都很难凑齐人。”

“人多也没劲。”陆嘉钰挑三拣四。

尤堇薇擦干头发，往被窝里一钻，微凉的脚直接往他的两腿之间钻，找到热乎乎的地方才安分下来。

“我想玩游戏。”她眨眨眼。

陆嘉钰一顿，险些以为自己听错了：“玩什么？”

尤堇薇重复：“下午那个游戏。”

陆嘉钰微眯起眼，盯着她看了片刻，忽然问：“想怎么玩？我喊你姐姐这种玩法，行不行？”

“也不是不行。”

“晚上玩个别的模式。”

陆嘉钰随手拿过手机，打开游戏：“就我们俩玩，你赢了我喊姐姐，你输了喊哥哥。”

尤堇薇诧异道：“不喊老公？”

她还以为他喜欢听这个，每回在床上一喊就发疯。

“灯还没关就想这些？”他淡淡睨她一眼，一副清心寡欲的模样，“你要是非要喊，那我只能配合你。”

尤堇薇忍了忍，没忍住，翻了个白眼。

“你和谁学的？”陆嘉钰饶有兴致地瞧了会儿，“翻白眼也这么可爱，过来，再翻个我看看。”

尤堇薇推开他：“你有病。”

两人闹了一阵，靠在床头开始玩游戏。陆嘉钰开了个练习室，邀请尤堇薇，他选了个辅助角色，没什么攻击技能，选完看了眼她的屏幕，她还在选，净选漂亮的。

“挑个打人疼的。”他忍不住说了句。

她不理他，挑了半天，最后挑了个中规中矩但好看的，挑完再选一个漂亮的皮肤才肯进游戏。

“买完装备到中间来。”陆嘉钰说了句，随手买了装备往前走。

等到了中间一看，空荡荡的哪有人。陆嘉钰作势要往草丛里走，顺便往边上一看，果然看她睫毛颤了颤，一副想动又不敢动的模样。

他一笑，退回来，随口问：“走这么慢？这么点路走半天了。”

说着，他转身去打小兵，刚走出没几步，身后忽然飞来一个技能，精准地砸在他身上，躲在里面的人砸完就跑。

尤堇薇抿唇偷笑了一下："我早就到了。"

陆嘉钰挑了挑眉："学聪明了。"

事实证明，只要是手上功夫，她上手极快，放了几个技能，很快就了解了怎么用这个英雄。若不是她经验不够，他可能还真打不赢她。

伴随着音乐声，游戏人物倒下。

尤堇薇盯着自己灰暗的屏幕，有点郁闷。

"叫吧，我听着。"

他懒洋洋地要她兑现承诺。

"哥哥。"她干巴巴地喊，脸不红心不跳。

陆嘉钰笑着凑过去亲亲她垂下的眼皮，低声道："和老公一样好听，下一把喊个别的？"

"下把我肯定赢。"听着还挺笃定。

第二把开局，尤堇薇没换角色，陆嘉钰换了个别的。这一次她没往草丛里躲，一本正经地和他对线，偶尔放个技能，走位还挺灵活，几次交锋下来，两人都是残血。

尤堇薇更为谨慎，出招却大胆，抓住陆嘉钰一个走位失误，她果断地抓住机会，噼里啪啦就是一顿揍，终于把他摁在脚下。

"啊！我赢啦！"

她欢呼一声，小脸紧张得红扑扑的。

陆嘉钰愿赌服输，把手机一丢，慢条斯理地开始解扣子，把人看得呆了好一会儿。

"你解什么扣子？"尤堇薇往边上躲了点儿。

陆嘉钰："我热不行？"

"睡衣扣子解起来不帅。"尤堇薇提醒他，"又不是衬衫，解那么慢，像个老头脱衣服。"

闷葫芦总是坏他兴致。

"过来点儿，睡了。"他解了两颗停下，准备搂人睡觉。

冬天洗澡太冷，尤堇薇不怎么情愿和他做点别的事。他要是想了，就进浴室和她一块儿洗，在床上两个人通常都是安全睡觉。

关了灯，尤堇薇躲在他的怀里蹭了蹭，他的身上好暖和。

屋外下着雪，当一切陷入黑暗，仿佛能听到雪花片片落到地面的声音，轻盈、干涩。

睡意侵袭，尤堇薇闭上了眼，即将睡着的时候，她忽而觉得耳朵有点痒，躲了躲，没躲开，温润的湿感慢慢往下。

他在亲她。

“陆嘉钰，睡觉。”她嘟哝着，含着困意。

身后的人用鼻尖贴了贴她的后颈，低声喊：“姐姐，你耳朵红了。不想还是我弄得不舒服？”

耳边低低的一声“姐姐”，巨大的羞耻感袭来，她咬住下唇：“别这么喊我。”

他轻笑一声，埋首到她发间闻了一会，懒声道：“我输了。你不要奖励就想睡？”

“听到了，有了。”她蜷缩起身体，不让他碰。

陆嘉钰笑她天真，亲了亲她发烫的耳尖，又喊了声“姐姐”，哑声道：“奖励是我。”

听起来也不是很想要。

番外二 城堡

只要陆嘉钰在就好。
他在城堡也好，
在废墟也好，
哪里都可以。

又一年四月初六，尤堇薇的生日。

碍于陆嘉钰的斑斑劣迹，从三月开始，尤靳虞和小迷对他都没什么好脸色。他也自觉，比平时乖觉。

这阵子尤堇薇不忙，他们待在洛京。照旧住在灵犀胡同，小迷留在郰陵上学，尤靳虞学校忙，小老虎留在郰陵工作室，没人来烦他们。

这对陆嘉钰来说，堪比蜜月期。如果刘轶不在就更好了。

一大早，开门、关门，木门吱呀吱呀响个不停。

尤堇薇没睁眼，困倦地蹭了蹭陆嘉钰的脖子，嘟哝道："今天怎么这么热闹？早上客人很多？"

"不多。"他亲亲她的额头。

陆嘉钰半支着身子，指尖绕着她的长发，绕了几圈，用发尾扫扫她的眼睫，催她："起床了，平时起那么早，今天怎么回事？"

她睁眼看他："晚上别和我睡。"

陆嘉钰挑眉："我说什么了？就说一句连床都不让我睡了？昨晚不就两次吗？还没家里一半多。"

"你闭嘴。"

尤堇薇被这么一闹，也不犯困了。

起身趴在窗边看了会天，今天天气特别好。晴光洒在葡萄藤上，静谧柔和，令人心情愉悦。

瞧了一会儿，后面贴上一张脸，胡楂蹭得她的脖子痒。

"今天想怎么过？"他懒洋洋的，鼻息落在后颈上，像是打盹的狮子，"先起床吃个早饭，还是先快乐会儿？"

看个云都不让人安生。

尤堇薇把他往边上一推，扯了件外套就要下床。微凉的指节攥住她的脚踝，一股巨大的力道带着她往后倒。

他接住她，轻笑一声："姐姐，真不要？"

尤堇薇咬住唇，躲开耳侧的气息。

自从那一次之后，他就着了魔，动不动就贴着她的耳朵叫"姐姐"，像是掌握了什么能摆弄她的小花招。

"不要。"她瞪他一眼，飞快下床。

陆嘉钰被丢在床上，悠悠地叹了口气，他的簇簇越来越不好骗了，得想个新招数。他往枕头上一趟，赖了几分钟，随便套了件短袖去院子。

陆嘉钰也不讲究，就蹲在院子里刷牙洗脸，偶尔一抬眼，看刘轶签收快递。

刘轶算是想明白了，干脆把大门敞开，一天才刚开始，鬼知道他要签收到什么时候。他看一眼陆嘉钰，问：“哥，什么日子啊？”

陆嘉钰把下巴微抬，一指角落里的车。

刘轶恍然，这一恍然完就有点尴尬。

本来今天是个好日子，可这位爷前年大闹了那么一通，现在想起来估计都后悔。他笑道：“滋味不好受吧？”

陆嘉钰没搭理他，刷完牙进厨房做早饭。他现在可厉害了，学会了起码十种不同的早餐，闲时尤堇薇会教他，偶尔尤靳虞那个小鬼回来，两个人凑到一起琢磨琢磨，学到今天，成果也算不错。

陆嘉钰费了半天劲，煮了碗面。

清汤汤的面条，几片菜叶，上面加个有点焦的荷包蛋。他瞧了一下，卖相不好，把焦的那一面藏下面，往桌上一端，还挺好看。

陆嘉钰自得地欣赏了一小会，拍照发朋友圈。

这两年他朋友圈的人都习惯了，陆嘉钰谈起恋爱来就像换了个人，成天在微博上絮叨就算了，连朋友圈都不放过。

不一会儿，尤堇薇来了。

她撩起帘子往里一探头，春日般娇艳的妆容看得陆嘉钰心头一跳，不论看多久，他的心次次都为她而跳动。

“今天这么好看？”他笑着看她。

四月的天还有春意，简单的薄外套和裙子便足够了。

陆嘉钰低头，在她的颈间停留一瞬，纤长漂亮的脖子上挂了一条简单的项链，粉色的小葫芦，是前年他送她的生日礼物。这一年都没见她戴，是她特意找出来戴上的。

尤堇薇轻嗅了嗅：“好香。”

等坐下，发现桌上只有一碗面。

“你吃什么？”她抬头看他。

陆嘉钰随口道：“蛋失败了几次，都被我吃了，吃饱了。”

行吧，学会勤俭持家了，好事。

尤堇薇仔细看了看面条，对他勾唇一笑："我会认真都吃完的，一口都不剩下。谢谢老公。"

"叫我什么？"陆嘉钰一顿。

尤堇薇鼓着脸颊，专心吃面，眼角眉梢挂着笑。陆嘉钰看了一会儿，也跟着笑起来，摸摸她的发。

吃过面条，尤堇薇在院子里转悠着消食。

偶尔路过礼物堆，顺手拆一个。也不知道都是谁送的，她喜欢的就留下来，不喜欢的丢给陆嘉钰。

陆嘉钰时不时点评几句。

"这条项链，眼光不行。

"都是去年的款了，也不行。

"哟，这个玩意儿不错。"

陆嘉钰拿着个小盒子笑，尤堇薇闻声看过去，这个盒子里装的不知道是什么。

"是什么？"她好奇地凑过去。

陆嘉钰轻挑眉："真想知道？"

尤堇薇不理他，直接抢过盒子，拆了拿出来看了两秒，脸瞬间红了，往他身上一丢。

陆嘉钰被逗得大笑，搂上她的腰，把人捞回来，低笑道："宝贝，你害羞了？"

尤堇薇第一次见这样的礼物，忍不住道："是认真的礼物吗？是送给我的还是送给你的？"

陆嘉钰贴着她的耳根说了几句话。

尤堇薇感觉自己打开了新世界的大门。

两个人在盛满阳光的小院休息了一会，准备出门。

陆嘉钰搬出粉色的自行车，还是去年买的那辆，他左看右看都觉得被尤靳虞骑旧了，想让他赔一辆。

"上来。"他拍拍后座。

尤堇薇用手挡着阳光，抬眼看陆嘉钰。

他站在光下，简单的白 T 恤加黑裤，眉眼松散，目光柔和地看着她，和那日初见时胡同里冰冷的男人完全不同。

她抿唇笑，坐上了自行车。自行车在悠长的胡同响起铃。从前的旧胡同，总有叫卖声吆喝，有时候会响铃，有时候只用工具，叮叮当当地敲。

陆嘉钰告诉她，以前骆驼也从胡同里走。深夜里，或许会听到驼铃的声音。

尤堇薇抱着他的腰，不问去哪里，只仰着面迎着风。他的身躯遮挡烈阳，遮挡前路的未知。

“我也能载你。”她忽然说。

陆嘉钰笑了一下：“载得动吗？”

尤堇薇：“试试？”

于是，在胡同里骑车骑得欢的两个人换了位置。

尤堇薇上去坐稳，握紧握把，回头道：“你上来吧。”

“上来了啊。”陆嘉钰坐上矮矮的自行车，一双长腿无所适从，只能勾起来，“行了，你骑吧。”

尤堇薇试了试阻力，咦，还行。

起先还摇晃了几下，陆嘉钰配合着抬脚骑了一阵，逐渐稳下来。他熟练地搂上她的腰，脑袋往背上一靠。他家姑娘瘦瘦弱弱的，这会儿还挺可靠。

“累不累？”他问。

说实话，有点累。尤堇薇摇头：“再骑一会儿。”

粉色的自行车和邮局的自行车擦肩而过。

邮递员看了他们一眼，便移开视线。尤堇薇被他的肤色吸引，不由多看了几秒，惹得身后的男人不爽。

他轻飘飘地问：“好看吗？”

尤堇薇惊奇道：“他黑得很特别，五官很清晰，一点没被肤色影响。是新来的邮递员吗？没见过。”

“刚来，听说以前是船长。”

“哇，听起来好厉害。”

“啧，下来。”陆嘉钰把人赶下去，不让骑了。

两个人你换我，我换你，这么骑了一阵，最后还是换了车。毕竟从城西到城东，骑车未免太消耗生命。

上车前，尤堇薇说：“我来开。”

陆嘉钰一顿，不确定地问：“你的驾照不是在邺陵？”

尤堇薇茫然道："在我的包里啊，我早上才拿出来的，你看。"说着，真把驾照找出来了，往他面前一递。

陆嘉钰气闷，小迷那个叛徒，明明说藏好了。

洛京路况复杂，尤堇薇第一次开。

陆嘉钰沉思一阵，心想算了，今天她过生日，大不了这辆车不要了。他自然地回应："行，我给你指路。"

"啊，我喜欢开车。"尤堇薇兴致勃勃地坐上车。

尤堇薇拿到驾照的那天，当即就开着陆嘉钰的车出去玩了。陆嘉钰知道这件事已经是两个小时后了，他差点没把郦陵翻过来找她。

最后还是在公司楼下找到她的。

车停在路边，她降下车窗，笑眯眯地说："我来接你下班。"

陆嘉钰盯着她看了半晌，冷汗都干了。他凑过去亲了亲她的唇角，问："开心吗？路上怕不怕？"

她点头，说不怕。

陆嘉钰想起那天她的笑，提着的心微微放下，慢慢和她讲周围的路，他曾在这里有什么记忆。

车驶离城西，逐渐驶向城东，途经落日大道，去往一处海滩。

尤堇薇看了眼地址，问："不是以前那个吗？"

"不是，这个能坐船上岛。"陆嘉钰指了个方向，"今天我们不上岛，带你去跳伞。潜水等下回，这里海水不够蓝。"

尤堇薇看他一眼："前年就说要带我去。"

陆嘉钰："看路。"

尤堇薇像是见到什么稀奇事，煞有其事地"呀"了一声，故意道："陆公子也会心虚的呀？"

陆嘉钰牙痒痒，想咬这个小混蛋一口。

"今天不和你计较。"他轻"哼"一声，嘀咕她这一天天都是和谁学的，"过阵子带你去出去玩？"

"去哪里？"她问。

陆嘉钰懒声道："秘密。"

尤堇薇看他一眼，慢吞吞"哦"了声："反正我也不是很好奇。你经常跳伞吗？以前只见你玩赛车。"

“高中偶尔玩。”陆嘉钰随口应，“玩多了也没什么意思。”

尤堇薇：“你还玩什么？”

陆嘉钰想了想：“滑雪？去雪山上，周围都是树，厚厚的雪盖住，像在童话世界。”

“我想去。”

“啧，知道了。”

浅淡的阳光下，陆嘉钰勾起唇，看了眼他家闷葫芦，越看越可爱，瞧瞧现在，又凶又活泼。

海岸边风大，阳光好。沙滩边人群结伴，高处有滑翔伞降落，远看像一只巨大的风筝，乘着风翱翔天际。

尤堇薇仰起头。

陆嘉钰顺了顺她的长发，陪着她看。

两个人做完准备，坐上直升机。尤堇薇第一次跳伞，难免有点紧张，气压不稳的颠簸让她脸色发白，陆嘉钰看她片刻，捏捏她的脸：“簌簌，看外面。”

尤堇薇屏住呼吸，小心翼翼地贴近窗户。

她摸到温热的玻璃，越往上阳光越强烈，白云丝丝缕缕，如雾般飘散，她专注去看，看卷起的浪花，看长长的海岸。

“别怕。”他攥了攥她的手，扬眉一笑，“有我在，怕什么？”

尤堇薇转头看他，小声说：“亲我一下。”

陆嘉钰一顿，盯着她湿漉漉的眼几秒，倾身吻了吻她的唇角，一亲就笑了：“这么紧张？都没温度了，我再亲亲你？”

尤堇薇摇头：“好了。”

到了一定高度，直升机停下。

舱门打开，强风吹得人说不出话来，螺旋桨旋转的声音轰鸣，陆嘉钰瞧着她小心翼翼往下看的模样，笑了一下。

尤堇薇和教练绑在一起，她做了个深呼吸，而后舔了舔唇。相比她的紧张，陆嘉钰显得游刃有余，他有跳伞执照，可以一个人跳。

陆嘉钰问：“你先跳还是我先跳？”

尤堇薇：“你先跳。”

陆嘉钰转头和教练说了两句话，气定神闲地往舱门一站，明明是渺小的身躯，却像天地都在他的脚下。

他回头，俊朗的眉眼舒展，勾唇一笑，无声地说了五个字。说完，他向后倒去。

尤堇薇的心猛地一跳，还没反应过来，教练就问她准备好了吗，她刚点头，巨大的冲击力传来，失重感让她头晕目眩，风声从耳边呼啸而过。

他们极速下降，她紧紧闭着眼。

忽然，她展开的双臂被人握住，熟悉的力道让她忍不住睁开眼。一睁眼，对上护目镜后他的眼睛。

他看着她，目光带笑。他在喊："簇簇，我们来跳舞！"

尤堇薇狂跳的心没有片刻缓和，看着他灼灼的目光，心跳越来越快，她用力回握住他的手，大喊："陆嘉钰——"

他笑了笑，说他在呢。

她抿着唇，呼了口气，大声道："我爱你。"

降落伞打开，他们停在沙滩上。

一落地，尤堇薇发软的身体被紧紧抱进坚实的胸膛。他扯去她身上的装备，将她打横抱起。

"宝贝，再说一遍。"他低喘着气，黑眸盯着她泛红的脸。

尤堇薇不说话，紧紧搂着他，贴着他的脖子喘气，刺激感未消，一抬眼，看见他的耳垂，她想了想，凑上去咬了一口。

因为这么一口，尤堇薇没能吃上午饭。再从床上下来，天已经黑了。

回去的路上，尤堇薇困倦打着哈欠，嘀咕着自己饿了。

陆嘉钰懒洋洋道："快到了，再等等。"

四月夜风清凉，尤堇薇这会热腾腾的，而且开着窗也不冷，她便趴着看夜色，顺便和他聊天："陆嘉钰，洛京的天看起来好高。"

"高吗？"他没注意过。

她点头："可能因为有沙漠，显得辽阔。"

"还很黑。"她仰头看得认真，"但能看到很多星星。咦，我看到山了，我们去哪儿？"

她直起身，仔细看周围的环境，看了好一会儿，没看出来。

路到底为什么这么难认。

她也不问去哪里，安静地看了会儿，觉得困，蜷缩在座位上沉沉睡去。陆嘉钰关上窗，停下车，从后座拿了薄毯给她盖好，亲亲她的额角，重新启动车。

车驶入山间，周遭寂静无声。

陆嘉钰在山顶停下车，将睡着的尤堇薇抱入准备好的帐篷内，隔绝夜晚簌簌的凉风。

宽大的帐篷筑起营地，像藏了一个小家。

陆嘉钰将睡着的女孩放进睡袋里，低眸看着她的睡颜，指腹轻点过她的眉心，无声地笑了一下。

今天之前，他问尤堇薇，今天想怎么过。

他从前总是按照自己的心意安排这一切，今年他问她。那时她困得睁不开眼，像小猫一样贴着他的肩膀，小声说："和你一起过。"

他沉默两秒，低声说"对不起"，困得睁不开眼的人看着他，认真地说她那天看见了最美的烟花。

想到这里，陆嘉钰低头亲了亲她的唇，随后起身去捣鼓两个人的晚餐。

尤堇薇醒来时，山顶风正强烈。

她听了一会儿风声，好半晌才发现自己在帐篷里。鼻尖轻动，闻到鲜香的味道，她起身去找陆嘉钰。

陆嘉钰坐在帐篷口，开了条小缝，正在煎牛排，闻声看过来，道："过来喝点水。"

尤堇薇在他身边坐下，问："几点了？"

"睡了两个小时。"陆嘉钰一笑，"晚上不欺负你。"

她嘀咕："今天我说了算的，下午我说的话为什么不管用？"

陆嘉钰一挑眉，坦然道："那你罚我，罚我什么都行。"顿了顿，补充，"让我不睡你的床不行。"

尤堇薇眨眨眼："给我文个身可以吗？"

"不可以。"他没有任何思考。

"你说罚什么都可以的。"她托腮看他。

陆嘉钰："再说个试试。"

尤堇薇拧眉想了会儿，最后道："我要你车库那辆开得最快的跑车，以后我开跑车上班。”

“再换一个？”

换你个头。

尤堇薇决定不和他说话，端起小盘子吃饭，吃一口肉，喝一口酒，撩起帐篷看山月，夜晚变得不那么无聊。

两人坐在一起吃晚饭，看着月亮发呆。

“吃撑了。”她靠在他的背上。

陆嘉钰往前倾，她往后倒，玩了一会儿，他问：“带你去林子里探险？这里的树很高，不密集。”

尤堇薇探头，看了眼黑黢黢的林子：“不去，傻子才去。”

陆嘉钰笑了声，用后脑勺敲敲她的，懒洋洋道：“才夸你胆子变大了。进巷子都不怕，进个林子害怕？”

这黑洞洞的树林和呜咽的风，吓死人了好吗？

她忍不住和他讲道理：“这和胆子没有关系，这是常识。谁深更半夜不睡觉，往林子里跑？”

陆嘉钰：“嗯？睡觉了？”

尤堇薇放弃和他作对，闭眼吹山风，凉滋滋的，边上烤着火，温度正好，就是和她背靠背的人不老实。

“陆嘉钰，你动什么？”她嘟哝。

陆嘉钰：“我就想动。”

尤堇薇说：“好吧，坐了一会儿，觉得有点无聊”。

“我们去睡袋里玩点儿有意思的？”陆嘉钰的手指勾住她的掌心，暧昧地划拉两下，“还能消食。”

尤堇薇：“不要。”

两人这么无聊了一阵，尤堇薇终于问：“林子里有危险吗？”

陆嘉钰忍着笑，正经道：“没危险，这座山不高，没什么野兽，顶上也没什么树，只有稀稀拉拉的几棵。”

她小声嘀咕：“听起来也没什么好玩的。”

陆嘉钰诱惑她：“去玩玩？我带手电筒了。”

尤堇薇犹豫地往林子里看一眼，没什么信心地问：“如果出现一只老虎，要把我们吃了怎么办？”

“趁着它吃我，你先跑。”

尤堇薇想了想：“那好吧！”

他的家庭地位真是越来越低了，造作什么，那会儿不好好珍惜，今年沦落到这地步。

该。

两人带上手电筒，再捡了根树枝，准备进林子。

尤堇薇紧紧攥着陆嘉钰的手，躲在他身后，戳戳他的腰：“今天我们到山顶是来干什么的？露营吗？”

“不喜欢？”他问。

尤堇薇：“也没有，就是只有我们，看起来有点奇怪。”

陆嘉钰用手电晃了晃，照亮平坦的土路，随口应道：“这个地方没什么人来。以前有个老板在这儿投资了个项目，没办起来，最后破产了，人也跑了。烂摊子没人管，就一直荒废在这儿，附近也不热闹。”

“那我们来干吗？”她纳闷。

陆嘉钰：“你猜猜，猜对了有奖励。”

尤堇薇：“你又要拿我发微博？”

陆嘉钰脚步一顿，回头看她，小脸在夜色里漂亮得不像话，水澄澄的眼睛对着他。

“什么时候知道的？”他问。

尤堇薇：“那天去公司找你，底下有个小姑娘问我要签名。”

她那时候才知道是怎么回事。

陆氏官微干脆变成了他的私人号。

隔几天就发张照片上去，偶尔说一两句话，有时干脆话都不说，只有图片。这半年来，他相册里都是她的照片，清晰的、模糊的，每一个模样都被他记录下来了。

“给了吗？”陆嘉钰掩饰般地别过头，“签名。”

尤堇薇踮起脚，悄悄看了眼他的耳朵，果然又红了，她抿唇笑了一下，说：“没签名，和她拍了张合照。”

他自然道：“我就随便发发。”

“哦，听说你涨了好多粉丝。”

“不是我的，公司的号。”

尤堇薇“哦”了声，慢吞吞地问：“那你今天拍我了吗？拍什么了，也要发微博吗？”

实际上，陆嘉钰拍了好几张，每张都想发。

“还没拍。”陆嘉钰轻咳一声，“想起来就发，没想起来就算了。”

尤堇薇：“哦，我们俩还有个组合名，你知道吗？”

当然知道，但他觉得一点都不好听。

“我不知道。”他一本正经地回答，随口问，“我们的组合名是什么？不好听能改吗？”

尤堇薇：“她们还叫你‘6+1’。”

看一次想改一次名。

两个人说着话，不知不觉已经穿过半个小树林。

尤堇薇回过神，扫了眼周围，再往前走就是草地，不像是没人来的荒山，倒像是精心打理的林子。

“陆嘉钰，林子里什么都没有。”

她缩了缩脖子，夜风吹得她有点冷。

陆嘉钰哄她：“再走一段。累不累，我背你？”

“行吧。”

他上次背她还是喝醉酒的时候，算起来一年多没背她了。

尤堇薇趴上他宽阔的背，晃了晃小腿，贴着他的脖子问：“陆嘉钰，我是不是变坏了？”

陆嘉钰懒声应：“我坏不坏？”

“很坏。”

他笑道：“等什么时候和我一样，再来说坏。”

尤堇薇“啊”了声，可惜道：“那我再努力一百年也赶不上你，下辈子再努力吧。下辈子你当个穷小子，我养你，怎么样？”

“先说说，你准备养几个？”

“看看，起码得找个大学生吧？年轻力壮那种。”

陆嘉钰：“我这条件不行？”

“长得倒是还可以。”她摸摸他的脸，从睫毛到下颌，点了点颈间的那颗喉结，“体力也还行，就是长了张嘴巴。”

“那你想找什么样的？”他耐着性子问。

尤堇薇："乖一点的，听话的。每个月陪我……两回吧？我很忙的。"

陆嘉钰嗤笑："钱这么好挣，两回就够？"

"你以为都像你。"她不满地哼哼。

两人闹了一阵，走出阔朗的小树林。

陆嘉钰舒了口气，侧头看她："捂住耳朵。"

尤堇薇自然地伸出手捂住他的耳朵，捂得严严实实的，捂完还问一句："好了吗？要不要再紧一点？"

半晌，陆嘉钰亲亲她的指尖，笑道："捂你自己的耳朵。"

"哦。"尤堇薇捂住自己的耳朵，并没有从他背上下来的自觉，"我捂好了，要干什么？"

陆嘉钰低头发了条信息。

一声闷响，夜空绽放盛大的烟火。

绚烂的烟花下，一座城堡终于在沉沉夜色中显出身形，尖尖的顶，坚固的身躯，美丽而神秘的颜色。

尤堇薇慢慢睁大眼，这是一座城堡，她从未在洛京见过。

烟花消散，天际黯淡的一瞬间，整座城堡齐齐亮灯，将黑夜驱逐，光照亮了山顶的每一个角落。

陆嘉钰将她放下，见她呆呆的模样，低声道："是簇簇公主的城堡。想去看看吗，我的公主？"

说着话，一匹白马从林间奔出，停在两人面前。

尤堇薇和温顺的马儿对视两秒，转头看陆嘉钰："你背我去。"

陆嘉钰一笑："行，让这个家伙休息。"

这段路变得格外漫长。尤堇薇搂着他的脖子，感受着他的心跳，许久，凑到他的耳边小声说："陆嘉钰，簇簇公主不需要城堡。"

"她需要什么？"

陆嘉钰背着身上的人，承受着她所有的重量，听她贴着他的耳郭，一字一句道："只需要陆嘉钰。他在城堡也好，在废墟也好，哪里都可以。"

隔天清晨，天蒙蒙亮。

太阳刚从海平面上升起，帐篷里也有人探出了头。

尤堇薇看了眼天色，钻回去吵陆嘉钰。

昨晚他们一起逛了城堡，最后两个人回了帐篷睡，原因是陆嘉钰嫌床太大，不利于他们感情发展。

于是，昨晚只有马住在城堡。

“陆嘉钰。”尤堇薇趴在他身上喊他，“起来看日出。”

男人拍拍她的脑袋，困倦道：“再躺会儿，让太阳等我们一会儿。我们等了它一晚上，它等我们几分钟不要紧。”

尤堇薇顿了顿，说：“我们还没孩子呢，你别把我当小孩哄。”

闭着眼睛的人一笑，笑着问：“暗示我赶紧生个孩子？”

尤堇薇：“没有，起来看日出。”

她拨了拨他的睫毛，玩了一会儿打了个哈欠。

昨晚他们回到帐篷，凑在一起看了几部电影，睡下时快两三点了。

陆嘉钰把人从身上捉下来，塞进被子里，说：“睡觉，不许动。”

尤堇薇安静了一会儿，又忍不住和他说话：“你知道今年你的生日礼物是什么吗？”

他睁开眼：“是什么？”

尤堇薇勾唇一笑：“你猜猜。”

陆嘉钰：“你要向我求婚。”

尤堇薇：“不对。”

陆嘉钰不爽：“否认得太快了，重新来。”

她换了个说法：“暂时不是这个。”

陆嘉钰：“你要给我买戒指。”

“暂时也不是。”

陆嘉钰轻“哼”一声，不想猜了，随口道：“总得比前两年好。你想想都是什么，一辆电瓶车，我都不会骑这玩意儿，还有一个什么小奶锅，这像话吗？煮牛奶倒挺好用的。”

尤堇薇纳闷：“你不是天天骑着电瓶车去买菜吗？还和我说好用，豪车过不去的地方，你唰唰就过去了。”

陆嘉钰：“不猜了，你告诉我。”

尤堇薇悄声道：“我们店要开分店了，你猜开在哪里？”

陆嘉钰一顿，彻底清醒了，盯着眼前的人问：“要回洛京？”

尤堇薇微笑道：“外婆说，洛京大学想返聘她教书。这两年她的身体越来越好，在疗养院待不住了。”

陆嘉钰：“你也回来？”

“没想好呢。”她故意不回答。

但答案两人都清楚，外婆和尤靳虞都在洛京，她会去哪里不言而喻。

陆嘉钰沉默片刻，忽然道：“去给城堡换张床，以后我们就住这儿。但是……”

尤堇薇：“什么？”

陆嘉钰：“开慢点的跑车，行吗？”

“好吧。”

两人凑在一起说了会儿话，又靠在一起睡去。

日出什么的一眼没看见，睡醒就是中午，于是只能收了帐篷回家去。

下午，尤堇薇去洛京大学找尤靳虞。

她在陆嘉钰的车库里挑了辆造型别致的车，速度虽然不是那么令人满意，但也行。

车一入校园，群里就有了消息，说来了个大美女，开了辆豪车，不知道来找谁的。

尤靳虞听到这个消息的时候压根没往他姐姐身上想，这些字眼平时和她半点搭不上边，但转念一想，不太对劲。

实验室里，师兄笑问：“发什么呆？也想看大美女？”

尤靳虞顿了顿，道：“不是，想别的。”

尤堇薇自从学会开车，她就对这件事显露了极大的兴趣，他不知道几次听陆嘉钰说，她大晚上不睡觉，非要去开车，拦都拦不住。

昨天他没陪她过生日，她有可能会过来看他。

“我打个电话。”尤靳虞走到一边。

电话还没拨过去，她的短信来了，说在学校。

尤靳虞无奈地笑了笑，没想到还真开了辆嚣张的跑车来，他和师兄说了几句话，匆匆地下楼找她。

不得不说，他姐在哪儿都显眼。周围很多人蠢蠢欲动，想上去问联系方式。一晃神，他一个室友上去了。

“学姐，我能加你微信吗？”

眼前的大男生阳光开朗，笑起来露出两颗小虎牙，许是不好意思，耳根有点红。尤堇薇一愣，温声道："我毕业很多年了。"

男生诧异道："真的吗？你别骗我。"

尤堇薇刚想说话，这男生身后横过一只手，扣住他的肩把人往后一扯，挡在她和他之间。

"他们在等你打球。"尤靳虞把人一推。

男生不情愿道："你干什么？"

尤靳虞一顿："是我姐。"

男生的神情霎时变了，探头仔细看她，又看尤靳虞，忽然对她道："姐姐，你还记得我吗？我们打过游戏。"

尤靳虞揉了揉眉心，觉得头疼。

于是，两人行变成了三人行，他们一块儿找了个咖啡店喝下午茶。男生极其热情，尤其热衷于说尤靳虞的事。

"姐姐，学校至少一万个女孩追阿虞。"

"真的啊，他有喜欢的吗？"

"就奇怪在这里，他像断绝七情六欲，生活中就只有科学和数字。天哪，我都怀疑他没有童年。"

尤堇薇听了半晌，犹豫着问尤靳虞："阿虞，你喜欢男生还是女生？"

尤靳虞："女生。"

尤堇薇眨眨眼："你有喜欢的女孩啦？"

尤靳虞沉默不说话。

室友不可思议地看着尤靳虞，这人每天不是在图书馆就是在实验室，哪来的喜欢的女孩。

他问："真的假的，你不会是骗姐姐的吧？"

尤靳虞不说话。

尤堇薇悄声问："学校里的女孩子吗？"

尤靳虞："不是。"

"比你大还是比你小？"她试探道。

尤靳虞不说话。

尤堇薇："啊，比你大。"

尤靳虞"嗯"了声。

室友听得目瞪口呆，他哪来的时间追女孩啊，这么个追法估计得等到天荒地老。

整个下午，他们就尤靳虞的感情问题展开了讨论。

陆嘉钰到学校的时候，那里正一口一个“姐姐”，熟悉的声音让他眯起眼，最后拎着人走了。

“到这儿干什么？”他和她算账。

尤堇薇一脸严肃，认真喊：“陆嘉钰。”

她还没这么严肃地喊过他名字，听得他头皮发麻，一时间也顾不上和她算账了。

“我这阵子挺老实的？”他也严肃回答。

尤堇薇左右看看，小声在他的耳边说了句话。

陆嘉钰半天没反应过来，重新问了一遍：“你刚才说什么？谁？尤靳虞那个小鬼头？”

“嗯。”她点头。

半晌，他问：“那个女人什么来头？”

尤堇薇不确定道：“是个大明星？他说现在他的人设是无父无母勤工俭学日夜苦读才考上大学的孤儿，和姐姐相依为命。”

小鬼头有病。

陆嘉钰：“我去问问？”

“不用了。”尤堇薇摇摇头，“他应该很喜欢那个女孩。”

说完，她补充：“和你不一样。”

“什么和我不一样？”

“我怎么了？”

“我哪儿比他差了？”

尤堇薇：“好了好了，我要开车了，你不要说话。”

陆嘉钰轻哼：“今天我不给你指路，丢了也不管你。你自己找路去，迟到了也不关我的事。”

晚上他们要回陆家吃饭，说是给尤堇薇过生日，所以两个人早早过去。

对此，尤堇薇丝毫不慌：“我有导航。”

但显然，导航在洛京不怎么管用，这个点哪儿都堵车，老司机们个个走别的道，看得人眼花缭乱。尤堇薇摸索着拐过几个车少点的街道，身侧的景象越来越陌生,车和人居然也越来越少,导航提醒她离目的地越来越远。

看起来要迷路的样子。尤堇薇看了眼陆嘉钰,他正低头玩手机,一点没管她,瞧着玩得挺开心,还笑。

她嘟哝:“你欺负人。”

陆嘉钰轻挑了挑眉:“我玩个手机就欺负你了,你看看我在看什么,前天不是说想买这本书?”

他递过手机,果然是买书的页面。

尤堇薇抿抿唇,沮丧道:“我迷路了。”

陆嘉钰假装才发现,看了看四周,睁眼说瞎话:“没迷路,就这条。不信往前开,慢点,往左,慢点,再往左……”

这么开过几个弯,导航忽然显示正常了。

尤堇薇眉眼弯弯,趁着红灯,凑过去亲了亲他的唇角,小声说:“我最喜欢你了。”

“知道了,一天要说几百遍?”他懒懒地应。

车窗映出男人带笑的双眼。

很快,车驶入车流,变成了银河里的一颗星星。

番外三 求婚

周围的灯光在燃烧，
蔷薇河灯摇晃在河面，
他们爱的人和爱他们的人都在身边。

农历二月二十二日，是郸陵的花朝节。

有诗云：陌上簪花处，踏月正归来。

在花朝节前一个月，尤堇薇回了郸陵，且拖家带口——陆嘉钰和他的猫儿子。

这阵子，尤堇薇在工作室早出晚归，惹得陆嘉钰不满。

花朝节前一晚，陆嘉钰在家等到十点，手机屏幕都要摁烂了，然而门口还是安安静静的，一点动静都没有。

他把肚子上的猫往地上一丢，准备出门接人去。

一团黑的猫露着肚皮睡得正香，忽然被人丢在地上，一脸茫然地往陆嘉钰脸上瞧，凶巴巴地叫了几声。

陆嘉钰轻“啧”一声，用脚踢踢它的尾巴：“接你妈去，叫什么？”

小老虎不知道听到哪个关键词，安安分分地不动了。

陆嘉钰从出门再到山月路的工作室，不过十分钟。

车在路口停下，马路对面的工作室亮着灯，一道纤细的身影来回走动，除了她别人都回家去了，就自己在这儿忙活。

他耐着性子等到九点半，她还在那儿来回走，恨不得走到天亮。

这个时节的郸陵刚入春，冬日寒意未消。

工作室的门被推开，冷风窜进来，惊得尤堇薇往门口看，高大的男人一袭白色大衣，气质疏冷，黑发被揉乱，满脸写着不爽。

“你怎么来了？”她还有点蒙，“不是说在家等我吗？”

陆嘉钰瞧她忙晕了头的模样，一捏她的腮帮子，冷哼一声：“不看看现在几点了？怎么不让我干脆等到明天去？”

尤堇薇忙去看时间，一看指针快指到十了，“呀”了声：“怎么那么快就十点了？我还要给人家送东西呢。”

陆嘉钰不乐意道：“不能明天送？”

尤堇薇着急地说：“来不及，明天花神宫有活动，说好了今天晚上送过去的。哎呀，你让让。”

陆嘉钰随心所欲地活了二十几年，到了尤堇薇这儿，半点脾气发不出，还得顺着她的脾气来，免得晚上回家连床都上不去。

陆嘉钰被晾了半天，揉揉头发，无奈道：“忙什么，我来忙，你指挥我就行了。”

尤堇薇转过身，眨眨眼：“真的？”

陆嘉钰脱掉大衣，斜眼看她：“还能不管你？”

尤堇薇抿唇一笑，凑过来用柔软的唇亲他的下巴，轻声说：“忙完和你在家里玩。”

陆嘉钰一听可来劲了，挑眉问：“你别后悔。”

尤堇薇看他沉沉的眼就知道这男人在想什么，脸一红，推开他：“工作的地方，正经点。”

陆嘉钰勾唇一笑，心甘情愿地当苦力。

两个人一起忙了半个小时，陆嘉钰搬着三个箱子的绢花上车，大半夜陪小祖宗去送花。

“饿不饿？”他瞥了眼边上。

尤堇薇正和人发短信说明天花朝节的事，含糊地应：“不饿，有点渴，想喝水。”

陆嘉钰拐了个弯去夜市，下车前看尤堇薇忙得投入的模样，没喊她，把车一锁，买东西去了。

等尤堇薇再回过神，车里堆满了小食和奶茶，还有一杯清水。她轻舒了口气，缓过来，看左边认真开车的男人，偶尔嘬一口奶茶，吃几口东西，吃东西的时候视线也黏在他身上。

陆嘉钰被她看了一路，睨她一眼，闷葫芦正鼓着腮帮子，睁着亮晶晶的双眼看着他。

他笑笑：“看什么？在一起这么久了才知道我长得好？”

尤堇薇不说话，只是看着他笑。

陆嘉钰被她看得耳根发热，等下一个红灯，倾身过去捏着人的下巴亲了够，回去时一嘴的奶茶味。

到了花神宫，陆嘉钰本以为是个破烂漆黑的地方，没想到这里灯火通明，花灯、琉璃灯，在黑夜里闪着光芒。门口人群往来，穿汉服拍照的女孩、摄影师等，热闹得很。

今天花神宫没对外开放，人群只能在外面拍照。

尤堇薇由工作人员领着进门，进了花神宫，交代完工作出来，便看到陆嘉钰倚在红墙上等她。

路灯下，男人神情懒散，插兜站着，听到脚步声，偏头往她的方向看，眼神在刹那间变得柔软。

“陆嘉钰！”尤堇薇小跑着往他身上扑。

陆嘉钰张开双臂，稳稳地把他家姑娘抱进怀里，低头一亲她的脑门，问：“冷不冷？”

尤堇薇摇头：“不冷。”她伸手往他的脖子上一贴，触感温温热热，果然不冷。

陆嘉钰顺手把她的手攥在手心，亲了亲指尖，再放进自己的大衣口袋，低头问：“回家？”

她双眸晶亮，眼巴巴地看着他。

陆嘉钰微眯了眯眼：“还想干什么？”

尤堇薇眼睛一弯，贴着他的胳膊，小声说：“他们说明天开放之后人就多了，今晚我们可以先逛逛。”

陆嘉钰瞧她两眼，弹她的脑门：“就是不想回家。”

尤堇薇不说话，捂着脑门看他，安安静静的，没几秒陆嘉钰就举手投降。

“看就看。”他轻“啧”一声，“撒什么娇？”

尤堇薇抿唇一笑。

月盈半空，星光低垂。花神宫弯曲的廊下点着盏盏精美的花灯，变幻的光影比夜空的星辰还要耀眼。

尤堇薇轻轻呵了一口气，在空中化成白雾。一天的疲惫在此时一扫而空——她和爱人静静地走在无人、明亮的花神宫内，只有天地与星月做伴。

“花朝节是百花的生日，以前郸陵家家户户还有祭祀花神的习俗。”她握紧陆嘉钰的手，“白天看花，晚上游湖，每个场面都像画。”

陆嘉钰问：“明天出来过节？”

尤堇薇：“好累，不想出来。”

陆嘉钰一笑：“这不巧了，我们在床上过。”

尤堇薇翻了翻眼睛，嘀咕：“就知道床。”

陆嘉钰：“行啊，换地方。”

两个人闹了一阵，走到了花神宫后的郸陵河，垂柳弯腰，树上点着盏盏灯光，河面粼粼，倒映着梦幻的光芒。

远远看去，河岸上放着几盏蔷薇花灯。

尤堇薇轻眨了下眼：“我想放花灯，你去帮我点亮，我去趟洗手间，很快回来。”说完，小跑着溜了。

这闷葫芦跑起来还真快，抓都抓不住。

陆嘉钰认命地在河岸边蹲下，扫了眼地上几个花灯，边上连火柴都准备好了。

这个时节夜里风大，火柴不好点燃。

陆嘉钰用手拢着风，皱眉点火，点了灭，灭了点，最后干脆把花灯拿到背风的地方点燃，点燃不算，还得挡住风。

二十分钟过去，尤堇薇还没回来。

陆嘉钰给她打电话，准备去把人拎回来，电话刚拨通，他忽而瞥见前方河道边亮起了灯。

树影边，花灯点燃，裙摆晃动，花香四溢。

数个穿着汉服的女孩子提着灯往这处走来，正中间，穿着红色嫁衣的女人轻提裙摆，莹润的小臂在月光下比雪还要白，她越走越近，团扇半遮面，露出艳丽的眉眼。

陆嘉钰定在原地，眸光深深地看着走来的女人。

那阵香气飘过来，花神来到了他眼前。扇子后，她轻轻地弯了下眼睛，朝他伸出手。

陆嘉钰的喉结微动，视线落在她的手上，握住，紧紧攥到掌心，倏地用力，她便向他倾倒而来。

“怎么穿成这样？”他低头看她容光大盛的模样，“哪里来的嫁衣？”

尤堇薇扑在他的怀里，小声问：“不是想结婚？”

陆嘉钰想结婚想两年了，尤堇薇忙着工作，一直没理他，时间一久，他也不惦记了，反正人不会跑。

今晚，他完全没有想到。

“所以……”他嗓音微哑。

尤堇薇从他的怀里起身，将团扇递给不知道哪儿冒出来的小迷，再拿过尤靳虞手里的盒子。她做了个深呼吸，打开盒子，颤着眼看他：“所以……要不要和我结婚？”

盒子里是一枚男款钻戒，简单干净，圈外刻着一朵小小的蔷薇。

陆嘉钰垂眼看着戒指，心潮涌动，他说不出话来。

尤堇薇用力捏着盒子，认真道：“我会一直爱你，爱你到生命终止。陆嘉钰，要不要和我结婚？”

陆嘉钰眼梢轻抬，看着面前的女人，看她认真却略显笨拙的模样，忽而勾唇一笑，将人拽到怀里，低笑道：“都穿嫁衣了，我能让你嫁给谁？”说着，自己拿过盒子里的戒指往自己的手上戴，生怕她后悔。

“簇簇，我爱你。”他低声说。

尤堇薇弯着唇，眼眸微微湿润，小声应：“我知道。”

砰的几声响，礼花绽放。

陆嘉楹顶着满头彩条出来，不满地大喊：“哥！你也太着急了！哪有人自己戴戒指的？”

陆嘉钰只是笑：“你哥我。”

周围的灯光在燃烧，蔷薇河灯摇晃在河面，他们爱的人和爱他们的人都在身边。

（全文完）